Rona Randall wurde in Cheshire (England) geboren und wuchs in London auf. Sie wollte Malerin werden und erhielt auch ein Dreijahresstipendium für eine Londoner Akademie, machte aber aus persönlichen Gründen keinen Gebrauch davon. Sie ließ sich zur Sekretärin ausbilden, wurde aber schließlich Schauspielschülerin bei Frank Forbes-Robertson. Sie trat in Repertoire- und Tourneeaufführungen auf, ohne daß ihr der Durchbruch gelang, da sie, wie sie selbst sagt, »wirklich nicht gut genug spielte«. Sie suchte sich eine Stelle als Sekretärin, kam in einen Verlag – und war begeistert. Sie arbeitete als Journalistin, schrieb Kurzgeschichten und dann Romane.

Heute lebt Rona Randall in Sussex. Ihre Hobbys sind Töpfern, Antiquitäten, Theater, Reisen und natürlich: Lesen.

Von Rona Randall sind als Knaur-Taschenbücher außerdem erschienen:

»Der Adler über dem Tor« (Band 797)
»Applaus, Applaus« (Band 1234)
»Die grüne Kutsche« (Band 807)
»Die Ladies vom Hanover-Square« (Band 1181)
»Spiel der Leidenschaft« (Band 1024)
»Theaterblut« (Band 1396)
»Zerrissene Fäden« (Band 1302)

Deutsche Erstausgabe 1988

Titel der Originalausgabe »The Drayton Legacy«

Umschlaggestaltung Adolf Bachmann
Umschlagillustration Pino Daeni
Satz Compusatz, München
Druck und Bindung Elsnerdruck, Berlin
Printed in Germany 5 4 3 2 1
ISBN 3-426-01613-3

Rona Randall:
Das Gewerbe der Draytons

Roman

Aus dem Englischen von Traudl Weiser

Knaur

1

Jessica Drayton schlug die Tür zum Haus ihres Bruders zu und stürmte mit gerafften Röcken die Treppe hinunter. Ihr Benehmen läßt wieder einmal zu wünschen übrig, dachte Hannah Walker, die Haushälterin, die sie vom Fenster aus hinter der Gardine beobachtete. Ihr Gesicht brannte noch immer vor Scham über die spitze Bemerkung der jungen Frau, als sie mit ihr vor dem Arbeitszimmer des Hausherrn zusammengestoßen war.
»Madam, eine Dame lauscht nie.«
Als ob ihr, die damit beschäftigt gewesen war, den Türknauf zu polieren, je eine derartige Ungehörigkeit in den Sinn gekommen wäre! Doch Miss Jessicas verächtlicher Blick hatte nur spöttisch das Staubtuch in ihrer Hand gestreift und damit unmißverständlich ausgedrückt, daß diese Arbeit wohl eher zu den Pflichten des Hausmädchens zählte. Niemals wäre der bezaubernden Miss Phoebe eine derart unhöfliche Bemerkung über die Lippen gekommen, doch die reizende Miss Phoebe war schließlich die Liebenswürdigkeit in Person, ihrem Bruder gegenüber respektvoll, der das Oberhaupt der Drayton-Familie war, und höflich zu Leuten, die älter als sie waren, ganz ungeachtet ihres Standes. Diese bewundernswerte junge Dame würde die Aufgaben einer Haushälterin niemals auf derart beschämende Weise mißinterpretieren.
Außerdem war Miss Phoebe hübsch, was man von ihrer Schwester keineswegs behaupten konnte. Es fiel schwer zu glauben, daß die beiden Zwillinge waren – Phoebe mit ihren bezaubernden Grübchen, ihren liebreizenden Rundungen, ihren rotgoldenen Ringellöckchen, ihrem Charme – und die reizlose Jessica, groß und dünn wie eine Bohnenstange, das glatte dunkle Haar straff aus der hohen Stirn zurückgekämmt und im Nacken zu einem Knoten geschlungen. Nicht einmal ihre Nasen zeigten eine Spur von Ähnlichkeit. Phoebe hatte eine kecke Stupsnase; Jessicas Nasenrücken war stolz gebogen. Phoebes kleine Zähne schimmerten wie Perlen in ihrem knospenförmigen Mund, während Jessica zwar wohlgeformte und strahlend weiße, aber doch etwas große Zähne besaß und ihr Mund

beim besten Willen nicht mit einer Rosenknospe verglichen werden konnte.
Nein, die dunkelhaarige Zwillingsschwester war in der Tat keine Schönheit, wohingegen die goldlockige Phoebe mühelos mit ihrem hübschen Aussehen bezauberte. Ein Blick aus ihren klaren blauen Augen gewann die Herzen aller. Nach dem gegenwärtigen Schönheitsideal erfüllte Jessica Drayton keine der Anforderungen, während Phoebe absolut dem Idealbild entsprach.
Zu diesem äußeren Manko kam noch Miss Jessicas freimütige Art, die sich für eine junge Dame nicht geziemte.
Diese unverschämte Person hat die scharfe Zurechtweisung durch ihren Bruder wohl verdient, dachte Hannah Walker schadenfroh und erinnerte sich an die hitzige Auseinandersetzung hinter der geschlossenen Tür des Arbeitszimmers und an die Abfuhr, die Jessica von ihrem Bruder erteilt worden war. Rasch wich sie vom Fenster zurück, denn das Mädchen wandte sich am Fuß der Treppe um und schüttelte die geballte Faust gegen das Haus und seine Bewohner. Nicht nur die Haushälterin sah diese zornige Geste, sondern auch Martin Drayton, der wartend im Gig saß, der in der Auffahrt stand. Auch ohne an geschlossenen Türen zu lauschen, wußte er, daß sein Bruder Joseph kurzen Prozeß mit ihrer Schwester gemacht hatte, doch im Gegensatz zur Haushälterin empfand er nur Mitleid mit Jessica.
Nicht, daß ihn der Ausgang der Unterredung überrascht hätte. Vergeblich hatte er versucht, Jessica davon abzuhalten, sich in die Höhle des Löwen zu wagen und ihn zu reizen. Joseph, Oberhaupt der Familie, konnte rücksichtslos seine Vorstellungen von Recht und Ordnung durchsetzen und beharrte unerbittlich auf absolutem Gehorsam. Dieser totale Herrschaftsanspruch wurde ihm durch das Erstgeburtsrecht eingeräumt. Von seinem ansehnlichen Besitz auf dem Hügel, mit Blick auf das darunterliegende Haus seiner Mutter und die auf der anderen Seite des Tals angesiedelte Töpferei, behielt er beide Anwesen im Auge und war über alle Vorgänge informiert, die dort vor sich gingen.
Oder er glaubte, darüber Bescheid zu wissen.
»Sag kein Wort!« befahl Jessica, als Martin ihr die Hand entgegen-

streckte, um ihr in den Gig zu helfen. »Kein Wort, sage ich dir, oder ich platze vor Zorn!«

Zitternd vor Wut und Empörung saß sie neben ihm und kämpfte vergeblich darum, ihre Fassung wiederzugewinnen. Schweigend nahm Martin die Zügel und trieb das Pferd an.

»Und schau nicht zurück, Bruder. Diese abscheuliche Hannah Walker beobachtet uns. Ich gönne ihr die Genugtuung nicht, dein besorgtes Gesicht zu sehen.«

Unterhalb der mit Kies bestreuten Auffahrt zum Haus ihres Bruders rumpelte der offene zweirädrige Wagen über den holprigen Fahrweg hügelabwärts nach Burslem, doch Jessica schien das Rütteln und Stoßen nicht zu bemerken, bis Martin die Fahrt verlangsamte, um den größten Schlaglöchern auszuweichen. Wütend fauchte sie: »Joseph sollte seinen Männern verbieten, Lehm aus den Fahrwegen zu graben. Reisende riskieren Kopf und Kragen, wenn sie mit ihren Kutschen darüberpoltern.«

»Männer, die Steingut herstellen, suchen sich ihren Lehm, wo sie ihn finden können.«

»Dann sollten sie die Löcher wieder auffüllen. Man bricht sich ja sämtliche Knochen im Leib.«

»Du wurdest doch praktisch in einer Töpferei geboren, Schwester. Du solltest dich mittlerweile an die Gefahren, die damit verbunden sind, gewöhnt haben.«

»Ich hasse Töpfereien! Ich hasse den Schmutz, den Rauch und die betrunkenen Männer, die in den Kneipen herumlungern, während ihre Töpferwaren gebrannt werden. Sie streiten und prügeln sich mit umherwandernden Kesselflickern und Straßenhändlern, und das Bier lockert ihre Zunge, so daß jeder durchreisende Hausierer mühelos erfährt, wann der nächste Warentransport nach Liverpool oder Manchester abgeht. Kein Wunder, daß die Maultiere mit Verspätung, ihrer Lasten beraubt oder nur noch mit zerbrochenen Tonscherben beladen eintreffen. Da ist es kein Wunder, daß die Lehmlieferungen aus Cornwall, die für die Drayton-Töpferei bestimmt sind, bei der Konkurrenz landen.«

»Wir brauchen dringend bessere Transportmöglichkeiten und eine gut ausgebaute Hauptstraße nach Liverpool, über die Lastkarren unbehelligt von räuberischen Hausierern die Seehäfen erreichen können.«

»Hauptstraßen in diesem unzugänglichen Teil Englands?«

»Dann könnte man dieses Gebiet leichter erreichen. Aber ein Kanal wäre natürlich als Verbindungsweg zu den Docks von Liverpool noch geeigneter. Und die Porzellanerde aus Cornwall könnte auf dem Mersey von den Küstenschiffen direkt auf die Kutter umgeladen werden.«

»Joseph hat für diese Ideen nur Hohn und Spott übrig.«

»Joseph fehlt der Weitblick, aber der Tag wird kommen ...«

Die mit leidenschaftlichem Eifer vorgetragenen Worte ihres Bruders ließen Jessica ihren eigenen Kummer vergessen. Eines Tages würde Martin als Töpfermeister seinen Bruder überflügeln, denn er besaß nicht nur mehr Phantasie, sondern hatte auch den größeren geschäftlichen Weitblick.

Joseph Drayton war bereits mit dreißig einer der geachtetsten Männer in Staffordshire. Hinzu kam sein gutes Aussehen, das ihn in den Augen ehrgeiziger Mütter zum begehrten Junggesellen machte. Hatte er nicht seit dem Tod seines Vaters die Produktion der Familien-Töpferei verdreifacht und drei neue Brennöfen gebaut? Hatte er nicht das reizvolle Carrion-House – reizvoll für jeden, der klug genug war, nicht an die unheilvolle Legende zu glauben, die diesem Besitz anhaftete – gekauft und seiner verwitweten Mutter einen angemessenen Lebensstandard ermöglicht? Emily Drayton hatte es ihrem Sohn Joseph zu verdanken, daß sie in Medlar Croft, ihrem Heim seit ihrer Heirat, in dem sie zehn Kinder geboren hatte, weiterhin residieren konnte.

Fünf Kinder hatten überlebt – Joseph, der Älteste, dann Harriet, ein Jahr jünger, die mittlerweile verheiratet war und in Cheshire lebte; die ungleichen Zwillinge, Jessica und Phoebe, die erst letzte Woche ihren neunzehnten Geburtstag gefeiert hatten, und Martin, der Jüngste, der in Kürze achtzehn wurde.

Joseph Drayton war ein vornehmer Mann und pflichtbewußter Sohn, der trotz der heruntergewirtschafteten Töpferei zum Zeitpunkt des völlig unerwarteten Todes seines Vaters Harriet eine

angemessene Mitgift gegeben hatte. Außerdem hatte er es gebilligt, daß der vierzehnjährige Martin einen Lehrvertrag über fünf Jahre bekam.
Zusätzlich hatte er wieder Kinder für die Arbeit in der Töpferei eingestellt, auch jene, die noch klein genug waren, um unter die Brennöfen zu kriechen und die Holzasche herauszuscharren. Für den Penny pro Tag, den er ihnen dafür bezahlte, gewann er die Dankbarkeit ihrer Eltern. Joseph hatte nie die Abneigung seines Vaters gegen Kinderarbeit geteilt, sondern vertrat die Ansicht, daß für Kinder, wie zum Beispiel Si Kendall, die in den ärmsten Familien Burslems aufwuchsen, keine Notwendigkeit bestand, Schulen einzurichten, und daß ein Verbot der Kinderarbeit – wie manche Fanatiker seit kurzem forderten – die Eltern der bitter benötigten zusätzlichen Pennies berauben und damit die Kinder in den Hungerstod treiben würde. Daher hielt man ihn nicht nur für einen Menschenfreund, sondern obendrein auch für einen Wohltäter.
Um die zerrütteten Familienfinanzen aufzubessern, brach Joseph die schulische Ausbildung seines Bruders ab. Die Überzeugung des Vaters, daß Wissen eine Bereicherung des Lebens darstelle – selbst für die Ausbildung seiner Töchter hatte er Geld an teure Gouvernanten vergeudet –, hatte ihm keinen Erfolg beschert, und seine Angewohnheit, sich unentwegt in Bücher zu vertiefen, hatte die Vernachlässigung des Familienunternehmens zur Folge.
Für die vehementen Proteste seines ältesten Sohnes hatte George Drayton nur taube Ohren gehabt. Ständig hatten Vater und Sohn sich in den Haaren gelegen. Je heftiger Joseph die Lebenseinstellung seines Vaters verurteilt hatte, um so starrsinniger hatte dieser daran festgehalten. So war sein Tod eigentlich ein Segen gewesen, obwohl er für alle einen Schock bedeutete, denn George Drayton schien sich bester Gesundheit zu erfreuen. Sein ganzes Leben lang war er nie ernsthaft krank gewesen, nur wenige Monate vor seinem Tod hatte er zum erstenmal – wie Dr. Wotherspoon diagnostizierte – an Magenverstimmungen gelitten. Dergleichen Indispositionen waren bei einem Mann seines Alters nicht ungewöhnlich, ebensowenig der rapide Haarausfall, der dem ständigen Tragen von langen, altmodischen Perücken zugeschrieben wurde.

Doch seine Frau, die ihn öfter ohne Perücke sah, bedauerte das Dahinschwinden seiner ehemals dichten Haarpracht, die sie stets bewundert hatte, und empfahl ihm die Anwendung von Aylshams Pomade, die jedoch ihre Wirkung verfehlte, weil George Drayton wohl vergaß, sie aufzutragen. Und dann, ganz plötzlich, war er zusammengebrochen und gleich darauf gestorben.
Der Schock traf alle um so stärker, da George Drayton selbst an seinem Todestag gesund und munter wirkte. Wie gewöhnlich hatte er sein Mittagessen an dem großen, geschnitzten Tisch eingenommen, der seit Gründung des Familienunternehmens dem Besitzer der Töpferei auch als Schreibtisch diente. Wie die Mahlzeit seiner Arbeiter – denn er war der Meinung, was für sie gut genug war, hatte auch ihm zu genügen – bestand sein Mittagessen aus Suppe, einem Stück trockenen Brotes und einem Stück Käse, das er mit einem Humpen Ale hinunterspülte. Diese karge Mahlzeit konnte normalerweise nicht einmal eine Magenverstimmung auslösen, geschweige denn einen Kollaps verursachen, also diagnostizierte der alte Wotherspoon einen Herzanfall, da er keine anderen Symptome feststellen konnte.
Vielleicht, so erklärte Joseph, hätte sein Vater klüger gehandelt, wenn er, wie es sich für einen Unternehmer geziemte, seine Mahlzeiten zu Hause eingenommen hätte. Verantwortung und Verständnis für seine Arbeiter zu empfinden, war eine Sache, doch sich auf eine Stufe mit ihnen zu stellen, ging entschieden zu weit. Er hatte sich sogar geweigert, die Kosten für ihr Mittagessen von den Löhnen abzuziehen, eine Unsitte, die sein Sohn unverzüglich abschaffte.
Joseph selbst übernahm es, seiner Mutter die Nachricht vom Tode ihres Mannes zu überbringen, denn der wirrköpfige alte Wotherspoon war vor Aufregung ganz aus dem Häuschen. Jeder bewunderte Josephs Rücksichtnahme und Mitgefühl – bis auf ein Mädchen in der Fertigstellung. Meg Gibson hatte von ihrer Töpferscheibe aufgesehen, den Modellierstab in der Hand, und gesagt: »Er ist also tot. Gott gebe seiner Seele Frieden. Könnte zeitlich nicht günstiger sein, wie?«
Durch die offene Tür der Werkstatt hatte sie Joseph Drayton

beobachtet, der mit gesenktem Kopf neben dem Handkarren herging, auf dem der Leichnam seines Vaters nach Hause gebracht wurde. Dann, kaum daß die traurige Prozession außer Sicht war, schlenderte sie scheinbar ziellos über den Fabrikhof, verschwand im Büro des Töpfereibesitzers und kam gleich darauf mit dem irdenen Geschirr in den Händen wieder heraus, von dem George Drayton seine letzte Mahlzeit gegessen hatte. Am Brunnen im Hof wusch sie Teller und Krug mit einer scheuen Ehrfurcht, brachte sie dann wieder ins Büro zurück und stellte sie auf den Schreibtisch, an dem der alte Mann lieber über seinen Büchern gesessen hatte, als sich um die geschäftlichen Belange der Töpferei zu kümmern. Als sie an ihren Arbeitsplatz zurückkehrte, hatte sich ihr wehmütiger Gesichtsausdruck in eine derart düstere Miene verwandelt, daß sie jedem, der sie sah, einen Schauder über den Rücken jagte.

Meg Gibson war ein ungewöhnliches Mädchen. Ihr Aussehen – schwarze Augen, schwarzes Haar, weiße Haut – wirkte fremdartig und irgendwie bedrohlich. Die Männer hielten sie für eine Schönheit. Sie warfen ihr begehrliche Blicke zu, und Meg ließ sich diese Bewunderung ungeniert gefallen. Die Frauen haßten sie. Manche sagten ihr nach, sie hätte das zweite Gesicht, andere hielten sie für eine Hexe, doch wenn Meg dieses Gemunkel zu Ohren kam, lachte sie nur verächtlich darüber.

Nachdem Joseph Drayton die Leitung der Töpferei übernommen hatte, war Schluß mit dem heimlichen Getratsche an den Arbeitsbänken und dem gemächlichen Schlendrian im Büro. Die Bücher, die seinen Vater von der Arbeit abgehalten hatten, wurden in den Brennöfen verheizt – das Pergament ergab zusammen mit der Holzasche einen Bestandteil der Mischung für die Glasuren – und befriedigte Josephs Abneigung gegen jede Art von Verschwendung. »Spare in der Zeit, so hast du in der Not«, war nur eines der belehrenden Sprichwörter, die Joseph ständig zitierte. Jetzt, da er den Betrieb übernommen hatte, waren die Zeiten der Nachlässigkeit und des Müßiggangs vorbei, und die Bedingungen, die in Martins Lehrvertrag festgelegt waren, boten die Gewähr dafür, daß der Junge sich dessen voll bewußt war.

Warum Martin gerade jetzt, da ihm doch Jessicas Kummer am Herzen lag, an diesen Lehrvertrag denken mußte, wußte er nicht, doch der Gedanke daran verdrängte seine Besorgnis über die Liebe seiner Schwester zu Roger Acland und ihre Torheit, Joseph damit konfrontiert zu haben. Acland war ein verarmter Verwandter der Freemans, der Erben von Tremain Hall mit seinen ausgedehnten Ländereien und den Tremain-Kohleminen in Stoke und Spen Green. Der gesamte Besitz gehörte der Mutter – Charlotte Freeman war vor ihrer Heirat eine Tremain gewesen –, und hätte auch nur die geringste Aussicht bestanden, daß diesem verarmten Verwandten eines Tages wenigstens ein Teil des Erbes zufallen würde, wäre Joseph wohl eher geneigt gewesen, ihn als Bräutigam seiner Schwester zu akzeptieren. Doch die Familie Freeman war zu groß, als daß Roger Acland jemals als Erbe in Betracht käme.
Martin bedauerte seine Schwester, die sich zu dem impulsiven Schritt hatte verleiten lassen. Er machte sich Vorwürfe, daß es ihm nicht gelungen war, sie davon abzuhalten, um ihr die schmerzliche Abfuhr Josephs zu ersparen. Nur zu deutlich war ihm noch seines Bruders strenges Gesicht bei der Unterzeichnung des Lehrvertrags an seinem vierzehnten Geburtstag, vor vier Jahren und kurz nach dem Tod ihres Vaters, in Erinnerung. Josephs Worte bei der Übergabe des Dokuments klangen ihm noch heute in den Ohren.
»Du wirst die Bedingungen buchstabengetreu erfüllen«, hatte er betont, nachdem die beiden Zeugen, die er zur Beglaubigung der Unterschriften herbeizitiert hatte, wieder gegangen waren. »Dabei verlasse ich mich auf dich, liebe Mutter, daß auch du deinen Teil dazu beiträgst, daß der Junge gehorsam und willig ist.« Und ihre Mutter, die nur widerwillig dem Abbruch der schulischen Ausbildung ihres jüngsten Sohnes zugestimmt hatte, hatte eine unverständliche Bemerkung gemurmelt und resigniert zugehört, als Joseph den Inhalt des Vertrags vorlas.
»... die mir übertragenen Arbeiten mit größtmöglicher Sorgfalt und Umsicht auszuführen; Arbeitsmittel weder zu vergeuden noch Waren ohne Einverständnis des Besitzers zu veräußern. Die Beteiligung an Karten-, Würfel- oder anderen verbotenen Glücksspielen ist bei strengster Strafe untersagt. Tavernen und Bierhäuser sind

unter allen Umständen zu meiden. Unzucht und Umgang mit liederlichen Frauen ist verboten. Eheversprechen dürfen nicht gegeben werden. Zu keiner Zeit darf der Unterzeichnete sich ohne Einwilligung des Meisters aus dessen Diensten entfernen, und er ist verpflichtet, ihm als fleißiger und williger Lehrling absoluten Gehorsam zu leisten.«

Martin kannte die Sätze auswendig. Für ein weiteres Jahr, das ihm wie eine Ewigkeit erschien, war er noch an diesen Vertrag gebunden.

Jessica fühlte plötzlich die Niedergeschlagenheit ihres jüngeren Bruders und vergaß momentan ihr eigenes Elend. Besänftigend sagte sie: »Du hast recht, Martin. Der Tag, von dem du träumst, wird kommen. Du wirst es schaffen, alles nach deinem Willen zu verändern ...«

Mit einer weit ausholenden Geste umschloß sie das Tal und das darin liegende Dorf Burslem. Zu Beginn des Jahrhunderts war es praktisch vom restlichen Teil Englands isoliert gewesen, doch nun, im Jahre 1750, hatte der Ort den Ruf eines aufstrebenden Industriegebietes gewonnen und eine überaus vielversprechende Zukunft. Durch reiche Vorkommen an Tonerde und der für die Brennung erforderlichen Kohle entwickelte sich das Gebiet allmählich zum Zentrum der keramischen Industrie Englands. Doch noch war es zu sehr vom Süden Englands abgeschnitten, und das würde sich erst ändern, wenn Männer wie Martin Drayton den beschränkten Horizont der engstirnigen reaktionären Unternehmer mit ihrem Fortschrittsdenken durchbrachen.

Die Draytons wurden erstmals im Jahre 1570 im Kirchenregister erwähnt. Sie zählten zu den ersten Familien, die damit begannen, Lehm zu gewinnen und primitive Öfen zu bauen, aus denen sie im Lauf der Jahre die jetzt üblichen flaschenförmigen Brennöfen entwickelten, die bald von ihren Konkurrenten nachgebaut wurden und mittlerweile die Landschaft im weiten Umkreis verunstalteten. Einer ihrer Vorfahren war auf der Suche nach weiteren Lehmvorkommen quer durch England geritten und in Cornwall auf Tonerde von einer Weiße gestoßen, die keinen Vergleich mit der aus China eingeführten Erde zu scheuen brauchte. Damit begannen die Dray-

tons mit der Herstellung von weißem Porzellan und waren ihren Konkurrenten wiederum einen entscheidenden Schritt voraus, die nach wie vor grobes Steingut produzierten.
Doch der Transport der weißbrennenden Tonerde aus dem weit entfernten Cornwall kostete mehr Zeit und Geld, als der gegenwärtige Besitzer der Drayton-Töpferei für angemessen hielt, und deshalb hatte Joseph nach dem Tod seines Vaters aus wirtschaftlichen Erwägungen die Herstellung von Porzellan auf ein Minimum beschränkt, denn er vertrat die Ansicht, daß Geschirr aus rotem Steingut den Bedürfnissen der Masse entsprach und für die mit einer Glasur versehenen Tonwaren nur eine begrenzte wohlhabendere Käuferschicht vorhanden war. Der wirtschaftliche Aufschwung, den er mit dieser Entscheidung den Drayton-Töpfereien bescherte, bestätigte seinen Entschluß. Aber trotzdem träumte sein Bruder Martin von zartem, elegantem Porzellan, das kunstvoll angefertigt und verziert war, denn er glaubte, für derartige exquisite Produkte in den wohlhabenden Kreisen Käufer zu finden.
Burslem war einst ein hübsches Dorf mit strohgedeckten Hütten gewesen, die sich auf einem Hügel eng aneinander drängten. Doch mit zunehmender Industrialisierung war die Landschaft bis ins Tal zersiedelt worden, und die Anzahl der Brennöfen überstieg mittlerweile die Anzahl der Hütten und Häuser. Jessicas weit ausgreifende Armbewegung umschloß diese frühindustrielle Ansiedlung mit ihren rauchenden Kaminen, deren Qualm wie eine dunkle Wolke über dem Tal hing. Plötzlich erhellte ein strahlendes, anziehendes Lächeln ihr Gesicht, als sie sagte: »... aber das alles werde ich hinter mir lassen, was auch immer der liebe Joseph verfügen mag.«
»Und was hat er verfügt?«
»Das kannst du dir doch denken, oder? Daß ich nie Roger Acland heiraten werde, und falls ich mich über seine Anordnungen hinwegsetze, wird er mir die dreißig Pfund, die ich jährlich bekomme, streichen. Dann bin ich arm wie eine Kirchenmaus. Als ob das mir oder meinem lieben Roger etwas ausmachen würde!«
»Hast du ihm angedroht, daß du sein Verbot mißachten würdest?«
»Natürlich! Hast du etwas anderes von mir erwartet? Auch du solltest deinem Bruder die Stirn bieten, Martin. Ohne dich würde die Töpferei untergehen.«

»Das stimmt nicht. Joseph hat das Unternehmen auf eine gesunde wirtschaftliche Basis gestellt.«
»Nun gut, aber es könnte besser florieren, wenn Joseph deine Fähigkeiten anerkennen würde. Du bist für größere Dinge ausersehen, als deine Zeit an der Töpferscheibe zu vergeuden. Aber für ihn ist nur dein Talent als Töpfer wertvoll – darauf wird er nie verzichten. Solange du regelmäßig von sechs Uhr morgens bis sieben Uhr abends fleißig deine Töpfe produzierst und solange Nachfrage für die Tonwaren herkömmlicher Form besteht, wirst du ein Töpfer bleiben, obwohl du davon überzeugt bist, daß man mit Ton auch wunderschöne Keramik herstellen kann.«
Er blieb ihr die Antwort schuldig, denn sie sprach die Wahrheit. Schon als Kind, als er damit begann, stundenlang Tonerde mit Wasser zu schlämmen und zu mischen, sie mit aufgerollten Ärmeln, naß bis zu den Ellbogen, im Sieb von Kies und grobem Sand zu reinigen, hatte er die Schönheit reinen Tons erkannt und sich an dem Gefühl der glatten Masse erfreut, die geschmeidig jedem Druck seiner geschickten Finger nachgab und sich bereitwillig formen ließ. Eines Tages hatte er einen Klumpen Ton in ein feuchtes Taschentuch gewickelt und ihn mit nach Hause genommen, um in der Abgeschiedenheit des Dachbodens damit zu modellieren. Niemand durfte von seiner heimlichen Vorliebe erfahren, denn bisher hatte kein Drayton so wertlose Gegenstände wie Nachbildungen von Tieren oder Vögeln hergestellt, an denen Martin so viel Gefallen fand. Er würde nur Hohn und Spott ernten, sollte Joseph davon erfahren, weil er kostbare Tonerde an solche Nichtigkeiten verschwendete. Derartige Gegenstände waren nutzlos. Töpfe und Krüge hatten praktischen Wert. Minderwertige Tonerde konnte für den Verputz von Häuserwänden verwendet, beschädigte Tonwaren für einen Farthing auf den Jahrmärkten verkauft werden, doch guter Ton durfte nur zur Herstellung solider brauchbarer Waren benutzt und nicht für Unnützes vergeudet werden.
Aber Martins heimliches Tun blieb nicht lange geheim. Clara, das Dienstmädchen, war eines Nachmittags auf Phoebes Wunsch hin in den Speicher hinaufgestiegen und hatte Martin bei der Arbeit überrascht. Um die Langeweile zu vertreiben, hatte Phoebe be-

schlossen, sich mit den alten Kleidern, die in Truhen auf dem Speicher lagen, herauszuputzen.
»Aber, liebe Clara, ich kann doch meine Röcke nicht auf dem staubigen Dachboden schmutzig machen. Tu mir doch den Gefallen ...«
Phoebe konnte einen derart schmeichelnden Tonfall in ihre Stimme legen, daß niemand ihr eine Bitte abschlagen konnte. Aber Martin vermutete, daß seine sanftmütige Schwester verärgert auf Claras Rückkehr wartete, die ungewöhnlich lange fortblieb und dann obendrein, anstatt mit einem Armvoll Kleider, nur mit einem Haufen ungebrannter Tontiere zurückkam. Die liebe Clara hatte wohl erwartet, daß Miss Phoebe ihr Entzücken über die Tonmodelle teilen würde, doch Phoebe hatte keinen Blick dafür übrig. Joseph runzelte mißbilligend die Stirn, und nur Jessica hatte sie voll Bewunderung betrachtet, während ihre Mutter nachsichtig meinte:
»Sie sind sehr hübsch, mein Sohn. Wirklich sehr hübsch.«
»Hübsch!« hatte Jessica empört gerufen. »Was für ein unzulängliches Wort! Könnt ihr nicht wenigstens erkennen, daß sie Zeugnis eines künstlerischen Talents sind, das nicht vergeudet werden darf?«
Doch Joseph hatte die Figuren verächtlich als Kitsch abgetan, für dessen Produktion die Drayton-Töpferei kein Geld verschwenden würde. »Mit gutem Ton können bessere, praktische Dinge hergestellt werden. Haushaltsgeschirr und Kochtöpfe, Krüge und Teller, Butterschalen und Salzfäßchen – das brauchen die Leute, nicht törichtes Spielzeug wie diese Figuren. Und wenn du das nächste Mal deine Freizeit vertrödeln willst, junger Herr, wäre ich dir dankbar, du würdest dafür nicht meinen Ton bester Qualität hernehmen. Den Männern, die ihn gewinnen, bezahle ich dafür einen Shilling pro Tag. Und du wirst gefälligst damit nur an der Töpferscheibe arbeiten und nicht derartigen Schund herstellen. Konzentriere dich darauf, deine Fähigkeiten als Former zu vervollkommnen. Darin bist du gut, trotz deines Beins. Es stellt offensichtlich kein Handikap für deine Arbeit an der Schwungscheibe dar.«
Jede Anspielung auf sein verkrüppeltes rechtes Bein brachte Martin in Verlegenheit. Es war kürzer als das andere und mißgestaltet von

Geburt an, und obwohl die Familie zu glauben schien, er hätte sich mittlerweile daran gewöhnt, hatte er zeit seines Lebens darunter gelitten und haßte dieses Bein, denn es machte ihn zum Außenseiter und verwehrte ihm die Teilnahme an vielen Unternehmungen seiner Freunde.

Jessica war das einzige Familienmitglied, dem bewußt war, wie sehr ihr Bruder unter dieser Behinderung litt, und sie hatte ihn deswegen stets dazu ermuntert, sein künstlerisches Talent, das in der Modellierung von Tonfiguren den für ihn zufriedenstellendsten Ausdruck fand, zu verwirklichen. Deswegen war ihr Entsetzen, als Joseph die ungebrannten Tonfiguren zerbrach, damit die Scherben am nächsten Tag mit der geschlämmten Tonmasse zusammen verarbeitet werden konnten, genauso groß wie Martins. Noch heute erinnerte er sich an ihren empörten Aufschrei und Josephs schroffe Zurechtweisung.

»Kein erfolgreicher Töpfer duldet Verschwendung. Jede Scherbe kann wieder verwendet werden. Denk daran, kleiner Bruder!«

Eigenhändig mußte Martin am nächsten Tag die zerbrochenen Tonfiguren in den Behälter mit Schlicker werfen, sah, wie sie in der lehmigen Masse versanken. Dann holte er fertig gemischte Masse aus anderen Behältern, und besonders geschmeidiger, flüssiger Ton wurde als Klebemittel für Griffe und Henkel oder als Verzierung verwendet. Als kluger Geschäftsmann zog Joseph aus Gründen der Zeit- und Kostenersparnis die Herstellung von schlichten Tonwaren vor, denn Arbeiter, die Steingut verzierten, kosteten ihn einen extra Penny pro Stunde mehr.

Der Schlicker wurde auf Gipslatten ausgebreitet, bis das überflüssige Wasser absorbiert und verdunstet war, danach wurde die Tonmasse geknetet und durchgearbeitet, bis sie zur Verarbeitung geeignet war. Nicht das kleinste Luftbläschen durfte in der Masse zurückbleiben, damit das gute, schwere Haushaltsgeschirr aus den Drayton-Töpfereien keinen Schaden erlitt.

Aber Schlicker konnte man auch wie Glasuren mit Farbpigmenten vermischen, um der Keramik ein transparentes oder getrübtes Aussehen zu geben. Und Martin träumte davon, diese Herstellungsmethoden anzuwenden, wenn er einmal Töpfermeister war.

Bis dahin bestand keine Hoffnung, Joseph dazu zu überreden, die Drayton-Produktpalette mit feineren Keramikerzeugnissen zu bereichern. Farbige Glasuren wurden nur für Einzelaufträge und von qualifizierten Glasierern angefertigt. Gelegentlich stellte auch Joseph eine spezielle Glasur her, und er hatte den Krug und den Teller, den Martin zum Geburtstag ihres Vaters anfertigte, mit einem matt schimmerndem Glanz überzogen, doch er weigerte sich, die Bestandteile dieser Mischung preiszugeben. George Drayton hatte Krug und Teller an dem Tag benutzt, als er starb.
Jessicas Stimme unterbrach Martins Gedanken.
»Du hörst mir gar nicht zu, Bruder.«
»Doch, das tue ich. Du hast mich eben daran erinnert, daß mit Ton schönere Dinge produziert werden können als die gebräuchliche, gewinnbringende Drayton-Ware. Und es ist leider wahr, daß es keine praktischere Verwendung dafür gibt.«
»Verteidigst du etwa deinen Bruder? Willst du dich tatsächlich mit der Position eines Leibeigenen in der Töpferei begnügen?«
»Erst wenn ich meine Lehrzeit abgeleistet habe, kann ich mich als Partner meines Bruders qualifizieren. Das ist eine Familientradition der Draytons, und ich muß ihr gehorchen.«
»Dann hoffe ich nur, Joseph läßt dich im letzten Jahr deiner Lehrzeit alle Ausbildungsphasen durchlaufen, denn mir scheint, er schätzt deine Talente als Former so hoch ein, daß er versuchen wird, dich an der Töpferscheibe festzunageln. Dann kannst du dich nicht in allen Fertigkeiten qualifizieren und wirst um deine Rechte betrogen.«
Jessica war kaum bewußt, daß sie Martins geheimste Befürchtungen aussprach. Und doch war er froh, daß es ihm gelungen war, sie von ihren eigenen Sorgen abzulenken. Hoffnungsvoll deutete er ihr Interesse an seinen Problemen als Anzeichen dafür, daß ihr Kummer weniger schmerzlich war, als er befürchtet hatte. Doch ihre nächsten Worte zeigten, daß er sich geirrt hatte. »Nun, ich jedenfalls werde mich ihm nicht unterordnen. Noch will ich Leibeigene in Mutters Haus sein, bis Joseph mich mit einem Mann seiner Wahl verheiratet. Ich schwöre, daß ich Herrin eines eigenen Hauses werde – Roger Aclands Haus –, und Joseph vergeudet seine Zeit, wenn er versucht, mich einzuschüchtern.«

»Dich einzuschüchtern? Auf welche Weise?« Er hatte angenommen, daß ihr älterer Bruder streng, sogar schroff gewesen war, doch Joseph war sich doch wohl bewußt, daß Jessica, im Gegensatz zu ihrer hübschen Zwillingsschwester, nicht eingeschüchtert werden konnte?
Besorgt hörte er das Zittern in ihrer Stimme, als sie antwortete: »Joseph sagte mir, daß er Acland davongejagt hat und daß ich ihn nie wieder sehen werde. Und das glaube ich einfach nicht! Ich werde ihm das Gegenteil beweisen! Das schwöre ich! Schlimmstenfalls brenne ich mit Roger durch, falls ich ihn dazu überreden kann. Leider ist er ein zu wohlerzogener Gentleman, als daß er versuchen würde, eine junge Dame gegen ihre Familie aufzuhetzen. Und es wird schwierig sein, ihm diese Idee in den Kopf zu setzen. Aber ich werde es versuchen! Sieh mich nicht so entsetzt an, Bruder. List und Tücke sind die einzigen Waffen einer Frau, und ich werde nicht zögern, sie anzuwenden. Ich scheue vor keinem Mittel zurück, den lieben Roger vor den Altar zu locken, und ich weiß, es wird mir gelingen, denn wir lieben uns. Daran kann mein verehrter Bruder nichts ändern, so sehr er es auch versuchen mag. Ich kenne Roger besser, und Joseph ist voreingenommen. Roger hat mir seine Liebe gestanden, und ich weiß, er ist verläßlich und aufrichtig.«
Gebe Gott, daß sie recht hat, dachte Martin.

Die Erklärung, daß sie ihren Geliebten mit allen ihr zu Gebote stehenden Mitteln vor den Altar locken würde, war eine Übertreibung. Jessica wußte, daß sie keinerlei Druck auf ihn ausüben mußte. Ihr Zorn auf ihren ältesten Bruder schwand, als sie an die heimlichen Umarmungen und leidenschaftlichen Liebesbeteuerungen Rogers dachte. Mit ihm an ihrer Seite konnte sie Joseph die Stirn bieten, und sie zweifelte keine Sekunde daran, daß Acland, nachdem sie ihm von ihrer fruchtlosen Unterredung mit ihrem Bruder erzählt hatte, geradewegs zum Carrion-Haus eilen und um ihre Hand anhalten würde.
Er hatte Joseph aufsuchen wollen, doch sie hatte ihm davon abgeraten. Nicht, daß er sie formell um ihre Hand gebeten hatte, doch an seinen Absichten bestand kein Zweifel.

»Ich kann mir vorstellen, daß dein ältester Bruder als Oberhaupt der Familie den eventuellen Bräutigam begutachten möchte«, hatte er angedeutet. Da es keine gesetzliche Regelung bezüglich der Ehemündigkeit gab, war diese Sitte unumgänglicher Bestandteil jeder Bewerbung um die Hand heiratsfähiger junger Mädchen, und Rogers Bemerkung drückte unmißverständlich seine diesbezüglichen Absichten aus. Trotzdem hatte Jessica beschlossen, ihren Bruder erst selbst mit der Neuigkeit zu konfrontieren, denn sie befürchtete, er würde einen fremden Mann einfach abweisen. Ihr Besuch würde Acland den Weg ebnen und Joseph zugänglicher stimmen.
Das hatte sie jedenfalls angenommen.

»Möchtest du sofort nach Hause fahren, Jess?«
»Nein. Warum?« antwortete sie überrascht, als Martin kurz vor dem Haus das Pferd zügelte. »Um die Wahrheit zu sagen, auf Phoebes Gesellschaft kann ich verzichten, und die liebe Mama wird mir Vorhaltungen machen, weil ich sie nicht auf ihrem Sonntagnachmittagsspaziergang begleitet habe. Und Phoebe wird ungehalten sein, weil sie Mama allein begleiten mußte – sie haßt diese Spaziergänge und behauptet, Mama würde immer die schlammigsten Feldwege wählen. Warum?« wiederholte Jessica. »Hast du etwas vor?«
»Ich möchte zum Cobblers Green fahren. Ich habe gehört, daß John Wesley dort heute nachmittag spricht.«
»Dann möge Gott ihn schützen! Die Männer von Burslem mögen keine Prediger, die ihre Sünden verdammen. Wieso findest du plötzlich Gefallen daran, Martin? Sobald Reverend Hartley die Kanzel betritt, werden deine Augen ganz stumpf vor Langeweile.«
»Weil ich seine Predigten schon tausendmal gehört habe und er immer denselben Sermon herunterleiert. Wesley ist kein Landpastor, sondern ein Mann der Tat, ein Mann mit Mut. Seine Absicht, die Armen auszubilden, scheint mir bewundernswert. Und er ist ein gebildeter Mann. Er hat in Oxford studiert und sogar in Amerika gepredigt. Seine Ansichten interessieren mich.«
Jessica betrachtete Martins freimütiges junges Gesicht – das kantige

Kinn, die Stupsnase unter den dichten, widerspenstigen braunen Locken. Man konnte es beim besten Willen nicht als gutaussehend bezeichnen. Joseph dagegen hatte feines Haar, das er nur bei formellen Anlässen unter einer modischen Perücke verbarg, sonst jedoch elegant nach hinten gekämmt und mit einer schwarzen Schleife im Nacken gebunden oder offen auf den hohen steifen Kragen fallend trug. Josephs dunkles Haar wurde von den Damen bewundert, doch Martins unordentliche Locken unterstrichen nur sein koboldartiges Aussehen, vor allem, nachdem Jessica seiner Bitte entsprochen und die Lockenpracht mit einer Küchenschere – sehr zum Leidwesen ihrer Mutter – gestutzt hatte.
Während Jessica ihn jetzt betrachtete, überwältigte sie eine Woge der Zuneigung für ihren gutmütigen Bruder, mit dem sie eine größere Wesensverwandtschaft als mit jedem anderen Familienmitglied verband. Von Zwillingen wurde angenommen, daß sie einander näherstanden als jedem anderen Verwandten, und obgleich es stimmte, daß für Jessica Phoebes Gedanken transparent waren, schien die halbe Stunde Zeitdifferenz bei der Geburt ihre Charaktere grundsätzlich verschieden gestaltet zu haben.
Mit Martin verband Jessica ein tieferes Verständnis, und deswegen sagte sie jetzt nachsichtig: »Lieber Martin, jeder berühmte Mann, der in unsere Gegend kommt, interessiert dich. Also, laß uns meinetwegen zum Cobblers Green fahren.«

Oft nach der Abendandacht, wenn Joseph seine Familie nach Medlar Croft zu bringen pflegte und dann in sein eigenes Haus zurückkehrte, nickte ihre Mutter nach dem Tee in ihrem Sessel ein. Phoebe floh in ihr Zimmer, um sich die Zeit vor dem Spiegel zu vertreiben. Martin humpelte zur Kegelbahn in Burslem, nachdem er Jessica hatte schwören lassen, ihn nicht zu verraten, denn es war Sonntag. Auch Jessica ging heimlich ihrer Wege, schlüpfte durch das Gestrüpp zu einer Lücke in der Hecke, die zum Merrow's Thicket führte und von dort aus zu einem verfallenen Aussichtsturm am äußersten Rand des Tremain-Besitzes, wo Roger auf sie wartete. Mit einer Hingabe, die sie nicht im Traum in sich vermutet hatte, würde sie seine leidenschaftliche Umarmung erwidern. So groß war ihr Verlangen nach ihm, so hungrig waren ihre Sinne, daß sie längst keine Schuldgefühle mehr quälten, denn sie konnte nicht glauben, daß ein derart natürlicher Ausdruck ihrer Liebe wirklich sündhaft war.

Doch sie sehnte sich danach, mit der Heimlichkeit Schluß zu machen. Sie wollte Rogers Namen tragen, damit die ganze Welt wußte, daß sie Mann und Frau waren. Und er fühlte wie sie. Er hatte es gesagt. Deswegen war sie überzeugt davon, daß ihn Josephs Drohungen nicht davon abhalten würden, unverzüglich die Angelegenheit selbst in die Hand zu nehmen. Wie er dabei vorgehen würde, wußte sie nicht, doch er war ein Mann, der seine Wünsche durchsetzte. »Ich wollte dich, Jessica, vom ersten Augenblick an, als ich dich sah, wie du gelassen und andächtig in der Kirchenbank knietest.«

Gelassen? Man hatte sie dazu erzogen, stets gelassen zu wirken, denn eine Lady zeigt nicht ihre wahren Gefühle. Man trug eine Maske, damit die Welt nur das zu sehen bekam, was ihr zugestanden wurde. Selbst diese Maske in der Geborgenheit der Familie abzulegen war ein Vergehen, dessen sie sich ständig schuldig machte. Heute hatte sie Joseph ihr wahres Wesen enthüllt – wild, wütend, lodernd vor Angriffslust und Trotz, und sie machte sich nicht die Mühe, jetzt vor Martin etwas zu verbergen, denn es wäre sinnlos gewesen, da sie weder Gedanken noch Gefühle voreinander verheimlichen konnten. Sie kannten sich zu gut.

Auch ihre scheinbare Frömmigkeit war nur aufgesetzt, weil die Pflicht es verlangte. Jeden Sonntag saß Jessica in der Kirchenbank der Familie, ließ ihre Gedanken wandern, während ihre Lippen Gebete murmelten und ihre Blicke über die Gemeinde schweiften und sie jahrein, jahraus dieselben Gesichter sah, jedoch kaum wahrnahm. Sie waren Teil ihrer Umwelt, Teil ihrer Herkunft – bis plötzlich an einem Sonntag im Frühling ihr Blick an einer Gestalt in der gegenüberliegenden Bank der Freemans hängenblieben war, weil ein neues, bemerkenswertes Gesicht ihre Aufmerksamkeit fesselte.

Es war ein eindrucksvolles, gutaussehendes Gesicht mit olivgetönter Haut. Dunkle Augen unter geraden Brauen, und vor allem der

Mund beunruhigte sie auf merkwürdige Weise. Gedankenverloren hatte sie darauf geblickt und sich gefragt, warum diese Lippen sie so faszinierten, als ihr bewußt wurde, daß der Mann, dem sie gehörten, ihren Blick mit gleicher Intensität erwiderte. Als Agatha Freeman Jessica den Fremden nach dem Gottesdienst vorstellte, wußte sie, daß es auf seine Bitte hin geschehen war. Daß jemand ausdrücklich ihre Bekanntschaft suchte, war eine neue Erfahrung in ihrem Leben. Gewöhnlich waren Männer mehr an der hübschen Phoebe interessiert.

Roger Aclands Aufmerksamkeiten wirkten berauschend auf Jessica. Sie konnte ihm keine Bitte abschlagen, ihm nichts verweigern. Auch heute abend würde sie in seinen Armen liegen und diese Momente genießen, die so wichtig für sie beide waren, so unverzichtbar zu ihrem Leben gehörten, daß es ihr gelingen würde, ihn davon zu überzeugen, mit ihr zu fliehen – und sollte er sich aus Rücksicht auf ihren Ruf, aus Angst, dieser Schritt könnte sie ihrer Familie entfremden, weigern – nein, auch dann würde sie nicht auf den überzeugendsten aller Gründe zurückgreifen, trotz ihrer Drohung, jede verfügbare Waffe einzusetzen.

Für ihren Seelenfrieden war es unerläßlich, daß er sie heiratete, weil er es wollte und nicht, weil er es als ehrenwerter Mann für seine Pflicht hielt.

So besorgt sie auch war, von der dauernden Angst erfüllt, daß ihr Verdacht nicht unbegründet war, von der Vorstellung gequält, welchen Schmerz es ihrer Mutter bereiten würde – manchmal sogar entsetzt darüber, was sie getan hatte, und gleichzeitig fassungslos darüber, daß sie, Jessica Drayton, die moralischen Grundregeln ihres Lebens mißachtet hatte, um in wilder, leidenschaftlicher Liebe zu schwelgen und im Verlangen danach zu vergehen, bis kein Schuldgefühl sie mehr quälte – wollte sie doch keine Ehe eingehen, die durch Groll und bittere Vorwürfe zur Qual werden konnte. Sie würde sich nicht so weit erniedrigen und den Mann, den sie liebte, erpressen, obwohl sie nicht wagte, sich vorzustellen, wie ihre Zukunft aussehen würde, sollte das Schicksal ihre Heirat verhindern. Mädchen, die illegitime Kinder gebaren, lebten als Ausgestoßene der Gesellschaft, wurden von ihren Familien abgelehnt, waren

Strandgut des Lebens, denen niemand etwas schuldete. Auch nicht die Männer, die für ihren Zustand verantwortlich waren.
Fröstelnd vertrieb sie den Gedanken. Das würde, das konnte ihr nicht widerfahren.

2

Cobblers Green war der Dorfanger, auf dem Versammlungen abgehalten wurden – eine weite Fläche, auf die der Gasthof *Red Lion* einen guten Ausblick bot. Hier wurde am 1. Mai der Maibaum aufgestellt, und hier schlenderten die Menschen nach der Frühmesse am Sonntag umher, dem einzigen arbeitsfreien Tag der Woche. Doch Samstag nacht mieden alle ehrenwerten Bürger diese Gegend, denn der Gastwirt warf die Betrunkenen nach der Sperrstunde auf die Straße, und die Dorfgendarmen banden die rabiatesten unter ihnen einfach an den Laternenpfahl vor dem *Red Lion*, denn die Gefängniszellen waren regelmäßig überfüllt.
Hier lauerten die Dorfhuren den Männern auf dem Weg zum Gasthaus auf und taumelten mit ihnen später betrunken kreischend und lachend durch die Straßen. Für die Arbeiter aus den Töpfereien gab es keinen anderen Zeitvertreib außer Bärenhatz und Hahnenkämpfe, bei denen sich jedoch hauptsächlich die Reichen vergnügten, die es sich leisten konnten, ihr Geld zu verwetten. Im *Red Lion* zu trinken kam den armen Mann billiger.
Man konnte in dieser hinterwäldlerischen Gemeinschaft nicht aufwachsen, ohne mit der Brutalität des Lebens konfrontiert zu werden. Das Leben war eine physische Angelegenheit und wurde von Urinstinkten und primitiven Gelüsten regiert – doch nur bei den einfachen Leuten, die die Illegitimität als normale Lebensform akzeptierten. In den Gesellschaftssalons der besseren Kreise waren derartige Themen verpönt, und man gab damit zu verstehen, daß anständige Bürger keine primitiven Instinkte besaßen und nur die Armen dem animalischen Trieb der Fortpflanzung folgten, während die feineren Leute geziert von edlen Gefühlen sprachen.
Hier endete jede Diskussion darüber, außer es wurden die Sünden anderer durchgehechelt. Agatha Freeman, eine kräftig gebaute

junge Frau, die sich gern mit ihrer karitativen Arbeit brüstete, war nie abgeneigt, ihren Freundinnen eingehend die haarsträubenden Fälle zu schildern, mit denen sie konfrontiert wurde.
»Den Armen fehlt jedes Gefühl für Anstand und Sitte! Und dieses gräßliche alte Weib, die in der Larch Lane wohnt und sich Hebamme nennt, unterstützt dieses sündhafte Treiben auf schamlose Weise, sage ich euch. *Ich* könnte euch Geschichten über sie erzählen, die mir von ihren unglückseligen Opfern anvertraut wurden ...«
Doch selbst bei diesen *tête-à-tête*-Unterhaltungen mit Gleichaltrigen, während die Eltern glaubten, ihre Töchter wären emsig mit Stickarbeiten beschäftigt, wurde nicht über das Ehebett gesprochen. Man wartete einfach darauf, daß ein passender Ehemann gefunden und die Hochzeit arrangiert wurde. Kinder kamen dann von selbst, wenn sie auch nicht vom Storch gebracht wurden, so gab es trotzdem absolut keinen Hinweis darauf, wie sie entstanden und woher sie kamen – anders verhielt es sich bei Freemans Dienstmädchen, dessen Stimme aus der Küche im Keller durch das ganze Haus schallte, als es lautstark verkündete, daß es für Hicks, den Kutscher, nie mehr die Beine breit machen würde, sollte er sie noch einmal in andere Umstände bringen.
»Es ist das zweite Mal, daß ich zu Ma Tinsley mußte, um das Balg loszuwerden. Und für die Pfuscherei, die teuflisch schmerzte, hat sie mir einen ganzen Shilling abgeknöpft. Aber Gott sei Dank bin ich noch am Leben!«
Natürlich wurde die Schlampe sofort entlassen, nicht allein wegen ihres sündhaften Lebenswandels, sondern weil sie bei ihrer Tirade die Kellertür offengelassen und die vornehmen Ohren in den oberen Etagen beleidigt hatte. Selbstverständlich wurde kein Wort davon zu Hicks gesagt. Auf gute Kutscher konnte man nicht verzichten.
Eine vornehme junge Dame wußte nichts von sündhaften Gelüsten oder heimlichen Träumen von Leidenschaft. Auch nur daran zu denken, war entwürdigend und schamlos.
Ehe der entfernt verwandte Cousin der Freemans zu seinem ausgedehnten Besuch eintraf, hatte Jessica diesen konventionellen Lehren ein Lippenbekenntnis gezollt, doch sie war nicht wie Phoebe, die der Weisheit der Älteren vertraute und nie bezweifelte, daß zum rech-

ten Zeitpunkt der bewundernswerteste Ehemann für sie ausgewählt werden würde. Für Phoebe war die Stunde bräutlicher Glorie wichtiger als die Persönlichkeit des Bräutigams, für Jessica war es umgekehrt. Jetzt gab es für sie nur noch einen Mann, den, den sie selbst gewählt hatte. Sie hatte es sogar gewagt, Joseph, dem Oberhaupt der Familie, diese Worte ins Gesicht zu schleudern, und als sie dann mit ihrem Bruder zum Cobblers Green fuhr, empfand sie keine Reue darüber.

Die Anzahl der Leute, die sich versammelt hatten, um auf den durchreisenden Prediger zu warten, überraschte sie. Selbst Arbeiter aus den Töpfereien lungerten vor dem *Red Lion* herum, obwohl der Wirt sich weigerte, vor dem Abend das Gasthaus zu öffnen, denn er hatte es satt, daß die Einrichtung zertrümmert wurde, Schlägereien ausgetragen wurden und ihm als Bezahlung für die Drinks zweimal gebranntes Porzellan angeboten wurde. Also wußten die Arbeiter nicht, wie sie sich an diesem warmen und sonnigen Tag amüsieren sollten, denn es gab auch keine Hahnenkämpfe vor Sonnenuntergang, keine Wetten, keine Spiele – nichts zu tun, außer die Neugier zu befriedigen und diesem Spinner zuzuhören, der sich einem neumodischen Glauben namens Methodismus zugewandt hatte.

Mit derben Witzen und obszönen Bemerkungen vertrieben sich die Männer die Langeweile, und wenn sie bemerkten, daß die Bürger angewidert ihre Nähe mieden, wurden die Zoten nur schlimmer und das Gelächter noch gemeiner. Hier und da lagen Frauen bei den Männern im Gras. Mit schrillem Gekreisch spornten sie sie zu noch unflätigerem Benehmen an. Dazwischen liefen vor Schmutz starrende Kinder herum, genossen ungezügelt ihre Freiheit und vergaßen für wenige Stunden die stickige Hitze an den Brennöfen, die Plackerei mit den Lehmbrocken, die die stärksten unter ihnen mit Schubkarren zu den Töpfern transportieren mußten.

Im Vergleich zum Staub und Dreck in den Töpfereischuppen war die Luft hier frisch und sauber, trotz der rußigen Rauchwolke, die ständig über dem Land zu hängen schien. Nur wenn die riesigen Brennöfen abkühlten, klärte sich die verschmutzte Luft für kurze Zeit, doch wenigstens war Cobblers Green frei von der erstickenden Asche, die die kleinsten Kinder unter den Öfen hervorkratzen und

so oft durchsieben mußten, bis sie als puderförmiger Staub der Glasurmasse beigemengt werden konnte. Der chronische Husten, unter dem die Kinder litten, wurde stoisch als geringfügiges Übel hingenommen. Doch heute vergaßen sie ihr Elend, denn heute war Sonntag, die Sonne schien und die Welt war in Ordnung.
Martin umrundete die weitläufige Rasenfläche und hielt auf der gegenüberliegenden Seite an. »Ich denke, wir sollten hier bleiben, Jess. Die Anhöhe bietet einen exzellenten Ausblick, und wir können auch die Ansprache gut hören. Ich nehme an, Wesley ist ein großartiger Redner.«
Schuldbewußt sagte Jessica: »Wir hätten Mama mitnehmen sollen. Es war gedankenlos, ohne sie hierherzukommen. Sie kommt kaum aus dem Haus, und die Versammlung scheint ein großes Ereignis zu werden.«
»Ich habe schon daran gedacht, doch sie mag keine Menschenmengen, und außerdem bezweifle ich, daß ihr Wesleys Ansichten gefallen würden. Erst gestern hörte ich, wie sie Joseph zustimmte, daß die Ideen dieses Mannes erschreckend unorthodox wären.«
»Hat Joseph das gesagt? Das sieht unserem konventionellen Bruder ähnlich! Und Mama hat natürlich keine andere Wahl, als ihm beizupflichten, weil sie ja völlig von ihm abhängig ist.«
»So wie wir alle.«
Außer mir, schwor sich Jessica insgeheim, während ihre Blicke über die Menge schweiften und dann an der Reihe von Kutschen hängenblieben, die neben ihrem Einspänner vorgefahren waren. Eine davon könnte von Tremain Hall sein. Sicherlich würden die Freeman-Töchter von ihrem Cousin begleitet werden – und ihrem Bruder Maxwell, was sie allerdings nicht hoffte.
Unglücklicherweise wurde ihr Ausblick nach links und rechts von größeren Kutschen blockiert. Die Leute schienen meilenweit aus der ganzen Umgebung herbeizuströmen, denn viele Gesichter waren ihr unbekannt. Fluchend bahnten sich die Kutscher einen Weg durch die kreuz und quer stehenden Fahrzeuge und vertrieben mit lauten Rufen die frechen Bengel, die unter den Rädern herumtobten. Halbwüchsige Jungen in zerlumpten Kleidern griffen nach dem Zaumzeug scheuender Pferde und führten sie zu freien Plätzen.

Doch sie erhielten für ihre Mühe eher einen Hieb mit der Peitsche als den erhofften Farthing.

Jessicas Blick wanderte zum gegenüberliegenden Hügel, dem Abhang, den sie eben von Josephs Haus heruntergefahren waren. Sie konnte die verzierten Kamine, die holzverkleideten Giebel im elisabethanischen Stil sehen, obwohl allgemein angenommen wurde, daß das Haus vor ungefähr einem Jahrhundert von einem pompösen Geschäftsmann gebaut worden war, der damit seinen Reichtum zur Schau stellen wollte. Manchmal fragte sich Jessica, ob ihr Bruder es aus demselben Grund gekauft hatte. Hätte er gewartet, bis er reich genug war, um ein derart eindrucksvolles Gebäude zu errichten, würde er jetzt nicht dort leben, denn seine geschäftlichen Erfolge hatten ihm noch nicht den erstrebten Reichtum beschert. Doch für den Erwerb von Carrion-House hatten seine Mittel gereicht, denn es hatte wegen der unheimlichen Geschichten, die seiner Vergangenheit anhafteten, jahrelang leergestanden.

Niemand wußte genau, wie diese Geschichten entstanden waren. Es gab unzählige Versionen davon, doch die desolate Atmosphäre des Hauses verlieh allen Glaubwürdigkeit. Die Frau des Kaufmanns war auf mysteriöse Weise verschwunden; die Leichen eines Mannes und einer Frau waren eingemauert im Keller gefunden worden; manche behaupteten sogar, das Haus werde von Gespenstern heimgesucht. Natürlich war das alles Unsinn, doch hatten diese Gerüchte – zum Glück für Joseph – Käufer ferngehalten, und als das Gebäude bereits ziemlich heruntergekommen war, konnte er es für einen Spottpreis kaufen. Einem praktischen Mann wie ihm entging keine günstige Gelegenheit, und da Arbeitskräfte in ihrer Gegend billig waren, konnte er das Haus in kürzester Zeit instand setzen lassen.

Nun konnte er in einem ganz anderen Rahmen Gesellschaften geben, denn George Drayton hatte sich unter gebildeten Menschen nie wohl gefühlt. Alles, was Joseph jetzt noch brauchte, war eine passende Frau als Hausherrin. Und ich wünsche ihr viel Spaß dabei, dachte Jessica, die das Carrion-House nicht mochte, weil es ihr Unbehagen einflößte, trotz der Veränderungen, die ihr Bruder hatte vornehmen lassen. Nach ihrer Auseinandersetzung mit ihm heute hatte sich diese Abneigung noch verstärkt.

Eine Stimme unterbrach ihre Reflexionen. Sie wandte den Kopf und sah die kräftige Gestalt Simon Kendalls, dem Kanalbauer, neben ihrem Gig stehen. Sein rotes Haar schien in der Sonne noch heller zu leuchten. Wie die meisten Männer vom Lande mit bescheidenem Einkommen trug er keine Perücke, doch Jessica vermutete, daß er, auch wenn er sich eine hätte leisten können, darauf verzichtet hätte und es vorzog, den Wind im Haar zu fühlen. Er war ein Mann, der sich hauptsächlich im Freien aufhielt, und so sah er auch aus.
Sie vermutete, daß er den breiten Dreispitz, den er in der Hand hielt, nur hervorgeholt hatte, weil Sonntag war. Seine Strümpfe und Kniehosen waren makellos, ebenso sein weitärmeliges, nur mit wenigen Spitzen besetztes Hemd. Wochentags trug er einfache Kleidung, passend für die Arbeit eines Kanalbauers, doch an Sonntagen konnte man ihn ohne weiteres für einen Landedelmann von bescheidenem Einkommen halten.
Da bemerkte sie, daß er Martin ein kleines, in Leinen gebundenes Buch hinhielt. An der Aufschrift erkannte sie, daß es eine Lesefibel war.
»Die Aufgaben, die Ihr mir gestellt habt, Master Martin, liegen im Buch.« Obwohl er die Anrede gebrauchte, die von einfachen Leuten im Umgang mit Höhergestellten in Burslem erwartet wurde, fehlte seiner Rede jede Unterwürfigkeit. Von Simon Kendall durfte man keinen Kotau erwarten. Selbst seine Sprache war nicht die Sprache der Staffordshire-Bauern. Entweder hatte er sich den Dialekt in jahrelanger Übung abgewöhnt oder ihn nie gesprochen, obwohl die flachen Vokale der Midlands durchklangen. Doch daran war Jessica gewöhnt, und es störte sie nicht im geringsten. Auch ihr Vater war in den Midlands geboren und aufgewachsen und hatte wie ein Midlander gesprochen, obwohl er die Ansicht seiner Frau tolerierte, daß ihre Töchter möglichst akzentfrei sprechen sollten. Ein Gentleman, behauptete Emily Drayton, würde von seiner Frau erwarten, daß sie wie eine Lady sprach.
Ihr weiterer Ehrgeiz galt ihren Söhnen, von denen sie das Auftreten, die Sprache und die Manieren eines Gentleman erwartete. Joseph hatte diesem Ehrgeiz entsprochen. Die Universität hatte ihm einen Schliff verliehen, auf den sie stolz war, doch den Jessica um Martins

willen ablehnte, denn Joseph war nie dazu gezwungen worden, als Lehrling in der Töpferei zu arbeiten oder seine Ausbildung vorzeitig zu beenden.

Noch hatte er es nötig gehabt, als erwachsener Mann Lesen und Schreiben zu lernen ...

Als Kendall Jessicas Blick bemerkte, neigte er leicht den Kopf. »Miss Drayton, Ma'am, guten Nachmittag.« Seine Stimme war tief und wohlklingend, doch sie wußte, daß sie auch barsch und scharf sein konnte, wenn er den Kanalarbeitern Anweisungen gab. Sie war einmal in der Nähe vorbeigeritten und hatte seine kräftige, herrische Stimme gehört. Mit nacktem Oberkörper, Rücken und Brust mit Schlamm und Schweiß bedeckt, hatte er gearbeitet. Ohne das geringste Anzeichen von Verlegenheit wegen seiner Nacktheit und der derben Ausdrücke, die er gebrauchte, hatte er weitergearbeitet, obwohl er sie gesehen hatte. Schon damals hatte Jessica gedacht, daß er auf seine Art ein interessanter Mann war.

Martin sagte gerade: »Das ging aber schnell, Simon. Verbringst du etwa jede freie Minute über dem Lehrbuch?«

»Natürlich. Dafür sind doch Bücher da, oder? Und es hat wenig Sinn, eine Sache nur halbherzig anzugehen. Ich möchte gut lesen lernen und das schnell. Mich interessieren die Bücher, die Ihr Vater mir gegeben hat. Abends nehme ich sie oft zur Hand, doch noch muß ich mich geschlagen geben.«

»Aber nicht mehr lange.« Martin betrachtete die eng beschriebenen Zettel zwischen den Buchseiten und stieß einen bewundernden Pfiff aus. »Du wirst bald den nächsten Band brauchen.«

»Darum möchte ich Euch heute bitten, Master Martin.«

»Komm heute abend gegen halb acht zu mir, dann gebe ich dir das Lehrbuch.«

»Ja, das will ich tun. Und vielen Dank.«

Wieder ein leichtes Neigen des Kopfes, ein gemurmeltes: »Miss Drayton ...«, und er ging mit weit ausholenden Schritten über den Anger, wo die Ungeduld der Wartenden sich in Streitereien und Rempeleien Ausdruck verschaffte. Als Meg Gibson am Rande der Grünfläche auftauchte, wurde sie von den Männern mit schrillen Pfiffen und von den Frauen mit Schimpfworten begrüßt.

Sie trug eine saubere weiße Bluse, die ihre nackten Schultern freigab und vorne so weit aufgeknöpft war, daß der Ansatz ihres üppigen Busens aufreizend entblößt war. Aus ihrem hellroten Rock hatte sie den Lehmstaub der vergangenen Woche herausgewaschen. Wie alle anderen einfachen Frauen besaß sie nur einen Rock, doch während die meisten es für Zeitverschwendung hielten, ihre Kleider zu waschen, da sie ja doch wieder schmutzig wurden, teilte Meg diese Angewohnheit nicht. In ihrem Reinlichkeitsbedürfnis ging sie sogar noch weiter und füllte jeden Samstagabend einen Holzzuber mit Wasser, um sich von Kopf bis Fuß zu waschen.

Splitterfasernackt hatte sie darin gestanden und sich mit einem Stück Kernseife aus der Töpferei eingeseift, als die alte Krähe, Ma Tinsley, in die elende Hütte der Gibsons gekommen war, um Megs kranker Mutter einen Heiltrank zu bringen.

Später, im *Red Lion*, hatte die Hebamme Tinsley kichernd erzählt, wie ihr die unverschämte Göre frech das Stück Seife hingehalten und stolz erklärte hatte: »Ja, ich hab's gestohlen, Martha Tinsley, und wage es ja nicht, mich zu verpfeifen.«

»Und was hast du geantwortet?« fragte jemand. »Hast sie hoffentlich ausgeschimpft, wie?«

»Na klar. Außerdem habe ich ihr gesagt, sie sei verrückt, alle Kleider auszuziehen und den ganzen Körper naß zu machen. Was für eine Spinnerei.« Doch in Wirklichkeit hatte Martha bei Megs Anblick nur gekichert und gesagt: »Mach das Beste aus deinem Leben, Mädchen. Benutze deinen schönen Körper. Damit kannst du ein Vermögen machen, aber nicht in Burslem.«

Von ihrem erhöhten Standplatz aus beobachtete Jessica Meg, die mit aufreizend schwingenden Hüften den Dorfanger umrundete. Wie auffallend sie war. Ihr schwarzes Haar glänzte wie Rabengefieder in der Sonne; ihre bloßen Arme und Schultern waren wohlgeformt und verführerisch; ihre Augen strahlten, und sie lächelte herausfordernd. Sie war die Sinnlichkeit in Person, verführerisch wie eine reife Frucht – ein Zigeunermädchen, das man einfach mögen mußte. Jessica sah ihr fasziniert nach, als sie mit wiegenden Schritten vorbeiging. Offensichtlich war Meg ausschließlich mit sich selbst beschäftigt und zeigte kein Interesse für irgendeinen durchreisenden Prediger. Mit hoch erhobenem Kopf strebte sie auf die gegenüberliegende Anhöhe zu und wollte anscheinend einen Spaziergang machen, denn es gab keinen anderen erkennbaren Grund, warum sie in diese Richtung ging. Jessica kam es sonderbar vor, daß ein Mädchen wie Meg den Sonntagnachmittag auf diese Weise verbrachte.

Auf der Anhöhe, die Martin angesteuert hatte, war nun kaum noch Platz für weitere Kutschen, und er sagte: »Wie gut, daß wir so früh gekommen sind. Von hier aus haben wir den besten Ausblick.« Seine Stimme klang aufgeregt. Das gesellschaftliche Leben in Burslem beschränkte sich auf gelegentliche Besuche bei befreundeten Nachbarn, die Teilnahme an Kirchenfesten und Familienfeiern. Abgesehen davon gab es nur die Arbeit in den Töpfereien, sechs Tage in der Woche, dreizehn Stunden am Tag, mit Ausnahme des ersten Weihnachtsfeiertags, des Karfreitags und des ersten Mai – ganze drei Feiertage im Jahr. Und weil er ein Drayton war, kam er in den Genuß einer zusätzlichen Vergünstigung und durfte seine Mutter und Schwestern im Sommer für eine Woche zu Harriet, die in Chester lebte, begleiten.

Joseph legte ebenso großen Wert auf den Zusammenhalt der Familie wie auf seine Position als Familienoberhaupt und betrachtete gegenseitige Familienbesuche als obligatorisch. Pflichtbesuche im Umkreis von Burslem wurden von ihm in regelmäßigen Intervallen arrangiert, doch sie fanden stets an Sonntagen statt, damit die Arbeitsroutine nicht gestört wurde. Fernbleiben vom Arbeitsplatz duldete er in der Töpferei nicht. Bei ihm galt der eiserne Grundsatz: »Keine Arbeit, kein Lohn«. Das betraf auch seinen jüngeren Bruder, und er selbst ging mit gutem Beispiel voran, indem er keinen Wochentag in der Töpferei fehlte.

Genausowenig waren bei der Drayton-Familie Besuche an Werktagen willkommen, denn das hätte eine Unterbrechung des normalen Tagesablaufs bedeutet. Dieselbe Hingabe, mit der Joseph die Interessen der Familie vertrat, widmete er dem Wiederaufbau der Töpferei, die unter der Vernachlässigung seines Vaters geschäftlich sehr gelitten hatte. Bei den Draytons gab es keinen Platz für Träumer. Joseph hatte das unmißverständlich allen klargemacht.

Auch hatte er keine Zeit für Männer wie Wesley und ihre absurden Ideen. Aufklärung und Wissen würde die Arbeiter nur auf dumme Gedanken bringen, die ihrem gesellschaftlichen Status nicht zustanden, und Unzufriedenheit bei ihnen wecken. Und was würde dann aus der Töpferei werden? Martin überlegte zufrieden, daß keine Gefahr bestand, daß sein Bruder zu dieser Versammlung kommen würde, also konnten er und Jessica für ein, zwei Stunden ihre Freiheit genießen. Dieser Sonntag hob sich durch den Besuch eines Mannes aus einer anderen Welt entscheidend von den üblichen Feiertagen ab. Ein berühmter Mann würde zu ihnen sprechen, der weit gereist war und neue Ansichten vertrat. Wenn schon er nicht vom Brunnen der Weisheit trinken konnte, so wollte er wenigstens zu Füßen jener sitzen, die es getan hatten.
Wie die Wellen in einem Teich lief jetzt Gemurmel durch die Menge; aus Unruhe wurde Erwartung, Ungeduld schlug in Neugier um, und sogar die Streitsucht unter den Raufbolden legte sich kurzfristig, denn der große Mann war angekommen und begann sofort mit seiner Rede, die er stimmgewaltig und fließend vortrug. Weder Zwischenrufe noch höhnisches Gelächter brachten ihn aus dem Konzept. Doch Jessica hatte mit ihrer Feststellung recht gehabt, daß die Männer von Burslem niemand willkommen heißen würden, der ihnen ihre Sünden vorhielt, und dabei wurden sie von den verderbtesten Frauen des Dorfes durch heisere Zurufe angespornt.
»Gib's ihm, Sam Smollett!«
»Stich ihm die Augen aus, Joss Bailey!«
»Wofür hält der sich eigentlich? Will uns vorschreiben, wie wir leben sollen!«
»Wo ist Bill Watkins? Der reißt ihm den Kopf ab!«
Doch der kämpferische Watkins war nicht anwesend, und man begnügte sich zunächst damit, den Prediger mit Erdklumpen zu bewerfen. Einer traf ihn zur Freude der Aufwiegler am Kopf, doch John Wesley sprach unbeirrt weiter, als wäre nichts geschehen.
Martin keuchte: »Hast du das gesehen, Jess? Sie greifen den Mann an!«
Zu seiner Überraschung hatte Jessica den Zwischenfall nicht bemerkt. Mit starrem Blick beobachtete sie eine Kutsche, die auf die

Anhöhe zufuhr. Martin erkannte das Gefährt als eins aus dem Fuhrpark von Tremain Hall und wußte, was die Aufmerksamkeit seiner Schwester erweckt hatte. In der Kutsche saßen die beiden Freeman-Töchter, Agatha und Amelia, in Begleitung ihres Bruders Maxwell.

»Sei nicht enttäuscht, Jess. Acland hatte vielleicht einfach keine Lust ...« Martin verstummte, als er merkte, daß sie nicht zuhörte.

Der Kutscher suchte nach einem leeren Platz, wurde von Max Freeman gedrängt, so nahe wie möglich heranzufahren, als plötzlich ein Wagen, der neben dem Drayton-Gig gestanden hatte, abfuhr. Die Kutsche der Freemans wurde auf den frei gewordenen Platz gelenkt.

Von Agathas draller Figur waren nur ihre kräftigen Schultern zu sehen. Sie waren von einem breiten Marie-Antoinette-Tuch umhüllt, das jedoch den Blick auf ihren hervorquellenden üppigen Brustansatz freigab. Jessica vermutete, daß sie außer Reichweite der kritischen Blicke ihrer Mutter den Ausschnitt ihres Kleides so weit heruntergezogen hatte, damit der provokative Anblick voll zur Geltung kam.

Im Vergleich dazu wirkte die jugendliche Figur ihrer Schwester, in durchwirktes Musselin gekleidet, beinahe puppenhaft. Amelias adretter Kopf, von einem ländlichen Strohhut gekrönt, dessen Schleifen unterm Kinn verknüpft waren, wurde vom bombastischen Kopfschmuck der älteren Schwester überschattet, einem mit Blumen und Straußenfedern überladenen Hut. Außerdem hielt Agatha einen winzigen, spitzenbesetzten Sonnenschirm über ihren Kopf, der besser zu ihrer zierlichen Schwester gepaßt hätte. Doch Amelia verzichtete darauf, ihre Haut vor der Sonne zu schützen.

Wie Jessica genoß Amelia die frische Luft und ritt bei Regen oder Sonne jeden Morgen aus, den Warnungen ihrer Schwester zum Trotz, daß Witterungseinflüße ihrer Haut ein lederartiges Aussehen verleihen würden. Agatha hegte und pflegte ihre Haut, schützte sie vor Sonne, Regen, Wind, Zugluft und der austrocknenden Wärme offenen Feuers. Selbst während der Fahrt zum Cobblers Green hatte sie verlangt, das Verdeck der Kutsche hochzuklappen, damit auch nicht die leiseste Brise ihren prächtigen Kopfschmuck zerzausen konnte. Als sie jedoch von ihrer Schwester und ihrem Bruder überstimmt wurde, hatte sie die restliche Strecke schmollend in ihrer Ecke gesessen. Jetzt rächte sich Agatha an ihren Geschwistern, indem sie Jessica mit überschwenglicher Freude begrüßte.

»*Liebste* Jessica, wie schön, dich zu sehen! Um keinen Preis der Welt wollte ich hierherkommen – wem liegt schon etwas an einer weiteren Predigt? –, doch Maxwell behauptet, eine öffentliche Versammlung könnte äußerst amüsant sein, und Mama meinte, die frische Luft würde uns guttun. Dabei hat sie uns nur fortgeschickt, weil *sie* ein Nickerchen machen wollte. Aber dich hier zu treffen, wiegt alles auf. Meine Liebe, welch ein Tollhaus! Es scheint sich eher um eine Schlägerei als eine religiöse Versammlung zu handeln ...«

Genüßlich steckte sie sich ein Bonbon aus dem unerschöpflichen Vorrat in ihrem mit Spitzen verzierten Beutel, der von ihrem Handgelenk baumelte, in den Mund. Agatha ging nirgendwohin ohne ihre gezuckerten Mandeln, ihr Marzipan oder andere Süßigkeiten, die sie zur moralischen Stärkung brauchte. Aber in diesem Augenblick achtete niemand darauf, denn alle Aufmerksamkeit richtete sich auf die Ereignisse auf dem Dorfanger. Behaglich lehnte sie sich in ihre Ecke zurück und kaute genüßlich wie eine wiederkäuende Kuh.

Max Freeman, die modische kurze Perücke leicht verrutscht, denn er schwitzte heftig in der heißen Nachmittagssonne, verkündete nun: »Und was für eine Schlägerei, mein Gott!« und befahl dem Kutscher abzusteigen, damit er eine bessere Sicht hatte.

Wie sehr sie sich auch bemühte, Jessica gelang es einfach nicht, Max zu mögen, der verwöhnt, arrogant und selbstgefällig zufrieden mit seinem Leben und Aussehen war, obwohl sie seine untersetzte Figur und die geröteten Gesichtszüge wenig anziehend fand. Hätte er das gewußt, wäre er wohl höchst erstaunt gewesen, denn er war an weibliche Bewunderung gewöhnt, wovon allerdings ohne den Freeman-Reichtum nicht viel übriggeblieben wäre. Doch wie die Umstände nun einmal waren, segelte er in der festen Überzeugung durchs Leben, daß alles nach seinem Willen zu geschehen habe und

daß jede Frau, die in seine Reichweite kam, sich geschmeichelt fühlen konnte, wenn er sie betatschte.
Der barsche Befehl, mit dem er den Kutscher vom Bock wies, war charakteristisch für ihn. Niemand durfte seinem Vergnügen im Weg stehen, und unten auf dem Anger bot sich mittlerweile jene Art von Unterhaltung, die er genoß. Aus der Versammlung war ein gewalttätiger Krawall geworden. Von wüsten Beschimpfungen begleitet, flogen Erdklumpen durch die Luft. Max klatschte sich mit seinen feuchten, plumpen Händen vor Vergnügen auf die Schenkel und feuerte lautstark die Aufwiegler an, bis Agatha ihn scharf zurechtwies. »Du machst dich zum Gespött der Leute! Vergiß nicht, daß du ein Freeman bist und man von dir erwartet, daß du dich entsprechend benimmst!«
Doch Max genoß das Spektakel ungemein und ignorierte die Einwände seiner damenhaften Schwester. Er fand die Vulgarität, die Zwischenrufe und Flüche, die Schlägereien unter rivalisierenden Gruppen ebenso unterhaltsam wie des Predigers komisch anmutende Versuche, dagegen anzuschreien und gleichzeitig den auf ihn gezielten Erdklumpen auszuweichen. Er reagierte entschieden verärgert, als eine Gruppe von Männern, die um seine Sicherheit besorgt war, ihn trotz seines zornigen Protestes wegführte.
Anführer dieser Gruppe war Simon Kendall. Mit einer natürlichen Autorität, der sich selbst die rabiatesten Raufbolde beugten, bahnte er sich einen Weg durch die Menge. Dieser Mann, als einer der ihren geboren, hatte sich auf die Seite von Gesetz und Ordnung geschlagen und trat jetzt dafür ein.
»Ist er nicht wunderbar!« zwitscherte Amelia, die auf Bällen dazu neigte, bei der leisesten Berührung durch einen starken Mann in Ohnmacht zu fallen. Gentlemen fanden empfindsame Frauen anziehend, hatte ihre Mutter sie gelehrt und ihrer Tochter beigebracht, auf anmutige Weise hinzusinken. Während bei der stämmigen Agatha ein Schwächeanfall nur lächerlich gewirkt hätte, fiel die zierliche Amelia mit unleugbarer Grazie regelmäßig in Ohnmacht, hielt damit die Männer zum Narren und versetzte die Frauen in Wut, während Jessica amüsiert und nachsichtig Martins offensichtliche Vernarrtheit in das junge Mädchen registrierte.

Sie konnte Martins Zuneigung verstehen, denn Amelia hatte ihn nie wie viele junge Mädchen verachtet oder seine Gesellschaft gemieden, weil er nicht tanzen konnte oder weniger gut aussah als andere junge Männer. Unter der Maske der Frivolität war Amelia sehr liebenswert, und Jessica verstand seine jugendliche Schwärmerei, über die er jedoch sicherlich hinauswachsen würde. Sie hoffte nur, daß auch Amelia ihre mädchenhafte Geziertheit eines Tages ablegen würde, obwohl Agathas schmachtendes Getue weit weniger erträglich war und einfach nicht zu ihrer matronenhaften Figur paßte.

Zwischen den Freeman-Schwestern hatte stets Rivalität geherrscht, vor allem seitdem Amelia, die sechs Jahre jünger als Agatha war, anfing, die Aufmerksamkeit der Männer auf sich zu ziehen, die Agatha übergingen. Mit vierundzwanzig galt sie bereits als alte Jungfer, ein Tatbestand, den sie durch neckische Rüschen und Firlefanz zu vertuschen suchte, die eher in London einer Tänzerin aus der Drury Lane Ehre gemacht hätten.

Jetzt wandte sich Agatha mit einem spöttischen Lächeln an ihre Schwester.

»Ich bitte dich, wer ist wunderbar? John Wesley oder der Kanalarbeiter? Ich kann nicht behaupten, daß einer von beiden *mir* gefällt. Wesley mag zwar ein Gentleman sein, aber für meinen Geschmack ist er zu alt, und außer einer Menge Muskeln hat Simon Kendall nichts zu bieten. Und was seine Herkunft betrifft, jeder weiß, wie *die* aussieht. Jessica, meine Liebe, du bist so blaß. Macht dir die Hitze zu schaffen oder das abscheuliche Verhalten des Pöbels dort unten? Ich teile deine Abneigung, das kann ich dir versichern.«

Amelia erwiderte: »Natürlich habe ich nicht Mr. Wesley gemeint, Schwester, sondern Mr. Kendall. Warum auch nicht?«

»Weil er nicht zu unserer Gesellschaftsklasse gehört, du alberne Gans.«

»Sir Neville Armstrong hält viel von ihm.«

»Nur weil Kendall brauchbar und sogar einigermaßen intelligent ist. Aber das stellt ihn noch längst nicht auf eine Stufe mit uns.«

»Pah!« rief Amelia. »Ich habe gehört, daß Simon Kendall eines Tages ein bedeutender Mann in dieser Gegend sein wird.«

»Das ist lächerlich! Er kann weder lesen noch schreiben.«

»Er lernt es«, warf Martin ein und vergaß momentan Jessicas Kummer. Er hatte erraten, daß ihre Blässe auf die Enttäuschung zurückzuführen war, daß Roger Acland die Freemans nicht begleitet hatte, und es bedrückte ihn, wie tief betroffen sie war.

Amelia fragte: »Und woher weißt du, daß er es lernt, lieber Martin?«

»Ich unterrichte ihn. Nun, das ist übertrieben, aber ich helfe ihm dabei.«

»Und weiß dein verehrter Bruder davon?« fragte Max, dessen Aufmerksamkeit von dem Tumult abgelenkt worden war.

Martin blieb ihm die Antwort schuldig, denn er war zu sehr mit Jessicas Kummer beschäftigt.

»Mir ist zu Ohren gekommen, daß er Neville Armstrongs uneheliches Kind ist«, sprach Max weiter. »Kendall meine ich. So rotes Haar wie seines ist ein Merkmal der Armstrongs.«

Agatha gähnte gelangweilt und schnickte sich ein weiteres Bonbon in den Mund. »Vielleicht nimmt sich deswegen Sir Neville seiner an.«

»Wenn die Haarfarbe ein Beweis der Vaterschaft wäre, müßte der Mann die Hälfte aller Bälger in Burslem unterstützen!« Max' Worte wurden von einem lauten und anzüglichen Lachen begleitet, worauf Agatha mißbilligend die Stirn runzelte.

»Keine Unanständigkeiten, wenn ich bitten darf, Bruder. Und keine verleumderischen Bemerkungen über eine angesehene Familie.«

»Sei doch nicht so verdrießlich, Agatha.« Und an die Draytons gewandt, fügte Max hinzu: »Nehmt es ihr nicht übel. Sie ist heute etwas aus der Fassung geraten, weil unser gutaussehender Cousin abgehauen ist.«

»Wenn du damit zum Ausdruck bringen willst, daß seine verwitwete Stiefmutter ihn dringend gebeten hat, zu ihr zu kommen, dann sagst du die Wahrheit, doch was meine Haltung betrifft, darf ich dich darüber informieren, daß er vor seiner Abreise eine Unterredung mit Papa hatte und um meine Hand angehalten hat. Liebe Jessica, fühlst du dich nicht wohl? Du siehst aus, als würdest du jeden Augenblick in Ohnmacht fallen.«

Martin griff hastig nach den Zügeln. »Es ist höchste Zeit für uns, nach Hause zu fahren ...« sagte er, doch ein leichter Fußstoß seiner Schwester ließ ihn innehalten. *Nicht so schnell, nicht so schnell oder sie werden merken, daß etwas nicht stimmt ...*
Den Rücken durchgedrückt, das Kinn hochgereckt, antwortete Jessica. »Ich bin völlig in Ordnung, liebe Agatha, obwohl die Sonne mir heute etwas zu schaffen macht.« Die Sonne hatte ihr nie im Leben etwas ausgemacht, das wußte ihr Bruder nur zu gut, doch die Ausrede genügte, denn sie ging im lauten und skeptischen Gelächter von Max unter.
»Acland besaß die Frechheit, um *deine* Hand anzuhalten, Aggie? Und wie viele andere Mädchen hat er während seines ausgedehnten Besuchs umworben?« An Martin gewandt, fügte Max hinzu: »Der Mann wollte ursprünglich zwei Wochen bleiben. Angekündigt wurde er durch einen Brief von seiner lieben Mama, die darin zu verstehen gab, daß ihr Stiefsohn unter Malariaanfällen leidet, an der er in den Tropen erkrankte – wir haben allerdings nie herausgefunden, wo er sich in den Tropen angeblich aufgehalten hat – und zur Genesung dringend frische Landluft brauche, die Bristol ihm nicht bieten kann. Unter den gegebenen Umständen hätte man annehmen sollen, daß er aus dem verräucherten Burslem unverzüglich wieder abgereist wäre, doch ihr wißt ja, wie lange er blieb!«
»Er war willkommen«, warf Amelia ein, »und ich hielt ihn für sehr höflich. Es tut mir leid, daß er abgereist ist. Aber ich hatte das Gefühl, daß etwas nicht stimmte, als er heute nach der Frühmesse zu einem einsamen Spaziergang aufbrach ...«
»... und keinen von uns eingeladen hat, ihn zu begleiten«, bestätigte Max. »Und nach dem Mittagessen kam ein Bote angeritten und überbrachte ihm die Nachricht, sofort nach Hause zurückzukehren, obwohl keiner von uns den Reiter gesehen hat. Doch Acland zeigte uns den Brief, der fünf Tage von Bristol aus unterwegs gewesen war – jedenfalls dem Absendedatum nach zu schließen –, also duldete seine Abreise natürlich keinen Aufschub. Ihm blieb anscheinend gerade noch Zeit genug, Papa um Aggies Hand zu bitten. Ich kann mir vorstellen, daß unser ehrenwerter Vater seine Hoffnungen im Keime erstickt hat, denn die Aclands sind nicht in der Position, ihre

Erwartungen derartig hochzustecken. Vor allem Roger nicht, der nur der Stiefsohn unserer Tante Edith ist, die einen wenig begüterten Witwer mit zwei Söhnen und einer Tochter geheiratet hat ...«
»Und deswegen ist Roger kein Blutsverwandter«, unterbrach ihn Agatha. »Du wirst mir zustimmen, daß ihm das das Recht gab, um mich anzuhalten.« In ihrer Stimme lag ein abwehrender Unterton, ein Anflug von Stolz, weil der Mann sie hatte heiraten wollen. Obwohl er am Freeman-Standard gemessen ein armer Mann war, sah Roger Acland gut aus und war eine präsentable Erscheinung. Sie seufzte leicht, spielte die Rolle der Sanften, die den abgewiesenen Bewerber bedauert, obwohl ihr Herz davon keineswegs berührt worden war. Schon seit langer Zeit gehörte dieses Herz einem anderen, und sie hatte nie die Hoffnung aufgegeben, daß Joseph Drayton das eines Tages bewußt werden würde.
Ihre Gelegenheit, im Mittelpunkt des allgemeinen Interesse zu stehen, war vorbei, als Amelia sagte: »Ich muß zugeben, daß es bezeichnend für Cousin Acland war, um Aggies Hand anzuhalten, nachdem bekannt wurde, daß sie unsere Großtante Margaret beerbt hat.«
Max pflichtete ihr bei, indem er zu Martin und Jessica sagte: »Diese verrückte alte Frau aus Crumpsall – haben wir euch nie von ihr erzählt? Gerissen war sie, ohne Zweifel, obwohl schwer zu begreifen ist, wie sie drei aufeinanderfolgende Ehemänner für sich gewinnen konnte. Jeder vergrößerte ihr Vermögen, und sie erbte ausgedehnte Wälder, Kohleminen und wertvollen Grundbesitz von ihren Ehemännern, die alle lange vor ihr starben. Sie hat immer behauptet, Agatha wäre ihre Reinkarnation. ›Eine gut gebaute junge Frau. Ich mag wohlgeformte Mädchen!‹ Ich bin mir ganz sicher, unser kluger Vater hielt Acland für nichts anderes als einen Mitgiftjäger.«
Ein kaum wahrnehmbarer qualvoller Seufzer, zu leise, um in der anderen Kutsche gehört zu werden, trieb Martin endgültig zur Abfahrt. »Wir müssen los«, sagte er wieder, und begleitet von Abschiedsrufen und Agathas lautstark zum Ausdruck gebrachtem Bedauern über Jessicas Unwohlsein, gefolgt von Max' Aufforderung, die hübsche Phoebe herzlich zu grüßen, machten sie sich auf den Heimweg.

Jessica saß kerzengerade da, hielt die Hände so fest im Schoß verkrampft, daß die Knöchel weiß hervortraten. Mit angespanntem Gesicht starrte sie geradeaus. Martin warf ihr einen hilflosen Blick zu, wünschte, er könnte passende Worte des Trostes finden, doch alles, was er stammelnd hervorbrachte, war: »Quäl dich nicht – bitte, Jessica. Verzehr dich nicht vor Gram. Du wirst einen anderen Mann kennenlernen, einen besseren ...« und wußte gleichzeitig, daß er genau die falschen Worte gewählt hatte.
Ihre eiserne Selbstkontrolle drohte zu zerbrechen. Sie fühlte Schluchzer in ihrer Kehle aufsteigen und verkrampfte ihre Fäuste in dem Bemühen, sie zu unterdrücken, noch stärker. Als Martin eine Hand von den Zügeln nahm und leicht ihren Arm berührte, war es, als hätte er einen Auslöser in ihrem Gehirn berührt. Ihr Kopf fuhr herum, als sie schrie: »Ich *will* keinen anderen! Ich habe ihn geliebt – *geliebt!*«
Martin zog die Zügel an und lenkte die Kutsche in den Schatten eines überhängenden Baumes. Sie waren nur noch knapp dreihundert Meter von ihrem Haus entfernt, und er konnte es nicht zulassen, daß sie in diesem Zustand Mutter und Schwester gegenübertrat. Noch konnte er selbst ihnen begegnen, ehe er nicht genau wußte, was Jessica mit dem Wort *geliebt* gemeint hatte.
»Willst du mit der Vergangenheitsform ausdrücken, daß diese Nachricht deinen Gefühlen zu ihm ein Ende gesetzt hat, oder ... oder, daß du ...«
Aber das war eine Frage, die er nicht stellen konnte, noch glaubte er, daß sie so töricht gewesen sein konnte. Nicht die vernünftige Jessica, nicht die Schwester, die in ihrem kleinen Finger mehr gesunden Menschenverstand besaß als ihre Mutter und Phoebe zusammen. Ihre Mutter war gütig und gefügig, war dazu erzogen worden, gehorsam zu sein und die zehn Gebote zu befolgen; Phoebe war hübsch und dumm, sie hatte keinen ernsthaften Gedanken in ihrem Kopf, und obwohl sie fromm die zehn Gebote in der Kirche rezitierte, bezweifelte er, daß sie wußte, was Unkeuschheit bedeutete.
Phoebe lebte in einer Welt glückverheißender Träume, in denen gutaussehende Ritter den Rocksaum einer Dame küßten, ehe sie

verwegen ihre Lippen auf die ihnen hingestreckte Hand drückten. Für Phoebe würde es ein böses Erwachen im Ehebett geben, doch Jessica, die dabei geholfen hatte, Welpen und Kätzchen zur Welt zu bringen, wußte alles über den Geschlechtsakt und seine Folgen. Wenn Phoebe die kleinen Lieblinge begurrte und sich über ihre unerwartete Ankunft wunderte, konnte Jessica nur den Kopf schütteln und sagen: »Es ist kein Wunder, Phoebe. Nur das Ergebnis einer normalen Paarung.«

Die gelassene, praktische, unabhängige Jessica, so damenhaft, wie man es von einer Drayton nur erwarten konnte – welche Tiefen schlummerten unter ihrer heiteren Erscheinung, und wie weit konnten sie sie auf der Welle der Leidenschaft davontragen?

»Jessica ... bitte ... ich muß es wissen.«

Ohne ihn anzusehen, schüttelte sie den Kopf.

»Es ist besser, wenn du nichts weißt. Laß uns nach Hause fahren. Es muß durchgestanden werden.«

Widerstrebend gab er nach. Der Gig fuhr mit einem Ruck an, polterte über den unebenen Fahrweg und bewegte sich dann langsam den Hügel hinauf. Weiter oben auf der Anhöhe endete der Weg im Grundstück ihres Bruders. Neben der Hauptzufahrt gab es noch einen seitlichen Zugang, der halb in einer Kurve verborgen lag. Ihr eigenes Zuhause, Medlar Croft, lag weiter unten am Weg, und als er in die Zufahrt einbog, fiel Martins Blick auf einen roten Farbfleck, der aus dem Seiteneingang des Carrion-House huschte. Rot und darüber weiß, unter einer Krone schwarzen Haars.

Es war nicht das erste Mal, daß er Meg Gibson vom Haus seines Bruders forteilen sah. Da sie den Seiteneingang benutzte, nahm er an, daß sie Mrs. Walker besuchte, obwohl eine Freundschaft zwischen der gesetzten Haushälterin und einem Dorfmädchen von zweifelhaftem Ruf unwahrscheinlich war – und die Art, wie sie jetzt beim Anblick der beiden Draytons hastig zurückwich, verstärkte seine Zweifel.

Er fragte sich, ob Jessica das Mädchen bemerkt hatte, doch ihr stolzes Gesicht mit den starr geradeaus gerichteten Augen erweckte nicht den Anschein.

Vor dem Haus hielt er an und sagte: »Was ›muß durchgestanden

werden‹, Jessica? Niemand außer mir weiß, was für einen Schlag du erlitten hast, und es wird unser Geheimnis bleiben. Darauf kannst du dich verlassen.«
Ihr gelang ein gequältes Lächeln. Doch sie gab ihm keine Antwort, stieg stumm aus der Kutsche und ging mit derselben starren Beherrschung, die ihn den ganzen Tag beunruhigt hatte, auf die Haustür zu.

Glücklicherweise erreichte sie ihr Zimmer, ohne jemandem zu begegnen. Von innen lehnte sie sich mit geschlossenen Augen gegen die Tür, und Tränen, so lange mühsam zurückgehalten, strömten ihr nun über die Wangen, Tränen der Verzweiflung, die ihre Qual jedoch nicht erleichterten. Sie fühlte sich wie geprügelt durch den Schock, wie gelähmt über ihre eigene Naivität, doch das Eingeständnis der Leichtgläubigkeit half ihr nicht. Sie hatte getan, was sie hatte tun wollen, sich verhalten, wie sie sich hatte verhalten wollen. Sie hatte geliebt, auf törichte Weise, aber leidenschaftlich; sie war verblendet, aber aufrichtig gewesen und dem Mann in zunehmendem Maße verfallen. In jedem Blick, jedem Wort, jeder Berührung hatte sie einen Ausdruck, eine Bestätigung seiner tiefen Liebe zu ihr gesehen. Ohne zu zögern, hatte sie diese Gefühle erwidert, war unsäglich glücklich gewesen.
Es war beinahe unmöglich, das Geplapper der Freeman-Töchter nicht einfach als unbegründeten Unsinn abzutun, doch ihr Bruder, der nicht zu Phantastereien neigte, hatte jedes einzelne Wort bestätigt. Unbeabsichtigt hatten alle drei auch bestätigt, daß Joseph die Wahrheit gesagt hatte – der Mann war fortgejagt worden –, denn natürlich war das Ziel seines einsamen Spaziergangs Carrion-House gewesen, auf Josephs Geheiß hin, und die Botschaft, die ihn nach Bristol zurückrief, war ebenfalls Josephs Werk gewesen. Wenn Joseph etwas in Angriff nahm, dann tat er es gründlich. Sie hätte ihn gut genug kennen müssen, um seinen Worten Glauben zu schenken.
Doch unter der Erkenntnis verborgen lag ein tieferer Schmerz – durch den letzten, gefühllosen Schritt verursacht, den Acland vor seiner Abreise unternommen hatte. Oder vielleicht hatte er diesen

Schritt schon lange vorher geplant, er war vielleicht der einzige Grund seines Besuchs bei den Freemans gewesen? Er war auf der Suche nach einer begüterten Frau gewesen, und hätte er dabei Erfolg gehabt, hätte er die heimlichen Treffen und die leidenschaftlichen Umarmungen im Aussichtsturm ohne ein Wort der Erklärung abgebrochen.

Sie war eine vertrauensselige Närrin gewesen, schwach, dumm ... doch auch diese Erkenntnis linderte weder ihre Qual noch ihre Sehnsucht nach ihm. Würde er in diesem Moment an der Haustür vorsprechen und verlangen, sie zu sehen – würde er sie mit Liebeserklärungen überhäufen und schwören, daß die Freeman-Töchter gelogen hatten – würde er sie nur auf jene Weise ansehen, an die sie sich so gewöhnt hatte, und ihr Vorwürfe wegen ihres Mißtrauens machen, sie würde ihn reumütig und zerknirscht um Verzeihung bitten. Sie würde ihm alles versprechen, alles geben, ihre Besonnenheit, Zurückhaltung, anständige Erziehung wieder über Bord werfen. Sie war dem Mann verfallen und unfähig, ihn zu vergessen.

Sie versuchte sich einzureden, daß er nach der Abendmesse wieder an ihrem geheimen Treffpunkt sein würde. Wider besseres Wissen hielt sie an der Unwirklichkeit fest, versuchte sich selbst davon zu überzeugen, daß Acland nie gehen würde, ohne ihr wenigstens eine Nachricht zukommen zu lassen, in der er ihr versicherte, daß sich nichts zwischen ihnen geändert hatte, daß er nur sie liebte und um jeden Preis heiraten wollte.

Sie öffnete die Augen und sah ihr Spiegelbild in dem langen, geschwungenen Spiegel, in dem sie täglich flüchtig ihre Erscheinung überprüfte, und sie bildete sich ein, unverändert auszusehen. Ihr Hut und Kleid waren so makellos wie vor ihrem Besuch im Haus ihres Bruders. Ihr sanft gewelltes Haar war ordentlich gekämmt, keine Strähne hatte sich gelöst; auf den Spitzen ihrer Schuhe, die unter dem Saum ihres Musselin-Kleides hervorlugten, lag kein Körnchen Staub. Sie hatte sich ungewöhnlich viel Mühe mit ihrem Aussehen gegeben, da sie wußte, daß Joseph darauf Wert legte. Und jetzt gaben allein ihre zerfetzten Handschuhe Zeugnis von ihrem Kummer. Selbstbetrug war sinnlos.

Es war wahr. Es war geschehen. Es war zwecklos, die Augen vor der Wahrheit zu verschließen.

Sie ging durch das Zimmer und zog die Nadeln aus ihrem Hut. Ihr Körper war wie erstarrt, ihre Sinne betäubt. Sie befand sich in einer Situation, die sie durchstehen mußte, doch sie hatte keine Ahnung, wie. Kalte Angst hielt ihr Herz umklammert.

»Hier bist du also, Jessica! Mama hat nach dir gesucht.« Phoebe war unbemerkt in ihr Zimmer getreten. Aufgeregt sprach sie weiter. »Joseph hat sie besucht, gerade als wir zu unserem Spaziergang aufbrechen wollten. Er blieb nicht lange – er schien sehr in Eile zu sein –, doch es muß sehr wichtig gewesen sein, und das Gespräch drehte sich ausschließlich um dich. Als er fort war, kam Mama ganz verstört in die Halle und fragte nach dir. Ich habe nur gehört, wie Joseph sagte: ›Du selbst mußt es Jessica sagen, liebe Mutter.‹ Also habe ich mich natürlich gefragt, ob er einen Ehemann für dich gefunden hat. Das wäre einfach großartig! Denn es würde bedeuten, daß er für uns beide Ehemänner sucht, weil er sich bestimmt nicht für einen passenden Bräutigam für nur einen Zwilling umsieht und den anderen übergeht.« Sie quietschte vor Aufregung. »Das heißt, *ich* bin als nächste an der Reihe.«

Sie drehte eine Pirouette, ihr Reifrock wirbelte um ihre Satin-Slipper, dann tanzte sie zur Tür und rief über die Schulter: »Mama ist im Salon und erwartet dich dort. Beeil dich bitte. Ich platze vor Neugier!« Schon in der offenen Tür, blickte sie sich noch einmal um. »Und du wirst *keine* Schwierigkeiten machen, nicht wahr? Du weißt, wie du reagierst, wenn jemand dir sagt, was du tun sollst. Du tust es aus Trotz nicht. Aber bitte, gib dieses eine Mal nach, sonst verärgerst du Joseph. Das wird ihn davon abhalten, über meine Hochzeit nachzudenken, und ich kann sie kaum erwarten. Eine verheiratete Frau zu sein, von allen unverheirateten Freundinnen bewundert zu werden, Herrin im Hause eines Mannes ...«

»Und Frau in seinem Bett. Hast du auch daran gedacht? Darum geht es in der Ehe doch nur.«

»Du bist ein Scheusal, Jessica. Es ist Aufgabe der Frau, sich den Wünschen des Mannes zu fügen ...«

»... und sich von ihm beherrschen zu lassen, von ihm benutzt und behandelt zu werden, wie es ihm gefällt?« Ein Funke von Jessicas gewohntem Widerspruchsgeist glühte auf. »Wenn Gott vorgehabt hätte, das zur Aufgabe der Frau zu machen, hätte er es in die Zehn Gebote eingeschlossen.«

Ihre Erziehung zu weiblicher Gefügsamkeit kam Jessica nun zu Hilfe, ermöglichte es ihr, den Anschein von Gelassenheit zu wahren, obwohl sie innerlich völlig zerrissen war. Das Haar ordentlich gekämmt, den Rücken gerade, in den Augen einen Ausdruck von Ergebenheit, ging sie in den Salon hinunter, wo ihre Mutter sie erwartete.

Emily Drayton war offensichtlich aufgewühlt. Anstatt wie gewöhnlich in ihrem Sessel neben dem Kamin zu sitzen, ging sie unruhig auf und ab, rang nervös die Hände. Ohne Zeit zu vergeuden, kam sie sofort zur Sache.

»Ist es wahr?« fragte sie, noch ehe Jessica die Tür schließen konnte. »Es kann nicht sein! Nicht eine meiner Töchter! Meine Tochter würde vor ihrer Mutter so etwas nicht verheimlichen!«

»Wovon sprichst du, Mutter?«

»Das weißt du ganz genau, denn du warst bei Joseph und hast es ihm gebeichtet. Jetzt weiß ich auch, warum du an unseren Nachmittagsspaziergängen nicht mehr teilgenommen und mich belogen hast.« Wieder rang sie nervös die Hände. »Sich vorzustellen, daß du diesen Mann ohne mein Wissen getroffen hast! Sich vorzustellen, daß *du*, meine Tochter, mich hintergangen hast!«

Emily Drayton steigerte sich regelrecht in ihre Empörung hinein. Sie mußte abgelenkt werden.

»Hätte ich dich belügen wollen, Mama, so hätte ich wohl nicht damit aufgehört.«

»Du gibst es also zu! Und wie weit bist du gegangen? Ist es noch schlimmer, als Joseph erzählt hat?«

»Und was hat er erzählt?«

Jessica wußte genau, daß er ihr nur von ihrer Absicht berichtet haben konnte, daß sie Roger Acland heiraten wollte. Denn mehr hatte sie ihm nicht gesagt, doch die Frage verschaffte ihr eine Atempause.

Ihre Mutter schluchzte: »Er hat deine empörenden Lügen aufgedeckt, mir von deinem hinterlistigen Benehmen berichtet.«

»Meinem ... Benehmen?«

»... ohne das Wissen oder die Zustimmung deines Vormundes, ganz zu schweigen von deiner Mutter, einen Mann heiraten zu wollen! Was für ein Benehmen ist das, sag?«

»Aber ich habe kein Geheimnis daraus gemacht. Ich bin zu Joseph gegangen und habe ihm die Wahrheit gesagt. Liebe Mama, reg dich doch nicht so auf. Er hat die Ehe verboten, obwohl es kein Gesetz gibt, das selbst dem Oberhaupt der Familie dieses Recht einräumt.«

»Dann ist es höchste Zeit, daß ein derartiges Gesetz geschaffen wird. Aber er hat auf jeden Fall klug und richtig entschieden. Gott sei Dank haben wir Joseph! Was würde ich nur ohne ihn anfangen? Wie kann eine alleinstehende Frau mit solch ungeratenen Töchtern fertig werden?«

»Davon hast du nur eine, Mama. Phoebe wird dir nie Kummer bereiten.«

»Eine Gnade, für die ich dankbar bin. Doch du, Jessica – liebe Jessica, die ich aufrichtig liebe und für die ich mir vor allem anderen eine gute Ehe wünsche –, dein Benehmen war schon immer unberechenbar. Wie *konntest* du dich nur in einen Mann verlieben, den wir kaum kennen und der, wie Joseph sagt, praktisch ohne Einkommen ist? Du mußt ihn ohne unser Wissen getroffen haben, sonst wäre es nicht so weit gekommen. Jetzt erst fällt mir auf, wie oft du in letzter Zeit die Freemans besucht hast – ganz gewiß hat die liebe Agatha bei diesem Komplott nicht mitgewirkt?«

»Nein. Sie hat ihn mir eines Morgens nach der Messe vorgestellt, aber mehr weiß sie nicht.«

Doch ihre anzüglichen Blicke und ihre Worte vor knapp einer Stunde hatten das Gegenteil vermuten lassen; ihre herablassende Art, ihr kaum verhohlener Triumph, ihr offensichtliches Gefallen an der Situation kamen Jessica nun bedeutsam vor. Bei der Erinnerung daran fühlte sie wieder den stechenden Schmerz und machte sie taub für die Worte ihrer Mutter.

»Gott sei gedankt, daß Joseph die Angelegenheit sofort in die Hand genommen hat – noch vor deinem Besuch bei ihm heute, wie er mir sagte. Nur ein Mann wird mit einem Mann fertig. Ich hätte es nie geschafft, Mr. Acland auf so prompte und wirksame Weise fortzuschicken. Ich kann nicht mit mittellosen Bewerbern umgehen. Ich frage mich nur, warum er seine Ansprüche nicht höher geschraubt hat – eine der Freeman-Töchter, zum Beispiel –, aber vielleicht war ihr Vater so klug wie Joseph und hat dem einen Riegel vorgeschoben. Du bist deinem Bruder zu Dank verpflichtet, meine Liebe, so wie ich. Ohne seinen Weitblick ...«

»Welchen Weitblick?«

»Nun, meinetwegen Ahnung. Sobald der Argwohn in ihm geweckt war, hat er nach Acland geschickt und sich seiner entledigt. Das geschah noch, ehe du gewagt hast, ihn heute nachmittag aufzusuchen. Wie er von der ganzen Angelegenheit erfuhr, weiß ich nicht. Er hat mir nur gesagt, daß er letzte Woche, bei dem Gartenfest der Freemans, Verdacht geschöpft hat, als er dich dauernd in der Gesellschaft dieses Mannes sah, mit dem du dich sogar allein davongeschlichen hast ...«

»Wir haben einen Spaziergang gemacht, Mama. Jeder konnte uns sehen. War das denn kompromittierend?«

»Es war taktlos. Unverheiratete junge Damen sollten nie ohne Anstandsdame sein. Ich hätte mich sehr darüber aufgeregt, hätte ich es gewußt.«

Emily schritt noch immer aufgelöst im Salon auf und ab, rang hilflos und verwirrt die Hände, berührte gelegentlich verschiedene vertraute Gegenstände, als könnten die ihr Halt geben, und blieb schließlich vor einer Etagere in einer Ecke stehen, auf der der Teller und der Krug, die ihr verstorbener Mann für seine letzte Mahlzeit benutzt hatte, den Ehrenplatz einnahmen. Joseph drückte manchmal seine Mißbilligung darüber aus und erinnerte sie daran, daß sie wesentlich kostbarere Dinge besaß, um damit das Andenken an ihren Mann zu pflegen, doch wie die meisten schwachen Menschen konnte Emily Drayton manchmal sehr eigensinnig sein. Niemand konnte sie dazu bewegen, dieses einfache Geschirr wegzuwerfen. »Es sind die letzten Dinge, die er berührt hat«, wandte sie stets ein, und ihr ältester Sohn konnte ihr diese Sentimentalität nicht verwehren.

»Nun, wenigstens benutzt du sie nicht«, hatte er eingeräumt. »Es wäre morbide und nicht nur sentimental. Das verbiete ich dir, liebe

Mutter. Gib mir dein Versprechen darauf. Ich verlange es nur von dir, weil ich nicht will, daß du in deiner Trauer verweilst. Außerdem besitzt du weitaus besseres Geschirr als diese grobe irdene Zeug.«

»So würde ich es nicht bezeichnen, Joseph. Es ist mit einer wunderbaren Glasur überzogen und hat eine ungewöhnlich schöne Farbe. Außerdem hat Martin es hergestellt, obwohl er mir sagte, daß du selbst es glasiert hast. Ich fühlte seine Enttäuschung darüber, deswegen bestehe ich darauf, es behalten zu dürfen, denn er schenkte es Vater zu seinem letzten Geburtstag.«

»Wie du willst«, hatte Joseph mit einem Achselzucken nachgegeben, obwohl er ihr Verhalten weiterhin mißbilligte. Auch hatte er seinen Ärger verheimlicht, als er erfuhr, wie sie in den Besitz der Gegenstände gekommen war.

»Ich nehme an, Martin hat dir das Geschirr gebracht«, hatte er gesagt, worauf seine Mutter sanft erwidert hatte: »O du liebe Güte, nein ... Martin würde so etwas nie wagen! Man hat sie mir geschenkt, lieber Joseph. Dieses arme Mädchen, das als Dreherin in der Töpferei arbeitet, brachte sie mir – Meg Gibson, glaube ich, heißt sie. Die Tochter der kranken Frau, die unten an der Kiesgrube wohnt. Ich war sehr gerührt, als sie es mir brachte. Sie sagte, ich könnte es sicher nicht vertragen, wenn jemand anders das Geschirr benutzen würde. Noch heute höre ich sie auf ihre rauhe Weise sagen: ›Es wäre nicht richtig, nicht wahr, Mistress Drayton?‹ Und ich stimmte ihr zu.«

»Die Schlampe hatte kein Recht dazu, dich aufzusuchen, geschweige denn, etwas zu stehlen. Ich werde sie dafür bestrafen.«

»O nein, Joseph, bitte! Es war eine freundliche Geste, und ich weiß sie zu schätzen. Sie hatte das Geschirr abgewaschen und sorgfältig eingepackt. Bitte, tadele sie nicht deswegen.«

»Sie hatte kein Recht dazu, das Büro des Töpfermeisters zu betreten, geschweige denn, sein Eigentum an sich zu nehmen.«

»Aus Mitgefühl für seine Witwe? Es war eine freundliche Geste, wie ich schon sagte, und ich werde ihr das nie vergessen.«

Also bewahrte Emily in ihrem Salon das einfache, irdene Geschirr ihres verstorbenen Mannes auf. Dort wo der Löffel über die Glasur gekratzt hatte, war es abgeschabt, so wie der Rand des Bechers, wo er daraus getrunken hatte. Eines Tages hatte Emily Martin dabei überrascht, wie er beide Gegenstände eingehend untersuchte. Er hatte sein Erstaunen über die Glasur zum Ausdruck gebracht und bedauert, daß Joseph nur eine kleine Menge davon zubereitet und den Rest weggeworfen hatte. Daher war es ihm nicht möglich, die Bestandteile dieser einzigartigen Glasur zu analysieren. Emily wußte, daß Martin hoffte, seine Begabung auf allen Gebieten der Töpferei weiterzuentwickeln, aber Joseph beharrte darauf, daß noch viele Lehrjahre vergehen würden, ehe sein Bruder fähig wäre, sich im Glasieren zu versuchen.

Emily schüttelte diese Gedanken ab und kehrte in die Gegenwart zurück, fuhr fort, Jessica für ihr Benehmen zu tadeln, so wie es nach Ansicht ihres ältesten Sohnes ihre Pflicht war.

»Joseph behauptet, du hättest das Gartenfest mit Mr. ... ganz ungeniert verlassen, so als wäre ein einsamer Spaziergang mit einem Gentleman, der nur ein flüchtiger Bekannter ist, kein Verstoß gegen die gesellschaftlichen Regeln.«

»Wir blieben innerhalb der Tremain-Gärten. Damit haben wir doch kein Unrecht begangen. Viele Menschen promenierten herum und dehnten ihre Spaziergänge weiter aus, als Roger und ich es taten.«

»Ihr seid schon beim Vornamen! Nach einer Bekanntschaft von nur wenigen Wochen? Das sagt alles. Ein Mann und eine Frau gebrauchen diese intime Anrede erst, wenn sie sich sehr gut kennen, und eure Bekanntschaft konnte nur im geheimen gedeihen. O Jessica, wie *konntest* du nur? Du warst immer eigenwillig, aber nie hinterlistig, und dieses Verhalten kann ich nur dem Einfluß dieses Mannes zuschreiben. Du schuldest Joseph Dank, daß er den Mann mit Geld abgefunden hat.«

»Ihn *abgefunden* hat ...?«

»Wieviel er bezahlt hat? Willst du das wissen? Eine ansehnliche Summe, meine Liebe. Zu ansehnlich. Nicht weniger als zweihundert Pfund, und das ist ein Vermögen. Der Mann hat das Geld auch prompt akzeptiert, zusammen mit den Bedingungen, die dein Bruder an den Handel knüpfte.«

Nachdem Emily Drayton ihrem Ärger Luft gemacht hatte, war sie wieder ruhig. Jessica würde sich jetzt anständig benehmen und die ganze bedauerliche Episode bald vergessen. Es war ihr sicherlich eine heilsame Lektion gewesen. Gott sei Dank war sie gut erzogen worden; mit einem weniger moralischen Hintergrund hätte sie womöglich den Verführungskünsten dieses Mannes nicht widerstanden. Emily hatte ihn auf dem Gartenfest gesehen: Er war ein gutaussehender Mann, der jeder Frau auffiel. Er war sich dessen wohl bewußt und zeigte sich sehr entgegenkommend. Ein Mann ohne Skrupel mit starker sinnlicher Ausstrahlung. Aufgrund ihres behüteten, zurückgezogenen Lebens hätte man annehmen können, daß Emily Drayton für derart männliche Eigenschaften nicht empfänglich war, doch sie hatte ihrem sinnenfreudigen Mann zehn Kinder geboren.

Aber der liebe George war ein ehrbarer Mann gewesen. Roger Acland war es nicht. Kein Mann, der ein Bestechungsgeld dafür annahm, daß er einer unschuldigen jungen Frau nicht weiter den Hof machte, war ehrbar. Und natürlich war Jessica absolut unschuldig und gutgläubig gewesen. Welch ein Segen, daß Joseph eine weitere Entwicklung dieser Beziehung verhindert hatte! Allein der Gedanke, ihre Tochter könnte vor der Hochzeit verführt worden sein, war zu entsetzlich. Natürlich war das nicht geschehen. Jessicas gute Erziehung hatte es verhindert.

Und bei diesem Gedanken verflog Emilys Ärger endgültig. Jetzt konnte sie sich wieder angenehmeren Dingen zuwenden. Sie legte einen Arm um ihre Tochter und sagte leicht atemlos: »Und nun, meine Liebe, wollen wir diese unerfreuliche Geschichte vergessen. Sie ist vorbei. Zu Ende. Laß uns an die Zukunft denken, *deine* Zukunft. Auch dafür sind wir Joseph zu Dank verpflichtet.«

Sie fühlte, wie sich Jessica versteifte, hielt es irrtümlich für einen Ausdruck ihrer Begeisterung und freute sich darüber.

»Du magst dich fragen, wofür du ihm dankbar sein kannst, mein Kind, doch ich versichere dir, daß Josephs Pläne die Gewähr für dein und mein Glück bieten. Er hat einen Ehemann für dich gefunden – er ist vornehm, anständig und finanziell abgesichert. Dein Bruder ist überzeugt davon, daß ihr ein exzellentes Paar abgeben werdet.«

»Nein ... nein!« Jessica wich zurück.

»Meine Liebe, du mußt keine Angst haben. Joseph würde nie einen

Mann für dich wählen, der dir widerwärtig ist, und ganz gewiß keinen, der nur ein Auge auf dein Geld geworfen hat. Natürlich bekommst du eine stattliche Mitgift; was Joseph für Harriet tat, wird er auch für dich tun. Und auch für Phoebe, wenn sie an der Reihe ist. Ihr bekommt zwar kein Vermögen, aber doch eine ansehnliche Mitgift. Und außerdem hat eine Drayton-Tochter noch andere Vorzüge – gute Erziehung, ausgezeichnete Umgangsformen und umfassende Kenntnisse in der Führung eines Haushalts – alles Eigenschaften, die eine gute Frau ausmachen. Joseph hält es für eine großartige Verbindung. Ich teile seine Ansicht, daß auch die Freemans so darüber denken.«

»Die Freemans?«

»Ja, liebe Jessica. Ich kann mir nichts Großartigeres vorstellen als eine Verbindung unserer Familien. Joseph hat keine Zeit verloren – deswegen hatte er es heute nachmittag ja so eilig. Er überließ es mir, dir die erfreuliche Neuigkeit zu berichten – er ist ein Mann von schnellen Entschlüssen. Was er sich einmal vorgenommen hat, setzt er sofort in die Tat um. Nach seinem Besuch hier hat er den Vater des lieben Max aufgesucht, und ich habe keinen Zweifel daran, daß er bald nach dir schicken wird. Komm ihm etwas entgegen, wenn du ihn siehst. Wie ich hörte, warst du heute nachmittag entsetzlich halsstarrig – ›unverschämt‹ nannte Joseph es –, und das hat ihn natürlich verärgert. Für eine Frau geziemt sich Sanftmut. Vergiß das nie. Männer bewundern und begehren sie deswegen. Es wird dir das Leben wesentlich erleichtern, wenn du stets daran denkst. Und die Aussicht auf diese Ehe wird dich sicher willfähriger machen. Joseph wird im Carrion-House bestimmt einen großartigen Empfang geben, um eure Verlobung zu verkünden, und Charlotte Freeman wird es sich nicht nehmen lassen, euch zu Ehren einen Ball zu veranstalten, obwohl sie nicht die Mutter der Braut ist. Eine vornehme Frau wie sie legt Wert auf Stil ...«

Doch Jessica hörte nicht mehr zu. Ihre Gedanken kreisten nur um eine einzige, unglaubliche Tatsache, und prompt rebellierte sie dagegen.

»*Max?* Niemals! *Nie,* Mama!«

Zu Emily Draytons größter Verwunderung war jetzt ihre eigenwil-

lige Tochter in höchstem Maße aufgewühlt. Sie ging rückwärts aus dem Zimmer und hielt dabei die Hände wie zur Abwehr eines Schlages vor sich gestreckt. Schluchzend rief sie: »Nein ... nein! Ich könnte nie Max Freeman heiraten! *Nie im Leben!*«
Und zum zweitenmal an diesem Tag schlug sie eine Tür hinter sich zu.

3

Martin glaubte nicht, daß Joseph an diesem Nachmittag nach Tremain Hall geritten war, obwohl er den Grund für seinen Zweifel nicht nannte. »Natürlich wird er Ralph Freeman aufsuchen, wenn er sich diesen Plan in den Kopf gesetzt hat. Aber ich kann mir nicht vorstellen, daß er dafür den Sonntag wählen würde.« Er ließ Jessica in dem Glauben, daß diese Begründung die Ursache für seine Skepsis war, und erwähnte nicht Meg Gibsons verstohlene Flucht aus dem Seiteneingang des Carrion-House. Wenn Joseph unmittelbar nach Jessicas Besuch verärgert zum Haus seiner Mutter geeilt war, fest entschlossen, die Pläne seiner Schwester endgültig zu vereiteln, dann war der Grund für die Kürze dieses Besuches eine bevorstehende Verabredung, die er um jeden Preis einhalten wollte. Die Zeit zwischen Megs Auftauchen am Dorfanger bis zu ihrer Rückkehr, als er sie aus dem Haus seines Bruders hatte kommen sehen, hatte für einen Besuch im Carrion-House ausgereicht – und hätte sie sich so hastig beim Anblick der Geschwister zurückgezogen, wenn sie nur die Haushälterin besucht hätte? Nicht die forsche Meg, die sich keinen Pfifferling um die Meinung anderer scherte. Daher blieb als einzige Erklärung für ihr sonderbares Verhalten, daß sie den Hausherrn besucht hatte, während Hannah Walker frei hatte. Und welche Stunde wäre für einen heimlichen Besuch günstiger als der ruhige Nachmittag an einem Sonntag, wenn die Leute zum Cobblers Green strömten und sich niemand in unmittelbarer Nähe des Carrion-House aufhielt?
Und sie war ängstlich darauf bedacht, nicht gesehen zu werden, da ihr bei Entdeckung eine schreckliche Strafe drohte.

Unzucht und Umgang mit liederlichen Frauen ist verboten. Eheversprechen dürfen nicht gegeben werden. Was für den Lehrling Gesetz war, galt offensichtlich nicht für den Herrn. Joseph war nicht verheiratet, doch warum sollte er enthaltsam wie ein Mönch leben? Er war ein Mann wie alle anderen. Martin hatte bereits in früher Jugend gelernt, was Unzucht bedeutete und daß Männer ihr jederzeit frönen konnten, während Frauen diese Freiheit verwehrt war. Doch über dieses heikle Thema konnte er nicht mit seinen Schwestern sprechen, noch war er ein Unruhestifter, der das Bild von Joseph zerstören wollte, das die Familie sich von ihm gemacht hatte. Und Joseph war sehr vorsichtig. In der Töpferei warf er nicht einmal einen flüchtigen Blick auf Meg. Martin hatte bis jetzt kein einziges Mal gesehen, daß er auch nur ein Wort mit ihr gewechselt hätte, außer den üblichen Anweisungen, wenn er ihre Tonwaren inspizierte. Es war ihm ein Rätsel, wie es zu dieser intimen Beziehung zwischen den beiden hatte kommen können, denn Meg war nur eine Töpferin. Allerdings beherrschte sie ihr Handwerk mit einer Kunstfertigkeit, die Martin überaus bewunderte. Er hatte neben ihr das Töpfern gelernt und viele hilfreiche Tips von ihr bekommen.
Er sehnte den Tag herbei, an dem er der Aufsicht seines Bruders entwachsen sein würde. Doch bis dahin würden noch viele Jahre vergehen, selbst wenn Joseph ihn nach Ablauf der Lehrzeit als Partner akzeptierte. Unter der Herrschaft seines älteren Bruders würde er immer nur eine untergeordnete Position einnehmen, aber wenigstens hätte er dann einen Fuß auf die unterste Sprosse der Leiter gesetzt, und sein Traum, ein Töpfermeister zu werden, würde in erreichbare Nähe rücken.
In fünf Jahren Lehrzeit lernte ein Mann normalerweise jede Phase des Handwerks, doch obwohl Martins Zeit in einem Jahr ablief, war er noch weit davon entfernt, ein qualifizierter Töpfer zu sein. Vielleicht hatte Jessica mit ihrer Behauptung recht, daß Joseph zufrieden damit war, in ihm einen guten Dreher an der Töpferscheibe zu haben, und er deswegen verhinderte, daß er weitere Fertigkeiten in diesem Handwerk erlernte. Dazu gehörten die Glasur, das Brennen, das Entwerfen von neuen Formen, die Herstellung eigener Lehmmischungen und Glasuren, das Experimentieren mit Pigmen-

ten für neuartige Farben, die andere Töpfer noch nicht entdeckt hatten ... Martin wußte, daß er die Fähigkeiten besaß, das alles zu erlernen, doch Joseph hielt ihn länger als vorgesehen an der Töpferscheibe fest.
Aber im Moment waren Jessicas Probleme wichtiger. Die Aussicht, Max Freeman heiraten zu müssen, hatte ihr einen Schock versetzt. Das konnte Martin ihr nachfühlen. Manchmal fragte er sich, wie es möglich war, daß Amelia einen solchen Bruder hatte – wie sehr unterschied er sich in seiner Grobschlächtigkeit von ihrer Zierlichkeit; in seiner Derbheit von ihrer Vornehmheit.

»Falls du recht hast«, sagte Jessica, »dann bleibt mir wenigstens eine kurze Frist ...«
Aber sie brauchte mehr als eine kurze Atempause, um zu entscheiden, wie sie die Situation meistern konnte. Mit einem Einkommen von dreißig Pfund im Jahr konnte eine junge Frau nicht von zu Hause weglaufen und allein leben. Die Summe war als Kleidergeld für eine junge Dame der mittleren Gesellschaftsschicht angemessen, doch Joseph würde ihr auch dieses geringe Einkommen streichen, sollte sie Schande über die Familie bringen. Dann wäre sie gezwungen, sich kraft ihrer eigenen Fähigkeiten ein neues Leben aufzubauen, doch sie besaß weder einen Beruf noch irgendwelche Qualifikationen, die die Kenntnisse einer Gouvernante überstiegen. Und wer würde eine unverheiratete, schwangere Frau einstellen?
Während die Tage vergingen, bestätigten sich die Befürchtungen bezüglich ihres Zustandes, und was zuvor das schuldbeladene Versprechen eines zukünftigen Glücks gewesen war, wurde nun eine Bedrohung, aus der es kein Entrinnen gab. Wenigstens, dachte sie in einem Anflug von Sarkasmus, würde ihre Schwangerschaft die Ehe mit Max Freeman verhindern, denn welcher Mann nähme schon eine Schwangere zur Frau? Aber die Alternative war ebensowenig reizvoll. Sollte die Familie ihr ganz unerwarteterweise gestatten, weiterhin im Haus zu leben, würde man ihr dennoch das Kind nehmen, und sie würde es nie wieder sehen. So lagen die Dinge, wenn eine Unverheiratete ihre Familie einer derartigen Schande aussetzte. Gebären würde sie an einem geheimen Ort, während man

das Gerücht einer »Indisposition« in Umlauf setzte. Jeder würde vorgeben, daran zu glauben, doch wenn sie zurückkehrte und die Leute sie mieden, würde sie wissen, daß die Wahrheit ans Tageslicht gekommen war. Von nun an würde sie »die schlechte Miss Drayton« sein und versuchen, ihren Kopf trotz des ständigen Getuschels so hoch wie möglich zu tragen. Dieselbe Verachtung würde man ihr zu Hause entgegenbringen.

Es gab eine einzige Alternative – Martha Tinsley. Jessica schloß die Augen und erschauderte bei dem Gedanken. Was machte sie eigentlich, die alte Vettel, die vielen Huren und irrgeleiteten Mädchen Hilfe geleistet hatte? Man flüsterte über Drogen und magische Tränke, die die alte Frau zubereitete, aber schlimmer noch klang das Raunen hinter verschlossenen Türen, das von geschärften Sticknadeln, unbeschreiblichen Instrumenten und selbst vom Tod sprach.

Nie kam es Jessica in den Sinn, daß es noch einen anderen Ausweg geben könnte – in die geplante Ehe mit Max einzuwilligen und einfach zu schweigen. Denn ein derart dünkelhafter Mann würde niemals zugeben, daß er getäuscht worden war. Man würde die übliche Geschichte einer vorzeitigen Geburt in die Welt setzen, und wenn gewitztere Leute die Wahrheit erraten sollten, nahmen sie sicher an, daß er der Vater war und nur richtig gehandelt hatte, indem er sie heiratete. Max jedoch würde sie sicher für den Rest ihres Lebens bestrafen, aber die Fassade bliebe gewahrt.

Während die Zeit verstrich, nahm Jessicas innere Unruhe zu. Ihre Mutter wartete darauf, daß Josephs Pläne nun von Erfolg gekrönt wären und sie mit den Hochzeitsvorbereitungen für ihre Tochter beginnen könnte. Und was für ein stolzer Tag würde das werden, wenn die beiden führenden Familien Burslems vereinigt wären! Natürlich waren die Freemans wohlhabender als die Draytons und nahmen daher einen höheren gesellschaftlichen Rang ein. Aber zwischen den Familien hatte immer ein freundschaftliches Verhältnis geherrscht; ihre Kinder waren zusammen aufgewachsen, und außerdem brachte Emilys kluger Sohn die Familienfinanzen wieder in Ordnung, und somit wuchs auch das Ansehen der Draytons.

Emily ließ ihre Gedanken schweifen. Erst Jessica, warum dann nicht

Phoebe? Für ein derart umgängliches Mädchen mußte leicht ein Ehemann zu finden sein, obwohl Emily angenommen hatte, daß Max Gefallen an ihr gefunden hatte, ebenso wie sie an ihm. Aber Phoebe war sanftmütig, und wenn er erst einmal mit Jessica verheiratet wäre, würde sie die Situation akzeptieren.
Emilys Gedanken wandten sich Martin zu, der nur Augen für Amelia hatte, wann immer sie sich trafen. Emily wurde traurig, als sie an ihren verkrüppelten Sohn dachte. Denn welche Chance bot sich schon bei seinem Aussehen, eine gute Partie zu machen? Er schien dazu bestimmt, den ganzen Tag an der Töpferscheibe zu verbringen und Töpfe zu formen. »Dem Jungen geht es dabei sehr gut«, versicherte Joseph ihr häufig, »und solange ich ihn davon abhalten kann, seine Zeit damit zu verschwenden, diese albernen Tiere zu modellieren, nützt seine Arbeit uns nur.«
»Aber er kann nicht immer Former bleiben, lieber Joseph. Er hat ein Recht auf mehr. Die Söhne der Draytons wurden immer aktiv am Betrieb beteiligt, sobald sie sich dafür qualifiziert hatten. Das ist Familientradition.«
»Martin wird davon profitieren, *sobald* er sich qualifiziert. Und selbst dann wird er dem Betrieb in einer Weise dienen, die allein ich bestimme.«
Emily ließ das Thema ruhen. Sie vertraute darauf, daß Joseph schon die richtige Entscheidung treffen würde. Außerdem hatte Martin noch viel Zeit. Er war jung und mit seiner Arbeit zufrieden. Sie betete nur, daß er nicht irgendein dummes Mädchen aus dem Dorf heiratete, die natürlich die Gelegenheit beim Schopf ergreifen würde, die soziale Leiter emporzusteigen und deshalb gern willens wäre, sein Gebrechen zu übersehen. Aber eine junge Dame wie Amelia hatte viele Heiratschancen und würde den armen Martin sicher abweisen.
Doch wichtig im Augenblick war die Zukunft ihrer beiden Töchter, und von den beiden stellte Jessica das größere Problem dar, denn sie besaß einen schwierigen Charakter. Emily konnte nur hoffen und beten, daß ihre anfängliche Weigerung, Max zu heiraten, einer Entscheidung, die auf gesundem Menschenverstand basierte, Platz machte.

Zu ihrer Erleichterung kam Jessica nicht mehr auf dieses Thema zurück, sondern benahm sich ruhig und gesetzt. Tatsächlich war sie dieser Tage außerordentlich still, was sicherlich Gutes verhieß. Vielleicht bedeutete es, daß sie Vernunft annahm und ihre heftige Abneigung gezügelt hatte.
Sie schien zerstreut, wenn sie bei Tisch saß und auf ihrem Teller herumstocherte. Das konnte doch nur bedeuten, daß sie sich mit dem Gedanken an die bevorstehende Ehe vertraut machte, wenn sie auch ein wenig nervös wirkte. Dieses Verhalten war für eine zukünftige Braut ganz normal, aber es würde vorübergehen.
Dann schickte Joseph eine Nachricht, daß die Unterredungen abgeschlossen wären und er seine Mutter und Jessica am selben Abend um halb neun im Carrion-House erwarte. Emily war überzeugt, daß ihre unberechenbare Tochter vernünftig geworden war.
Joseph sah in der neuen langärmeligen Weste aus Brokat sehr gut aus. So fühlte er sich auch. Er wußte, daß er nun als Oberhaupt der Familie Drayton eine imponierendere Figur abgab, als sein Vater es je getan hatte, denn er war größer und breitschultriger. O ja, er würde zum Ruhm der Familie beitragen und ihr wieder zu ihrem alten Glanz verhelfen, der unter seinem Vater so sehr verblaßt war, da er sich mehr für seine Bücher als die finanziellen Belange interessiert hatte.
Die Draytons waren eine gesunde, respektable Familie. Gesund in moralischer und finanzieller Hinsicht. Nie hatte sie irgendein Skandal berührt und würde es auch nicht. Dessen war er sich heute abend außerordentlich bewußt. Die Mehrzahl der Einwohner von Burslem brachte ihm schon gewaltigen Respekt entgegen, denn sein Lebensstil war weitaus pompöser als der seines Vaters. Als Carrion-House zum Verkauf stand, hatte er sofort die Vorteile dieses Wohnsitzes erkannt, obwohl das Haus damals ziemlich heruntergekommen war und ihm ein zweifelhafter Ruf anhaftete. Doch Joseph war solchen Gerüchten gegenüber unempfindlich, auch spürte er die Düsternis des Gebäudes nicht. Er hatte nur Augen für die Vornehmheit; ein wichtiger Mann brauchte einen entsprechenden Rahmen.
Diesem Ziel war er bereits ziemlich nahe gekommen, plante aber noch weitere Verbesserungen im Haus, nicht nur für sich, sondern auch für seine zukünftige Frau.

Da diese Pläne kein Problem darstellten, konnte er sich wieder den unmittelbaren Aufgaben zuwenden. Er mußte seine widerspenstige Schwester zur Räson bringen, und da ihre Zukunft unmittelbar mit seinen eigenen Plänen verknüpft war, wollte er die Angelegenheit so bald wie möglich in Angriff nehmen.

Ralph Freeman sein Anliegen vorzutragen, hatte Selbstvertrauen verlangt, aber daran hatte es Joseph noch nie gemangelt. Außerdem wußte Freeman, daß seine Tochter schwer zu verheiraten war – trotz ihrer Erbschaft. Joseph hatte sich von Agatha zwar nie besonders angezogen gefühlt, aber von dem Moment an, als er von ihrem zu erwartenden Reichtum gehört hatte, handelte er schnell, denn er wußte, daß andere Männer ebenso reagieren würden. Ernsthafte Rivalen hatte er zwar nicht zu befürchten, die meisten waren Mitgiftjäger, was auch Ralph Freeman nicht entgehen dürfte, und dieser Absicht konnte niemand Joseph Drayton bezichtigen.

Und es gab noch einen Punkt, der ihn als zukünftigen Ehemann Agathas begünstigte. Sie brauchte eine feste Hand, wenn sie die Rolle erfüllen sollte, die er von ihr verlangen würde, dessen waren sich ihre Eltern sicher bewußt.

Joseph erfüllte alle diese Voraussetzungen und befand sich somit in einer vorteilhaften Position. Er war sehr mit sich zufrieden, während er auf seine Mutter und Schwester wartete. In zehn Minuten würden sie eintreffen und sich gewiß nicht verspäten. Seine Mutter wußte, wie sehr er Unpünktlichkeit haßte, und Jessica würde tun, was man ihr befahl. Ob sie nun kommen wollte oder nicht, sie hatte keine andere Wahl.

Und, bei Jupiter, sie sollte ihm dankbar sein für alles, was er für sie getan hatte. Er hatte sie vor dieser katastrophalen Ehe gerettet und sicherte ihr eine sorgenfreie Zukunft an der Seite eines wohlhabenden Mannes. Dafür sollte sie nicht Gott danken, sondern ihm.

Joseph betrachtete sich in einem venezianischen Spiegel und strich selbstgefällig sein dunkles Haar zurück. Obwohl er stets modische Kleidung trug, setzte er fast nie eine Perücke auf, denn sein Haar wurde allgemein bewundert. Und das zu Recht. Einmal hatte Agatha versucht, mit ihrer pummeligen Hand darüber zu streichen, aber er war ihr ausgewichen. Er mochte es nicht, wenn sie ihn berührte. Auch der Gedanke, sie berühren zu müssen, schien ihm wenig wünschenswert. Aber ein Mann mußte gewisse Dinge tolerieren und sogar tun, wenn sie ihm zum Vorteil gereichten. Agatha diente seinem angestrebten Ziel, doch es war ein Trauerspiel, daß alle wohlerzogenen jungen Damen auf dieser Welt nicht die Attraktivität einer Meg Gibson besaßen.

Der Gedanke an diese junge Frau verwirrte ihn. Sie hatte eine Art, sich in sein Denken einzuschleichen, die ihm zu schaffen machte. Und je öfter sie sein Bett teilte, um so mehr begehrte er sie. Warum vermittelte diese billige kleine Hure ihm das Gefühl, sie durch nichts erniedrigen zu können? Und billig war sie sicherlich. Sie war mit dem zufrieden, was er ihr gab. Da ihre Mutter krank war, hatte sie keine andere Wahl. Aber manchmal nahm sie seine Münzen auf eine Weise entgegen, die noch größere Verachtung für ihn auszudrücken schien, als er für sie empfand. Sie steckte sie dann ein, ohne sie zu betrachten, bedachte ihn mit einem undefinierbaren Lächeln und stolzierte davon, als würde sie nie wiederkommen.

Aber sie tat es immer wieder, und eigentlich gab es überhaupt keinen Grund, warum er dieses seltsame Unbehagen empfand, wenn sie ging.

Es schien, daß sie ihm mißtraute, dabei hatte er doch wohl gewichtigere Gründe, ihr zu mißtrauen. Er wollte unbedingt wissen, warum sie das Geschirr an sich genommen hatte, von dem sein Vater zum letztenmal gegessen hatte. »Ich dachte, Mistress Drayton würde es gern haben, Sir. Als Andenken an den Master.« Und weil ihre Worte die seiner Mutter bestätigten, konnte er nichts anderes tun, als sie wegen Überschreitung ihrer Befugnisse zu schelten.

Geringschätzung war in ihrem Gesicht zu lesen. Und leichter Spott. Aber ihr Körper war so verlockend, daß ein Mann vor Begierde danach vergehen konnte. Er war außerstande gewesen, sie nach dieser Unterredung gehen zu lassen, obwohl sie schmutzig war nach der Tagesarbeit in der Töpferei. Aber nicht einmal die dicke Staubschicht auf ihrem Haar verbarg dessen Schönheit. Die meisten Frauen schützten ihren Kopf mit einem alten Tuch; Meg Gibson hatte dafür nur Verachtung übrig. Jeden Morgen erschien sie mit glänzendem Haar, weil sie es auf dem Heimweg am Abend vorher unter der Dorfpumpe wusch.

Das wußte Joseph, weil er sie selbst dabei gesehen hatte. Manchmal trug sie auch einen Kübel mit Wasser auf dem Kopf nach Hause. Dann erinnerte sie ihn an jene biblischen Frauengestalten, die hochaufgerichtet und leichtfüßig einherschritten, und der Anblick ihres Körpers erweckte dann wieder jene Lust in ihm, die er auch oft empfand, wenn er nur an sie dachte.
Es war eine Gnade, daß in diesem Augenblick die schwere Türglocke erklang, durchs ganze Haus widerhallte und seine Gedanken unterbrach. Meg schenkte ihm Qual und Entzücken. Ihre Macht über ihn war ihm unheimlich. Oft haßte er sie deswegen und wollte mit ihr Schluß machen. Keine Frau hatte ihn je zuvor derart besessen, und er empfand es als empörend, von einem solchen Weibsbild beherrscht zu werden. Dann wurde er wieder von seiner Begierde überwältigt, und er schickte nach ihr, um seine Lust zu befriedigen. Hinterher schwor er sich, sie nie wiederzusehen, denn es war äußerst unklug für einen Mann in seiner Position, sich in dieser kleinen Gemeinde zu exponieren – obwohl er anerkennen mußte, daß sie nie Forderungen stellte. Sie kam nur auf sein Bitten hin und ging mit demselben geheimnisvollen, unerklärbaren Lächeln.
Trotzdem, er mußte sich von ihr lösen. Burslem war ein kleiner Ort, wo nichts unentdeckt blieb. Er wunderte sich, daß noch niemand von der Liaison wußte. Aber das war ihrer beider Diskretion zuzuschreiben. Vielleicht konnten die Leute auch nicht glauben, daß ein Mann seiner Stellung mit einer Meg Gibson verkehrte. Bei diesem halb tröstlichen, halb beschämenden Gedanken beließ er es und wartete darauf, daß seine Haushälterin seine Mutter und Schwester in den Salon führte.

Wie immer, wenn Jessica das Haus ihres Bruders betrat, spürte sie die Kühle. Obwohl Joseph sich Mühe gegeben hatte, strahlte die Eingangshalle keine Wärme aus. Es war ein riesiger Raum, mit einer gewölbten Decke, an dessen äußerstem Ende es einen mächtigen gotischen Kamin gab, der, selbst mit enormen Holzscheiten gespeist, keine Wärme spendete. Kamin, Wände und Fußboden bestanden aus Stein, ebenso die geschwungene Treppe, so daß Stimmen und Schritte in der Halle widerhallten, als befände man sich in einem immens großen Grab.

Alle außer Jessica bewunderten diesen bombastischen Raum. Vor allem in diesem Augenblick betrat sie ihn widerwillig, obwohl die Abendsonne durch die Fenster hereinströmte. Jetzt wäre sie am liebsten umgekehrt und nach Hause zurückgelaufen, aber Hannah Walker hielt die Eingangstür weit offen, während ihre Mutter den respektvollen Gruß der Bediensteten erwiderte. Jessica blieb nichts anderes übrig, als ihr zu folgen, und trotz ihres Kummers war sie innerlich über die Art belustigt, wie die Haushälterin sie ignorierte. Die Frau hatte ihre spitze Bemerkung also weder vergessen noch ihr vergeben ...

Wie lange ihr letzter Besuch her zu sein schien! Zu der Zeit lebte sie noch in einer ganz anderen Welt, einer Welt, in der weder Zweifel noch Angst herrschten, einer Welt, in der sie sich der Liebe eines Mannes sicher glaubte. An jenem denkwürdigen Tag hatte sie voller Besorgnis dieses Haus betreten, aber heute war die Besorgnis mit Angst gemischt. Sie würde Entschlossenheit brauchen, um diese Unterredung zu überleben.

Ihre Mutter schritt leichtfüßig voran, voller Erregung, und Hannah Walker öffnete die Flügeltüren, die in den Salon des Hausherrn führten. Joseph kam ihnen entgegen. Er sah so gut und selbstsicher wie immer aus. Seiner Mutter streckte er beide Hände entgegen, aber für seine Schwester hatte er nicht einen Blick übrig. Er küßte Emily auf beide Wangen und bot ihr den bequemsten Sessel an. »Und ein Glas Madeira, Mutter? Ich habe ausgezeichneten da. Und etwas Marzipan? Ich weiß, daß du es gern ißt.«

Erst dann bemerkte er Jessica, wie rein zufällig. »Ach, da bist du ja, Schwester. Setz dich bitte.« Seinen gleichgültigen Ton war sie gewohnt. Er schlug ihn jedesmal an, wenn sie oder Martin in Ungnade gefallen waren, was jedoch bei Phoebe nie der Fall war. Immer noch innerlich belustigt, setzte sich Jessica, faltete ihre Hände im Schoß und wartete.

Aber das konnte ihre Mutter nicht. Sie hatte kaum von ihrem Wein genippt, als es aus ihr hervorbrach. »Lieber Joseph, deine Neuigkeiten, bitte! Du hast uns hierherbestellt, damit ...«

»... damit ihr etwas Wunderbares erfahrt. Ja.« Er bedachte seine Mutter mit einem nachsichtigen Lächeln, genoß ihre Ungeduld, genoß seine Macht. Jessica hatte plötzlich sehr große Angst. Als er schließlich auch ein Glas Madeira neben sie stellte, trank sie nicht davon, doch weder Joseph noch ihre Mutter bemerkten es. Sie waren wie ein Paar verzückter Verschwörer, Emily voller demütiger Dankbarkeit und ihr Sohn voller Eigenlob.

»Es ist dir gelungen? O mein lieber Sohn, das ist wirklich phantastisch – und wie gut von dir. Wie *gescheit!*«

Joseph setzte sich in seinen Lieblingssessel, kreuzte die seidenbestrumpften wohlgeformten Beine und nickte selbstgefällig. »Das kann man wohl sagen«, stimmte er zu. »Ich habe ein äußerst zufriedenstellendes Arrangement getroffen, für beide Seiten zufriedenstellend. Und wenn du die Einzelheiten hörst, wirst du noch glücklicher sein.«

Emily Drayton wäre fast von ihrem Sessel aufgesprungen.

»Ich kann es nicht mehr erwarten, alles zu hören! Du hast mit dem lieben Mr. Freeman gesprochen ...?«

Joseph nickte. »Später auch mit Max. Der junge Mann war zuerst etwas überrascht, aber als ich ihm dieses großzügige Angebot machte, wurde er sehr entgegenkommend.«

»Du sprichst von Jessicas Mitgift? Lieber Joseph, ich hoffe, du kannst es dir ohne allzu große Einbußen leisten. Bist du etwa zu großzügig gewesen? Das kommt mir ganz so vor.«

»Manchmal stellt diese Art Großzügigkeit eine gesunde Investition dar, und da ich weiß, daß Max in geschäftlichen Dingen bedauerlicherweise erfolglos war, nahm ich an, diese Geste zuzüglich der Mitgift würde ihn positiv stimmen.«

»*Zuzüglich?*« In der Stimme seiner Mutter lag Zweifel. »Was haben wir denn noch zu bieten?«

»Einen Anteil am Gewinn der Töpferei. Ein Einkommen, liebe Mutter, wenn er Mitglied der Familie geworden ist.«

»Aber er braucht kein weiteres Einkommen! Sein Vater ist reich, ebenso die übrige Familie. Und – verzeih mir, Joseph, aber ich fürchte, ich muß das einmal betonen – nur Draytons haben bisher Anteil am Geschäft gehabt. Das ist eine Familientradition. Seit die Töpferei gegründet wurde, ist festgelegt, daß die Anteile unter den männlichen Nachkommen ...«

Ihre Stimme verebbte, als ihr Sohn Schweigen gebietend die Hand hob.
»Dessen bin ich mir voll bewußt, und sei versichert, daß Max Freeman keine Anteile erhält. Das wünsche ich auch nicht, denn er versteht nichts von diesem Metier. Er wird nur als Teil des Heiratsvertrages über ein regelmäßiges Einkommen verfügen. Weniger konnte ich kaum vorschlagen, wenn man in Betracht zieht, daß Jessica so häßlich ist und keinen passenden Mann findet – außer diesem mittellosen Schurken, vor dem ich sie ja gnädigerweise gerettet habe. Man muß der Wahrheit ins Auge sehen, liebe Mutter. Andere Zweige der Familie sind erfolgreicher als wir gewesen, und obwohl ich mit ihnen gleichziehen oder sie gar überflügeln möchte, sind wir trotzdem noch nicht so wohlhabend wie die Freemans. Max hätte eine reichere Frau wählen können. Ich mußte ihm einen Extrareiz bieten, damit er sich für Jessica entschied. Ich glaubte immer, er würde ihr Phoebe vorziehen.«
Unsicher und ohne Selbstvertrauen wie stets im Umgang mit ihrem ältesten Sohn entgegnete Emily Drayton: »Nun, wenn du meinst, Joseph. Sicher hast du recht. Aber was geschieht mit dem armen Martin? Es war der Wunsch deines Vaters, daß seine beiden Söhne sich das Geschäft teilen sollten, und mir scheint, wenn man einem Außenstehenden einen dritten Anteil zubilligt ...«
»Max wird kein Außenstehender sein, wenn er erst einmal mit deiner Tochter verheiratet ist, und sein Anteil wird gering sein, so daß er ohne Einfluß ist. Du mußt meinem Urteil in dieser Angelegenheit vertrauen.« Joseph machte eine ungeduldige Gebärde, und seine Mutter entschuldigte sich sofort.
»Natürlich, mein lieber Sohn, natürlich! Ich verstehe das und bin dankbar – wie auch Jessica dir dankbar ist, dessen bin ich sicher.« Zum erstenmal wandte sie sich an ihre Tochter und sagte: »Sind das nicht wundervolle Neuigkeiten, Liebes? Sicherlich wird uns Charlotte Freeman sehr bald nach Tremain Hall einladen ... was für eine Aufregung!« Sie hob ihr Glas. »Wir müssen auf das glückliche Paar trinken, Joseph! Ach nein, laßt uns alle auf die Zukunft trinken! Komm, Jessica, dein Glas ist noch unberührt ...«
Ihre Tochter ließ es so. Sie sprach zum erstenmal.

»Vielleicht sollten wir lieber auf Josephs Qualitäten als Tauschhändler trinken, Mama. Sein Geschäftssinn ist einzigartig, aber ich weigere mich, als Tauschobjekt zu dienen.«
Ihre Mutter rang vor Schreck nach Luft, und Wein ergoß sich über ihr Kleid. Sie wollte das Glas abstellen und verfehlte den Tisch. Es fiel mit einem Klirren zu Boden, und ein dunkler Fleck breitete sich zu ihren Füßen aus. Aber sie sah nur das empörte Gesicht ihres Sohnes. Dann dröhnte seine Stimme.
»Wie kannst du es wagen! *Wie wagst du* ...« Vor Wut zitternd, wandte er sich an seine Mutter. »Erziehst du so deine Töchter? Daß sie beleidigend und undankbar sind und dem Oberhaupt der Familie keinen Respekt zollen?«
»Natürlich nicht! Ich bin entsetzt! Jessica, entschuldige dich sofort. Wie kannst du solche Ungeheuerlichkeiten sagen, wenn der liebe Joseph sich soviel Mühe gegegen hat, dir zu einer guten Partie zu verhelfen? Du könntest ihm wenigstens danken.«
»Wie kann ich ihm für etwas danken, was für *mich* alles andere als erstrebenswert ist?«
Joseph hob die Hände. »Diese törichte junge Dame hat den Kopf voller romantischer Träume. Wann begreift sie endlich, daß die Ehe eine praktische Vereinbarung zwischen Mann und Frau zu deren gegenseitigem Nutzen ist? Ich nehme an, Schwester, daß du immer noch diesem Schurken nachtrauerst, vor dem ich dich gerettet habe? Das wäre eine schöne Verbindung geworden! Der Mann besaß keinen Penny und spekulierte allein auf deine Mitgift. Über diesen Punkt habe ich ihn aufgeklärt, und er war dankbar genug und verschwand. Ah, das bereitet dir Schmerzen – aber es geschieht dir recht. Vielleicht nimmst du jetzt Verstand an. Du hast verdammtes Glück, einen Mann wie Max Freeman zu bekommen. Du solltest mir auf den Knien dafür danken.«
»Jessica, bitte, hör auf deinen Bruder. Die Ehe ist für eine Frau ein sehr erstrebenswerter Status. Sie bietet ihr Sicherheit, Kinder, einen Mann, der sich um sie kümmert, wie meiner es tat ...«
»In diesem Fall wird er es *nicht* tun, Mama. Max liebt mich nicht, ebensowenig wie ich ihn. Ich mag ihn nicht. Ich finde ihn ungehobelt und laut und ... und ...«

Sie schwieg. Ihre Selbstbeherrschung drohte sie zu verlassen. Das Zimmer schien zum Gefängnis zu werden. Könnte sie doch nur dieses bedrückende Haus verlassen, dann wäre sie wieder eines klaren Gedankens fähig und könnte einen Entschluß fassen. Statt dessen trafen andere Entscheidungen für sie, hatten bereits entschieden, zwangen sie, einen Weg einzuschlagen, den sie nicht gehen konnte. Es mußte doch eine andere Lösung geben, doch noch während sie darüber nachdachte, wußte sie, daß es keine gab.

Ihre Mutter flehte. »Zuneigung, gegenseitiger Respekt, das alles wird mit der Zeit kommen ...«

»Genug mit diesem Unsinn«, bellte Joseph. »Das Mädchen wird heiraten, nachdem ich so viele Probleme mit dem ganzen Arrangement gehabt habe. Und es kostet mich eine Kleinigkeit, das kann ich euch sagen.«

»Du hast es bereits gesagt«, gab Jessica zurück. »Sonst hätte Max nicht eingewilligt – das hast du ebenfalls klargestellt.« Sie atmete tief ein. »Doch tatsächlich würde er überhaupt nicht einwilligen, wenn er wüßte ...«

»Was wüßte? Von deiner törichten blinden Leidenschaft für seinen Cousin? Das macht ihm nicht so viel aus ...« Joseph schnippte mit den Fingern. Doch als er das Gesicht seiner Schwester sah, schwieg er. Er fühlte sich beklommen. »Wenn er *was* wüßte?« wiederholte er ruhig.

Der Augenblick war da. Sie fror innerlich, war aber eisern entschlossen.

»Ich glaube, es ist besser, wenn Mama sich zurückzieht.«

»Warum sollte sie, um Himmels willen? Welchen Unsinn du auch verkünden willst, es kann vor uns beiden geschehen.«

Er wandte ihr den Rücken zu, aber Emily Drayton war sensibler als ihr Sohn und hatte plötzlich Angst. »Um was geht es, Jessica?« fragte sie furchtsam. »Aus welchem Grund sollte Max Freeman dich nicht heiraten wollen?« Als ihre Tochter sie unglücklich ansah, flüsterte sie: »Was, Jessica? *Was?*«

Aber ehe Jessica antworten konnte, drehte Joseph sich um.

»Mein Gott!« Er starrte seine Schwester wie vom Donner gerührt an. »Sie will sagen, daß sie ein Kind bekommt.«

4

»Wann?«
»Ich weiß es nicht genau.«
»Wann hast du zum letztenmal ...«
»Vor zwei Monaten. Fast drei.«
»Du könntest dich irren. Soviel ich weiß, können sogar zwei Monate vergehen, ohne daß ...«
»Ich irre mich nicht. Ich weiß es. Ich fühle es.«
Es wunderte sie, daß sie über ihre Körperfunktionen mit ihrem Bruder sprach. Derartige Themen waren in den besseren Familien tabu. Trotzdem saß sie jetzt da, in Josephs Arbeitszimmer, und ertrug seine Fragen.
»Hast du einen Arzt aufgesucht? Hoffentlich nicht Wotherspoon, sonst weiß bald ganz Burslem davon.«
»Ich dachte, Ärzte wären an die Schweigepflicht gebunden.«
»Der alte Mann trinkt.«
»Und trotzdem hast du ihn an dem Tag geholt, als Vater starb.«
»Nur weil er abkömmlich war. Außerdem war Vater nicht mehr zu retten. Wotherspoon brauchte nur noch den Totenschein auszustellen. Aber wir sprachen von dir und der Schande, die du über uns gebracht hast. Dieses Problem muß gelöst werden, und zwar bald. Du hast ja gesehen, welchen Schock unsere Mutter erlitten hat, die arme Seele.«
Das hatte sie in der Tat. Emily war ohnmächtig zu Boden gesunken und lag jetzt auf einer Chaiselongue und schlürfte den Brandy, den Joseph ihr aufgedrängt hatte. Er hatte sie dorthin getragen und befürchtet, daß seine Haushälterin das Wehklagen seiner Mutter gehört hatte. Später, nachdem er Jessica in sein Arbeitszimmer gebracht hatte, verschloß er die Tür des Salons, nachdem er seiner weinenden Mutter versichert hatte, daß er sich um alles kümmern würde und daß sie jetzt nur nicht den Kopf verlieren dürfe.
Wieder im Arbeitszimmer, nahm Joseph sofort aufs neue die Rolle des Inquisitors an. Er richtete, verdammte, ohne das geringste Mitgefühl. Sie stand mit zusammengepreßten Händen vor ihm und wartete auf das Kreuzverhör.

»Natürlich war es Acland.«
»Ja.«
»Ich will dich nicht fragen, wo du dich wie eine Hure aufgeführt hast, aber merk dir eins: Dein liederliches Verhalten wird nicht *meine* Pläne ruinieren, die sich weit über deine Ehe mit Max Freeman hinaus erstrecken. Wenn ich fragte, wann die Geburt bevorsteht, so geschah das aus dem Grund, daß man das Kind eventuell als zu früh geboren betrachten könnte ...«
»Dem stimme ich niemals zu!«
»... aber die Freemans bestehen sicher auf einer längeren Verlobungszeit und umfangreichen Hochzeitsvorbereitungen, also kommt diese Lösung nicht in Frage. Und ob du zustimmst oder nicht, spielt überhaupt keine Rolle, denn ich habe beschlossen, daß du das Kind nicht bekommst.«
»Doch. Ich muß es gebären!«
»Hier gibt es kein ›muß‹. Meine Schwester wird die Familie Drayton nicht in Mißkredit bringen noch einen Zwist zwischen den Freemans und uns anzetteln. Du glaubst, nur deine Heirat wurde arrangiert, aber Ralph Freeman und ich diskutierten noch andere Dinge. Und alles würde nichtig, wenn er glaubte, ich hätte ihn getäuscht und meine schwangere Schwester seinem Sohn zur Frau gegeben. Dann würde er nichts mehr mit mir zu tun haben wollen. Du elende kleine Hure, kannst du nur an dich denken?«
»Ich bin keine Hure, und ich kann das Kind nicht abtreiben lassen. Ich weiß nicht wie, und ich will nicht ...«
»...weil dieser Mann der Vater ist? Dann geh doch und frag ihn, ob er dich heiraten will! Ich garantiere dir, daß er es nicht tut. Nur zu gern hat er mein Geld unter der Bedingung angenommen, dich nie wiederzusehen.« Joseph nahm ein Blatt Papier von seinem Schreibtisch und hielt es ihr hin. »Sieh selbst. Das ist ein Vertrag, den er unterzeichnete, ehe er verschwand. Innerhalb einer Stunde hatte er Burslem verlassen. Mit dir und deinem Balg würde sich ein solcher Mann niemals belasten. Willst du dieses Kind *immer* noch?«
Sie warf keinen einzigen Blick auf das Blatt Papier.
»Ich will das Kind, weil es meins ist.«
»Und wie willst du es großziehen?«

»Ich weiß es nicht. Ich dachte, vielleicht könnte ich in Harriets Haus niederkommen und dann eine Entscheidung treffen.«
Joseph lachte.
»Hast du vergessen, daß der Mann deiner Schwester der Sohn eines Bischofs ist? Daß er sein Einkommen dieser angesehenen wohlhabenden Familie verdankt? Glaubst du, er würde eine Sünderin bei sich beherbergen? Sein Vater wäre damit gewiß nicht einverstanden. Und hast du überlegt, welche Unannehmlichkeiten du damit Harriet bereiten würdest?«
Jessica wußte, daß ihr Bruder das Wort »Sünderin« nur gebraucht hatte, um sie zu beschämen und zu demütigen. Aber am wenigsten wollte sie Harriet in Verlegenheit bringen, denn mit ihr verstand sie sich fast so gut wie mit Martin. Deshalb sagte Jessica verzweifelt: »Irgendwie werde ich mein Kind schon durchbringen. *Irgendwie.*«
»Auf der Straße? Als Bettlerin? Indem du deinen Körper verkaufst? Warum denn nicht, da du ihn ja wenig achtest? Du kannst diesem Gewerbe nachgehen, wenn du willst. Aber nicht in einem Umkreis von hundert Meilen von hier, oder du wirst es bereuen. Du brauchst nicht zu weinen. Denkst du etwa, deine Tränen rühren mich? Es gibt nur einen Weg, wie du Mitglied dieser Familie bleiben kannst: indem du mir gehorchst. *Du* weißt vielleicht nicht, wie man ein Kind los wird, aber es gibt immer eine Möglichkeit. Es gibt in Burslem eine Frau, die solche Dinge tut *und* ihren Mund hält, wenn man sie bezahlt.«
»Doch nicht Martha Tinsley? Joseph, ich bitte dich – hilf mir, aber nicht auf diese Weise.«
»Ich helfe dir auf die bestmögliche Weise.«
»Aber sie tut solch schreckliche Dinge!«
»Woher weißt du, was sie tut? Kennst du die Frau, und hast du sie etwa schon früher um Hilfe gebeten?«
Am liebsten hätte sie in sein hübsches Gesicht geschlagen, um das höhnische Grinsen daraus wegzuwischen. Doch sie zwang sich zur Ruhe und antwortete: »Ich kenne diese Frau nur gerüchteweise.«
»Woher denn?«
»Aus dem Mund feiner Damen, wenn sie über ihre Stickereien gebeugt dasitzen, während die Herren beim Wein plaudern. Von

jungen Frauen wie Agatha Freeman habe ich mehr über sie gehört als aus irgendeiner anderen Quelle.«

»Das kann ich nicht glauben. Agatha ist eine wohlerzogene junge Dame.«

»Diese Sorte zählt oft zu den schlimmsten.«

»Schweig! Und miß andere nicht mit deinem Maßstab.«

Sie war überrascht, daß er Agatha verteidigte, aber seine Antwort hatte sie derart erzürnt, daß sie keinen weiteren Gedanken daran verschwendete.

»Ich lege nur den Maßstab an, den *du* benutzt!«

»Und du wirst von der Gesellschaft ausgestoßen, es sei denn, du folgst meinem Rat. Die Tinsley ist Hebamme, eine Kräuterfrau, bei der viele Menschen Hilfe suchen. Sie kann dir nicht mehr schaden, als du dir schon selbst geschadet hast.«

»Ich habe gehört, daß ihre Praktiken ziemlich anrüchig sein sollen.«

Er wischte den Einwand beiseite und erklärte, das seien unbegründete Gerüchte. »Nimm Verstand an! Du hast keine Wahl, als mir zu gehorchen. Laß dieses Kind sofort abtreiben. Niemand wird davon erfahren.«

»Martha Tinsley wird es aber wissen.«

»*Und* den Mund halten. Oder ich lasse sie bei Nacht und Nebel aus dem Dorf jagen. Außerdem wird deine Identität geheimgehalten.«

»Das ist unmöglich. Die Alte kennt hier jeden.«

»Dann verschleiere dein Gesicht.«

»Das wird schwierig sein, wenn ich ihr ausgeliefert bin.«

»Hör auf, melodramatisch zu sein. Sie ist *mir* ausgeliefert. Deine Sorge ist unbegründet. Die Frau ist nur an ihrer Belohnung interessiert, und ich werde durch eine dritte Person Kontakt mit ihr aufnehmen, denn natürlich will ich nicht direkt mit ihr zu tun haben. Meine Identität wird sie nicht kennen, und die deine wird sie nicht zu enthüllen wagen.«

»Und diese dritte Person – wer ist das?«

»Das geht dich nichts an. Ich weiß, wie man Schweigen gebietet. Deines auch, Schwester. Du wirst meine gütige Hilfe akzeptieren und dann dein normales Leben wieder aufnehmen. Hoffentlich ist dir das eine Lehre. Nach der Hochzeit wirst du deinem Ehemann gehorchen, doch bis dahin bist du mir Gehorsam schuldig. Mir, in meiner Eigenschaft als Oberhaupt der Familie.«

Die Goldmünze lag auf dem Tisch und funkelte in der Sonne. Meg hatte in ihrem Leben noch nie eine Guinee gesehen. Sie wollte sie berühren, wagte es aber nicht. Wenn sie mit Joseph Drayton zu tun hatte, war sie immer auf der Hut. Sie wußte, wie weit sie gehen konnte, und war klug genug, diese Grenze nie zu überschreiten, denn solange ihre Mutter lebte, war sie auf seine Freigebigkeit angewiesen. Eines Tages, wenn sie allein sein würde, würde sich alles ändern. Dann konnte sie sich von ihm abwenden und ihr Schicksal in die eigenen Hände nehmen.

»Und was soll ich dafür tun?« fragte sie argwöhnisch.

»Du kennst die alte Tinsley?«

Das überraschte sie. Was, im Namen der Heiligen Jungfrau, wollte er von Ma Tinsley?

»Natürlich kenne ich sie. Jeder kennt sie.«

»Du sollst ihr eine Nachricht überbringen.«

»Von *Euch*, Sir?«

»Von jemandem. Sie soll sich heute abend für eine Besucherin bereit halten.«

Das war es also. Der Bastard hatte eine Frau geschwängert und wollte das Kind loswerden. Wahrscheinlich war es eine verheiratete Frau.

»Sag ihr, daß die Besucherin erst nach Einbruch der Dunkelheit eintrifft.«

»Und der Name, Sir?«

»Ich kenne ihn nicht. Es handelt sich um eine unglückliche Frau, der ich aus Herzensgüte helfen möchte.«

Aber Herzensgüte schloß nicht Goldmünzen ein. So etwas verschenkte er nie, selbst nicht für ihre Gunst. Aber konnte denn eine junge Frau in ihrer Position mehr verlangen? Außerdem hätte so viel Geld ihre Mutter verwundert, sie sogar mit Argwohn erfüllt. Doch so wie die Dinge lagen, schöpfte sie keinen Verdacht. Sie war dankbar, daß ihre Tochter durch zusätzliche Arbeit, manchmal selbst am Sonntag, mehr Geld verdienen und damit die Medizin von

Martha Tinsley kaufen konnte, die ihre ständigen Schmerzen linderte und ihr Schlaf brachte.
»Weiterhin«, sagte der Töpfermeister gerade, »wirst du der Alten sagen, daß die Besucherin nach der Behandlung in ihrem Cottage bleibt, und sollte sie nicht bei Tagesanbruch abgeschlossen sein ...«
»Oh, ich habe gehört, daß es nie so lange dauert, Sir ...« Sein ärgerliches Gesicht ließ sie verstummen.
Er fuhr unbewegt fort: »... wird die Besucherin bis zum Abend bei ihr verweilen. Während dieser Zeit wird die Tinsley sie allein lassen, ihr nur zu essen und zu trinken bringen und, falls nötig, zu ihrem körperlichen Wohlsein beitragen. Jede Unterhaltung ist strikt untersagt. Wenn die Nacht anbricht, wird die Besucherin gehen. Und merke: Martha Tinsley wird kein Wort über diesen Besuch verlauten lassen, oder sie erhält die zwei Guinees Lohn nicht. Schlimmes wird ihr zustoßen, sollte sie gegen dieses Verbot verstoßen. Am Tag danach wirst du ihr den Lohn bringen. Eine Vorauszahlung gibt es nicht. Und auch du wirst nichts über diese Dinge verlauten lassen. Hast du mich verstanden, Meg Gibson?«
»Ja, Sir.«
»Dann mach dich auf den Weg. Diese Guinee gehört dir, wenn du zurückkommst.«
»Ich will gern die Botschaft überbringen, hätte das Geld aber lieber in Münzen. Woher sollte unsereins schon ein Goldstück haben? Wollte ich es ausgeben, würde man mich sicher einsperren, da alle glauben, ich hätte es gestohlen. Und was würde meine Mutter dazu sagen. Sie weiß genau, daß ich soviel Geld nie verdiene.«
Das amüsierte ihn. »Dann hält sie dich wohl für ein anständiges Mädchen, nicht wahr?« Als sie ihm einen finsteren Blick zuwarf, hielt er inne. Diese dunklen Augen konnten ihm ebenso drohen wie ihn verwirren.
»Du bekommst das Geld so, wie du es wünschst«, sagte er schnell, »aber geh jetzt zu Martha Tinsley und richte die Botschaft korrekt aus. Wiederhole sie, um sicher zu sein.«
Sie antwortete obenhin: »Das ist nicht nötig! Ich werde sie Wort für Wort ausrichten und gleich wieder zurück sein.« Sie fügte herausfordernd und mit einem wissenden Blick in den Augen hinzu: »Ich

nehme an, Ma Tinsley weiß, warum die Lady kommt, Sir?« Und war gegangen, ehe er antworten konnte. Ihr leises, aber spöttisches Lachen klang ihm noch in den Ohren.

Am späten Nachmittag hatte sich der Sommerhimmel mit schweren Wolken bedeckt. Ein Gewitter nahte, und bei Einbruch der Nacht tobte es, schüttelte Bäume und Hecken und warf Karren um. Simon Kendall hielt den Kopf gesenkt, als er auf dem Rücken seines Pferdes in den Weg einbog, an dem Martha Tinsleys Cottage und sein eigenes lagen. Sehnsüchtig dachte er an seinen offenen Kamin und die Wärme, die er spenden würde, wenn er erst Feuer gemacht hatte. Ganz gleich, welche Jahreszeit es war, immer lag daneben Holz. Der Tag war lang gewesen. Er verließ um fünf Uhr morgens sein Haus und kehrte erst im Dunkeln zurück.

Dann zog er immer seine schweren Stiefel aus und zapfte sich einen Humpfen Bier aus dem Faß in seiner Küche und setzte sich mit den Büchern hin, die Martin Drayton ihm geliehen hatte. Einige stammten aus George Draytons alter Bibliothek in Medlar Croft, aber andere, vermutete Simon, waren Bücher, die noch aus Josephs Jahren an der Universität stammten und die Martin, ohne daß Joseph es gemerkt hatte, an sich genommen hatte. Von diesen Büchern konnte Simon keines richtig lesen, aber es befriedigte ihn ungeheuer, einfach nur die Seiten umzublättern, die Illustrationen zu betrachten, und er freute sich, wenn er hin und wieder etwas verstand.

Danach würde er sich wieder mit den Fibeln beschäftigen. Sie stammten noch aus Martins Schulzeit, und Simon war froh, daß der Junge sie nicht weggeworfen hatte.

»Ich schenke sie dir«, hatte Martin gesagt. »Behalt sie, Simon, obwohl sie dir bei den Fortschritten, die du machst, bald nicht mehr nützen werden.«

Dieser Lerneifer war ein Band, das ihn mit dem Jüngsten der Draytons verband, und Martins Grundkenntnisse hatten Simon sehr geholfen. Heute würde er noch ein ganzes Kapitel durcharbeiten, beschloß Simon. Er war so in Gedanken, daß er kaum den strömenden Regen wahrnahm, und da er jede Kurve und Uneben-

heit des Weges vom Kanal zu seinem Häuschen kannte, brauchte er auch nicht besonders vorsichtig zu sein.
Martha Tinsleys Cottage lag auf halbem Weg die Larch Lane hinunter vor dem seinen, das hinter einer Krümmung außer Sicht war. Die schmale Straße endete vor seiner Eingangstür. Das Häuschen war isoliert gelegen, aber seine Mutter hatte ihn gelehrt, sich um seine eigenen Belange zu kümmern. Deswegen liebte er die Einsamkeit. Und obwohl sie ihn nicht im Lesen und Schreiben unterrichten konnte, hatte sie ihm doch gute Manieren und eine gesittete Redeweise beigebracht. Er kümmerte sich wenig um die anderen, doch diese Haltung war in bezug auf seine nächste Nachbarin manchmal etwas schwierig.
Er war in diesem Cottage geboren worden, und manche Leute behaupteten, Martha Tinsley sei auch in dem ihren geboren, aber Simon wußte, daß das nicht stimmte. Wie die meisten Landstreicherinnen war sie einfach eines Tages in Burslem aufgetaucht, hatte das leerstehende Cottage entdeckt und war eingezogen. Niemand verjagte sie daraus, denn niemand wußte, wem es gehörte. Außerdem wollte niemand das Häuschen haben, weil es verfallen war.
Trotz ihres Rufes war sie keine schlechte Nachbarin. Für unglückliche junge Frauen war sie eine Wohltäterin, und als solche betrachtete sie sich wohl auch selbst, denn sie half allen, die sich einen Arzt aus Kostengründen nicht leisten konnten.
Simon hatte etwa die Hälfte des Weges zurückgelegt, als sein Pferd scheute. Irgend etwas hatte das Tier erschreckt, und obwohl er nahe am Tinsley-Cottage vorbeiritt, hörte er kein Geräusch. Innen brannte ein schwaches Licht, aber sonst herrschte Stille.
Er nahm die Sturmlaterne vom Sattelknauf und hielt sie hoch. Da sah er die Frau. Sie stand da, eng an die Pforte gepreßt. Sie war vollkommen durchnäßt. Kopf und Gesicht waren in einen Schal gehüllt, aber aus ihrer schlanken Figur schloß Simon, daß sie jung sein mußte.
Trotz der scheuenden Bewegung des Pferdes blieb sie unbeweglich stehen. Sie wandte ihm halb den Rücken zu, und als ein Lichtstrahl aus der Laterne über sie glitt, wich sie in den Schatten zurück. Irgend etwas in ihrem Verhalten sagte Simon, daß sie sich in einem

panikartigen Zustand befand. Innerhalb einer Sekunde war er vom Pferd gesprungen und eilte auf sie zu. Da fing sie an zu laufen, stolperte blindlings über den schlammigen Weg, und als er sie endlich eingeholt hatte und nach ihrem Arm griff, versuchte sie sich zu befreien.

Da er fühlen konnte, wie durchnäßt sie war, sagte er: »Um Himmels willen, wie lange steht Ihr denn schon hier?«

Sie senkte den Kopf, um dem Licht auszuweichen, und antwortete nicht. Da stellte er die Lampe ab und versuchte, in ihr Gesicht zu sehen, aber sie warf sich so heftig zur Seite, daß sie gestürzt wäre, hätte er sie nicht gehalten. Und noch immer versteckte sie ihr Gesicht in dem Schal.

Er sagte freundlich: »Ihr habt wohl Angst, dort hineinzugehen? Habt Ihr deshalb so lange im Regen gestanden, weil Ihr vorher Mut sammeln wolltet? Nun, ich will Euch etwas sagen: Wer immer Ihr auch seid, geht nach Hause. Sagt mir, wo Ihr wohnt, und ich bringe Euch dorthin.«

Sie schüttelte den Kopf und sagte noch immer nichts, aber er spürte die Angst, die sie erschaudern ließ.

»Fürchtet Ihr Euch davor, nach Hause zu gehen? Glaubt mir, nichts kann schlimmer sein, als sich in Martha Tinsleys Hände zu begeben – unter gewissen Umständen. Ich kann erraten, warum Ihr hier seid, denn ich habe viele Frauen gesehen, die aus demselben Grund gekommen sind. Manche überleben. Andere waren weniger glücklich. Dann halten deren Familien es für den Willen Gottes. Wird Eure Familie dasselbe behaupten?«

Sie wimmerte leise und fing an zu zittern. Kein Wunder, dachte er, so durchnäßt wie sie war. Daraufhin nahm er sie auf die Arme, rief nach seinem Pferd, setzte sie in den Sattel und stieg hinter ihr auf.

»Ihr wehrt Euch besser nicht, Ma'am. Sonst landen wir beide im Graben.«

Selbst als er sie vom Pferd hob und zu seinem Cottage geleitete, konnte er ihr Gesicht nicht sehen, denn sie barg es noch tiefer in ihrem Schal. Bei den ersten Schritten versuchte sie sich aus seinem festen Griff zu lösen, doch er befahl ihr stillzuhalten. Sie hatte keine andere Wahl mehr. Doch als sie im Cottage waren, er die Tür verriegelte und das Feuer entfachte, stand sie noch immer wie erstarrt da.

Etwas Bemitleidenswertes ging von ihr aus. Er fühlte, spürte es. Er schürte das Feuer und sagte über die Schulter beiläufig: »Wenn Ihr Eure nassen Kleider nicht auszieht, werdet Ihr Euch den Tod holen. Das liegt nicht in meiner Absicht. Ich bin Junggeselle, und eine kranke Frau in meinem Haus wäre mehr als kompromittierend.« Als er den Schürhaken wieder in die Ecke stellte, fuhr er mit leichter Stimme fort: »Und was noch schlimmer ist, Ma'am. Ihr habt mich um mein warmes Feuer beim Heimkommen betrogen. Denn würde Martha Tinsley nicht auf Euch warten, hätte sie es wie üblich an solchen Tagen schon vorher für mich angezündet. Und wahrscheinlich wartet sie immer noch auf Euch.«

Er drehte sich um. Aber sie stand nur wie versteinert da. Das Wasser tropfte aus ihren Kleidern.

Er hatte genug, ging auf sie zu und rief: »Bei allen Heiligen, junge Frau! Ihr braucht Euer Gesicht doch nicht vor *mir* zu verstecken! Ich habe viele Euresgleichen gesehen, aber ihre Identität hat mich niemals interessiert. Auch die Eure interessiert mich nicht. Ob ich Euch nun kenne oder nicht, Ihr braucht keine Angst zu haben, daß Euer Name in Burslem publik wird. Genug damit!« Er griff nach ihrer Hand und zog sie vor den offenen Kamin. »Zieht das aus, während ich Euch etwas hole, worin Ihr Euch einwickeln könnt ...«

Er wollte ihr den Schal abnehmen, aber sie hielt ihn fest. Da sah er, daß sie weiße gepflegte Hände hatte. Und das überraschte ihn, denn normalerweise suchten nur arme, abgearbeitete Kreaturen mit rauhen Händen Ma Tinsleys Hilfe. Diese Erkenntnis ließ ihn kurz zögern, und während dieser Sekunde schon hatte sie sich befreit und wollte zur Tür laufen.

Zornig griff er nach ihr, entriß ihr den Schal und – blickte in das weiße Gesicht Jessica Draytons.

5

Er hatte einen großen Fehler begangen. Eine Tochter aus dieser Familie hätte niemals aus dem Grund, den er vermutete, vor Ma Tinsleys Tür gestanden. Und sein Fehlverhalten verwirrte ihn derart, daß er nur eine Entschuldigung stammeln konnte.
»Miss Drayton! Verzeiht mir – hätte ich gewußt, wer Ihr seid ...«
Sie senkte den Blick. Sie ging zum Feuer zurück und sagte leise: »Ich bin dankbar, daß Ihr mich hierhergebracht habt, Mr. Kendall.«
Er murmelte etwas Unverständliches und eilte davon. Als er zurückkam, brachte er Handtücher und seinen schweren Wintermorgenmantel mit. Sie kniete vor dem Kamin mit offenem Haar und fing in der Hitze bereits an zu dampfen. Die nassen Kleider klebten an ihr und unterstrichen die Rundungen ihres Körpers.
»Ihr zieht Euch besser aus, Ma'am. Ich trockne Eure Kleider dann im Vorhaus. Ich habe da draußen eine Schmiede und werde dort das Feuer anfachen.«
Er war froh, flüchten zu können. Nachdem er Feuer gemacht hatte, nahm er zwei Humpen aus Zinn und füllte sie mit Faßbier. Seine Küche war anders gelegen als die von Ma Tinsley: Sie öffnete sich nicht direkt zum Wohnzimmer hin, sondern war am Ende eines kurzen Ganges, am Fuß der Treppe. Nachdem er aus Diskretion noch etwas gewartet hatte, ging er mit den beiden Humpen zur Wohnzimmertür und klopfte. Auf ihre Antwort trat er ein.
Sie stand, in seinen Morgenrock eingewickelt, vor dem Kamin. Ihre Kleider lagen als nasser Haufen auf dem Steinfußboden, und sie beugte sich nieder, um sie aufzuheben, und sagte, sie wolle sie zum Trocknen aufhängen. Barsch erklärte er ihr, daß er sich darum kümmern würde. »Ich habe schon oft die Kleider meiner Mutter aufgehängt, vor allem kurz vor ihrem Tod. Ich habe sie gewaschen, an- und ausgezogen, da sie es wegen ihrer Krankheit nicht mehr allein tun konnte. Sie brauchen also nicht zu glauben, Miss Drayton, daß mich die Unterwäsche einer Frau in Verwirrung bringt.«
Sein Ton blieb schroff, da er sich des Fehlers, den er gemacht hatte, noch immer bewußt war. Er stellte die Bierkrüge ab, legte einen Schürhaken in die Glut, sammelte Jessicas Kleider auf und trug sie

fort. Als er zurückkam, kauerte sie vor dem Kamin und kämmte ihr langes Haar mit den Fingern. Er hatte sie immer für eine gutaussehende junge Frau gehalten, trotz der allgemeinen Meinung, ihre Zwillingsschwester sähe besser aus. Seiner Ansicht nach war sie außerordentlich schön, zumal ihre Erscheinung dem üblichen Zeitgeschmack nicht entsprach. Aber wie er sie dort sitzen sah, war er von ihrem Anblick überwältigt. Das machte ihn plötzlich und unerwarteterweise schüchtern. Um dieses ungewohnten Gefühls Herr zu werden, steckte er den glühenden Feuerhaken in das Ale, bis es spritzte und zischte. Erst dann wagte er sie wieder anzusehen. Leichte Röte überzog jetzt ihre Wangen, obwohl sie immer noch sehr blaß war. Ihn überkam ein gewisses Ungehagen. Warum hatte sie bei der alten Vettel Hilfe suchen wollen?
»Trinkt das«, sagte er. »Es wird die Kälte vertreiben. Dann werde ich meinen Gig anspannen und Euch trockne Kleider von zu Hause holen. Sicher wird Eure Schwester mich begleiten und sie Euch bringen.«
»Nein!«
»Aber Eure Kleider werden noch lange nicht trocken sein ...«
»Ich kann warten. Bitte, laßt mich hier warten.«
»Eure Familie wird sich fragen, wo Ihr seid.«
Sie nippte von dem heißen Bier und starrte dabei ins Feuer.
»Nein, das wird sie nicht«, sagte sie schließlich. »Angeblich liege ich mit einer Erkältung im Bett, und meine Mutter ...«
Er wartete. Da sah sie ihn an, mit großen grauen, ruhigen Augen.
»... meine Mutter weiß, daß ich bei Martha Tinsley bin.«
Er schob seinen Bierkrug zur Seite.
»Miss Drayton, ich bin Euch eine Erklärung schuldig. Ich habe einen schrecklichen Fehler gemacht. Da ich nicht wußte, wer Ihr seid, nahm ich an, Ihr wäret aus anderen Gründen hier.«
»Aus welchen anderen Gründen?«
Er rutschte auf seinem Stuhl unbehaglich hin und her. Konnte er ihr denn sagen, daß er geglaubt hatte, sie wollte abtreiben?
Da stammelte er: »Nun, nicht wegen Eurer Mutter, oder weil Ihr irgendeinen Kräutertrank kaufen wolltet. Nur verstehe ich nicht, warum Ihr diese lange Zeit dort im Regen standet.«

Wieder gab sie keine Antwort, sondern sah ihn nur nachdenklich an. Dann faßte sie einen Entschluß und sagte freimütig: »Ich bin dreimal den Weg hin und zurück gegangen – und bin jedesmal vor ihrer Tür stehengeblieben.«
»Aber warum? Viele Menschen glauben an ihre Heilkräfte.«
Sie senkte den Kopf, und ihr Haar verbarg wieder ihr Gesicht. Er schob es sanft zur Seite. Dann ergriff er ihre Hand, hielt sie fest.
»Ich hatte Angst, dieses Haus zu betreten. Ich war entsetzt. Seht Ihr ...« Sie schöpfte tief Atem. »Ihr habt Euch nicht getäuscht, Mr. Kendall.«
Nach diesen Worten ließ sie seine Hand los und stand langsam auf. Sie vermied es, ihn anzusehen. »Jetzt möchte ich sofort gehen. Klamme Kleider bringen mich nicht um, obwohl ich wünschte, sie täten es.«
Trotz des Schocks über das Gehörte war er wahnsinnig zornig.
»Wer hat Euch Martha Tinsley empfohlen? Das stammt doch nicht aus Eurem Kopf, Ihr wißt doch sicherlich, was Euch da bevorsteht?«
»Spielt es denn eine Rolle, wer mich hierhergeschickt hat?« fragte sie müde.
»Doch. Somit weiß ich, daß ich recht habe. Jemand anderer hat Euch geschickt. Und es spielt eine Rolle. Für mich.«
»Ihr seid ein lieber Mann, Mr. Kendall.« Sie sprach jetzt steif und förmlich, abwehrend, wie immer, wenn man die Wahrheit gebeichtet hatte. Dadurch fühlte er sich ausgeschlossen, unfähig zu helfen, obwohl er es sich so sehnsüchtig wünschte.
»Wer hat Euch zu ihr gebracht?« fragte er.
»Niemand.«
»Heißt das, Ihr seid allein gekommen?«
Sie wünschte, er würde keine Fragen mehr stellen, denn sie hatte Josephs Instruktionen aus ihrem Kopf verbannt, aber Simon Kendalls Forschen rief sie ihr alle wieder ins Gedächtnis zurück.
Er sagte voller Mitgefühl: »Wer immer Euch veranlaßte, Martha Tinsley aufzusuchen, verdient eine schlimme Strafe. Es gibt keine gefährlicheren Methoden als die ihren.« Er war schockiert, daß sich eine junge Frau wie Jessica Drayton in einer derart mißlichen Lage befand, aber noch mehr entrüstete ihn, wie gefühllos man sie

behandelt hatte. Die meisten Frauen, die Marthas primitiver Behandlung vertrauten, waren vom vielen Gebären erschöpfte Kreaturen oder unglückliche Dienstmädchen, die ihrem Herrn zu Willen gewesen waren, weil er sie sonst aus dem Haus gejagt hätte, aber niemals eine junge gebildete Dame wie Jessica Drayton, deren einzige Sünde wohl darin bestanden hatte, zu lieben.

Simon sagte brüsk: »Ihr dürft jetzt nicht gehen. Es ist spät, und der Sturm tobt noch immer. Ihr braucht Ruhe. Ihr werdet oben in meinem Bett schlafen, ich richte mich hier unten ein.« Seine Stimme duldete keine Widerrede. »Ich werde auch nicht zu Eurem Haus fahren, um Euch trockene Kleider zu holen. Man erwartet Euch sicher noch nicht ...«

»Nicht, bis es wieder dunkel wird«, entgegnete sie unüberlegt. »Bis dahin muß ich warten.«

»In der Nähe von Ma Tinsleys Cottage, ohne gesehen zu werden. Auf wessen Befehl hin?« Da sie wieder schwieg, fuhr er fort: »Offensichtlich auf Drängen von jemandem, der sich für das schämt, was Ihr getan habt. Und das stolzeste Mitglied Eurer Familie ist Euer ältester Bruder. Das Familienoberhaupt. Ich brauche Euch nicht mehr zu fragen, wer Euch zu der alten Martha geschickt hat.« Er spürte, wie Zorn wieder in ihm emporstieg, und dieser ganze Zorn richtete sich gegen Joseph Drayton. Er hatte den Mann noch nie leiden können. Und jetzt verstärkte sich diese Abneigung noch.

Simon nahm Jessica bei den Schultern und drückte sie sanft in einen bequemen Sessel. Sie sagte überrascht und dankbar: »Warum seid Ihr so freundlich zu mir?«

Er wollte antworten: weil ich Euch immer bewundert, gemocht habe, Euch als die schönste Frau ansah, mit Eurem markanten Profil, Eurem humorvollen Mund – weil Ihr so ganz anders seid als diese modischen jungen Damen, ohne jede Künstlichkeit, weil Ihr *Ihr* seid, schöne Jessica. Ich liebe Euch schon seit langem. Aber das alles konnte er nicht sagen, nicht weil er ihr gesellschaftlich gesehen noch nicht ebenbürtig war, sondern weil er wußte, daß sie ihn nur als Simon Kendall, den Kanalbauer, betrachtete, den sie zwar immer freundlich grüßte, aber in dem sie auch nichts anderes sah.

Da er schwieg, sagte sie: »Ich hatte angenommen, Ihr würdet mich verurteilen.«
»Weil Ihr geliebt habt?«
»Weil ich mich nicht richtig benommen habe.«
»Was Eure Mutter und Euer ältester Bruder als schamvoll ansehen?«
»Ich kann sie dafür nicht verantwortlich machen.«
»*Ich* mache sie dafür verantwortlich. Aber das ist wahrscheinlich nur zu natürlich, denn meine Mutter schenkte mir ohne den Segen eines Geistlichen das Leben, was Euch sicher bekannt sein dürfte, da es jedermann weiß. Das ist einer der Gründe, warum sich Sir Neville für mich interessiert, obwohl ich mir schmeichle, daß es hauptsächlich wegen meiner Fähigkeiten geschieht. Nein, er ist nicht mein Vater, deshalb hat er auch keine Verpflichtungen mir gegenüber. Sein Bruder Adrian hat meine Mutter verführt, als sie damals bei der Familie als Zofe Dienst tat. Es gab noch drei Brüder. Sie alle waren ebenso verwöhnt und egoistisch wie Adrian und mußten auf Geheiß ihres Vaters das Land verlassen, da er mit ihren Eskapaden nicht mehr fertig wurde. Ich glaube, zwei leben noch, aber mein Vater starb schon vor Jahren irgendwo in Südamerika. Wie könnte ich Euch verurteilen, wenn meine eigene Mutter einen Mann liebte und ihm vertraute und deswegen leiden mußte?«
»Ich habe gehört, daß Jane Kendall sehr schön gewesen ist.«
»Das war sie, aber es half ihr wenig gegen die Mißbilligung ihrer Eltern. Ihr Vater diente bei den Armstrongs als Kutscher, ihre Mutter kümmerte sich um die Wäsche. Beide waren auf ihre Ehrbarkeit mächtig stolz und haben ihrer Tochter nie verziehen. Man jagte sie aus ihrer Stellung und aus dem Haus. Sir Neville schenkte ihr dieses Cottage und half ihr jahrelang, beschaffte ihr Arbeit – sie war eine ausgezeichnete Näherin – und sorgte dafür, daß es ihr an nichts mangelte. Sie aber liebte Adrian Armstrong. Nie gab es einen anderen Mann in ihrem Leben.« Er hätte gern gefragt, ob auch sie ihrem Geliebten ein Leben lang treu bleiben würde, wagte es aber nicht.
Statt dessen sprach er weiter. »Vielleicht kann ich noch die Reaktion Eurer Mutter verstehen, in ihrer Position. Aber Eurem Bruder gebe

ich die Schuld an Eurer jetzigen Situation. Er war es doch, der alles arrangiert und Euch zu Ma Tinsley geschickt hat, nicht wahr? Durch Vermittlung einer dritten Person zweifellos. Dieser Mann würde nie direkt mit einer solchen Frau verhandeln. Befahl auch er Euch, das Cottage erst wieder nach Einbruch der Dunkelheit zu verlassen, weil er Angst hat, Ihr könntet gesehen werden?« Simons Stimme wurde lauter.

»Seine Grausamkeit ist beschämender als irgend etwas, das *Ihr* getan habt. Und jetzt, nehme ich an, stehen die Dinge noch schlimmer für Euch.«

»Ja. Weitaus schlimmer, als Ihr Euch vorstellen könnt. Man arrangierte eine Heirat für mich ...«

»...aber nicht mit dem in Frage kommenden Mann? Das kann ich mir nicht denken.«

Überrascht sah sie ihn mit ihren grauen Augen fragend an, und er sagte freundlich: »Manchmal bin ich eine Abkürzung durch die Tremain-Wälder geritten, wenn ich von der Jagd kam. Das war immer am Sonntag, denn nur dann habe ich Zeit zu jagen.«

»Ihr habt ... uns gesehen?«

»Ja. Ein- oder zweimal.«

»Ich sah Euch nie.«

»Ich gab acht, daß Ihr mich nicht saht.«

»Das war sehr taktvoll von Euch.«

Taktvoll? Er hatte sich versteckt, weil eine solche Begegnung für ihn nicht nur peinlich, sondern auch schmerzvoll gewesen wäre. Dieses Strahlen einer Frau auf ihrem Gesicht zu sehen, die gerade geliebt hatte und von einem anderen Mann geliebt worden war, den er deswegen haßte. Außerdem fühlte er sich in seiner einfachen Kleidung Aclands eleganter Erscheinung nicht ebenbürtig. Wie ein Bauerntölpel.

»Und was wird nun aus dieser geplanten Hochzeit?« fragte er.

»Ich kann diese Ehe nicht eingehen, aber das habe ich bereits gesagt.« Sie lächelte gequält. Aber ihm tat es gut zu sehen, daß sie ihr Lächeln noch nicht ganz verloren hatte. »Jetzt natürlich brauche ich auf meiner Ablehnung nicht mehr zu bestehen.«

»Weil sie von der anderen Seite kommt? Also weiß der zukünftige Bräutigam nichts davon?«

»Nein. Genausowenig wie meine Mutter und Joseph davon wußten.«
Deswegen mußten also Martha Tinsleys Dienste in Anspruch genommen werden. Alles bekam nun einen Sinn, entsetzte ihn aber um so mehr.
»Und wer sollte der Auserwählte sein?«
»Max Freeman.«
Er wäre fast in Gelächter ausgebrochen. Dieser eingebildete, arrogante Flegel!
Dann kam ihm ein Gedanke. »Da Ihr Eurem Bruder den Gehorsam verweigert habt, befindet Ihr Euch in noch größeren Schwierigkeiten – soviel ist mir klar. Wahrscheinlich hat er Max Freeman eine großzügige Mitgift angeboten.«
Sie nickte und sagte matt: »Ich habe immer noch Zeit, zu Martha Tinsley zu gehen.«
»Das werdet Ihr nicht tun.« Er blickte auf sie nieder, zögerte, hatte Angst, nährte aber eine wilde Hoffnung in seinem Herzen. Doch dann platzte er zu seinem wie auch ihrem Erstaunen heraus: »Es gibt noch eine Möglichkeit, Miss Drayton. *Ihr* braucht einen Mann – und *ich* brauche eine Frau.«

6

»Ohne Zweifel klingt dieser Vorschlag absurd, Miss Drayton. Trotzdem bitte ich Euch, gründlich zu überlegen, ehe Ihr ablehnt.«
»Das kann doch nicht Euer Ernst sein!«
»Weil wir aus verschiedenen Gesellschaftsschichten stammen?«
»Ich sehe keine Unterschiede.«
»Außer daß Ihr die Tochter eines Töpfermeisters seid und die Schwester seines erfolgreichen Erben. Und Ihr seid das Kind ehrbarer Eltern. Ich nicht.«
»Man kann mich wohl kaum noch als ehrbar bezeichnen!«
»Jetzt lacht Ihr darüber, aber was ist, wenn Ihr erst einmal mit der Feindseligkeit Eurer Mitmenschen konfrontiert werdet? Und Euer Kind ebenfalls. Ich habe unter dem Stigma des Bastards mein ganzes Leben gelitten.«

Überrascht stellte sie fest, daß er sehr einfühlsam war. Sie hatte ihn immer für einen unabhängigen Mann gehalten, der auf die Meinung anderer Leute wenig gab und keine Freunde besaß, weil er keine brauchte.
Sie sagte voller Wärme: »Ihr seid sehr freundlich zu mir gewesen. Es ist nicht nötig, daß Ihr Eure Freundschaft so weit ausdehnt.«
»Ich handele nicht aus Freundschaft. So wie Ihr einen Ehemann und Vater für Euer Kind braucht, brauche ich eine Frau, denn ich werde mich nicht damit bescheiden, mein Leben lang Kanalbauer zu bleiben.«
»Ihr seid doch schon weit mehr. Martin erzählte mir, daß Ihr für Sir Neville das ganze Projekt plant und für die Konstruktion verantwortlich seid.«
»Und soll ich es vielleicht dabei belassen? Es gibt noch andere Projekte. Die Töpfereien brauchen einen Verkehrsweg, der die Flüsse Trent und Severn miteinander verbindet. Aber dieser Kanal braucht im Gegensatz zu Sir Nevilles die Genehmigung des Parlaments. Ehe ich sie erlangen kann, muß ich das Projekt jeder bekannten Persönlichkeit hier in der Region unterbreiten.«
»Ich verstehe immer noch nicht, warum Ihr deshalb eine Frau braucht.«
»Nun, wenn diese Pläne die Zustimmung des Parlaments finden, muß eine Kommission gegründet werden, die sie dem Unterhaus vorlegt; Finanzierungsmethoden müssen entwickelt werden, damit sich wohlhabende, einflußreiche Leute an dem Projekt beteiligen. Und diese Leute werden wiederum anderen zu verantwortungsvollen Positionen verhelfen, einschließlich der des Generalinspektors. Und ich habe vor, für diesen Posten zu kandidieren, und rechne mir auch eine gute Chance aus, ihn zu bekommen, weil ich bereits einschlägige Erfahrungen gesammelt habe ...«
»Ja. Beim Bau des Armstrong-Kanals.«
»Aber dieser Kanal wird größer. Baupläne werden dafür benötigt und schriftliche Berichte. Sir Neville hat sich bereit erklärt, einen Entwurf anzufertigen, der dann gedruckt wird und jenen Leuten vorgelegt werden kann, die sich finanziell daran beteiligen wollen. Aber ich muß dann nicht nur in der Lage sein, ihn lesen zu können,

sondern auch Verbesserungen daran vorzunehmen. Ein Generalinspektor kann sich nicht den kleinsten Fehler leisten. Daher will ich korrekt lesen und schreiben lernen.«
»Ich weiß immer noch nicht, warum Ihr dazu eine Frau braucht.«
»Sie wäre für einen Mann in dieser Position ein Gewinn, vorausgesetzt, es ist die richtige Frau. Sie müßte sich nicht nur in der feinen Gesellschaft bewegen können und eine gute Gastgeberin sein, sondern auch mit den Leuten reden können. Kurzum, ich brauche eine Frau, die mir hilft. Ich weiß, daß Euer Vater viel von der Erziehung junger Mädchen hielt. Ihr würdet also für die Rolle perfekt sein, Miss Drayton.«
»Und wenn Ihr diese Position nicht erlangt?«
»Es gibt zwei Worte, die in meinem Sprachschatz nicht vorkommen: ›wenn‹ und ›scheitern‹. Sollte sich dieses Projekt jedoch nicht verwirklichen lassen, gibt es andere, die ich in Angriff nehmen kann. Ein Rückschlag besiegt einen Mann nicht, und Hindernisse können als Ansporn dienen.«
»Mr. Kendall, ich wußte immer, daß Ihr ein kluger Mann seid, aber ich hätte Euch nicht für so scharfsinnig gehalten.«
»Nun?« fragte er. »Wollt Ihr Euch meinen Vorschlag überlegen?«
»Nein ... nein. Natürlich nicht! Ich wiederhole: Ihr könnt ihn nicht ernst gemeint haben.«
»Braucht Ihr Zeit, um darüber nachzudenken? Die will ich Euch gerne gewähren. Außerdem habt Ihr genug davon bis morgen abend, wenn Eure Familie annimmt, daß Ihr Martha Tinsleys Cottage verlaßt.«
Sie schüttelte verwirrt den Kopf. Das warme Bier machte sie schläfrig, und die ganze Szene umgab eine solche Unwirklichkeit, daß sie kaum glauben konnte, hier zu sitzen, in Simon Kendalls Cottage und seinem Heiratsantrag und seinen Erklärungen zuzuhören.
Sie betrachtete ihn im Schein der Öllampe, die zwischen ihnen stand, sah zum erstenmal seine feinen Gesichtszüge aus der Nähe und verglich sie unwillkürlich mit denen Max Freemans. Max' Gesicht würde früher oder später von Selbstgefälligkeit gezeichnet sein, aber Simons nicht. Wenn sie doch nur diesen Mann liebte,

könnte sie die Intimitäten des Ehelebens mit mehr als nur Gleichmut ertragen. Doch selbst ohne Liebe stieß er sie nicht so ab, wie Max es tat.
Aber nie konnte sie wieder so lieben, wie sie Roger Acland geliebt hatte, und aus irgendeinem anderen Grund zu heiraten schien ihr ein Verrat an ihren Grundsätzen zu sein. Aber hatte sie in ihrer gegenwärtigen Lage überhaupt noch das Recht, darauf zu beharren? Die Flucht vor Martha Tinsley bedeutete doch nur einen kurzen Aufschub ihres Problems. Nach wie vor mußte sie Josephs Zorn fürchten, und schließlich würde er sich durchsetzen. Das Kind durfte nicht geboren werden, ihre Gefühle spielten dabei keine Rolle.
Sie brauchte Zeit zum Überlegen, Zeit, Pläne zu machen. Aber wohin würden diese Pläne sie bringen? In dieselbe dunkle, ungewisse Zukunft.
Und, mein Gott, wie müde sie jetzt war!
Ihr Kopf sank gegen die Rückenlehne des Sessels. Ihre Augen schlossen sich. Wie aus großer Ferne hörte sie Simons Stimme sagen: »Ihr müßt zu Bett gehen, Miss Drayton. Denkt an nichts mehr, bis morgen. Ich will Euer Zimmer fertig machen.« Sie hatte kaum die letzten Worte gehört, da schüttelte er sie sanft bei den Schultern. »Kommt«, sagte er. »Kommt, Miss Drayton ... Jessica ... Euer Zimmer ist fertig.«

Sie erwachte vom entfernten Krähen von Martha Tinsleys Hahn und schweren Schritten unter ihrem Fenster. Sofort kehrte ihre Erinnerung zurück, und sie nahm ihre Umgebung wahr. Simon Kendalls Schlafzimmer war klein und nur spärlich möbliert. Die Wände waren kahl, und der einzige Schmuck bestand aus einer verblichenen Miniatur, die auf einer Kommode stand. Sie tapste barfuß über den nackten Holzfußboden und nahm das Porträt in die Hand. Es mußte seine Mutter, Jane Kendall, darstellen, die die Einwohner Burslems noch immer als freundliche und schöne Frau in Erinnerung hatten.
Das Geräusch der Schritte unten wurde jetzt von Kettenrasseln abgelöst. Jessica ging zum Fenster und sah, wie Simon einen Eimer

aus dem Brunnen hochzog und dann das Wasser in einen hölzernen Kübel goß. Ein zweiter stand daneben, und als er beide gefüllt hatte, trug er sie zum Cottage, wobei er kaum einen Tropfen verschüttete. Jessica vermutete, daß er diese Arbeit schon fast sein Leben lang verrichtet hatte.

Sein Oberkörper war nackt. Er trug nur Reithosen aus rauhem Wollstoff und hohe Stiefel. Die Breite seiner Schultern, seine starken Arme und sein muskulöser Hals waren beeindruckend. Selbst objektiv gesehen, mußte sie sich eingestehen, daß er ein gutaussehender Mann war, aber sein Heiratsantrag machte Objektivität unmöglich. Sie betrachtete ihn kritisch und analysierte ihre Reaktionen. Nein, er war nicht unattraktiv. Nein, sie wich nicht instinktiv vor ihm zurück. Nein, sie leugnete nicht, daß er vielen Frauen gefallen mußte.

Was hatte Amelia an jenem Sonntagnachmittag auf Cobblers Green über ihn gesagt? »Ich finde ihn wundervoll!« Aber Agatha hatte ihn zur Zielscheibe ihres Spottes gemacht, erklärt, er stammte nicht aus ihrer Gesellschaftsschicht und Amelia sei eine dumme Gans.

Aber Amelia war nicht dumm. Martin war in sie verliebt, und obwohl diese Liebe vielleicht auf Dankbarkeit beruhte, da sie nie vor seiner Mißgestaltung zurückschreckte, sah ihr Bruder doch in Amelia mehr, als man unter ihrer Oberflächlichkeit vermuten konnte.

Als Jessica an Martin dachte, mußte sie sofort auch an ihre Familie denken – ihre Mutter und Joseph und ihre Feigheit, als sie am vergangenen Abend vor Ma Tinsley geflohen war. Jetzt könnte alles vorüber sein, und sie würde nur noch ein paar Stunden warten müssen, bis sie wieder nach Hause gehen konnte. Und selbst wenn Martin sich wunderte, warum er sie am Ende des Weges abholen sollte, würde er keine Fragen stellen.

Aber Martin war kein Narr. Er hätte die Wahrheit erraten. Und er würde sie um so leichter erraten, wenn er sah, daß ihr Bauch immer dicker wurde. Trotzdem war sie jetzt dankbar und froh, daß sie Martha Tinsleys Cottage nie betreten hatte.

Ihr Gefühl der Dankbarkeit überwog und hatte das Entsetzen vom vergangenen Abend verdrängt. Sie war eine gesunde junge Frau, und der Schlaf hatte sie gestärkt. Sie hatte in Simon Kendalls hartem Bett tief geschlafen und einen unbeschreiblichen Frieden empfunden. Der Mond war von einem Hof umgeben gewesen, und ihr fiel wieder ein, daß manche Leute behaupteten, Gott blicke durch diesen Ring auf die Erde nieder. Ein beschützender oder ein rächender Gott? Ihr schauderte ein wenig bei diesem Gedanken, bis sie sich erinnerte, daß ihr Vater diesen Ring um den Mond als Schlüsselloch des Himmels bezeichnet hatte. Und mit diesem Gedanken war sie eingeschlafen.

Heute morgen war ihr Geist frisch und ohne Furcht. Sie war bereit, allem entgegenzutreten, was auch immer auf sie zukommen sollte. Aber als erstes mußte sie sich einmal waschen und anziehen.

Erst da wurde ihr bewußt, daß sie in einem von Simons Nachthemden steckte. Darunter war sie nackt. Ihr fiel ein, daß sie in das Kleidungsstück geschlüpft war, das er für sie auf dem Bett zurechtgelegt hatte. Ihr fiel auch wieder ein, daß er ihre Kleider im Vorhaus zum Trocknen aufgehängt hatte, also mußte sie sie dort holen. Sie wickelte sich wieder in seinen Morgenrock, öffnete die Tür und fand sie davor, zusammen mit einem Krug und einer Waschschüssel.

Das Wasser aus dem Brunnen war eiskalt, und als sie sich von Kopf bis Fuß gewaschen hatte, fühlte sie sich gekräftigt. Ihre Kleider waren fast faltenlos getrocknet, und als sie die Treppe hinunterging, war sie zufrieden, daß sie präsentabel aussah.

Aber in der Küche warf Simon Kendall nur einen Blick auf ihr sorgfältig frisiertes Haar und sagte: »Mir gefällt es besser, wie es gestern abend war, lose über die Schultern hängend. Wenn wir verheiratet sind, tut Ihr mir dann vielleicht den Gefallen und tragt es offen, wenn wir allein sind?«

Also hatte er nichts vergessen. Sie hatte eigentlich erwartet, daß er nicht mehr auf seinen außerordentlichen Vorschlag zurückkommen würde, den er jetzt, am hellen Morgen, bedauern würde.

Er lächelte. »Ihr seht überrascht aus, Miss Drayton. Glaubtet Ihr, ich hätte es mir anders überlegt?«

Sie nickte.

»Dann irrt Ihr Euch.« Während er sprach, rückte er ihr einen Küchenstuhl vor dem gescheuerten Tisch zurecht. »Es gibt Haferbrei, Buttermilch und Brot. Und Äpfel von meinem Baum. Kein exquisites Mahl, aber sättigend. In der Speisekammer steht noch Essen, damit Ihr tagsüber nicht zu hungern braucht, und ich habe Euch einen Eimer mit Wasser hingestellt, damit Ihr nicht zum Brunnen zu gehen braucht.«

»Aber ich bleibe nicht hier, Mr. Kendall.«

»Martin nennt mich Simon. Mir wäre es lieb, Ihr würdet mich auch so nennen, wenn wir unseren Lebensweg gemeinsam gehen wollen. Ich denke immer nur als Jessica von Euch. Und während ich nicht hier bin, rate ich Euch, außer Sicht zu bleiben. Martha Tinsley verrichtet manchmal gewisse Arbeiten für mich. Aber ich möchte nicht, daß sie heute das Haus betritt. Ihr schlurfender Schritt ist leicht zu erkennen.«

»Mr. Kendall ... Simon ... Ihr wißt doch, daß ich gehen muß.«

»Wohin denn? Nach Hause? Und aus welchem Grund? Um Eurer Mutter oder gar Eurem Bruder entgegenzutreten? Ich kann mir sehr gut vorstellen, wie ein wütender Joseph Drayton aussieht, und ganz offen gesprochen, möchte ich ihn gern einmal so erleben. Noch vor Anbruch der Nacht werde ich Carrion-House einen Besuch abstatten. Ihr seht, Miss Jessica, ich zähle auf Euren gesunden Menschenverstand.«

»Meinen gesunden Menschenverstand! Zeugte es denn von gesundem Menschenverstand, wenn ich einen Mann heiraten würde, den ich nicht liebe und der mich nicht liebt?«

Er wandte den Blick ab und brach einen Kanten trockenen Brotes ab, den er sorgfältig mit Butter bestrich. Während er das tat, beantwortete er ihre Frage.

»Natürlich wäre es gesunder Menschenverstand, Ma'am. Und ich habe immer geglaubt, daß Ihr eine Menge davon besitzt. Warum sollte ich erwarten, daß Ihr mich liebt? Wie könnte ich, da Ihr doch aus Liebe zu einem anderen Mann schwanger geworden seid?«

»Dann akzeptiert Ihr also, daß ich ...«

»... Eure Gefühle nicht über Nacht ändern kann, falls überhaupt. Natürlich akzeptiere ich das.« Er sah sie so ruhig an, daß sie nicht merkte, welche Anstrengung ihn das kostete. »Und warum sollte mir das irgend etwas ausmachen, da ich doch nur eine Vernunftehe eingehen möchte? Falls Ihr fürchtet, daß ich Euer Bett teilen möchte, vergeßt diesen Gedanken. Solltet Ihr mich natürlich dazu einladen, wäre das etwas ganz anderes.« Er stieß seinen Stuhl zurück; er kratzte laut über den Steinfußboden. »Es gibt noch ein anderes Argument, das Euch hoffentlich meinem Ansinnen geneigter stimmt. Ich habe nicht die Absicht, in diesem Cottage zu bleiben. Ich habe ein Auge auf das Haus eines ehemaligen Stellmachers in Cooperfield geworfen, sechs Meilen südlich von hier. Dort lassen sich leicht zwei Schlafzimmer einrichten. Außerdem gehören mehrere Nebengebäude zu dem Besitz, was ebenfalls von Vorteil ist, denn dieses Cottage ist für meine Zukunftspläne zu klein geworden.«

»Zukunftspläne? Erzählt mir davon.«

»Ich möchte die Region von der verschmutzten Luft befreien. Ihr seht überrascht aus, aber ich bin sicher, daß es gelingen kann. Und es muß geschehen, auch wenn es viele Jahre dauert. Es gibt kaum ein Kind in Burslem, dessen Lungen nicht angegriffen sind – außer den wenigen Privilegierten, die außerhalb des Dorfes leben. Und dort wird auch Euer Kind aufwachsen. Aber jetzt muß ich Euch verlassen. Ich komme dann zurück, um mir Eure Antwort zu holen. Und ich bitte Euch um eins: Bringt mich nicht um das Vergnügen, die Neuigkeit dem Haupt Eurer Familie selbst zu überbringen.«

Sie saß noch immer am Tisch, aß aber nicht. Ihre gepflegten Hände zerkrümelten das Brot, und ihre großen Augen starrten ihn an – als hätte sie ihn noch nie zuvor gesehen. Und es stimmte; sie sah ihn zum erstenmal, nicht als Simon Kendall, sondern einen ruhigen, entschlossenen Mann, den sie gern besser kennengelernt hätte.

»Ihr braucht wegen meiner Antwort nicht hierher zurückzukommen, Simon.«

Er hoffte, sie würde ihm seine bittere Enttäuschung nicht anmerken, aber in ihrer Stimme hatte eine Entschlossenheit durchgeklungen, die ihm sagte, daß jede weitere Diskussion zwecklos wäre. Er hatte hoch gespielt – und verloren.

Sie schob ihren Stuhl zurück und räumte den Tisch ab. Ohne ihn anzusehen, sagte sie: »Ich will Euch jetzt antworten. Ich heirate Euch zu Euren Bedingungen, sobald Ihr wollt.«

7

Amelia Freeman ritt lässig auf den Hof der Drayton-Töpferei. Sie war sich nur zu bewußt, daß sie Aufmerksamkeit erregte, und sie genoß jeden Moment. In ihrem neuen dunkelgrünen Reitkleid aus Samt sah sie bezaubernd aus. Ihr blondes Haar war zu einem Knoten geschlungen und wurde von einem passenden, federgeschmückten Hut gekrönt. Sie trug das schönste Reitkleid, das sie jemals besessen hatte. Aus diesem Grund war sie auch hier. Martin sollte es bewundern.

Warum gerade Martins Bewunderung ihr wichtig war, darüber hatte sie noch nie nachgedacht. Seit ihrer Kindheit empfand sie ihn als den umgänglichsten Menschen, den sie kannte, den Menschen, mit dem sie am leichtesten reden konnte, und sie fragte ihn oft um Rat. Außerdem mochte sie ihn sehr gern, und dieses Gefühl für ihn war nicht durch Mitleid geprägt, denn Martin lehnte Mitleid ab.

Amelia akzeptierte Martin so, wie er war, als das, was er war. Zwar war sie traurig, daß er ein verkrüppeltes Bein hatte, aber seine Behinderung wurde ihr nie bewußt, weil er sich natürlich gab.

Doch nicht nur Eitelkeit hatte sie zu diesem frühmorgendlichen Besuch veranlaßt. Zu dieser Stunde würde er an der Drehscheibe arbeiten, und sie liebte es, ihm zuzuschauen, wenn unter seinen geschickten Händen aus dem unförmigen Tonklumpen ein schönes Gefäß entstand.

Jeden Morgen vor der Ankunft seines Bruders – denn der Töpfermeister hatte das Recht, eine halbe Stunde später als seine Arbeiter den Tag zu beginnen –, schuf Martin eigene Kreationen, die alle anderen Former bewunderten. Das wußte Amelia, denn sie hatte ihm schon öfter dabei zugesehen.

Sie stand, im Gegensatz zu ihrer Schwester Agatha, die ihre Vormittage lieber Schokolade trinkend im Bett verbrachte, gern früh auf. Und an einem solchen Morgen wie diesem wäre im Bett zu bleiben nur eine Zeitverschwendung gewesen.

Nach dem Unwetter in der vergangenen Nacht wirkte alles wie frisch gewaschen. Selbst das Kopfsteinpflaster im Hof der Töpferei glänzte, und der Ritt hatte sie belebt. Die ganze Welt schien ihr zu gehören, denn sie war kaum einer Seele begegnet, als sie durch das Dorf ritt. Nur Simon Kendall kreuzte ihren Weg, und sie wunderte sich, daß er auf den Hügel zuhielt, der zum Carrion-House führte, anstatt zum Kanal zu reiten.

Aber schnell hatte sie diese Begegnung vergessen. Amelia verfügte über die wunderbare Fähigkeit, absolut in der Gegenwart zu leben, und als der Hufschlag ihres Pferdes Martin von seinem Arbeitsplatz gelockt hatte und er auf den Hof kam, war sie glücklich, die Bewunderung auf seinem Gesicht zu sehen.

»Hilf mir runter!« rief sie und befreite ihre Füße aus den Steigbügeln. Sie tat es voller Grazie und glitt sanft vom Pferd in Martins Arme. Auch als die beiden über den Hof gingen, um das Tier anzubinden, paßte sie ihren Schritt seinem humpelnden Gang an.

»Ich freue mich, daß du noch nicht mit der Arbeit begonnen hast. Sonst wären deine Hände voller Ton, und ich hätte nicht gewagt, dich anzufassen.«

Sie lächelte ihn mit einem Lächeln an, das allein Martin vorbehalten war. Mit einem Spielkameraden aus ihrer Kinderzeit zu flirten schien ihr unnötig. Dafür kannte er sie zu gut.

»Ich habe gewartet, weil du vielleicht kommen würdest«, sagte er. »An einem solchen Morgen habe ich dich fast erwartet.«

»Betrachte das nur nicht als Gewißheit, Sir!«

»Tue ich das je? Aber ich hoffte auf dein Kommen.«

»Und *ich* hoffe, es war es wert.« Sie drehte vor ihm eine Pirouette und war sich wohl bewußt, daß die Arbeiterinnen und Arbeiter in den Werkstätten sie beobachteten, vor allem diese schwarzäugige Meg Gibson. Amelia hatte immer das Gefühl, daß diese Zigeunerin – wie sie sie insgeheim nannte – sie durchschaute und sich auf eine nicht unfreundliche Weise über sie amüsierte. Deshalb vollführte Amelia noch eine Pirouette und stellte für alle ihr wunderschönes Reitkleid zur Schau. Dieses Verhalten stärkte ihr Selbstvertrauen, denn die Instruktionen ihrer Mutter, bei Gelegenheit in Ohnmacht zu fallen, fand sie schlicht albern und schwor sich, dieser Versuchung nicht mehr zu erliegen, um Aufmerksamkeit zu erregen. Nun, dieses Resultat hier war zufriedenstellend, also drückte sie impulsiv Martins Arm, als er sie in die Werkstatt geleitete.

»Und was machst du mir heute morgen? Eine Vase? Eine Schale? Einen Becher?«
»Was immer du willst.«
»Also dann eine Vase. Eine schlanke, in der nur eine einzige Rose Platz hat. Das würde mir gefallen. Und dann glasierst du sie in Türkisblau. Eine weiße Rose würde gut darin aussehen. Mein Cousin Roger Acland pflegte mich immer mit einer weißen Rose zu vergleichen.«
Tat er das wirklich? dachte Martin und klatschte fast wütend einen Klumpen Ton auf die Drehscheibe, während er sie mit seinem verkrüppelten Bein in Bewegung setzte.
»Es tut mir leid«, sagte er, »aber ich kann noch nicht glasieren.«
»Warum nicht?«
»Joseph behauptet, daß ich noch nicht soweit bin.«
Weil du zu gut in deiner Arbeit bist, dachte sie scharfsinnig, aber sie sagte nichts, während der Ton unter seinen Händen Gestalt annahm. Sie bewunderte seine Kunstfertigkeit. Minuten später hatte er eine schlanke Vase geformt.
»Sie braucht jetzt nur noch einen Fuß«, sagte er. »Den muß unsere beste Töpferin machen, wenn der Ton die richtige Konsistenz hat.«
»Aber ich möchte, daß alles deine Arbeit ist.«
»Und ich möchte, daß sie einen perfekten Fuß hat. Ich werde Meg Gibson bitten, ihn zu formen.«
»Hoffentlich versieht sie ihn nicht mit einem Zauber. Einem bösen, meine ich. Die Leute sagen, sie sei eine Hexe.«
»Sie reden viel über Frauen, die nicht wie sie sind. Und jetzt mußt du gehen. Wenn Joseph kommt, wird er nicht erfreut sein, dich hier zu sehen.«
Sie entgegnete leichthin: »Überlaß ihn nur mir! Ich weiß, wie ich ihn besänftigen kann.«
»Wie du es mit den anderen Männern auch tust?«
In demselben sorglosen Ton antwortete sie: »Natürlich.«
Er lachte und nahm die Vase. »Ich bringe sie Meg. Sie wird sie solange verstecken.«
»Warum muß sie denn versteckt werden?«
»Weil wir nur die üblichen Gegenstände der Drayton-Produktion herstellen dürfen.«

»Diese unschönen Töpfe für den Haushalt? Armer Martin, wie frustrierend das für dich sein muß! Mit deinem Talent könntest du die schönsten Dinge herstellen. Ich weiß es, weil Jessica mir davon erzählt hat. Und ich brauche nur meine Vase anzuschauen. Sie ist schöner als jede andere.«
Sie gingen zusammen aus der Werkstatt, und sie wartete im Hof auf ihn, während er zu Meg Gibson ging. Und als er zurückkam, bediente sie die Pumpe, damit er sich die Hände waschen konnte. Das machte ihm klar, daß sie ihm noch etwas sagen wollte, und als er danach fragte, entgegnete sie: »Ja. Es gibt Gerüchte, Martin.«
»Gerüchte? Was für Gerüchte? Im Dorf gehen immer Gerüchte um.«
»Nicht im Dorf, sondern unsere Familien betreffend. Gerüchte, daß zwei Hochzeiten stattfinden sollen. Hast du schon etwas darüber gehört?«
»Nur von einer«, fing er an, beendete den Satz aber nicht, weil er sich weigerte, über Jessicas Verbindung mit Max und ihr damit verbundenes Unglück nachzudenken.
Amelia sagte: »Du mußt doch gehört haben, daß Max Jessica heiratet. Sicherlich überrascht dich das genauso wie mich. Ich dachte immer, Max sei Phoebe zugeneigt, außerdem finde ich, daß sie viel besser zu ihm paßt.«
Martin stimmte ihr zu, entgegnete aber, da die Verlobung noch nicht verkündet wäre, würde die Hochzeit vielleicht nicht stattfinden.
»Nun, was meine Familie betrifft, so scheint die Angelegenheit geregelt, denn Mama trifft bereits Verlobungsvorbereitungen, obwohl sie nicht die Mutter der Braut ist. Aber was mich erstaunt, ist die Andeutung, daß eine zweite Verlobung stattfindet, obwohl Agatha versucht, daraus ein Geheimnis zu machen. Ich habe schon lange vermutet, daß sie in Joseph verliebt ist, aber er nicht in sie.«
Dem stimmte Martin ebenfalls zu.
Amelia sprach weiter. »Und Papa wirkt sehr erfreut, fast erleichtert, könnte man sagen, als wäre er eines dringenden Problems ledig. Und außer unserem Cousin – der hinter Agathas Vermögen her war – hat es nie einen Bewerber um ihre Hand gegeben. Deinen Bruder

jedoch kann man nicht als Mitgiftjäger bezeichnen, da er selbst wohlhabend ist. Wenn es also stimmt, muß er sie aus Liebe heiraten, und das will mir nicht in den Kopf. Wahrscheinlich wirst du meine offenen Worte mißbilligen, aber ich kann nun einmal nicht anders, als die Wahrheit sagen.«

Martin hatte kaum Amelias letzte Worte gehört, da formte sich ein schrecklicher Verdacht in ihm, den sie, ohne es zu wissen, ausgelöst hatte. Da man Joseph nicht der Mitgiftjägerei bezichtigen konnte, würde ihm niemand Selbstsucht unterstellen. Aber wer kannte besser als sein jüngerer Bruder das Ausmaß seines Ehrgeizes? Es war dieser skrupellose Ehrgeiz, der die Drayton-Töpferei so schnell wieder hatte prosperieren lassen. Und wieviel mehr konnte er mit Agathas Vermögen erreichen?

»Ich glaube erst an die Verlobung, wenn sie verkündet wird«, erklärte Martin.

»Das kann vielleicht schon heute abend geschehen, da er zum Dinner bei uns eingeladen ist. Deine Mutter auch, aber Joseph sagte, sie würde nicht kommen.«

Wegen Jessicas Erkältung, nahm Martin an. Er konnte sich nicht vorstellen, daß ihr Agatha als Schwiegertochter willkommen war, denn sie hatte einmal gestanden, daß sie die junge Frau einschüchternd fand. Und da sie bereits von Joseph beherrscht wurde, hätte sie sich mit zwei dominierenden Persönlichkeiten abzufinden.

»Ich wünschte, du kämst heute abend auch, Martin. Wir könnten sie dann alle beobachten und bei Tisch unsere Geheimzeichen austauschen. Was für ein Spaß!«

Früher, zu Weihnachten und auf Geburtstagsfeiern, hatten sie dieses Spiel gespielt. Aber Agatha und Joseph zu betrachten würde keinen Spaß machen. Martin fand diesen Gedanken sogar deprimierend und war froh, daß er nicht anwesend sein würde.

»Wenn ich Mama bitte, dich einzuladen, *kommst* du dann?« beharrte Amelia. »Sicher kann ich sie überreden. Und da Max und Jessica sich bald verloben ...«

Er unterbrach sie. »Das steht noch nicht fest.«

»Aber es wird so kommen. Max hat bereits angedeutet, daß er mehr als nur ein Mitglied der Drayton-Familie wird.«

»Was meint er damit?«
Amelia zuckte die Schultern. »Das wollte er nicht sagen. Er deutete nur an, es wäre lohnend, ein finanzielles Bein im Drayton-Geschäft zu haben.«
»In unserem Familienunternehmen? Kein Außenstehender hat je eine Beteiligung daran gehabt, nur Söhne der Draytons. Das ist Tradition, seit Gründung der Firma.«
»Aber Max ist doch kein Außenstehender, wenn er erst einmal mit Jessica verheiratet ist. Ich überrede Mama, dich einzuladen. Dann können wir beide Augen und Ohren offenhalten und eine Menge Dinge erfahren, die Eltern üblicherweise vor ihren Kindern verbergen ...«
Ihre Augen funkelten, dann verschleierten sie sich ein wenig, als er sagte, er könne nicht kommen. »Ich bin anderweitig verabredet«, log er, obwohl er die Pflicht, die Joseph ihm auferlegt hatte, kaum als Verabredung bezeichnen konnte. Die Anweisung lautete, er müsse bei Einbruch der Dunkelheit mit einem geschlossenen Wagen am Anfang der Larch Lane stehen und auf einen Fahrgast warten. Das Ziel würde ihm dann genannt werden. »Und stell keine Fragen«, hatte Joseph hinzugefügt. »Tu nur das, was man dir befiehlt.«
Aber Martin fand die ganze Angelegenheit seltsam und beunruhigend. Trotzdem würde er den Befehl buchstabengetreu ausführen, denn er wußte, wie unsinnig es war, Josephs Anweisungen nicht Folge zu leisten.
Unvermutet sagte plötzlich eine Stimme: »Der Herr wird heute morgen später kommen, Sir.«
Meg Gibson stand neben den beiden. Ihre bloßen Füße hatten auf dem Kopfsteinpflaster kein Geräusch gemacht. Sie knickste vor Amelia und sagte: »Tut mir leid, daß ich störe, Ma'am, aber ich dachte, Master Martin wüßte gern, wann der Töpfermeister eintrifft. Sonst kommt er nie zu spät.«
Erst da wurde Martin bewußt, daß es ziemlich spät geworden war. Die Arbeiter fingen um sechs Uhr an, der Meister um halb sieben, und diese Zeit hatte er bisher strikt eingehalten. Er brüstete sich stets damit, ein Muster an Pünktlichkeit zu sein, doch seit Amelias Ankunft war bereits mehr als eine Stunde verstrichen.

Überrascht fiel Martin keine andere Antwort ein, als daß der Meister sicher bald käme und ob Meg ein Problem hätte, um das er sich kümmern könnte?
Sie zögerte kurz, ehe sie antwortete: »Es ist nicht wichtig, Master Martin. Zumindest nichts, das nicht warten könnte.« Und mit diesen Worten schlenderte sie zu ihrem Arbeitsplatz zurück.
Amelia beobachtete Meg und sagte: »Diese junge Frau besitzt den aufreizendsten Gang, den ich kenne. Ich muß ihn unbedingt üben!« Sie wiegte sich in den Hüften und lachte Martin an. Er lachte zurück.
»Du hast deinen Gang, Amelia. Distinguiert. Du brauchst andere nicht nachzuahmen.«
»Aber meiner ist sicher nicht so verführerisch. Mama wäre schokkiert, würde ich so gehen. Aber ich möchte es so gern ausprobieren!« Als er ihr aufs Pferd half, sagte sie ernsthaft: »Vielen Dank für die Vase, Martin. Wenn du Töpfermeister bist, mußt du mehr davon machen. Die Töpfereien in Burslem produzieren alle dasselbe nützliche Haushaltsgeschirr. Jessica meint, daß Leute mit Geschmack eleganteres Geschirr vorziehen würden, wie es sich nur die Reichen heutzutage leisten können. Ich bin überzeugt, daß sie recht hat. Und ich bin ebenso sicher, daß Mama das Familienporzellan heute abend nicht benutzen würde, wenn sie neues hätte.«
»Aber es ist doch schönes Porzellan.«
»Zweifellos. Aber jeder würde etwas Neues begrüßen. Manchmal sind altgewohnte Dinge so langweilig. Du hörst mir nicht zu, Martin. Deine Gedanken sind meilenweit entfernt, und du siehst besorgt aus. Nein, verwirrt. Fragst du dich, warum sich dein ehrenwerter Bruder verspätet hat?«
»Ich frage mich, ob er ebenso wie Jessica erkältet ist.«
»Ich wußte nicht, daß sie krank ist. Als ich sie gestern sah, wirkte sie gesund. Sie war im Garten, und ich ritt gerade vorbei.«
»Erst später fühlte sie sich nicht wohl. Sie ging früh zu Bett und war auch heute morgen noch nicht auf, als ich zur Arbeit ging. Normalerweise steht sie immer früh auf und frühstückt mit Mutter und mir.«
»Arme Jessica. Wünsch ihr bitte in meinem Namen gute Besserung.

Und hüte meine Vase. Und vergiß nicht, mehr davon zu produzieren. Wenn Joseph es verbietet, werde ich mit ihm darüber reden.« Sie lächelte verschmitzt und fügte boshaft hinzu: »Sollte er sich unnachgiebig zeigen, werde ich ihm so lange schmeicheln, bis er einlenkt. Stell dir nur vor, wie eifersüchtig Aggie dann sein wird!«
»Du kannst es gleich ausprobieren, denn da kommt er.«
Aber Josephs Gesichtsausdruck nach zu schließen, war er nicht in der Stimmung, daß man mit ihm reden konnte. Als Amelia ihm am Hofeingang begegnete, zügelte sie ihr Pferd, doch er lüftete nur knapp seinen Hut und ritt weiter. Sie drehte sich im Sattel um und rief hinter ihm her: »Ich bin sicher, meine Schwester erwartet dich heute abend voller Ungeduld, lieber Joseph!« Das zwang ihn zum Stehenbleiben. »Ich bin froh, daß dich Jessica nicht mit ihrer Erkältung angesteckt hat«, fügte sie schelmisch hinzu. »Wie schade, daß sie nicht auch kommen kann. Max wird traurig sein.«
Er drehte sich halb um, lächelte verkniffen, nickte kurz und ritt weiter. Er fragte nicht einmal, was sie zu dieser frühen Stunde in die Töpferei geführt hatte.
Amelia zuckte nur mit den Schultern und setzte ihren Weg fort. Aber sie war kaum eine Meile geritten, als sie eine Überraschung erlebte, die sie Joseph und selbst Martin vergessen ließ. Sie nahm eine Abkürzung, die sie in Richtung Larch Lane führte, da sie inzwischen gewaltigen Hunger verspürte, weil sie noch nicht gefrühstückt hatte. Da sah sie einen Gig aus dem Weg kommen. Simon Kendall lenkte den Wagen, und neben ihm saß Jessica.
Sofort wurde Amelia bewußt, daß ein Zusammentreffen Jessica peinlich sein könnte, denn sie lag angeblich mit einer Erkältung im Bett. Deshalb lenkte sie ihr Pferd hinter ein paar schützende Bäume und beobachtete, wie die beiden vorbeifuhren. Vor einer guten Stunde erst hatte sie Simon Kendall auf das Carrion-House zureiten sehen, und nun fuhr er mit Jessica Drayton – die offensichtlich nicht krank war – in dieselbe Richtung. Das bedeutete wohl, daß er zu seinem Cottage zurückgekehrt sein mußte, aber wo hatte er Jessica abgeholt?
Sie folgte den beiden in einiger Entfernung, weil sie keine andere Wahl hatte. Amelia konnte sehen, wie der Gig durch das Tor von

Medlar Croft fuhr. Offensichtlich brachte Simon Jessica nach Hause. Aber *wo* hatte er sie zu dieser frühen Stunde aufgelesen? In der Larch Lane gab es nur zwei Cottages, seines und das von Ma Tinsley. Und dort war Jessica sicher nicht gewesen.
Also blieb nur Simons Cottage.
Abrupt spornte Amelia ihr Pferd an, denn darüber wollte sie nicht nachdenken, denn sie mochte Jessica Drayton und auch Simon Kendall.

Joseph Drayton stieg im Hof vom Pferd und warf die Zügel einem Burschen zu, der Ton zu den Werkbänken transportierte. Dann rief er seinen Bruder, der gerade in der Werkstatt verschwand. »Auf ein Wort mit dir, Martin ...«
Martin wappnete sich innerlich gegen die unausweichlichen Vorhaltungen. Warum arbeitest du nicht an der Töpferscheibe? Warum hast du hier draußen mit Amelia geschwatzt? Natürlich habe ich nichts dagegen, daß ihr miteinander befreundet seid, aber du weißt doch, Besucher werden nur nach vorheriger Anmeldung empfangen. Und die Besuchstermine lege ich fest. Bitte, halte dich an diese Regeln.
Martin hatte den Sermon bereits in den Ohren, noch ehe er ausgesprochen war. Aber zu seinem Erstaunen kam diesmal keiner. Nachdem Joseph Dreispitz und Umhang auf den Kleiderständer aus Ebenholz gehängt hatte, der schon Generationen von Draytons gedient hatte, setzte er sich an seinen Schreibtisch und sagte abrupt, ohne seinen Bruder anzusehen: »Dieser Auftrag heute abend – er ist nicht mehr nötig.«
»Heißt das, ich soll nicht zur Larch Lane fahren?«
»Was sonst soll es denn heißen?« schnappte Joseph.
Martin war zu überrascht, um irgend etwas zu entgegnen. Er starrte nur seinen Bruder an und fragte sich, was der Grund für dessen schlechte Laune war. Er ging nicht näher auf das Thema ein, sondern drehte sich um und verließ das Büro. Vor der Tür stieß er mit Meg Gibson zusammen.

Meg wußte, daß ihr kühnes Eindringen in das Büro des Töpfermeisters von allen beobachtet wurde, aber das kümmerte sie nur wenig. Bei Morgengrauen war die wütende Martha Tinsley in ihre elende Hütte gestürmt und hatte gefragt, welchen üblen Streich Meg Gibson ihr gespielt habe. Keine Besucherin sei gekommen, und somit hätte sie auch nicht ihre zwei Guinees verdient. Ihre Mutter bekäme jetzt keine Heiltränke mehr, bis diese Angelegenheit geklärt sei.

»Und eins mach dir klar, Mädchen. Wegen des Geldes halte ich mich an dich, weil du es mir versprochen hast!«

»Nein, nicht ich. Ich habe nur die Botschaft überbracht. Mehr nicht. Ich sollte dir nur das Geld bringen, nachdem die Behandlung erfolgt ist. Und das ist sie doch, oder?«

Da hatte die alte Martha auf den Lehmfußboden gespuckt.

»Wie denn, wenn niemand gekommen ist? Ja, junge Dame, das ist die Wahrheit. Und ich glaube, du hast mich hinters Licht geführt, nur um mich zu quälen. Schäm dich, fahr zur Hölle, du Miststück!«

»Es hat gestimmt. Jedes Wort. Ich schwöre es bei der Heiligen Schrift!«

»Du lügst, du schwarzäugige Hexe! Und deine arme Mutter wird deswegen leiden müssen, weil ich ihr keine Medizin mehr gebe.«

Wie eine Tigerin hatte sich Meg da auf die Alte gestürzt. »*Du* lügst, Ma Tinsley! Ich glaube nicht, daß die Frau nicht gekommen ist. Es war dringend, das weiß ich. Und wenn meine arme Mutter deinetwegen leiden muß, wirst du das bereuen. Ich schwöre es!«

Wieder spie die Alte ihre Verachtung aus und schlug dann die Tür hinter sich zu. Die Leute sagten: »Wenn man sich Ma Tinsley zum Feind macht, wird man es bereuen. Sie schlägt zurück.« *Lieber Gott, laß sie mich schlagen, nur mich schlagen,* dachte Meg.

Aber ob Gott ihre Bitte nun erhört hatte, das mußte Meg jetzt wissen. Sie mußte handeln. Sie mußte dieses verdammte Geld bekommen und es der Alten geben, das war die einzige Möglichkeit. Die Tür zum Büro des Töpfermeisters wollte sich gerade schließen, aber Meg stellte ihren Fuß dagegen, stieß sie wieder auf und betrat kühn den Raum. Sie durfte nicht klopfen, nicht nervös erscheinen, keine Angst zeigen.

Joseph starrte geistesabwesend auf die Papiere, die auf seinem Schreibtisch lagen, und obwohl ihr ihr Instinkt sagte, daß er keine gute Laune hate, stärkte sie ihr Selbstvertrauen, indem sie die Tür hinter sich zuschlug. Sofort fuhr er auf. »Das ist nicht nötig, Martin!« Als er sie sah, schwieg er.
Meg lachte.
»Nicht Euer Bruder hat die Tür zugeschlagen, Sir. Das war ich. Und ich tat es aus gutem Grund. Ihr habt mich in eine mißliche Situation gebracht, aus der Ihr mich befreien müßt. Und zwar bald.«
Sein Gesicht wurde hart. Sie kannte diesen Ausdruck und stählte sich dagegen auf die einzige Weise, die ihr zu eigen war – mit einem herausfordernden Lächeln und hocherhobenem Kopf. Sie wußte, daß diese Haltung gefährlich sein konnte, aber Schwäche war jetzt nicht angebracht.
»Verschwinde!« bellte er, »und wage es ja nicht, mir einzureden, daß du ein Balg von mir bekommst.«
Sie brach in Gelächter aus.
»Von solchen Schwierigkeiten spreche ich nicht, Sir. Ihr habt mich zu Martha Tinsley mit einer Botschaft geschickt ...«
In diesem Moment wurde sein Gesicht so zornig, daß sie glaubte, er würde sie schlagen.
»Verschwinde.«
»Nicht ehe Ihr mir das Geld für Ma Tinsley gebt.«
»Sie hat es nicht verdient.«
»Heißt das, Ihr wollt nicht für die Lady bezahlen, die nie gekommen ist? Also wißt Ihr Bescheid, Sir.«
Er biß sich auf die Unterlippe. Das gefiel ihr. Sie hatte ihn an einer empfindlichen Stelle getroffen und sagte schnell: »Ma Tinsley ist wütend. Sie will haben, was ihr versprochen wurde. Das seid Ihr ihr schuldig.«
»Ich bin nichts schuldig, da die Lady nicht gekommen ist, obwohl ich natürlich nichts darüber weiß.«
»Ach? Ich glaube, daß Ihr nur allzu gut informiert seid. Wieso behauptet Ihr dann, daß Ma Tinsley das Geld nicht verdient hat? Und die alte Frau wäre nicht so wütend. Sie droht mir. Sie kann schrecklich sein, wenn man sie hereinlegt.«

Er entgegnete verachtungsvoll: »Glaubst du, ich lasse mir von einer von euch beiden drohen? Geh an deine Arbeit zurück, und bleib in Zukunft da, wo du hingehörst.«
»Sir, ich schwöre bei Gott, daß sie ihre Drohungen wahrmacht.«
»Wieviel hast du ihr erzählt?« Seine schmalen, kalten Augen musterten sie. »Ich habe ausdrücklich befohlen, daß du Schweigen bewahrst.«
»Ich habe nicht gesagt, wer mich geschickt hat. Das habe ich doch versprochen, oder nicht? Habe ich je ein Versprechen gebrochen, Sir? Doch wenn Ma Tinsley mich zwingt zu sagen, von wem die Botschaft stammt, werde ich nicht länger schweigen können. Sie will meiner Mutter keine Medizin mehr geben, bis sie das Geld hat. Und das wird sie tun. Euretwegen muß meine Mutter leiden. Warum ist diese Lady nicht gekommen, Sir?«
»Wie soll ich das wissen? Ich kenne sie nicht. Sie ist nur eine unglückliche Frau, der zu helfen man mich bat.«
»Und wer bat Euch, Sir? Seid Ihr etwa für ihren Zustand verantwortlich?« Sie sprach das Wort vorsichtig aus, und wenn sie den Nagel nicht auf den Kopf getroffen hatte, so war sie doch nahe daran. Und welches Gefühl der Macht ihr das gab! »Ein Grund mehr, dafür zu bezahlen«, redete sie weiter, als ihr Selbstvertrauen zurückkehrte. »Und wenn Ihr es tut, verspreche ich Euch, umsonst in Euer Bett zu kommen. Das nächste Mal *und* das übernächste Mal, solange Ma Tinsley meine Mutter mit Medizin versorgt. Sonst muß sie sterben. Ich schwöre bei Gott, daß sie sterben muß. Ma Tinsley weiß, wovon sie redet.«
Meg kämpfte gegen ein aufsteigendes Schluchzen in ihrer Kehle an, aber sie wollte nicht, daß er merkte, wie bewegt sie war. Er war ein Mann, der kaum andere Gefühle kannte, als er mit ihr zusammen im Bett erlebt hatte. Sie starrte auf ihre Füße, weil sie ihn ihre Angst nicht sehen lassen wollte, und deshalb entging ihr sein Gesichtsausdruck. Er preßte die Lippen zu einer schmalen Linie zusammen, seine Augen wurden hart. Da hörte sie das kratzende Geräusch seines Stuhls auf dem Fußboden und sah hoch. Drohend trat er auf sie zu, sie erzitterte unter seinem Blick.
Er blieb stehen und schlug sie hart erst auf die eine Wange, dann auf

die andere. Ihr Kopf pendelte wie der einer Puppe hin und her. Ein brennender Schmerz durchfuhr sie. Sie war wie betäubt und schrie nicht, sondern sah ihn nur an.
Er sagte leise: »Nun verschwinde, du elende Schlampe. Und danke Gott, daß ich dich nicht von hier verjagen lasse.«

8

Meg Gibsons Drohungen berührten Joseph nicht. Der Ärger mit den Armen war, überlegte er in der Stille, die nach ihrem stürmischen Auftritt folgte, daß sie jede Situation zu einem Drama machten. Er konnte sich kaum an Megs Mutter erinnern, die er seit jener Zeit selten gesehen hatte, als sie für einen Töpfer in der Nachbarschaft gelegentlich arbeitete. Das war in dem Jahr gewesen, ehe er zur Universität ging. Während der Ferien war er dann manchmal einer zigeunerhaften Frau begegnet, die ein kleines Kind bei sich hatte. Doch seine Gedanken schweiften wieder ab, denn kurz nach dem Aufstehen heute morgen hatte er einen Schock erlitten, und Angst, seine schönen Zukunftspläne könnten zerplatzen, hatte ihn auf dem ganzen Weg vom Carrion-House hierher begleitet. Es war wichtig, daß er die Beziehungen zu den Freemans wieder ins rechte Lot brachte, die durch Simon Kendalls unerwartetes Erscheinen ins Wanken gekommen waren, gerade als er beim Frühstück saß.
»Und er will nicht gehen, Sir«, hatte Hannah Walker verkündet. »Er sagt, es sei wichtig. Lebenswichtig, so drückte er sich aus, Sir.«
Also war Joseph vom Frühstückstisch aufgestanden, um den Mann zu empfangen.
Er war darauf vorbereitet gewesen, einem typischen Arbeiter zu begegnen. Zu seiner Überraschung sah Simon Kendall jedoch wie ein echter Armstrong aus, der nur einfache Arbeitskleidung trug. Die Familienähnlichkeit war unverkennbar. Dasselbe rote Haar, dieselben edlen Gesichtszüge und dieselbe stolze Haltung. Ohne Zweifel besaß Jane Kendalls Sohn alle Charakteristiken dieser ehrwürdigen alten Familie.

Ob hier wirklich Sir Nevilles unehelicher Sohn vor ihm stand, wie manche Leute behaupteten, darüber dachte Joseph nicht nach. Er war über den unerwarteten Besuch so überrascht, daß ihn nur der Grund interessierte.
Zuerst glaubte er, der Mann sei gekommen, um finanzielle Hilfe für eines seiner haarsträubenden Projekte zu erbitten, wie diesen überflüssigen Kanal. Wenigstens hatte Hannah Walker soviel gesunden Menschenverstand besessen und ihn in der Halle stehenlassen. Aber eigentlich hätte der Bursche das Haus durch den Dienstboteneingang betreten müssen, dachte Joseph unwillig, als er sich ihm näherte. Sein Ärger legte sich etwas, da Kendall die Halle bewundernd betrachtete, wie Joseph glaubte. Kein Wunder, wenn man in einem Cottage lebte.
Joseph wollte seinen Besucher so schnell wie möglich loswerden und kam gleich zur Sache.
»Wieder ein neues Projekt, Kendall? Man muß zumindest zugeben, daß Ihr ein Mann mit Ideen seid, wenn sie sich auch als nicht praktizierbar herausstellen. Wenn Ihr Euch aber finanzielle Unterstützung erhofft, verschwendet Ihr Eure Zeit. Realistische Pläne zu verwirklichen, dessen bin ich nicht abgeneigt. Aber dafür müßtet Ihr erst einmal lesen und schreiben können.«
»Oh, darin mache ich Fortschritte, Sir. Ihr würdet erstaunt sein, wie schnell ich lerne.«
Machte sich der Mann über ihn lustig? Joseph musterte ihn scharf, konnte aber keine Ironie in seinem Gesicht entdecken. Die Armstrong-Augen sahen ihn ruhig an. Und beunruhigten ihn. Der Mann mußte hier verschwinden.
Joseph zog an der Klingelschnur, um seine Haushälterin herbeizurufen. Ein Butler wäre natürlich eindrucksvoller gewesen, aber jede Art von Personal mußte einen Mann wie diesen beeindrucken.
»Das höre ich gern, Kendall. Es ist immer gut, wenn sich ein Mann zu verbessern trachtet. Nur was Eure Projekte angeht, die könnt Ihr einfältigeren Leuten unterbreiten, als ich es bin. Zum Beispiel Sir Neville. Aber ich glaube, er bedauert bereits, in den Kanal investiert zu haben. Er ist auch längst noch nicht fertig, wie ich gehört habe.«
»Die Bauarbeiten machen gute Fortschritte, und er wird rechtzeitig

fertiggestellt sein. Aber ich bin nicht gekommen, um darüber zu reden.«
Kein »Sir« dieses Mal. Kein Spott. Nur eine Andeutung versteckten Ärgers, die Joseph klarmachte, daß der Ton des Mannes spöttisch gewesen *war*.
Er wandte sich ab und sagte barsch: »Die Tür ist hinter Euch. Benutzt das nächste Mal den Dienstboteneingang.«
Daraufhin tat Simon Kendall etwas, das Joseph nie vergessen konnte. Er lachte. Das Gelächter war voller Hohn, und so klang auch seine Stimme. »Das wird nicht nötig sein, da ich dieses Haus nie wieder betrete, es sei denn, Eure Schwester und ich werden dazu gezwungen, ein Umstand, den weder Jessica noch ich begrüßen.«
Joseph, der schon auf dem Weg in sein Frühstückszimmer war, blieb abrupt stehen. Er hörte entfernt das Geräusch des schweren Silberbestecks und dann Mrs. Walkers sich nähernde Schritte. Durch die offene Tür hätte sie jedes Wort hören können und sich mit ihren scharfen Ohren die Gelegenheit wohl nicht entgehen lassen. Gegen seinen Willen war Joseph plötzlich besorgt.
Zögernd deutete er auf sein Arbeitszimmer, und als sie beide drinnen waren, schloß er sorgfältig die Tür. Die Pause hatte ihm Zeit gegeben, seine Betroffenheit zu verbergen, aber er wußte trotzdem nicht, wie er auf Kendalls Bemerkung reagieren sollte. Er suchte Zuflucht in der Arroganz und fragte, worüber, zum Teufel, Kendall rede.
»Eure Schwester Jessica und mich. Ich dachte, ich hätte mich klar genug ausgedrückt.«
In Draytons Augen waren nacheinander Argwohn, Überheblichkeit, Langeweile und Verachtung zu lesen gewesen. Jetzt wurden sie schmal, und Simon mußte lächeln. Der Mann war nicht nur verwirrt, er hatte auch Angst. Das war gut so. Es würde nicht schaden, ihn eine Weile schwitzen zu lassen. Und die Anstrengung, die es Drayton kostete, ihm zu antworten, gefiel ihm ebenfalls.
»Ich wußte nicht, daß Ihr mit meiner Schwester bekannt seid.«
»Nur oberflächlich, bis ich sie vergangene Nacht in der Larch Lane auflas.«
»Ihr müßt Euch irren. Meine Schwester sucht diese Gegend nicht auf.«

»Es sei denn, man schickt sie dorthin. Sie stand völlig durchnäßt vor Martha Tinsleys Tür. Habt Ihr während dieses Unwetters nur einen einzigen Gedanken an sie verschwendet? Ich bezweifle es, denn sicher habt Ihr Euch nur beglückwünscht, für dieses Problem eine Lösung gefunden zu haben. Glücklicherweise konnte ich es verhindern.«

»Ich habe nicht die geringste Ahnung, wovon Ihr sprecht.«

»Warum habt Ihr dann Angst? Ich kann sie in Euren Augen sehen. Fürchtet Ihr, ich könnte überall erzählen, daß Ihr Eure Schwester zu dieser alten Frau geschickt habt? Und aus welchem Grund? Wenigstens Eure Mutter sollte dankbar sein, daß Jessica sich nicht der primitiven Behandlung Ma Tinsleys unterziehen mußte. Wahrscheinlich habt Ihr ihr versichert, daß alles gutgeht und daß Jessica glücklich zurückkommen würde, um Max Freeman zu heiraten. Wie wenig Ihr doch Eure Schwester kennt! Sie würde diesen Mann niemals heiraten. Und das hat sie Euch auch gesagt.«

»Verlaßt mein Haus!«

»Erst wenn ich alles gesagt habe, was zu sagen ist. Dann werde ich Jessica zu ihrer Mutter bringen, die uns hoffentlich ihren Segen erteilt.«

»Ihren *Segen ...?*«

»Das ist doch bei den Eltern der Braut so üblich. Als Familienoberhaupt seid Ihr zwar für sie verantwortlich, aber ich habe weder die Absicht, Euch um Euren Segen noch um Eure Meinung zu bitten. Indem ich hierherkam, habe ich Euch mehr Achtung erwiesen, als Ihr verdient. Jessica will meine Frau werden, und wir heiraten so schnell wie möglich, was Euch unter diesen Umständen nur angenehm sein kann. Ihr seht aus, als könntet Ihr trotz der frühen Stunde einen Brandy vertragen, Drayton. Alkohol ist eine gute Medizin gegen einen Schock.«

Als Joseph wieder zu Hause war, besuchte ihn seine Mutter unerwarteterweise. Sie hatte einen schlechten Zeitpunkt gewählt, denn dann ruhte er sich gewöhnlich von der Arbeit des Tages aus, entzündete seine langstielige Tonpfeife und trank ein Glas Madeira dazu, ehe er Toilette machte, sein frisch rasiertes Gesicht mit

Rasierwasser parfümierte, sich die Fingernägel polierte und sein schönes, volles Haar bürstete. Wenn er dann mit seinem Äußeren zufrieden war, ging er in sein Speisezimmer, auf das er stolz war, und ließ sich von Mrs. Walker aufwarten.
So sah die tägliche Routine aus, aber heute abend war sie durch die Einladung der Freemans unterbrochen. Doch er hatte noch genügend Zeit, sich auf diesen wichtigen Besuch innerlich vorzubereiten, und als seine Mutter dann so unerwartet erschien, kam ihm das äußerst ungelegen.
Er ließ sie warten, bis er fertig angezogen war, und wußte, daß sie sofort begreifen würde, daß sie einen Fehler gemacht hatte, wenn sie seine erlesene Kleidung sah. Seine Annahme war richtig; sie entschuldigte sich sofort. Sie habe ganz vergessen, daß er heute in Tremain Hall speise, und hoffe, er würde ihr verzeihen!
Daß sie die Einladung vergessen hatte, war nicht weiter verwunderlich, denn er hatte ihr erzählt, sie gelte nur für ihn, das Oberhaupt der Familie. Sollte sie sich in ihrer Eigenschaft als Mutter der Braut übergangen fühlen, so spiele das jetzt keine Rolle mehr, denn sie sei ja keine Brautmutter mehr, aber das sei wohl auch der Grund ihres Besuchs.
»Liebe Mutter, du wirkst erregt. Bitte, setz dich. Aber nicht zu lange, denn ich bin in Eile.«
Sie sah ihn mit tränenumflorten Augen an, und er konnte die ganze Geschichte an ihrem Gesicht ablesen. Den ganzen Tag lang war sie gezwungen gewesen, auf ihren Sohn zu warten. Und nun saß sie da und suchte Trost bei ihm. Doch zeigte er sich durch irgendein Wort oder irgendeine Geste verständnisvoll? Ärgerlich und ungeduldig gab er vor, sie nicht zu verstehen.
»Liebe Mama, verzeih mir, aber wie du weißt, bin ich heute abend eingeladen.«
»Du gehst *immer* noch nach Tremain Hall?«
»Natürlich. Warum nicht?«
»Aber ... die Umstände ...« Sie flüchtete in hilflose Ängstlichkeit. »Ich dachte ... Oh, Lieber, was *sollen* wir denn sagen oder tun? Wie ich weiß, kam Simon Kendall heute morgen zu dir, also hattest du den ganzen Tag Zeit, über die Ereignisse nachzudenken.«

»Ich habe noch andere Dinge im Kopf als meine ermüdende Schwester, die ich – nach dem, was geschehen ist – von nun an nicht mehr als meine Schwester betrachte.«
»Lieber Joseph, das kann doch nicht dein Ernst sein! Du kannst doch deinem eigenen Fleisch und Blut nicht den Rücken kehren!«
»Wenn mein eigenes Fleisch und Blut mir nichts als Ärger bereitet, kann man nicht von mir verlangen, daß ich anders reagiere. Ich habe ihr meine bestmögliche Hilfe angedeihen lassen, die sie nicht akzeptiert hat. Schlimmer noch, sie hat es vorgezogen, ihren eigenen Weg zu gehen. Soll sie es doch tun. Ich nehme an, das junge Paar hat dir die Neuigkeiten mitgeteilt?«
»Er brachte sie nach Hause, ja. Und ich habe Gott gedankt, daß sie unverletzt war. Man hört so schreckliche Dinge über diese Kräuterweiber und wie sie Abtreibungen vornehmen ...«
»Ich muß doch bitten, dieses Wort nicht zu gebrauchen. Es ist häßlich. Jessica hätte ihrem Zustand entgegenwirken können, und der Hochzeit mit Max wäre nichts im Wege gestanden, wenn sie meinen Rat befolgt hätte. Und nun mußt du mich entschuldigen. Ich werde in Tremain Hall erwartet.«
Und als er seine Mutter mit fester Hand zur Tür geleitete, sagte sie bestürzt: »Aber was willst du tun, Joseph? Was willst du ihnen erzählen?«

Während Joseph in der späten Abenddämmerung des Juni auf Tremain Hall zuritt, betrachtete er die Landschaft begehrlich. Viel Grund und Boden zu besitzen war der Traum eines jeden Landedelmannes, und er bildete darin keine Ausnahme. Die Ehe mit Agatha Freeman stellte einen großen Schritt vorwärts hinsichtlich dieses Ziels dar. Und durch den weiteren Ausbau der Töpferei, der durch Agathas Mitgift gesichert war, würde er auch von ihrem Einkommen, das die Tremain-Ländereien abwarfen, profitieren. Obwohl Max rechtmäßiger Erbe war, sah Joseph keinen Grund, warum er nicht eines Tages in Tremain Hall residieren sollte. Max war ein dummer, eitler Bursche, der eines Tages wahrscheinlich so viele Schulden anhäufen würde, daß er froh sein konnte, Joseph seine Erbschaft abzutreten. Wichtig dabei war nur, daß er Max' größter

Gläubiger wurde, vorzugsweise der einzige, damit er den nötigen Druck ausüben konnte.
Aber das lag alles noch in der Zukunft. Jetzt, in der Gegenwart, mußte er den Boden bereiten, damit die Saat aufging. Dann konnte er ernten. Inzwischen gab es viel zu tun, und heute abend mußte er damit anfangen.

9

Agatha war mit ihrem neuen Kleid sehr zufrieden. Es war nach einer Zeichnung angefertigt worden, die eine ihrer in London lebenden Tanten geschickt hatte.
Joseph Drayton würde von ihrer Eleganz sicher beeindruckt sein, denn nach Burslemer Maßstäben war sie mit dieser *robe ronde* ihrer Zeit weit voraus. Das mußte ihm gefallen, denn sie wußte, daß er auf modische Kleidung großen Wert legte. Deshalb knüpfte sie an diese Kreation viel Hoffnung. Unter einem gebauschten Rock, der eng an der Taille anlag, trug sie ein spitzenbesetztes Unterkleid. Dieser Schnitt ließ sie schlanker erscheinen, das glaubte Agatha jedenfalls. Es störte sie nicht im geringsten, daß die Robe derart ausladend war, daß sie sich nicht einmal gänzlich im Spiegel betrachten konnte. Zusätzlich – und das war ihre eigene Idee – hatte sie das Kleid mit allerlei Bändern versehen, was einfach geschmacklos und überladen wirkte. Selbst die Vorhaltungen ihrer Mutter, die über einen sehr guten Geschmack verfügte, hatten sie davon nicht abhalten können. Denn diese Bänder wirkten dramatisch.
Heute abend würde sie Amelia ausstechen. Wahrscheinlich würde ihre Schwester in einem langweiligen Kleid erscheinen. Irgendein Modell in Weiß, das überhaupt nicht zu ihrem blonden Haar und blassen Teint paßte.
Selbstgefällig betrachtete sich Agatha im Spiegel. Ihre olivfarbene Haut und ihr dunkles Haar waren weitaus aufregender. Zufrieden drehte sie eine Pirouette und segelte dann die Treppe hinunter.

Ach, du gütiger Himmel, dachte Joseph. Sie sieht wie eine dralle Maikönigin aus!

Sekunden später ging er auf sie zu. Als er sich über ihre Hand neigte und sie küßte, durchrieselte sie ein Schauder. Sie verbarg weder ihre Reaktion noch entzog sie ihm ihre Hand. Doch dann erklangen auf der Treppe Schritte, und die Intimität dieses kostbaren Augenblicks war vorüber.

Charlotte Freeman kam in die Halle. Wie immer sah sie sehr würdevoll und elegant aus. Josephs Bewunderung für sie war echt und spontan. Ihre älteste Tochter konnte eine Menge von ihr lernen, dachte er, und ebenso von ihrer jüngeren Schwester, die kurz darauf in einem blaßgrünen Marie-Antoinette-Kleid die Stufen heruntergetrippelt kam.

Wie schade, daß nicht Amelia die Lieblingsnichte der Erbtante gewesen war ...

Dann erschien Josephs Gastgeber: polternd, dick und jovial, jeder Zoll der gemütliche Großgrundbesitzer. Mit ausgestreckter Hand trat er auf Joseph zu und begrüßte ihn mit einer Freundlichkeit, die seinem Sohn, der hinter ihm ging, völlig fehlte.

Max war schlechter Laune. Max war mürrisch. Max war ein Problem und würde im Laufe des Abends noch zu einem größeren werden. Joseph erkannte die Zeichen und wußte, es würde angeraten sein, die Neuigkeiten so schnell wie möglich an den Mann zu bringen. Es würde nichts nützen abzuwarten, bis sein Gastgeber gegessen und getrunken hatte, denn der Sohn, vermutete er, hatte bereits getrunken und würde gereizt reagieren. Deshalb sagte Joseph ohne Zögern zu Ralph Freeman: »Sir, ich muß mit Euch sprechen. Es wäre in meiner Eigenschaft als Gast unhöflich, wenn ich dieses Gespräch verzögerte. Ich habe Euch bedauerliche Neuigkeiten mitzuteilen.« Er verneigte sich leicht vor Charlotte. »Auch Eurer Gemahlin, falls Ihr wünscht, daß sie anwesend ist.«

Sein Gastgeber runzelte die Stirn. »Bedauerliche Neuigkeiten? Schlechte Neuigkeiten? Dann kann ich nur annehmen, es handelt sich um unsere kürzlich getroffene Vereinbarung. Falls es stimmt, dann kann dieses Thema in Gegenwart aller hier Anwesenden diskutiert werden, aber falls es um geschäftliche Dinge geht, warne ich Euch, Drayton. Das würde mir nicht allzusehr gefallen.«

»Das bleibt wie geplant, Sir.« Er hörte Agatha zitternd atmen, aber

sein Blick blieb fest auf ihren Vater geheftet. »In der Tat möchte ich mit Euch den ersten Punkt besprechen und tue es gern in Anwesenheit Eurer Familie, denn schon morgen wird ganz Burslem davon wissen – sehr zur Beschämung der Draytons.«
Da unterbrach ihn Max rüde: »Großer Gott! Ist die Verlobung geplatzt? Hat mich das Mädchen etwa sitzenlassen? Was für eine Unverschämtheit, wenn das der Fall sein sollte!«
Resolut geleitete seine Mutter alle in den Salon. Als sich die Doppeltür hinter ihnen geschlossen hatte, sagte sie ruhig: »Schlechte Nachrichten sollte man immer so schnell wie möglich hinter sich bringen, Sir. Hat Jessica meinem Sohn den Laufpaß gegeben oder wollt Ihr Euer Wort brechen?«
»Das würde ich niemals tun, Madam. Zu meiner großen Beschämung hat meine Schwester Jessica versprochen, einen Mann zu heiraten, der in den Augen meiner Familie absolut untragbar ist.«
»Was, zum Teufel, hat sie getan?« platzte Max wieder heraus, schwieg dann aber, als ihm sein Vater einen ärgerlichen Blick zuwarf. Dann sagte Ralph Freeman zornig: »Dann ist unsere Vereinbarung also ungültig geworden, Drayton. Das mißfällt mir. Ihr müßt doch vorher von diesem Eheversprechen gewußt haben.«
»Ich versichere Euch, Sir, ich wußte nichts davon. Auch meine Mutter nicht oder irgend jemand aus der Familie.«
»Jessica war immer sehr verschwiegen«, warf Agatha ein und wollte damit andeuten, sie kenne Josephs Schwester gut. Aber das konnte sie nun wirklich nicht wissen. Sie brannte darauf, Näheres zu erfahren. »Bitte, wer ist denn dieser untragbare Mann?«
»Ein Mann, der in Burslem gut bekannt ist, aber nicht unseren gesellschaftlichen Status besitzt. Ein einfacher Arbeiter. Ein Kanalbauer. Ihr werdet meine Beschämung verstehen ...«
»Doch nicht *Simon Kendall!*« Agathas Stimme klang schrill, aber mehr vor Belustigung denn aus Schock. »Hat sie den Verstand verloren?«
Charlotte Freeman sagte ruhig: »Das kann doch sicher nicht wahr sein? Soviel ich weiß, wurde Jessica nie in der Gesellschaft dieses Mannes gesehen, und Eure Mutter sprach auch nie von ihm als einem Freund der Familie.«

»Was er auch nie war. Doch wie Eure teure Tochter schon bemerkte, war Jessica immer verschwiegen, und dieses Geheimnis hat sie niemandem von uns mitgeteilt. Sir – Madam –, wie kann ich mich für diese Beleidigung Eurer werten Familie entschuldigen? Alle Draytons beklagen das Benehmen meiner Schwester und sind ebenso beschämt wie meine Mutter und ich.«
»Das solltet Ihr auch«, brummte Ralph, »aber nicht wegen Eurer Schwester. Ihr hättet vorher herausfinden sollen, ob sie jemand anderem ihre Zuneigung geschenkt hat, ehe Ihr sie meinem Sohn zur Frau verspracht. Wahrscheinlich liebt sie diesen Mann, und dann wäre eine Ehe mit Max höchst bedauerlich gewesen. Wenn sie der Stimme ihres Herzens folgt, ist sie wenigstens ehrlich. Habt Ihr ihr von der geplanten Verbindung erzählt? Wenn ja, dann hat das ihren Entschluß wohl nur beschleunigt, und es liegt mir fern, über sie zu richten.«
»Nun, aber *ich* richte über sie!« erklärte Max. »Sie war immer so verdammt hochnäsig zu mir – und nun das! Nicht, daß es mir viel ausmacht, sie zu verlieren. Sie ist nicht halb so hübsch und nicht halb so liebenswert. Phoebe hätte mich nie so behandelt, dessen bin ich sicher.«
Er stand an einem kleinen Tisch und goß sich ein Glas Brandy ein. Vielleicht war es besser so, dachte Joseph. Wenn Max berauscht war, konnte er leichter mit ihm fertig werden. Und der Junge gab ihm früher Gelegenheit, seine Trumpfkarte auszuspielen, als er gedacht hatte.
Mitfühlend entgegnete er: »Ach ja, wie recht du hast, Max. Die liebe Phoebe war immer eine pflichtbewußte Tochter, eine sanfte ergebene Kreatur, die nie jemanden verletzt oder sich gar auflehnt wie Jessica. Nun, Ungehorsam ist einer ihrer hervorstechendsten Charakterzüge. Und ein unabhängiger Geist ist unvorteilhaft für eine Frau, stimmst du mir da nicht zu?«
»Nicht wegen des Geistes verliebt man sich in einen Menschen«, gab Ralph Freeman zu bedenken. »Ich habe Jessica immer bewundert. Eine gutaussehende, aufrichtige junge Frau, das ist sie. Und in dieser Angelegenheit handelt sie ehrlich.«
Joseph protestierte: »Ist es ehrlich, heimlich eine Ehe zu planen und

die Wahrheit vor der eigenen Mutter zu verbergen? Ist es gut erzogen, sich mit einem Mann vor der Hochzeit einzulassen? Jetzt versteht Ihr wohl unsere Beschämung, nicht wahr? Ja, Madam ...«
Er wandte sich an Charlotte Freeman, als er ihr erschrockenes Aufatmen hörte. »Ich muß leider gestehen, daß meine Schwester Jessica zügellos ist. Das ist ein bitteres Geständnis, aber ich will die Wahrheit nicht verheimlichen.«
Diesmal gab Agatha einen Laut des Erstaunens von sich.
»Heißt das, sie fing mit diesem – diesem *Kanalbauer* ein Verhältnis an?« Schockiert bedeckte sie ihr Gesicht mit den Händen. »Oh, armer, lieber Joseph, welche Schande sie dir gemacht hat! Und wie mutig, uns das zu gestehen! Mama, Papa, können wir Joseph nicht weitere Peinlichkeiten ersparen? Schließlich hätte er uns die Wahrheit über Jessica nicht zu erzählen brauchen. Er hätte nur zu sagen brauchen, daß sie Max den Laufpaß gegeben hat ...«
»Gott sei Dank hat sie das getan«, murmelte ihr Bruder nach einem kräftigen Schluck Brandy. Sitzengelassen zu werden war beleidigend, aber von einer Dirne sitzengelassen zu werden war unerhört.
Zu seiner großen Überraschung stand plötzlich sein Vater neben ihm und nahm ihm das Glas aus der Hand. »Es ist genug! Das Thema braucht nicht weiter diskutiert zu werden. Ich schätze es, daß Ihr uns die Wahrheit sagtet, Drayton, obwohl es gereicht hätte, wir wären verständigt worden, daß die Verlobung nicht stattfindet. Dann wäre der Name Eurer Schwester nicht beschmutzt worden. Das Thema ist beendet, wir brauchen über ihren Ruf nicht mehr zu diskutieren.«
»Ihren Ruf!« schrillte Agatha. »Was für einen Ruf hat sie denn noch?«
Amelia sprach zum erstenmal.
»Laßt sie in Ruhe. Ich mag Jessica. Mama, erlaube bitte, daß ich mich zurückziehe, bis das Essen serviert wird. Ich möchte dem nicht länger zuhören.«
Die Tür schloß sich hinter ihr, und es herrschte ein kurzes Schweigen, währenddessen Joseph fieberhaft nachdachte, wie er die richtigen Worte finden konnte. Der kühle Ton des jungen Mädchens ließ darauf schließen, daß sie mit dem Gerede über Jessica nicht einver-

standen war. Und Ralph Freeman dachte wohl genauso. Aber wenigstens hatte er in Agatha eine Verbündete. Das Lächeln, das er ihr jetzt schenkte, drückte seine Dankbarkeit aus. *Wir fühlen dasselbe, du und ich ... wir haben soviel gemeinsam, sind uns so ähnlich ...*

Sie belohnte ihn mit einem liebenden Blick, und er dachte voller Befriedigung, daß sie eine leichte Beute sein würde. Ohne weiteres würde sie sich von ihm entführen lassen, aber diesen Weg würde er nicht einschlagen.

Die Reaktion des alten Mannes heute abend hatte ihm klargemacht, daß er vor allem taktvoll sein mußte.

Dann brach er das Schweigen und sagte respektvoll, daß in Anbetracht der unglücklichen Umstände es wohl besser wäre, er würde ihre Gastfreundschaft nicht länger in Anspruch nehmen, war dann aber hocherfreut, als alle protestierten. Ralph Freeman verkündete abschließend ziemlich barsch: »Das ist nicht nötig, Drayton. Es braucht Euch nicht peinlich zu sein.«

»Trotzdem ist es mir peinlich, Sir. Es war mir sehr schmerzlich, Euch das alles mitteilen zu müssen. Doch selbst jetzt hoffe ich, daß noch nicht alles verloren ist. Mein Versprechen Euren Sohn betreffend möchte ich einhalten. Vielleicht nehmen die Dinge noch ein weitaus glücklicheres Ende. Wie Max gerade bemerkte, ist die liebe Phoebe ein zärtliches, liebenswertes Geschöpf. Und meines Wissens hat sie immer ein starkes Gefühl für ihn gehegt.«

»Für *mich?*« rief Max. »Das sind in der Tat Neuigkeiten! Liebe, schöne, kleine Phoebe ...«

»...die schon seit langem in dich verliebt ist, was ihrer Familie natürlich nicht verborgen geblieben ist, wenn sie dir ihre Gefühle auch aus Schüchternheit nicht gezeigt hat. Kühnheit war nie eine ihrer Charakterstärken.«

Max drehte sich zu seinem Vater um. »Hörst du das?«

Doch Ralph Freeman war auf der Hut. »Wir haben Zeit genug, darüber nachzudenken«, brummte er.

Aber Joseph sah seine Bemühungen schon von Erfolg gekrönt und genoß den Rest des Abends, nicht zuletzt wegen Charlotte Freemans ausgezeichnetem Menü, das aus Kalbsbrieschen, Waldschnepfen,

Kalbsfrikassee, Truthahn mit Austernsauce, Artischocken und einer exzellenten Orangentorte bestand. Dazu wurden natürlich ausgezeichnete Weine aus dem reichhaltigen Keller ihres Mannes serviert.

10

Die Gerüchte in Burslem über die bevorstehenden drei Hochzeiten der Draytons kursierten wie aufgeregte Bienen in ihrem Stock. Nicht daß Phoebes Verbindung mit Max Freeman sehr überraschend war. Sie hatten schon als Kinder zusammen gespielt, und ihre Familien waren befreundet, aber mit Max machte sie sicherlich eine gute Partie.

Die andere Drayton-Freeman-Verbindung verwunderte alle und enttäuschte so manche Mütter unverheirateter Töchter. Joseph Drayton hätte jedes junge Mädchen im Umkreis von Meilen wählen können, denn mit seinem guten Aussehen und in seiner Position war er einer der begehrtesten Junggesellen der Grafschaft.

Aber wie erstaunlich es auch war, daß er Agatha Freeman gewählt hatte, so löste doch die Verbindung zwischen Jessica Drayton und Simon Kendall noch größere Verwunderung aus. Sir Neville Armstrong hatte sie getraut. In seiner Eigenschaft als Friedensrichter war er dazu bevollmächtigt, und die Zeremonie hatte sogar in seinem Haus, in Ashburton, ein paar Meilen südlich von Burslem gelegen, stattgefunden. Den Gerüchten zufolge hatte er den Jungvermählten sogar ein Hochzeitsessen ausgerichtet, als wäre er der Vater der Braut, und eine Rede gehalten, in der er den Charme der Braut und die Talente des Bräutigams pries.

Das alles wurde von mehr als einem der Bediensteten in Ashburton bestätigt. Das Essen war von auserlesener Qualität gewesen, auch wenn die Anzahl der Gäste klein war – die Mutter der Braut, ihr jüngerer Bruder und ihre Zwillingsschwester. Eine klägliche Hochzeitsgesellschaft, denn der Bräutigam hatte keine Verwandten, und der ältere Bruder der Braut, das Oberhaupt der Draytons, war dem Ereignis ferngeblieben. Auch hatte die Braut kein neues Kleid. Sie hatte nur ihre eleganteste Robe getragen, aber man mußte zugeben, daß Jessica Drayton – Jessica Kendall, wie sie jetzt hieß – einen ausgeprägten Sinn für Stil besaß und sehr gut ausgesehen hatte. Aber das alles war nun schon fast drei Monate her, und das junge Paar war bald danach aus Simons Cottage in der Larch Lane ausgezogen. Sie lebten nun in Cooperfield, einem hübschen Dorf, etwas sechs Meilen südlich, nicht weit von der Armstrong-Besitzung gelegen. Jessica hatte man seitdem nicht in Burslem gesehen, was der Drayton-Familie sicher viel Ärger ersparte.

»Möchtest du hingehen?« fragte Simon.
»Auf Phoebes Hochzeit? Ja. Ich möchte sehen, wie sie heiratet, und ich möchte auch meine Schwester Harriet und ihre Familie wiedersehen. Sie wollen kommen.«
»Hast du Heimweh?« fragte er sanft.
Sie überdachte die Frage. Falls Heimweh bedeutete, noch immer an die Vergangenheit gebunden zu sein, lautete die Antwort ja. Falls es bedeutete, wieder in der Vergangenheit leben zu wollen, lautete die Antwort nein. Die Vergangenheit war vorbei; sie lebte in der Gegenwart, hier, in diesem ehemaligen Stellmacher-Cottage, das nun all ihre Zeit in Anspruch nahm.
Alle möglichen Dinge mußten angefertigt werden – Decken und Vorhänge, Kissenbezüge und Bettwäsche, von den Vorräten, die für die Speisekammer bestimmt waren, ganz zu schweigen. Sie stellte Konserven her, legte Früchte und Gemüse ein, sammelte und trocknete Kräuter, pökelte Rindfleisch, räucherte Schinken, kochte Seife und zog Wachs für die Kerzen.
Diese sparsame Haushaltung hatte sie von ihrer Mutter, denn Emily war immer eine gewissenhafte Hausfrau gewesen, und Jessica war nun froh, daß sie das alles von ihr gelernt hatte – im Gegensatz zu Phoebe, die diese Dinge langweilten. Aber Phoebe brauchte nicht zu sparen, wenn sie erst einmal Mrs. Max Freeman war. Sie würde das erträumte Leben einer Lady führen – hübsch und dekorativ würde sie in eleganten Räumen thronen und ihre Dienstboten befehligen.
»Dann gehen wir zu der Hochzeit«, versprach Simon, »und ich will mein Bestes tun, damit du stolz auf mich bist.«
»Das wird dir ohne Anstrengung gelingen«, sagte sie, und sie

meinte es auch. Dieser Mann brachte sie nie in eine peinliche Lage. Selbst wenn sie miteinander allein waren, beim Abendessen oder am Kamin saßen, ehe sie nach oben in ihre getrennten Schlafzimmer gingen, war sie sich nie eines sozialen oder geistigen Unterschieds zwischen ihnen bewußt.

Manchmal, sonntags, wenn er über seinen Büchern saß und sie nähte, blickte sie von ihrer Arbeit hoch und sah ihn an. Dann fragte sie sich, welche Gedanken ihn wohl beschäftigten, wenn er nicht arbeitete oder las. Wenn er ihren Blick fühlte, sah er auf und lächelte sie an. Mehr nicht. Nie stellte er Fragen. Nie näherte er sich ihr. Er hielt Distanz, wie er versprochen hatte, und sie hielt ihre.

Überraschenderweise war ihre Beziehung nicht ohne Wärme. Sie bestand aus einem langsamen Prozeß des sich Näher-Kennenlernens. Manchmal dachte sie, daß es eine Periode des Wartens war, nicht nur auf die Geburt des Kindes, sondern auch auf ein neues, unbekanntes Leben danach.

Sie war noch nicht in dem Stadium, wo sie das Kind einem bestimmten Geschlecht zuordnen konnte. Sie dachte nur als »es« daran. »Es« hatte ihr zu dieser neuen, aber nicht unangenehmen Existenz verholfen, und deshalb waren ihre Gefühle diesem Kind gegenüber noch gemischt. Sie empfand eine gewisse Verwunderung, weil neues Leben in ihr wuchs, das eines Tages als ein menschliches Wesen ihren Leib verlassen würde, aber sie stellte nie Betrachtungen darüber an, wie es aussehen, wem es ähnlich sein könnte. Sie hoffte nur, daß dieses Kind sie nicht zu sehr an den Vater erinnerte, denn eines Tages würde sie die Züge dieses Mannes vergessen. Und das war dann der Moment, wo sie von Roger Acland frei sein würde.

In der Zwischenzeit lebte sie dieses seltsame Leben ohne Intimitäten mit Simon Kendall, und auf eine unlogische Weise wurde er ihr immer fremder. Er war nicht mehr der Simon Kendall von früher, sondern schien eine ganz andere Persönlichkeit zu entwickeln. Bis vor kurzem hatte sie nur den Mann in ihm gesehen, den Martin bewunderte, den aber jeder in ihren gesellschaftlichen Kreisen für nicht akzeptabel hielt; einen einsamen Mann, der alle Einwohner von Burslem höflich grüßte, sich aber fernhielt. Und jetzt lebte sie in seinem Haus, trug seinen Namen und kannte ihn kaum.

In jener denkwürdigen Nacht in der Larch Lane hatte sie sich seiner Dominanz mit einer Art Fatalität ergeben, obwohl sie ihn nie als dominant betrachtet hatte. Aber damals hatte er eine Entscheidung getroffen, und sie war ihm dafür dankbar gewesen.
Bedauerte sie diese Entscheidung? Noch war sie nicht gewillt, diesem Gedanken Raum zu geben. Sie war dankbar für seine Hilfe und wollte ihren Teil der Abmachung so präzise erfüllen wie er den seinen. Sie würde seine Frau auf dem Papier sein, aber weiter wollte sie nicht denken. Auch nicht an die Zukunft, wenn das Kind einmal geboren war, oder darüber nachsinnen, daß Simon ein viel zu maskuliner Mann war, um sich mit diesem zölibatären Leben zufriedenzugeben. Wenn er nicht das Bett seiner Frau teilte, würde er das einer anderen Frau teilen, und wenn diese Situation einmal eintrat, würde sie sie akzeptieren müssen.

Ein paar Tage später kam Simon von der Arbeit zurück und sagte, er hätte mit Sir Neville über das Cottage in der Larch Lane gesprochen. »Er ist der Eigentümer, aber ich darf es jedes Jahr pachten. So lautete die Abmachung, als meine Mutter noch lebte, und nach ihrem Tod wollte er die Bedingungen nie ändern. Jetzt steht es leer. Er fragte mich, ob ich jemanden wüßte, der es bewohnen könnte, ›jemand, der in Not ist‹, sagte er, und ich dachte sofort an Meg Gibson und ihre Mutter. Er war einverstanden.«
Jessica sagte, das sei eine ausgezeichnete Idee. »Die arme Frau ist schwerkrank, und die beiden leben nur in einer schäbigen Hütte. Ich wünschte, ich könnte ihre Gesichter sehen, wenn sie die Nachricht erfahren.«
»Das kannst du, wenn du willst. Sir Neville bat mich, ihnen die Neuigkeit zu überbringen. In mancher Hinsicht ist er ein scheuer Mann. Dankesbezeugungen bringen ihn in Verlegenheit, wie du sicher bemerkt hast, als wir uns nach der Hochzeit verabschiedeten. Und ich hätte dich gern an meiner Seite.«
Sie zögerte. Seit ihrer Hochzeit hatte sie keinen Fuß nach Burslem gesetzt, und in den drei Monaten war ihr Zustand sichtbar geworden.
»Die Leute werden es merken«, sagte sie und blickte zu Boden.

»Wenn ich dann noch an den Klatsch denke ...«
»Und der kümmert dich?«
»Ja. Deinetwegen. Man wird dir die Schuld geben.«
»Glaubst du, es macht mir etwas aus?«
»Es ist nicht recht ...«
Er ging zu ihr, legte ihr seine Hände auf die Schultern und sagte: »Sieh mich an.« Als sie den Kopf hob und ihre Wangen sich leicht röteten, schenkte er ihr dieses vertraute Lächeln, neckend, leicht ironisch und zärtlich. Er sah sie lange an und wandte sich dann abrupt ab.
»Vielleicht macht es mir nichts aus, wenn man mir die Schuld gibt. Vielleicht will ich es sogar«, sagte er mürrisch und ging in die Küche, um sich unter der Pumpe die Hände zu waschen, ehe er sich an den Abendbrottisch setzte.
Sie fühlte, wie sich die Röte auf ihren Wangen vertiefte, und war froh, daß er es nicht sah.

Früh am Sonntagmorgen machten sie sich auf den Weg nach Burslem und kamen an, als die Kirchenglocken läuteten. Jeder sah sie, als sie vorbeifuhren. Jessica fragte sich, ob Simon eben aus diesem Grund den Zeitpunkt gewählt hatte.
Sie hielt den Kopf sehr hoch und grüßte alle, die sie kannte. Die anderen grüßten zurück und tuschelten dann aufgeregt miteinander. Sie sah Simon an. Er erwiderte ihren Blick mit einer leicht hochgezogenen Braue, als würde er sich köstlich amüsieren. Da mußte sie lachen und schämte sich überhaupt nicht.
»Ich wußte nicht, daß man es auch im Sitzen sehen kann, Simon.«
»Die Leute haben scharfe Augen.« Er berührte ihre Hand. Die Berührung war tröstend, denn trotz ihres zur Schau gestellten Gleichmuts genoß sie diesen öffentlichen Auftritt nicht.
Er ließ seine Hand auf ihrer liegen und streichelte mit seinen Fingern zärtlich ihren Handrücken. Sie merkte, daß sie den Atem anhielt und daß sie nicht fähig war, ihn anzublicken. Dann sagte er zu ihrer Überraschung: »In jener ersten Nacht habe ich deine Hände bemerkt – so gepflegt und weich. Ich möchte, daß sie so bleiben. Sie werden bei allen diesen Arbeiten rauh.«

»Die Arbeiten müssen getan werden, und ich möchte sie tun. Ich finde sie sehr befriedigend, und manche machen mir sogar Spaß.«

»Mir gefällt es nicht, wenn du deine Hände ruinierst. Es muß doch eine Pflege dafür geben.«

»Creme und Zitronensaft, damit sie weiß bleiben, dann Rosenwasser, um sie geschmeidig zu machen ...«

»Hast du sie so vor unserer Ehe gepflegt?«

»Wenn es nötig war«, log sie und gab nicht zu, daß diese Pflege täglich geschah, aber Luxusprodukte wie Rosenwasser waren jetzt zu teuer.

Er nahm die Hand von ihrer und ergriff wieder die Zügel. Die Dorfkirche und die Kirchgänger waren jetzt hinter ihnen. Sie näherten sich Meg Gibsons Hütte.

Die Behausung war noch weitaus schäbiger, als sie angenommen hatten. Sie verfügte nur über einen einzigen Raum, das Dach drohte einzustürzen, und der Lehmboden trocknete selbst im Sommer nicht ganz. Als sie das Elendsquartier betraten, strömte ihnen ein Geruch von Fäulnis und Moder entgegen. Jessica fühlte Übelkeit in sich aufsteigen und unterdrückte sie, aber ihr Mann merkte es.

Ebenso Meg, und trotz ihrer Überraschung wegen des unerwarteten Besuchs ärgerte sie sich über Jessicas Reaktion. Ihr Zuhause war ihr Zuhause, niemand durfte davor zurückschrecken, deshalb sagte sie aggressiv: »Wenn Euch das Zimmer nicht gefällt, Mistress Kendall, könnt Ihr draußen warten.«

Das war ein schlechter Anfang, den Simon ungeschehen machen wollte, indem er sagte: »Ich denke, wir alle wären an diesem schönen Sommertag besser draußen aufgehoben. Vor allem deine Mutter.« Er warf einen Blick auf die zusammengesunkene Gestalt, die in einem Stuhl saß. »Ich trage sie nach draußen in die Sonne. Du kannst mir ihren Stuhl bringen.« Dann hob er die alte Frau auf und ging mit ihr zur Tür. Doch ehe Meg nach dem Stuhl greifen konnte, hatte Jessica ihn schon genommen und folgte ihrem Mann.

Entschieden nahm Meg ihn ihr ab. »Sollt Ihr in Eurem Zustand schwere Sachen tragen, Mistress? Frauen Eures Standes pflegen sich doch während ihrer Schwangerschaft zu schonen. Meine Mutter konnte das leider nicht. Sie mußte immer weiterarbeiten.«

»Dann hat sie Ruhe und ein besseres Heim verdient. Deshalb sind wir auch hier. Wir wollen, daß ihr in ein Cottage einzieht, das über einen Brunnen und einen Herd verfügt. Im ersten Stock gibt es ein Schlafzimmer, und hinter dem Häuschen ist ein Garten, in dem du Gemüse ziehen kannst. Dort steht auch ein Apfelbaum.«
Meg ließ beinahe den Stuhl fallen. Sie wollte etwas sagen, konnte Jessica aber nur anstarren. Doch ihre Augen blickten fragend und argwöhnisch.
»Wenn du mir nicht glaubst, komm mit nach draußen. Mein Mann wird es bestätigen«, schloß Jessica. »Er hatte diese Idee.«
Sie ging hinaus in die Augustsonne, und als Megs Mutter in ihrem Stuhl saß, sagte sie: »Ich habe es Meg erzählt, aber sie glaubt mir nicht. Vielleicht glaubt sie dir, Simon.«
Aber selbst als Simon die Neuigkeit bestätigte, blieb Meg unschlüssig; sie war zwischen Unglauben, Erleichterung und Besorgnis hin- und hergerissen, was Jessica nicht verstehen konnte. Mrs. Gibson saß mit geschlossenen Augen da. Tränen rannen ihr über das faltige Gesicht. Aber am schrecklichsten war ihr völliges Schweigen. Da ging ihre Tochter zu ihr und wiegte sie wie ein Kind, und sie murmelte: »Das kann nicht wahr sein. Die beiden lügen. Sag mir, daß sie lügen!« Meg hielt sie noch fester umfaßt und sprach ihr beruhigend zu.
Simon sagte daraufhin: »Es ist die Wahrheit. Und wir können euch beide sofort hinbringen. Wir fahren in der Kutsche, und deine Tochter und meine Frau gehen den kurzen Weg zur Larch Lane zu Fuß. Wir können auch schon ein paar Sachen mitnehmen und kommen später zurück und holen den Rest.«
Da schluchzte die Alte auf und umschlang Meg mit den Armen wie ein krankes Kind seine Mutter. Aber Jessica spürte noch immer Megs Unbehagen.
Meg sagte: »Larch Lane – dort lebt Martha Tinsley.«
»Das stimmt«, erwiderte Simon überrascht, »aber sie ist eine gute Nachbarin.«
»Für uns wird sie das sicher nicht sein.« Die Worte waren so leise, daß man sie kaum verstehen konnte. Jessica begriff, daß Meg Ma Tinsley aus irgendeinem Grund aus dem Weg gehen wollte.

»Ihr Cottage ist ziemlich weit von eurem entfernt, Meg.«
»Noch ist es nicht unseres.«
»Dann soll es so schnell wie möglich eures werden.« Simon ließ kein weiteres Argument gelten und verstand ebensowenig wie Jessica, warum Meg die Nachbarschaft der alten Tinsley fürchtete.
Meg sagte nichts mehr, sondern ging in die Hütte und kam mit dem besten Schal ihrer Mutter zurück. Wie alle ihre Kleidung hatte er schon bessere Tage gesehen. »Hier, Liebes, wir können doch nicht in ein feines Cottage umziehen, wenn du nicht deine besten Kleider trägst, oder?« Sie kümmerte sich mit solcher Zärtlichkeit um die alte Frau, daß Jessica fast Tränen in die Augen stiegen. Die Leute redeten schlecht über Meg Gibson, aber wer hatte schon diese Seite ihres Wesens kennengelernt?
Sie brauchten nur wenig Zeit, um die kümmerlichen Habseligkeiten der beiden einzusammeln: ein paar abgetragene Kleidungsstücke, ein Korb voll Essen und fadenscheinige Decken. Solchen Luxus wie Federbetten oder gar Strohmatratzen kannten sie nicht. Die Mutter schlief auf einem harten Bett aus Brettern und Meg wohl in dem zerbrochenen Lehnstuhl, denn ein anderes Bett gab es nicht.
Jessica beschloß sofort, ein paar Möbel für das neue Heim zu besorgen.
»Fertig, Meg?«
Meg warf einen letzten Blick zurück und folgte Jessica aus der Hütte. Sie konnte noch immer nicht fassen, was ihr da geschah. Simon nahm die zusammengerollten Decken von ihr entgegen und polsterte den Sitz ihrer Mutter damit aus. Die paar Sachen, die zurückblieben, konnten warten. Niemand würde sie stehlen.

Und so fing jener Tag an, den Meg nie vergessen sollte. Wie konnte sie beim Aufwachen ahnen, daß dies ihr letzter Tag in der elenden Hütte sein sollte? Was spielte es schon für eine Rolle, daß Ma Tinsley jetzt ihre Nachbarin wurde und daß die Alte sie nun bei jeder Gelegenheit an das Geld erinnern würde?
Zur Hölle mit dir, Ma Tinsley, dachte das Mädchen, als Simon Kendall die Kutsche in Bewegung setzte. Zur Hölle mit dir, alte Hexe! Ich kümmere mich nicht um deine Drohungen. Solltest du zu

uns kommen, knalle ich dir die Tür vor deinem häßlichen Gesicht zu. Ja, das tue ich!
Trotzdem war Meg entschlossen, sich noch das Geld zu beschaffen, damit ihre Mutter wieder in den Genuß der Medizin kam und Linderung von ihren qualvollen Schmerzen fand. Und das war sicher schwierig, denn seit Joseph Drayton mit der Freeman-Erbin verlobt war, hielt er sich von ihr fern, und diese Situation würde anhalten, bis er seiner Frau überdrüssig sein würde. Was hoffentlich bald geschehen würde, dachte Meg. Sie war sich ganz sicher, daß der Tag kommen würde, wo er nach ihr rief.
Sie wußte nicht, wen sie am meisten haßte, Martha Tinsley oder den Töpfermeister, aber es würde auch der Tag kommen, an dem sie sich an beiden rächte.

11

Simon fuhr so langsam, daß seine Frau und Meg bequem mit dem Gig Schritt halten konnten. Die kleine Prozession strebte auf das Zentrum von Burslem zu und die Abzweigung neben der Kirche, die zur Larch Lane führte. Die Kirchgänger strömten gerade aus dem Gotteshaus, als sie näher kamen. Der prominenteste unter ihnen war Joseph Drayton mit seiner Braut, Mutter und Geschwistern. Agatha sah sehr stolz aus an der Seite ihres zukünftigen Gatten. Gerade blieben die beiden stehen, um sich vom Vikar zu verabschieden. Offensichtlich genoß Agatha die Aufmerksamkeit, die sie erregte, und interpretierte sie als Bewunderung, obwohl die Reverenz des Predigers eindeutig dem Mann galt.
Martin, der hinter seinem Bruder stand, mißfiel dieses gönnerhafte Benehmen. Er fragte sich gerade, ob er diesem Ritual der Verabschiedung entgehen könnte, als Phoebe neben ihm einen erstickten Schrei ausstieß und dann stocksteif stehenblieb.
»Ach, du meine Güte! Wie *entsetzlich!*« Panik schwang in ihrer Stimme. Martin sah sie erstaunt an und fragte, was los sei.
»Sieh doch! Da drüben – auf dem Weg! Was sollen wir *tun*, Martin?«
Er folgte ihrem Blick und lief, ohne einen weiteren Gedanken zu

verschwenden, auf Jessica zu, wobei er ihren Namen rief. Das erregte Josephs Aufmerksamkeit. Er blieb mitten im Satz stecken und starrte ebenso wie der Vikar Martin hinterher und dann auf die kleine Gruppe hinter der Kirche. So etwas hatte ganz Burslem seit langer Zeit nicht mehr erlebt.

Diese Hure Meg Gibson schritt neben Joseph Draytons anderer Schwester einher, und ihre Mutter saß in Kendalls Gig zwischen einem Haufen schäbiger Bündel. Am schlimmsten jedoch war, daß Jessica und ihr Mann die Situation als völlig normal zu betrachten schienen, was die Kirchgänger keineswegs taten. Nicht nur, daß sie jetzt hochschwanger war und erst seit drei Monaten verheiratet, nein, sie mußte sich auch noch mit solch unmoralischen Kreaturen wie Meg Gibson einlassen. Ein sicherer Beweis dafür, daß Emily Draytons schwierige Tochter den Weg in die Gosse angetreten hatte. Nie wieder würde sie in ihre früheren Kreise aufgenommen werden.

Doch Martin umarmte seine Schwester. Seit ihrer Hochzeit war er so oft wie möglich nach Cooperfield geritten und wünschte nur, er könnte sie regelmäßiger besuchen, denn er vermißte Jessica. Nur einmal war er schockiert gewesen: als er feststellen mußte, daß sie schwanger war und das viel zu früh für eine so kurze Ehe.

Sie hatte seinen Schock gespürt und ruhig gesagt: »Richte nicht über mich, Martin. Nicht du.«

»Das könnte ich nie tun, aber ... ich dachte ...«

»Ich weiß, was du dachtest. Daß ich Roger Acland liebe. Das tat ich auch, und Simon weiß es. Er kennt die Wahrheit. Er weiß sogar, warum du auf mich am Anfang der Larch Lane in jener Nacht warten solltest.«

Es war zu spät. Die Worte waren ihr entschlüpft. »Es tut mir leid«, stammelte sie. »Bitte, vergiß es.«

Aber Martin hatte nur verwundert den Kopf geschüttelt. Er wollte diesem häßlichen Verdacht, der in ihm aufstieg, einfach keinen Glauben schenken. Dann hatte er langsam gesagt: »Ich sollte auf *dich* warten? Das sagte Joseph mir nicht.«

»In der letzten Minute verließ mich der Mut. Und jetzt wollen wir nicht mehr darüber sprechen.«

Und so geschah es. Aber der häßliche Verdacht hatte sich in eine Verurteilung seines Bruders verwandelt. Das würde er ihm nie verzeihen.
Doch jetzt waren sie beide unerwarteterweise hier, und sie waren so froh, ihn zu sehen, wie er sie.
»Wir bringen Meg und ihre Mutter in Simons altes Cottage. Ist das nicht wunderbar? Komm mit, Martin. Dann kannst du mit Simon zurückfahren und die restlichen Sachen holen, und dann ...«
»*Martin!*«
Die Kommandostimme war bekannt. Joseph war hinter Martin hergegangen, ergriff seinen Arm und marschierte mit ihm zurück, ohne seiner Schwester auch nur einen Blick zu schenken. Niemandem entging diese Provokation, am wenigsten Meg Gibson, die Jessicas stolz erhobenen Kopf sah und auch den Schmerz in ihren Augen, als sie zu ihrer Mutter hinüberblickte. Vor Mrs. Drayton stand Agatha Freeman mit dem Vikar. Der Geistliche war sichtlich empört, und die junge Frau strahlte Verachtung aus. Aber am meisten verletzend war Phoebes abgewandtes Gesicht. Entweder fürchtete sie den Zorn ihres Bruders, oder sie schämte sich für ihre Zwillingsschwester.
Dieses Miststück, dachte Meg. Dieses dumme kleine Miststück. Und dieser Bastard Joseph Drayton! Wie kann er es nur wagen, seine Schwester so zu behandeln! Sie ist hundertmal mehr wert als er.
Und mit diesem Gedanken kam ihr intuitiv ein anderer. *Sie* war die unbekannte Besucherin gewesen, die nie bei Ma Tinsley angekommen war, die »unglückliche Frau«, deren Identität Joseph Drayton angeblich nicht kannte. Dieses plötzliche Wissen stärkte Megs Entschlußkraft. Eines Tages würde sie mit diesem Mann abrechnen.
Simon Kendall blickte auf seine Frau nieder und sagte: »Bist du soweit, Jessica?« Aber sie schritt bereits hochaufgerichtet und entschlossen auf ihre Mutter zu.
Sie küßte sie auf die Wange und sagte ruhig: »Mama, du bist der einzige Mensch, den ich sehen möchte. Ich habe Martin gerade erzählt, daß wir die Gibsons in eine bessere Behausung bringen. Sie verdienen es, meinst du nicht auch? Sie brauchen Möbel für ihr

neues Heim, Betten und andere Dinge, die sie nie besessen haben. Ich weiß, daß es auf dem Speicher in Medlar Croft noch alte Möbel gibt, die du sicher nicht mehr brauchst. Ich möchte gern heute nachmittag etwas davon holen. Das schlägst du mir doch nicht ab, Mama?«

»Natürlich nicht, Liebes. Natürlich nicht.« Die Freude, ihre Tochter wiederzusehen, war im Moment größer als ihre Verlegenheit. »Wie schön, dich zu sehen. Du siehst gut aus, Liebes.«

Schmerz und Zorn verschwanden aus Jessicas Augen. Allen, außer Joseph und ihrer Schwester, schenkte sie ein strahlendes Lächeln und lief zurück.

»Ich bin bereit, Simon. Fahren wir weiter?«

»Warte!« rief da Martin und lief so schnell er konnte humpelnd hinter ihr her. »Ich komme mit.«

»Hältst du das für klug?« fragte Jessica.

»Ich gebe keinen Pfifferling auf Klugheit! In meiner freien Zeit kann ich tun, was ich will. Und jetzt will ich mit dir kommen.« Nach diesen Worten setzte sich der kleine Trupp wieder in Bewegung.

Nach ein paar Metern, als sie die Kirche umrundet hatten, sagte Jessica besorgt: »Ich möchte nicht, daß du Ärger mit Joseph bekommst. Er könnte dich bestrafen.«

»Wie denn? Mich schlagen? Dann soll er es doch tun.«

»Seine Strafe könnte subtiler sein. Es wird irgend etwas mit der Arbeit zu tun haben.«

»Das nehme ich an, weil er das immer tut. Frag Meg – sie kennt die Methoden unseres lieben Bruders.«

»Dich behandelt er doch nicht schlecht, Meg?«

»Mich nicht, aber die anderen, Ma'am, weil ich gut arbeite. Faulheit kann er nicht ausstehen, weder bei Männern noch bei Frauen. Dann schlägt er die Frauen, und die Männer bekommen einen Peitschenhieb. Aber das ist natürlich sein Recht als Töpfermeister.«

»Niemand wagt sich zu beklagen«, fügte Martin hinzu. »Denn sonst würde er sie rausschmeißen, und keiner kann ohne Arbeit leben.«

Aber er würde sich beklagen, mit Vehemenz. Und wenn sein Zorn bis morgen nicht abgekühlt war, könnte es schon dann geschehen. Martin kochte innerlich, wenn er sich auch nichts anmerken ließ. Er

war fast neunzehn und hatte sich in aller Öffentlichkeit eine derartige Behandlung gefallen lassen müssen.
Sie hatten jetzt die Larch Lane erreicht, und während sie weitergingen, bemerkte Jessica, daß Meg geradeaus vor sich hinstarrte, sobald Ma Tinsleys Cottage in Sicht gekommen war. Das war seltsam, denn normalerweise schritt Meg hocherhobenen Hauptes durchs Dorf und kümmerte sich nicht um die Leute.
Als sie daran vorbeikamen, starrte die Alte aus ihrem Fenster.
»Sie sieht recht erstaunt aus«, meinte Martin. »Wahrscheinlich steht sie innerhalb der nächsten Stunde vor der Tür und stattet dir einen Besuch ab, Meg.«
Meg runzelte die Stirn und sagte nichts. Simon blickte von seinem Sitz auf sie hinunter und wiederholte, daß die Frau eine gute Nachbarin sei. »Sie hat mir in vieler Hinsicht geholfen.«
»Ja, Sir. Das glaube ich gern. Aber ich bin nicht Ihr, Sir. Meine Mutter und ich sind nur die Gibsons.«
Dann wurde nicht mehr über die alte Martha geredet. Als Meg ihr neues Heim sah, änderte sich ihr Verhalten abrupt. Sie blieb stehen und rief: »Sieh nur, Ma! *Sieh* doch! Richtige Fensterscheiben, ein gutes Dach und eine Tür, die richtig schließt! Und gütiger Himmel, es gibt wirklich einen Apfelbaum!«
Schon war sie durch die Gartentür geschlüpft, ihren Augen entging nichts. Und dann kam sie zur Kutsche zurückgeeilt, biß in einen saftigen Apfel und hielt ihrer Mutter einen anderen hin. »Hier ist einer für dich, Liebes. Koste ihn. Oh, wie saftig er ist! Und es gibt noch viel mehr. Sie gehören alle uns.« Dann brach sie in Tränen aus und sagte schluchzend: »Der Herr hat heute an uns gedacht. Ja, das hat er!«

Später, als Simon und Martin die restlichen Besitztümer der Gibsons geholt hatten, lieh sich Martin Simons Gig und fuhr seine Schwester nach Medlar Croft. Dort beluden sie Simons Kutsche und die der Draytons mit den Sachen, die am nötigsten gebraucht wurden: Decken und Kopfkissen, einen Teppich aus Jessicas altem Zimmer, Geschirr. Emily Drayton hatte nie vergessen, daß Meg ihr einst den Teller und den Becher ihres verstorbenen Mannes ge-

bracht hatte, und dafür war sie ihr noch heute dankbar, deshalb erfüllte sie die Bitte ihrer Tochter gern.
Auch zwei Betten, einen Sessel und ein altes Sofa hatte sie bereitstellen lassen.
Als Martin alle diese Dinge sah, war er ganz aus dem Häuschen. »Wir müssen einen Fuhrmann beauftragen, die Möbel zu transportieren. Ich kümmere mich morgen darum. Jessica kann Simons Kutsche lenken und ich unsere.«
Jessica umarmte ihre Mutter und küßte sie voller Dankbarkeit. »Du bist so großzügig gewesen, Mama. Das vergesse ich dir nie. Und die Gibsons auch nicht, da bin ich mir sicher.«
Es war ein Augenblick voller Wärme und Zuneigung, als ob nichts jemals ihre Beziehung belastet hätte. Und was geschehen war, war nun vergessen, denn Emily erwiderte Jessicas Umarmung.
Da kam Phoebe die Treppe herunter. Beim Anblick ihrer Mutter und Schwester blieb sie abrupt stehen. Sie starrte die beiden kalt an und sagte: »Ich dachte, du wärst schon gegangen, Jessica. Ich habe deswegen extra in meinem Zimmer gewartet.«
»Und warum wolltest du mich nicht sehen?«
»Nachdem ich festgestellt habe, in welcher Gesellschaft dein Mann und du euch befindet, ziehe ich es vor, die Beziehung zu dir abzubrechen. Bist du dir im klaren, daß ich in Kürze in Kreise einheirate, die niemals Leute empfangen würden, die sich mit derartigen Freunden umgeben? Außerdem teile ich Josephs Verlegenheit noch aus anderen Gründen.« Ihr Blick verweilte auf Jessicas rundlicher Figur. »Ich weiß jetzt, warum du die Heirat nicht aufschieben konntest. Du hast unsere Familie entehrt!«
Dann wanderten ihre großen unschuldigen Augen zu ihrer Mutter. »Mama, ich hoffe, du verschickst die Einladungen zu meiner Hochzeit mit größter Sorgfalt und ersparst mir jede weitere Demütigung.«
Emily barg hilflos ihr Gesicht in den Händen. Jessica antwortete: »Keine Angst, Phoebe. Ich selbst werde dir jede Peinlichkeit ersparen.« Und ohne ein weiteres Wort ging sie.

12

Am nächsten Morgen war Martin nicht überrascht, als Joseph ihn kommen ließ. Er stand vor dem Schreibtisch des Töpfermeisters und war auf das Schlimmste gefaßt, aber Josephs Ton war erstaunlich ruhig.

»Du weißt natürlich, warum ich nach dir schickte?«

Martin setzte ein unschuldiges Gesicht auf.

»Wegen meiner Arbeit? Bist du nicht zufrieden? Hast du an meinen Töpfen etwas auszusetzen? Sind es zu wenig? Leider habe ich nur zwei Hände, Bruder.«

Er wußte, es war Wahnsinn, in einem solchen Ton zu sprechen, aber sein Zorn gärte noch und war durch die veränderte Stimmung Jessicas, als sie gestern das Haus verlassen hatte, noch größer geworden.

Joseph sagte steif: »Ich habe an deiner Arbeit nichts zu beanstanden. Du bist ein guter Töpfer. Wahrscheinlich sogar der beste.«

»Wahrscheinlich? Das klingt, als wolltest du mich für immer an der Töpferscheibe festnageln.«

»So lange, bis du perfekt bist, ja.«

»Aber es gibt noch andere Dinge zu lernen, und meine Lehre endet in weniger als einem Jahr.«

»Sie wird beendet sein, wann ich es für richtig halte.«

»Mein Lehrvertrag wurde über fünf Jahre abgeschlossen und endet an meinem neunzehnten Geburtstag, nächsten Februar. Dann bin ich dein Partner.«

»Töpferlehrlinge machen nie derart schnelle Fortschritte. Sie müssen auf den anderen Gebieten ebenfalls Erfahrung sammeln.«

»Aber nach dem Familienlegat bin ich ermächtigt, Teilhaber zu werden, selbst wenn zu Anfang mein Anteil kleiner ist. Die Zeit drängt, und ich habe noch viel zu lernen.«

»Das hast du wirklich. Deshalb will ich großzügig sein und deinen Lehrvertrag um weitere fünf Jahre verlängern.«

»Das ist unfair! Ich beherrsche alle Grundtechniken und bin ein ausgezeichneter Dreher. Aber ich möchte Glasieren, Dekorieren, Brennen lernen ... außerdem möchte ich experimentieren.«

»Dann wird eben dein Lehrvertrag verlängert.«
Martin zitterte vor Enttäuschung. Da brach es aus ihm heraus: »Das tust du absichtlich! Ich soll nur da arbeiten, wo ich dir am nützlichsten bin, denn niemand produziert so viele Töpfe. *Das* ist der wahre Grund, nicht wahr? Ich könnte schon längst alle anderen Techniken beherrschen, wenn du es nur erlaubst hättest, und wäre am Ende meiner Lehrzeit in allem perfekt gewesen und könnte den mir angestammten Platz gemäß der Familientradition einnehmen. Jeder Drayton vor mir hat das getan – nur du nicht«, fügte er hinzu, weil ihm plötzlich einfiel, daß Joseph nur zwei Jahre in der Töpferei gearbeitet hatte, dann hatte er sich nur noch um die geschäftlichen Angelegenheiten gekümmert.
Martins letzte Bemerkung ließ die Augen seines Bruders kalt werden.
»*Jemand* mußte die Leitung des Geschäfts übernehmen, da unser Vater dazu unfähig war. Es war ein Segen, daß ich die Fähigkeiten dazu besaß. Hätte ich mehr Zeit in der Töpferei vergeudet, wäre sie heute nicht das, was sie ist.«
»So schlecht standen die Dinge nicht. Der Betrieb hatte bessere Zeiten gekannt, aber kein Arbeiter mußte entlassen werden.«
»Das hätte aber geschehen müssen. Ich habe bald festgestellt, wie wenige ihr Geld wert waren. Unser lieber Vater war sentimental und feige. Er wagte es nicht, schlechte Arbeiter zu entlassen. Doch ich habe diesem Übel schnell abgeholfen. Aber ich wollte etwas ganz anderes mit dir besprechen, was du wohl gern verhindern möchtest. Du solltest mich doch gut genug kennen, um zu wissen, daß ich mich nie von etwas abbringen lasse. Ich erwarte eine Entschuldigung für dein schmachvolles Benehmen nach der Messe gestern.«
»Schmachvoll? In welcher Hinsicht? Dein eigenes Benehmen war schlimmer.«
Wütend preßte Joseph die Lippen aufeinander, aber jetzt konnte er Martin nicht mehr zum Schweigen bringen. Ehe er den Mund aufmachte, sprach sein Bruder zornig weiter: »*Ich* schämte mich für *dich*, wie du deine Schwester ignoriertest und mich von ihr wegzerrtest, als wäre ich ein ungezogenes Kind.«
»Was du auch bist und unverschämt dazu.«

»Nenn mich doch, wie du willst«, gab Martin zurück. »Aber ich lasse mich weder wie ein Kind behandeln noch um mein Erbe betrügen. Ich kenne deine Pläne: Du willst die Kosten für einen anderen Dreher sparen. Oder willst du mich um den Anteil betrügen, den bisher jeder Drayton bekommen hat?«
»Sie bekamen ihn erst dann, wenn sie sich qualifiziert hatten ...«
» ... was du verhinderst. Hast du Angst, ich könnte deiner Position eines Tages gefährlich werden?«
Joseph brach in Gelächter aus.
»Ein Knirps wie du wird nie eine Gefahr für mich bedeuten.«
»Solange ich dein Lehrling bleibe, nicht. Da stimme ich dir zu. Noch fünf Jahre an der Drehscheibe, und mein ganzer Ehrgeiz ist verflogen. Auch meine Liebe zu diesem Beruf. Ich bin gern Töpfer. Ich liebe Ton. Ich liebe das Gefühl, ihn in den Händen zu halten, ihn zu bearbeiten ...«
»Um solche albernen Spielsachen herzustellen?«
»Das sind keine Spielsachen. Das sind maßstabsgetreue Modelle. Sie könnten den Leuten gefallen. Jessica ist davon überzeugt.«
»Was weiß *sie* denn schon davon? Du tust allein, was *ich* sage. Wie ich sehe, hast du noch viel mehr zu lernen, als ich dachte. Du wirst noch lange nicht in der Lage sein, irgendwelche Verantwortung zu übernehmen.«
»Aber Max Freeman ist jetzt schon soweit? Sobald er mit Phoebe verheiratet ist, willst du ihn hier beschäftigen, obwohl er von der Töpferei nichts versteht!«
»Ich habe unserer Mutter bereits erklärt, daß er nur ein Einkommen aus der Töpferei bezieht. Das ist Teil des Ehekontrakts, den ich mit seinem Vater abgeschlossen habe ...«
» ... und der dafür dankbar sein muß, daß sein Sohn einen Fuß in der Tür hat, weil er ja überall gescheitert ist. Aber ich kann mir nicht vorstellen, daß *du* nichts für deine Großzügigkeit verlangst. Willst du ihn auch eine fünfjährige Lehre absolvieren lassen wie mich – nur daß er dafür noch finanziell belohnt wird? Natürlich nicht!«
»Falls er das täte, würde er jedenfalls keine Zeit mit diesem Unsinn verschwenden, den du produzierst. Vögel, Blumen, Tiere, Figurinen. Jeder Töpfer in Burslem würde über uns lachen. Aber um auf

Max Freeman zurückzukommen: Seine gesellschaftliche Stellung kann dem Betrieb nur nützen. Durch ihn lernen die oberen Kreise unsere Waren kennen.«
»Das bezweifle ich. Ich sehe Max nicht als unseren Botschafter, noch glaube ich, daß er an der Töpferei überhaupt ein Interesse hat. Ihn interessiert nur Geld.«
»Genug!« befahl Joseph. Das Gespräch war ihm entglitten. »Ich habe dich kommen lassen, weil ich dir mein Mißfallen über die Art ausdrücken will, wie du unsere Schwester begrüßt hast, die Schande über die Familie gebracht hat und die gestern so unverfroren mit diesem Pöbel durch Burslem marschiert ist.«
»Meinst du die Gibsons? Jessica und Simon haben ihnen geholfen, in Simons altes Cottage umzuziehen. Du mußt doch gehört haben, was Jessica zu Mama sagte. Und ich dachte, du würdest dich für Meg freuen.«
»Warum sollte ich das? Warum sollte mich eine meiner Arbeiterinnen interessieren?«
»Sie ist eine deiner besten.«
»Aber von zwielichtiger Moral.«
»Das spielt keine Rolle. Ich dachte immer, du hättest auch ein persönliches Interesse an ihr. Das hast du doch, nicht wahr?«
Sobald er zu Ende geredet hatte, wußte Martin, daß er zu weit gegangen war. Aber es tat ihm nicht leid. Noch nie in seinem Leben hatte er seinem Bruder so furchtlos gegenübergestanden. Als sich Josephs Gesicht nun allmählich rötete, freute er sich. Denn diese Reaktion bestätigte seine Vermutungen.
Aber innerhalb von Sekunden hatte sich Joseph wieder gefangen. »Alle meine Arbeiter interessieren mich«, sagte er gleichgültig. »Das ist normal bei einem verantwortungsbewußten Töpfermeister. Wenn die Gibsons Glück gehabt haben, so freue ich mich als Christ darüber, obwohl ich nicht weiß, wie sie die Miete bezahlen wollen. Wenn das Mädchen höheren Lohn fordert, muß ich ablehnen. Sie verdient schon gelegentlich hinzu.«
Für einen Mann, der normalerweise seine Worte sorgfältig abwog, hatte Joseph einen schlimmen Fehler begangen, obwohl Martins Antwort nichts davon durchklingen ließ.

»Wie ich schon sagte, sind sie in Simon Kendalls altes Cottage gezogen. Sir Neville, dem es gehört, hat es ihnen zur Verfügung gestellt. Er verlangt keine Miete.« Martin fuhr in aller Unschuld fort: »Aber wie kann Meg denn hinzuverdienen?« Seine Augen blickten arglos. »Etwa im Carrion-House? Ich habe sie manchmal aus dem Seiteneingang kommen sehen ... Und da wir gerade von Extraarbeit reden, Bruder, möchte ich dich um etwas bitten. Wenn ich jeden Tag eine Überstunde mache, könnte ich sie dann mit Glasieren verbringen? Ich möchte alles über Glasieren lernen. Ich möchte gern etwas Gleichartiges herstellen, wie du es für das Geschirr von Vater verwendet hast. – Und was Meg betrifft, ich glaube, sie geht in dein Haus, um gelegentlich Hannah Walker zu helfen. Ist es nicht so?«

Joseph konnte nicht glauben, daß so etwas geschehen konnte. Er konnte nicht glauben, daß das sein schüchterner jüngerer Bruder war. Er konnte nicht glauben, daß der Junge keine Angst mehr vor ihm hatte.

Er war es gewohnt, daß dieses jüngste Mitglied der Familie ihm Gehorsam leistete. Er hatte Martin immer als naiv, sogar dumm angesehen. »Sein Verstand liegt in seinen Händen«, hatte er mehr als einmal zu Emily bemerkt. »Damit wird er immer seinen Lebensunterhalt verdienen, denn über andere Fähigkeiten verfügt er nicht.«

Aber nun sah er ihn unsicher an, und um wieder Kontrolle über die Situation zu gewinnen, sagte er knapp: »Du wirst keine Extrastunde arbeiten und dich auch nicht mit dem Glasieren beschäftigen. Und mit Meg Gibson hast du recht. Die herzensgute Mrs. Walker erlaubt dem Mädchen manchmal, in der Küche auszuhelfen. Das wird natürlich aufhören, wenn ich mein Personal vergrößere.«

»Arme Meg«, sagte Martin arglos. »Der kleine Nebenverdienst wird ihr fehlen, nicht wahr? Ich hoffe nur, sie wurde gut für ihre Dienste belohnt – worin sie auch immer bestanden haben mögen.«

13

Martha Tinsley interessierte sich sehr für ihre neuen Nachbarn. Ihr gefiel der Gedanke, daß die unverschämte Meg Gibson ganz in ihrer Nähe lebte und auf dem Weg zur und von der Arbeit an ihrem Cottage vorbeigehen mußte. Dann stand sie am Fenster, beobachtete das Mädchen, das mit hocherhobenem Kopf vorbeiging, und murmelte: »Sie weiß, daß ich ihr nachschaue. Sie hat Angst und tut so, als würde sie mich nicht sehen. Aber *ich* weiß, was in ihrem Kopf vorgeht ...«

Die alte Frau fand es amüsant, Meg in Ungewißheit zu wiegen, ihr ein falsches Gefühl der Sicherheit vorzugaukeln, weil sie nicht an die Tür der Gibsons klopfte. Bei ihrem ersten Besuch hatte sie sie verschlossen gefunden, und diese Tatsache hatte ihr Machtgefühl noch vergrößert. Das Mädchen wollte eine Begegnung mit ihr vermeiden, weil es Marthas Drohungen ernst nahm.

Die Ankunft der Kendall-Kutsche an jenem denkwürdigen Sonntag war die größte Überraschung gewesen, die Martha in ihrem Leben widerfahren war.

Mit Jessica Kendall hatte sie bisher kaum zwei Worte gewechselt. Als Jessica noch ein Kind war, hatte sie sie einmal spielend auf Cobblers Green gefunden und angenommen, daß die Kleine von zu Hause ausgerissen war. Fürsorglich hatte sie das Mädchen heimgebracht, aber niemand wußte davon. Jessica erinnerte sie sehr an den Sohn ihrer Schwester, Frankie, der einmal allein zu den Docks in Liverpool gelaufen war. Den ganzen Tag hatten sie nach dem Gör suchen müssen.

Seit Martha aus dem Gefängnis in Liverpool entlassen worden war, hatte sie von ihrer Schwester nichts mehr gesehen oder gehört. Nicht, daß ihr das etwas ausmachte, Lottie war eine Hure und trotz ihres unmoralischen Lebenswandels nie im Gefängnis gelandet – der Vater von Frankie schickte ihr sogar drei Kronen im Jahr –, während die arme Martha wegen ihrer dubiosen Heilkünste (es wurde behauptet, Leute seien nach dem Genuß ihrer Tränke verrückt geworden) fünfzehn Jahre hatte absitzen müssen.

Als man ihr die Freiheit wiedergab, erfuhr sie nur, daß Lottie

Tinsley jetzt in der Nähe der Docks ein Bordell führte. Aber Martha besuchte ihre Schwester nicht. Sie zog vagabundierend durch die Midlands und schlug sich schlecht und recht durch, bis sie eines Tage dieses leere halbverfallene Cottage in Burslem entdeckt und dort erschöpft und hungrig Unterschlupf gesucht hatte.
Und weil sie niemand von dort vertrieb, war sie geblieben. Der jahrelange Gefängnisaufenthalt hatte sie vorzeitig altern lassen. Kein Mann würde die alte, häßliche Frau, die sie geworden war, ein zweites Mal ansehen. Und so blieb ihr nichts anderes übrig, als sich wieder auf ihre ursprünglichen Fähigkeiten zu besinnen. Die wilden Pflanzen und Blumen, die in der Umgebung wuchsen, waren dabei eine große Hilfe.
Auch ihre anderen Kenntnisse, die sie seinerzeit von einer alten Hexe in Liverpool erworben hatte, die sich Hebamme nannte, erwiesen sich nun in Burslem als nützlich.
Der einzige Mensch, den sie vermißte, war der kleine Frankie. Sicher war auch er inzwischen in der Gosse gelandet, aber sie hatte den Jungen geliebt.
Nur eines blieb Martha unverständlich, und sie grübelte oft darüber nach: Wie kam es, daß die distinguierte Jessica Kendall zu dieser Dirne Meg Gibson freundlich war, sie sogar unterstützte? Und erst wenn sie die zwei ihr zustehenden Guineen in der Hand hatte, würde sie Meg wieder Medizin für ihre Mutter geben. Dieses Geld stand ihr zu, darauf beharrte sie.

Zwei Wochen vor Phoebes Hochzeit legte Simon Geld auf den Tisch und sagte: »Damit kaufst du dir etwas Schönes zum Anziehen.«
Jessica sah überrascht von ihrer Näharbeit auf.
»Aber ich brauche nichts«, entgegnete sie befangen. Wollte er damit andeuten, sie sollte ihre Schwangerschaft geschickter verbergen?
»Bringe ich dich in Verlegenheit?« flüsterte sie.
Sofort war er an ihrer Seite und nahm ihr das winzige Kleidungsstück aus der Hand, an dem sie nähte. Er zwang sie, ihn anzusehen.
»Das könntest du niemals«, sagte er, »und ich hoffe, daß du so etwas nie wieder sagst.«
Er wollte ihr erklären, daß er auf sie stolz war, weil sie zu ihm

gehörte. Als seine Frau, konnte er nicht sagen. Aber vor dem Gesetz war sie das, und im Moment mußte er sich damit zufriedengeben. Er legte ihr die Hände auf die Schultern, und sie errötete, als sie die Wärme spürte, die ihr dünnes Sommerkleid durchdrang. Diese Scheu, die sie manchmal in seiner Gegenwart empfand, war sie darauf zurückzuführen, daß sie sich körperlich so veränderte? Warum sonst könnte er an ihrer Erscheinung etwas auszusetzen haben?

Sie ließ das Geld dort liegen, wo es war.

»Warum schlägst du mir dann vor, daß ich mir etwas Schönes kaufen soll?« fragte sie.

»Für die Hochzeit deiner Schwester. Warum sonst?«

Sie lachte vor Erleichterung.

»Ich dachte, du fändest mich häßlich, unattraktiv in diesem Zustand.«

Seine Hände ruhten noch immer auf ihren Schultern. Sein Griff wurde fester. Er schüttelte sie ein wenig.

»Für mich bist du viel zu schön, um jemals unattraktiv aussehen zu können. Nun will ich dir etwas sagen, was ich dir eigentlich nie sagen wollte. Aber es ist die Wahrheit. Ich habe dich schon immer für die bestaussehendste Frau im ganzen Umkreis gehalten. Ich bedaure nur, daß ich nicht der Vater dieses Kindes bin.«

Er nahm seine Hände weg. Er hatte zuviel gesagt; jetzt war er verwirrt.

Er sagte schroff: »Bitte, Jessica – nimm das Geld. Seit wir verheiratet sind, habe ich dir noch nichts gekauft. Alle Kleider, die du besitzt, haben dir schon vorher gehört. Ich habe gesehen, wie du sie geändert hast. Mich würde es glücklich machen, wenn du zu diesem Anlaß ein Kleid trägst, das ich dir gekauft habe.«

»Du verstehst mich nicht. Es ist nicht nötig, weil ich ... weil wir nicht zur Hochzeit gehen.« Als er sie ungläubig anstarrte, nickte sie. »Wir sind nicht eingeladen.«

Sein Zorn war noch größer als sein Schock. Er für seinen Teil kümmerte sich wenig darum, ob die Draytons, die Freemans und die gesamte Gesellschaft ihn schnitt, aber daß sie das Jessica antaten, konnte er nicht tolerieren und verzeihen.

Sie spürte seine Reaktion, lächelte und bedeckte schnell seine Lippen mit ihren Fingern.
»Sag nichts – bitte. Werde nicht wütend. In einer Hinsicht bin ich erleichtert. Du weißt doch, was vor der Kirche passiert ist. Das würde sich wiederholen.«
»Ja, Joseph und deine verwöhnte Schwester. Ich konnte die beiden noch nie leiden!«
»Dann wirst du auch froh sein, sie nicht sehen zu müssen.« Sie war sehr erleichtert, daß sie es ihm gesagt hatte.
»Wie lange weißt du es schon?« fragte er.
»Seit dem Sonntag, als wir den Gibsons umziehen halfen.«
»Und hast es mir verheimlicht. Das bedeutet, es hat dich verletzt. Aus diesem Grund hast du es mir verschwiegen. Das werde ich ihnen nie verzeihen.«
Er nahm sie in die Arme und hielt sie eine lange Zeit. Sie war glücklich und fühlte sich beschützt und getröstet. Seine Wange ruhte auf ihrem Haar; er spürte, wie weich es war und sehnte sich danach, sie zu küssen. Aber er widerstand diesem Impuls.
Dann ließ er sie los und sagte: »Bitte, nimm das Geld, Jessica.«
Fünf Goldstücke lagen da. Er mußte sie mühsam gespart haben. Für eine so große Summe könnte sie sich ein fürstliches Kleid leisten.
»Ich kann nicht, Simon. Es ist zuviel. Du hast es dir vom Munde abgespart ...«
»Wenn du kein Kleid für die Hochzeit brauchst, dann brauchst du eins für die Taufe des Kindes. Und ich will es kaufen.«
Seine Stimme duldete keinen Widerspruch. Er nahm die Münzen, griff nach ihrer Hand und schloß ihre Finger darum.
»Übrigens«, fügte er hinzu, »ich habe dir etwas mitgebracht.« Er grub in seiner Tasche und zog eine kleine Flasche hervor. »Rosenwasser für deine Hände. Du scheinst vergessen zu haben, was ich darüber sagte. Daß du sie pflegen sollst. Diese ganze Gartenarbeit macht sie nur noch rauher. Außerdem ermüdet sie dich. Du mußt auf dich aufpassen und dich schonen.«
Dann ging er. Durch das Fenster sah sie ihn den kleinen Obstgarten durchqueren, der neben dem Cottage lag. Dahinter gab es eine Pferdekoppel, auf der Schuppen standen, in denen der Stellmacher

Werkzeuge und Material aufbewahrt hatte. In einem der Schuppen hatte Simon an drei Seiten Tische aufgestellt, die voller Papiere waren. Er hatte nicht weniger als ein Dutzend vorläufiger Pläne von den Gebieten zwischen den Flüssen Trent und Severn gezeichnet, die für das nächste Kanalprojekt bestimmt waren. Sie war sehr stolz auf die Fortschritte, die er gemacht hatte, und noch stolzer auf ihn. Aber als sie seine hochgewachsene Gestalt zwischen den Obstbäumen verschwinden sah, wurde ihr bewußt, daß sie noch mehr als Stolz empfand. Sie fühlte, daß sie diesem Mann niemals ihre ganze Dankbarkeit ausdrücken konnte. Sie preßte die Hand mit dem Geld, das er so schwer verdient hatte, gegen ihre Wange, und da fielen ihr die Worte wieder ein, die er vorhin gesagt hatte: »Ich bedaure nur, daß ich nicht der Vater dieses Kindes bin.«

14

Zur Hochzeit von Maxwell Freeman mit Phoebe Drayton strömten die Leute im Umkreis von Meilen herbei. Obwohl die Einladungskarten korrekt gedruckt waren, hatte der Name des Bräutigams doch weitaus mehr Gewicht als der der Braut, denn ein Freeman stand auf einer gesellschaftlich höheren Stufe als die Mutter der Braut, die Witwe eines mäßig erfolgreichen Töpfermeisters war.
Auch die Schlichtheit der Einladungen wies darauf hin, daß sich Emily Drayton nichts Kostspieliges hatte leisten können. Diese Tatsache verärgerte ihren ältesten Sohn.
»Das ist einfach nicht angemessen, Mama. Der Eintritt deiner Tochter in die Kreise des Landadels hätte mit mehr Prunk angezeigt werden müssen. Vergiß nicht, die Tremains verfügen über Titel. Der Himmel weiß, was die Freemans von diesen Einladungen halten, vor allem weil sie so großzügig angeboten haben, daß die Zeremonie in der Tremain-Kapelle stattfindet.«
Emily wäre es lieber gewesen, die Hochzeit hätte in der Dorfkirche stattgefunden und ganz Burslem daran teilgenommen. An Jessicas Hochzeitstag war ihr diese Freude nicht vergönnt gewesen, und auch jetzt würden die anderen dieses Vergnügens beraubt werden.

Die einzigen Leute, die dem Gottesdienst beiwohnen würden, waren Gäste, vor allem die der Freemans.
Nachdem Joseph die Einladung begutachtet hatte, sagte er: »Wenigstens brauchen wir uns für den Empfang im Carrion-House nicht zu schämen.«
Und das brauchte er auch nicht. Er hatte keine Ausgaben für dieses Fest gescheut, um die vielen distinguierten Gäste zu empfangen. Er wußte zwar, daß Charlotte Freeman die Festlichkeiten nach der Kirche lieber in Tremain Hall hätte stattfinden lassen, aber als Oberhaupt der Familie der Braut besaß er das Recht, den Rahmen zu wählen, und hatte dafür natürlich sein Haus bestimmt. Es war eine glänzende Gelegenheit, der Welt seinen Reichtum zu zeigen, auch seiner künftigen Braut.
Also hatte er sich mächtig angestrengt und sogar Geld geliehen, damit er neue Möbel, Gardinen und Teppiche anschaffen konnte. Agathas Mitgift würde ihm helfen, später die Schulden zu bezahlen. Wenn sie erst einmal seine Frau war, würde er die Kontrolle über ihr Vermögen haben.

Emilys mütterlicher Stolz wurde voll befriedigt, als sie die Menschenmenge sah, die sich vor den Toren von Tremain Hall versammelt hatte, um das Hochzeitspaar in seinem strahlenden Glanz zu bewundern. Trotz des privaten Charakters des Festes, von dem Fremde ausgeschlossen waren, hatten die Leute keine Mühe gescheut und waren von weither gekommen. Eine noch größere Anzahl hatte sich vor Josephs Haus versammelt, als der Hochzeitszug eintraf. Die Hochrufe und allgemeine Bewunderung, die ihnen entgegenschlug, tröstete Emily sogar ein wenig über Jessicas Abwesenheit hinweg, die nicht unbemerkt geblieben war. Nach dem Gottesdienst hatte Ralph Freeman geradeheraus gefragt, warum sie nicht da sei. Emily war zu verwirrt gewesen, um zu antworten. Joseph hatte ihm zu verstehen gegeben, daß die Umstände es verboten.
»Weil sie in anderen Umständen ist, meint Ihr wohl? Aber das weiß doch jeder, Sir. Und da sie den Mann geheiratet hat, warum sollte sie nicht hier sein? Sie braucht sich doch, bei Gott, nicht wegen ihres

Aussehens zu schämen. Jede Frau ist dann stolz auf ihren Zustand, und so soll es auch sein. Erst vor einer Woche sah ich sie, als ich durch Cooperfield fuhr. Sie sieht schöner denn je aus. Tut mir leid, daß sie und ihr Mann nicht hier sind. Wirklich leid.«

Das brachte die arme Emily den Tränen nahe, weil sie genauso fühlte, obwohl sie ihre Empfindungen Joseph nicht zu zeigen wagte. Sie vermißte Jessica sehr. Trotz ihres rebellischen Geistes war sie ihr immer eine gute Tochter gewesen.

Und noch etwas betrübte die Mutter der Braut an jenem Tag – der Zorn ihres jüngsten Sohnes, als er erfuhr, daß Jessica und Simon nicht eingeladen worden waren. Diese Tatsache hatte sie Martin wohlweislich verschwiegen. Er erfuhr erst davon, als Ralph Freeman sie darauf ansprach. Während der ganzen Zeremonie hatte er die Menschenmenge nach ihr abgesucht.

Als er die Wahrheit erfuhr, war er explodiert.

»Sie gehören dazu, alle beide! Denn schließlich gehören sie zur Familie!«

»Nicht in meinen Augen und in Phoebes auch nicht«, hatte Joseph in seinem kältesten Ton geantwortet. »Willst du etwa die Braut an ihrem Hochzeitstag demütigen?«

Daraufhin hatte Martin ihm nur einen wütenden Blick zugeworfen und sich unverzüglich so benommen wie an jenem Sonntag vor der Kirche. Er drehte seinem Bruder den Rücken zu und ging nach Hause.

So sah er auch nicht, wie sich der Bräutigam gegen Ende des Festes benahm, wie er taumelnd auf die Füße kam, um auf einen Toast zu antworten, das Gesicht gerötet, dämlich grinste, während er seine Braut von ihrem Stuhl zerrte und sie schmatzend auf den Mund küßte, wobei seine Saufkumpane in schallendes Gelächter ausbrachen. Er sah auch nicht, wie wütend Ralph Freeman war, wie verlegen seine Frau, wie angeekelt Joseph und wie bekümmert Emily; noch sah er, wie der Vater seinen Sohn in einen Sessel stieß, während die arme Phoebe ihre Röcke raffte und floh, der Bräutigam aber betrunken am Boden zusammenbrach.

Martin hatte das Fest aus Zorn verlassen und auch weil er sich in dem Lärm und den überhitzten Räumen im Carrion-House nicht wohl fühlte. Obwohl es August war, mußte dieses kalte Haus geheizt werden.

Instinktiv lenkte er seine Schritte zu dem Ort, wo man ihn sicher nicht entdecken würde. Aber zuerst ging er nach Hause und vertauschte seine Festtagskleidung mit seinen Arbeitskleidern. Dann ging er zur Töpferei. Da aus Anlaß der Hochzeitsfeierlichkeiten alle Töpfereien in Burslem ihren Arbeitern einen halben Tag freigegeben hatten, war er sicher, dort niemanden anzutreffen.

Martin hatte keinen Schlüssel, aber dieses Problem bewältigte er, indem er über die Mauer kletterte. Das tat er nicht zum erstenmal und hatte trotz seines lahmen Beins viel Geschick darin entwickelt. Als er die Mauer überwunden hatte, strebte er sofort dem verbotenen Territorium zu: der Werkstatt, in der glasiert wurde.

Für ihn war dieser Ort die reinste Wunderhöhle Aladins. Auf Regalen reihten sich Gläser mit den verschiedensten Mineralien, die magische Aufschriften hatten wie: Dolomit, Mangan, Vanadium, Potassium, Feldspat und Kieselerde. Seit der Unterredung in Josephs Büro hatte er sich hier so oft wie möglich ohne Wissen seines Bruders aufgehalten und Jefferson bei der Arbeit beobachtet. Der Mann hatte schon im Alter von fünf Jahren in der Töpferei gearbeitet und war nun Chefglasierer. Trotz seines Asthmas arbeitete der alte Mann noch dreizehn Stunden am Tag.

Jefferson war sehr entgegenkommend und freute sich immer, wenn Martin kam, und beantwortete ihm alle Fragen. Auf diese Weise hatte er inzwischen die Grundbegriffe des Glasierens gelernt. Aber er wollte sich vervollkommnen, und dieser Wunsch war noch stärker geworden, seit er Amelias Vase heimlich hatte brennen lassen. Jetzt mußte sie nur noch glasiert werden.

Sein Problem bestand darin, eine opale türkisfarbene Glasur herzustellen, wie Amelia sie wünschte. Eine ganze Weile probierte er vergeblich herum, es wollte ihm nicht gelingen. Schließlich gab er enttäuscht auf, kletterte die Mauer hoch und sah sich Amelia gegenüber, die in ihrem Festtagsstaat in einem leichten Zweispänner saß.

»Ich dachte mir schon, daß du hier bist«, sagte sie ironisch. »Wohin solltest du sonst fliehen? So schnell es ging, bin ich dir gefolgt und habe hier ziemlich ungeduldig gewartet. Was führst du im Schilde, Master Martin?«
Sie raffte ihre gebauschten Röcke, und als er zögerte, sagte sie: »Sei kein Narr. Ich sehe ja, daß du schmutzig bist, aber den gröbsten Staub kannst du dir abklopfen.«
»Deine Eltern werden sich fragen, wo du steckst.«
»Meine Eltern werden mich überhaupt nicht sehen, denn ich hatte nicht die Absicht, auf das Fest zurückzukehren. Die Braut und der Bräutigam sind gegangen – zu jedermanns Erleichterung, dessen bin ich sicher, wenn man den Zustand bedenkt, in dem mein Bruder war. Und in dem ganzen Durcheinander konnte ich unbemerkt entkommen. Natürlich wird noch weitergefeiert, und das wird wohl die halbe Nacht so gehen. Deshalb habe ich einen Plan ausgeheckt, lieber Martin. Einen Geheimplan!« Ihre Augen funkelten. »Dieses Gefährt habe ich vor dem Haus deines Bruders gestohlen. Der Kutscher war nirgends zu sehen – wahrscheinlich trinkt er mit den anderen in den Ställen. Und obwohl Joseph der Gastgeber ist, wird er es nicht merken, denn er macht Agatha den Hof. Das Paar scheint nur Augen füreinander zu haben. Sie ist absolut albern, wie sie ihn anhimmelt. Nun, steig auf, und erzähl mir, was du gemacht hast, dann verrate ich dir auch meinen Plan.«
Martin klopfte den Staub von seiner Kleidung und gehorchte.
»Ich habe versucht, dieses Türkis herzustellen, um das du mich gebeten hast.«
»Für meine Vase? Wie aufregend! Und hattest du Erfolg?«
»Leider nein.«
Amelia entgegnete munter: »Das kommt noch. Dessen bin ich mir sicher, also brauchst du dich deswegen nicht zu grämen. Ich kann warten.«
»Dann wirst du wohl noch lange warten müssen.«
Sie sah ihn von der Seite an und lächelte. Der Schwung ihrer Lippen entzückte ihn jedesmal.
»Werde ich das? Ich habe wohl mehr Vertrauen in deine Fähigkeiten als du. Und nun zu meinem Geheimplan. Taste mal unter den Sitz, was du dort findest ...«

Er tat es und holte einen mit einer Serviette bedeckten Korb hervor.
»Was ist da drin?«
»Wein und viele leckere Sachen.«
»Du planst doch nicht etwa ein Picknick?«
»Natürlich nicht, du Dummkopf. Obwohl ich wie du so gut wie nichts gegessen habe. Alles in dem Korb habe ich gestohlen und noch mehr. Unter dem Rücksitz steht noch einer. Was für ein Spaß! Ich bin einfach in die Küche vom Carrion-House gegangen und habe befohlen, zwei Körbe vollzupacken, deshalb kann man es eigentlich nicht stehlen nennen. Und diese eingebildete Haushälterin Mrs. Walker gehorchte. Ich wäre fast vor Lachen gestorben. Aber wir wollen die Zeit hier nicht mit Schwatzen vertrödeln.«
Mit einem Peitschenschlag setzte sie den Zweispänner in Bewegung.
»Nun rate mal!« rief sie. »Rate, wo wir hinfahren!«
»Hoffentlich machen wir keinen Besuch. Dafür bin ich nicht angezogen.«
»Diese Leute stört das nicht.«
»Leute. Dann *machen* wir doch einen Besuch?« Auf ihr fröhliches Nicken hin befahl er: »Setz mich ab, Amelia. Meine Kleider sind voller Staub ...«
»Das ist etwas, was sie sehr gut kennen.«
»Sie? Wer sind ›sie‹? Heraus mit der Sprache, Amelia. Ich bin des Ratens müde.«
»Und ich bin es müde, wütend zu sein. O ja. Ich bin wütend, und du bist es wahrscheinlich aus demselben Grund. Menschen wie Jessica und Simon darf man nicht derart vor den Kopf stoßen. Das wäre mir in meinen kühnsten Träumen nicht eingefallen, daß sie nicht eingeladen werden. Ich suchte nach dir, aber da warst du schon verschwunden. Da hatte ich keine andere Wahl, als meinen eigenen Plan zu schmieden.«
»Ein sehr schöner Plan. Und typisch für dich. Ja, wir wollen sie besuchen, aber nicht als wären sie Bettler, die nicht an dem Fest teilnehmen durften. Nicht wie eine mildtätige Lady, die Essen an die Armen verteilt. Was glaubst du, wie sie sich dann fühlen?«
Sie zügelte wütend die Pferde.

»Was für ein unverschämtes Gerede, Martin Drayton!«
Ihre Hand traf seine Wange. Er rieb sie und lächelte reumütig.
»Jetzt weiß ich, warum du so gut reitest. Diese kleinen Hände sind erstaunlich kräftig.«
Sie mußte gegen ihren Willen lächeln.
»Das freut mich. Du hast es verdient.« Ihre Stimmung änderte sich für gewöhnlich schnell, und so brach sie in Lachen aus. »Du hättest mir auch eine Ohrfeige geben sollen.«
»Das könnte ich nie. Ich würde nie Hand an dich legen ...« Dann beugte er sich zu ihr hinüber und küßte sie. Ihre Lippen fühlten sich an, wie er sie sich immer vorgestellt hatte: warm und zart und nachgiebig.
Überrascht fuhren beide auseinander. Sie sahen sich verwirrt an. Was war mit ihm geschehen? Wie konnte er nur so den Kopf verlieren?
Dann rückte er verlegen von ihr ab und konnte sie nicht mehr ansehen.
Plötzlich hörte er ihre Röcke rascheln. Sie küßte ihn leicht und zärtlich auf die Wange. »Lieber Martin, du hast ja recht. Ich hätte vorher nachdenken sollen. Ich hätte mich an ihre Stelle versetzen sollen. Ich mag Jessica und Martin. So lasse ich also meine Beute, wo sie ist.«
Sie schnalzte mit den Zügeln, und die Pferde setzten sich wieder in Bewegung. »Was glaubst du, Martin, soll ich die Kutsche nicht lieber zurückbringen, ehe man ihr Fehlen bemerkt? Wir könnten euren Gig nehmen.«
»Ja. Das ist eine gute Idee. Fahr jetzt nach Medlar Croft. Du kannst so lange warten, bis ich den Zweispänner zurückgebracht habe.«
Sie nickte vergnügt. Wenn man die beiden vermißte, würde niemand annehmen, daß sie in ein kleines ruhiges Dorf gefahren waren, anstatt sich auf Joseph Draytons pompösem Fest zu vergnügen. Sie lachten: zwei entzückte junge Verschwörer.

Als sie schließlich heimfuhren, lenkte Martin den Gig direkt nach Tremain Hall, weil Amelia nach dem vergnüglich verbrachten Abend mit Jessica und Simon keine Lust hatte, sich den wohl schon

angetrunkenen Gästen zuzugesellen. Außerdem war sie müde. Martin hatte das Beisammensein mit seiner Schwester und deren Mann sehr genossen und ging die Ereignisse noch einmal in Gedanken durch. Es war Amelia, die das Gespräch auf die Vase gebracht hatte, die Martin für sie geformt hatte. »Er hat sich einfach davongeschlichen, weil er eine Glasur dafür machen wollte ...«
»Ohne Erfolg«, hatte Martin sie unterbrochen.
»Wie kannst du Erfolg haben, wenn du wegen deines Bruders nur heimlich arbeiten darfst?« Amelias Augen hatten vor Empörung gefunkelt. »Ich glaube, daß Joseph ihn für immer an die Töpferscheibe ketten will.«
»Du kannst also noch immer nicht glasieren?« hatte Jessica gefragt und mit Simon einen Blick gewechselt, der besagte: Habe ich es dir nicht erzählt?
»Ich tue es nur heimlich«, hatte Martin zugegeben. »Jefferson lehrt es mich, wann immer sich eine Möglichkeit bietet. Aber ich habe immer Angst, daß man mir auf die Schliche kommt. Und Jefferson könnte darunter zu leiden haben. So klettere ich ...«
»... über die Mauer«, hatte Amelia verkündet. »Das kann er inzwischen sehr gut.«
Kurz darauf hatte Simon ihm die vorläufigen Pläne für das nächste Kanalbauprojekt gezeigt und dann die ehemaligen Stallungen.
»Diesen Schuppen benutze ich als Arbeitsraum, aber der daneben steht leer und könnte gut als Töpferwerkstatt eingerichtet werden. Wir könnten draußen sogar einen kleinen Brennofen bauen. Ton und Chemikalien kann ich liefern lassen. Dann brauchst du nicht mehr über Draytons Mauer zu klettern oder zu fürchten, daß Jefferson Schwierigkeiten bekommt.« Als Simon Martins ungläubiges Gesicht gesehen hatte, mußte er lachen. »Das war Jessicas Idee. Sie dachte gleich daran, nachdem wir hier eingezogen waren. Und mir gefällt es ebenfalls. Jeden Sonntag kannst du hier ein paar Stunden arbeiten, wenn dir der Ritt nicht zu beschwerlich ist.«
Martin war außer sich vor Freude gewesen, und Simon hatte ihm freundlich auf die Schulter geklopft und hinzugefügt: »Wenn ein Mann wirklich etwas vollbringen will, *wird* er das auch.«
»So wie du, Simon.«

»Ich bin auf dem Weg dazu. Und du tust dasselbe. Wir beide können unsere Ziele nicht auf einfache Weise erreichen. Wir müssen für das, was wir erreichen wollen, arbeiten.«

»Aber für mich ist es einfacher als für dich, weil ich eines Tages Mitinhaber der Töpferei sein werde.«

»Hat Joseph dir das versprochen?«

»Nun ... nicht richtig. Aber natürlich kann er mir das nicht verweigern, wenn einmal meine Lehrzeit zu Ende ist, selbst wenn ich sie jetzt wiederholen muß.«

»Was? Fünf Jahre Lehrzeit wiederholen? Warum denn das?«

»Weil ich noch nicht alles gelernt habe, was ich wissen muß ...«

»Glasieren und Brennen?«

»Ja.«

»Innerhalb von ein paar Monaten wirst du das wohl kaum lernen.« Als Martin schwieg, fügte Simon ruhig hinzu: »Wenn du in diesem Stadium deiner Ausbildung gezwungen bist, heimlich zu arbeiten, dann hinkst du offensichtlich hinterher. Also müssen wir etwas dagegen tun. Und die ersten Schritte dazu wirst du hier machen.«

»Aber ... das Material kostet Geld ...«

»Ja. Doch da gibt es schon irgendeinen Weg. Jessica und ich wünschen uns nur, daß du so oft wie möglich hierherkommst. Je früher, desto besser. Dann bist du eines Tages Töpfermeister und dein eigener Herr. Gib mir die Hand darauf.«

Ihr Handschlag hatte das Abkommen besiegelt, aber trotzdem erschien Martin alles noch wie ein unmöglicher Traum, als sie durch die Nacht nach Burslem zurückfuhren. Neben ihm gähnte Amelia zufrieden, und als sie ein wenig fröstelte, zog er seine Jacke aus und legte sie ihr um. Und als es noch kühler wurde, bestand sie darauf, das Kleidungsstück mit ihm zu teilen. Sie breitete es über ihrer beider Schultern und kuschelte sich eng an ihn. Ihre Nähe verwirrte ihn zutiefst, und er sehnte sich danach, sie wieder zu küssen, widerstand aber tapfer diesem Verlangen.

Als sie die schier endlose Auffahrt zu Tremain Hall hinaufrollten, hob sie den Kopf und küßte ihn zärtlich auf die Wange, was sein Glück besiegelte.

»Du fährst am besten zum Westring, Martin. Der Flügel, wo jetzt der Erbe residiert, geht auf den Haupthof hinaus, und das Knirschen der Räder könnte die arme Phoebe stören …«

»Warum sagst du ›arme Phoebe?‹ Ihr Herzenswunsch ging doch in Erfüllung. Sie hat den Mann bekommen, den sie immer wollte, und ein größeres Zuhause, als eine Drayton-Braut je kennengelernt hat.«

»Dann wollen wir hoffen, daß sie nicht enttäuscht wird. Heute hat sie eine Seite ihres Herzallerliebsten gesehen, die sie sicher nie in ihm vermutet hätte. Wenn mein Bruder zuviel trinkt, kann er sehr unangenehm sein.«

»Das ist jeder, der zuviel trinkt. Es tut mir leid, daß er sich auf seiner Hochzeit daneben benommen hat, aber sicherlich hat er jetzt seinen Rausch ausgeschlafen. Morgen wird ihm Phoebe vergeben, und dann werden sie auf den Wolken der Glückseligkeit aller Jungvermählten einherschweben.«

Inzwischen hatten sie das Westportal erreicht. Martin half Amelia aus der Kutsche, und sie standen Hand in Hand eine Weile da.

»Glaubst du das wirklich, Martin? Und willst du wissen, was ich denke? Daß Jessica und Simon eher Glück in der Ehe finden als Phoebe und Max.«

Sie winkte zum Abschied und war verschwunden.

Martin knallte mit der Peitsche und machte sich auf den Heimweg. Den Kopf voller Zukunftspläne wandte er sich nicht um und sah auch nicht die einsame Gestalt auf dem steinernen Balkon, die seine Abfahrt beobachtete und dabei am ganzen Körper zitterte.

15

Es war das schönste Hochzeitsnachthemd, das sich eine junge Frau wünschen konnte, und Phoebe hatte ihre Träume hineingewoben. Von ihrer Mutter unbemerkt, hatte sie es anprobiert, obwohl es Bräuten eigentlich verboten war, vor der Hochzeitsnacht dieses Kleidungsstück anzulegen. So wollte es jedenfalls ein alter Aberglaube.

In der Abgeschiedenheit ihres Zimmers war sie dann noch einen

Schritt weitergegangen. Sie hatte sich nackt vor den Spiegel gestellt und ihren jungfräulichen Körper betrachtet, ihn bewundert und sich gefragt, wie wohl Max reagieren würde, wenn er sie so sähe. Nicht, daß er das jemals würde. Allein bei dem Gedanken daran röteten sich ihre Wangen. Max liebte sie wegen ihrer Bescheidenheit und Schönheit. Wenn sie seine Frau geworden war, würde sie neben ihm in ihrem wunderschönen Nachthemd liegen, und er würde sie in seinen starken Armen wiegen. Natürlich würde er ihren weichen Körper unter dem dünnen Stoff spüren und sich vielleicht sogar vorstellen, wie er aussehen könnte, aber weiter würde Max nicht gehen. Denn Max war ein Gentleman, und Gentlemen taten solche Dinge nur mit Huren.

Was »solche Dinge« waren, verstand sie kaum, denn als Jessica einst erklärt hatte, wie sich ihre Haustiere paarten und dann warfen, hatte Phoebe beschlossen, daß solche ekelhaften Angewohnheiten nur Tieren vorbehalten waren. Und an diesem Glauben hielt sie noch immer fest. Kinder wurden durch irgendeinen wunderbaren und geheimnisvollen Vorgang empfangen und geboren und würden sie mit Gottes Hilfe zur jüngsten und hübschesten Mutter von ganz Burslem machen – wieder ein Grund für die anderen, neidisch auf sie zu sein, denn Phoebe liebte nichts so sehr, als wenn andere sie beneideten.

Was nun die Empfängnis betraf, so würde sie natürlich schnell vorbei sein und nur wiederholt werden, wenn die Konvention es verlangte, daß die junge Mutter noch ein Kind gebären sollte. Natürlich würde Max dabei äußerst taktvoll vorgehen und ihr jede Peinlichkeit ersparen. Wenn andere ebenso damenhafte Bräute es ertragen hatten, konnte dieser Akt nicht so roh wie bei Tieren sein. Diese Überzeugung wurde noch durch die Tatsache bestärkt, daß ihre Mutter zehn Kinder geboren hatte. Also hatte der liebe Papa es zehnmal mit der lieben Mama gemacht. Und diese einfache Rechnung überzeugte Phoebe, daß »solche Dinge« so unerträglich nicht sein konnten, denn ihre Mutter war ihrem Vater zeitlebens ergeben gewesen und hatte ihn geliebt.

Mit diesem Gedanken gab sich Phoebe wieder ihren Träumen hin, so daß, als ihre Mutter rot vor Verlegenheit sagte: »Mein Liebes, ich glaube, wir müssen miteinander reden ... es gibt Dinge, die du wissen mußt ...« Phoebe sofort wußte, es konnte sich nur darum handeln. Und da sie an den Einzelheiten nicht wirklich interessiert war, hatte sie ihre Mutter schnell unterbrochen.

»Liebe Mama, das ist nicht nötig. Ich liebe Max, und er liebt mich. Alles wird wunderbar zwischen uns sein.« Fast hätte sie hinzugefügt, weil er ein Gentleman war, würde er nie etwas tun, was ihr unangenehm wäre. Doch das hatte sich erübrigt. Denn die liebe Mama sah dermaßen erleichtert aus, daß sie nicht weiter darauf beharrte.

Und so träumte Phoebe ihren Traum weiter. Aus Märchen wußte sie, daß der Höhepunkt der Romanze in der Hochzeitszeremonie bestand, dem Hochzeitskleid, den Geschenken, der Musik, den Blumen, der Bewunderung und schließlich dem Kuß, nachdem sich die Jungvermählten getrennt entkleidet hatten. Dann würde die Braut auf ihn in ihrem Bett warten. Und er würde sich ihr in einem Morgenmantel aus Brokat nähern, dann neben dem Bett knien und ihre Hand küssen, als wäre sie eine Göttin und er ihr untertänigster Diener.

Der Traum endete, indem er die Kerzen ausblies, ehe er sich seines Morgenmantels entledigte und dann ins Bett schlüpfte und sie die ganze Nacht in seinen Armen wiegte. Wenn sie dann am Morgen erwachte, ruhte sie noch immer in seinen Armen.

Der Traum dauerte noch immer an, als Mama ihr in ihr Brautkleid half. Es war aus mit Silberfäden durchwirktem Damast und mit Perlenstickerei verziert. Ihre Schuhe waren aus demselben Stoff und hatten sehr hohe Absätze. Vorn liefen sie so spitz zu, daß ihr jeder Schritt weh tat. Sie trug aus Seide gewirkte Strümpfe, die kurz über dem Knie von Strumpfbändern, die mit einem Blumenmuster verziert waren, gehalten wurden. Ihre Beine sahen so hübsch aus, daß sie bedauerte, daß man sie nicht sehen konnte. Auf dem Kopf trug sie eine ballonförmige Kappe mit einer einzigen Feder, und in der Hand hielt sie einen silbernen, mit Perlen bestickten Fächer.

Das Ensemble fand sofort Josephs Zustimmung. Daß seine Mutter sich verausgabt haben könnte, kam ihm nicht in den Sinn. Außer ihm war an diesem Tag Phoebe die wichtigste Person, und sie machte ihm alle Ehre. Stolz geleitete er sie von Medlar Croft zur Tremain-Kapelle, und sie saß ebenso stolz an seiner Seite.

»Du siehst phantastisch aus, Bruder. Ich bin stolz auf dich.«

Er lächelte sie wohlwollend an und wußte, daß ihr Lob gerechtfertigt war. Sein engtaillierter Überrock aus purpurnem Satin reichte bis zu den Knien und war mit goldenen Stickereien versehen. Dazu trug er lavendelfarbene Kniehosen, dazu passende Schuhe mit großen Silberschnallen und wegen des besonderen Anlasses eine gepuderte Perücke.

Die Kapelle war über und über mit Blumen geschmückt, leise Kirchenmusik ertönte, und die festlich gekleideten Gäste murmelten aufgeregt, als die Braut eintraf.

Die Verzauberung hielt an, als der Bräutigam vortrat und seiner Braut die Hand reichte. Maxwell lächelte breit, sein Gesicht war gerötet. Und als sie seine Hand umfaßte, war sie erstaunt, daß sie sich feucht anfühlte. Das war natürlich an diesem heißen Augusttag in der überfüllten Kapelle nicht weiter verwunderlich. Trotzdem sah er in seinem Ensemble aus golddurchwirktem Stoff außerordentlich gut aus. Sie hatte den flüchtigen Gedanken, er könnte sogar die Braut ausstechen, aber die Bewunderung in seinen Augen beruhigte sie, und sie gab sich wieder ihren Träumen hin.

Erst als sie von der Kapelle zum Haus ihres Bruders fuhren, war sie überrascht, als Max sagte, es sei schade, daß die Kutsche nicht geschlossen wäre.

»Aber dann würde uns doch niemand sehen, Liebster.«

»Gerade das meine ich ja, Geliebte.«

»Möchtest du denn alle die Leute enttäuschen, die meilenweit angereist sind, um uns zu sehen?« Schelmisch blickte sie ihn über den Rand ihres Fächers an.

»Zum Teufel mit diesen Bauerntölpeln. In einer geschlossenen Kutsche hätte ich mir schnell mal Appetit machen können.«

Sein Gesicht war noch mehr gerötet, und sie konnte die Hitze seines Körpers fühlen, als er sich an sie preßte. Sie wollte gerade protestieren, weil er ihr Kleid zerknitterte, aber er küßte sie auf eine Weise, die sie noch nie kennengelernt hatte, steckte seine Zunge in ihren

Mund und bewegte sie schnell hin und her. Schlimmer noch, er rammte seine feuchte Hand unter ihre Röcke zwischen ihre Schenkel. Instinktiv preßte sie die Beine zusammen. Sie wollte schreien, aber seine Zunge erstickte jeden Laut. Dann befreite sie sich, von panischer Angst ergriffen. Sie zitterte, aber nicht vor Erregung.
»Großer Gott«, sagte Max unwirsch. »Warum dieses Theater? Du bist jetzt meine Frau.«
Sie warf einen furchtsamen Blick auf den Rücken des Kutschers, sah dann über die Schulter zu dem ihnen folgenden Reiter und war erleichtert, daß der nichts bemerkt zu haben schien. Sie suchte hektisch nach ihrem Fächer. Vor Schreck wäre sie fast in Ohnmacht gefallen.
Max grollte. »Ich wollte dich nur lehren, meine liebe Frau, daß eine Kutsche sich ausgezeichnet dafür eignet. Das habe ich schon oft ausprobiert. Das Schaukeln beschleunigt sozusagen die Sache.«
Sie hatte nicht die leiseste Ahnung, wovon er redete oder ob sie vielleicht lachen sollte, weil er einen Witz gemacht hatte. Aber sie gab den Gedanken schnell auf, denn sie suchte noch immer nach ihrem Fächer. Der schreckliche Moment war vorüber. Es war wichtig, daß sie ihre Haltung wiedergewann.
»Um Himmels willen, Phoebe. Was suchst du da rum?«
»Ich suche meinen Fächer. Ich brauche ihn.«
»Ist er das?« fragte er gleichgültig, bückte sich und hob ihn auf. Er bestand nur noch aus Fetzen.
Sie schluchzte. Von Schuldgefühlen geplagt, legte er den Arm um sie. Sie stieß ihn zurück und sagte, er solle sie in Ruhe lassen.
»Hol dich der Teufel, Phoebe! Ein Mann hat das Recht, seine Frau anzufassen. Hör auf, wegen des kaputten Fächers zu heulen. Ich kaufe dir ein Dutzend andere. Aber benimm dich.«
»Ich fürchte, du bist es, der sich nicht benehmen kann. Ich habe nicht geahnt, daß du ... du dir ...«
»... solche Freiheiten rausnimmst?« sagte er lachend. »Dazu hatte ich vorher keine Gelegenheit. Und wenn du *das* Freiheiten nennst, dann warte nur. Warte nur.«
Um Himmels willen, er wollte das doch nicht noch einmal tun? Der Traum zerplatzte wie ein zerbrochener Spiegel. Sie war den Tränen

nahe, als er nach längerem Schweigen ihre Hand nahm und sagte: »Es tut mir leid, daß ich dich erschreckt habe. Daran ist der Wein schuld. Ein Junggeselle muß den Abschied von seinem freien Leben feiern, und ich habe mit meinen Freunden die ganze Nacht durchgefeiert. Du hast vielleicht schon bemerkt, daß manche danach noch viel schlimmer aussehen. Aber ich bin trinkfest.« Er lachte wieder. »Doch jetzt verspreche ich, daß ich mich benehmen werde, meine Liebe. Jedenfalls bis heute abend. Aber die Nacht wird dann weit schöner als meine letzte. Und da sind wir ja schon bei deinem Bruder angekommen. Ich hoffe, sein Keller macht unserer Hochzeit alle Ehre.«

Er tat es. Staffordshire würde sich noch lange an diese Hochzeit erinnern, aber für Phoebe verging sie wie in Nebel getaucht. Die Komplimente, mit denen sie überhäuft wurde, das Glitzern der Juwelen, die festlich gekleideten Menschen, das köstliche Essen, Gang auf Gang, das ständige Nachfüllen der Gläser, das Gelächter und die rüden Witze, die ihr Mann mit seinen Kumpanen austauschte, alles das nahm sie mit einer nicht enden wollenden Benommenheit wahr.

Aber noch verwirrender waren die Dinge, die ihr Mann unter dem Tisch zu tun versuchte. Glücklicherweise reichte die Tafeldecke bis zum Boden, sonst hätten die Gäste sein unerhörtes Benehmen bemerkt. Von Anfang an preßte er seine Hüfte gegen ihre, und dann, o Entsetzen, glitt seine Hand wieder unter ihre Röcke. In der anderen hielt er lässig sein Weinglas, als ob er zeigen wollte, daß er nichts anderes genösse als das Hochzeitsmahl. Er grinste alle an, selbst in dem Augenblick, als seine Hand ihr Strumpfband ertastet hatte und es geschickt löste. Dann zwickte und streichelte er ihren nackten Oberschenkel. Und Phoebe war wehrlos.

Kichernd flüsterte er ihr zu: »Das Strumpfband einer Lady ist eine Trophäe. Soll ich es meinen Freunden zuwerfen? Dann können wir zuschauen, wie sie darum kämpfen. Nein, lieber nicht. Es gehört mir allein, so wie du, meine schöne Braut ...«

Sie versuchte zu lächeln und bat ihn, sich zu benehmen. »Die Leute werden es merken. Sie werden sich fragen, was du da tust!« Aber darüber lachte er nur noch mehr.

»Sie können nicht durch das Tischtuch sehen, und mir würde es auch nichts ausmachen, wenn sie es könnten. Ich glaube, es gibt nicht einen Mann hier, der nicht tun möchte, was ich tue und was deine törichte Scheu mir auf der Fahrt hierher verweigert hat. Ich hoffe, es war wirklich Scheu und keine Prüderie, denn die toleriere ich bei einer Frau nicht.«

Er rieb sein Bein brutal an ihrem.

Sie protestierte: »Du zerreißt mein Kleid!«

»Ich zerreiße noch viel mehr, wenn es mir paßt.«

Sein gerötetes Gesicht war ihr nahe. Sein Atem roch nach Wein. Er preßte sein Bein fester gegen ihres – aber sie lächelte. Irgendwie gelang es ihr.

Sie versuchte sogar, Entschuldigungen für Max' Verhalten zu finden – er neckte sie nur, sie brauchte nur zu lachen und ihm zu verzeihen –, und als er sie beim Haar packte und ihren Kopf nach hinten bog und ihr Wein in den Mund schüttete, weil er behauptete, sie tränke nicht genug, ertrug sie alles, weil sie vor dem aufglimmenden Zorn in seinen Augen Angst hatte. Als sie wieder zu Atem gekommen war, trank sie gehorsam und hoffte, er wäre besänftigt und würde jetzt sein Bein wieder wegnehmen.

Max leerte Glas um Glas, bis sie nicht mehr fürchtete, sondern wußte, daß er betrunken war.

»Bitte, Max. Du hast genug getrunken. Dein Vater sieht wütend aus, und deine Mutter wirkt betroffen ...«

»Und *deine* Mutter ist ein Bild des Jammers. Aber Joseph macht sich nichts daraus. Ich glaube, dein Bruder ist selbst kein Heiliger.«

»Joseph trinkt nie so viel.«

»Dann genießt er andere Freuden. Dessen bin ich mir sicher.«

»Er hat sehr viel Freude an der Arbeit, wenn du das meinst.«

»Das meine ich nicht, Liebes. Ich zeige dir später, was ich meine. *Und* meine Freude daran. Doch inzwischen trinke ich, soviel ich will.«

Er lachte grölend, seine feuchte Hand noch immer unter ihren Röcken. Sein Atem stank. Als sie vor ihm zurückschreckte, lachte er noch lauter. »Trink mehr, dann merkst du das alles nicht. Und fang nicht an zu weinen. Ich kann weinende Frauen nicht ausstehen. Das wird dir guttun ...«

Er drückte ihr einen Kuß auf den Mund, worauf seine Zechkumpane in Gelächter ausbrachen. Einer von ihnen kam unsicher auf die Füße und prostete dem glücklichen Paar zu. Zu Phoebes Entsetzen antwortete Max auf den Toast, indem er ihr Strumpfband in der Hand schwenkte und es sich dann wie eine Girlande um den Kopf band. Dann stand er schwankend da, zerrte sie hoch und küßte sie heiß und gierig. Sie hätte vor Scham in den Erdboden versinken können, kämpfte sich aber frei. Da brach Max zusammen und riß Tischtuch und Geschirr mit sich.

Dann konnte sie sich nur noch erinnern, daß sie rannte, über ihr Kleid stolperte und schluchzte.

Minuten später war ihre Schwiegermutter an ihrer Seite, bedeckte sie mit einem Mantel und sagte: »Gräme dich nicht, Liebes. Du wirst sofort nach Hause gebracht. Ich entschuldige dich bei den Gästen. Jeder wird dafür Verständnis haben.«

Sie fuhren nach Tremain Hall, und später, als Charlotte sie in den Seitenflügel geleitete, der nun ihr Heim war, sagte sie: »Neben deinem Schlafzimmer gibt es noch eins. Wir bringen Max dorthin, damit er seinen Rausch ausschläft. Und morgen wird er sich bei dir entschuldigen. Du wirst ihm verzeihen und dich nur noch an die schönen Stunden deines Hochzeitstages erinnern und welch wunderschöne Braut du gewesen bist. In der Ehe ist es immer von Vorteil, wenn man nur an die schönen Dinge zurückdenkt.«

Etwas später hörte sie Geräusche und Stimmen, dann Schritte. Sie nahm an, daß man ihren Mann ins Bett brachte. Der Zorn über sein Benehmen gab ihr Selbstvertrauen und Mut. Wenn sie ihm morgen begegnete, würde sie abweisend sein. Doch jetzt war sie froh, allein zu sein, denn sie war müde und wollte nur schlafen.

Sie entkleidete sich, zog ihr schönes Brautnachthemd an und kletterte in das große Bett mit den vier Pfosten und dem Baldachin darüber. Sie zog die Vorhänge vor und fühlte sich sicher und geborgen.

Die Anspannung verflog, und sie schlief sofort ein. Was sie geweckt hatte, wußte sie nicht. Aber sie hörte schwere Schritte auf dem Eichenparkett und Flüche, als jemand gegen die Möbel stieß. Mit

klopfendem Herzen setzte sie sich auf. Eine Sekunde danach wurde der Vorhang zurückgezogen, und Max' Silhouette hob sich gegen den dämmrigen Abendhimmel ab.
Sie zog sich die Decke bis zum Kinn. Sein Erscheinen erschreckte sie. Kleidung und Haar waren in Unordnung, aber er schien viel nüchterner zu sein.
»Hörte ich dich klopfen?« fragte sie kalt.
»Klopfen? Warum, zum Teufel, sollte ich klopfen? Und warum hat man mich ins Nebenzimmer gebracht?«
»Du warst nicht in dem Zustand ...«
»Und in welchem Zustand muß ein Mann sein, damit er das Bett seiner Frau teilen darf?«
»Jedenfalls nicht betrunken«, sagte sie bestimmt. »Wenn du wieder nüchtern bist, können wir reden. Geh jetzt. Ich bin müde und möchte schlafen.«
Daraufhin schlug er sie. Der Schmerz war furchtbar. Doch seine nächste Reaktion war noch schlimmer. Mit einer Bewegung hatte er sie aus dem Bett gezerrt und das Nachthemd von ihr gerissen.
»Und das Ding werden wir auch los!« rief er und warf ihre hübsche Nachthaube hinterher. Dann entledigte er sich seiner Kleider, während sie am Boden kauerte und versuchte, ihre Nacktheit mit einem Bettuch zu verhüllen. Sie sah ihn nicht an, weil sie noch nie einen unbekleideten Mann gesehen hatte. Das schien seine Wut noch zu steigern, brutal riß er sie hoch und preßte seinen nackten Körper gegen sie. Er keuchte. »Fühl es, meine spröde dumme kleine Braut! *Fühlst* du ihn? Nun, du wirst ihn hart und so lange und so oft in dir fühlen, wie es mir gefällt. Jetzt ist es aus mit dieser verdammten Prüderie! Ich habe deine einfältige Unschuld satt!«
Er stieß sie aufs Bett, und sein Körper legte sich schwer und fordernd auf sie. Er öffnete ihre Schenkel. Sein Mund schloß sich über ihrem ... und die ganze Zeit erforschten seine Hände sie: ungeduldig, brutal, strafend.
Ihr verzweifeltes Kämpfen schien ihn noch hitziger zu machen und entzückte ihn. Je mehr sie kämpfte, um so mehr triumphierte er. Als er dann brutal und erobernd in sie eindrang, hielt er ihr die Hand über den Mund, damit sie nicht schreien konnte.

Dann wälzte er sich schwer von ihr herunter. Wie betäubt blieb sie schlaff liegen und dachte nur vage, daß ihr das ihr angebeteter Max doch nicht hatte antun können. Nach einer Weile würde sie aufstehen und vor ihm fliehen.
Schließlich atmete er so tief, daß sie annahm, er schlief. Ihr Nachthemd lag zerrissen am Boden. Sie zog ein anderes an und trat auf den Balkon hinaus. Endlich war es Nacht geworden. Sie atmete erleichtert die frische Luft ein. Die Arme fest um sich geschlungen, vergoß sie Tränen des Selbstmitleids, Hasses und der Scham. Ihr Mann war ein Monster.
Sobald der Tag anbrach, würde sie Tremain Hall verlassen und zu ihrer Mutter zurückkehren.
Da unterbrach das Geräusch von Pferdehufen und rollenden Rädern die Stille. Sie sah, wie der Drayton-Gig über den Hof fuhr und vor dem Westportal hielt. Amelia und Martin stiegen aus und hielten sich an den Händen. Phoebe konnte sich nicht erinnern, sie auf dem Fest gesehen zu haben, aber sicher waren sie dort gewesen, und jetzt brachte er sie nach Hause. Also waren die Feierlichkeiten vorbei, und ihre Schwiegereltern würden mit den Gästen bald heimkehren. Sie wartete, und als sich Martin zur Abfahrt bereit machte, winkte sie ihm, aber er fuhr vorbei, ohne sie zu sehen. Aus Angst, Max zu wecken, wagte sie nicht zu rufen. Wenn das Liebe war, dann wollte sie keine mehr.

16

Das kleine Nebengebäude in Simons Garten war schnell für Martin eingerichtet. Es brauchte nur mit Regalen und einem Tisch versehen zu werden, der alle drei Wände einnahm. In der vierten Wand befanden sich die Tür und das Fenster. Deshalb war sie am hellsten, und dort stellte Martin auch die Töpferscheibe hin, die Simon speziell für ihn konstruiert hatte und die er mit seinem gesunden Bein in Gang setzen konnte.
Martins Dank war grenzenlos. Aber Simon wischte seine Dankesbezeugungen beiseite, denn der Junge hatte einen starken Drang zur Unabhängigkeit, den Simon teilte und daher akezptierte.

Innerhalb kurzer Zeit war alles fertig, nur noch der Brennofen fehlte. Doch den wollte Martin allein bauen, denn er hatte einen neuen Plan dafür entwickelt – den auch Jefferson guthieß.
Mitte Oktober konnte Martin seinen ersten Satz fertiggestellter Arbeiten brennen. Jessica war entzückt, als er sie bat, ihm zu helfen, den kleinen Ofen damit zu bestücken. Das war ein Zeichen des Vertrauens, denn man mußte mit den kleinen Tonfiguren sehr vorsichtig umgehen. Er hatte eine Arche Noah mit allen dazugehörigen Tieren modelliert, außerdem normales Geschirr, das er verkaufen wollte.
Sie wunderte sich über das Fassungsvermögen des kleinen Ofens und brach in schiere Begeisterung über die Begabung ihre Bruders aus. Sie wünschte, Simon wäre zu Hause, um an diesem stolzen Augenblick teilzuhaben. Das hätte ihr Glück verdoppelt. So bat sie ihren Bruder, mit dem ersten Glasieren zu warten, damit Simon diesen aufregenden Moment mit ihnen teilen könnte. Sie beschloß auch, Martins Produkte allen einflußreichen Persönlichkeiten zu zeigen, die sie kannte, aber das verschwieg sie ihm.
Sir Neville war nun weit mehr als ein gerngesehener Bekannter geworden. Er besuchte die Kendalls regelmäßig und kam offensichtlich, um zu sehen, wie Simons Pläne für den Kanal zwischen den Flüssen Trent, Mersey und Severn Fortschritte machten. Unter dem geringsten Vorwand verlängerte er seinen Besuch. Jessica nahm an, daß er sich in seinem großen Haus einsam fühlte und gern ihre Gastfreundschaft genoß. Gleichzeitig war er darauf bedacht, daß ihm nichts von der Führung dieses künstlichen Wasserwegs entging, der bedeutender als der Armstrong-Kanal werden würde.
Als Simons Pläne das Stadium erreicht hatten, daß man sie Interessenten vorlegen konnte, suchte Sir Neville wohlhabende und einflußreiche Männer, die sich an der Verwirklichung beteiligen sollten. »Falls diese Leute dafür sind und alles planmäßig verläuft, wirst du zum Chefingenieur ernannt«, sagte er zu Simon, der prompt antwortete, er würde keinen geringeren Posten als den des Generalinspektors akzeptieren.
»Da ich alle nötigen Vermessungen durchgeführt und die dazu gehörigen Pläne gezeichnet habe, steht mir dieses Amt zu. Und

wenn das Parlament dem Projekt zustimmt, möchte ich allein die Verantwortung für die Arbeiten sowie die Auswahl der Arbeiter tragen. Und in finanzieller Hinsicht darf nicht geknausert werden. Nicht nur endlose Meilen Kanal müssen gebaut werden, sondern auch Brücken, die darüber führen. Auch die werde ich zeichnen und ihren Bau überwachen.«

»Ist das alles?« fragte Sir Neville sanft.

»Für den Moment, ja.«

»Du gehst aber mächtig ran.«

»Ich bin auch ein verdammt harter Arbeiter.«

»Das stimmt«, sagte der alte Mann wohlwollend. »Das bist du. Keiner ist besser als Simon Kendall. Aber bevor wir anfangen können, müssen wir mit den Eigentümern der Ländereien verhandeln. Wenn nur das leiseste Gerücht nach außen dringt, werden die Bodenpreise in die Höhe schnellen.«

»Aber die Aktien für das Projekt ebenfalls, Sir. Die Leute werden sich um die Anteile des Trent-Mersey-Kanals reißen.«

»Aber die ersten Investoren müssen es trotzdem so lange wie möglich geheimhalten.«

Simon zuckte mit den Schultern. »Das geht mich nichts an, Sir. Ich interessiere mich nur für die Realisierung dieses Kanals, und ich investiere allein meine Zeit und meinen Verstand in dieses Projekt. Die finanzielle Seite überlasse ich gern anderen. Und ehe wir überhaupt damit anfangen können, muß ich den Armstrong-Kanal beenden.«

»Das ist in ein paar Wochen geschehen. Wenn der Tag gekommen ist, müssen wir die Eröffnung mit einem großen Fest begehen, einem Ochsen am Spieß und Freibier für alle.«

»Vor allem für meine Männer, Sir. Sie sind zwar ein wilder Haufen, aber bei Gott, sie haben vorzüglich gearbeitet, bis zur völligen Erschöpfung. Und nun, glaube ich, möchte meine Frau Euch etwas zeigen.« Simon sah Jessica an, die mit im Schoß gefalteten Händen dasaß und zugehört hatte. Er lächelte sie an, und da sie überrascht wirkte, sagte er: »Sie hat etwas auf dem Herzen, Sir. Etwas, das ihr sehr teuer ist. Sollen wir nach draußen gehen, Jessica, und das Licht deines Bruders nicht mehr unter den Scheffel stellen?«

Wie hatte er es nur erraten? Konnte er ihre Gedanken lesen? Kannte er sie besser, als sie ahnte? Dann mußte sie ihm dankbar sein, denn auf diese Weise lernte der erste außenstehende Mensch Martins Geheimnis kennen. Und die schönen Tonfiguren hätten kein verständnisvolleres Auge finden können. Das hier war ein Talent, das gefördert werden mußte. Und als Martin das nächste Mal nach Cooperfield kam, wurde er von einer aufgeregten Schwester und den Neuigkeiten begrüßt, daß Sir Neville bei ihm ein Modell seiner Lieblingsstute, der *Red Empress*, in Auftrag gegeben hatte.
»Und du darfst deinen Preis nennen. Da ich nicht wußte, was die Materialien kosten und wieviel Zeit du dafür brauchst, konnte ich keine Summe nennen. Aber ein Kunstwerk ist natürlich viel wert.«
Jessica strahlte vor Glück. Nichts konnte Martin jetzt noch aufhalten. Er war auf dem besten Weg, Töpfermeister zu werden.
Durch alle diese Aufregungen wurde die bevorstehende Hochzeit von Joseph und Agatha vollständig vergessen. Jessica wußte von Martin, daß sie in der letzten Oktoberwoche stattfinden sollte. Ganz Burslem war schon aufgeregt. Aber sechs Meilen entfernt, in Cooperfield, führten die Kendalls ihr ruhiges Leben weiter und verschwendeten keinen Gedanken an die Hochzeit des Töpfermeisters. Es machte Jessica auch nichts aus, daß sie auch dieses Mal nicht eingeladen worden waren, denn Anfang Dezember stand ihre Niederkunft bevor, und dann würde ein neues Kapitel in ihrem Leben beginnen. Endlich würden dann die langen Monate des Wartens zu Ende sein.
Aber tief in ihrem Inneren machte sie sich Sorgen, denn obwohl Simon ein aufmerksamer und rücksichtsvoller Ehemann war, war er auch ein ehrlicher Mann, der strikt sein gegebenes Versprechen einhielt. Er hatte ihr eine Vernunftehe vorgeschlagen und sich daran gehalten. Nach und nach hatten sie sich besser kennengelernt, waren sich aber in vielen Dingen noch fremd, und manchmal fragte sie sich, ob das Kind sie nicht wieder auseinanderbringen könnte, obwohl er die Verantwortung dafür übernommen hatte.
Etwas anderes beunruhigte sie ebenfalls. Nie hatte er angedeutet, daß sich nach der Geburt des Kindes etwas an ihrer Beziehung ändern könnte, obwohl Jessica das durchaus für möglich hielt.

Noch beunruhigender war, daß sie manchmal an Roger Acland dachte, sich sogar die Momente der Leidenschaft ins Gedächtnis zurückrief. Nachts wachte sie manchmal auf, weil sie diese Augenblicke im Traum erlebt hatte. Deswegen fühlte sie sich schuldig, und auch eine sonderbare Angst beschlich sie. Sie fragte sich, ob Acland der einzige Mann war, der diese Sehnsucht befriedigen konnte. Und dann rief sie sich zur Ordnung: Er war aus ihrem Leben gegangen und würde nie zurückkehren.

17

Agathas einziger Kummer bezüglich ihrer Hochzeit betraf die Wahl des Brautkleides, denn man erwartete von ihr, daß sie das traditionelle Tremain-Kleid trug, das vor ihr bereits Generationen von weiblichen Vorfahren mütterlicherseits getragen hatten. Es wurde jeweils der neuesten Mode entsprechend geändert und der Figur der Braut angepaßt. Für Charlotte verband sich damit eine sentimentale Erinnerung, aber Agatha hielt die schmucklose Brüsseler Spitze schlicht für langweilig und tat ihre Meinung auch unmißverständlich kund.

»Es mag ja gut zu deinem blassen Teint gepaßt haben, Mama, aber für mein dunkles Haar brauche ich etwas Auffallenderes.«

»Im Gegenteil, meine Liebe. Die elfenbeinfarbene Schattierung steht dir hervorragend.«

Damit wollte sie eigentlich ausdrücken, daß die Farbe dämpfend auf das recht aufdringlich zurechtgemachte Äußere ihrer Tochter wirkte. Agatha ging gewöhnlich recht verschwenderisch mit Puder und Rouge um, und Charlotte protestierte energisch gegen Agathas Wunsch, das langweilige Brautkleid mit roten und purpurnen Mohnblumen zu verzieren.

»Meine Liebe«, empörte sich ihre Mutter, »wer hat je von purpurnen Mohnblumen gehört?«

Und: »*Liebe* Miss Agatha, *Euer* ausgezeichneter Geschmack verbietet einfach jede Art der Übertreibung«, hatte die Schneiderin geschmeichelt.

Agatha schmollte und sah wie ein verdrießlicher Mops aus.
»Meine liebe Tochter, das Kleid bekommt nur die nötigen Einsätze, damit es dir paßt. Später, wenn Amelia heiratet, können sie wieder entfernt werden.«
»Amelia wird es gut stehen. Sie hat schon immer das Unauffällige und Langweilige bevorzugt.«
Am liebsten hätte Agatha das Kleid zerrissen, aber der strenge Blick ihres Vaters wies sie in die Schranken. Charlotte hatte ihn zur Anprobe eingeladen, hauptsächlich aus dem Grund, weil sie hoffte, er würde sich daran erinnern, wie bezaubernd sie darin an ihrem Hochzeitstag ausgesehen hatte. Aber er schien es vergessen zu haben. Bei Max' Hochzeitsfeier hatte Ralph Freeman nur brummig gesagt, er wünschte, die ganze Angelegenheit wäre bald vorbei. Aber an jenem Tag war er sowieso schlecht gelaunt gewesen, verärgert und beschämt über Max' Benehmen. Seit jenem Tag war Max ruhiger geworden – wie seine Mutter es nannte. Sein Vater bezeichnete die Stimmung seines Sohnes als mürrisch.
Max mißfielen die täglichen Besuche in der Drayton-Töpferei gewaltig. »Nichts als Schlick und Wasser«, hatte er nach dem ersten Tag geschimpft. »Ein scheußlicher Ort. Gott sei Dank brauche ich mir nicht die Hände schmutzig zu machen.«
»Ein wenig Dreck hat noch keinem Mann geschadet«, hatte Ralph gegrollt.
»Er könnte aber meine Kleidung ruinieren«, war Max' Antwort gewesen.
»Was tust du denn dort, wenn du das Geschäft nicht von der Pike auf lernen willst?«
Max' typisches Schulterzucken hatte das Thema beendet. Er erzählte nur noch, daß in einem Raum neben dem Büro des Töpfermeisters ein Schreibtisch und Stuhl für ihn aufgestellt worden waren und ihm die Zeit, die er dort absaß, unendlich lang wurde. Worauf sein Vater die Stirn runzelte, nach einem warnenden Blick von Charlotte jedoch keine weiteren Fragen stellte.
Was seine hübsche kleine Frau betraf, so hielt sie sich hauptsächlich in ihren Räumen auf. Phoebe machte gelegentlich einen kurzen Spaziergang durch den Park und lehnte Amelias Vorschlag, mit ihr

auszureiten, kategorisch ab. »Sie scheint die ganze Zeit vor dem Spiegel zu verbringen«, hatte Amelia geringschätzig bemerkt. Die beiden junge Frauen kamen nicht gut miteinander aus.

Es warf ein schlechtes Licht auf Max, daß seine Frau so kurz nach der Hochzeit in Lustlosigkeit und Apathie versunken war. Früher hatte Charlotte Freeman Phoebe immer für ein zwar törichtes, aber lebhaftes Mädchen gehalten, das an der Gesellschaft anderer Freude fand. Natürlich hatte Emily Drayton ihre Tochter zu sehr verwöhnt, und die Rolle der Ehefrau schien ihr schwerzufallen. Bei dem Gedanken an ihre grämliche Schwiegertochter erfüllte Charlotte ein gewisses Unbehagen. Sie schob diese Betrachtungen energisch beiseite und beschäftigte sich lieber wieder mit Agatha, der man, Gott sei Dank, nie Lustlosigkeit oder schlechte Laune nachsagen konnte, obwohl ein wenig Zurückhaltung in ihrer Vorliebe für farbenprächtige, auffallende Kleidung von Vorteil wäre.

Charlotte vermutete, daß Joseph Drayton ihre Ansicht teilte, denn es war offenkundig, daß ein Mann von seiner Eleganz auf damenhaftes Auftreten Wert legte. Seine Reaktion auf Agathas prunkvolles Kleid, das sie an dem Abend getragen hatte, als er ihnen von Jessicas Lapsus erzählte, war Charlotte Freeman nicht entgangen.

Aber das alles gehörte der Vergangenheit an. Im Moment zählte ausschließlich, daß sie Agatha dazu überreden mußte, auf jede Verzierung des Tremain-Brautkleides zu verzichten. Sie hatte bereits ihren Kopf durchgesetzt, indem sie ihre Eltern dazu brachte, den Gottesdienst in der Gemeindekirche abzuhalten anstatt in der Tremain-Kapelle. Sie hatte behauptet, es sei Josephs Wunsch.

»Natürlich will der führende Töpfermeister von Burslem, daß alle Bewohner des Ortes und Freunde und Bekannte aus dem gesamten Umkreis an seiner Hochzeit teilnehmen«, hatte Agatha argumentiert. »Unsere Familienkapelle war der richtige Rahmen für meinen lieben Bruder – schließlich ist er der Erbe –, aber Joseph ist eine angesehene Persönlichkeit.«

»Sie soll ihren Willen haben«, hatte Ralph schließlich eingelenkt. Aber was das Brautkleid betraf, blieb Charlotte unnachgiebig.

Dafür beharrte Agatha in allen anderen Dingen darauf, daß ihre Wünsche berücksichtigt wurden. Kritisch begutachtete sie die Arrangements, die ihr Mutter traf, und machte ihr Vorwürfe, weil die Aclands nicht auf der Gästeliste standen.

»Sie sind weder verwandt mit uns«, gab Charlotte zu bedenken, »noch zählen sie zu unseren Freunden. Tante Edith hat in die Acland-Familie eingeheiratet, und es sind die Kinder aus der ersten Ehe ihres verstorbenen Mannes. Auch Edith ist nur eine Cousine zweiten Grades deines Vaters und wird nur aus Bequemlichkeit Tante genannt. Ich bin ihr nur einmal begegnet, und ihre Stiefkinder kenne ich gar nicht ...«

»Bis auf Roger Acland. Da er uns im Frühjahr besucht hat, wäre es unhöflich, ihn zu übergehen.«

Charlotte runzelte mißbilligend die Stirn.

»Ich fürchte, er wird deinem Vater nicht willkommen sein. Er mag den jungen Mann nicht.«

»Weil er um meine Hand angehalten hat? Fürchtet Papa etwa, es wäre Roger schmerzlich, mit ansehen zu müssen, daß ich einem anderen Mann zur Frau gegeben werde, nachdem er seinen Antrag abgelehnt hat? Das mag schon sein, aber sicherlich wäre es für Roger ebenso schmerzlich zu erfahren, daß wir ihn vorsätzlich übergangen haben.«

Charlotte bezweifelte, daß ihr Mann irgendein Interesse an Aclands Empfindungen hatte. In seinen Augen war Roger ein gewissenloser Hasardeur und Mitgiftjäger. Doch sie wollte keine weitere Auseinandersetzung mit Agatha, also stimmte sie widerstrebend zu.

Agatha lächelte selbstgefällig. Sie genoß es zu intrigieren und würde dem lieben Roger mit Wonne von Jessicas unglückseliger Heirat erzählen. Dabei würde sie ihn genau beobachten, denn jede Gefühlsregung in seinem Gesicht würde ihr verraten, ob ihr Verdacht stimmte, daß zwischen den beiden etwas gewesen war. Seine Reaktion würde ihr auch enthüllen, ob er damals aus Liebe oder Berechnung um ihre – Agathas – Hand angehalten hatte. Traf ihre letztere Befürchtung zu, würde sie es genießen, ihm mitzuteilen, daß Jessica jetzt ihr Bett mit einem anderen Mann teilte. Sollte sich aber zeigen, daß er sie wirklich aus Liebe hatte heiraten wollen, würde sie sich in ihrer Eitelkeit geschmeichelt fühlen. In jedem Fall würde sie ihren Triumph genießen.

Nachdem die Einladung verschickt worden war, wandte sich Agatha anderen Dingen zu. Sie war die geborene Intrigantin und tat nichts lieber, als sich in die Angelegenheiten anderer einzumischen. Aber im Augenblick sonnte sie sich im Glanz ihrer bevorstehenden Hochzeit mit dem Mann, den sie seit Jahren begehrte, und endlich – endlich – würde sie ihn bekommen.

Er war der ideale Bräutigam – gutaussehend, stolz, elegant und geschmackvoll gekleidet. Für Joseph Drayton kam kein prunkvolles Gewand in Frage; blaßgrauer Satin mit zarter Silberstickerei und dezentem Rüschenjabot zierten seine hochgewachsene Gestalt. Zur seidenen Kniehose waren die spitz zulaufenden Schuhe farblich abgestimmt, die ebenfalls mit blaßgrauem Satin überzogen waren und die nur prächtige Silberschnallen schmückten. Die kunstvoll gearbeitete weiße Lockenperücke sah sehr eindrucksvoll aus, verbarg aber bedauerlicherweise sein schönes seidenes Haar.
Joseph war sich des Aufsehens bewußt, daß er erregte, ließ sich seine eitle Zufriedenheit aber nicht anmerken. Während der ganzen Hochzeitsfeier gab er sich bescheiden, anmutig und würdig. Diese Pose beizubehalten fiel ihm erstaunlich leicht, denn auch Agathas Erscheinung war von erfreulicher Damenhaftigkeit. Die Schlichtheit und Eleganz ihres Brautkleides, wozu sie als einzigen Schmuck eine Perlenkette trug, fand sein Wohlgefallen. Sogar an ihrer Frisur – sie trug das Haar in weichen Wellen nach hinten gekämmt – hatte er nichts auszusetzen.
Am Arm ihres Vaters kam sie auf ihn zu, und sogar ihr plumper Gang wurde durch die Fülle der Unterröcke kaschiert. Aber während Joseph ihr mit ausdruckslosem Gesicht entgegensah, dachte er, daß die Beine darunter sicher Säulen glichen und er heute nacht dazwischen versinken würde ...
Wie erwartet, strömten beinahe alle Bewohner von Burslem herbei. Zwei derartige Ereignisse in einem Monat gaben Gesprächsstoff für das ganze Jahr. Am Cobblers Green wurde Freibier ausgeschenkt, und für die Kinder gab es Äpfel.
Der Wirt des *Red Lion* öffnete ausnahmsweise früher, und jene, die es nach etwas Stärkerem verlangte als dem leichten Bier,

das die Eltern der Braut zur Feier des Tages ausschenken ließen, zogen sich lieber ins Wirtshaus zurück.
Bei Sonnenuntergang würden die Fässer am Cobblers Green leer sein. Trotz der Feierlichkeiten galt es am nächsten Morgen Punkt sechs Uhr mit der Arbeit zu beginnen, und jedem, der zu spät kam, drohte Strafe, vor allem den Arbeitern der Drayton-Töpferei. Joseph Drayton hatte von dieser Regelung nicht einmal Max Freeman ausgenommen, und er wäre der Hochzeit am liebsten ferngeblieben.
Die langen Stunden ohne sinnvolle Beschäftigung in der Drayton-Töpferei totschlagen zu müssen, war schon langweilig genug. Aber bei Sonnenaufgang anzutreten, selbst nach einer ausgedehnten Familienfeier, fand Max nicht nur sinnlos, sondern schlichtweg idiotisch.
»Später werde ich dich gut gebrauchen können«, hatte Joseph versprochen, nachdem Max ihm gesagt hatte, daß er sich langweile. »Für den Moment genügt es, wenn du dir alles ansiehst. Warum beklagst du dich über deine Position? Geld zu bekommen fürs Nichtstun ist doch ein angenehmer Zustand. Du bist ein verwöhnter junger Mann, Max Freeman, aber wenn die Zeit reif ist, wirst du mir von Vorteil sein.«
Dieser Vorteil schien darin zu bestehen, daß Max die Produkte der Drayton-Töpferei seinen einflußreichen und wohlhabenden Freunden empfahl, aber in diesen Kreisen fanden die schlichten, praktischen Tonwaren keinen Anklang. Und Max zögerte nicht, seine Meinung darüber auszudrücken.
»Du solltest elegantere Sachen produzieren. Porzellan, das eine Zierde für die Tafel eines jeden reichen Mannes ist. Waren, für die ich mich nicht schämen müßte, wenn ich sie anbiete.«
Josephs mißbilligender Gesichtsausdruck hatte ihn gefreut. Denn dieser eingebildete Töpfermeister ließ ihn zu gern spüren, daß er nur wegen Phoebe in dem Familienunternehmen geduldet wurde.
»Deine Aufnahme in die Töpferei war Teil der Vereinbarung zwischen unseren Familien, Teil des Handels sozusagen«, hatte man ihm gesagt. »Mehr nicht.«
Ein schlechter Handel, wollte Max erwidern. Dafür habe ich eine Frau bekommen, die mich nicht in ihrem Bett haben will, eine

dumme Person, die behauptet, ich würde sie beschmutzen! Ein Mann, der das ertragen mußte, hatte wohl eine finanzielle Entschädigung verdient!

Aber die Verbindung mit der Drayton-Töpferei brachte ihm auch Vorteile. Joseph machte ihm keine Vorhaltungen, wenn er manchmal tagelang nicht in seinem Büro erschien, denn er hatte es vorgezogen, den Vergnügungen beim Hahnenkampf, Pferderennen oder Glücksspiel nachzugehen. Daß er dabei dauernd verlor, entmutigte ihn nicht. Über Geld hatte er immer freizügig verfügen können, und notfalls unterzeichnete er Schuldscheine und vergaß sie prompt.

Gelegentlich hatte Joseph seine Schulden bezahlt. »Übertrage die Schuldscheine einfach auf mich, dann hast du keine Gläubiger am Hals.« Max hatte dieser Regelung freudig zugestimmt. Jemand Geld zu schulden, mit dem man verwandt war und der keine Rückzahlung verlangen würde, war ein wesentlich angenehmeres Arrangement.

Also war er verpflichtet, an der Hochzeit von Agatha mit dem Besitzer der Drayton-Töpferei teilzunehmen. Max bemühte sich, neben seiner hübschen Frau eine gute Figur zu machen. Wenigstens in der Öffentlichkeit konnte er mit Phoebe angeben. Ihm blieb unverständlich, wie eine so bezaubernd und verführerisch aussehende Frau derartig kalt sein konnte. Sie unterwarf sich den ehelichen Pflichten mit demselben Widerwillen und angeekeltem Gesichtsausdruck wie in ihrer Hochzeitsnacht. Ihre leidende Pose reizte ihn maßlos und machte ihn fordernder und rücksichtsloser, als er normalerweise war.

In sexueller Hinsicht war sie eine Enttäuschung. Sie kannte keine Tricks und weigerte sich, sie zu lernen. »Ich bin keine Hure!« hatte sie ihn angeschrien, als er sie dazu verleiten wollte. »Mach diese Dinge mit Frauen, die es gewohnt sind.«

Er hatte ihr mit der Hand den Mund zugehalten, damit niemand ihr entrüstetes Geschrei hörte. Dann hatte er ihr den Rücken zugekehrt und angewidert gesagt: »Nun, wenigstens räumst du mir das Recht ein, diese Vergnügungen zu genießen.«

»Genieße, soviel und mit wem du willst. Dann läßt du mich hoffentlich in Ruhe.«

»Und was werden unsere Familien sagen, wenn du kein Kind bekommst? Ist dir bewußt, daß man Frauen, die nicht gebären, verstoßen kann? Ich frage mich, wie das Oberhaupt der Drayton-Familie reagieren würde, wenn das geschähe. Er wäre nicht stolz auf dich, sondern würde sich deinetwegen schämen.«

Begleitet von den Hochrufen der Zuschauer traten Joseph und Agatha aus der Kirche. Josephs Blick fiel sofort auf Meg, die mit anderen zusammen auf der Kirchhofmauer saß und sich scheinbar gut amüsierte. Der Wind hatte ihren Rock bis zu den Knien hochgeblasen, aber sie schien es entweder nicht zu bemerken, oder es kümmerte sie nicht. Als ihre Blicke den seinen begegneten, prostete sie ihm spöttisch mit ihrem Bierkrug zu.

Oder so kam es Joseph wenigstens vor. Megs Lächeln konnte alles mögliche bedeuten, doch für ihn war es immer spöttisch und herausfordernd gewesen. Ihre weißen Zähne blitzten in ihrem Zigeunergesicht, und ihre großen dunklen Augen leuchteten. Für alle anderen war sie nur ein Mädchen, das mit der Menge feierte, aber für Joseph war sie in diesem Augenblick die Provokation in Person.

Er riß seinen Blick von ihr los, wandte sich mit stolzem Gesichtsausdruck seiner jungen Frau zu, verglich sie aber ungewollt mit der verlockenden Meg. Er wünschte sich, dieses einfache Mädchen aus dem Volk könnte Agathas Platz einnehmen, dann müßte er nicht mit einem derartigen Grauen an die bevorstehende Hochzeitsnacht denken. Und in diesem Augenblick wußte er, daß er früher oder später – lieber früher – Trost von den ehelichen Pflichten suchen würde.

Er mußte Meg Gibson wieder haben.

Als sich das Fest dem Ende näherte, genug gegessen und getrunken worden war, der Wirbel von Tanz, Gelächter, Scherz und Spaß vorbei war, flüsterte die Braut: »Ist es nicht an der Zeit, daß wir nach Hause fahren, Liebster?«

Nach Hause. Carrion-House. Das Heim, in dem er bisher glücklich als Junggeselle gelebt hatte, das aber eine Herrin brauchte, die ihrem

Mann eine würdige Repräsentantin war. Das hatte er gesucht, und Agatha würde diesen Platz ausfüllen, bis er sein Ziel erreicht hatte. In der Zwischenzeit mußte er ihren schmachtenden Blick ertragen, ihren koketten Augenaufschlag, obwohl dieses gezierte Verhalten bei einer vierundzwanzigjährigen Jungfrau einfach lächerlich wirkte. Wie begierig sie sein mußte, diesen Makel endlich loszuwerden – und wie abstoßend fand er ihre übertriebenen Schmeicheleien, ihre plumpen Zärtlichkeiten und ihre falsche Scheu.
Wie alt war Meg im Vergleich zu seiner Frau? Fünfzehn? Sechzehn? Sie mußte schon früh die Leidenschaft eines Mannes kennengelernt haben. Schade, daß nicht auch seine Frau diese Erfahrungen gemacht hatte. Dann wäre sie vielleicht so verführerisch geworden wie dieses Mädchen, das ihm Qual und Lust zugleich war.
Agatha dagegen war zu einer schwerfälligen, aufdringlichen und abstoßenden Frau herangewachsen, die sich wohl für eine Verführerin hielt, die ihrem Mann bald ungeahnte Wonnen bescheren würde. Dabei war sie nichts als eine übergewichtige Sirene, die sich für unwiderstehlich hielt. Joseph lächelte auf sie hinunter und dachte insgeheim, wie unsäglich leicht es ihm fallen würde, ihr zu widerstehen. Eine halbe Stunde in ihrem Bett mußte genügen, dann würde er sich in sein Zimmer zurückziehen.
Und als sie im Carrion-House ankamen, verlief alles so, wie er es erwartet hatte. Jetzt, da Agatha durch die Heirat eine ehrbare Frau geworden war, konnte sie freizügig in den Freuden der Lust schwelgen, denn Gott hatte seinen Segen dazu gegeben. Sie war fest entschlossen, das Vergnügen auszukosten. Er vermutete, daß ihre Vorstellungen von physischer Liebe und Leidenschaft von einer ausschweifenden Phantasie geprägt waren, der sie nun freien Lauf lassen konnte. Seit Jahren hatte sie wohl mit Sehnsucht den Augenblick herbeigesehnt, der ihr diese Erfahrungen ermöglichen würde. Und er sollte der einzigartige, unvergleichliche Liebhaber sein, nach dem sie sich verzehrte.
An dieser Rolle fand er nur sehr wenig Gefallen.

Als Agatha erwachte, galt ihr erster Gedanke wie immer ihrem geliebten heißen Getränk. Sie streckte die Hand nach dem Klingel-

zug aus und riß ungeduldig daran, und Josephs Haushälterin kam herbeigeeilt. Falls sie überrascht war, die Frau ihres Herrn allein im Zimmer zu sehen, ließ sie es sich nicht anmerken.
»Ihr habt aber lange gebraucht«, sagte Agatha gereizt. Am besten, sie verwies die Frau gleich an ihren Platz.
Mrs. Walker murmelte eine Entschuldigung, aber sie nahm die Rüge übel.
»Ihr wünscht etwas, Madam?«
»Schokolade«, befahl Agatha. »Sehr heiß und sehr süß.«
Mrs. Walker gehorchte ohne ein Wort. Zwar gefiel ihr der Ton der neuen Herrin nicht, noch gefielen ihr die zusätzlichen Dienstboten, die der Haushalt jetzt erforderte – ein Lakai und eine Zofe für Madam. Aber vielleicht war die Zofe ein Segen, überlegte sie. Denn in Madams Zimmer gab es sicherlich viel zu bringen und wegzutragen. Also übertrug sie die Aufgabe dem jungen Mädchen namens Rose, das zu diesem Zweck eingestellt worden war.
Als Rose mit dem silbernen Tablett, auf dem die Schokolade stand, in Agathas Zimmer kam, hatte diese ein mit Rüschen besetztes Bettjäckchen angezogen, da sie ihren Mann erwartete. Er würde sicher nach dem Aufwachen seine Frau besuchen. Aber der deplorable Zustand ihres Haars mißfiel ihr. Deshalb sagte sie: »Kannst du Locken drehen, Rose?«
»O ja, Mistress.«
Sie hatte immer den sieben Töchtern des Landpfarrers die Haare eingedreht. Es waren diese Fähigkeit und ihr Geschick im Nähen, die sie Zofe hatten werden lassen.
»Dann mach die Brennschere heiß. Sie liegt in meinem Toilettenkoffer neben dem Schrank.«
Rose gehorchte und legte die Schere in die glühenden Kohlen im Kamin. Das Feuer hatte die ganze Nacht gebrannt. Agatha beobachtete sie träge. Das Mädchen machte sich gut. Die Schokolade war ausgezeichnet. Ganz nach ihrem Geschmack – dick und sehr süß. Sie leckte sich gerade genüßlich die Lippen, als die Tür aufging und ihr Mann eintrat. Frisch rasiert und das Haar gebürstet, so daß es ihm in Wellen bis in den Nacken fiel. Er trug einen langen Morgenmantel aus dunkelbraunem Samt und türkische Pantoffeln. Er sah

phantastisch aus. Bei seinem Anblick machte ihr Herz einen Sprung.
Auf eine Handbewegung von ihm verließ Rose das Zimmer, und Joseph ging zu seiner Frau. Agatha, die schön zurechtgemacht in ihrem Bett saß, wartete auf Bewunderung, Zärtlichkeiten. Nichts kam. Er blieb einen Meter vor ihrem Bett stehen und betrachtete sie. Sie nippte an ihrer Schokolade. Da nahm er ihr zu ihrem Entsetzen das Tablett weg.
»Du wirst dich nicht mehr mit diesem süßen Zeug vollstopfen, meine Liebe. Falls du Anordnungen gegeben haben solltest, dir das jeden Morgen zu servieren, werde ich sie rückgängig machen.«
»Aber Joseph! Ich habe immer morgens meine Schokolade getrunken!«
»Jetzt nicht mehr, Liebes. Und dieses Brenneisen, ist das für dein Haar?« Auf ihr verblüfftes Nicken hin ging er zum Kamin und ließ es verächtlich auf die steinerne Ummantelung fallen. »Und das hört auch auf. Ich mag diese Vogelnester auf deinem Kopf nicht.«
Sein Ton war leicht scherzend, aber Agatha war nicht zum Scherzen zumute. Sie war ziemlich ärgerlich und sagte das auch, während ihr passenderweise Tränen über die Wangen rannen. Er entgegnete mit ausgesuchter Höflichkeit: »Meine Liebe, du mußt von mir gelenkt werden. *Ich* werde deine Frisur, deine Kleider, dein Essen, einfach alles auswählen und dein gesamtes Erscheinungsbild verändern. Warum, glaubst du, reise ich mit dir nach London, wenn ich mir eine Abwesenheit von der Fabrik eigentlich nicht leisten kann? Einzig und allein deinetwegen. Wenn wir zurückkommen, wirst du in jeder Hinsicht Fortschritte gemacht haben. Jetzt bin ich gekommen, um deine Reisekleidung auszusuchen.«
Seine Stimme und sein Lächeln waren freundlich, es konnte sich also nur um einen Scherz handeln. Er neckte sie, davon war sie überzeugt und erleichtert zugleich. Schon bald würde er das Gegenteil sagen und verkünden, daß er sie anbete. Als er dann zum Schrank schlenderte und die Türen öffnete, argwöhnte sie nichts.
»Alle meine Sachen sind schon gepackt, Joseph. Im Schrank hängt nur mein Reisekleid. Ist es nicht elegant?«
»*Elegant?* Dieses schreckliche Orange soll passend für einen Mantel

sein? Und dieses hellgelbe Kleid mit den auffälligen Stickereien? Einfach vulgär. Und diese lächerliche Haube, die wie ein Blätterpilz aussieht! Tante Elizabeth wird bei deinem Anblick erschrecken.«
»Tante Elizabeth! Wir werden doch nicht bei *ihr* wohnen? Sicher hast du ein Haus gemietet?«
»Sie hat uns ihre Gastfreundschaft angeboten, und es wäre unhöflich abzulehnen. Und wie ich gehört habe, hat sie einen ausgezeichneten modischen Geschmack. Sie soll geradezu eine Autorität darin sein. Aus diesem Grund, meine Liebe, fahren wir nämlich nach London. Ich wünsche mir eine Frau, mit der ich Ehre einlegen kann. Also bleibt dein Koffer mit dem ganzen Firlefanz hier.«
Sie stieß einen Protestschrei aus. »Ich dachte, du *liebst* mich!«
Darauf gab er keine Antwort, und sie fuhr gereizt fort: »Du hast mich gewählt, so wie ich bin, wie ich immer gewesen bin ...«
»Nicht immer«, sagte er leicht. »Du kannst nicht *immer* so dick und so schlecht angezogen gewesen sein. Ich möchte mich in der Öffentlichkeit nicht mit einer aufgedonnerten Fregatte zeigen.«
Ihr Gesicht wurde mürrisch; sie sah noch unattraktiver aus. Aber zu ihrem Kummer kam ein Schmerz, der ihm deutlich machte, daß er zu früh zu weit gegangen war. Sofort setzte er ein anderes Gesicht auf, wurde zärtlich und besorgt und küßte sie, um es zu beweisen. Ihr Körper roch nach Schweiß und abgestandenem Parfüm. Hastig zog er sich zurück und sagte, er werde anordnen, ein Bad einzulassen.
»Und iß etwas Leichtes zum Frühstück, Liebes. Vielleicht Früchte. Und Kaffee. Aber nicht diese klebrige Schokolade. Sie verdirbt nur deinen schönen Teint.«
Tapfer küßte er sie wieder, doch zu seinem Erstaunen wandte sie den Kopf ab. Sie hatte ihm noch nicht vergeben, aber er beachtete die Warnung. Es wäre unklug, seine reiche Frau zu brüskieren, ehe das Geld in seinen Händen war.
Deswegen nahm er sie wieder in die Arme und befriedigte ihren unersättlichen Körper. Er wußte, daß er sie auf diese Weise immer friedlich stimmen konnte. Größere Befriedigung aber würde er anderswo finden. Megs Bild trat ihm vor die Augen, es war schon da gewesen, als er seine Frau liebte.

Als sie vor Lust stöhnte, wußte er, daß sie ihm verziehen hatte. Zusätzlich versicherte er sie seiner ewigen Liebe. Das war schon eine Lüge wert.

18

Während ihrer Reise nach London erinnerte sich Joseph plötzlich, daß auch Roger Acland auf der Hochzeit gewesen war, und fragte seine Frau, warum.
»Weil ich ihn eingeladen habe. Warum sonst?«
»Aber er ist doch kein naher Verwandter.«
»Das stimmt. Kein Blutsverwandter. Aber seine Gefühle wären verletzt worden, hätte ich ihn nicht eingeladen.«
»Wie das denn?«
»Weil ich ihm soviel bedeutete.« Agatha schlug bescheiden die Augen nieder. »Außerdem wurde er abgewiesen.«
»Von wem?«
»Von mir – oder besser gesagt, von Papa.«
»Er hat wirklich um deine Hand angehalten?«
»Warum überrascht dich das?« fragte Agatha verärgert. »Du hast ja auch um meine Hand angehalten. *Und* sie bekommen. Ein Mann, der gesiegt hat, sollte großzügig sein. Hast du denn kein Mitleid mit dem armen Roger? Er ist ein enttäuschter Mann.«
Es gibt zwei enttäuschte Männer, dachte Joseph mit grimmiger Belustigung.
»Und hat dein Vater ihn wegen seines gebrochenen Herzens getröstet?«
»Das hätte wohl nur ich tun können.«
»Nein, das meine ich nicht. Hat er ihm Geld angeboten?«
»Geld! Sicher nicht. Papa würde dem Leid nie eine Beleidigung hinzufügen. Und der liebe Roger wäre über einen solchen Vorschlag empört gewesen.«
Ja, das wäre er, dachte Joseph dieses Mal bitter. Der »liebe Roger« war über sein Geld keineswegs beleidigt gewesen. Er hatte es geradezu erwartet – und um die Summe noch gehandelt, bis er

zweihundert Pfund herausschlagen konnte, was einem sehr hohen Jahresgehalt entsprach. Aber er hatte sich wohlweislich nicht an Agathas Vater herangemacht, denn diese Erpressung wäre unter allen Mitgliedern der Tremain-Familie bekannt geworden. Und Acland wäre nie wieder von ihnen empfangen worden.

Joseph schwieg verstimmt. Seine Meinung, daß Acland nichts als ein Mitgiftjäger war, hatte sich bewahrheitet. Kein Mann würde Agatha aus einem anderen Grund um ihre Hand bitten. Wäre sie ohne Geld, würde sie jetzt nicht als Mrs. Drayton nach London reisen.

Da merkte er, daß seine Frau noch immer redete.

»... und offensichtlich geht es ihm finanziell gut. Er hat sich wohl irgendwo im Westen bei einer Fabrik Anteile gekauft.«

Anteile mit *meinem* Geld, dachte Joseph wütend. Es wäre eine bittere Ironie, wenn er für Aclands Wohlstand verantwortlich war, dabei hatte er angenommen, daß der Mann alles vertun würde.

Da Joseph nichts sagte, schwieg Agatha auch. Während der viertägigen Reise hatten beide viel Zeit zum Nachdenken. Joseph hatte eine Postkutsche gemietet, bei weitem die kostspieligste, aber auch schnellste und bequemste Art zu reisen.

Agatha mußte wieder daran denken, wie Roger sie zum Tanz gebeten und sich nach Jessica erkundigt hatte, da er sie unter den Hochzeitsgästen nicht entdecken konnte.

»Warum? Ist es wichtig, daß du sie siehst?«

»Nein, nicht wichtig. Aber ich möchte wissen, wie es ihr geht.«

»Es geht ihr gut, aber sie wurde nicht eingeladen.«

»Nicht eingeladen? Schließlich ist sie deine Schwägerin.«

»Ja, aber keine Freundin mehr. Nicht, daß *ich* sie verurteile.«

»Warum sollte sie jemand verurteilen?«

»Nun, ich fürchte, die arme Jessica hat unter ihrem Niveau geheiratet.«

»Geheiratet!«

»Sie war schwanger, Roger. Von einem einfachen Arbeiter, einem Kanalbauer, und lebt jetzt in Cooperfield. Was sehr klug von ihr ist. Sie bewohnen dort ein altes Cottage.«

»Und wann kommt sie nieder?«

»Ich habe keine Ahnung.« Das war die Wahrheit. Denn seit Joseph damals die schlimme Nachricht überbrachte, hatten sie nie wieder darüber gesprochen.
Und jetzt fragte sich Agatha, ob Roger sich die Mühe gemacht hatte, Jessica in Cooperfield zu besuchen und sie so zu sehen, wie sie jetzt geworden war – ein Dorfweib mit einem dicken Bauch, das kein Mann zweimal ansah?
Agatha hoffte es, denn dieser Anblick würde dann endgültig jeder Zuneigung, die Roger einmal für Jessica gehegt haben mochte, ein Ende setzen.
Als sie London erreichten, hatten sich Agathas eifersüchtige Anwandlungen verflüchtigt. Jetzt würde Roger Acland nur noch ihr und der vertanen Gelegenheit, sie zur Frau nehmen zu dürfen, nachtrauern.
Josephs Stimme unterbrach diesen äußerst befriedigenden Gedanken.
»Wach auf, meine Liebe. Wir erreichen den St. James' Square.«
Danach hatte sie keine Zeit mehr zum Träumen, denn schon bald standen sie vor Tante Elizabeth, die bei der Begrüßung Agatha nur mit einem Blick streifte und dann Joseph ansah. Agathas Selbstgefälligkeit wurde sofort durch die Worte ihres Mannes zerstört.
»Ihr seht ja, warum ich sie Euch gebracht habe, liebe Tante Elizabeth.«

Der wilde Wein, der sich an der Hauswand emporrankte, wucherte und mußte dringend beschnitten werden. Jessica beschloß, diese Aufgabe in Angriff zu nehmen. Der Armstrong-Kanal näherte sich seiner Fertigstellung, und deshalb war Simon oft abwesend. Jessica erwartete jedesmal seine Rückkehr mit Ungeduld.
Haus- und Gartenarbeit nahmen ihre ganze Zeit in Anspruch, aber jetzt hatte der Garten Vorrang, also machte sie sich an die Arbeit. Sie fing unten an und schnitt mit einem Gartenmesser alle wilden und überflüssigen Triebe ab. Langsam arbeitete sie sich höher, doch bald war sie an einem Punkt angekommen, wo eine Leiter unerläßlich wurde. Sie wußte, daß sie in ihrem Zustand eigentlich nicht klettern sollte, aber sie wollte ihr Werk nicht unvollendet lassen.

Und sie würde sehr vorsichtig sein. Sie würde sich vergewissern, daß die Leiter einen festen Stand hatte, ihre Röcke hochbinden und kein unnötiges Risiko eingehen. Gedacht, getan. Vorsichtig probierte sie die erste Sprosse, dann die zweite. Die Leiter stand fest wie ein Fels, aber zu ihrem Erstaunen befanden sich die obersten Ranken noch immer außerhalb ihrer Reichweite. Sie kletterte höher. Jetzt konnte sie das Gewirr erreichen und begann zu schneiden.
Wie lange sie gearbeitet hatte, wußte sie nicht. Die Zeit verflog, und sie machte gute Fortschritte. Das Spalier war schon ziemlich vermodert, sie würde Simon bitten, ein neues zu zimmern, wenn er nach Hause kam.
Oder vielleicht Martin fragen, wenn er in seine Töpferwerkstatt kam. Sonntags kam er immer, auch an vielen Wochentagen abends. Auch Amelia kam manchmal. Dann rollte sie die Ärmel auf, band sich eine Schürze um und half ihm. Aber Amelia stattete Cooperfield auch öfter Besuche ab, wenn Martin nicht da war. Ihr wachsendes Interesse am Töpferhandwerk überraschte Jessica. Dann kam sie extra, um zu putzen, und ging erst, wenn die Werkstatt blitzblank war. Sie hatte auch säuberlich Martins Notizen und Experimente in ein Heft übertragen. Er entwickelte eigene Methoden des Glasierens, probierte verschiedene Brenntemperaturen aus, deren Ergebnisse er dann auf ein Stück Papier kritzelte. Amelia sammelte diese Aufzeichnungen und notierte sie.
Sie hatte sich für heute angesagt, und Jessica hoffte, daß sie von den noch in Tremain Hall weilenden Hochzeitsgästen nicht von ihrem Besuch abgehalten werden würde. Denn nach der Arbeit tranken sie immer zusammen Tee und schwatzten, bis Amelia wieder heimreiten mußte.
Während Jessica weiter die Ranken stutzte, wanderten ihre Gedanken zu Martin und Amelia. Sie waren jetzt noch enger befreundet als je zuvor, und Jessica fand es erstaunlich, wie sich die einst oberflächliche Amelia zu einer emsigen Arbeiterin gewandelt hatte. Trotzdem hatte sie ihren untrüglich guten Geschmack beibehalten und entzückte jeden mit ihrem Aussehen. Vor allem Martin. Jessica hoffte inständig, daß das Schicksal ihn eines Tages mit noch größerem Entzücken belohnen möge.

Unter dem überhängenden Wein war es heiß. Trotz der fortgeschrittenen Jahreszeit – Ende Oktober – herrschte ein herrlicher Altweibersommer. Späte Bienen summten. Jessica ruhte sich einen Moment, gegen die Leiter gestützt, aus und wischte sich den Schweiß von der Stirn. Sie war höher geklettert, als sie angenommen hatte, aber die Leiter stand noch immer fest gegen den Baumstamm gelehnt da. Der Wein war bis zu diesem benachbarten Baum gewachsen. Jetzt blieb nur noch wenig zum Beschneiden übrig.
Da rief eine Stimme von unten ihren Namen.
»Jessica«, rief die Stimme, die nur einem Mann gehören konnte.
Vor Schreck drehte sie sich um, die Leiter drehte sich mit ihr, und sie fiel zu Boden.

Der Aufprall ihres Sturzes wurde durch Aclands Geistesgegenwart gebremst. Er fing sie auf, konnte aber nicht verhindern, daß sie trotzdem auf die Erde fiel. Aber während des Falls hatte sie sich instinktiv zusammengekrümmt, und jetzt durchfuhr sie ein stechender Schmerz.
Acland half ihr wieder auf und fragte ängstlich, ob sie sich verletzt habe.
»Ich habe dich erschreckt, Jessica. Vergib mir, liebe Jessica!«
Seine Stimme schien aus weiter Ferne zu kommen, obwohl sie sein Gesicht nahe vor sich sah. Sie hörte, wie er beruhigende Worte stammelte. Sein Arm umfaßte sie. »Kannst du gehen?« fragte er. »Ich will dir ins Haus helfen ...«
Ihre betäubten Sinne weigerten sich noch zu akzeptieren, was geschehen war und daß dieser Mann wieder in ihr Leben getreten war, als wäre er nie daraus verschwunden. Er hielt sie auf eine Weise, die ihr auf verwirrende Art vertraut war. Sie schloß die Augen, damit sie sein Gesicht nicht mehr sehen mußte, und sah es doch deutlicher als zuvor.
Da sie nichts sagte, fragte er wieder, ob es ihr gutginge. Sie nickte und starrte ihn noch immer ungläubig an. Ihr Gesicht war weiß.
»Liebste, du *bist* verletzt.«
»Nein ...«
In einem Moment würde alles vorüber sein – der Schmerz, der

Schock, die Verwirrung und die Angst. Denn sie hatte Angst. Angst, daß der Sturz ihr Kind veletzt haben könnte. Sie hatte sich an seine Bewegungen in ihrem Leib gewöhnt, und nun bewegte es sich nicht mehr. Vielleicht schlief es auch. Und so lullte sie ihre Angst ein und stützte sich auf Aclands Arm.

»Kannst du gehen?« fragte er wieder.

Sie nickte und machte einen Schritt. Es tat weh, aber sie wollte nicht aufgeben. Der Weg bis zur Haustür schien ihr lang, aber dann setzte er sie in einen Sessel und holte ihr eine Fußbank.

Vor ihr kniend, sagte er mit seinem alten entwaffnenden Lächeln: »Ich habe mich doch immer um dich gekümmert. Erinnerst du dich?«

»Schweig.«

»Willst du nicht an unser Glück erinnert werden?«

Sie schloß die Augen und lehnte sich zurück. Sie wünschte, der Schmerz würde vergehen. Sie wünschte, sie könnte ihre wirren Gedanken ordnen. Sie wollte kein sinnloses Zeug stammeln.

Bald mußte der Schmerz vergehen. Sie hatte sich vielleicht etwas verrenkt. Es war nichts Ernstes. Ruhe war alles, was sie brauchte.

Sie hörte, wie er ging, dann das Quietschen der Pumpe, dann seine Schritte, als er zurückkam.

»Trink das«, sagte er sanft.

Sie gehorchte gern. Das Brunnenwasser erfrischte sie. Die Benommenheit schwand, aber der Schmerz blieb.

Er wartete. Sie war froh, daß sie ihm jetzt wieder antworten konnte, als er sagte: »Was soll das heißen, ›schweig‹? Soll ich nicht wieder in dein Leben treten? Aber ich bin gekommen und habe nicht die Absicht, daraus wieder zu verschwinden. Ich bin nur gekommen, weil ich jetzt in der Lage bin, für dich zu sorgen.«

»Mein Mann sorgt für mich.«

»In diesem schäbigen Haus?«

»Ich habe dieses Haus gewählt, und ich bin glücklich darin.« Sie stellte das Glas hin. »Bitte geh.«

»Aber ich bin doch gerade erst gekommen. Wir haben noch nicht miteinander geredet.«

»Es gibt nichts zu reden.«

»Es gibt sehr viel zu reden. Und doch kann ich es in wenige Worte fassen. Du trägst mein Kind, obwohl Agatha etwas anderes behauptet.«

»Agatha!«

»Ich sprach kurz mit ihr an ihrem Hochzeitstag. Doch nur, weil ich wissen wollte, wie es dir geht.«

Der Schmerz nagte wieder in ihr. Trotzdem wiederholte sie: »Bitte geh ...« Ihre Stimme klang angespannt.

Ein scharfer Schmerz durchfuhr sie, dann ebbte er ab. Sie konnte jetzt leichter sprechen und sagte: »Du warst nur zu bereit, damals schnell zu verschwinden.«

»Glaubst du, ich tat es freiwillig?«

»Du hast dich doch nur auszahlen lassen.«

»Das hat man dir wohl erzählt, aber es stimmt nicht. Ich dachte, du würdest mir vertrauen. Ich dachte, du wüßtest, daß ich mir nur eine Position schaffen wollte, um zu dir zurückzukehren und dich als meine Frau heimzuholen. Und was finde ich jetzt vor? Du bist die Frau eines anderen Mannes.« Sein Gesicht verhärtete sich. »Ich will dich noch immer haben. Du hast dich mir hingegeben ...«

Wieder überkam sie der Schmerz. Sie kämpfte sich aus dem Sessel.

»Geh«, stammelte sie. »Geh, geh ...«

Er sprach weiter, als hätte er sie nicht gehört. » ... und das Kind, das du trägst, ist meins. Genauso, wie du mir gehörst.«

»Nein. Es ist meins.«

Da ergriff er fest ihre Hand.

»Jessica. *Jessica!* Meine Geliebte ... du kannst doch nicht alles vergessen haben, was uns verbindet ...«

»Alles das hast du des Geldes wegen aufgegeben. O ja. Du hast dich von meinem Bruder bezahlen lassen, selbst um die Summe gefeilscht. Geh!« sagte sie schluchzend. »Du kommst zu spät.«

»Wenn du wirklich willst, daß ich gehe, dann gehe ich. Aber ich komme wieder und erzähle deinem Mann die Wahrheit.«

»Er kennt die Wahrheit. Die ganze Wahrheit. Von Anfang an. Geh jetzt. Ich bitte dich darum.«

Ihre Stimme klang müde. Sie wollte nur ins Bett, aber er merkte nichts von ihrem Zustand, hörte nur, daß ihre Stimme zitterte.

»Du bist müde«, sagte er. »Du hast zuviel gearbeitet. Dann gehe ich, aber ich komme zurück. In einem Monat, wenn deine Zeit gekommen ist.«
Sie merkte kaum, daß er sie zum Abschied küßte, und hörte nicht, wie seine Schritte sich entfernten. Wie lange sie brauchte, um sich die Treppe hinaufzuschleppen, wußte sie nicht. Sie spürte nur den rasenden Schmerz in ihr, einen höllischen Schmerz, der sie ganz verzehrte. Und tief innen war die Angst, weil das Kind sich noch immer nicht bewegte. Zitternd entledigte sie sich aller einengenden Kleidung und ließ sie einfach zu Boden fallen, ehe sie auf dem Bett zusammenbrach. Der Schmerz zerriß ihren Körper, und sie wußte nicht einmal mehr, daß sie schrie.

19

Simon war Sir Neville dankbar, als dieser vorschlug, seine Frau solle sich in Ashburton erholen.
»Es würde für sie gut gesorgt, und du brauchst während deiner Abwesenheit keine Angst mehr um sie zu haben. Und mich würde es glücklich machen, sie unter meinem Dach zu wissen.«
Er fügte nicht hinzu, daß Jessicas Aussehen ihm Sorgen machte. Sie hatte beträchtlich an Gewicht verloren und wirkte wie ein Schatten ihrer selbst. Aber nicht nur ihr Aussehen hatte sich verändert. Sie besaß keine Vitalität mehr, war unnatürlich ruhig und sprach nicht mehr gern mit jemandem.
So wurde auch Simon stiller. Der Schock dieses Unfalls lastete auch schwer auf ihm und beeinträchtigte sogar seine Arbeit.
Sir Neville wollte beiden helfen und drängte: »Es wäre unklug, deine Frau die ganze Zeit allein zu lassen. Die Einsamkeit könnte schlimme Auswirkungen auf sie haben.«
Das war auch Simons Angst. »Sie behauptet, daß sie niemanden braucht. Aber ich fürchte, es wird lange dauern, bis sie sich davon erholt hat. Zum Glück kommt manchmal Besuch. Martin, Amelia und auch ihre Mutter. Ihre Schwester Phoebe kommt nie, aber vielleicht ist es besser so ...«

»Und der Töpfermeister ist noch nicht zurück?«
»Nein, er kommt erst in zwei Wochen wieder. Der Unfall geschah an dem Tag nach seiner Hochzeit, am Tag, als er mit seiner Frau nach London reiste. Aber er wird Jessica auf keinen Fall besuchen, denn er hat sie verstoßen, weil sie mich geheiratet hat, wie Ihr sicher wißt.«
»Ich habe diesen Mann noch nie leiden können«, brummte Sir Neville.
»Ich auch nicht. Wir kommen sehr gut ohne ihn zurecht. Die Hebamme aus dem Dorf kommt von Zeit zu Zeit vorbei, obwohl es eigentlich nichts mehr für sie zu tun gibt. Sie ist wirklich ein Engel. Aber Amelia Freemans Besuche richten Jessica richtig wieder auf. Sie ist eine wahre Freundin. Ihr wißt doch, daß sie es war, die ...«
Die Jessicas Schreie gehört hatte, als sie zum Cottage kam, sofort vom Pferd gesprungen war und sie in dem blutdurchtränkten Bett gefunden hatte. Das zu früh geborene Kind war an der Nabelschnur erstickt.

Eine Woche lang lag Jessica im Bett. Ihr Aussehen ging Simon zu Herzen. Sie aß wenig, redete kaum und lächelte dankbar über jeden kleinen Dienst, den man ihr erwies. Aber sie bat um nichts.
Dann, am siebten Tag, war sie plötzlich aufgestanden und hatte ihm wie gewöhnlich das Frühstück bereitet. Ihre Bewegungen waren langsam, aber bestimmt. Seine Vorhaltungen beachtete sie nicht.
»Es ist die Aufgabe der Hausfrau, ihrem Mann das Frühstück zuzubereiten. Ich möchte jetzt niemandem mehr zur Last fallen.«
Sie hatte freundlich gesprochen, aber ihm schien, als kämen die Worte von einer Fremden, nicht von jemandem, dem, wie er hoffte, er jeden Tag vertrauter werden würde. Es war, als würde sie sich vollständig von der Außenwelt isolieren.
Deshalb war Simon sehr froh, als Sir Neville seine Einladung aussprach. Das Leben in Ashburton würde ihrer Einsamkeit ein Ende machen. Dort würde sie kaum allein sein.
»Ich glaube, es wäre gut, wenn Ihr selbst die Einladung aussprächt, Sir.«
Er sagte nicht, warum, aber er fühlte, daß er Jessica nicht mit seiner

Sorge belasten durfte. Sie hätte dieses Gefühl als Mitleid auslegen können, und Mitleid konnte ihr Stolz nicht vertragen.
Bisher hatte Simon seine Frau noch nicht über den Unfall befragt, weil er sie schonen wollte. Aber er hatte die umgestürzte Leiter, die abgeschnittenen Ranken und auch das Messer gesehen und war zu dem Schluß gekommen, daß irgend etwas sie erschreckt haben mußte. Sonst wäre sie nicht gestürzt.
Auch mit Amelia hatte er noch nicht geredet und wußte nur, daß sie mit großer Geistesgegenwart gehandelt hatte.
Jessica fühlte sich noch sehr schwach, aber sie zwang sich, ihre täglichen Pflichten zu erfüllen, und gönnte sich kaum Ruhe – teilweise wohl deshalb, weil sie den verwirrenden Gedanken an Roger Acland entkommen wollte. Sie befand sich in einem Stadium der Unsicherheit, und nur das Wissen darum, daß der Tag der Entscheidung immer näher kam, verband sie momentan mit der Realität.

Meg Gibson marschierte die sechs Meilen von Burslem nach Cooperfield, einen Blumenstrauß aus ihrem Garten in der Hand.
»Ich habe von der Fehlgeburt gehört«, sagte sie, »und Euch das mitgebracht. Obwohl Ihr ja schöne Blumen in Eurem Garten habt.« Sie warf einen Blick über die Schulter auf die gepflegten Beete.
Jessica freute sich über die Geste. Sie hielt die Tür für ihre Besucherin weit auf und bat sie herein.
»Liebe Meg, komm herein. Dann können wir Tee trinken, und du erzählst mir alle Neuigkeiten.«
»Oh, Ma'am. Deswegen bin ich nicht gekommen. Ich kam, weil ich Euch meine Hilfe anbieten will. Master Martin hat mir von Eurem Unglück erst gestern erzählt. Und ich war sehr betrübt, wie alle in der Töpferei.«
»Es ist so ein schöner Altweibersommer, da können wir unseren Tee im Garten trinken. Ich möchte hören, wie es deiner Mutter geht und wie ihr euch in eurem neuen Heim fühlt.«
»Es wäre wundervoll, wenn Ma nicht so leiden müßte. Und keine Medizin kann helfen.«
»Keine Medizin! Aber Doktor Wotherspoon kann doch helfen?«

»Seine Rechnungen sind zu hoch, Ma'am. Er behandelt auch die Leute nicht, die nicht bezahlen können.«

»Aber deine Nachbarin kennt sich doch mit Kräutern aus ...«

»Nichts kann die Krankheit meiner Mutter heilen«, erklärte Meg kategorisch.

Aber man könnte den Schmerz betäuben, überlegte Jessica. Viele Kräutermixturen brachten Erleichterung. Warum bat Meg nicht Martha Tinsley um Hilfe, da sie ihre Mutter doch so liebte? Die Abneigung des Mädchens gegen die Alte war an dem Umzugstag offensichtlich gewesen.

Meg bestand darauf, den Tee aufzugießen. Als sie ihn in den Garten trug, fragte Jessica, wie die Dinge in der Töpferei stünden. Daraufhin lächelte Meg verschmitzt.

»Viel besser, als wenn der Töpfermeister da ist. Aber das sollte ich eigentlich nicht sagen, da er ja Euer Bruder ist – aber wie könnte ich sonst nachmittags hier sein? Wenn er dahinterkommt, werde ich bestraft, aber niemand außer einem wird mich verraten. Nein, nicht Master Martin, *er* geht ja manchmal auch weg.« Sie schlug sich mit der Hand vor den Mund. »Ich schwatze zuviel. Bitte, Mistress, verzeiht mir. Ich möchte nicht, daß Master Martin deswegen Schwierigkeiten bekommt.«

Jessica lächelte. Es war ihr spontanstes Lächeln seit zwei Wochen. »Keine Angst, Meg. Ich zeige dir, wohin mein Bruder geht, wenn er sich aus dem Staub macht.«

In Martins Werkstatt sah sich Meg voller Entzücken um.

»Das alles gehört *ihm*?« fragte sie. Und als Jessica nickte, fügte sie hinzu: »Oh, Mutter Gottes! Aber er verdient es! Master Martin ist ein guter Töpfer, zu gut für ...«

»Für die Drayton-Töpferei? Ja, so wie sie heute ist, da stimme ich zu. Deshalb haben wir diese Werkstatt eingerichtet. Und wie du siehst, bekommt er auch schon Aufträge.«

»Ihr und Master Kendall seid so gut. Wir segnen noch immer den Tag, an dem Ihr uns aus der Hütte geholt habt. Und was die Töpferei angeht, mit dem Meister kommt man schon zurecht, aber nicht mit dem arroganten Master Maxwell.«

Jessica war überrascht. Sie hatte von Martin gehört, daß Phoebes

Mann nun im Betrieb arbeitete. »Joseph glaubt, daß seine gesellschaftlichen Verbindungen uns nützlich sein könnten«, hatte Martin gesagt. Was Jessica seltsam fand, denn Joseph hatte sich immer nur für die Massenproduktion interessiert. Dann müßte er weitaus besseres Geschirr herstellen. Und deshalb hatte Jessica Max nie als einen Gewinn für die Fabrik oder gar eine Bedrohung für Martin angesehen. Aber Megs Bemerkung ließ sie aufhorchen.

»Und warum kommt ihr mit Mr. Freeman nicht zurecht?«

»Weil er hinter uns herspioniert.

»Spioniert?«

»Er soll uns überwachen, solange der Töpfermeister nicht da ist. Und ihm entgeht nichts, selbst wenn er halb betrunken ist – es sei denn, er schläft seinen Rausch aus.«

»Er trinkt bei der Arbeit?«

»Ja. Das tut er, Mistress Kendall.«

»Und der Töpfermeister *merkt* es nicht?«

»Er ist ja nicht da, Ma'am. Aber am Nachmittag ist Master Freeman oft angesäuselt. Ich weiß nicht, welchen Nutzen er bringt, außer ein Auge auf uns zu haben, während der Meister nicht da ist.«

»Und was ist mit meinem jüngeren Bruder?« fragte Jessica ängstlich, da Martin in letzter Zeit oft in Cooperfield gewesen war.

»Natürlich wird er ihn verpfeifen, Ma'am. Aber warum sollte sich Master Martin Sorgen machen? Er ist der beste Töpfer von allen. Er kann auch sehr gut allein bestehen«, antwortete Meg und deutete auf die gebrannten und ungebrannten Waren, die in den Regalen standen.

Dann, nachdem sie alles sachverständig geprüft hatte, sagte sie: »Richtet Master Martin aus, daß ich komme, wenn er mich braucht. Das geht natürlich nur sonntags, aber da der Töpfermeister nun verheiratet ist, vielleicht manchmal abends, wenn ich mich aus dem Staub machen kann.« Sie lächelte verschwörerisch. »Ich bin gemein, nicht wahr, Ma'am? Aber Master Martin wird eines Tages der beste Töpfer in ganz Staffordshire sein. Und wir beide wissen es, nicht wahr?«

Jessica lächelte. »Ja, das wissen wir. Und an *dir* ist überhaupt nichts Gemeines, Meg.«

»Die Leute in Burslem denken anders darüber.«
»Dann kennen sie dich eben nicht so wie ich.«

Während des langen Heimwegs – Mistress Kendall hatte Meg einen Korb, vollgepackt mit Köstlichkeiten aus ihrer Speisekammer, mitgegeben – hatte Meg Zeit zum Nachdenken. Wie dünn Jessica geworden war! Es war ein Schock gewesen, sie so zu sehen. Aber dann wanderten ihre Gedanken zu Master Martin und den schönen Dingen, die er geformt hatte: Katzen und springende Hunde, sitzende und fliegende Vögel und alle möglichen anderen Tiere, deren Schönheit und Lebendigkeit sie entzückt hatten. Diese Dinge konnten mit nichts verglichen werden, was je in der Drayton-Töpferei produziert worden war.
So in Gedanken versunken, erreichte Meg die Larch Lane und beschleunigte ihren Schritt, vor allem als sie an Martha Tinsleys Cottage vorbeiging. Sie warf keinen Blick auf die Fenster der Alten. Meg war überzeugt, daß Ma ihren Triumph und ihre Macht über Meg genoß.
Und inzwischen schwanden die Kräfte ihrer Mutter immer mehr, und sie mußte unsäglich leiden.
Ich hasse dich, Martha Tinsley. Ja, das tue ich. Ich hasse dich wegen deiner Grausamkeit gegenüber jemandem, der dir nie etwas getan hat.
Der Gedanke verschwand blitzartig, als ihr jemand den Weg versperrte. Die Gestalt war aus Ma Tinsleys Gartentür gekommen, aber es war nicht die Alte, sondern ein ihr unbekannter Mann.
Er überragte sie um mehr als Haupteslänge. Noch nie hatte sie einen so großen und tiefgebräunten Mann gesehen. Er kam aus einer anderen Welt. Selbst seine Kleidung war anders. Er trug eine wollene Mütze und einen knielangen Mantel mit hochstehendem Kragen und Gummistiefel. Über die Schulter hatte er einen Sack aus Segeltuch geworfen.
Meg trat schnell zur Seite. Was immer er auch von ihr wollte, sie mußte ihm sofort klarmachen, daß sie ihm nicht zur Verfügung stand. Sie hatte andere Dinge im Kopf. Wichtigere Dinge. Ihre Mutter wartete im Cottage auf sie.

»Hallo, Missy ... nur auf ein Wort ...«
Sie ignorierte ihn und ging einfach weiter. Einen Mann, der Martha Tinsley besuchte, wollte sie nicht kennenlernen.
Mit drei großen Schritten hatte er sie eingeholt. Wieder wich sie ihm aus. Seine Stimme folgte ihr.
»Ich wollte doch nur wissen, ob hier Martha Tinsley wohnt.«
Sein Dialekt war fremd. Vielleicht war er ein Ausländer. Er sollte aufhören, sie zu belästigen.
Sie rief über die Schulter zurück: »Dann klopf doch an der Tür und finde es selbst heraus.«
»Das tue ich jetzt schon seit fast einer Stunde.« Er war wieder an ihrer Seite und verlangsamte seinen Schritt, um sich ihrem anzupassen. »Im Dorf sagte man mir, daß sie in der Larch Lane wohnt. Das erste Cottage links, sagten sie ...«
»Dann geh zurück und klopf wieder. Oder warte, bis sie kommt. Oder probier's mal im *Red Lion*. Guten Tag.«
Sie lief weiter. Dieses Mal folgte er ihr nicht.

Etwas später kam Martha Tinsley zurück, und da saß ihr Neffe auf ihrer Türschwelle. Obwohl sie ihn jahrelang nicht gesehen hatte, konnte sie sich nicht irren: derselbe große Kopf, dasselbe eckige Kinn und dieselben strahlend blauen Augen, denn das Bild des jungen Frankie war unauslöschlich in ihr Gedächtnis eingegraben. Taumelnd blieb sie stehen, versuchte zu sprechen. Es gelang ihr nicht. Schließlich stammelte sie: »Frankie! Der Teufel sei gepriesen, es ist unser *Frankie*!«
Er richtete sich zu seiner vollen Größe auf.
»Ja, es ist unser Frankie, alte Vettel. Und nachdem ich dir erzählt habe, was mich hierherführt, reden wir über was anderes. Was Wichtiges.«
Sie war so überrascht, so glücklich, ihn zu sehen, daß ihr der Ernst in seiner Stimme entging. Sie wollte ihn umarmen, reichte ihm aber kaum bis zur Brust. Darüber mußte er lachen.
»Du bist geschrumpft, du alte Hexe!«
»Und du, Junge? Bist ein Riese geworden!«
»Genug davon, alte Frau. Wir müssen reden.«

»Wie hast du mich gefunden, Junge? Doch sicher nicht durch deine Mutter? Meine Schwester hat sich nie mehr um mich gekümmert.«
»Das weiß ich. Aber sie ist schon seit einem Jahr tot und konnte nichts mehr in Ordnung bringen.«
»Lottie – *tot?* Sie war doch fünf Jahre jünger als ich.«
»Nun, jetzt ist sie es nicht mehr. Gott sei ihrer Seele gnädig. Ich hab schon früher versucht, dich zu finden, aber Seeleute, die am anderen Ende der Welt sind, können eben nicht zu Beerdigungen gehen. Ich war in Polynesien, als sie das Handtuch warf, die arme alte Seele. Sie hat nur ein paar wertlose Schmuckstücke hinterlassen, aber ich dachte mir, vielleicht gefallen sie Tante Martha. Deshalb habe ich, als wir in Liverpool einliefen, nach dir gesucht.«
»Was? Den ganzen Weg von Liverpool. Das ist sehr nett von dir, Frankie.«
»Du warst nett zu mir, als ich noch ein Kind war.«
»Ja, ich liebte dich. Und habe Lottie um dich beneidet. Es tut mir leid, daß sie tot ist. Aber als ich im Gefängnis war, wollte sie nie wieder etwas mit mir zu tun haben.«
»Vergiß es, Tante.« Er warf einen Blick in die Runde, auf das Cottage und den Garten. »Das Leben scheint es gut mit dir zu meinen. Das kann man von der armen alten Seele da hinten den Weg runter nicht behaupten. Ein Blick, und ich wußte, daß sie stirbt. Und du ihr keine Medizin gibst, wie man mir sagte.«
Martha kochte vor Wut. »Wer? Diese schwarzhaarige Schlampe? Diese diebische Elster, die mir meine zwei Guineen gestohlen hat?«
»Nein, das glaube ich nicht.«
Die alte Frau lachte bitter. »Wie kommt es, daß du sie getroffen hast, Junge? Sie hat dich angesprochen, wie?«
»Nein, das tat sie nicht. Aber jetzt mach die Tür auf und hol deine Medizin, alte Hexe, und bring sie der Sterbenden. Dann bleibe ich so lange bei dir, wie du willst. Du willst doch, daß ich bleibe, oder? Ich helfe dir auch im Garten.«
»Verlange nicht zuviel von mir, Frankie. Ich kann dort nicht hingehen ...«
»Ist es denn zuviel verlangt, einer todkranken Frau zu helfen? Was ist mit dir, Martha Tinsley?«

»Bitte, Frankie! Ich will meinen Schwur nicht brechen ...«
»Was weiß Martha Tinsley schon davon? Und merk dir eins, du böse alte Vettel, wenn du da nicht hingehst, siehst du mich nie wieder. Das ist *mein Schwur!*«
»Ach, komm. Das kannst du mir nicht antun!«
»Willst du es darauf ankommen lassen?«
Seine blauen Augen funkelten. Sie zögerte, dann gab sie nach.
»Wenn ich das tue, Junge, muß ich meine Ansicht über diese Dirne Meg Gibson ändern. Sie hat mir Geld gestohlen.«
Frank Tinsley zuckte nur die Schultern.
»Glaub doch, was du willst. Das heißt nicht, daß ich es auch glaube. Sie ist das schönste Mädchen, das ich je gesehen habe. Und ich habe viele gesehen.« Er küßte die verschrumpelte Wange seiner Tante, klopfte ihr auf den Hintern und sagte herzlich: »Komm, gib deinem Herzen einen Stoß, ehe ich dich mit deinem Besenstiel verprügele.«

20

Es war bereits Abend, als Sir Neville das Haus der Kendalls erreichte. Wie immer, wenn er das Wort an eine Frau richtete, wurde seine Ausdruckweise etwas umständlich und weitschweifig.
»Mein Motiv ist rein selbstsüchtiger Natur, Madam. Meinen zahlreichen Verwandten gefällt es zwar, mich im Sommer zu besuchen, wenn das schöne Wetter sie aufs Land lockt, doch sobald die Ankunft des Winters mit all seiner Unbill droht, eilen sie in ihre sogenannte Zivilisation zurück und überlassen mich allein der Freude an den prächtigen Farben des Herbstes und vielschichtigen Gestalten des Winters, während sie vor rauchigen Kaminfeuern kauern, ihre Erkältungen pflegen, die sie sich in zugigen, eisigen Straßen geholt haben. Ihre Augen erfreut nur der Anblick von düsteren Gebäuden und schmutzigen Gehwegen; ihre Gesellschaft besteht ausschließlich aus ebenfalls niesenden und hustenden Menschen, während ein alleinstehender alter Mann auf dem Land gesund und munter, jedoch ziemlich einsam in einem großen und leeren Haus lebt.«
»Ein Haus voller Dienstboten, die Euch bedienen, Sir. Euer Alltag

ist auch im Winter abwechslungsreich und mit Arbeit ausgefüllt. Außerdem ist Eure Gastfreundschaft berühmt, und Ihr gebt viele Gesellschaften.«

»Dann hoffe ich, daß Ihr mir für eine Weile die Gunst Eurer Gesellschaft gewährt. Es wird mir ein Vergnügen sein, meinen Gästen eine junge und reizende Dame präsentieren zu können.«

»Ich weiß Eure Einladung zu schätzen, doch ich habe einen Ehemann und ein Heim zu versorgen.«

»Einen uneigennützigen Ehemann, der seiner Frau gewiß einen Tapetenwechsel gönnt, und ein Heim, um das sich eine Frau aus dem Dorf, die gelegentlich in der Küche in Ashburton aushilft, kümmern wird, die gern ein paar extra Münzen hinzuverdient. Außerdem hält Euer Mann sich nun, da der Kanal unmittelbar vor seiner Vollendung steht, öfter in Manchester auf. Bald sind die Arbeiten abgeschlossen, und die offizielle Eröffnung wird stattfinden. Danach wird er das noch größere Projekt des Trent-Mersey-Kanalsystems beginnen, das noch mehr von seiner Zeit in Anspruch nehmen wird, denn ich habe keinen Zweifel, daß er zum Generalinspektor ernannt werden wird. Natürlich können die Arbeiten erst beginnen, wenn der Parlamentsbeschluß vorliegt, doch die Mehrheit ist für dieses Projekt, bis auf einen andersdenkenden Abgeordneten, der jedoch sicherlich überstimmt wird. Dafür werde ich meinen ganzen Einfluß geltend machen.«

»Wen vertritt dieser Abgeordnete, Sir Neville?«

»Ein paar Geschäftsleute aus dem Westen, die eine stattliche Summe in das Projekt investieren wollen und sich dafür ein stattliches Stück des Kuchens erhoffen.«

»Und das Stück Kuchen ist der Kanal?«

»Ihre Hoffnungen sind zu optimistisch. Ich habe die höchste Obligation gezeichnet, zahlbar, wenn der Bau bewilligt ist, und das verschafft mir ein Mitspracherecht bei der Bestimmung des Generalinspektors. Und ich werde darauf bestehen, daß Simon dieses Amt erhält.«

Mit einem leisen Lächeln sagte sie: »Er hat mit mir darüber gesprochen.«

»Ja, sein Vorschlag, für die Arbeiten Männer aus der Region

einzusetzen, findet meine volle Zustimmung. Doch es bleibt der Beschluß des Parlaments abzuwarten. In der Zwischenzeit erwarte ich mit Spannung Eure Zustimmung, für eine Weile mein Gast zu sein, Madam. Bitte, gebt mir die Ehre, Ashburton mit Eurer Anwesenheit zu schmücken.«

Seine blumigen Worte rührten sie. Mit einem Lächeln antwortete sie: »Eine Frau aus dem Dorf wird sich um mein Haus kümmern, während ich Gast in einem der wunderbarsten Häuser von Staffordshire bin – Ihr seid ein sehr zuvorkommender Mann, Sir Neville. Es klingt, als hättet Ihr bereits alles geplant und arrangiert.«

»Ich halte viel von wohldurchdachten Plänen und ihrer erfolgreichen Ausführung. Zum Beispiel hatte ich schon lange vor der Planung des Armstrong-Kanals ein Auge auf Euren Gemahl geworfen, denn ich wußte, daß er der richtige Mann dafür ist und es auch für das neue Projekt sein wird.« Kurzsichtige Augen zwinkerten ihr unter buschigen Brauen zu. »Ja, ich gebe zu, ich regele die Dinge gern auf meine Weise. Also kann ich Euch auch ein weiteres Motiv eingestehen, weswegen ich Euch nach Ashburton einlade. Ich habe eine umfangreiche Bibliothek, die ich gern katalogisieren möchte – meine Versuche in dieser Hinsicht waren nicht sehr zufriedenstellend, denn ich bin kein Gelehrter. Aber Ihr seid intelligent und gebildet. Eure Unterstützung bei diesem Unterfangen wäre mir mehr als willkommen. Da seht Ihr, wie selbstsüchtig ich bin, liebe Mistress Kendall. Nein ... liebe Jessica. Der Name paßt zu Euch, und ich verabscheue Förmlichkeit, vor allem bei jemandem, der Gast in meinem Haus sein wird.«

»Wie ich sehe, rechnet Ihr nicht mit einer Absage, und ich muß zugeben, der Gedanke, in Eurer Bibliothek zu arbeiten, ist äußerst reizvoll ...«

» ... und nicht anstrengend, das darf ich Euch versichern. Mehr als eine Stunde pro Tag werde ich nicht erlauben, sonst sehe ich zu wenig von meinem charmanten Gast.«

Jessica lachte. »Mir scheint, Ihr seid ein Schmeichler, Sir. Aber haltet Ihr es nicht für nötig, die Einwilligung meines Mannes einzuholen?«

»Dann wollen wir ihn gleich fragen, denn da kommt er gerade. Und wenn Simon Kendall der Mann ist, für den ich ihn halte, wird er keine Einwände haben.«
Sir Neville hatte recht. Simon gab sich den Anschein, über den Vorschlag nachzudenken, und stimmte schließlich zu, daß dieser Besuch seiner Frau sehr wohltun würde. Am nächsten Morgen fuhr er sie die vier Meilen zu Sir Nevilles Haus.

Simon hätte es nie für möglich gehalten, daß ihm das Cottage ohne Jessica so leer vorkommen würde. Bei seiner Rückkehr am selben Abend fand er auf dem Herd einen Eintopf, den die Frau aus dem Dorf für ihn warm gestellt hatte, doch er aß nur wenig davon. Die Stille im Haus war bedrückend; eine unnatürliche Stille, die nur durch ihre Abwesenheit hervorgerufen wurde. Er vermißte das Schaukeln ihres Stuhls, den Klang ihrer Schritte, das Gefühl ihrer Nähe. In den Monaten ihrer Scheinehe hatte ihm allein ihre Nähe die Situation erträglich gemacht – die Vertrautheit ihres Anblicks, sie zu hören und gelegentlich berühren zu können. Nie wurde er müde, ihr Gesicht, die wechselnden Ausdrücke darin zu betrachten und dabei seinem geheimen Traum nachzuhängen, daß er eines Tages einen ganz bestimmten Ausdruck sehen würde, der nur ihm gelte.
Er schlief wenig, stand früh auf, bereitete sich ein einfaches Frühstück, wie er es als Junggeselle in der Larch Lane getan hatte, das Jessica jedoch immer mit Eiern und köstlichen gebratenen Nierchen angereichert hatte, und schloß mit einem Gefühl der Erleichterung die Haustür hinter sich. Ihr Geist hatte ihn die ganze Nacht verfolgt und würde es wieder tun, wenn er am Abend zu Bett ging. Tagsüber konnte er sich in die Arbeit stürzen, und da er früher als gewöhnlich aufbrach, blieb ihm Zeit, einen Umweg über Burslem zu machen, um sich nach einem seiner Arbeiter zu erkundigen, der verunglückt war. Und weil er diesen Umweg machte, traf er Amelia Freeman auf ihrem morgendlichen Ausritt.
Als sie ihn erblickte, zügelte sie ihr Pferd und wartete, bis er neben ihr stand. Nachdem sie sich nach Jessica erkundigt und erfahren hatte, daß sie zu Besuch in Ashburton weilte, ritt sie eine Weile

neben ihm her, bis er die Frage, die ihm auf der Zunge brannte, nicht länger zurückhalten konnte.

»Ich wollte Euch schon seit langem etwas fragen, Amelia. Habt Ihr irgend etwas bemerkt – irgend etwas, das den Unfall verursacht haben könnte – irgend etwas, das sie erschreckt hat?«

»Wie hätte ich das können, Simon. Ich bin doch erst dazugekommen, als es schon passiert war.«

»Natürlich ... natürlich ...«

Sie sah die Enttäuschung in seinen Augen und fügte sanft hinzu: »Versucht, nicht mehr daran zu denken. Wir haben mit ihr gelitten, wir haben mit euch beiden gelitten – mein Vater und meine Mutter, Martin, ich, die arme Emily Drayton ...«

»Aber nicht ihre Schwester, davon bin ich überzeugt.«

»Phoebe denkt nur an sich.«

»Und wurde zu vornehm, um ihre Schwester, die jetzt in einem ehemaligen Stellmacher-Cottage wohnt, zu besuchen.«

Amelia entgegnete achselzuckend: »Phoebe ist unwichtig.«

»Sie kann Jessica aber weh tun. Ein paar mitfühlende Worte hätten Phoebe nicht geschadet.«

»Alle anderen litten mit ihr. Hätte ich nur mehr für sie tun können.«

»Meine liebe Amelia, nur Euch haben wir es zu verdanken, daß nicht noch Schlimmeres geschehen ist.«

Amelia sagte sanft: »Euch quält der Kummer und die Sorge, das kann ich verstehen. Ihr werdet keine Ruhe geben, bis Ihr herausgefunden habt, warum Jessica gestürzt ist. Vielleicht ist einfach nur die Leiter weggerutscht, die sie nicht genügend abgestützt hatte?«

»Nein, das kann ich nicht glauben. Es muß etwas Unvorhergesehenes passiert sein, das sie erschreckt hat. Eine Nachlässigkeit in ihrem Zustand hätte sich Jessica niemals erlaubt. Während der ganzen Schwangerschaft war sie sehr vernünftig und vorsichtig.« Er ahnte Amelias unausgesprochene Bemerkung und fügte hinzu: »Ich weiß, was Ihr denkt ... daß es kaum vernünftig war, einen Monat vor der Niederkunft auf eine Leiter zu steigen, und ich muß Euch recht geben. Allein diese Tatsache bestärkt mich darin, daß Jessica äußerst vorsichtig dabei vorgegangen ist.«

Ihre Wege trennten sich nun. Amelia wendete ihr Pferd und antwortete teilnahmsvoll: »Ich verstehe Eure Gefühle, lieber Simon, und ich wünsche mir nur, ich wäre früher gekommen. Die Verspätung war nur darauf zurückzuführen, daß ich unterwegs meinem Cousin Acland begegnet bin, der von Cooperfield geritten kam. Ich habe ihn angehalten und zur Rede gestellt, denn er hatte sich einfach mein Pferd für einen ›Nachmittags-Spazierritt‹, wie er es nannte, aus dem Stall geholt. Er erging sich in weitschweifigen Erklärungen, die mich länger als vorgesehen aufgehalten haben. Und da er am nächsten Morgen mit der ersten Kutsche nach Bristol abreisen wollte, wäre es unhöflich gewesen, die Unterhaltung abzubrechen. Hätte ich es nur getan! Ihm habe ich es zu verdanken, daß ich so spät bei Jessica ankam.«

Simon sagte bedächtig: »Ich wußte nicht, daß Acland hier war.«

»Er kam zur Hochzeit – auf Agathas ausdrücklichen Wunsch hin, nehme ich an. Ich vermute auch, daß er die Einladung nur angenommen hat, um uns mit seinem neu erworbenen Wohlstand zu beeindrucken. Er scheint sehr erfolgreich zu sein.«

»Wird er wiederkommen?« Simons ausdrucksloses Gesicht ließ nichts von der Anstrengung ahnen, die ihn diese Frage kostete.

»Ich habe keine Ahnung. Trotz seines gegenwärtigen Wohlstands und seiner makellosen Manieren scheint mein lieber Papa keine besondere Vorliebe für ihn zu hegen, obwohl er Mama und alle Damen mit seinem Charme bezaubert.« Amelia berührte leicht Simons Arm. »Macht Euch keine Sorgen um Jessica. In Ashburton wird man sie verwöhnen. Der liebe alte Sir Neville verhätschelt seine Gäste – vor allem hübsche weibliche Gäste. Grüßt sie ganz herzlich von mir, wenn Ihr sie seht.«

»Am Sonntag will ich sie besuchen. Man erwartet mich zum Mittagessen.« Auf Amelia wirkte Simon geistesabwesend, und er reagierte nicht auf ihr Abschiedswinken.

Simons dringendster Wunsch war es, Jessica sofort aufzusuchen und mit ihr zu sprechen, doch seine Klugheit riet ihm zu warten. Sie hatte Acland leidenschaftlich geliebt und diese Liebe auf sein Kind, das in ihr wuchs, übertragen. Viele lange Abende hatte sie hingebungsvoll Kleidung für das Kind genäht und sie in der Zederntruhe neben dem Fenster in ihrem Zimmer verwahrt. Er hatte ihren Gesichtsausdruck gesehen, als er ihr die Wiege brachte, die er für das Kind angefertigt hatte – die Tränen in ihren Augen, das süße dankbare Lächeln auf ihren Lippen –, als hätte er ihr damit das wundervollste Geschenk der Welt gemacht. Alles war für Aclands Kind gewesen, und weil es sein Kind war, hatte sie es geliebt und mit Sehnsucht erwartet.

Einige Tage, nachdem sie es verloren hatte, fand er sie kniend vor der Zederntruhe. Der Deckel war hochgeklappt, und ihre zitternden Finger umklammerten die winzigen Kleidungsstücke. Als sie aufblickte, waren ihre Augen stumpf vor Qual. Er hatte ihr die Sachen aus der Hand genommen, sie in die Truhe zurückgelegt und den Deckel geschlossen. Tränenüberströmt hatte sie gestammelt: »Es wäre das Beste, alles zu verschenken, denn ich werde die Sachen nun nicht mehr brauchen ...« Nichts hätte ihm deutlicher machen können, daß sie von einem anderen Mann kein Kind haben wollte. Vielleicht hatte er in diesem Augenblick geahnt, daß das Ende ihrer Beziehung nahte. Zumindest hätte es ihm kurz vor ihrer Abreise nach Ashburton klarwerden müssen. Sie war fertig angezogen die Treppe heruntergekommen, eine Hand umklammerte den Griff eines kleinen Korbes, und in der anderen hielt sie die fünf Guineen, die er ihr für den Kauf eines neuen Kleides gegeben hatte. Wortlos hatte sie ihm die Münzen hingehalten, doch als er nur stumm darauf starrte, war sie gezwungen gewesen zu sprechen.

»Da es nun keine Taufe geben wird, habe ich dafür keine Verwendung. Nimm es zurück«, sagte sie, und als er keine Anstalten dazu machte, legte sie das Geld auf den Tisch.

»Ich möchte, daß du es behältst, Jessica. Du wirst es für eine andere Gelegenheit gebrauchen können. Die Eröffnung des Armstrong-Kanals wird ein großes gesellschaftliches Ereignis, an dem wir gemeinsam teilnehmen.«

Darauf blieb sie ihm die Antwort schuldig, und das Geld blieb auf dem Tisch liegen. Als er abends zurückkam, war er sofort in ihr Zimmer hinaufgegangen und hatte das Geld in das Keramikschmuckkästchen gelegt, das Martin für sie angefertigt hatte.

Er hatte nicht weiter über den Vorfall nachgedacht, doch jetzt bekam er eine Bedeutung, auf die er gleich hätte achten müssen. Es war eine versteckte Andeutung gewesen, daß sie nicht an der Eröffnung teilnehmen würde, weil sie zu dem Zeitpunkt bereits getrennt sein würden.
Er sah plötzlich alles in einem anderen Licht, jedes kleinste Detail schien von Bedeutung zu sein, und obwohl er wußte, daß es klüger wäre abzuwarten, drängte es ihn dazu, etwas zu unternehmen.

Im breiten Eingangstor zu Tremain Hall traf Amelia auf ihren Bruder, der im Begriff war, zur Arbeit zu fahren. Sie bemerkte die beiden neuen Grauen an der Deichsel. Sie sahen rassig und teuer aus.
Zum zweitenmal an diesem Morgen zügelte sie ihr Pferd und zwang ihn, ebenfalls anzuhalten, obwohl sie merkte, daß er offensichtlich nicht den Wunsch hatte, mit ihr zu sprechen. Sein Gesicht war aufgedunsen, die Augen verquollen, und er wirkte ausgesprochen verdrossen. Ihr fiel die Veränderung sofort auf, denn dank der Weitläufigkeit von Tremain Hall lebten sie zwar unter einem Dach, doch in verschiedenen Flügeln und begegneten einander nur selten. Ein Vergleich mit dem Mann, zu dem er sich jetzt entwickelte, und dem unbeschwerten Junggesellen, der er gewesen war, drängte sich unweigerlich auf.
Er antwortete auf ihre Bemerkung, daß er wohl auf dem Weg zu den Draytons sei, unwirsch: »Wohin, zum Teufel, sollte ich wohl sonst um diese Zeit fahren?« Dann fügte er in vertraulichem Ton hinzu: »Ich will dir eins sagen, Schwester, die Vorteile dieses sogenannten Ehevertrags – das heißt, die Beteiligung am profitablen Drayton-Unternehmen – war ein Fallstrick und eine Irreführung. Er beraubt mich meiner Freiheit. Noch schlimmer, es ist todlangweilig. Was kümmert *mich* ein Unternehmen, in dem von mir verlangt wird, daß ich den ganzen Tag im Ton herumwühle und von oben bis unten verdreckt bin?«
Das amüsierte sie.
»Du? Du beschmutzt dir die Hände und deine feinen Kleider? Das glaube ich erst, wenn ich es sehe. Sei ehrlich, Max. Du könntest nie

etwas mit einem Klumpen Ton anfangen. Im Gegensatz zu Martin. Er ist ein Genie darin.«

»Das sagt jeder verdammte Arbeiter in der Töpferei über ihn.«

»Das klingt, als wärst du böse auf ihn.«

»Ich kann ihn nicht leiden, daraus mache ich keinen Hehl. Er behandelt mich, als hätte ich kein Recht, dort zu sein. Nur weil er ein Drayton ist, glaubt er, mehr Anspruch auf die Position eines Töpfermeisters zu haben als ich.«

»Nun ... das steht ihm doch zu, oder?«

»Das ist Josephs Entscheidung.«

»Soviel ich weiß, existiert das sogenannte Drayton-Legat, in dem festgelegt ist, daß nur die Drayton-Söhne erben können. Niemals Außenstehende.«

Max hob die Schultern. »Davon weiß ich nichts. Meinetwegen kann Martin jederzeit meinen Platz einnehmen.«

»Ich glaube nicht, daß ihm daran etwas liegt. Martin will selbständiger Töpfermeister werden, und das schafft er auch.«

»Nicht, wenn er so weitermacht wie bisher. Joseph wird dem einen Riegel vorschieben, wenn er davon erfährt.«

Bestürzt wollte Amelia wissen, was er damit meinte.

»Daß er in Abwesenheit seines Bruders die Arbeit vernachlässigt. Martin glaubt, daß ich es nicht bemerke, aber da irrt er sich.«

Amelia verbiß sich eine wütende Antwort. Sie wußte, wie oft Martin in seine Cooperfield-Werkstatt kam, und unterstützte ihn dabei nach Kräften. Sie wußte auch, daß Josephs Abwesenheit ihm mehr Gelegenheiten dazu verschaffte, doch um keinen Preis der Welt hätte sie ihn verraten. Martins Entscheidung war der erste Schritt auf dem Weg in die Unabhängigkeit, und nichts durfte ihn daran hindern.

Vorsichtig fragte sie: »Was willst du damit andeuten? Was genau weißt du?«

»Daß er nicht die Arbeitsstunden ableistet, die von ihm gefordert werden. Daß die Schlampe in der Töpferei mit ihm unter einer Decke steckt. *Sie* weiß, wo er sich herumtreibt. Entweder hilft sie ihm dabei oder vergnügt sich mit ihm irgendwo im Heu.« Max lachte. »Ich kann es ihm nicht einmal verübeln, aber er sollte

deswegen nicht seine Arbeit vernachlässigen. Der Töpfermeister wird darüber nicht begeistert sein, wenn er es erfährt.«
Amelia sagte: »Du würdest ihm diese abscheulichen Lügen doch nicht erzählen! Schäm dich, Bruder. Das könnte ich dir nie verzeihen.«
Max lächelte spöttisch. »Du bist ein seltsames Mädchen, Amelia. Und wunderlich obendrein. Immer warst du lieb zu diesem Hinkebein, hast ihn stets verteidigt. Weiß er, daß du in ihn verliebt bist? Das bist du doch ... leugne es nicht, bitte. Es will mir einfach nicht in den Kopf, was du in ihm siehst. Er hat wenig Vorteilhaftes aufzuweisen.«
»Mehr, als du ahnst. Und wenn du seinem Bruder gegenüber auch nur einen Ton verlauten läßt, daß er sich gelegentlich – und es kommt bei weitem nicht so häufig vor, wie du andeutest – von seinem Arbeitsplatz entfernt, dann verdienst du Prügel, und die würde ich dir dann gern selbst verabreichen.«
»Im Gegenteil, Joseph wird mich dafür belohnen, kleine Schwester. Während der Abwesenheit des Töpfermeisters wurde mir die Verantwortung für den Betrieb übertragen, und ich werde ihm nach seiner Rückkehr Bericht erstatten. Das macht mir mehr Vergnügen, als Interesse für das Handwerk zu heucheln ...«
» ... und du nützt jede Gelegenheit, deiner Arbeit fernzubleiben, um deinem Zeitvertreib nachzugehen.« Sie warf einen vielsagenden Blick auf die wertvollen Pferde und die hübsche Kutsche, die ebenfalls neu war. Dieser beredte Blick bereitete Max Unbehagen. Für seinen Geschmack war Amelia schon immer zu scharfsinnig gewesen, im Gegensatz zu Agatha, die zu sehr mit sich beschäftigt war, um auf andere zu achten. Amelia schien an allem, was um sie herum geschah, ein lebhaftes Interesse zu nehmen. Sein Vater hatte sie oft als Beispiel zitiert: »Hättest du nur ein Viertel von Amelias Enthusiasmus für die richtigen Dinge im Leben, könntest du es weit bringen, Maxwell.« Verdammte Beleidigung! Und das alles nur, weil diese Göre Vaters Liebling war.
Wütend schnickte er mit den Zügeln, begierig darauf, endlich weiterzufahren, doch Amelia versperrte ihm geschickt mit ihrem Pferd den Weg.

»Wie sieht die Belohnung aus, die Joseph Drayton dir für dein Spionieren versprochen hat?« verlangte sie zu wissen.
Aber Max hatte nicht die Absicht, ihr das zu verraten. Er wäre ein Narr, einem Mitglied seiner Familie zu erzählen, daß der Töpfermeister nicht nur seine Schulden bezahlte, sondern ihn darüber hinaus noch ermutigte, sich in dieser Hinsicht keine Beschränkungen aufzuerlegen und sein Leben in vollem Maße zu genießen. Diese prächtige Kutsche und die beiden rassigen Grauen hatten mehr gekostet, als er sich leisten konnte. Aber der großzügige Joseph hatte ihm zu dem Kauf geraten. »Die Kosten übernehme ich, Maxwell. Die Vorstellung, daß meine Schwester Phoebe in einem so hübschen Gefährt spazierengefahren wird, macht mich glücklich. Ach, dabei fällt mir ein – deinem Vater wird die Neuanschaffung auffallen, aber es ist nicht nötig, daß du ihm sagst, wie du in den Besitz der Pferde und der Kutsche gekommen bist.«
Also hatte er nichts weiter zu tun, als einen weiteren Schuldschein zu unterschreiben, den sein Schwager, dessen war er sich sicher, nie einlösen würde. Die Schuldscheine waren eine reine Formalität, hatte Joseph gesagt. »... weil du beruhigter sein wirst, wenn wir die Angelegenheit als geschäftliches Abkommen behandeln.« Das hatte er so oft wiederholt, bis Max an seine eigene Rechtschaffenheit glaubte.
Wieder trieb er die Pferde an, und dieses Mal ließ er sich nicht von Amelia und ihren lästigen Vorwürfen aufhalten.
Nachdenklich sah sie ihm nach und spürte dabei ein tiefes Unbehagen. Ihre Loyalität der Familie gegenüber durfte sie nicht davon abhalten, Martin vor ihrem Bruder zu warnen.

Martin war Meg dankbar, daß sie seinen ungebrannten Töpferwaren den letzten Schliff gab. Niemand konnte wie sie die Bodenstücke an Töpfe und Krüge anfügen, und solange er gezwungen war, eine bestimmte Menge gebräuchlicher Gegenstände herzustellen, nahm er ihre Hilfe gern in Anspruch. Er akzeptierte jeden Auftrag, der ihm erteilt wurde. Keine Arbeit war ihm zu geringfügig: hier ein Ersatz für einen Topfdeckel; dort die Nachbildung einer Gemüseschale oder eines alten Erbstückes, das zu Bruch gegangen war.

Derartige Einzelaufträge wurden von etablierten Töpfereien als zu arbeitsaufwendig abgewiesen und ermöglichten den kleineren Unternehmen, ein paar Shillinge hinzuzuverdienen.
Martin konnte in kurzer Zeit einen großen Vorrat an Schüsseln, Krügen und Töpfen herstellen, doch die abschließenden Arbeiten, jedes einzelne Stück mit einem Fuß zu versehen, hielten ihn davon ab, sich der kreativen Seite der Töpferei zu widmen. Die Herstellung des Modells von Sir Nevilles Pferd nahm ihn ganz in Anspruch, denn ein derartiges Stück zu modellieren erforderte Wochen konzentrierter Arbeit, und weil das sein erster großer Auftrag war, legte er seinen ganzen Ehrgeiz hinein. Dabei durfte es keine übereilte Hast, keine schluderig ausgeführten Details geben, denn er hatte vor, eine Form herzustellen – nach der weitere Modelle der *Red Empress*, vielleicht sogar aus Bronze oder einem anderen Material, gegossen werden konnten. Es war ein ehrgeiziges Unterfangen, doch Neville Armstrongs Vertrauen in seine Begabung hatte ihn dazu getrieben.
Das erste Modell aus Keramik würde jedoch den Ehrenplatz in Ashburton einnehmen, und die Fertigstellung drängte, denn anläßlich der Eröffnungsfeierlichkeiten des Armstrong-Kanals beabsichtigte Sir Neville die Statuette bei einem Empfang für die Ehrengäste auszustellen. Martin bemühte sich noch immer vergeblich, die Zusammensetzung der Glasur nachzuvollziehen, mit der Joseph sein Geburtstagsgeschenk für ihren Vater überzogen hatte, denn sie würde seiner Skulptur diesen unvergleichlich schönen matten Glanz verleihen.
Hier kam ihm der getreue Jefferson zu Hilfe. Geduldig experimentierte er Stunden mit verschiedenen Ingredienzen, doch ohne Erfolg.
»Es gibt nur einen Weg, die Bestandteile festzustellen, Master Martin. Sie müssen etwas von der Glasur abkratzen, damit ich sie analysieren kann.«
Doch das war ohne die Zustimmung seiner Mutter unmöglich, und welche Begründung konnte er ihr nennen, daß er die Gegenstände, die sie so in Ehren hielt, beschädigen wollte? Gewiß würde sie ihm raten, Joseph danach zu fragen oder in den Unterlagen der Töpferei nachzusehen.

Martin würde sich wohl mit jener Glasur bescheiden müssen, die er für Amelias geriffelte Vase verwendet hatte. Sie war begeistert darüber gewesen, befriedigte aber seine Ansprüche nicht. Für die Statue der *Red Empress* strebte er nach absoluter Perfektion, damit weitere Aufträge dieser Größenordnung folgten. Deswegen brauchte er für seine Experimente und Arbeiten in der Cooperfield-Werkstatt Zeit.
Megs Angebot, ihm zu helfen, war ein Geschenk des Himmels. Er würde die beste Töpferin von Burslem als Verbündete haben. Sie schlug sogar vor, während Josephs Abwesenheit einen Teil der in Cooperfield hergestellten Tonwaren in die Drayton-Töpferei zum Brennen einzuschmuggeln, damit er größere Mengen liefern könnte. »Wer wird es merken?« fragte sie. »Wir stellen sie einfach zu den Krügen und Töpfen, die dort jeden Tag fertiggestellt werden. Und falls es jemandem auffallen sollte, wird niemand ein Wort darüber verlieren. Die Leute stehen hinter Euch, Master Martin.«
Der Nachteil an Megs Plan war die Notwendigkeit, die Tonwaren mit einer Kutsche nach Drayton zu transportieren, anstatt sie in Tragkörben auf Pferden der Gefahr auszusetzen, zu Bruch zu gehen, denn ungebrannte Töpfe und Krüge waren besonders zerbrechlich. Ein derartiger Transport würde Aufsehen erregen und konnte nicht verheimlicht werden. Außerdem müßte er unter irgendeinem Vorwand seine Mutter dazu bewegen, ihm den Gig zur Verfügung zu stellen, und das würde ihre Neugier wecken.
Emily kannte den Grund für Martins regelmäßige Besuche bei Jessica und Simon nicht, und wenn sie selbst hinfuhr, blieb seine Werkstatt verschlossen, und man führte sie jedesmal hastig ins Haus, damit sie keine Gelegenheit hatte, einen Blick auf den Ziegelofen hinter dem Schuppen zu werfen. Manchmal hatte Martin Gewissensbisse, daß er seine Mutter hinterging, aber die Gefahr, daß sie Joseph die Wahrheit enthüllen könnte, war einfach zu groß.
Mit wachsender Besorgnis beobachtete Martin auch die Entwicklung im Drayton-Unternehmen, denn Joseph schien Max in zunehmendem Maße Machtbefugnisse einzuräumen. Martin war wiederholt an Max verwiesen worden, wenn er mit dem Töpfermeister zu sprechen wünschte, und diese Kränkung gedachte er nicht hinzu-

nehmen. Aber der Zorn über diese Herabsetzung war auch ein Ansporn für die Durchführung seines Entschlusses. Er weigerte sich, von einem Mann, der keine Ahnung vom Töpferhandwerk besaß, aus seiner Position im Familienunternehmen verdrängt zu werden, und legte seine ganze Kraft in die Arbeit im eigenen kleinen Betrieb, obwohl Joseph nicht zögern würde, einen Bruch des Lehrvertrages aufs Schärfste zu bestrafen.

Er sehnte den Tag herbei, an dem er auf eigenen Füßen stand und seinem Bruder trotzig die Stirn bieten konnte.

Er war ganz mit diesen Gedanken beschäftigt, als Amelia in den Hof der Töpferei geritten kam, anmutig absaß und ihr Pferd anband. Zielstrebig ging sie in die Werkstatt zu Martin und sagte: »Ich muß mit dir reden.«

Bei ihrem Eintritt verebbte allmählich das rhythmische Summen der rund ein Dutzend Töpferscheiben, und die Männer starrten neugierig zu ihnen herüber. Kein Wunder, dachte Martin, und wünschte sie alle zur Hölle. Amelia bot einen überaus hübschen Anblick.

»Mittags haben wir eine halbe Stunde Pause ...« begann er.

»So lange kann ich nicht warten. Ich habe dir etwas Dringendes mitzuteilen.« Sie senkte ihre Stimme, drehte den Arbeitern den Rücken zu, und die Drehscheiben begannen wieder zu schwingen.

»Ich muß dich vor meinem Bruder warnen. Er hat Anweisung von Joseph, während dessen Abwesenheit die Arbeiten in der Drayton-Töpferei zu überwachen und ihm bei seiner Rückkehr Bericht zu erstatten. Mit anderen Worten – er spioniert. Ein abscheulicher Gedanke. Er hat deine gelegentliche Abwesenheit vom Arbeitsplatz bemerkt und daß du früher als gewöhnlich weggehst. Natürlich hat er keine Ahnung, wohin du gehst oder was du tust, aber sei auf der Hut, Martin, mein Lieber. Früher oder später wird dein Bruder herausfinden, womit du beschäftigt bist, doch das soll erst geschehen, wenn *du* dazu bereit bist.«

Martin lächelte. »Diesen Verdacht hatte ich bereits. Wegen Max, meine ich.«

»Aber er weiß mehr. Er beschuldigt Meg Gibson, mit dir unter einer Decke zu stecken, obwohl er nicht weiß, in welcher Beziehung.

Typisch für Max. Er machte die plumpe Bemerkung, daß ihr beide zweifellos irgendwo im Heu herumrollt, also würde ich ihm den Glauben an diese Version lassen.«

»Ich denke nicht daran!«

»Sei nicht töricht, Martin. Es ist besser, er verdächtigt euch heimlicher Vergnügen, als daß er die Wahrheit herausfindet.«

»Die Wahrheit, meine liebe Amelia ...«

»Bin ich das?« unterbrach sie ihn. »Bin ich deine liebe Amelia?« In ihrer Stimme lag ein leicht sehnsüchtiger Unterton, den sie sofort durch ein Lachen kaschierte, ehe sie sich umdrehte und ihrem Bruder gegenüberstand.

Sie warf Martin eine Kußhand zu, verabschiedete sich mit einem Winken von den Arbeitern und lachte Max frech ins Gesicht. Ihren Reitrock nachlässig über einen Arm geworfen, rauschte sie an ihm vorbei. Ihr keckes Benehmen hatte den erwünschten Effekt. Verärgert folgte er ihr nach draußen.

»Und was, wenn ich fragen darf, führt meine Schwester in eine schmutzige Werkstatt, in die Gesellschaft von schmutzigen Männern?«

Sie band ihr Pferd los und antwortete kühl: »Hilf mir aufsteigen, Bruder. Oder sollten dir die Pflichten eines Gentleman unbekannt sein?«

Mit beiden Händen formte er einen Halt für ihren Fuß, hob sie in den Sattel und hielt ihr Pferd dann am Zügel fest.

»Ich habe dir eine Frage gestellt, Amelia.«

»Eine unverschämte Frage, die ich überhört habe. Weder ist die Töpferwerkstatt schmutzig noch sind es die Männer, die darin arbeiten. Sie besitzen Fähigkeiten, die du weder zu schätzen weißt noch verstehst. Und Martin besitzt die größte Begabung.«

»Bist du deswegen hergekommen? Um ihm das zu sagen? Oder wolltest du ihm etwas anderes erzählen? Daß ich ihn im Auge behalte, zum Beispiel?«

»Und warum solltest ausgerechnet *du* ein Auge auf ihn oder irgend jemand anderen haben?«

»Den Grund nannte ich dir heute morgen. Nimm dich in acht, Schwester ... ich bin kein Narr. Unterschätze mich nicht. Dasselbe

rate ich Martin. *Das* hättest du dem humpelnden Krüppel sagen sollen. Verschwinde jetzt.«
Geringschätzig musterte Amelia ihren Bruder, betrachtete ihn von Kopf bis Fuß und sagte dann mit eisiger Gelassenheit: »Mir ist in letzter Zeit aufgefallen, daß deine Frau jede Ähnlichkeit mit der strahlenden Braut verloren hat, die sie noch vor ein paar Wochen war. Sie sieht verkniffen und verbittert aus. Diese Eigenschaften wirken nicht sehr anziehend an Frauen, denn sie widersprechen ihrem Naturell. Dafür muß es Gründe geben – zum Beispiel schlechte Behandlung und üble Manieren. Aber *ich* muß mir dein Benehmen nicht gefallen lassen. Merk dir das, Bruder.«
Ihre Peitsche schnalzte über seine Hand, die den Zügel hielt. Zornig schrie er auf, doch sie galoppierte bereits wütend aus dem Hof.

21

Die Bibliothek von Ashburton war umfangreich und enthielt Bücher über die unterschiedlichsten Themen. Es gab sogar Bände über die Arzneimittellehre mit ausführlichen Erläuterungen zu Heilverfahren und zur Wirkung von Drogen, was vermuten ließ, daß sich einer der Vorfahren der Armstrongs dafür interessiert hatte. Jessica erkannte bald, daß ihre Aufgabe nicht schwierig war, denn die Buchreihen in den Regalen schienen seit Jahren nicht berührt worden zu sein. Sortiert nach Thema, Autor und verschiedenen Sprachen, bestand ihre Aufgabe darin, sie nach Kategorien geordnet zu katalogisieren. Amüsiert betrachtete sie die hastig hingekritzelten Notizen auf der Liste, die Sir Neville wohl kurz vor ihrer Ankunft als Vorwand für seine eigenen Bemühungen angefertigt hatte.
Aber mit seiner Feststellung, daß er kein Wissenschaftler sei, hatte er offensichtlich die Wahrheit gesagt, denn die Bände über Philosophie und andere Themen, die er »trocken wie Staub« nannte, hatte während seiner Zeit in Ashburton niemand in die Hand genommen. Dadurch fiel ihr das Katalogisieren leicht, und sie konnte mit Muße an die Arbeit gehen. Sie genoß die ruhige, friedliche Atmosphäre des Hauses.

Der alte Herr überließ sie weitgehend ihren eigenen Beschäftigungen. Sie konnte aufstehen, wann sie wollte, tun, was ihr gefiel, die Mahlzeiten mit ihm und den Gästen einnehmen, die gelegentlich zu Besuch in Ashburton weilten, oder allein in ihrem Zimmer essen. Seine Klage, sich einsam in dem alten Haus zu fühlen, war offensichtlich unbegründet; er hatte zahlreiche Freunde, die gern seine sprichwörtliche Gastlichkeit in Anspruch nahmen.

Am Freitag fühlte sie sich bereits kräftiger und entspannter. Sie schlief gut, und ihr Appetit hatte zugenommen. Das Wetter war für Ende November zwar recht kalt, aber sie fand die trockene, kühle Luft anregend und verbrachte viele Stunden im Freien. Täglich unternahm sie ausgedehnte Spaziergänge, manchmal allein, manchmal mit ihrem Gastgeber, der ein bemerkenswertes Feingefühl dafür zu besitzen schien, wann ihr nach einer Unterhaltung zumute war und wann sie allein sein wollte.

Die Sehnsucht nach Einsamkeit schwand mit den Tagen, aber ihre innere Angespanntheit hielt an. Der ursprüngliche Tag der Geburt ihres Kindes – Anfang Dezember – stand unmittelbar bevor, und Aclands Versprechen zurückzukommen, ließ ihr keine Ruhe. Sie wünschte sich, sie hätte den Mut aufgebracht, Simon von Aclands unerwartetem Erscheinen zu erzählen. Hätte er ihr wegen ihrer Torheit Vorwürfe gemacht oder sie über den Hergang des Unfalls befragt, hätte sie vielleicht ihr Schweigen gebrochen, doch das Thema aus eigenem Antrieb anzusprechen überstieg einfach ihre Kraft. Also war sie ihm für seine stille Anteilnahme dankbar gewesen. Nur unter Aufbietung ihrer äußersten Willenskraft hatte sie es geschafft, das tägliche Leben wiederaufzunehmen und ihren Kummer zu überwinden.

Sie betrauerte den Verlust ihres Kindes. Während der langen Monate der Schwangerschaft war es nicht nur in physischer Hinsicht ein Teil ihrer selbst geworden, und sein Verlust hinterließ mehr als eine entsetzliche Leere in ihrem Leib. Wie oft hatte sie die Hand auf ihren Bauch gelegt, um ihm zu zeigen, daß sie es liebte und darauf wartete, es in den Armen zu halten. In ihr war eine tiefe mütterliche Liebe erwacht, und mit jedem Monat, der verstrichen war, hatte sie weniger an den Vater gedacht, sondern nur noch daran, daß es ihr Kind war.

Nach seinem Verlust hatte sich ein Gefühl der Leere, der Verlorenheit in ihr ausgebreitet, und sie wollte mit niemandem darüber sprechen. Sie hatte sich ganz in sich selbst zurückgezogen und wünschte diesen Zustand auch nicht zu ändern. Sie mußte sich dazu zwingen, wenigstens den Anschein eines normalen Verhaltens zu wahren, nahm ihre täglichen Pflichten wieder in Angriff, denn das war sie ihrem Mann schuldig. Für seine Güte, Geduld und Fürsorge hatte er zumindest ein wenig Dank verdient.
Aber trotz ihrer Bemühungen, den täglichen Pflichten gerecht zu werden, ahnte sie zutiefst, daß sie der Verantwortung für einen völlig neuen Lebensbeginn nicht ausweichen durfte. Sie mußte Simon freigeben. Vor ihrer Abreise nach Ashburton hatte sie beschlossen, mit ihm darüber zu sprechen, aber ihr Mut hatte sie in der letzten Minute verlassen, und das bereute sie jetzt. Gleichzeitig konnte sie ihr Verhalten nicht verstehen. Es ging nur darum, die Wahrheit zu sagen, wie sie es bereits einmal in einer schwierigen Lage getan hatte – und wie grausam hatte Joseph sie dafür bestraft. Von Simon hatte sie keine Strafe zu befürchten. Es war durchaus möglich, daß er sich über seine wiedergewonnene Freiheit freuen würde. Warum also hatte ihr Mut sie verlassen?
Sie fragte sich, wie das Oberhaupt der Drayton-Familie darauf reagieren würde, daß das Kind, das er bereits vor der Geburt hatte töten lassen wollen, nun doch nicht lebte, aber diesen Gedanken schob sie rasch beiseite. Josephs Meinung zählte nicht länger, nur noch Simons. Und wenn er sie in zwei Tagen in Ashburton besuchen kam, würde sie mit ihm sprechen und ihr Leben in Ordnung bringen.
In der Zwischenzeit suchte sie Zuflucht in der Bibliothek. Sie hatte immer die Freude ihres Vaters an Büchern geteilt, aber seit Joseph rigoros jedes Buch aus dem Haus verbannt hatte, war ihr wenig Gelegenheit geblieben, ihre Leselust zu befriedigen. Sie konnte sich gut an ihre Empörung erinnern und hatte Martin dazu ermutigt, so viele Bücher wie möglich vor der Zerstörung zu bewahren und zu verstecken.
Wie würde ihr jüngerer Bruder hier im Überfluß der Bibliothek schwelgen! Und auch Simon, denn je besser er des Lesens kundig

wurde, um so größer wurde sein Wunsch nach Büchern. Abends hatte er oft bei ihr am Kamin gesessen, tief in ein Buch versunken, das Martin ihm geliehen hatte.
Dieser Gedanke ließ sie aufschrecken. Nie wieder würde sie ihn in dieser vertrauten Umgebung sehen, noch die heruntergebrannten Kerzen neben seinem Bett entfernen, die von langen Stunden nächtlichen Lesens zeugten. Und auf diesen Gedanken folgte unweigerlich die Frage – verbrachte er die Nächte, da sie nun in Ashburton weilte, auf dieselbe Weise? Und vermißte er sie im Stellmacher-Cottage?
Diese letzte Frage schob sie sofort von sich, denn sie hatte kein Recht, sie zu stellen. Aber er hatte ein Recht darauf, die Wahrheit zu erfahren. Sie mußte ihm von Aclands Rückkehr erzählen und von dessen Versprechen, seinen Anspruch auf sie geltend zu machen. Ob dieser Anspruch erfüllt werden würde, war nicht von Bedeutung. Sie mußte Simon die Wahrheit sagen.
Die Gelegenheit dafür ergab sich ganz zwanglos. Am Sonntag, nach dem Mittagessen, blieben Sir Nevilles zahlreiche Gäste sich selbst überlassen, während er ein Nachmittagsschläfchen machte. Jessica und Simon gingen im Park spazieren.
»Du siehst viel besser aus«, sagte er etwas gestelzt, beinahe wie ein Fremder, der sich um höfliche Konversation bemüht.
»Ich fühle mich auch wohler«, antwortete sie ebenso banal und fragte sich, wie sie die Kluft überwinden konnte. Sie erkundigte sich nach seinem Befinden, wie die Frau aus dem Dorf zurechtkam, wie oft Martin von Burslem herübergeritten kam und wann die Arbeiten am Armstrong-Kanal abgeschlossen sein würden. Mit diesen Belanglosigkeiten vergeudete sie nur kostbare Zeit, und sie ärgerte sich über ihre Befangenheit.
Danach gingen beide eine Weile schweigend nebeneinander her, bis sie auf eine Lichtung mit einer Gartenbank traten. Automatisch lenkten sie ihre Schritte dorthin, und als sie sich setzten, begannen sie gleichzeitig zu sprechen. »Wir müssen miteinander reden ...«
Das löste die Spannung. Beide lächelten. »Du zuerst«, sagte Simon. »Du willst mir etwas erzählen?«
»Es ist so viel, daß ich nicht weiß, wo ich beginnen soll ...«

»Der Anfang ist immer ein guter Beginn.«
»Der Anfang unserer Beziehung oder der Punkt, an dem wir jetzt angelangt sind?«
»Über den Anfang unserer Beziehung gibt es nichts zu reden, aber welchen Punkt hat sie in deinen Augen nun erreicht?«
»Den Punkt der Trennung. Darüber müssen wir uns klarwerden, Simon.«
»Darüber habe ich bereits nachgedacht. Während deiner Abwesenheit hatte ich viel Zeit dazu.«
»Also stimmst du mir zu, daß wir uns trennen müssen.«
»Ich möchte, daß *du* mir sagst, wie du darüber denkst.«
Sie senkte den Blick auf ihre im Schoß gefalteten Hände, öffnete und schloß sie nervös, holte tief Luft und sagte: »Ich muß dich freigeben, Simon.«
»Warum?«
»Weil der Grund, weswegen du mich geheiratet hast, nicht mehr existiert.«
»Du beziehst dich nur auf einen Grund und vergißt den anderen. Ich wollte eine Frau, die mir dabei hilft, die gesellschaftliche Position zu erringen, die der Erfolg im Beruf erfordert. Und diesem Ziel nähere ich mich täglich. Kannst du dich an meine Worte erinnern – daß ich vorhabe, mich um das Amt des Generalinspektors zu bewerben, und daß für einen Mann in dieser Position die richtige Frau von unschätzbarem Vorteil sein kann? Du bist immer noch die richtige Frau für mich. Bleibt nur die Frage, ob ich der richtige Mann für dich bin? Dein Grund, bei mir zu bleiben, existiert nicht länger. Mein Grund besteht nach wie vor.«
»Eine Frau zu haben, die es nur dem Namen nach ist?«
Er antwortete nicht und mied ihren Blick.
Schweigen senkte sich zwischen sie, bis er schließlich sagte: »Du sollst wissen, daß ich von Aclands Rückkehr erfahren habe. Er kam dich an jenem Tag besuchen.«
Erschreckt fuhr sie auf und fragte: »Wie hast du das erfahren? Wer hat es dir erzählt?«
»Ich erfuhr es vor ein paar Tagen. Wie, ist unerheblich. Alles, was jetzt zählt, was jetzt *geschehen* wird, hängt von dir ab. Du bist frei,

zu ihm zu gehen, wenn das dein Wunsch ist. Aber ich wäre dir dankbar, wenn du mir sagen würdest, worüber ihr gesprochen habt.«

»Er hat geschworen, nach der Geburt des Kindes zurückzukehren und uns beide mitzunehmen.«

»Was bedeutet, daß jeden Tag mit seiner Ankunft zu rechnen ist.«

»Falls er kommt.«

»Du zweifelst daran?«

Sie hob die Schultern und ließ sie wieder sinken. Schon einmal hatte sie ihre Hoffnungen in Roger Acland gesetzt. Tat sie das jetzt wieder? Die Antwort darauf behielt sie für sich.

Simon stand auf. »Dazu gibt es nichts mehr zu sagen. Wenn er in Cooperfield auftaucht, werde ich ihn hierherschicken, damit du ihm deine Entscheidung mitteilen kannst.«

»Warte!« rief sie, als er sich zum Gehen wandte, und lief ihm dann nach, da er nicht stehenblieb. Sie zwang ihn, ihr ins Gesicht zu sehen.

»Beantworte mir eine Frage, Simon. Was für eine Frau wünschst du dir wirklich? Eine richtige Frau oder eine, die nie dein Bett teilt?«

»In Gottes Namen«, platzte er heraus, »für welch eine Sorte Mann hältst du mich eigentlich? Einen Mann, der unfähig ist, eine Frau zu lieben?« Er verlor die Beherrschung. »Ich habe dich geliebt, solange ich zurückdenken kann. Seitdem wollte ich dich jeden Tag und jede Nacht. Ich will dein Herz genauso wie deinen Körper. Ich will Kinder von dir und von keiner anderen Frau. Aber was ich nicht haben will und niemals akzeptieren werde, ist eine Frau, die sich nach einem anderen Mann sehnt. Ich schwöre zu Gott, daß ich nicht länger ein Ersatzehemann sein werde, und ganz gleich, ob Acland zurückkehrt oder nicht – du muß dich entscheiden.«

Nach diesen Worten ging er mit großen Schritten davon. Sie sah seinen breiten Rücken in der Ferne verschwinden und blieb noch lange danach still stehen. Sie hatte ein Gefühl, als wäre das Leben in sie zurückgeströmt, und dieses Gefühl trieb sie dazu, hinter Simon herzulaufen.

Es war zu spät.

»Es tut mir leid, daß Euer Gemahl so bald abreisen mußte«, sagte

Neville Armstrong, als sie das Haus erreichte. »Er ist ein vielbeschäftigter Mann und kann nicht einmal am Sonntag ausruhen. Aber habt Ihr schon die letzte Neuigkeit gehört? Die alte Lady Smethurst hat uns besucht, was sehr nett von ihr ist, denn sie bringt immer die letzten Klatschgeschichten mit.«

»Welche Neuigkeit?« fragte Jessica geistesabwesend.

»Daß Ihr Bruder Joseph mit seiner Frau aus London zurückgekommen ist. Wie es heißt, hat sich Agatha grundlegend verändert. Erstaunlich, nicht wahr? Ja, die Ehe bewirkt manchmal Wunder ...« Er gähnte, reckte sich und griff nach seiner langen Tonpfeife. »Und noch eine Neuigkeit, Jessica, doch leider eine traurige. Die arme Seele, die Ihr und Simon in der Larch Lane einquartiert habt, ist gestorben. Ihre Tochter ist vor Kummer ganz außer sich, wie man sagt, obwohl der Tod nicht unerwartet kam. Arme Meg Gibson, was wird sie jetzt wohl tun?«

Es schien ein Tag für Krisen zu sein, denn als Simon nach Hause kam, saß Acland wartend in einer gemieteten Kutsche des *Duke's Head*, des teuersten Gasthofes in Stoke.

Mit ausdruckslosem Gesicht ritt Simon auf sein Haus zu, und als er am Tor vom Pferd sprang, stieg Acland aus seiner Kutsche. Die beiden Männer starrten einander wortlos an.

»Ihr wißt, warum ich gekommen bin?« sagte Acland schließlich ungehalten. »Ich nehme an, Jessica hat Euch informiert. Ihr Kind wird doch bald geboren, oder ist es bereits auf der Welt? Und Ihr wißt natürlich, daß ich der Vater bin und ein Recht auf dieses Kind habe?«

Simon führte sein Pferd zu dem kleinen Stall neben dem Cottage. Dort nahm er den Sattel ab, füllte einen Eimer mit Wasser aus dem Ziehbrunnen, gab dem Pferd zu trinken und hängte ihm einen Sack mit Hafer um den Hals. Deutlicher konnte er nicht zum Ausdruck bringen, daß diese Handgriffe wichtiger waren als die Ankunft eines unerwünschten Besuchers. Nachdem das Pferd versorgt war, schloß er die untere Hälfte der Stalltür und sagte beiläufig: »Was die Legalität, das ›Recht‹ – wie Ihr es nennt – betrifft, trägt ein ehelich geborenes Kind nicht nur den Namen des Mannes, sondern gehört ihm.«

»Aber dieses Kind wurde außerehelich empfangen, wie Ihr wohl wißt, und daher dürfte Euch kaum etwas daran liegen, es zu behalten.« Aclands Stimme verriet seine Verärgerung.
Simon drehte ihm einfach den Rücken zu, betrat das Cottage und gab dem Besucher zu verstehen, daß er ihm ins Haus folgen oder draußen bleiben konnte, ganz nach Belieben. Wütend ging Acland hinter Simon her und verlangte Jessica zu sehen.
Erst da wandte sich Simon um.
»Jessica ist nicht hier, wie Ihr inzwischen wohl bemerkt haben dürftet. Euer Erstaunen darüber ist mir unbegreiflich. Vor knapp einem Monat tauchtet Ihr hier völlig unerwartet auf und erschrecktet sie derart, daß sie schlimm stürzte ...«
In Simons Augen lag nun ein Ausdruck, der Acland nicht gefiel. Er bereitete ihm Unbehagen. Mit seiner Rechten, die in einem eleganten Handschuh steckte, befingerte er nervös das Rüschenjabot an seinem Hals, strich leicht über den feinen Seidenbrokat seines Mantels, während seine Linke den Silberknauf seines modischen Spazierstockes umklammerte. Dann räusperte er sich.
»Einen Sturz nannte sie es? Sir, dank meiner Geistesgegenwart blieb es bei einem ungeschickten Stolpern. Ich kam ihr natürlich sofort zu Hilfe, und als ich sie verließ, war alles in Ordnung.«
»Ach, wirklich?« Simons kalter Blick und sein zorniger Ton ließen Acland Schlimmes befürchten. Aber dann überwand er sein Unbehagen, rief sich ins Gedächtnis zurück, daß Kendall ein Niemand war, der über seinen Stand hinaus geheiratet hatte. Als Simon jedoch bedrohlich zwei Schritte auf ihn zutrat, wich er ängstlich zurück.
»*Wirklich?*« wiederholte Simon schneidend. »*War* es nur ein ungeschicktes Stolpern? *War* alles in Ordnung? Oder wolltet Ihr nicht wahrhaben, welchen Schaden Ihr angerichtet habt, und floht wieder einmal wie ein Feigling vor den Konsequenzen?« Simons Stimme klang laut und drohend. Mit jedem Wort drängte er Acland Schritt für Schritt zur Tür.
»Ich bin gekommen, um Jessica zu sehen. Und ich bestehe darauf.«
»Das könnt Ihr. Ich werde Euch sagen, wo sie ist, wenn ich mit Euch fertig bin.«

»Mein guter Mann, *ich* bin mit *Euch* fertig. Mein Anliegen besteht einzig und allein darin, Jessica zu sehen. Ich bin gekommen, um sie und das Kind mitzunehmen. Wenn sie also für die Geburt in das Haus ihrer Mutter zurückgekehrt ist, dann will ich meine Zeit nicht länger hier vergeuden.«

Die Worte blieben ihm im Hals stecken, als Simons Hand sein feines Rüschenjabot packte, es herumdrehte, so daß Aclands Kopf in den Nacken gezwungen wurde. Mit zornig funkelnden Augen starrte Simon ihn an. Seine Hand zitterte vor mühsam unterdrückter Wut.

»Erst wenn ich mit Euch fertig bin, verlaßt Ihr mein Haus. Haltet jetzt Euer verlogenes Maul, und hört mir gut zu. Dieser Sturz hat das Kind getötet. *Ihr* habt es getötet. Und als Folge davon hättet Ihr auch beinahe Jessica getötet. Ihr ließt sie in Agonie zurück. Sir, Ihr seid ja plötzlich so blaß! Ihr zittert! Aber nicht aus Kummer, nicht aus Mitgefühl, sondern weil Ihr Angst davor habt, was ich Euch antun könnte. Es würde mich ungemein befriedigen, Euch zu verprügeln, bis Ihr nur noch auf Händen und Knien zu Eurer Kutsche hinauskriechen könnt. Jeder Schlag wäre mir ein Vergnügen, denn Ihr habt es nicht verdient, daß man Euch schont. Aber ich habe versprochen, Euch nichts zu tun. Nur deswegen kommt Ihr mit heiler Haut davon.«

Die geballte Faust öffnete sich, und Simon stieß Acland beiseite. Keuchend stolperte der in die Mitte des Raums, und Kendalls mächtige Gestalt blockierte die Tür. Stotternd vor Angst suchte Acland nach beschwichtigenden Worten.

»Das ist eine schlimme Nachricht – wegen des Kindes, meine ich –, aber ich nehme an, daß Jessica den Verlust überwunden hat. Diese Dinge passieren ...« Er zupfte nervös die Rüschen seines Hemdes zurecht, schnickte ein unsichtbares Staubteilchen vom Ärmel seines Mantels und bewegte sich dabei seitwärts auf die Tür zu, wobei er Worte des Bedauerns murmelte. »Ohne Zweifel hat sie mittlerweile die Tragödie vergessen. Frauen überwinden Schicksalsschläge dieser Art meistens ziemlich rasch ... Wenn ich sie erst einmal von hier fortgebracht habe, wird sie bald nicht mehr daran denken.«

»Hat sie Euch versprochen, mit Euch zu gehen?«

»Natürlich ist sie damit einverstanden. Seit unserer erzwungenen

Trennung hat sie nur auf meine Rückkehr gewartet. Sagt mir jetzt, wo ich sie finden kann, und ich werde mich unverzüglich von Euch verabschieden.«
Die Veränderung, die mit Kendall vor sich ging, erstaunte Acland über alle Maßen und ließ ihn erleichtert aufatmen. Ohne sich zu bewegen, schien er in sich zusammenzusinken. Selbst seine Stimme hatte sich verändert, als er sagte: »Sie weilt als Gast in Ashburton, Sir Neville Armstrongs Besitz, vier Meilen südlich von hier. Sie wartet dort auf Euch.«
Zufrieden mit seinem Sieg blieb Acland im Türrahmen stehen und warf einen Blick zurück.
»Kopf hoch, Kendall. Ihr werdet eine andere Frau finden, aber bleibt in Eurer Gesellschaftsschicht. Wie ich weiß, könnt Ihr weder lesen noch schreiben. Das muß für Euch im Umgang mit gebildeten Menschen ein großes Handicap sein. Ich kann mir vorstellen, daß Ihr Jessica in manche peinliche Situation gebracht habt. Und jetzt sage ich Euch Lebewohl – aber ich kann nicht behaupten, daß ich Euch Glück wünsche, nicht nachdem Ihr versucht habt, Hand an mich zu legen. Das werdet Ihr eines Tages bereuen. Dafür sorge ich.«
Mit einem letzten Blick auf die stumme Gestalt, die zu Stein erstarrt schien, lächelte Acland triumphierend und ging hinaus. Simon blieb noch eine ganze Weile reglos stehen, bis ihn ein Geräusch an der Tür aufschreckte. Es war Martin.
»Ich hörte ...« stammelte der Junge. »Ich war in meiner Werkstatt – das konntest du nicht wissen, weil ich meinen alten Klepper hinter dem Schuppen angebunden hatte ...« Er humpelte ins Zimmer. »Ich wollte nicht lauschen, aber beide Türen standen offen. Laß sie nicht gehen, Si. Nicht zu ihm.«
»Er behauptet, sie wäre damit einverstanden.«
»Glaubst du das? Ich nicht!«
»Die Entscheidung liegt bei ihr.«
»In ihrem Zustand ist sie nicht in der Lage, Entscheidungen zu treffen.«
»Ich glaube schon. Ich war heute bei ihr. Sie hat sich gut erholt und ist ruhiger und gelassener geworden. Ich habe ihr versprochen, ihn zu ihr zu schicken.«

»War das klug? Der Mann hat in diesem Jahr bereits genügend Unheil angerichtet. Er hat ihr weh getan. Jetzt kann er *dir* weh tun, und du läßt es zu!«

»Jessicas Glück ist mein Glück. Wenn du einmal eine Frau liebst, Martin, wirst du verstehen, was ich meine.«

Aber Martin war gegangen. Kurz darauf ertönte der Hufschlag eines davongaloppierenden Pferdes. Simon achtete nicht darauf. Er ließ sich in Jessicas Schaukelstuhl sinken, lehnte seinen Kopf gegen ihr Kissen und umklammerte mit den Händen die Lehnen, die sie so oft berührt hatte. Mit geschlossenen Augen schaukelte er sanft hin und her. Sein Herz drohte vor Schmerz zu zerspringen.

Acland war von Sir Neville Armstrongs Haus und der Tatsache, daß Jessica hier zu Besuch war, sehr beeindruckt. Das prächtige Eingangstor, mit dem Familienwappen der Armstrongs verziert, wirkte in seiner Großartigkeit abweisend, und als seine Kutsche die scheinbar endlose Auffahrt hinaufrollte, dankte er seiner weisen Voraussicht, das vornehmste Gefährt gemietet zu haben, das der *Duke's Head* verfügbar hatte. Ashburton war offensichtlich der Herrensitz eines vornehmen Landedelmannes.

Das mächtige Portal wurde von einem Diener in Livree geöffnet. Acland folgte einem spontanen Impuls und fragte nicht nach Mistress Kendall, sondern bat darum, Sir Neville sprechen zu dürfen, denn die Gelegenheit, den Besitzer dieses stolzen Hauses kennenzulernen, wollte er sich nicht entgehen lassen. Kurz darauf wurde er in den Salon gebeten, und der Hausherr von Ashburton begrüßte auch diesen unerwarteten Gast mit seiner gewohnten Freundlichkeit. Dann wurde er den wenigen hier versammelten Gästen vorgestellt, und da er ein Faible für Titel besaß, verneigte er sich besonders ehrerbietig vor Lady Smethurst, die ihn von Kopf bis Fuß durch ein langstieliges, mit Juwelen besetztes Monokel betrachtete.

»Und warum haben wir bis jetzt nicht Eure Bekanntschaft gemacht, Sir? Das kann ich mir nur damit erklären, daß Ihr fremd hier seid.«

»Nicht direkt ein Fremder, Madam. Ich bin eng mit den Freemans von Tremain Hall verwandt.« Er schenkte ihr sein charmantestes Lächeln und wandte sich dann an den Hausherrn, um ihm den

Grund für seinen Besuch zu erläutern. »Ich hoffte, Mistress Kendall, jetzt Schwägerin des Tremain-Erben und dessen älterer Schwester Agatha, verheiratet mit Mistress Kendalls Bruder, Joseph Drayton, hier anzutreffen ...«

»Sagt mir, Sir, ist es Eure Angewohnheit, die Verwandtschaftsgrade aller Euch bekannten Personen stets parat zu haben – vielleicht auch noch die Stammbäume?« Sir Nevilles Stimme war trügerisch freundlich, aber eine unbehagliche Sekunde lang glaubte Acland eine Spur von Sarkasmus herauszuhören. Doch seine Befürchtungen schwanden sofort, als Sir Neville fortfuhr: »Ein interessantes Gebiet – das Studium der Stammbäume. Wie ich höre, fasziniert dieses Thema unzählige Menschen. Ich persönlich finde es langweilig, denn es beschäftigt sich nur mit Toten. Dabei sind die Lebenden doch viel interessanter, stimmt Ihr da nicht mit mir überein? Mistress Kendall werdet Ihr zweifelsohne in der Bibliothek finden. Sie erweist mir den großen Gefallen, die Bücher zu katalogisieren.« Er zog an einer hinter ihm hängenden Klingelschnur. »Ich lasse Euch sofort zu ihr bringen, und bitte sagt ihr, daß meine Gäste und ich uns darauf freuen, wenn sie uns bald wieder Gesellschaft leistet.«

Sir Nevilles letzte Worte ließen Acland aufatmen. Er hatte bereits befürchtet, einer Angestellten in diesem herrschaftlichen Haus seine Aufwartung zu machen, als er Jessicas Beschäftigung in der Bibliothek erwähnte.

Der Gastgeber reichte ihm zum Abschied die Hand und brachte damit deutlich zum Ausdruck, daß sich die Einladung, in die Gesellschaft der Gäste zurückzukehren, nicht auf ihn bezog. Gekränkt folgte Acland dem Diener in die Bibliothek. Seine Stimmung besserte sich auch nicht, als er in Jessicas Gesicht nur einen Ausdruck des Erstaunens sah. Sie drehte sich in ihrem Stuhl um, starrte ihn an, machte aber keine Anstalten aufzustehen.

Er streckte ihr beide Hände entgegen, doch sie schien sie nicht zu sehen. Enttäuscht ließ er die Arme sinken und sagte: »Du scheinst überrascht zu sein, mich zu sehen.«

»Ich hatte dich nicht so bald erwartet.«

»Aber du wußtest doch, daß ich wiederkommen würde. Ich hatte es dir versprochen.«

»Ach, ja ... zur Geburt des Kindes.«
»Meine arme Jessica, ich kann dir gar nicht sagen, wie betrübt ich über diesen Verlust bin, aber es scheint dich nicht sehr in Mitleidenschaft gezogen zu haben. Du bist schmal geworden, siehst aber außerordentlich gut aus.«
»Du meinst, da nun alles vorbei ist, soll ich vergessen, daß es je geschehen ist?«
»Viele Frauen erleiden Verluste dieser Art, aber du bist jung und gesund. Du wirst wieder Kinder haben.«
Jessica legte den Federkiel auf den Schreibtisch und schob ihren Stuhl zurück. Doch anstatt zu ihm zu gehen, durchquerte sie den Raum und blickte durchs Fenster auf den weitläufigen Park hinaus. Über ihre Schulter sagte sie: »Ich hätte gern wieder Kinder, und ich hoffe, daß mein Wunsch in Erfüllung geht.«
»Du sollst sie haben, Jessica. Und obwohl ich ihnen jede Stunde neiden werde, die sie dich von mir fernhalten, habe ich keine Einwände ...«
»Wie solltet Ihr auch, Sir? Wie könntest du? Das ist ausschließlich das Vorrecht meines Ehemannes, nicht das eines Außenstehenden.« Sie drehte sich um und betrachtete ihn, die Arme vor der Brust verschränkt, den Kopf leicht zur Seite geneigt. »Du siehst überrascht aus. Sogar verwirrt. Und darf ich hinzufügen, daß du anscheinend *meine* Überraschung mißverstanden hast, als du die Bibliothek betratst? ›So bald‹, sagte ich – und meinte damit, so bald, nachdem mein Mann mir versprochen hatte, dich hierherzuschikken, wobei ich nicht wußte, ob und wann du kommen würdest.«
»Doch, das wußtest du. Ich hatte dir versprochen zurückzukommen und dich mit nach Bristol zu nehmen, damit wir gemeinsam ein neues Leben beginnen können, das Leben, das wir geplant hatten und das dein Bruder vereitelt hat ...«
»Zu deinem Vorteil, wenn ich mich recht entsinne.«
»Zu unserem gemeinsamen Vorteil. Wie hätte ich mir sonst die Beteiligung an einem Unternehmen kaufen können, das sehr vielversprechend ist und mich in die Lage versetzt, dir einen Heiratsantrag zu machen.«
Sie unterbrach ihn. »Das hast du mir alles schon bei unserer letzten

Begegnung erklärt. Es ist jetzt völlig unerheblich. Mich überraschte nur, dich so kurz nach dem Besuch meines Mannes hier zu sehen.«
»Natürlich kam ich sofort, nachdem er mir deinen Aufenthaltsort mitgeteilt hatte. Ich wollte keine Zeit mehr verlieren.«
Sie sprach weiter, als hätte sie ihn nicht gehört. »Du mußt ihn eine Stunde nach seinem Besuch hier getroffen haben. Wahrscheinlich hast du schon vor unserem Cottage gewartet, als er nach Hause kam. Wie typisch für Simon, sein Versprechen sofort einzulösen!«
»Wir müssen unsere Abreise vorbereiten, unsere Pläne verwirklichen. Laß uns nicht noch mehr Zeit vergeuden.« Lebhaft stimmte sie ihm zu. »Du hast recht. Jede weitere Unterhaltung wäre eine Zeitverschwendung.« Energisch schritt sie zur Tür. »Und was die Pläne betrifft, gebe ich dir ebenfalls recht. Du nimmst deine in Angriff, und ich kümmere mich um meine.«
Die Tür stand offen. Sie wartete darauf, daß er an ihr vorbei hinausging, aber als er wie vom Donner gerührt stehenblieb, fügte sie noch hinzu: »Wieder fürchte ich, daß du nicht verstehst, was ich meine. Ich sagte, daß keiner deiner Pläne mich einschließt und daß du demzufolge keinen Platz in meinem Leben hast.«
Mit dem Fuß stieß er die Tür zu und protestierte: »Unsere Pläne betrafen *immer* uns beide.«
»Das glaubte ich einmal, aber ich erinnere mich daran, daß du bezüglich der Frau, die jetzt meinen Bruder geheiratet hat, andere Pläne hattest.«
»Vergiß das doch endlich. Es ist unwichtig. Nur das *Heute* zählt, aber falls dieser törichte Fehler dich noch immer bekümmert, so laß mich dir versichern, daß sie mir nie etwas bedeutete.«
»Jetzt gibst du also den *Fehler* zu – erst kürzlich hast du alles abgestritten. Aber sei ganz unbesorgt, es bekümmert mich nicht und ist auch nicht wichtig. Wie du siehst, stimme ich mit dir in vielem überein – nur aus unterschiedlichen Gründen.« Ihr Blick war gelassen, ihre Stimme eisig. »Womit ich jedoch nicht einverstanden bin und was ich niemandem gestatte zu sagen, ist, daß mein Mann mich aus Eigennutz geheiratet hat. Das würde eher auf dich als auf ihn zutreffen. Wie ich sehe, habe ich dich verärgert ...«
»Das hast du in der Tat! Dieser Mann ist ungebildet und weit unter

deinem Niveau. Es kann nicht dein Wunsch sein, mit ihm zu leben! Du verteidigst ihn nur, weil du es für deine Pflicht hältst. Bleib bei ihm, und er wird dich auf sein Niveau hinabziehen ...«

»Ganz im Gegenteil, sein Niveau zu erreichen würde mich stolz machen. Er ist ein wunderbarer Mann, ein feiner und großzügiger Mann, und ich liebe ihn. Ich liebe ihn mit Leib und Seele, und ich war noch nie zuvor in meinem Leben so glücklich.«

»Ich weigere mich, das zu glauben. Du kannst einfach nicht alles vergessen haben, was zwischen uns gewesen ist ...«

»Noch was geschehen ist, seit wir uns trennten! Die Stunden, die ich mit dir verbrachte, kommen mir jetzt sehr unwirklich vor und liegen weit zurück. Ich gebe zu, daß ich mich gegrämt habe und Sehnsucht nach dir hatte, und daß mein armes Kind ein starke Verbindung zu dir war. Doch in den letzten Monaten distanzierte ich mich auch in dieser Hinsicht völlig von dir – es war *mein* Kind, meins allein.«

»Schickte man mich hierher, um mir das anzuhören?«

»Ja.«

Sie wirkte so ruhig, so gelassen und gleichgültig, daß er sie beinahe haßte. Er versuchte zu sprechen, doch seine Stimme versagte. Er kämpfte vergeblich um seine Beherrschung, machte zwei Schritte auf sie zu, hob außer sich vor Zorn die Hand, ließ sie wieder sinken – und die ganze Zeit sah sie ihn mit hocherhobenem Kopf an.

»Eins will ich dir noch raten«, fügte sie hinzu. »Sag nie wieder ein schlechtes Wort über meinen Mann, und vor allem – hüte dich davor, ihn zu unterschätzen. Er ist ein kluger Mann, brillant in den Augen Sir Nevilles und anderer. Er wird es weit bringen.«

Sie öffnete die Tür und ging hinaus. Da sie den Rücken ihm zugewandt hatte, konnte sie sein düsteres Gesicht nicht sehen. Nur seine Worte folgten ihr. »Geht zum Teufel, alle beide! Das werdet ihr noch bereuen!«

Dann fing er an zu lachen, und obwohl sie vor diesem häßlichen Geräusch am liebsten davongelaufen wäre, zwang sie sich, langsam und mit hocherhobenem Kopf weiterzugehen. Wie froh war sie dieses Mal, ihn nie wiederzusehen.

Nach dieser Begegnung fühlte sich Jessica nicht in der Lage, Sir Neville und seinen Gästen Gesellschaft zu leisten. Ein ausgedehnter Spaziergang würde ihr guttun. An Aclands Kutsche vorbei, die in der Auffahrt stand, nahm sie eine Abkürzung durch die Ställe und erreichte bald den bewaldeten Teil des Parks, den ein schmaler Saumpfad durchzog. Dort traf sie auf Martin.

Freudig begrüßte sie ihn.

»Ich bin direkt von Cooperfield hierhergeritten, um dich zu besuchen«, sagte er.

»Dann warst du also in deiner Werkstatt? Das freut mich. Wie ich höre, machst du gute Fortschritte.«

Er stieg ab und führte sein Pferd zu einem Wassertrog vor den Ställen. Jetzt da er hier war, verließen ihn die Worte. Alle Gründe, die er sich während seines wilden Ritts zurechtgelegt hatte, kamen ihm nun anmaßend vor. Wie konnte er sie darum bitten, einen Mann wie Simon nicht zu verlassen? Welches Recht hatte er dazu, älteren Menschen zu sagen, wie sie ihr Leben führen sollten?

Jessicas Freude über seinen unerwarteten Besuch zerstreute seine Befangenheit, und sie sagte ihm, wie sehr sie sich gewünscht hatte, ihm die Ashburton-Bibliothek zeigen zu können. »So viele Bücher hast du nie zuvor gesehen! Sie ist eine Fundgrube. Während du darin herumstöberst, werde ich Sir Neville aufsuchen. Er wird sich freuen, dich zu sehen, und du kannst ihm berichten, wie du mit der Skulptur von *Red Empress* vorwärtskommst.«

»Es fehlt nur noch die Glasur«, erzählte ihr Martin enthusiastisch. »Ich habe nur noch nicht die richtige Mischung für die Farbe und den Glanz gefunden, die mir vorschweben. Bisher ist jedes meiner Experimente gescheitert, und selbst der gute alte Jefferson konnte mir nicht helfen.«

»Du wirst es schaffen. Vielleicht findest du in einem der Bücher Anhaltspunkte dafür. Es gibt verschiedene Bände über die Produktion von chinesischem Porzellan, die Jahrhunderte zurückreicht. Sir Neville hat sicher nichts dagegen, wenn du darin suchst.«

»Jessica ... warte. Ich bin gekommen, um zu sehen, wie es dir geht ...« Er verhaspelte sich, sprach aber tapfer weiter. »Du siehst gut aus und machst einen glücklichen Eindruck. Gott sei Dank.«

»Es geht mir gut, und ich bin glücklich. Lieber Martin, du hättest dir für deinen Besuch keinen glücklicheren Tag aussuchen können.«
Er wollte nach dem Grund dafür fragen. War Acland an ihrem strahlenden Aussehen schuld? Er war der Kutsche des Mannes von Cooperfield aus gefolgt, doch mit seinem alten Klepper hatte er ihn nicht einholen können. Acland mußte mittlerweile mit Jessica gesprochen haben. Welche Übereinkunft hatten sie getroffen? Wie hatte sich Jessica entschieden? Aber das waren Fragen, die Martin seiner Schwester nicht stellen konnte. Deprimiert schwieg er.
Sie schob ihre Hand unter seinen Arm und schüttelte ihn leicht. »Warum bist du so mürrisch, wenn ich glücklich bin? Und du fragst nicht einmal nach dem Grund dafür.«
»Dann nenn ihn mir, Schwester.«
»Weil ich nach Hause gehe.«
Erleichtert und erfreut wollte er wissen, wann.
»Sobald die Höflichkeit mir erlaubt, meinen Besuch hier zu beenden, obwohl ich am liebsten noch heute abend nach Cooperfield fliegen würde. Aber ich muß an meinen liebenswerten Gastgeber denken. Ich möchte durch eine überstürzte Abreise nicht seine Gefühle verletzen. Ich vermute, er hat mich nur hierhergeholt, damit ich wieder gesund werde, und die Katalogisierung seiner Bibliothek war nur ein Vorwand. Jetzt bringe ich dich dorthin und suche dann Sir Neville. Eines noch, Bruder! Solltest du auf dem Weg nach Hause Simon in Cooperfield begegnen, dann erzähl ihm nichts von meiner beabsichtigten Rückkehr – es soll eine Überraschung werden. Bitte, verdirb mir nicht die Freude daran.«

In Ashburtons Bibliothek vergaß Martin über dem Studium der uralten Handwerkskunst zur Herstellung von orientalischer Keramik bald Zeit und Raum. Während er die Bände durchblätterte, erinnerte er sich vage an eine Ausgabe, die zur Sammlung seines Vaters gehört hatte und die auch nicht unter den Exemplaren war, die er vor der Vernichtung durch Joseph hatte bewahren können. Plötzlich schrie er vor Begeisterung auf, als er auf einer der vergilbten Seiten ein chinesisches Rezept für eine hochglänzende Glasur entdeckte, die größere Anteile an Oxyden enthielt als Majolika.

Zu seiner größten Überraschung war diese zusätzliche Ingredienz Blei, eine Substanz, die in der Drayton-Töpferei zur Herstellung der gewöhnlichen Salzglasur nicht verwendet wurde. Aber Blei hatte den Meisterstücken der orientalischen Keramik diese seltene Brillanz verliehen.
Martins Begeisterung war grenzenlos. Nachdem er das Rezept sorgfältig in sein Notizbuch übertragen hatte, verwahrte er es in der Innentasche seiner Jacke. Dann überflog er die Titel der Bücher auf den anderen Regalen. Ein Band über die Arzneimittellehre weckte sein Interesse, denn Chemie spielte in seinem Beruf eine große Rolle. Dabei stieß er auf den Abschnitt über die Wirkung von Drogen auf den menschlichen Körper. Selbst Blei war zu Zeiten der Tudors angewandt worden, doch in welchem Zusammenhang und in welcher Dosierung wurde nicht beschrieben. Er hielt es für eine grausame Ironie, daß eine Substanz, die zur Schaffung schöner Dinge gebraucht wird, auch eine todbringende Wirkung haben konnte. Es überlief ihn ein Schauder, als er das Buch in das Regal zurückstellte.

22

Als Meg am Tag nach der Beerdigung ihrer Mutter zur Töpferei ging, war sie in Begleitung des Schankkellners vom *Red Lion*. Jeden Morgen ging er mit ihr von der Larch Lane bis zum Eingang der Drayton-Töpferei und sah ihr nach, bis sie in der Werkstatt verschwunden war. Die anzüglichen Blicke und Bemerkungen ihrer Arbeitskollegen kümmerten ihn wenig, denn alle dachten, Ma Tinsleys Neffe sei Megs neuer Liebhaber. Keiner hätte ihm geglaubt, daß er sie noch nicht einmal geküßt hatte.
An diesem Morgen sah sie aus wie gewöhnlich. Sie trug den hellroten Rock, denn sie besaß keinen anderen. Nur die ausgeschnittene weiße Sommerbluse war durch eine warme, rote Flanellbluse und einen dunklen Wollschal ersetzt worden. Und da der Winter nahte, trug sie an ihren normalerweise bloßen Füßen Holzschuhe. Um sich vor dem kalten Wind zu schützen, hatte sie den

Schal über den Kopf gezogen. Ihre Wangen waren von der kühlen Brise gerötet, doch Frank Tinsley sah nur die Blässe darunter.
In dem Monat seit seiner Ankunft hatte er diese junge Frau gut kennengelernt. Er war mit ihren wechselnden Stimmungen vertraut, wußte, wann sie, wie jetzt, ihre wahren Gefühle hinter einer Maske verbarg. Wenn nur ihr Mund lächelte und ihre Augen ausdruckslos blieben, war ihr Herz von Gram erfüllt.
An diesem Morgen lächelten weder ihr Mund noch ihre Augen. Nach dem ersten Gefühlsausbruch über den Tod ihrer Mutter war sie in ein schreckliches Schweigen verfallen. Bei der Rückkehr von der Arbeit hatte sie ihre geliebte Mutter zusammengesunken im Sessel neben dem erloschenen Feuer gefunden. Die kalte Asche hatte einen beinahe symbolhaften Charakter gehabt. »Asche zu Asche, Staub zu Staub«, hatte Martha Tinsley trauernd rezitiert, als sie die Tote aufbahrte. Seit Martha in Burslem lebte, hatte man ihr die Aufgabe der Leichenwäscherin übertragen.
Erst in diesem Augenblick war Meg zusammengebrochen. Schreiend hatte sie sich auf Martha gestürzt, ihr die Tür gewiesen, sie beschimpft und gekratzt und wie wild auf sie eingeschlagen. Frank hatte sie gepackt und festgehalten. Aber die Flüche strömten aus ihr heraus wie ein Wasserfall, denn sie gab seiner Tante die Schuld am Tod ihrer Mutter.
»*Du* hättest sie retten können, du alte Hexe! Du Ausgeburt des Teufels! *Du* hast sie getötet, fahr zur Hölle!« Erst als Frank ihr eine Hand über den Mund legte, verebbte der Schwall von Beschimpfungen, und er hielt die am ganzen Leib zitternde Meg in seinen starken Armen, bis sie sich beruhigt hatte. Martha Tinsley beendete schweigend ihre traurige Pflicht. Als sie aus dem Schlafzimmer kam, sprach sie zu dem verstörten und erschöpften Mädchen in Franks Armen.
»Es war zu spät, Meg. Nichts hätte sie retten können. Ihre Zeit war gekommen.«
Meg barg ihr Gesicht an Franks Schulter und murmelte nur immer wieder: »Sie hat ihr die Medizin nicht mehr gegeben ... sie hat ihr die Medizin nicht mehr gegeben ...« Mit einer Kopfbewegung bedeutete Frank seiner Tante zu gehen. Dann schüttelte er Meg, bis

sie endlich anfing zu weinen und die Verzweiflung mit ihren Tränen aus ihr herausströmte. Die ganze Nacht war er bei ihr geblieben, hatte ihren unruhigen Schlaf bewacht und nicht gewagt sich zu bewegen, aus Angst, sie könnte sich erneut in einen Anfall tiefster Trauer und Verzweiflung stürzen.

Meg hatte danach Martha mit keinem Wort mehr angeklagt, schuld am Tod ihrer Mutter zu sein, aber als sie die alte Frau unter den Trauernden bei der Beerdigung sah, würdigte sie sie keines Blickes. Auf dem Friedhof drängten sich die Menschen. Beerdigungen waren nach Hochzeiten die beliebtesten Attraktionen in Burslem, und die Neugier wurde noch durch die Tatsache verstärkt, daß Mrs. Gibson in einem anständigen Grab anstatt im Armengrab beigesetzt wurde. Flüsternd machte die Frage die Runde, wer wohl dafür bezahlt hatte. Mit hämischen Seitenblicken auf Meg blieb als einzige Erklärung, daß sie mit ihrem liederlichen Lebenswandel wohl mehr verdient haben mußte, als allgemein angenommen worden war. Und wie üblich waren diese Mutmaßungen falsch.
Frank fühlte sich verpflichtet, seine Tante vor Megs Anschuldigungen in Schutz zu nehmen, indem er darauf hinwies, daß keine Medizin der Welt ihrer Mutter hätte helfen können. Mit unbewegtem Gesicht hörte Meg ihm zu und widersprach dann: »Das mag sein, aber sie hätte ihre Schmerzen gelindert, und das Belladonna half ihr zu schlafen.«
»Als es dem Ende zuging, hat sie ihr wieder Belladonna gegeben.«
»Ja, nachdem *du* sie dazu gezwungen hast. Da war es bereits zu spät.«
Zu seiner Tante hatte Frank gesagt: »Sie ist verbittert. Du hast es dir selbst zuzuschreiben, wenn sie dich beschuldigt. Meg mag dir Unrecht getan haben – obwohl ich das nicht glauben kann –, aber sie durch ihre Mutter, die sie über alles liebte, zu bestrafen, war einfach grausam.«
Doch Martha konnte ebenso unnachgiebig an ihrer Überzeugung festhalten wie Meg.
»Ich sage dir, das Mädchen hat *mir* Unrecht getan. Sie hat mich betrogen. Sie stahl Geld, das rechtmäßig mir zustand.«

»Um des lieben Friedens willen, sag mir, was sie dir schuldet, und ich treibe das Geld irgendwie auf und geb es dir.«
Aber die halsstarrige Martha wollte davon nichts hören. Wo, in Gottes Namen, wollte er denn zwei Guineen auftreiben, und war er denn so vernarrt in das Luder, daß er alles für sie tat?
Frank antwortete nichts darauf. Vernarrt war nicht der richtige Ausdruck für das Gefühl, das er für Meg empfand. Es war tiefer und größer als ein bloßes Verliebtsein und hielt ihn in Burslem zurück, obwohl er sich nach dem Geruch des Meeres und den Planken eines Schiffes unter seinen Füßen sehnte. Und jetzt, da Megs Mutter nicht mehr lebte, wollte er den rechten Augenblick abwarten, um das Mädchen zu bitten, mit ihm zusammen nach Liverpool zu gehen. Es gab nichts mehr, was sie in Burslem zurückhielt.
Ehe sie durch das Tor im Hof der Töpferei verschwand, legte er Meg beide Hände auf die Schultern und drehte sie zu sich um.
»Ich warte heute abend hier auf dich.«
»Dann bist du doch im *Red Lion* ...«
»Ich verschwinde kurz. Gastwirte sind auf gute Schankkellner wie mich angewiesen. Ich muß etwas mit dir besprechen, Meg. Ich habe nicht vor, mein Leben lang Schankkellner zu bleiben.«
»Ich weiß. Die Arbeit gefällt dir nicht, Frank. Aber du wirst es schon weiterbringen.«
»Nicht als Landratte. Ich kann dieses Leben nicht ausstehen. Ich muß das Meer wenigstens in der Nähe wissen. Ein Schauermann in den Docks am Mersey kann zumindest die Seeluft riechen.«
»Der Mersey ist ein Fluß.«
»Ja, aber er mündet ins Meer und ist tief genug, daß die größten Schiffe vor Anker gehen können.«
»Und du willst zurück ans Meer«, sagte Meg tonlos.
»Darüber muß ich ja mit dir reden, Mädchen. Ich möchte, daß du mit mir kommst. Dich hält doch jetzt nichts mehr in Burslem.«
Die Arbeiter strömten an ihnen vorbei. Die Glocke im Hof rief zur Pflicht. »Ich muß gehen ...« sagte sie, aber er hielt sie fest. »Wir sprechen heute abend darüber. Ich werde hier auf dich warten.«
Sie schüttelte den Kopf. »Es hat keinen Sinn, Frank. Ich bin für dich nicht die richtige Frau.«

»Heute abend sprechen wir über alles.«
»Nein ... jetzt. Du hast ein Recht darauf, zu wissen, was ich bin, Frank Tinsley. Ein verdorbenes Mädchen, und du weißt, was das bedeutet.«
»Davon will ich nichts wissen. Ich liebe dich, Meg. Ich heirate dich sogar, wenn du Wert darauf legst, eine ehrbare Frau zu werden.«
»Ich? Ehrbar? Das war ich nie. Und wenn *ich* es dir nicht sage, werden es andere tun. Deine Tante hat doch sicher über mich geklatscht.«
»Vergiß die alte Hexe!«
»Das kann ich nicht. Noch nicht. Sie ist an der Geschichte beteiligt, die ich noch erledigen muß, ehe ich daran denken kann, Burslem zu verlassen.«
»Welche Geschichte?«
»Nichts, was du verstehen könntest.«
»Ich verstehe nur, daß du mich loswerden willst, indem du mir erzählst, wie schlecht du bist. Aber mit deinem Aussehen und deinem Körper, in Armut geboren, konntest du nicht anders werden. Es ist leicht, anständig zu bleiben, wenn man es sich leisten kann – aber die Männer haben dich sicher nie in Ruhe gelassen. Ich kann dir keinen Vorwurf deswegen machen. Du bist im Grunde anständig geblieben. Gib mir eine Chance, Meg. Ich liebe dich. Komm mit mir, und wir fangen ein neues Leben an. Laß uns nach Liverpool gehen, raus aus diesem Rauch und Schmutz hier ...«
Ein Lächeln erhellte ihr Gesicht. »Ich habe gehört, die Luft in Liverpool stinkt.«
»Ja. Unten, an den Docks. Aber wir könnten außerhalb der Stadt leben, auf dem Land. Ich nehme gern einen langen Weg zur Arbeit auf mich, wenn zu Hause die richtige Frau auf mich wartet. Wenn nicht, dann heuere ich wieder auf einem Schiff an. Was sagst du dazu, Meg?«
Wieder schüttelte sie den Kopf.
»Ich kann nicht mit dir kommen, Frank. Noch nicht. Aber wenn du mich wirklich haben willst, dann warte auf mich. Nicht in Burslem, wenn es dir hier nicht gefällt, aber laß mich wissen, wo ich dich finden kann. Ich komme, sobald ich die Sache hier erledigt habe.«

Er wollte ihr antworten, aber ihre Aufmerksamkeit wurde durch die aufgeregten Rufe der Arbeiter abgelenkt, die mit klappernden Holzschuhen in den Hof hasteten. »Geh rein, Meg, oder er wird dich bestrafen ... da kommt der Herr!« Eine prächtig aussehende Kutsche näherte sich. Darin saß ein vornehmer Herr in einem pelzbesetzten Mantel, mit einem breitkrempigen, ebenfalls pelzbesetzten Hut auf dem Kopf. Die Hände in eleganten Handschuhen ruhten auf dem Silberknauf eines Ebenholzstocks. Das Gesicht war hochmütig und gutaussehend, aber die ganze Haltung des Mannes drückte eine derartige Arroganz aus, daß sie in Frank sofort eine heftige Abneigung weckte.

Die Arbeiter hatten offensichtlich Angst vor diesem Mann, doch Meg nicht. Sie machte keine Anstalten vor ihm zu fliehen, sondern blieb bei Frank stehen, einen spöttischen Ausdruck im Gesicht, und als die Kutsche des Töpfermeisters vorbeifuhr, rief sie laut: »Willkommen zu Hause, Sir!« und machte einen tiefen Knicks.

Der Töpfermeister warf dem Paar nur einen flüchtigen Blick zu und wandte sich dann wieder ab.

Zu Franks Überraschung brach Meg in lautes Gelächter aus.

»Kein Wunder, daß sie sagten, er würde dich bestrafen«, bemerkte Frank, »falls dieser Mann dein Herr ist.«

»Nicht *mein* Herr«, widersprach Meg rasch. »Er ist der Herr der Töpferei. Das ist ein Unterschied. Nun, ich gehe jetzt wohl besser an die Arbeit. Und wenn er mich bestraft, ist mir das egal.« Sie zuckte die Achseln, und in ihren Augen stand ein Funkeln, als hoffte sie, daß es geschehen möge.

Mit einem flüchtigen Kuß auf die Wange verabschiedete sie sich von Frank. »Tu, was du für richtig hältst, Frank, mein Lieber. Und vergiß mich.«

»Ich werde dich nie vergessen, Meg. Und ich nehm dich mit, das schwöre ich.«

»Ich habe dir gesagt, daß ich hier erst noch etwas zu erledigen habe. Bis dahin bleibe ich.«

Mit der Rückkehr Joseph Draytons änderte sich die Arbeitsatmosphäre in der Töpferei abrupt. Es gab kein Geschäker, kein Gelächter und kein heimliches Davonschleichen mehr.

»Master Martin, was glaubt Ihr, wird seine Lordschaft über uns berichten?«

Meg stellte die Frage, als Martin zu ihrer Arbeitsbank kam. Er trug eine Lage Töpfe, darunter seine eigenen, die er von der Werkstatt in Cooperfield eingeschmuggelt hatte, damit Meg sie fertigstellen konnte. Josephs überraschende Ankunft in der Töpferei hätte Martin beinahe dazu bewogen, seine Tonwaren wieder auszusortieren, aber ihm schien das Risiko zu hoch, die ungebrannte Ware ein zweites Mal zu transportieren. Und nach der langen Abwesenheit hatte Joseph sicher viel Schreibtischarbeit zu erledigen, der ihn im Büro festhalten würde. Eine Inspektion der Töpferarbeiten war erst in den nächsten Tagen zu erwarten, und bis dahin konnte er seine Produkte, die sich in Form und Aussehen erheblich von der üblichen Ware unterschieden, in Sicherheit bringen.

»Falls Freeman irgendwelche Lügen erzählt, wird er es bereuen, Meg.« Zögernd fügte er hinzu: »Ich konnte dir noch nicht mein Beileid aussprechen. Noch heute denkt meine Mutter mit Dankbarkeit daran, daß du ihr nach dem Tod meines Vaters den Teller und den Becher gebracht hast, die sonst vielleicht verlorengegangen wären.«

»Das habe ich gern getan, Master Martin. Mistress Drayton hatte ein Recht darauf, also war es kein Diebstahl, wie der Töpfermeister behauptet hat.«

»Er hat dich des *Diebstahls* beschuldigt?«

»Ja. Vielleicht wollte er selbst sie behalten, obwohl ich das bezweifle, wenn ich daran denke, wie er alles weggeworfen hat, was dem verstorbenen Meister gehörte.«

»Was hat er weggeworfen?«

»Oh, das weiß ich nicht genau, Master Martin. Jedenfalls hat er den ganzen Schreibtisch ausgeräumt. Die Tür zum Büro stand offen, als ich abends nach Arbeitsschluß daran vorbeiging. Der neue Meister schien etwas zu suchen, aber natürlich wagte ich ihn nicht zu fragen, obwohl ich eine Vermutung hatte.« In ihren Augen flackerte eine Spur ihrer früheren Schalkhaftigkeit auf. »Ich hatte das Geschirr in meine Schürze eingewickelt und war auf dem Weg zu Mistress Drayton. Wie hat sie sich darüber gefreut! Was der Meister am nächsten Tag dazu sagte, spielt keine Rolle.«

Martin hörte zum erstenmal von Josephs Empörung über diesen Vorfall. Den ganzen Morgen beschäftigte ihn der Gedanke daran. Er hatte immer gewußt, daß Joseph es für morbide hielt, daß ihre Mutter so an den Gegenständen hing, von denen ihr Mann seine letzte Mahlzeit eingenommen hatte. Aber er hatte nicht geahnt, wie ängstlich Joseph darauf bedacht gewesen war, sie in seinen Besitz zu bringen. Vielleicht wollte er sie aus Stolz auf die eigenhändig hergestellte Glasur aufbewahren?
Oder wollte er sie zerstören, wie alle anderen Gegenstände, die an ihren Vater erinnerten, den Joseph in den letzten Jahren vor seinem Tod mit wachsender Verachtung behandelt hatte? Vor allem die letzten Monate, als ihr Vater bereits krank gewesen war, begegnete Joseph seinem Vater mit einer Schroffheit, die Martin immer rücksichtslos vorgekommen war. Noch heute fand er keine Erklärung für das Verhalten seines älteren Bruders.
Als er sich abwandte, fragte Meg so leise, daß ihre Arbeitskollegen sie nicht hören konnten: »Master Martin ... hat Mistress Drayton dafür gesorgt, daß meine Mutter in einem richtigen Grab beigesetzt wurde?« An seinem Gesichtsausdruck konnte sie ablesen, daß er nichts davon wußte, und sie fügte nachdenklich hinzu: »Wenn sie es nicht war, dann weiß ich, wem ich es zu verdanken habe. Das würde ihnen ähnlich sehen. Sie waren immer freundlich zu uns, Master und Mistress Kendall. Das sind feine Leute.«
Martin erwähnte nicht, daß seine Schwester am Todestag von Mrs. Gibson bereits in Ashburton gewesen war und vielleicht gar nicht wußte, daß sie gestorben war. Meg hatte es wohl Simon zu verdanken, daß ihre Mutter ein würdiges Begräbnis erhalten hatte.

Max Freeman wurde ebenso wie die anderen von Josephs Ankunft überrascht. Er hatte gewußt, daß Agatha und ihr Mann vor zwei Tagen aus London zurückgekehrt waren, aber er hatte angenommen, daß Joseph sich nach der langen anstrengenden Reise noch ein paar Tage von den Strapazen erholen würde, ehe er die Arbeit wieder aufnahm. Deswegen war Max wie gewohnt erst am späten Vormittag in der Töpferei erschienen, wo er sowieso nichts anderes zu tun hatte, als die Arbeiter zu beaufsichtigen. Selbst diese Tätig-

keit war mit Schwierigkeiten verbunden, nicht nur weil die Männer ihm mit Mißtrauen begegneten, sondern weil sie einfach keine Zeit für Müßiggang hatten. Sie wurden nach der Menge der hergestellten Waren bezahlt und bekamen ihren Lohn erst, wenn die Vorarbeiter feststellten, daß sie ihr Soll erfüllt hatten.
Max hatte während der Abwesenheit des Töpfermeisters daher kaum Unregelmäßigkeiten im Arbeitsablauf feststellen können, und um sich selbst zu rechtfertigen, hatte er eine Liste mit teilweise erfundenen Vergehen angelegt.
Max empfand keine Gewissensbisse deswegen, denn er glaubte, die Arbeiter würden mit einer strengen Rüge oder irgendeiner milden Strafe davonkommen. Für zerbrochene Tonwaren gab es einen Lohnabzug, aber Max zog es vor, nicht darüber nachzudenken, welche Konsequenzen das für die ohnehin schlechtbezahlten Arbeiter hatte.
Deswegen ging er leichten Herzens in Josephs Büro, obwohl er noch einen schweren Kopf von der durchzechten Nacht hatte, wo er beim Hahnenkampf unglücklicherweise wieder eine größere Summe verloren hatte. Mit dem Einkommen, das sein Vater ihm bewilligte, konnte er seine Extravaganzen bei weitem nicht finanzieren, aber der Bittgang zu seinem Vater blieb ihm erspart, weil sich der liebe Joseph so verständnisvoll zeigte.
Also begegnete er dem Töpfermeister mit gewohnter Gleichmütigkeit und ahnte nicht, daß sein überheblicher Gesichtsausdruck Joseph maßlos auf die Nerven ging. Nach der einmonatigen Abwesenheit fand er Max' selbstgefällige Art noch unerträglicher als zuvor. Und Joseph war nicht in der Stimmung, noch mehr Ärger zu tolerieren, als er in der vergangenen Woche hatte erdulden müssen.
»Nun, was hast du zu berichten?« fragte er barsch. »Abgesehen von deinen üblichen finanziellen Problemen, meine ich. Zweifelsohne erwartest du, daß wir uns zuerst damit beschäftigen, aber das muß warten.«
Max' Zuversicht schwand. Nach einem Monat Flitterwochen, selbst mit der plumpen Agatha, sollte ein Mann doch umgänglicher sein. Er warf das Blatt Papier auf den Schreibtisch und antwortete steif: »Hier ist die Liste aller Vergehen, Schwager.«

»›Sir.‹ Wir sind hier nicht im Wohnzimmer. Den Herrn von Drayton korrekt anzusprechen, hättest du inzwischen lernen können.«
»Verdammt, Joseph, ich bin nicht einer deiner Arbeiter!«
»Noch benimmst du dich wie einer. Sie arbeiten. Du nicht. Sie kommen pünktlich zur Arbeit. Du nicht. Wahrscheinlich hast du nicht mit meiner Anwesenheit gerechnet, deswegen kamst du heute morgen wohl zwei Stunden zu spät. Wie überrascht du gewesen sein mußt, den Töpfermeister an seinem Schreibtisch vorzufinden!«
Joseph nahm das Blatt Papier auf und warf einen Blick darauf. »Im Austausch für diese Liste werde ich dir eine andere zeigen. Eine Liste der Schulden, die du bei mir hast. Sie wachsen rasch und sind während meiner Abwesenheit bestimmt weitergewachsen.«
Max fuhr sich mit der Zunge über die Lippen, die plötzlich ganz trocken waren. Dieser Mann war anders als der Joseph, den er vor der Hochzeit gekannt hatte. In jenen Tagen war er entgegenkommend, beinahe komplizenhaft in bezug auf seine »Eskapaden«, wie er sie nachsichtig nannte, gewesen. Nun gebrauchte er das häßliche Wort »Schulden« mit einer Stimme, die wie das Echo seines Vaters klang. Max ärgerte sich darüber.
»Ich habe eine extravagante Frau«, blies er sich auf. »Du hast keine Ahnung, wie verschwenderisch Phoebe mit Geld umgeht. Sie denkt nur an neue Kleider und teuren Schmuck. Die Ehe scheint ihr in den Kopf gestiegen zu sein. Wie ich mich erinnere, besaß sie ziemlich wenig, als sie noch eine Drayton ...«
Die Worte blieben ihm im Hals stecken. Josephs Gesicht war plötzlich starr, sein Blick stählern, und mit einer Stimme, die Max Angst einjagte, sagte er: »Sprich nie wieder derart herablassend über meine Schwester. Ein Tunichtgut und Verschwender wie du verdient keine Frau von ihrer Reinheit und Lieblichkeit. Hüte dich davor, ihr weh zu tun, das würdest du bitter bereuen. Wage nicht, den Namen Drayton in den Schmutz zu ziehen, sonst bekommst du es mit mir zu tun.«
Max sprang wütend auf und schrie zurück: »Nicht mich solltest du maßregeln, sondern deinen Bruder Martin. Frag ihn, was *er* angestellt hat, während du weg warst; frag ihn, wo *er* sich herumgetrie-

ben hat und mit wem. Frag diese Schlampe Meg Gibson. *Sie* kann dir sagen, in welchem Heuschober sie sich vergnügt haben!«
Erstaunt sah Joseph Max an und brach dann in Gelächter aus. Joseph Drayton lachen zu hören, war so ungewohnt, daß Max' Wut verflog. Erleichtert stimmte er in das Lachen ein. Der bedrohliche Augenblick war vorbei. Er konnte sich entspannen. Alles würde sein wie früher.
»Kannst du dir das vorstellen, Joseph – dieser humpelnde Dreikäsehoch mit einer geilen Hure! Ich wette, sie hat es noch nie zuvor mit einem Krüppel getrieben.« Die Vorstellung von den beiden im Heu kam Max so komisch vor, daß er sich vor Vergnügen auf die Schenkel schlug.
Aber das Lachen verging ihm sofort, als er Josephs Gesichtsausdruck sah. Im Raum hing eine unheilschwangere Atmosphäre.
Dann sprach Joseph.
»Noch nie habe ich einen derartigen Blödsinn gehört. Außerdem gefällt mir deine derbe Ausdrucksweise nicht und noch viel weniger deine schmutzige Phantasie. Ich glaube kein Wort davon.«
»Dann frag sie doch, wohin sie gemeinsam verschwunden sind. Frag sie, wo sie hingehen, wenn sie vorzeitig ihre Arbeitsplätze verlassen. Schau dir die Liste an. Ich habe die Zeiten ihrer Abwesenheit notiert. Sie waren sogar so vorsichtig, nie gleichzeitig zu verschwinden. Manchmal ging Martin zuerst, manchmal Meg.«
Aber Joseph glaubte ihm immer noch nicht. Mit schmalen Lippen sagte er: »Und wieviel Glauben kann ich deinen Worten schenken, wo du doch sicher die längste Zeit durch Abwesenheit geglänzt hast?« Aber unwillkürlich warf er einen Blick auf die Liste. »Damit werde ich mich später befassen. Jetzt sag mir, wieviel Mühe du aufgewendet hast, um die Aufgabe zu erfüllen, wegen der ich dich in mein Unternehmen aufgenommen habe – hast du deinen reichen Freunden die Vorzüge der Drayton-Waren geschildert und für unsere Töpferei geworben?«
»Quatsch! Ich habe dir bereits gesagt, daß man in meinen Kreisen auf Qualität Wert legt. In ihren Haushalten findest du keine irdenen Töpfe oder Steingut. Produziere etwas Eleganteres, wie feines Porzellan – dann kann ich den Leuten etwas anbieten. Und deine

Gründe dafür, mich in das Unternehmen aufzunehmen, waren nur ein Vorwand. Du wolltest mich als Ehemann für deine anbetungswürdige kleine Schwester kaufen, nachdem ihre Zwillingsschwester einen anderen Mann bevorzugt hat. Mein Gott, mit Jessica wäre ich besser dran! Sie schreckt bestimmt nicht vor den Annäherungen eines Mannes zurück. Schaudert Agatha vor dir zurück, lieber Schwager? Das bezweifle ich. In ihr habe ich immer eine unterschwellige Lüsternheit vermutet. Die frustrierte Agatha konnte es kaum erwarten, sinnliche Freuden kennenzulernen, ganz im Gegensatz zu meiner Frau, die in Träumen von keuschen Küssen und romantischer Liebe schwelgt. Und widersprich mir nicht, denn *ich* lebe mit Phoebe, *ich* bin mit ihr verheiratet, *ich* werde nur widerwillig in ihrem Bett geduldet, *ich* scher mich einen Teufel um ihre Reinheit, denn Reinheit ist unerträglich langweilig. Wer Frigidität als Reinheit bezeichnet, ist ein Narr. Also laß mich dieses Wort nie wieder hören. Und bitte keine weiteren großmütigen Bemerkungen darüber, daß du mich in dein Unternehmen aufgenommen hast. Es war nicht meine Idee. Meine Mutter hielt es nie für nötig, daß ich arbeite, und genauso denke ich.«

»Aber dein Vater ist anderer Meinung. Leider muß ich deine Anwesenheit hier ertragen, und dafür, daß du nichts leistest, hast du auch noch finanzielle Vorteile.«

Max winkte ab. »Das ist Teil des Ehevertrags, lieber Joseph! Daraus hast du damals kein Hehl gemacht, also spiel jetzt die ganze Sache nicht hoch. Und was die Leistung betrifft – die frigide Phoebe zur Frau zu haben, zählt mehr als jede sinnlose Arbeit hier in der Töpferei. Jetzt will ich dich dem Vergnügen überlassen, meinen Bericht über deine Arbeiter zu studieren. *Ich* habe andere Dinge zu erledigen.«

»Was ist es denn heute? Bärenhatz? Hahnenkämpfe? Noch mehr Wettschulden?« Joseph musterte ihn verächtlich. »Wenn dir deine überaus wichtigen Beschäftigungen einmal Zeit lassen, könntest du einen Blick auf die Schuldscheine werfen, die in meinem Besitz sind und dir die mittlerweile aufgelaufenen Zinsen ausrechnen.«

»Zinsen! Du hast nie von Zinsen gesprochen! Noch hast du je erwähnt, daß ich meine Schuldscheine einlösen muß!«

»Das war unnötig. Schuldscheine verkörpern Schulden, und Schuldner zahlen immer Zinsen. Geldverleiher diktieren die Bedingungen. Davon mache ich Gebrauch.«
»Von allen teuflischen ...«
»Ertränk deinen Kummer, Freeman. Vergiß so unangenehme Dinge wie Gläubiger, die eines Tages über dich herfallen könnten.«
»Verdammt, willst du mir etwa drohen?«
Joseph hob nur gelangweilt die Brauen.
»Ich sagte *könnten.* Das beinhaltet einen Zweifel, nicht wahr?«
Erleichtert verabschiedete sich Max, froh, dieser unangenehmen Unterhaltung zu entfliehen und mehr als begierig, sie so schnell wie möglich zu vergessen.

Hinter seinem Rücken lächelte Joseph zynisch. Dieser einfältige junge Narr. Von Natur aus schwach und verantwortunglos, hatte ihm seine Mutter in ihrer verblendeten Liebe nie einen Wunsch abschlagen können. Charlotte Freemans Bewunderung für ihren Sohn hatte jeden Versuch des Vaters zunichte gemacht, ihn zu erziehen, denn im Gegensatz zu ihrem Mann war Charlotte Freeman im Reichtum geboren worden und glaubte, daß ein Gentleman nur seinen Vergnügungen nachgehen sollte.
Max hielt sich ganz gewiß daran. Zügellosigkeit und Verschwendungssucht bestimmten sein Leben. Joseph war sich dessen bewußt gewesen, als er die Heirat seiner Schwester in die Wege leitete. Wenn er das nächste Mal mit Phoebe sprach, mußte er ihr klarmachen, daß sie nur Geduld aufbringen mußte, denn die Schwächen ihres Mannes würden schließlich zu seinem Untergang führen. Dann konnte sie ein behagliches Leben im Schoß einer reichen Familie führen, die für den Unterhalt der Frau ihres Sohnes aufkommen mußte.
Joseph wußte auch, denn er hatte sich die Mühe gemacht, es herauszufinden, daß Charlotte Freeman in der ungewöhnlichen Position war, über eigenen Besitz und eigene Einkünfte verfügen zu können, denn einer ihrer Vorfahren hatte diese Regelung testamentarisch festgelegt und rechtlich derart abgesichert, daß die gesetzlichen Bestimmungen, wonach das Vermögen der Frau nach ihrer

Heirat normalerweise auf den Mann überging, ausgeschaltet worden waren. Sollte also Max etwas zustoßen, war es durchaus denkbar, daß Charlotte einen Teil ihres Vermögens auf Phoebe übertrug. Ihr Verantwortungsgefühl für eine verwitwete (oder verlassene) Schwiegertochter würde es ihr verbieten, ihr Erbe nur ihren beiden Töchtern zu überschreiben.
Sollte sich Max also zu Tode trinken – oder mit dem Gesetz in Konflikt kommen und sich gezwungen sehen, außer Landes zu fliehen –, konnte Phoebe ein angenehmes Leben im Luxus führen.
Besänftigt durch diese Überlegungen, nahm Joseph noch einmal die Liste der Vergehen zur Hand, die Max angefertigt hatte. Stirnrunzelnd überflog er die teilweise unwahrscheinlichen Vorkommnisse und beschloß, sie nicht weiter zu überprüfen. Dem Verdacht, den Max wegen Martins und Megs Abwesenheit geäußert hatte, wollte er allerdings nachgehen, um herauszufinden, was dahintersteckte.
Der Gedanke an Meg ließ ihm keine Ruhe. Er ärgerte sich maßlos über ihren dreist zur Schau gestellten Spott, als er heute morgen in der Kutsche an ihr vorbeigefahren war.
Bis zu seiner Heirat war Joseph in die Töpferei geritten. Aber jetzt stimmte er mit Agatha überein, daß es seiner Position angemessener war, sich von einem Kutscher fahren zu lassen. Beide legten großen Wert auf gesellschaftliche Umgangsformen, und bei ihrer Rückkehr hatte die prächtige kostspielige Kutsche, die er vor seiner Reise nach London bestellt hatte, bereitgestanden. Der sonntägliche Kirchenbesuch in ihr würde den gewünschten Eindruck und auch Agathas Ansprüche befriedigen.
Von ihrem Schlafzimmerfenster aus hatte sie heute morgen seine Abfahrt beobachtet und war danach sicher wieder in ihr zerwühltes Bett zurückgegangen. Inmitten unzähliger Kissen pflegte sie sich wie ein monströses Tier zu aalen, und wenn er sich nach Ausübung seiner ehelichen Pflichten in sein eigenes Schlafzimmer zurückzog, stellte sie unweigerlich die Frage, warum er nicht bei ihr blieb. Und wie immer führte er denselben Grund an: »Ich schlafe sehr unruhig, meine Liebe, und möchte dich nicht stören.« Worauf sie stets wie eine schmeichelnde Katze schnurrte: »Ich könnte dich in den Schlaf wiegen, mein Geliebter, wenn du nur bei mir bleiben würdest ...«

Gott im Himmel, wie begriffsstutzig manche Frauen waren!
Aber in manchen Dingen war Agatha erstaunlich aufgeweckt, stellte recht intelligente Fragen über seine Arbeit und zeigte sich an seinen Plänen für den Ausbau der Töpferei interessiert. Das war sehr erfreulich, denn wenn er die teuren neuen Brennöfen installieren ließ, übersah sie vielleicht in ihrer Bewunderung für seine unternehmerischen Fähigkeiten, daß ihr Geld die Investition ermöglichte. Jetzt, da sie seine Frau war, konnte er frei über ihr Vermögen verfügen, aber es wäre ungeschickt, das allzu offenkundig werden zu lassen.
Er bestärkte sie auch in ihrem Stolz, mit dem führenden Töpfermeister von Burslem verheiratet zu sein. Als sie ihm heute morgen vom Fenster aus zuwinkte, war ihr wohl nicht bewußt gewesen, daß er die prächtige Kutsche zur Befriedigung ihres Standesdünkels bestellt hatte und mit ihrem Geld bezahlen würde.
Doch Meg Gibson hatte ihn wegen dieser Prunksucht verhöhnt, und er ärgerte sich darüber. Immer wieder schob sich ihr Gesicht zwischen ihn und seine Arbeit, ihre einladenden Lippen lächelten verführerisch, ihre strahlenden Augen blickten ihn herausfordernd an und verdrängten Max Freemans absurden Verdacht.
Und doch – hatte zwischen Meg und seinem Bruder nicht schon immer eine Art Freundschaft bestanden? Viele Male hatte er Martin gesehen, wie er mit ihr lachte und sprach. Und wie oft hatte Martin sie vor den bösen Zungen anderer Arbeiterinnen in Schutz genommen? Noch nie hatte er dem irgendeine Bedeutung beigemessen, obwohl er Martin wiederholt vor Vertraulichkeiten mit Arbeiterinnen gewarnt hatte. »Vergiß nie, daß du ein Drayton bist, ein Nachkomme des Gründers der Töpferei, und halte dich von den einfachen Arbeitern fern ...« Worauf Martin eines Tages geantwortet hatte: »Dann behandele mich nicht wie einen von ihnen, vor allem nicht in ihrer Gegenwart.« Für diese Unverschämtheit war er mit dem Entzug der Mittagspause für die Dauer einer Woche bestraft worden.
Aber dieses Mal, bei Gott, würde die Strafe härter ausfallen, sollte Freemans Anschuldigung der Wahrheit entsprechen.
Es war ihm unmöglich, sich auf seine Arbeit zu konzentrieren.

Megs Gesicht verfolgte ihn – lachend, als er mit der Braut am Arm aus der Kirche getreten war, spöttisch, als er heute morgen in seiner Prachtkutsche vorgefahren war. Sie war unverschämt, frech, anmaßend und unendlich begehrenswert. Er erinnerte sich an die Stunden, die er mit ihr früher verbracht hatte. Sogar während seines Aufenthalts in London hatte er sie sich ins Gedächtnis zurückgerufen, vor allem, wenn er mit der unersättlichen Agatha im Bett gelegen hatte. Welten lagen zwischen einem begehrenswerten und einem abstoßenden Körper, aber für den Rest seines Lebens war er an den letzteren gebunden – so verlangte es die Konvention.
Zornig schlug er mit der Faust auf die verdammte Liste. Er wußte, er sollte sie zerreißen und nicht mehr daran denken, aber das war unmöglich. Er mußte herausfinden, ob an Max Freemans Anschuldigung bezüglich Martin und Meg auch nur ein Wort der Wahrheit entsprach.
Er schickte nach ihr. Wie gewöhnlich trat sie mit beschwingten Schritten und hocherhobenem Kopf in sein Büro. Nicht einmal die klobigen Holzschuhe an ihren Füßen nahmen ihrem Gang die Anmut, und er zog unwillkürlich Vergleiche zu Agathas schwerfälligen Bewegungen.
Welch eine Anstrengung es Elizabeth Freeman gekostet haben mußte, Agatha eine damenhafte Haltung beizubringen, und wieviel Mühe die Schneiderin in London hatte aufwenden müssen, um Kleider zu entwerfen, die ihre allzu üppigen Rundungen kaschierten! Schmollend hatte Agatha die Anproben über sich ergehen lassen. Sie haßte die gedämpften Farben und den einfachen Stil der Kleider, die ihre jungfräuliche Tante und die Schneiderin für sie aussuchten, und war beleidigt, daß man ihren Geschmack nicht berücksichtigte.
»Das muß du mir überlassen, liebes Kind«, hatte Elizabeth wiederholt gesagt. »Man kann nicht erwarten, daß du einen Blick für modische Eleganz hast. Schließlich kommst du vom Land, und dein Geschmack ist verbildet.« Worauf Agatha protestierend auf ihren Schrank voller wunderbarer Kleider in herrlichen bunten Farben verwiesen hatte. Warum man ihr nicht erlaubte, diese Garderobe in London zu tragen, konnte sie nicht verstehen.

»Es war die kluge Entscheidung deines Mannes, liebe Nichte. Er ist offensichtlich ein Mann von untrüglich gutem Geschmack.«

Später hatte sich Agatha bitter bei Joseph darüber beschwert. »Zu Hause falle ich sofort auf, wenn ich einen Raum betrete. Hier bekomme ich nur Komplimente von gesetzten Matronen, deren Eleganz sich darauf beschränkt, entsetzlich damenhaft auszusehen. Aber überall begegne ich Frauen in prachtvollen Roben, und die Männer verschlingen sie mit ihren Blicken. Warum kann *ich* mich nicht kleiden wie sie?«

»Weil ich es nicht wünsche. Weil du nicht der Typ bist, der diese Kreationen tragen kann. Und weil ich wünsche, daß meine Frau wie eine Dame aussieht, die sie schließlich ist, nicht wahr?«

Jetzt verdrängte er diese unerfreulichen Gedanken, die unweigerlich zu Vergleichen zwischen der Frau, die er geheiratet hatte, und der Frau, die er begehrte, führten. Selbst in einem lehmverschmierten Sack mit einem Hanfstrick um die Taille stellte Meg Gibson alle strahlenden Schönheiten der Londoner Gesellschaft in den Schatten, die Agatha so bewunderte und beneidete.

Meg riß ihn aus seinen Betrachtungen, indem sie unterwürfig sagte: »Ihr habt nach mir geschickt, Sir?«

»Ach, ja.« Er blickte auf das Blatt Papier in seiner Hand. »Man hat mir berichtet, daß du während meiner Abwesenheit wiederholt deinem Arbeitsplatz ferngeblieben bist.«

Zu seinem Erstaunen leugnete sie nicht.

»Dafür habe ich abends länger gearbeitet, Sir. Fragt den Vorarbeiter.«

Kein Anzeichen von Reue. Kein Schuldbewußtsein.

»Ich möchte den Grund dafür wissen, warum du deine Arbeit vernachlässigt hast.«

»Das habe ich nicht. Ich habe mein Soll immer erfüllt.«

»Das ist keine Antwort. Sag mir, warum du dich ohne Erlaubnis von deinem Arbeitsplatz entfernt hast.«

»Sie waren nicht hier, um sie mir zu geben, Sir.«

»Was ist mit dem Vorarbeiter? Hast du ihn gefragt?«

Meg setzte einen unschuldigen Gesichtsausdruck auf, zupfte an ihrer Braue und gab vor, angestrengt nachzudenken. Dann antwor-

tete sie mit einem strahlenden Lächeln: »Daran kann ich mich nicht erinnern, Sir. Vielleicht weiß es der Vorarbeiter.« Das Lächeln verschwand. »Und was das Warum betrifft – meine Mutter war sterbenskrank.«
»Das ist sie schon seit Jahren.«
»War, Sir. Sie *war* jahrelang krank.«
Aller Glanz war nun aus ihrem Gesicht gewichen. Es sah blaß und schmerzverzerrt aus.
»Heißt das, sie ist gestorben?«
Meg nickte, schluckte krampfhaft und platzte dann heraus: »Gestern wurde sie beerdigt. Und Ihr habt meine Mutter ins Grab gebracht. Ihr und Ma Tinsley.«
»Du kannst nicht anderen die Schuld an ihrem Tod geben, Meg. Es war unvermeidbar und für sie zweifelsohne eine Erlösung. Denk nicht mehr daran. Du hast dein eigenes Leben zu leben.«
»Ja. Und das habe ich auch vor, Sir. So gut ich kann.«
»Das ist klug. Das Leben kann dir noch viel bieten ...« Seine Augen wanderten von ihrem hübschen Gesicht zu den schwellenden jungen Brüsten, die selbst der grobe Stoff nicht verbergen konnte. Sie waren fest und rund und wunderschön geformt, nicht schwer und hängend. Sie konnte sich in Sekunden ihrer Kleider entledigen, denn sie trug keine Korsage, die ihren Körper einschnürte. Meg war frei und hübsch. Er begehrte sie.
»Gibt es sonst noch etwas?« fragte sie in einem Ton, der gleichzeitig respektvoll und aufmüpfig war.
»Ja ... ja, da ist ...« Er wollte sie nicht gehen lassen. Viele Wochen waren verstrichen, seitdem er das letzte Mal mit ihr gesprochen hatte, und ihr letzter heimlicher Besuch im Carrion-House schien Ewigkeiten zurückzuliegen. Wie konnte er wieder in den Genuß dieser Vergnügungen kommen, jetzt, da das Haus voller Dienstboten war?
Er kam wieder in die Gegenwart zurück und sagte: »Wegen meines Bruders ... wie es scheint, hat auch er die Arbeit vernachlässigt.«
»Das kann ich nicht glauben, Sir. Master Martin ist ein fleißiger Arbeiter. Er gönnt sich keine Ruhepause. Nein«, wiederholte sie nachdrücklich, »das glaube ich nicht.«

Ihr Eifer bestärkte sein Mißtrauen, anstatt es zu zerstreuen. Sie verteidigte den Burschen zu vehement. Aber sie weiter zu befragen war sinnlos. Er mußte es selbst herausfinden.

Meg deutete sein Schweigen als Entlassung, machte einen Knicks und ging zur Tür.

»Warte! Wer war der Mann, mit dem du heute morgen am Eingangstor standst?«

Sie lächelte. Es begann in ihren Augen und breitete sich bis zu ihren sanft geschwungenen Lippen aus.

»Das war Tinsley. Schankkellner im *Red Lion*. Ma Tinsleys Neffe. Sie erinnern sich doch an Ma Tinsley – die Hebamme, der Sie zwei Guineen versprochen haben? Es wäre klug, sie zu bezahlen, Sir. Sie hat es nicht vergessen, auch nach so langer Zeit nicht.«

Die Tür schloß sich hinter ihr. Joseph überkam ein Gefühl des Unbehagens, der Bedrohung, das er trotz aller Bemühungen nicht abstreifen konnte.

23

In dem Strom der Arbeiter, die abends über den Hof der Töpferei nach Hause drängten, gesellte sich Martin zu Meg. Sie lächelte, und obwohl in dem Geklapper der Holzschuhe und dem Geräusch der lauten Stimmen niemand ihre Unterhaltung belauschen konnte, dämpfte sie die Stimme und sagte leise: »Der Töpfermeister ist fest entschlossen herauszufinden, was wir während seiner Abwesenheit angestellt haben, Master Martin.«

»Also hat Freeman geredet.«

»Keiner von beiden kann einen Nutzen daraus ziehen. Ich habe Eurem Bruder nichts verraten.«

»Ich will nicht, daß du meinetwegen bestraft wirst, Meg. Er darf auf keinen Fall erfahren, daß du mir in deiner Freizeit geholfen hast. Die Verantwortung für unsere Arbeit in der Werkstatt in Cooperfield trage ich ganz alleine.«

»Ihr braucht Euch um mich keine Sorgen zu machen, Master Martin.«

»Da bin ich mir nicht so sicher. Heute nachmittag auf dem Rückweg vom Glasierschuppen – ich hatte mit Jefferson die Mischung einer bestimmten Glasur zu besprechen – sah ich den Töpfermeister an deinem Arbeitsplatz. Während du draußen im Hof warst, hat er deine Arbeit überprüft.«

Meg sagte achselzuckend. »Soll er ruhig. Er wird daran nichts auszusetzen haben.«

»Das weiß ich. Aber er hat die Tonwaren gefunden, die ich in Cooperfield hergestellt habe.«

»Woran kann er erkennen, daß Ihr sie dort und nicht hier gemacht habt? Auf allen steht Euer Namenszeichen.«

»Ja, aber in der Form unterscheiden sie sich von der Drayton-Ware.«

»Hat er etwas dazu gesagt?«

»Er hat mich nur gefragt, warum ich ohne Erlaubnis die Form verändert hätte. Um seinen Ärger nicht weiter zu schüren, sagte ich, das erste Stück wäre mir aus Versehen anders geraten, und dann hätte ich es für klüger gehalten, die ganze Partie in dieser Form zu modellieren. Er hat mir wohl geglaubt, denn er verlor kein weiteres Wort darüber. Dann läutete die Pausenglocke, und er ging.«

»Und jetzt macht Ihr Euch Sorgen, er könnte jede Partie, die aus den Brennöfen kommt, inspizieren. Keine Angst, wir bringen Eure Waren zum Brennen nach Cooperfield zurück, und falls der Töpfermeister fragt, wo diese spezielle Partie geblieben ist, sage ich einfach, ich wäre damit gestolpert, und die Stücke wären zerbrochen. Ich gehe jede Wette ein, daß er mich nicht dafür bestrafen wird.«

Sie sagte nicht, warum sie mit der Nachsicht des Töpfermeisters rechnete, und Martin fragte nicht. Er hatte immer gewußt, daß sein Bruder eine Vorliebe für Meg hatte. Als er sie an jenem Sonntag im Frühjahr, als John Wesley auf dem Cobblers Green sprach, aus dem Seiteneingang des Carrion-House hatte schlüpfen sehen, hatte er geahnt, daß es nicht ihr erster Besuch gewesen war. Da Martin Megs Lebensumstände kannte, hatte er sie nie deswegen verurteilt. Und wenn ihr sein Bruder nun wegen dieser früheren Beziehung mit Nachsicht begegnete, freute er sich darüber.

Er war auch froh, daß Joseph endlich verheiratet war und dem Mädchen nicht mehr nachstellte, denn er hatte gesehen, daß der Schankkellner vom *Red Lion* sie jeden Morgen zur Töpferei begleitete und abends wieder abholte. Er hoffte, daß aus dieser Verbindung etwas wurde, denn ihm gefiel der junge Mann, und Meg brauchte jemanden, der sich um sie kümmerte.
Am Tor sah er Frank Tinsley stehen und bemerkte, wie Megs Augen bei seinem Anblick aufleuchteten. Sie beschleunigte den Schritt und eilte auf ihn zu. Lächelnd schlug Martin den Nachhauseweg ein. Unterwegs überholte ihn die neue prächtige Kutsche des Töpfermeisters, und er mußte in einen Graben springen, damit er nicht überrollt wurde. Joseph merkte nichts davon.

Medlar Croft war in diesen Tagen ein stilles Haus. Es wirkte wie ein Nest, aus dem die Jungvögel ausgeflogen sind, und Martins Mutter verbrachte nun viele Stunden allein mit Clara, dem Dienstmädchen, beschäftigte sich mit Stickereien und Näharbeiten für die verschiedenen Wohltätigkeitsorganisationen, denen ihre Schwiegertochter angehörte. Bereits vor der Hochzeit hatte Josephs Frau sie dazu überredet, sich an den mildtätigen Werken zu beteiligen, und Martin vermutete, daß seine Mutter zugestimmt hatte, weil sie zu schüchtern war, um sich gegen Agathas dominierende Persönlichkeit aufzulehnen.
Martin erwartete, seine Mutter über ihren Näharbeiten anzutreffen. Mit einem sanften Lächeln würde sie ihn begrüßen, ihre Arbeit beiseite legen und nach Clara läuten, damit sie das Abendessen servierte. »Ich habe diese Winterabende so gern«, würde sie sagen, während sie das Kaminfeuer schürte, »dann bleibst du wenigstens zu Hause und reitest nicht mehr fort wie im Sommer. Natürlich gönne ich dir die Bewegung in der frischen Luft nach den langen Stunden im Staub und Schmutz der Töpferei, aber deine plötzliche Vorliebe für abendliche Ausritte überrascht mich doch.«
Aber heute abend war seine Mutter überraschenderweise nicht allein. Eine der Kutschen aus dem Fuhrpark von Tremain Hall stand vor dem Haus und daneben Josephs Gefährt. Natürlich war der pflichtbewußte Sohn nach seiner langen Abwesenheit gleich zu

seiner Mutter geeilt, um nach dem Rechten zu sehen. Da seine Schwestern nun verheiratet waren, blieb nur noch der jüngere Bruder, um den er sich kümmern mußte.

Martin lächelte bei dem Gedanken. In weniger als zwei Monaten lief sein Lehrvertrag ab. Am dritten Februar wurde er neunzehn und konnte entsprechend den Bedingungen des Drayton-Legats sein Erbe antreten.

Erst dann würde er das Geheimnis um seine Werkstatt in Cooperfield lüften, seinem Bruder das Auftragsbuch vorlegen, das Amelia mit penibler Sorgfalt angelegt hatte, ihm die Produkte zeigen, die er hergestellt und verkauft hatte und die er dann gewiß in die Produktpalette der Drayton-Töpferei aufnehmen konnte. Joseph würde stolz auf sein erfolgreiches Wirken sein und durfte ihm nicht länger die Anerkennung als qualifizierter Töpfermeister verwehren.

Seine Mutter begrüßte ihn aufgeregt. »Sieh nur, wer hier ist, Martin! Ist es nicht wie in alten Zeiten? Die ganze Familie vereint, nur Jessica fehlt ...«

Joseph fiel ihr ins Wort. »Liebe Mutter, darf ich dich daran erinnern, daß Jessica keine Drayton mehr ist und sich nie als zur Familie gehörig fühlte.«

Martin sah, wie bei dieser brutalen Bemerkung der glückliche Schimmer in den Augen seiner Mutter erlosch, und er küßte sie auf die welke Wange.

»Und *ich* werde nicht begrüßt?« beklagte sich Phoebe. »Oder hast du nicht bemerkt, daß ich ebenfalls hier bin?«

»Im Gegenteil, die Freeman-Kutsche aus Tremain Hall ist nicht zu übersehen.«

»Sieht sie nicht wunderbar aus, Martin?« Stolz betrachtete Emily ihre scheinbar glücklich verheiratete Tochter.

»Ja, das tut sie.«

Phoebe drehte eine Pirouette, und unter ihrem gerafften Rock blitzten spitzenbesetzte Damastunterröcke auf. Die dreiviertellangen Ärmel waren bis zum Schulteransatz mit Schleifchen verziert, und ein Rüscheneinsatz kaschierte den gewagten Ausschnitt ihres Kleides. Ihre rotgoldenen Löckchen bauschten sich über ihren Ohren, wurden von einer Spitzenhaube am Hinterkopf gerafft und

fielen von dort wie ein Wasserfall auf ihre Schultern hinab. Als sie herumwirbelte, klimperten ihre Halsketten und Armbänder. Phoebe erinnerte Martin an ein Tanzpüppchen, dem das Lächeln fehlte. Ihre Lippen schienen schmaler und verkniffener geworden zu sein. Leicht außer Atem blieb Phoebe stehen und prahlte: »Aber ihr solltet erst einmal mein neues Kleid sehen. Die beste Schneiderin von Stoke näht mir vier Abendkleider!«
»Dein Mann ist sehr großzügig, wie ich sehe«, sagte Joseph und musterte seine Schwester, als würde er abschätzen, wie teuer das Kleid und der Schmuck wohl gewesen waren.
»Warum auch nicht? Ich bin seine Frau und habe Anspruch darauf.«
Ganz unerwartet fuhr Emiliy ihrer Tochter über den Mund: »Oh, meine Liebe, es geziemt sich nicht für eine Ehefrau, so zu sprechen. Wir heiraten aus Liebe und nicht aus materiellen Gründen.«
»Aber wir verdienen uns diese Dinge. Und *wie* wir sie uns verdienen!«
Der bittere Unterton in ihrer Stimme war nicht zu überhören. Martin sah den erschrockenen Ausdruck in den Augen seiner Mutter. Vor ihrer Ehe war Phoebe eine hohlköpfige Schwätzerin, aber glücklich gewesen. Jetzt neigte sie zur Habsucht und wirkte oft mürrisch und verdrießlich. Ohne zu überlegen, sagte Martin: »Jessica hat eine andere Einstellung zur Ehe. *Sie* prahlt nie damit, was sie alles bekommt und verdient hat ...«
»Ganz einfach, weil sie nichts bekommt und ihr auch nichts zusteht.« Phoebe griff nach ihrem Samtmantel mit Pelzbesatz, den sie nachlässig auf das Sofa geworfen hatte. Sie reichte ihn Joseph, der ihn ihr um die Schultern legte, und sagte beiläufig: »Da fällt mir ein, lieber Joseph, wahrscheinlich hat man dir noch nicht gesagt, daß Jessica ihren Bastard verloren hat. Poetische Gerechtigkeit – wer weiß? Liebe Mama, ich muß mich jetzt verabschieden, aber ich komm dich ein andermal wieder besuchen ... wann, kann ich dir nicht sagen, mein Leben scheint nur aus gesellschaftlichen Verpflichtungen zu bestehen. Lieber Joseph, bitte danke der lieben Agatha für ihre Einladung zum Abendessen. Wir kommen gern und sind schon neugierig auf die Veränderungen im Carrion-House, die sie veranlaßt hat.«

»Ja, wir beabsichtigen das vornehmste Haus in Staffordshire daraus zu machen.«

Wieder überraschte Emily Drayton ihre Kinder mit einer für sie ganz ungewöhnlichen Bemerkung. »Wird es so vornehm werden wie Ashburton, wo Jessica jetzt zu Besuch weilt? Sir Neville Armstrongs Besitz ist über die Grenzen der Grafschaft hinaus berühmt, und ich konnte bereits bei der Hochzeit feststellen, daß er sehr von ihr und Simon Kendall angetan ist. Es hat mich nicht überrascht zu erfahren, daß er sie nach Ashburton eingeladen hat, damit sie sich von ihrem schweren Schicksalsschlag erholen kann. Sie bleibt sein Gast, solange ihr Mann abwesend ist.«

»Simon ist nicht da?« Martin war völlig verblüfft, denn erst vergangenen Sonntag hatte er seinen Schwager in Cooperfield gesehen, und da war keine Rede von einer bevorstehenden Abreise gewesen. Auch Jessica konnte nichts davon gewußt haben, sonst hätte sie nicht von ihrer baldigen Rückkehr nach Hause gesprochen. *Wenn ich könnte, würde ich noch heute abend nach Hause fliegen ...*

»Wer hat dir das erzählt?« fragte er seine Mutter.

»Clara. Ihre Schwester arbeitet in der Küche in Ashburton, und eine weitere Schwester lebt in Cooperfield. Da erfährt Clara natürlich viel von ihnen.«

Phoebe sagte indigniert: »Meine liebe Mama, hörst du dir etwa den Klatsch der Dienstboten an?«

»Clara ist mehr als eine Dienstbotin, mein Kind, wie du wohl weißt. Sie ist fast ein Mitglied der Familie. Und mit wem soll ich mich sonst unterhalten, jetzt, wo ich allein lebe?«

»Du hast doch Martin.«

»Er ist den ganzen Tag in der Töpferei.«

»Dann beschäftige dich mit wohltätigen Werken, wie meine Frau dir empfohlen hat«, sagte Joseph. »So kommst du auf andere Gedanken.«

Emily spielte nervös mit dem Taschentuch in ihren Fingern, brachte aber den Mut auf zu sagen: »Mein lieber Sohn, deine Frau hat mich bereits dazu gebracht, ihre zahllosen Wohltätigkeitskomitees zu unterstützen.«

Phoebe fragte spöttisch: »Und wohin ist Jessicas Kanalbauer verschwunden? Sucht er eine neue Arbeit, nachdem der Armstrong-Kanal jetzt fertiggestellt ist?«

»Im Gegenteil. Man hat ihm nun die Leitung eines noch größeren Projekts angeboten. Neville Armstrong hält große Stücke auf ihn, wie andere in höheren Kreisen. Simon wird mit Lob überhäuft.«

Phoebe brach in perlendes Gelächter aus.

»Das kann ich nicht glauben! Wenn das eine von Claras Klatschgeschichten ist, dann hat sie dir einen Haufen Unsinn erzählt. Der Mann kann doch weder lesen noch schreiben.«

Martin warf ärgerlich ein: »Da irrst du dich. *Ich* kenne Simon Kendall. Du nicht.«

»Danach verlangt es mich auch nicht, lieber Bruder. Joseph, bringst du mich zu meiner Kutsche?«

Emily Drayton sagte hastig: »Grüß deine Frau von mir, Joseph ...«

»Ich bringe nur Phoebe zur Kutsche und komme dann zurück. Ich muß noch etwas mit meinem Bruder besprechen.«

Allein mit ihr, drückte Martin die Hand seiner Mutter. »Bravo! Seit Vaters Tod hast du zum erstenmal gewagt, Joseph zu widersprechen.«

Emily kämpfte mit den Tränen. »Hoffentlich ist er mir nicht böse deswegen, aber ich habe mich so über Phoebe aufgeregt. Was ist nur aus ihr geworden? Wie kalt und hart sie jetzt ist ... und Joseph scheint das zu gefallen. Vielleicht versteht er sie besser als ich.«

»Besser als wir beide. Aber gräme dich nicht. Sie wird schon wieder zur Besinnung kommen.«

Joseph kam zurück und sagte, daß er nicht mehr lange bleiben könne und die Angelegenheit mit seinem Bruder besprechen wolle. »Ich wollte dich nicht vor den Arbeitern darauf ansprechen. Wo hast du während meiner Abwesenheit die Zeit verbracht, die du nicht an deinem Arbeitsplatz warst?«

»Ich habe mein volles Pensum an Arbeit in der Töpferei erledigt.«

Was der Wahrheit entsprach, dachte Martin sarkastisch.

»Das ist keine Antwort auf meine Frage.«

»Eine andere habe ich nicht.«

Emily warf ängstlich ein: »Warum glaubst du deinem Bruder nicht, Joseph? Du weißt, daß er ehrlich ist.«

»Warum hat er sich dann regelmäßig vom Arbeitsplatz entfernt, während ich in London war?«
»Er ist jeden Morgen pünktlich aus dem Haus gegangen und abends wiedergekommen. Sein einziges Vergnügen bestand darin, nach dem Abendessen ein oder zwei Stunden auszureiten . . .«
»Auszureiten? Martin?«
»Das scheint dich zu überraschen, Bruder, aber trotz meines verdammten Beins kann ich im Sattel sitzen. Wer beschuldigt mich eigentlich, meine Arbeit vernachlässigt zu haben? Phoebes feiner Ehemann? Hast du ihn damit beauftragt, hinter mir herzuspionieren?« Wütend stapfte er zur Tür und warf über die Schulter zurück: »Meine Antwort habe ich dir gegeben, obwohl ich mir vorstellen kann, daß du eine Antwort auf eine Frage erwartet hast, die du nicht wagtest zu stellen. Ich kenne Max Freemans schmutzige Phantasie, und wenn du seinen Lügen glaubst, kann ich dir nicht helfen. Und jetzt will ich mich zum Abendessen umziehen. Mama, in fünf Minuten bin ich fertig.«
Ehe er die Tür hinter sich schloß, erhaschte er noch einen Blick auf Josephs Gesicht – mit fassungloser, ungläubiger und mißtrauischer Miene starrte er ihm nach. Martins Wut schlug in Verachtung um. Wenn sein Bruder befürchtete, daß er mit Meg eine intime Beziehung unterhielt, so konnte das nur eins bedeuten – er war eifersüchtig. Außerdem war es lächerlich, denn sie beide waren in andere Menschen verliebt – er in Amelia und sie in Frank Tinsley. Amelia hatte davon vielleicht noch keine Ahnung, und Meg war sich wohl noch nicht bewußt, daß ihre Gefühle für Frank Tinsley mehr waren als Dankbarkeit für seine Fürsorge während der Zeit, als ihre Mutter starb. Aber Martin hatte das Aufleuchten in ihren Augen gesehen, als sie vor dem Tor auf Frank zugeeilt war.

Das Cottage, in dem Mrs. Gibson während ihrer letzten Monate ein wenig Geborgenheit und Glück gefunden hatte, war für Meg nun nur noch ein leeres, abweisendes Haus. Jetzt öffnete sie die Tür zu einem kalten Raum, der nur traurige Erinnerungen barg.
»Ich zünde die Lampe an und mache Feuer«, sagte Frank. »Laß den Schal um, bis es warm wird.«

Meg hüllte sich zitternd in das Umschlagtuch ihrer Mutter. Das flackernde Licht der Lampe vertrieb die Schatten, und der lodernde Schein des Feuers erhellte die Dunkelheit und verbreitete Wärme. Zögernd ging sie zum Sessel, in dem ihre Mutter immer gesessen hatte, und strich zärtlich mit der Hand über die Lehne.
Frank sagte: »Setz dich ruhig rein, Liebes. Er gehört jetzt dir.«
Meg lächelte und ließ sich müde in den Sessel sinken. Schweigend saßen sie eine Weile beieinander. Frank trank einen Krug Ale, und Meg genoß die vom Feuer aufsteigende Wärme. Bald würde er nach Hause zu seiner Tante zum Abendessen gehen. »Im Zubereiten von Zaubertränken mag sie ja ganz gut sein«, hatte er einmal gesagt, »aber eine anständige Mahlzeit kochen, das kann sie nicht.«
Jetzt sah er sie an und lächelte. Und mit diesem Lächeln veränderte sich die Atmosphäre im Cottage. Zufriedenheit breitete sich in der Stille und Wärme aus. Miteinander waren sie glücklich. Meg zögerte, dieses harmonische Schweigen durch Worte zu brechen, aber der Hunger würde ihn bald aus dem Haus treiben. Verlaß mich nicht, dachte sie. Bleib bei mir. Laß mich nie mehr allein ... Stattdessen zog sie den Schal enger um die Schultern und sagte: »Halt die Lampe, Frank, und ich hol einen Kohlkopf aus dem Garten für das Abendessen. Wenn du magst, kannst du bleiben und mit mir essen. Leberfrikadellen und Kohl ergeben eine gute Mahlzeit. Von beidem habe ich genügend. Ma Tinsley wird sich allerdings ärgern, wenn du nicht kommst.«
Sein Gesicht erhellte ein breites, gutmütiges Lächeln. »Von ihrem Fenster aus sieht sie uns sowieso jeden Abend vorbeigehen und zählt dann die Minuten, bis ich nach Hause komme. Heute abend wird die alte Hexe vergeblich warten. Ich habe eine Vorliebe für Leberfrikadellen, meine Süße.«
Die Lampe in einer Hand, den anderen Arm um Megs Schulter gelegt, liefen beide hinaus und lachten übermütig, als er vergeblich versuchte, den Kohlkopf aus dem gefrorenen Boden zu ziehen. »Halt das mal, Mädchen«, sagte er und gab Meg die Lampe. »Ich hab ein Messer, mit dem ich alles schneiden kann.« Und mit einem geschickten Schlag hatte er den Kohl geköpft.
Wieder im Haus zurück, legte Meg den Schal ab und machte sich an

die Arbeit. Allmählich begann sie sich wieder heimisch zu fühlen, spürte die Wärme und Zuneigung, die sie mit ihrer Mutter geteilt hatte. Aber jetzt war es eine andere Wärme, eine andere Zuneigung, die sie plötzlich mit Scheu erfüllten. Sie wagte nicht Frank anzusehen, aus Angst, ihre Gefühle zu verraten. Geschäftig machte sie sich an die Zubereitung des Abendessens. Frank stand neben ihr, betrachtete sie und begehrte sie, wie er noch nie zuvor eine Frau begehrt hatte. Fremde Frauen, die sich in den Häfen an die Matrosen verkauften, oder die Huren in den Docks, die er verachtete, weil ihr Gewerbe ihn an seine Mutter erinnerte, hatten nie die Gefühle in ihm geweckt, die er jetzt für Meg empfand. Sie waren gleichzeitig beschützend und leidenschaftlich.
Die Leberfrikadellen brieten in der Pfanne. Meg hatte die äußeren Blätter vom Kohl entfernt und griff nun nach seinem Messer, um damit den Kohl zu zerkleinern. Er hatte es auf den geschrubbten Tisch gelegt, und als ihre Finger jetzt den Griff umfaßten, betrachtete sie es erstaunt. Noch nie zuvor hatte sie ein so ungewöhnliches Messer gesehen. Der Griff war aus Holz, mit Schnitzereien verziert, die Klinge fein und scharf mit einer dolchartigen Spitze.
»Es stammt aus Polynesien«, sagte Frank, als er ihren erstaunten Blick bemerkte. »Die Eingeborenen stellen es her, und es gibt dort kaum einen Matrosen, der keins besitzt. Es ist das beste Messer, das es zum Kämpfen gibt.«
Vorsichtig berührte sie mit einem Finger die Spitze. »Von Waffen verstehe ich nichts, aber mit guten Küchenmessern kenne ich mich aus.« In Sekundenschnelle war der harte Kohlkopf zerteilt.
»Behalt es, Meg. Damit kannst du dich im Notfall verteidigen, wenn ich nicht mehr da bin.«
Ein Schatten legte sich über ihr Glücksgefühl.
»Du gehst wirklich fort, Frank?«
»Nicht sofort. Ich warte auf dich. Aber ein Schankkellner hat hier keine Zukunft.«
»Manche haben es bis zum Wirt gebracht.«
»Das ist kein Leben für mich. Oder möchtest du einen Mann, der sich damit zufrieden gibt, Betrunkene hinauszuwerfen, Fässer zu schrubben und Krüge zu spülen?«

Meg schüttelte den Kopf. Er hatte recht, das war kein Leben für einen Mann wie ihn.
»Du kommst doch mit mir, nicht wahr, Meg?«
»Noch nicht ... Ich kann jetzt nicht weg von hier ... Oh, Frank, kannst du nicht noch eine Weile warten? Ich brauche noch etwas Zeit ...«
Ungeduldig platzte er heraus: »Ich verstehe einfach nicht, warum du hier nicht alles stehen und liegen läßt und mit mir verschwindest! Was hält dich denn hier noch? An dieses Cottage binden dich nur traurige Erinnerungen. In jeder Ecke siehst du deine Mutter. Allein kannst du hier nicht zurückbleiben.« Er legte die Arme um sie und drückte sein Gesicht in ihr Haar. »Ich liebe dich, Meg. Meine Meg. Aber du wirst mir erst gehören, wenn wir verheiratet sind.«
»Dann warte auf mich, Frank. Ich bitte dich ... warte, bis ich getan habe, was ich tun muß.«
»Sag mir, was es ist. Sag mir, was dich quält und dir keine Ruhe läßt.«
Aber sie schüttelte nur stumm den Kopf. Schweigend nahmen sie das Abendessen ein. Dann verließ er sie. Meg stieg schweren Schrittes die Treppe hinauf und legte sich auf das Bett ihrer Mutter. In das Kissen flüsterte sie schluchzend: »Mama ... liebe Mama, ich werde mich rächen, dir zuliebe. Wie, weiß ich noch nicht, aber ich werde es tun. Und wenn das geschehen ist, bin ich bereit, Frank Tinsley bis ans Ende der Welt zu folgen.«

24

Die Bibliothek in Ashburton bot Martin einen Vorwand, Jessica zu besuchen, und als er am folgenden Sonntag dorthin fuhr, überlegte er, wie geschickt er inzwischen in der Erfindung von Ausreden geworden war. Es war ihm sogar gelungen, seine Mutter dazu zu überreden, ihm den Gig zu geben, damit er seine Tonwaren, die Meg heimlich in die Brennöfen der Drayton-Töpferei geschmuggelt hatte, nach Cooperfield zurückbringen konnte.
Über die hintere Hofmauer war er in die Töpferei geklettert und

hatte Amelia Stück für Stück hinübergeworfen, die sie im Gig verstaute.

Dieses heimliche Treiben hatte beiden immenses Vergnügen bereitet, und als Martin schließlich zu ihr auf den Einspänner stieg, hatte er sie spontan umarmt.

»Du bist eine hervorragende Fängerin, Amelia ... kein einziges Stück ging zu Bruch. Was würde ich nur ohne dich anfangen?«

»Es wäre in der Tat schlecht um dich bestellt. Wir sind zwei Kriminelle. Das macht mir riesigen Spaß. Eigentlich bedaure ich es, wenn diese Heimlichkeiten aufhören. Als Josephs Partner wirst du deine Werkstatt aufgeben. Sie wird mir fehlen.«

Auch er würde die Arbeit in Cooperfield vermissen. Dort hatte er ungestört experimentieren und Erfahrungen sammeln können.

»Aber jetzt muß ich nach Hause«, sagte Amelia. »Setz mich beim Merrow's Thicket ab, dann schlüpfe ich durch die Hecke in den Park und kehre von dem Spaziergang zurück, auf dem mich meine Eltern glauben. Ich wünschte, ich könnte dich begleiten, denn ich würde Jessica so gern wiedersehen. Aber eine längere Abwesenheit könnte Verdacht erregen. Ich frage mich, ob je der Tag kommen wird, an dem wir keine Geheimnisse mehr haben müssen?«

»Er wird kommen.«

Amelia nickte, seufzte leicht und sagte, daß es ihr gleichzeitig großen Spaß machte, andere hinters Licht zu führen.

Jessica umgab ein strahlender Glanz. Freudig erregt lief sie Martin entgegen. Beim Anblick des Gig rief sie: »Dich hat der Himmel geschickt! Weihnachten steht vor der Tür, und die damit verbundenen Pflichten einer Hausfrau geben mir einen stichhaltigen Grund, meinen Besuch hier zu beenden. Ich werde Sir Neville sagen, daß mein Bruder mich nach Hause fährt.«

»Dann ist Simon also zurückgekehrt?«

»Ich habe keine Ahnung. Aber das werde ich bald herausfinden.«

»Hat er dir denn keine Nachricht ...«

Sie unterbrach ihn hastig: »Falls er heute oder gestern zurückgekommen ist, war er sicherlich sehr erschöpft.«

»Ich kann mir Simon Kendall nicht erschöpft vorstellen.«

»Du bist ja auch nicht zwei Wochen lang am neuerbauten Kanal entlanggeritten und hast jede Kleinigkeit inspiziert. Er hat Sir Neville durch Sarah Blake – die Frau aus dem Dorf, die ihm den Haushalt versorgt – darüber unterrichtet.«

Sie schob ihren Arm durch Martins, und sie gingen gemeinsam ins Haus. Dort begrüßte sie der alte Gentleman mit gewohnter Wärme.

»Ich nehme an, du bist gekommen, um in meiner Bibliothek zu schmökern, junger Herr? Großartig, großartig ... fühl dich wie zu Hause. Und stimmst du mir nicht zu, daß deine Schwester bemerkenswert gut aussieht? Sie ist wieder ganz die alte.«

»Sogar noch besser, Sir.«

»Das ist mein Verdienst, und ihr Mann kommt nun in den Genuß der Freude. Und obwohl sie viel zu wohlerzogen ist, um mir ihre Ungeduld zu zeigen, kann sie es kaum mehr erwarten, endlich nach Hause zurückzukehren.« Mit freundlichen Blicken betrachtete er Jessica. »Habe ich nicht recht, junge Dame? Simon wird seine Inspektion wohl mittlerweile beendet haben. Jetzt gilt es keinen weiteren Tag mehr zu vergeuden. Ich fürchte, ich kann Euch nicht länger hierbehalten.«

Ihre Wangen röteten sich vor freudiger Erwartung. Lächelnd tätschelte er ihr die Schulter. »Geht, wann Ihr wollt, meine Liebe. Möchtet Ihr mit Eurem Bruder nach Hause fahren, oder soll ich Euch eine Kutsche zur Verfügung stellen?«

Jessica stellte sich auf die Zehenspitzen und küßte seine runzelige Wange. »Was für ein verständnisvoller Mann Ihr doch seid!«

»Damit wollt Ihr wohl ausdrücken, daß Martins Nachhauseweg an Eurem Heim vorbeiführt und er Euch liebend gern mitnehmen würde. Euch noch länger hierzubehalten, weil ich Eure Gesellschaft genieße, wäre ausgesprochen egoistisch von mir, aber ich habe eine Bitte – daß Ihr und Simon den zweiten Weihnachtsfeiertag in Ashburton verbringt. An diesem Tag werden die Geschenke an meine Dienstboten und Landarbeiter verteilt. Es ist immer ein großes Ereignis. Es wäre mir ein außerordentliches Vergnügen, dabei eine junge und liebreizende Dame an meiner Seite zu haben.«

»Dieses Versprechen gebe ich Euch gern.«

»Dann wird ein Dienstmädchen Eure Sachen packen, während sich

Euer junger Bruder in die langweiligen Wälzer vertieft. In der Zwischenzeit, meine liebe Jessica, leistet mir noch ein wenig Gesellschaft in dem kleinen Salon, den ich über alles liebe, wie Ihr wißt.« Plaudernd führte er sie fort. »Wir beide wollen ein Gläschen auf die Zukunft trinken und darauf, daß Ihr und Simon häufig Gäste in meinem Haus sein und vielleicht eines Tages – wer weiß – ständig hier wohnen werdet, denn ich habe keinen Erben ...«

Jessica überging die versteckte Andeutung. »Aber Ihr habt doch Brüder, nicht wahr?«

»Herumtreiber, alle miteinander – von keinem habe ich seit Jahren auch nur ein Wort gehört. Und wie Ihr wißt, ist Simons Vater schon lange tot.«

»Aber Eure Brüder haben geheiratet ...«

»So heißt es, aber ob sie Familie haben, weiß ich nicht. Mein Vater hat sie dazu überredet, auf ihren Anspruch auf Ashburton zu verzichten – im Austausch für eine erkleckliche Summe natürlich. Er wußte, daß der Besitz für sie nur eine Belastung darstellte, eine Verantwortung, die sie nicht zu übernehmen bereit waren. Sie hätten das Treuhandvermögen zur Erhaltung von Ashburton verschwendet, und der Besitz wäre verfallen. Auf dieses Erbe, das für sie nur ein Haufen Steine bedeutete, haben sie gern verzichtet.«

In dem kleinen Salon angekommen, bat er Jessica, neben dem Kamin Platz zu nehmen, und goß Wein in zwei Gläser.

»Wie schade, daß Ihr nie geheiratet habt«, sagte sie.

»Nun, sie zog meinen Bruder Adrian vor«, murmelte er, »aber in gewisser Weise hatte ich mehr Glück als er ...«

» ... Ihr habt Ashburton«, versuchte Jessica ihn abzulenken.

»Ich wollte sagen, ich hatte das Glück, seinen Sohn aufwachsen zu sehen und für eine Weile für Jane Kendall sorgen zu dürfen. In Simon habe ich den Sohn gefunden, der mir nicht vergönnt war.« Mehr sagte er nicht, aber wieder enthielten die Worte eine versteckte Andeutung, die Jessica nicht wahrhaben wollte und ganz gewiß niemals ihrem Mann gegenüber erwähnen würde.

Außerdem war sie mit wichtigeren Gedanken beschäftigt. In ihren Ohren klangen noch Simons Worte nach: *Ich habe dich geliebt, solange ich zurückdenken kann ... Seitdem wollte ich dich jeden*

Tag und jede Nacht ... Ich will dein Herz genauso wie deinen Körper ... Ich will Kinder von dir und von keiner anderen Frau ... Und bei der Erinnerung an diese Worte hatte sie wieder das Gefühl, als würde neues Leben sie durchströmen.

Mit Ungeduld sehnte sie den Tag herbei, an dem sie endlich dieses Leben voller Glück mit dem einzigen Mann beginnen konnte, den sie liebte. Es war ihr sehr leichtgefallen, Roger Acland wegzuschikken. Sie konnte sich kaum noch an das Gefühl der Leidenschaft erinnern, das sie einst für ihn empfunden hatte. Die Schmerzen, die er ihr bereitet hatte, waren ausgelöscht. Es blieb nur die traurige Erinnerung an ein verlorenes Kind, aber auch diesen Schmerz würde die Zeit heilen.

Wie lange liebte sie Simon bereits, ohne sich dessen bewußt zu sein? Auf diese Frage fand sie keine Antwort. Sie konnte sich nur an Augenblicke der Scheu, der Befangenheit erinnern, als sie nicht wagten, einander anzusehen, und an Zeiten, als sie beide das Gefühl hatten, füreinander immer Fremde zu bleiben, die Angst davor hatten, einander näherzukommen. Dann hatte es Augenblicke gegeben, in denen sie von einem Aufruhr an Gefühl überwältigt zu werden drohten, und beide waren davor zurückgeschreckt.

Waren diese verwirrenden Symptome Anzeichen wahrer Liebe? War es ein sanftes Forschen gewesen, das zu gegenseitigem Erkennen führte? War es das leise Keimen von Wurzeln gewesen, die tief in ihr Herz eindrangen und sie unlösbar miteinander verbanden? Welches auch die Antwort war, sie wußte jetzt, daß sie für Acland nur die blinde Leidenschaft der Jugend empfunden hatte und nun an der Schwelle eines tieferen, dauerhafteren und erwachseneren Lebens stand. Und sie würde daran festhalten.

In der Bibliothek verlor Martin jedes Zeitgefühl. Auf dem Tisch vor ihm lag ein Stück Papier mit den Fragmenten der Glasur, die er vom Krug und Teller seines Vaters abgekratzt hatte. Er hatte sie zu Jefferson zur Analyse gebracht.

»Diese Mischung enthält sehr viel Blei, Master Martin. Die Grundbestandteile sind Schlämmkreide und Feldspat, mit Blei als Schmelzmittel. Aber die Quantität an Blei steht in einem Mißverhältnis zu den beiden anderen Ingredienzen. Sie ist viel zu hoch. Wo habt Ihr die Glasur her? Nicht aus der Drayton-Töpferei, nehme ich an. Dort wird kein Blei verwendet.«

Martin verschwieg ihm, daß er die Fragmente von dem Geschirr abgekratzt hatte, das sein Bruder glasiert hatte. Statt dessen fragte er Jefferson, ob er ihm Blei beschaffen könne.

»Nein, Master Martin, Ihr wißt, daß ich keine Bestellungen aufgeben darf. Außerdem kenne ich mich mit dem Brennen von Bleiglasur nicht aus.«

An diese Unterhaltung mußte Martin jetzt denken, während er die Bücher über chinesische Keramikherstellung durchblätterte und darauf hoffte, ein Rezept für eine ähnlich schimmernde Glasur zu finden. Dann fiel sein Blick auf einen Abschnitt, der die unerklärlichen Krankheiten behandelte, an denen viele chinesische Töpfer gestorben waren. Die Symptome ähnelten derart dem Krankheitsbild einheimischer Töpfer, daß er fasziniert weiterlas.

Viele Todesfälle waren auf eine Erkrankung der Atemwege zurückzuführen und bestätigten Simon Kendalls Meinung, daß die Unternehmer etwas gegen die Luftverschmutzung unternehmen mußten – aber am erschreckendsten waren Hinweise auf Krankheiten, die mit heftigen Leibschmerzen begannen, zu Bluterbrechen führten, von unerträglichen Durstgefühlen und Schwächeanfällen begleitet wurden und schließlich im Kollaps endeten. Andere häufig auftretende Symptome waren Blutarmut, rapider Haarverlust, schwärzlich verfärbtes Zahnfleisch und Lähmungserscheinungen, die schließlich zum Tod führten.

Als Martin zu Ende gelesen hatte, war er zutiefst betroffen. Angetrieben von einer namenlosen Furcht griff er nach dem Buch über die Arzneimittellehre und die Auswirkungen von Drogen.

Innerhalb einer halben Stunde hatten sich seine schlimmsten Befürchtungen bewahrheitet. Die Krankheitssymptome, die bei seinem Vater aufgetreten waren, wiesen alle in irgendeiner Form auf Bleivergiftung hin – Blei konnte über die Hautporen in den Organismus gelangen, mit Rauch und Staub eingeatmet werden oder durch den Mund in den Körper gelangen. Diese schreckliche Erkenntnis quälte Martin während der ganzen Heimreise.

Nachdem Simon zwei Wochen lang den Kanal einer letzten Prüfung unterzogen hatte, fand er keinen Grund mehr, länger von zu Hause fortzubleiben. Eigentlich war diese Inspektion unnötig gewesen, aber sie gab ihm einen Vorwand, das Cottage zu verlassen, das er ohne Jessica unerträglich fand. Nach ihrer letzten Begegnung hatte er eine schlaflose Nacht verbracht, wobei seine Gedanken ständig um Aclands Besuch in Ashburton gekreist waren. Für Simon würde das zu einem unvermeidlichen Ergebnis führen, aber er konnte es nicht ertragen, Jessicas Entscheidung abzuwarten. Deswegen war er früh aufgestanden, hatte hastig ein paar Sachen zusammengepackt und war aus Cooperfield fortgeritten.
Als er an der Schmiede vorbeikam, hatte ihm die Frau des Schmieds vom Küchenfenster aus zugewinkt, und er mußte gezwungenermaßen anhalten, um ihre freundlichen Fragen nach Mistress Kendall zu beantworten. Außerdem erkundigte sie sich sehr mitfühlend, ob Sarah Blake ihn gut versorge und ob sie wüßte, daß er länger abwesend sein würde.
Er hatte völlig vergessen, der Frau Bescheid zu geben, und bat nun, ihr auszurichten, daß die Tür zum Cottage nur eingeklinkt war und sie ungehindert Zutritt habe. Dabei verschwieg er allerdings, daß er sie in der Hoffnung, Jessica möge zurückkommen, nicht verschlossen hatte, obwohl sie das Haus wahrscheinlich nur in seiner Abwesenheit betreten und sicherlich nicht kommen würde, um zu bleiben. Er vermutete sie mittlerweile zusammen mit Acland in Bristol.
Zwei Wochen vergeblicher Suche nach Mängeln am Kanalbau hatten nicht dazu beigetragen, seine quälende Depression zu lindern. Ohne Jessica würde sein Leben so leer sein wie das Haus, das er fluchtartig verlassen hatte. Dorthin in der vergeblichen Hoffnung, sie vorzufinden, zurückzukehren, überstieg seine Kräfte. Also verschob er die Heimreise um weitere vier Tage.
Schließlich erreichte er Cooperfield mitten in der Nacht und fand das Haus wie erwartet in Dunkelheit gehüllt vor. Sarah Blake hatte die Tür nur eingeklinkt, Feuer im Kamin angezündet, und auf dem Herd stand ein Topf mit Essen für ihn. Er zündete eine Kerze an und ging langsam die Treppe zu seinem Zimmer hinauf.
Zu seinem Erstaunen hatte die Frau die Vorhänge zugezogen. Noch

nie zuvor hatte sie sich die Mühe gemacht, sein Zimmer für die Nacht herzurichten. Er stellte die Kerze auf eine Kommode neben der Tür, zog sich nackt aus und wusch seinen von der Reise müden Körper mit dem Wasser aus dem Krug neben der Waschschüssel. Dann nahm er die Kerze auf, ging zum Bett – und blieb stocksteif stehen, denn im flackernden Licht der Flamme sah er Jessicas Kopf auf dem Kissen.

Eine Sekunde lang starrte er atemlos darauf. Seine Augen spielten ihm einen Streich. Das Trugbild seiner Phantasie würde gleich wieder verschwinden. Aber dann bewegte sich der Kopf, ihr dunkles Haar fiel zur Seite, und ihr Gesicht blickte zu ihm hoch.

»Endlich bist du heimgekommen ...« seufzte sie. »Seit vier Tagen warte ich hier schon auf dich.«

Fassungslos und ungläubig stolperte er vorwärts, mißtraute noch immer seinem Wahrnehmungsvermögen und fiel dann neben dem Bett auf die Knie. Ihre Arme streckten sich ihm entgegen, zogen ihn an sich ... Sein Traum wurde Wirklichkeit.

Schweigend hielten sie einander umklammert. Schweigend erforschten sie gegenseitig ihre Herzen und Körper – es war ein langes, fieberhaftes Schweigen, bis alle ihre Sinne miteinander verschmolzen und es keine Grenzen, keine Zweifel mehr gab, nur noch diese eine unglaubliche Wirklichkeit.

25

Der Weihnachtsempfang im Carrion-House war von verschwenderischer Pracht, obwohl Agatha Drayton ihn als »intime kleine Soiree mit ein paar guten Freunden« bezeichnete. Die Gästeliste enthielt Namen von Bekannten ihrer Familie und einflußreichen Industriellen, die Joseph beeindrucken wollte. Das ehrgeizige junge Paar wollte in kürzester Zeit einen Platz in der Gesellschaft der Grafschaft erobern. Agatha strebte das Ziel an, eine der führenden Damen der gehobenen Kreise zu werden, und Joseph war auf dem besten Weg dazu, die Drayton-Töpferei zu höchstem Ansehen zu führen.

»Aber glaubst du nicht, mein Lieber, daß der Name geändert werden sollte?« Als Agatha das Erstaunen in Josephs Augen sah, fügte sie hastig hinzu: »Natürlich nicht der Familienname, du liebe Güte, nein! Aber Töpferei klingt so gewöhnlich. Was hältst du von der Bezeichnung ›Drayton-Keramikfabrik‹?« Träumerisch wiederholte sie den Namen. »Ja, das gefällt mir. Du wirst den anderen wieder einen Schritt voraus sein und deinen Führungsanspruch als herausragender Unternehmer der Keramikindustrie geltend machen. Bitte, mein Lieber, vergib deiner unwissenden kleinen Frau, daß sie sich in Belange einmischt, die ausschließlich den Männern vorbehalten sind – aber nur der Stolz auf meinen klugen und erfolgreichen Ehemann läßt mich an deinen Interessen teilnehmen.«
Joseph lächelte nachsichtig. Da ihr Geld für die geplante Erweiterung seines Unternehmens verwendet werden würde, ging er bereitwillig auf ihren Vorschlag ein und ermutigte Agatha sogar dazu, weitere Zukunftspläne zu schmieden.
Innerhalb von vierundzwanzig Stunden wurde das Namensschild am Eingangstor ausgetauscht, und die Arbeiter starrten verwundert darauf. Da die wenigsten die neue Bezeichnung für ihre Töpferei lesen konnten, gaben sie sich mit der Erklärung der Vorarbeiter zufrieden. »Befehl des Töpfermeisters. Das Wort gefällt ihm besser. Steht hier nicht herum und geht an die Arbeit.«

Der Empfang wurde am Heiligen Abend gegeben. Die Eingangshalle von Carrion-House erstrahlte in prächtigem Glanz. Im gotischen Kamin loderte ein gigantisches Feuer und vertrieb die Düsternis und Kühle. Riesige Körbe, gefüllt mit Mistelzweigen, hingen von den Deckenbalken.
Der französische Koch, den Joseph aus London mitgebracht hatte, schwang in der Küche das Zepter über ein ganzes Regiment von Hilfskräften. Hannah Walker hatte diesen Mann – Pierre, wie er sich nannte – vom ersten Augenblick an nicht gemocht, und ihr Mißtrauen verstärkte sich, als er gelegentlich seinen französischen Akzent ablegte und in einem ganz gewöhnlichen Cockney-Englisch in der Küche lautstark Anweisungen gab. Vor den Küchenmädchen prahlte er gern damit, in welchen hochherrschaftlichen Häusern in

London er Küchenchef gewesen war, und Hannah Walker fragte sich insgeheim, was ihn dazu bewogen hatte, hierher in die Provinz zu kommen.
Aber an diesem Weihnachtsabend übertraf der Küchenchef sich selbst. Bereits Tage vorher war mit den Vorbereitungen für das Festmahl begonnen worden. Enten waren gesalzen und in geschmolzener Butter eingelegt worden, ehe sie langsam in einem Tuch gekocht und schließlich in Portwein angerichtet wurden. Tauben wurden, in Essig eingelegt, in Steinkrügen luftdicht verschlossen aufbewahrt; andere mit einer Mischung aus zerstoßenen harten Eiern, Knochenmark und Gewürzen gefüllt. Weitere Tauben wurden am Festabend gebraten und zusammen mit Wildvögeln wie Waldschnepfen, Krickenten und Fasanen prachtvoll garniert neben Platten mit gekochter Rinderzunge, einem halben Ochsenkopf, Lammkoteletts und Lammkeulen, garniert mit Schalotten und Lorbeeren, auf einem langen Büfett in der Halle angerichtet.
Und natürlich wurden dazu hervorragende Weine kredenzt, die der Hausherr persönlich in London ausgewählt und nach Burslem hatte bringen lassen.

Nicht einmal Max hatte an der Qualität der Weine aus Josephs Keller etwas auszusetzen. Nachdem er ein paar Gläser davon genossen hatte, gab er sich Phoebe gegenüber ungewöhnlich sanftmütig, die verdrießlich darauf reagierte, daß niemand von ihrer neuen Robe aus rosa Seidendamast, verziert mit unzähligen Schleifchen und Spitzenrüschen, Notiz nahm. Die Gäste waren zu sehr damit beschäftigt, ihre Teller am Büfett mit den dargebotenen Köstlichkeiten zu füllen.
Agatha hatte ihrer Mutter erklärt, sie wolle für die Gäste ein Büfett anrichten, von dem sie sich während des ganzen Abends bedienen konnten, anstatt das Festmahl an Tischen zu servieren. Das sei eine neue Sitte. »Pierre sagt, in Paris werden große Gesellschaften nur noch in dieser Form gegeben. Ich bin fest entschlossen, die vornehmste Gastgeberin von Staffordshire zu werden. Lieber Papa ... dein Glas ist leer.« Ein kleiner Wink genügte, und prompt eilte ein livrierter Diener herbei und goß Wein nach.

»Natürlich ist das alles sehr beeindruckend«, sagte Ralph Freeman zu seiner Frau, »aber ich finde es trotzdem verdammt unbequem. Dieses Geschiebe und Gedränge am Büfett ... ich sitze lieber an einem Tisch und lasse mir die Speisen auftragen.« Insgeheim stimmte ihm seine Frau zwar zu, aber sie wies nachsichtig darauf hin, daß man eben mit der Zeit gehen müsse und ihr Schwiegersohn schließlich ein Mann des Fortschritts sei.
»Ja, man sagte mir, er plane den Bau von weiteren modernen Brennöfen. Außerdem ist Agatha damit beschäftigt, dem Töpfermeister ein neues, eindrucksvolles Büro einzurichten. Und das alles neben den Veränderungen hier! Jeder Raum im Carrion-House wurde renoviert und die alten Möbel auf den Müll geworfen. Der Stall wurde abgerissen und wird durch einen Wagenschuppen und größere Ställe ersetzt. Und Joseph hat ein Gartenhaus im orientalischen Stil in Auftrag gegeben, das im Park an einer Stelle errichtet werden soll, die vom Haus aus nicht einzusehen ist. Agatha ist nicht sehr begeistert von dieser Idee, aber Joseph beharrt darauf. Es steckt voller Pläne. Sein Unternehmen scheint zu florieren.«
»Ich hatte keine Ahnung, daß er so wohlhabend ist. Zugegeben, er hat die Töpferei wieder saniert und die Produktion gesteigert. Aber dieser Überfluß hier deutet darauf hin, daß seine Geschäfte besser gehen, als ich angenommen hatte. Und obwohl ich immer gegen die Extravaganz war, in der dein Sohn mit Vorliebe schwelgt ...«
»Unser Sohn«, korrigierte ihn seine Frau. »Der liebe Max gehört nicht mir allein ...«
»Diesen Eindruck hat man aber, so wie du in den Jungen vernarrt bist.« Ein strafender Blick von seiner Frau ließ ihn rasch das Thema wechseln. »Ich muß sagen, es ist sehr beruhigend ...«
»Was ist beruhigend?«
Ralph Freeman umfaßte mit einer Geste die Halle. »Dieser Luxus hier ... und die Neuerungen in der Drayton-Keramikfabrik, wie sie jetzt ja heißt. Nicht, daß ich je angenommen hätte, Joseph hätte es auf Agathas Erbe abgesehen, deswegen habe ich es auch nicht für nötig gehalten, ihm die Wahrheit darüber zu sagen. Aber es ist doch beruhigend zu wissen, daß er ihr Geld nicht braucht.«
Dieser Feststellung konnte Charlotte Freeman nur zustimmen. Es

gab ihr ein Gefühl stolzer Befriedigung, daß sie für Agatha einen derart vortrefflichen Ehemann gefunden hatten. Anerkennend folgte sie Joseph mit den Blicken, der sich unter die Gäste gemischt hatte und mit jedem ein paar Worte höflicher Konversation wechselte. Er war der perfekte Gastgeber, und seinem freundlichen Gesichtsausdruck war nicht zu entnehmen, daß er mit wachsender Besorgnis und leichtem Abscheu seine Frau beobachtete.

Denn Agatha aß. Und wenn Agatha zu essen begann, war ihr Appetit schier unbegrenzt. Jedesmal, wenn er zu ihr hinübersah, schob sie entweder Essen in ihren Mund oder ließ sich den Teller erneut füllen. Agatha hielt sich ständig in der Nähe des Büfetts auf und verband geschickt ihre Pflichten als Gastgeberin mit ihren eigenen Interessen. Während sie aufmerksam jedem Wort lauschte, ahnten ihre Gesprächspartner nicht, daß ihre Aufmerksamkeit ausschließlich den Köstlichkeiten auf ihrem Teller galt und ihre heitere Laune auf den Genuß der Speisen zurückzuführen war.

Aber Joseph wußte es, und er runzelte mißbilligend die Stirn. Er hatte angenommen, daß eine Frau, die im Wohlstand geboren war und nie in ihrem Leben etwas hatte entbehren müssen, köstliche Speisen zwar zu schätzen wußte, aber nicht in unersättlicher Gier darin schwelgte. Seine Hinweise, daß ihr übermäßiger Appetit ihrer bereits üppigen Figur schaden würde, hatte sie stets mit einem Lachen abgetan. Dabei strich sie sich mit einer Hand über ihre füllige Taille und behauptete stolz, daß man ihre Figur immer bewundert hatte.

»Die liebe Tante Margaret, die mir ihr Vermögen vererbt hat, beschrieb mich immer als ›gut proportioniertes Mädchen‹. Wie sehr würde ich ihr jetzt gefallen!«

Die Kleider, die für sie in London angefertigt worden waren, drohten nun aus allen Nähten zu platzen. Und während sie weiterhin Essen in sich hineinschaufelte, zupfte und zerrte sie an ihrem Abendkleid herum, das ihre rundlichen Formen einengte.

Joseph konnte ihren Anblick nicht länger ertragen, wandte sich ab und ging zu seiner Mutter, die neben Martin saß. Auch Amelia Freeman war bei ihnen. Sie und Martin unterhielten sich lachend, aber als Martins Blick dem seines Bruders begegnete, änderte sich

sein Gesichtsausdruck sofort. Joseph war nicht entgangen, daß sich das Verhalten seines jüngeren Bruders ihm gegenüber verändert hatte. Des öfteren glaubte er in Martins Augen einen Ausdruck des Argwohns und der Ablehnung zu sehen. Und das konnte Joseph Drayton einfach nicht hinnehmen.
Diese Veränderung in Martins Verhalten war ganz plötzlich eingetreten, es gab keine Erklärung dafür. Nach wie vor begegnete er seinem Bruder höflich, aber distanziert, sprach nur, wenn er angesprochen wurde, und nahm widerspruchlos jeden Tadel hin. Mit ausdruckslosem Gesicht hörte er Joseph zu, ging dann schweigend wieder an seine Drehscheibe und arbeitete weiter. Aber es war dieses Schweigen, das Joseph beunruhigte, denn er spürte, daß Martin nicht länger eingeschüchtert war, sondern nur stumm seine Verachtung zum Ausdruck brachte.
Martins verändertes Verhalten verursachte ihm ein unerklärliches Unbehagen, und dieses Gefühl ärgerte ihn maßlos. Kein junger Mann von achtzehn Jahren durfte einen Narren aus ihm machen. Das mußte aufhören. Und das einzige Mittel, Martin an seinen Platz zu verweisen, bestand darin, ihm zu zeigen, wer Herr im Haus war und welche Macht er über ihn hatte.
Auch mit seiner Mutter hatte er in letzter Zeit Probleme. Sie gab sich zwar nach wie vor demütig und sanft in seiner Gegenwart, wagte nie ein Wort des Widerspruchs, aber er hatte das Gefühl, daß es oft nur Lippenbekenntnisse waren, die ihre wahre Meinung verschleierten. Auch dem mußte er ein Ende setzen.
»Meine liebe Mutter, wie unhöflich von mir, dich so zu vernachlässigen!« Pflichtgemäß gab er ihr einen leichten Kuß auf die Wange.
»Ich fühle mich kein bißchen vernachlässigt, mein Sohn. Du verwöhnst deine Gäste.«
»Ich freue mich, daß es dir gefällt.«
»Ich genieße jede Minute. Was für köstliche Speisen und in welchem Überfluß! Leider reicht mein Appetit nicht aus, um von allen Gerichten zu kosten.« Joseph wußte sofort, daß sie damit auf Agathas Schlemmerei anspielte. »Wie beneide ich die jungen Leute, die ungeniert genießen können, ohne befürchten zu müssen, sich den Magen zu verderben. Nun, das sind die Nachteile des Alters.«

»Wie mein Vater unglücklicherweise feststellen mußte«, sagte Martin.
Diese unerwartete Bemerkung ließ beide zusammenfahren.
»Verzeih mir, Mama. Es war gedankenlos von mir, traurige Erinnerungen zu wecken.«
»Gedankenlos, in der Tat«, wies Joseph ihn barsch zurecht.
Verärgert mußt er jedoch feststellen, daß Martin diese Rüge gelassen hinnahm. Er hatte einen beinahe anklagenden Ausdruck in den Augen, der Joseph zum erstenmal ernsthaft beunruhigte. Diesen Jungen mußte er sich bald einmal vorknöpfen. Er wurde zu unverschämt.
Dann wandte er sich an Amelia, machte ihr Komplimente über ihr hübsches Aussehen und erkundigte sich, ob ihr das Fest gefiel.
»Oh, in Martins Gegenwart fühle ich mich immer sehr wohl. Als nächstes werden wir ja seinen neunzehnten Geburtstag feiern, und dieser Tag wird ein Meilenstein in seinem Leben sein, wie wir alle wissen. Er wartet schon voller Ungeduld darauf.«
Bei dieser Gelegenheit wird er wohl eine böse Überraschung erleben, dachte Joseph. Ich werde ihm nicht den Platz einräumen, den er sich erhofft.
Aus den Augenwinkeln sah er Agatha wieder einmal an ihrem Kleid herumzupfen. Sie schien sogar mit der Gruppe, in der sie stand, darüber zu scherzen. Er hörte sie förmlich sagen: »Mein Mann schimpft immer, ich werde zu fett! Was für ein Unsinn. Die Schneiderin hat das Kleid zu eng genäht!«
Er mußte sofort einschreiten.
Er beugte sich über die Hand seiner Mutter. »Liebe Mama, leider können wir den zweiten Weihnachtsfeiertag nicht bei dir in Medlar Croft verbringen. Agatha will bei der Bescherung der Dienstboten in Tremain Hall dabeisein und mit ihrer Familie feiern.«
»Das kann ich verstehen. Ich wollte dir bereits sagen, daß wir euch nicht erwarten, denn Jessica wurde von Sir Neville gebeten, mit ihm gemeinsam die Geschenke an die Bediensteten in Ashburton zu verteilen. Sir Neville hat auch uns dazu eingeladen. Wie es scheint, hat er sie gern an seiner Seite. Außerdem ist er ein Bewunderer ihres Mannes. Wir alle freuen uns auf den Besuch in Ashburton.«

Falls sie bemerkte, wie sich Joseph versteifte, zeigte sie es nicht. Nur Martin gab seiner Freude unverhüllt Ausdruck und sah seinen Bruder herausfordernd an. Als Joseph sich entfernte, folgte ihm dieser Blick, in dem nicht nur Freude und Befriedigung, sondern auch Triumph gelegen hatte.

Joseph war ausgesprochen schlecht gelaunt, als er an Agathas Seite trat.

»Ich muß mit dir sprechen.«

Mit schmerzhaftem Griff umfaßte er ihren Ellbogen. Nur ein Blick in sein Gesicht mit dem verkniffenen Mund zeigte ihr, daß er wütend war. Lächelnd verabschiedete sie sich von den Gästen, mit denen sie geplaudert hatte, und folgte widerstrebend ihrem Mann.

»Was ist mit dir los, Joseph?« fragte sie, nachdem er die Tür des kleinen Raums hinter sich geschlossen hatte, in den er sie geführt hatte.

»Hör auf, an deinem Kleid herumzuzupfen. Und ich finde es ekelhaft, wie du das Essen in dich hineinstopfst.«

»Aber es schmeckt mir!«

»Seit Stunden schlingst du alles mögliche in dich hinein. Du ißt nicht, du frißt wie ein gieriges Schwein!«

Obwohl niemand ihr Gespräch hören konnte, sprachen sie leise, denn sie waren das glücklich verheiratete junge Paar, Mr. und Mrs. Drayton, die ihren ersten Empfang im Carrion-House gaben. Vor den Gästen mußte unbedingt das Gesicht gewahrt werden.

Verdrießlich befreite sich Agatha aus Josephs Griff. Ihre Illusionen in bezug auf ihren Mann waren nicht in Erfüllung gegangen. Jahrelang hatte sie Joseph in der Rolle des perfekten Ehemannes gesehen, aber dieser Mann mit dem verkniffenen Mund und der spitzen Zunge entsprach keineswegs ihrem Idealbild. Selbst seine Umarmungen erfüllten nicht ihre Erwartungen. Er wirkte stets irgendwie zurückhaltend und distanziert und entzog sich ihrer Leidenschaft. Dabei war er kein kalter Mann. Ganz im Gegenteil. Er hatte Frauen geliebt, er brauchte die Leidenschaft. Aber mit ihr vollzog er den Liebesakt wie ein erfahrener, aber gleichgültiger Liebhaber, der eine Pflichtübung absolvierte. Wahrscheinlich würde sie eines Tages seine Umarmungen ebenso gleichgültig hinnehmen. Dann blieb ihr wenigstens die Enttäuschung erspart, die sie jedesmal empfand, wenn er sie nach dieser Pflicht sofort verließ. Vielleicht würde sie ihn eines Tages abweisen.

Dieser Gedanke machte sie unsagbar traurig.

»Werde nicht sentimental«, fuhr er sie barsch an. »Du hast zuviel Wein getrunken! Nimm dich zusammen. Wir gehen jetzt zu unseren Gästen zurück. Und verdammt noch mal ... *lächle!* Was sollen sie denn denken, wenn du mit Tränen in den Augen zurückkommst?«

»Das ist nur deine Schuld. Du bringst mich zum Weinen.« Schniefend zog sie die Nase hoch. »Und ich fühle mich in diesem Kleid so unbehaglich. Aber du hast darauf bestanden, daß ich es anziehe. Es ist viel zu eng!«

»Dann zieh dir ein anderes an. Ich würde ja mit dir hinaufgehen und dir ein anderes auswählen, aber einer von uns beiden muß sich schließlich um die Gäste kümmern.«

»Ich kann mir selbst eins aussuchen«, sagte sie vorwurfsvoll.

»Hoffentlich«, sagte er in zweifelndem Ton. »Beeil dich jetzt.«

Draußen auf dem Korridor, ehe sie zur Hintertreppe ging, die in ihr Zimmer hinaufführte, wandte sie sich plötzlich um und fragte: »Hat etwas oder jemand dich geärgert, Joseph?«

Wie, zum Teufel, hatte sie die Wahrheit erahnt?

»Ja«, sagte er brutal. »*Du* hast mich geärgert. Ich dachte, das hätte ich dir klar und deutlich zu verstehen gegeben?«

Sobald er verschwunden war, machte Agathas weinerliche Stimmung Empörung Platz. Wütend stapfte sie die Treppe hinauf. Sie würde anziehen, was ihr gefiel. Erst vor ein paar Tagen hatte sie ihr hübsches Kleid in allen Farben des Regenbogens anprobiert, das Joseph einmal mit einem Maibaum verglichen hatte. Und abgesehen davon, daß es in der Taille etwas eng saß, paßte es noch wie angegossen. Wie eindrucksvoll und auffallend sie darin aussehen würde! Endlich würden ihr die Blicke der Männer wieder bewundernd folgen. In diesem Kleid würde ihre üppige Gestalt voll zur Geltung kommen. Strahlend wie eine Göttin würde sie in die Halle segeln und ihrem Mann beweisen, daß sie in der damenhaften Garderobe, die er und Tante Elizabeth für sie ausgesucht hatten, wie eine Vogelscheuche wirkte.

Aufgeregt schlüpfte sie aus ihrem Kleid, kümmerte sich nicht darum, daß dabei eine Naht riß. Heute nacht würde sie ihren triumphalen Auftritt haben und Joseph zeigen, was für eine begehrenswert schöne Frau sie war.

Wieder in der Halle, sah sich Joseph plötzlich seinem Schwiegervater gegenüber, der ihm anerkennend auf die Schulter klopfte und jovial sagte: »Ein großartiger Empfang, Sir! Ich gestehe, meine Generation ist diese formlose Art nicht gewöhnt, aber der Mehrheit der Gäste scheint sie zu gefallen. Noch nie zuvor habe ich eine derartige Völlerei gesehen, aber das ist wohl Eurer verschwenderischen Gastfreundschaft und den Künsten Eures exzellenten Kochs zuzuschreiben.«

»Ja, ich habe einen französischen Küchenchef aus London mitgebracht.«

»Agatha hat es uns erzählt. Etwas absolut Neues in dieser Gegend. Der Mann kostet Euch gewiß eine ansehnliche Summe.«

»Für das Beste muß man entsprechend bezahlen«, entgegnete Joseph selbstgefällig.

Ralph Freeman warf ihm einen scharfen Blick zu und sagte dann umgänglich: »Ich freue mich, daß Ihr es Euch leisten könnt. Und jede Menge anderer Dinge, wie mir Agatha erzählte. Wie ich sehe, habt Ihr im Carrion-House wesentliche Verbesserungen ausführen lassen und plant eine Vergrößerung der Drayton-Töpferei ...«

»Keramikfabrik«, korrigierte ihn Joseph automatisch.

»Ach, ja ... der Name wurde geändert. In meinem Alter läßt eben das Gedächtnis manchmal zu wünschen übrig.« Das breite, beinahe einfältige Gesicht strahlte freundlich, und Joseph dachte überheblich, sein Schwiegervater sei immer der einfache Mann geblieben, als der er geboren worden war. Wie sich eine junge Frau von Stand, Mitglied der hochangesehenen Tremain-Familie, in einen Mann niederer Herkunft hatte verlieben können, blieb ihm unverständlich, aber Agatha hatte ihm erzählt, daß es eine leidenschaftliche Liebesaffäre gewesen war. »Und so romantisch! Mama hat stets behauptet, Papa wäre der bestaussehendste Mann gewesen, dem sie je begegnet sei, und dazu noch gescheit. Es war Liebe auf den ersten

Blick, und sie ist gegen den Widerstand ihrer Eltern mit ihm davongelaufen. Am Ende haben sie ihn alle ins Herz geschlossen.«
Joseph mußte zugeben, daß Ralph Freeman ein liebenswerter Mann war, dessen Erfolg es ihm ermöglicht hatte, Zugang zu allen Gesellschaftsschichten zu finden. Aber was Joseph am meisten erstaunte, war, daß einem ungebildeten Mann wie Simon Kendall das ebenfalls zu gelingen schien. Von Sir Neville Armstrong, der eine der führenden Positionen in der Grafschaft einnahm, gesellschaftlich anerkannt zu werden, war von unschätzbarem Wert. Obwohl Joseph bemüht war, seinen Neid und Ärger darüber zu verbergen, nahm er es vor allem seiner Mutter übel, daß sie stolz darauf zu sein schien und besonders betont hatte, daß Sir Neville ausdrücklich um Jessicas Besuch in Ashburton gebeten hatte und den zweiten Weihnachtsfeiertag zusammen mit ihrer Familie begehen wollte.
Joseph wurde durch Ralph Freemans Stimme aus seinen unerfreulichen Betrachtungen gerissen.
»... und ich muß gestehen, es tut mir leid, sie hier nicht zu sehen.«
»Wen?« fragte Joseph geistesabwesend.
»Eure andere Schwester. Die gutaussehende. Obwohl das ein unzulängliches Wort ist, um sie zu beschreiben. Ich muß gestehen, diese Frau macht Eindruck auf mich. Ich bewundere sie.«
»Wann seid Ihr ihr denn begegnet?«
»Wie ich eben erzählt habe – als ich letzthin durch Cooperfield ritt. Mir fiel die elegante Erscheinung einer Frau auf, die stolz durch das Dorf schritt. Als ich näher kam, erkannte ich Jessica. Sie sieht blühend aus – die Verkörperung einer glücklichen Ehefrau. Wäre ich zwanzig Jahre jünger, würde ich ihren Mann um sie beneiden.«
Ralph Freeman warf seinem Schwiegersohn einen abwägenden Blick zu. »Ich hoffe, Phoebes Andeutungen entsprechen nicht der Wahrheit.«
»Welche Andeutungen?«
»Daß Ihr Jessica noch immer nicht verziehen habt.«
»Da bin ich nicht der einzige in dieser Gegend. Die Menschen haben ein langes Gedächtnis, vor allem was unmoralisches Verhalten betrifft.«
»Verdammt, Drayton! Sie und Kendall haben doch geheiratet! Als

Kirchgänger solltet Ihr mit dem Ausspruch über denjenigen vertraut sein, der den ersten Stein wirft.«

»Sir! Ich protestiere! Wollt Ihr damit andeuten, daß *ich* ...«

»Ihr und viele andere Männer, ja. Phoebe ist eine törichte Frau, die man nicht für ihre albernen Ansichten verantwortlich machen kann, die ihr offensichtlich anerzogen wurden ...«

»Wie ihrer Schwester.«

»Und die Ihr weiterhin verteidigt. Diese Einstellung überrascht mich allerdings bei einem Mann Eurer Bildung und Klugheit. Im Geschäftsleben beweist Ihr doch Verstand und Weitblick. Wie mir meine Frau erzählte, habt Ihr große Pläne für die Drayton-Keramikfabrik. Und das beruhigt mich sehr, denn es bestätigt meine ursprüngliche Meinung, daß Ihr es nie auf das Vermögen meiner Tochter abgesehen hattet, ganz im Gegenteil zu diesem entfernten Verwandten – Ihr erinnert Euch sicherlich an ihn – Acland heißt er ...«

Joseph lächelte. »Ich erinnere mich in der Tat an ihn. Er besaß die Unverschämtheit, um Agathas Hand anzuhalten.«

Ralph Freeman nickte.

»Und natürlich habt Ihr ihn abgewiesen.«

»Das war nicht nötig. Nachdem ich ihm erklärt hatte, welchen Verfügungsbeschränkungen Agathas Erbe unterliegt, machte er sich freiwillig aus dem Staub. Damals besaß er keinen Penny, obwohl er mittlerweise zu Geld gekommen zu sein scheint und sich in ein florierendes Unternehmen in Bristol eingekauft hat. Jedenfalls hat ihn die Aussicht, bis zum Tode Agathas keinen Anspruch auf ihr Geld – außer dem kleinen Einkommen aus dem Tremain-Vermögen – zu haben, abgeschreckt.«

»Ich ... ich verstehe nicht ...« Joseph räusperte sich und begann erneut zu sprechen. »Ich meine, ich verstehe nicht, daß Ihr meine Pläne bezüglich der Erweiterung der Keramikfabrik als ›beruhigend‹ anseht.«

»Weil sie meine letzten Zweifel beseitigten. Ein Mann, der sich derart kostspielige Neuerungen leisten kann, hat Geld nicht nötig. Agathas Einkommen aus dem Tremain-Vermögen reicht für ihre Kleidung und einen relativ bescheidenen Luxus, wie Ihr zweifelsohne festgestellt habt, da Ihr nun Einblick in ihre Finanzen gewonnen habt. Aber für einen wohlsituierten Mann Eures Standes haben die Verfügungsbeschränkungen über ihr Vermögen keine Bedeutung.«

»Verfügungsbeschränkungen?« wiederholte Joseph mit trockenem Mund.

»Es sind dieselben Bedingungen, die mit dem Vermögen meiner Frau verknüpft sind.« Ralph Freemann lachte leise. »Als ich sie heiratete – nachdem wir gemeinsam durchgebrannt waren –, war ich verdammt froh, daß ihre Familie mich nicht bezichtigen konnte, es auf ihr Geld abgesehen zu haben. Sie hatte mir vorher erzählt, wie man ihr Vermögen abgesichert hatte, damit nur sie darüber verfügen konnte. Aber ich war fest entschlossen, ohne jede fremde Hilfe erfolgreich zu sein – genauso wie Ihr.«

»Aber es ist doch gesetzlich geregelt, daß nach der Heirat das Vermögen der Frau in den Besitz des Mannes übergeht.«

»Davon gibt es Ausnahmen. Die Familie kann testamentarisch verfügen, daß ein Erbe ausschließlich in den Besitz der Frau und ihrer Nachkommen übergeht. Es wird bis zu ihrem Tod von zwei Personen treuhänderisch verwaltet ...«

Obwohl ihm die Kehle wie zugeschnürt war, brachte Joseph heraus: »Und Tante Margaret war so gerissen – ich meine klug –«, verbesserte er sich hastig, »Agathas Erbe in dieser Form abzusichern?«

»Ganz recht. Margaret war auf vielen Gebieten eine exzentrische Person. Sie haßte Männer, trotz mehrerer einträglicher Ehen. Ich vermute, ihr gefiel der Gedanke, Mitgiftjäger abzuschrecken, die es nur auf Agathas Vermögen abgesehen hatten.« Ralph kicherte amüsiert. »Aber Eure einzige Sorge sollte sein, daß die Treuhandverwalter Agathas Vermögen unklug verwalten könnten. Doch da kann ich Euch beruhigen, denn ich bin einer davon, und ein Bruder meiner Frau ist der andere. Wir werden stets im Interesse meiner Tochter handeln und ihr Vermögen klug verwalten. Aber jetzt darf ich Euch nicht länger von Euren Gästen fernhalten – und auch nicht von Agatha, denn da kommt sie gerade und scheint Euch zu suchen.« Ralph Freeman wurde plötzlich von unterdrücktem Gelächter geschüttelt. »Was, zum Teufel, hat sie jetzt vor – will sie aus dem Empfang einen Maskenball machen?«

Joseph folgte mit starren Augen dem Blick seines Schwiegervaters und sah zu seinem Entsetzen, wie seine übergewichtige Frau strahlend wie ein geschmückter Maibaum auf ihn zukam.
In diesem Augenblick wandelte sich seine Abneigung in abgrundtiefen Haß, und er wußte, daß er sie irgendwie loswerden mußte.

26

Max ahnte nichts Gutes, als Joseph ihn einige Wochen später zu sich bat und unverzüglich auf seine Schulden zu sprechen kam.
»Wie ich höre, hast du dir ein teures Jagdpferd gekauft, das du nicht bezahlen konntest. Und obwohl dein Vater dich gebeten hat, es zurückzugeben, hast du es behalten.«
»Wer hat dir das erzählt?«
»Deine Frau.« Joseph öffnete eine Schublade und zog ein Bündel Papiere heraus, dessen Anblick Max nur zu vertraut war.
»Du weißt natürlich, was das ist?«
Max nickte.
»Ich nehme an, du möchtest diesem Bündel einen weiteren Schuldschein hinzufügen?«
Grenzenlos erleichtert, denn für einen Augenblick hatte Max befürchtet, sein Schwager würde ihm weitere Geldzuwendungen verweigern, lächelte er und nickte wieder.
»Wieviel brauchst du dieses Mal? Man sagte mir, das Pferd kostet mehrere hundert Pfund.«
Max sagte rechtfertigend: »Es ist ein reinrassiger Araber und wird als Zuchthengst erhebliche Gewinne einbringen.«
»Welche Zahlungsvereinbarungen hast du getroffen?«
»Die üblichen. Ich habe einen Betrag angezahlt, der Rest ist in drei Monaten fällig.«
»Drei Monate vergehen schnell. Und ich nehme an, du erwartest von mir, daß ich diesen Restbetrag im Austausch für einen Schuldschein von dir bezahle?«
»Nun, du botest mir doch an ...«
»Das war vor einiger Zeit. Jetzt sind andere Anschaffungen wichti-

ger.« Joseph wies mit der Hand auf die Töpfereigebäude. »Die Vergrößerung der Fabrik ist sehr kostspielig ...«
»Du meinst das eindrucksvolle neue Bürogebäude und die modernen Brennöfen? Sind diese Anschaffungen denn notwendig? Deine Vorfahren waren auch ohne enorme Investitionen erfolgreiche Geschäftsleute.«
»Ich beabsichtige, meine Fabrik zur bedeutendsten in der Grafschaft auszubauen. Und darf ich dich darauf hinweisen, daß eine geschäftliche Investition jederzeit dem Kauf eines Pferdes vorzuziehen ist, von dem du nichts verstehst.«
»Ich bin ein Experte auf diesem Gebiet! Schließlich bin ich praktisch mit Pferden aufgewachsen. Die Tremain-Ställe sind bekannt für ihre Zuchterfolge.«
»In diesem Fall wird dein Vater sicher bereit sein, den Kauf zu finanzieren. Er steht in dem Ruf, nie einen günstigen Handel auszuschlagen.«
Mit verdrießlichem Gesicht sagte Max: »Was meine Bedürfnisse betrifft, war mein Vater immer ein Geizhals. Du hast doch nicht vor, seinem Beispiel zu folgen?«
Darauf blieb ihm Joseph die Antwort schuldig. Ganz beiläufig blätterte er das Bündel Schuldscheine durch, das Max erstaunlich dick vorkam. Unbehaglich rutschte er auf seinem Stuhl hin und her.
»Darf ich einen Blick darauf werfen ... Sir?«
»Aber natürlich.« Joseph legte das Bündel auf den Schreibtisch. »Du wirst sehen, daß alle vorhanden sind und ich auf jedem die Zinsen vermerkt habe.«
»Du bist ein skrupelloser Geschäftsmann! Als du mir Geld anbotest, war nicht die Rede von zusätzlichen Zinsen.«
»Das war nicht nötig. Schuldscheine unterliegen immer gewissen Bedingungen. Du hättest sie lesen sollen, ehe du unterschriebst.«
»Meine Unterschriften galten nur der Rückzahlung der geliehenen Summen.«
Max streckte die Hand nach dem Bündel aus, aber Joseph hielt ihm jeden Schein einzeln hin und gab sie nicht aus den Händen. Die darauf vermerkten Beträge waren überwältigend. Aus hundert Pfund, die Max beim Hahnenkampf verloren hatte, waren irgend-

wie vierhundert Pfund geworden. Die zweihundert Pfund, die er bei der Bärenhatz verwettet hatte, hatten sich auf siebenhundert summiert, und unter allen Beträgen stand seine Unterschrift.
»Mein Gott, du hast sie gefälscht!«
»Das ist eine Beleidigung. Du selbst hast jeden Schuldschein unterschrieben, wie du sehen kannst.«
»Aber ich habe meine Unterschrift nicht unter diese Beträge gesetzt! Summen wurden hinzugefügt.«
»Nur die anfallenden Zinsen.«
»Du lügst! Die Schuldbeträge wurden geändert!« Mit zitternden Händen versuchte Max Joseph die Papiere zu entreißen, aber Joseph hielt sie fest. »Du hast mich betrogen, Joseph! Du hast mich beraubt!«
»Da ich bis jetzt noch keinen Penny von dir erhalten habe, wie könnte ich dich da beraubt haben?«
Max fuhr sich mit der Zunge über die trockenen Lippen. Sollte je der Tag kommen, an dem sein Schwager die Schuldscheine zur Einlösung vorlegte, war er ruiniert. Bereits vor seiner Heirat mit Phoebe hatte er bis zu den Ohren in Schulden gesteckt. Und dank der scheinbaren Großzügigkeit seines Schwagers hatte er seitdem seiner Verschwendungssucht uneingeschränkt frönen können. Und jetzt drohte er in Schulden zu ertrinken.
Das Zimmer schien sich um ihn zu drehen. Max hielt sich am Schreibtisch fest, als Joseph die Schuldscheine in eine Schublade sperrte.
Dann sagte Joseph sanft: »Du kannst einen Teil der Schulden, die zur Einlösung fällig sind, abtragen.«
»Einen *Teil?* In welcher Höhe?«
»Das hängt davon, wieviel von deinem Einkommen aus dem Tremain-Vermögen du meiner Schwester jetzt sofort überschreibst. Phoebe sagte mir, sie sei schwanger ...«
»Für das Kind wird gut gesorgt werden. Es gehört zur Freeman-Familie.«
»Etwas anderes habe ich auch nicht erwartet. Aber Phoebe hat einen kleinen Trost für das Elend verdient, das du ihr bereitest.« Mit einer Geste unterband Joseph Max' Protest. »Leider habe ich das bereits

an eurem Hochzeitstag vorausgeahnt, als du und deine ungehobelten Freunde ein Trinkgelage veranstaltet habt. Das war ein Schock für alle, aber vor allem für meine liebe Schwester, von der ich nun erfahren habe, daß du sie gegen ihren Willen mißbrauchst.«

»Noch mehr Lügen. Ich tue mit ihr nichts anderes als jeder Mann mit seiner Frau.«

Ein vielsagender Blick zeigte Max, daß Joseph ihm nicht glaubte. Wieder rutschte er unbehaglich auf seinem Stuhl herum. »Ich habe dich nie für prüde gehalten, Schwager.«

»Und ich hielt dich nie für einen selbstgefälligen Nichtsnutz, der meiner lieben Schwester soviel Leid zufügt.«

»Leid! Eine Schwangerschaft ist ein natürlicher Zustand für eine Frau.«

»Davon rede ich nicht. Du scheinst unnatürliche Praktiken zu bevorzugen.«

»Alles, was mit Geschlechtsverkehr zu tun hat, ist in den Augen meiner Frau unnatürlich.«

Joseph überging diese Bemerkung, denn er vermutete, daß es stimmte. Phoebe war schon immer eine affektierte Person gewesen, in romantischen Träumen von reiner Liebe gefangen, und die körperliche Vereinigung von Mann und Frau hatte sie wohl mit Abscheu erfüllt. Aber ihre Anschuldigungen, so unsinnig sie Joseph auch vorkamen, dienten ihm als nützliches Mittel, um ihren Mann unter Druck zu setzen. Jedes Mitglied der Freeman-Familie würde ihm fortan als Zielscheibe seiner Rachsucht dienen, denn er war auf niederträchtige Weise hereingelegt worden, als er um die Hand der plumpen Agatha anhielt.

Auch ihr gab er die Schuld daran, daß ihm die Wahrheit über die teuflische List ihrer Tante verborgen geblieben war. Viele Male hatte sie von dem legendären Erbe gesprochen, aber mit keinem Wort angedeutet, daß ihrem Ehemann der Zugriff dazu verwehrt sein würde. Und je länger er darüber nachdachte, um so überzeugter wurde er, daß das Stillschweigen ihres Vaters darüber nur Teil eines ausgeklügelten Betrugsmanövers gewesen war. Einem unpassenden Bewerber hatten sie die Wahrheit enthüllt, aber ihm, der ihnen wünschenswert erschien, hatten sie sie verschwiegen.

Joseph kam nicht einmal der Gedanke, daß es für Ralph Freeman ganz selbstverständlich gewesen war, daß er, ein erfolgreicher und wohlhabender Töpfereibesitzer, es nicht nötig hatte, des Geldes wegen zu heiraten. Joseph war überzeugt davon, daß man ihn mit List und Tücke dazu gebracht hatte, eine unattraktive junge Frau zu heiraten, die er nun für den Rest seines Lebens am Hals haben würde. Und die kerngesunde Agatha würde zweifelsohne sehr lange leben, außer ein gnädiges Schicksal verfügte es anders ...

In der Zwischenzeit konnte er an diesem Einfaltspinsel Max Vergeltung üben.

»Hör mir jetzt genau zu, Max, und vergiß nicht, was ich dir sage. Sobald die Straßen zwischen Burslem und Stoke wieder besser befahrbar sind, lasse ich einen Rechtsanwalt kommen, und du wirst den Vertrag unterzeichnen, den wir aufsetzen. Leider verhindert das schlechte Januarwetter diese Reise, sonst säße er jetzt in meinem Büro.«

»Phoebe ist gut versorgt. Ich werde keine Eigentumsübertragung unterschreiben.«

»Doch, das wirst du.« Joseph trommelte bedeutungsvoll mit den Fingern an die Schublade.

Das Geräusch klang bedrohlich, und ohne ein Wort des Abschieds verließ Max fluchtartig Josephs Büro.

»Du hast also deinem Bruder etwas vorgejammert.«

Trotzig schüttelte Phoebe ihren Lockenkopf.

»Ich jammere nie!«

»Jedem gehst du damit auf die Nerven. Kein Wunder, daß Amelia deine Gesellschaft meidet.«

»*Mir* liegt nichts an *ihrer* Gesellschaft. Ich habe keine Lust dazu, täglich durch den Park zu reiten, ganz gleich bei welchem Wetter, und völlig zerzaust zurückzukommen.« Stolz betätschelte Phoebe ihre Locken. »Aber natürlich hat Amelia nicht mein seidenweiches Haar und eigentlich gar nichts, worauf sie stolz sein könnte.«

»Dein Bruder Martin ist da anderer Meinung. Und ich ebenfalls.«

»Oh, ich weiß, Amelia war immer deine Lieblingsschwester. Mir scheint, dir liegt mehr an ihr als an deiner eigenen Frau.«

»Das hat nichts mit Amelia oder irgend jemand anderem zu tun. Du hast Joseph die Ohren vollgejammert, weil du ein Kind bekommst. Wegen der natürlichsten Sache der Welt machst du ein derartiges Theater.«

»Meine zarte Konstitution eignet sich nicht für Schwangerschaften. Ich finde den Zustand äußerst unangenehm.«

»Dann hättest du nicht heiraten dürfen. Hast du etwa gehofft, keine Kinder zu bekommen, oder hast du dir vorgestellt, der Storch würde sie bringen und dir jede Unannehmlichkeit ersparen? Hast du etwa geglaubt, dein keuscher Körper bliebe von den sündhaften Begierden deines Ehemannes verschont? Gib die Schuld daran Gott, denn er schuf den Mann – und die Frau.«

»Ich höre mir deine gottlosen Reden nicht länger an! Du bist so schlimm wie meine Schwester Jessica, die einmal erklärte, falls Gott gewollt hätte, daß die Frau die Sklavin des Mannes ist, hätte er diese Verfügung in die Zehn Gebote aufnehmen sollen.«

Max brach in Gelächter aus. »Ich kann ihre Worte förmlich hören! Sie war schon immer sehr schlagfertig. Und ihrem Aussehen nach zu schließen, leidet *sie* keineswegs unter den Intimitäten des Ehelebens. Ganz im Gegenteil, wie ich mir vorstelle. Selbst Papa machte kürzlich eine Bemerkung über ihr blühendes Aussehen. Aber natürlich liebt sie ihren Mann. Das ist der wesentliche Unterschied und verändert das Aussehen einer Frau. Du wirkst verdrießlich und boshaft, Phoebe. Heute kann ich mir nicht mehr vorstellen, daß ich dich je bezaubernd fand. Und merk dir eins – noch mehr Klagen vor dem Oberhaupt der Drayton-Familie, und ich werde auf keine deiner Launen mehr Rücksicht nehmen. Dann hast du mir zu Willen zu sein, wann ich dazu Lust habe.«

»Das hast du doch immer getan. Meine Gefühle sind dir gleichgültig.«

»Liegt *dir* denn etwas an *meinen?*«

»Du hast keinen Grund zur Klage. Ich füge mich deinen Wünschen.«

»Ja, unwillig. Du zeigst mir kein bißchen Entgegenkommen. Du bist durch und durch kalt.«

»Dann wärm deinen Körper doch woanders.«

»Damit du wieder zu deinem Bruder laufen und ihm dein Leid klagen kannst? Er besitzt bereits jetzt die Frechheit, von mir eine Entschädigung für dich zu verlangen.«
»Ich habe sie verdient und werde sie bekommen.«
»Wie ich deinem Bruder schon sagte, bist du wohlversorgt. In die Freeman-Familie einzuheiraten war dein Glückstreffer. Ich fürchte, du bist eine ausgekochte Intrigantin und stehst deinem Bruder in nichts nach.«
»Das ist unerhört! Keinem von uns beiden kannst du einen derartigen Vorwurf machen.«
Max wandte sich wortlos ab, aber ihre Stimme hielt ihn zurück.
»Und jetzt gehst du vermutlich zu irgendeiner Dorfhure.«
»Ich wünschte, es wäre so«, antwortete er bitter, »aber der liebe Joseph legt mir die Daumenschrauben an. Ich bezweifle, ob ich mir je wieder diesen Luxus leisten kann.«
Und das, überlegte er kläglich, als er am nächsten Morgen die Töpferei betrat, würde eintreffen, wenn er sich nicht irgendwie aus Josephs bedrohlichem Griff befreite. Da sah er Meg Gibson über den Hof gehen und im Büro des Töpfermeisters verschwinden. In letzter Zeit hatte er sie dabei des öfteren beobachtet, und er fragte sich, was dahintersteckte. Ihm fiel einfach kein plausibler Grund ein, warum eine Arbeiterin regelmäßig zum Töpfermeister gerufen wurde. Jede Kritik an der Arbeit oder Beanstandungen anderer Art wurden gewöhnlich am Arbeitsplatz in Gegenwart der Arbeitskollegen besprochen. Und da Meg Gibson eine ausgezeichnete Arbeiterin war, gab es selten etwas zu beanstanden, also mußte der Töpfermeister sie aus anderen Gründen in sein Büro zitieren.
Der Gedanke faszinierte ihn eine Weile, aber als sie aus seinem Blickfeld verschwunden war, war er wieder mit seinen eigenen bedrückenden Problemen beschäftigt. Die einzige Lösung dafür bestand darin, sich dieses dicke Bündel von Schuldscheinen anzueignen. Waren sie erst einmal in seinem Besitz, hatte er nichts mehr zu befürchten. Dann könnte Joseph ihn auch nicht mehr zwingen, die Freeman-Anteile seines Erbes auf Phoebe zu übertragen. Wütend rief er sich die Worte seines Schwagers ins Gedächtnis zurück, dessen Drohung auf eine Erpressung hinauslief: *Bezahle deine*

Schulden, oder ... Und solange Joseph diese Schuldscheine als Waffe in den Händen hielt, konnte er beliebig Druck auf ihn ausüben.
Zu seinem Glück hatte sich das Januarwetter noch verschlechtert. Schnee blockierte die Straße von Stoke-on-Trent nach Burslem und verhinderte die Anreise des Rechtsanwalts der Draytons. Max hoffte, daß die anhaltenden Schneefälle ihm die dringend benötigte Frist geben würden, damit er sich mit etwas Glück und sorgfältiger Planung Zugang zu diesen verdammten Schuldscheinen verschaffen konnte. Und dann zum Teufel mit seinem habgierigen Schwager!
Er fragte sich, ob Agatha inzwischen herausgefunden hatte, was für einen Mann sie geheiratet hatte. Seine Eltern hatten bestimmt noch keine Ahnung von Josephs wahrem Charakter. Er konnte jeden nach Belieben hinters Licht führen und zeigte sein wahres Gesicht erst, wenn es ihm paßte.
Max setzte sich verdrießlich an seinen Schreibtisch und überlegte, wie, um Himmels willen, er heute hier die Zeit totschlagen sollte. Seine Anwesenheit in der Töpferei war völlig sinnlos. Er mußte nicht länger den Anschein erwecken, daß er irgendeiner nützlichen Tätigkeit nachging.
Hinter der Wand zu Josephs Büro war das Gemurmel von zwei Stimmen zu hören: Zuerst sprach der Töpfermeister, dann Meg Gibson. Max fragte sich wieder, was die beiden wohl zu besprechen hatten, aber er war nicht wirklich daran interessiert, obwohl ihm plötzlich der Gedanke kam, daß das Weibsbild mittlerweile so vertraut mit Josephs Büro sein mußte und sich vielleicht gegen eine bestimmte Summe bereit erklären würde, für ihn die Schuldscheine aus der Schublade zu stehlen. Dann würde man ihr den Diebstahl anlasten, denn er würde vorsichtshalber keinen Fuß mehr in Josephs Büro setzen.
Die Tür zu ihrer Werkstatt lag der Bürotür genau gegenüber und stand immer offen, um den Staub hinauszulassen. Also konnte sie sehen, wann der Töpfermeister nicht im Büro war, und das Schloß der Schublade aufzubrechen würde ihr nicht schwerfallen. Sie besaß sicherlich die Geschicklichkeit aller diebischen Huren.

»Ihr habt nach mir geschickt, Sir?«
Es war nicht das erste Mal. Wiederholt hatte der Töpfermeister sie in den letzten Tagen unter irgendeinem Vorwand in sein Büro rufen lassen. Meg wußte genau, was dahintersteckte. Er hatte Sehnsucht nach ihr.
Das hatte sie erwartet, aber nicht so bald. Anfang Oktober hatte er geheiratet, und im darauffolgenden Januar wollte er bereits seine Frau betrügen. Das war schneller gekommen, als sie zu hoffen gewagt hatte. Und ihr ausweichendes Verhalten provozierte ihn, wie es ihre Absicht war. Sie spielte mit ihm wie mit einem Fisch an der Angel.
»Wie geht es dir, Meg?«
»Das fragtet Ihr mich bereits das letzte Mal, Sir. Seitdem sind gerade zwei Tage vergangen.«
»Dein Wohlbefinden liegt mir eben am Herzen. Ich weiß, daß du noch in Trauer bist.«
(Und das bedeutet dir gar nichts, du Bastard. Deinetwegen mußte meine Mutter früher sterben, und deinetwegen hat sie mehr leiden müssen. Deinetwegen bekam sie keine Heilmittel mehr, fand kaum noch Schlaf, und deinetwegen wurde ihre kostbare Zeit in dem Cottage, das sie liebte, mit der Tochter, die sie liebte, verkürzt. Bastard. *Bastard.* Ich habe Rache geschworen, und ich werde mich rächen, ehe ich den Staub dieses Ortes von meinen Füßen schüttele.)
»Es ist sehr freundlich von Euch, daß Ihr Euch für mich interessiert, Sir.«
»Das habe ich doch immer getan, Meg. Das weißt du doch. Du hast mir einmal sehr viel bedeutet.«
(Und könntest es wieder. Das willst du doch damit sagen.)
»Ich komme zurecht, Sir. Darf ich jetzt gehen? Die Arbeit wartet auf mich.«
»Hast du ... genügend Geld, Meg?«
(Du willst mich wohl wieder kaufen?)
»Ich verdiene, was ich verdiene, Töpfermeister. Aber je länger ich meiner Werkbank fernbleibe, um so schmäler wird mein Verdienst.«

»Nur noch eins. Diese Schüsseln, die mein Bruder herstellte, die geriffelten – was geschah mit ihnen?«
Darauf war sie nicht vorbereitet. Die Schüsseln waren vor Weihnachten angefertigt und gebrannt und sofort nach Cooperfield transportiert worden.
»Du siehst überrascht aus, Meg. Alle Tonwaren, die du herstellst, gehen doch sofort in die Glasiererei ...«
»Das ist richtig, Sir. Und danach werden sie gebrannt. Solltet Ihr also irgend etwas darüber wissen wollen, müßt Ihr die Glasierer und Brenner fragen.«
Darauf fiel ihm keine Antwort ein. Er mußte sie gehen lassen. Aber nur für den Moment, das konnte sie an seinen Augen ablesen. Diese unverhüllte Begierde in seinen Blicken kannte sie nur zu gut.
Max war nicht der einzige, der sich über das schlechte Wetter freute. Auf dem Weg zurück in die Töpferwerkstatt hörte Meg den Schnee unter ihren Holzschuhen knirschen und freute sich darüber, denn solange die heftigen Schneefälle Burslem von der Umwelt abschnitten, mußte auch Frank Tinsley bleiben.
An seiner Absicht, Burslem zu verlassen und sie mitzunehmen, hatte sich nichts geändert. In der Zwischenzeit ertrug er geduldig die Arbeit als Schankkellner, aber Meg sah, wie er jeden Morgen, wenn er sie zur Töpferei begleitete, den wolkenverhangenen Himmel musterte. Der Gedanke, ohne ihn hier zurückzubleiben, wurde täglich quälender für sie. Je eher sie ihr eigenes Ziel erreichte, um so besser.
Auf der anderen Seite war es wohl besser, erst nach Franks Weggehen ihr Vorhaben auszuführen. Es war wichtig, daß er nichts davon erfuhr, nicht weil sie seine Mißbilligung oder sogar Ablehnung fürchtete, sondern weil er – da sie ihn liebte – in keinster Weise darin verwickelt werden durfte. Sie hatte sich diese Aufgabe selbst auferlegt und war es ihrer Ehre schuldig, sie auszuführen. Und dieses Geheimnis würde sie mit ins Grab nehmen.

Für Martin war der Schnee eine ärgerliche Behinderung, denn er erschwerte seine Sonntagsritte nach Cooperfield und ließ ihm weniger Zeit für seine Arbeit. Die Statuette der *Red Empress* stand kurz vor der Vollendung, und die Zeit drängte. Für die Glasur hatte er eine Mischung aus Pottasche und Schlämmkreide, Kieselsäure als Schmelzmittel und Eisenoxyd zur Färbung, hergestellt. Diese Tönung kam dem wundervollen goldbraunen Farbschimmer des Pferdes am nächsten.

Er hatte verschiedene Probestücke mit dieser Glasur im Brennofen getestet und bedauert, daß er kein Blei zur Verfügung hatte, um der Statue diesen herrlichen Glanz zu verleihen, den Josephs Glasur hervorgebracht hatte. Als Ersatz dafür hatte er mit der Brenndauer experimentiert und eine Methode herausgefunden, wie man durch einen Brennvorgang, der zwischen einer halben und einer ganzen Stunde dauerte, den höchstmöglichen Glanz erreichen konnte.

Wenn es ihm gelang, dem Modell der *Red Empress* diesen glitzernden Schimmer zu verleihen, konnte er für sich in Anspruch nehmen, eine Glasur erfunden zu haben, die auf die Beimischung von Blei verzichten konnte, ohne an Qualität einzubüßen.

Alle diese Experimente waren sehr zeitraubend, und deshalb verfluchte Martin den Schnee.

Auch allen Beteiligten an der offiziellen Eröffnung des Armstrong-Kanals war der Schnee ein Ärgernis, denn die Feierlichkeiten in Manchester mußten aufgeschoben werden. Im ganzen Land waren die Flüsse und Seen zugefroren. In Staffordshire liefen die Menschen auf dem Kanal Schlittschuh, sehr zum Vergnügen von Sir Neville Armstrong. Das brachte ihn auf die Idee, am Burslem-Ende des Kanals auf dem Eis eine Eröffnungsfeier mit gebratenem Ochsen und heißem gewürzten Ale zu veranstalten.

Das Datum der Festivitäten wurde auf den 31. Januar festgesetzt und die gesamte Bevölkerung durch einen Anschlag am Cobblers Green dazu eingeladen. Für den Abend erhielten bevorzugte Gäste persönliche Einladungen zur Teilnahme an einem Empfang in Ashburton.

Im Carrion-House wurde Agatha diese Einladung zusammen mit ihrer Morgenschokolade in ihr Schlafzimmer gebracht. Zu Agathas Freude hielt sich Joseph in letzter Zeit mit jeder Kritik zurück und verwöhnte sie sogar mit kleinen Geschenken wie Marzipan und

anderen Süßigkeiten – von Pierre extra für sie kreiert –, die allerdings manchmal einen sonderbaren Geschmack hatten, worauf Pierre schwor, daß es nicht an den Zutaten liegen könne und Joseph selbst jedes einzelne Stück wegwarf.
Agatha konnte sich keinen fürsorglicheren Ehemann wünschen. Nie machte er eine anzügliche Bemerkung, wenn sie vor Genuß geräuschvoll kaute, und zeigte sich voller Mitgefühl, wenn sie nach übermäßiger Schlemmerei einen verdorbenen Magen hatte und über Übelkeit klagte.
»Habe ich meine liebe Frau grob behandelt?« hatte er plötzlich an einem Abend kurz nach ihrem Weihnachtsempfang gefragt, als sie im Salon vor dem Kaminfeuer saßen. »Das werde ich wiedergutmachen, das verspreche ich dir von ganzem Herzen.«
Und von diesem Zeitpunkt an hatte er sie verwöhnt und verhätschelt. Er kam auch jede Nacht zu ihr, um ihre anderweitigen Begierden zu befriedigen. Agatha strömte vor Glück über und zeigte sich daher auch ihrer Umwelt gegenüber huldvoll. Regelmäßig besuchte sie ihre Schwiegermutter, die mittlerweile alle ihre Verpflichtungen in den Wohltätigkeitskomitees übernommen hatte.
»Als Herrin von Carrion-House und als Frau des führenden Töpfermeisters bleibt mir einfach keine Zeit für andere Aufgaben, die mir doch so am Herzen liegen. Was für ein Glück, daß ich dich habe, liebe Schwiegermutter! Und da du kaum Gäste empfängst, bist du sicher froh über diesen Zeitvertreib.«
Worauf Emily jedesmal nur lächelnd nickte. Den Argumenten von Josephs herrischer Frau hatte sie nichts entgegenzusetzen.
Es war während eines dieser Besuche, bei dem sie von ihrem Mann begleitet wurde, weil es Sonntag war, daß Joseph Agathas Aufmerksamkeit auf den Krug und den Teller lenkte, die seinem Vater gehört hatten. »Meine liebe Mutter ist unheilbar sentimental und will sich nicht von dem Geschirr trennen, obwohl es doch so einfache Gegenstände sind ...«
»Aber sie sind hübsch! Jedenfalls gefällt mir die Farbe. Dieser wunderbare Grünton der Glasur ist bezaubernd.«
Joseph sagte bescheiden, daß dieses Lob ihn freue, denn er selbst habe die farbige Glasur hergestellt. »Und da es dir so gut gefällt,

mein Schatz, will ich dir für deine Morgenschokolade einen ähnlichen Becher anfertigen. Würde dir das gefallen, meine Liebe?«
Agatha stimmte begeistert zu. »Aber ich hoffe, die Glasur wird nicht abblättern, wie hier auf diesem Geschirr.«
Erstaunt betrachtete Joseph die Gegenstände näher und erklärte schließlich empört, daß jemand daran herumgekratzt haben mußte. Emily Drayton führte die abgeschabten Stellen auf die Abnutzung durch den täglichen Gebrauch zurück, und Joseph gab sich schließlich achselzuckend mit der Erklärung zufrieden, stellte die Gegenstände zurück, blieb aber im Gegensatz zu seiner vorherigen Aufgeräumtheit merkwürdig still und schien in Gedanken versunken.
Doch bis zu dem Tag, als die Einladung nach Ashburton im Carrion-House eintraf, hatte Joseph den Vorfall scheinbar vergessen. Als Rose ihrer Herrin die Morgenschokolade auf einem Silbertablett brachte, war Joseph bereits seit Stunden in der Keramikfabrik.
Als ihm seine Frau am Abend die Einladung zeigte, war er überrascht, denn er war Neville Armstrong selten begegnet. Außerdem legte er auch wenig Wert auf dessen Bekanntschaft, denn er kannte Sir Nevilles Beziehung zu Simon Kendall.
»Wir werden natürlich nicht zu dem Empfang gehen.«
»Ach, Lieber, warum denn nicht? Ich weiß, du willst mit deiner Schwester und ihrem Mann nichts zu tun haben, aber überleg dir gut, ob du die Einladung ablehnen willst. Wie du siehst, findet der Empfang in Ashburton statt. Einem derartigen gesellschaftlichen Ereignis können wir nicht fernbleiben, sonst schaden wir unserer Position. Bitte, überleg es dir noch einmal, mein Lieber.«

Also fuhr in der letzten Januarnacht die Kutsche der Draytons über die schneeverwehten Straßen nach Ashburton. Ihr Weg führte sie durch Cooperfield. Sie waren in der Mitte des Dorfes angelangt, als Agatha sagte: »Leben hier nicht deine Schwester und ihr Mann – die Kendalls?«
»Ja. Sie bewohnen ein ehemaliges Stellmacher-Cottage, wie meine Mutter mir erzählte.«
»Dann fahren wir eben daran vorbei. Dort, an dem Gartentor, ist ein altes Rad befestigt. Wie niedlich das Haus aussieht.«

Gegen seinen Willen warf Joseph einen Blick darauf. Hinter den Fensterscheiben brannte kein Licht. Jessica und ihr Mann schienen nicht zu Hause zu sein. Unwillig schob er den Gedanken an die beiden beiseite und lehnte sich wieder behaglich in die gepolsterte Sitzbank zurück.
Trotz des schlechten Wetters reihte sich Kutsche um Kutsche in der langen Auffahrt von Ashburton.
Als Joseph an Agathas Seite die imposante Halle betrat, war er froh, daß sie eines ihrer weniger auffälligen Kleider gewählt hatte, obwohl es noch immer mit zu vielen Spitzen und Schleifchen verziert war und der bauschige Stil sie noch unförmiger erscheinen ließ. Aber auch in dieser Hinsicht enthielt er sich in letzter Zeit jeder Kritik. Er spielte perfekt die Rolle des liebenden Ehemannes. Daher setzte er auch pflichtgemäß eine stolze Miene auf, als er Agatha den Arm reichte und sie gemeinsam die geräumige Halle betraten, wo der Empfang abgehalten wurde. Geduldig reihten sie sich in die Schlange der wartenden Gäste ein, um vom Hausherrn begrüßt zu werden.
Als nur noch wenige Paare vor ihnen waren, schnappte Agatha plötzlich nach Luft, und Joseph blieb wie angewurzelt stehen.
»Ich ... ich kann es nicht glauben«, keuchte sie, aber Joseph hörte sie nicht, denn er starrte sprachlos auf das Paar neben dem Gastgeber. Mit unverkennbarem Stolz stellte Neville Armstrong die beiden jedem Gast vor.
»Meine Ehrengäste – Simon Kendall und seine bezaubernde Frau. Das gesamte Projekt des Armstrong-Kanals habe ich Mr. Kendall zu verdanken. Ohne ihn wäre es nicht zustande gekommen.«
Von Panik ergriffen, suchte Joseph nach einem Fluchtweg. Vergeblich. Die hinter ihnen wartenden Gäste schoben die beiden unausweichlich vorwärts.
»Sieh nur ... schau sie dir nur an!« zischte Agatha. »Sieh dir ihr Kleid an. Es ist ein französisches Modell – der letzte Schrei! Wo hat sie das nur her?«
»Sicher nicht aus Cooperfield oder Burslem«, entgegnete Joseph unwirsch.
»Wir müssen sofort gehen!«

»Das ist unmöglich. Wir müssen uns der Situation stellen.«
»Was für eine Demütigung!«
Joseph bemühte sich, die peinliche Begegnung mit Fassung zu ertragen, aber Agatha war ganz durcheinander. Er konnte ihren keuchenden Atem hören und hätte sie am liebsten geschüttelt. Aus dem Mundwinkel zischte er ihr zu, sie solle sich gefälligst zusammennehmen, da sie nur ihren Gastgeber zu begrüßen hätten und das Paar neben ihm einfach ignorieren würden. Agatha zischte wütend zurück, wie er sich das denn vorstelle.
Und sie hatte recht.
Als sie vor Neville Armstrong standen, sagte dieser liebenswürdig: »Es ist wohl nicht nötig, daß ich Euch die eigene Schwester, Mr. Drayton, und Euren Schwager vorstelle. Ich freue mich, daß Ihr meine Einladung angenommen habt. Heute ist ein großer Tag für uns drei, denn er steht am Anfang einer großartigen Zukunft. Der Armstrong-Kanal war das erste Projekt einer ganzen Reihe von Bauvorhaben unter der fähigen Führung von Simon.«
Sie nannten einander bereits beim Vornamen! Die beiden Männer mußten sich sehr nahestehen, um diesen vertrauten Umgangston zu pflegen. Und was Jessica betraf, ihre Schönheit war einfach überwältigend. Selbst Joseph mußte das zugeben. Er hatte sie nie für besonders hübsch gehalten, aber jetzt fiel ihm der klassische Schnitt ihrer Gesichtszüge auf, deren Klarheit durch den schlichten Haarstil unterstrichen wurde.
Kendall bedachte er kaum mit einem flüchtigen Blick, zwang sich nur zu einer knappen Verbeugung. Aber ihm entging nicht Simons elegante Erscheinung, die vornehme Haltung. Er konnte sich nicht erinnern, daß der Mann derartig gut aussah. Nach ein paar höflichen Begrüßungsworten für den Gastgeber wollte sich Joseph abwenden, als Jessica freundlich sagte: »Wie schön, dich zu sehen, Joseph – und natürlich auch dich, Agatha. Erst heute habe ich Gelegenheit, euch zu eurer Hochzeit zu gratulieren und euch beiden Glück zu wünschen. Simon schließt sich meinen Wünschen an, das weiß ich.«
Worauf sich Simon höflich verbeugte und freundlich lächelte.
Erleichtert mischten sich Joseph und Agatha danach unter die Gäste.

»Wir gehen bei der erstmöglichen Gelegenheit«, murmelte Joseph, aber zu seiner Überraschung protestierte Agatha. Jetzt, da der peinliche Augenblick vorüber war, begann sie sich in der illustren Gesellschaft wohl zu fühlen.
»O nein, Joseph! Warum sollten wir gehen? Es war doch gar nicht so schlimm. Jessica war sehr freundlich zu uns, und Simon Kendall scheint sich zu dem Mann zu entwickeln, für den meine Schwester Amelia ihn gehalten hat. Sie hat ihn immer bewundert. Und sieh nur, da sind Mama und Papa, Max und Phoebe, und Amelia natürlich mit Martin. Deine Mutter ist auch da. Sie würden sich bestimmt wundern, wenn wir vorzeitig gingen.«
»Der Grund dafür dürfte ihnen, verdammt noch mal, bekannt sein! Wir wurden hierhergelockt, um Neville Armstrongs Bastard Reverenz zu erweisen.«
»Man sagt, er sei der uneheliche Sohn seines Bruders.«
»Kendalls wirkliche Abstammung spielt keine Rolle. Er ist ein ungebildeter Flegel, der nicht in unsere Gesellschaftsschicht paßt.«
Aber die Aufmerksamkeit seiner Frau galt bereits den Dienstboten, die Tabletts, mit köstlichen Speisen beladen, hereintrugen.
Phoebe zeigte sich verständnisvoller.
»Es ist skandalös, Joseph. Wir alle wurden unter dem Vorwand hergelockt, Sir Neville sei der Gastgeber ...«
»Das ist er auch«, sagte Max und nahm ein Glas Wein von einem der dargebotenen Tabletts. »Und Jessica sieht großartig aus. Kendall an ihrer Seite macht auch keine schlechte Figur. Und warum sollte man dem Mann die Anerkennung nicht gönnen, die er verdient?«
»Du ergehst dich ja plötzlich in Nächstenliebe«, bemerkte Phoebe gereizt.
»Anerkennung hat nichts mit Nächstenliebe zu tun«, widersprach Max. »Aber deine Abneigung scheint pure Eifersucht zu sein.«
Ralph Freeman sah Max erstaunt an. »Das ist die erste intelligente Bemerkung, die ich seit langem von dir gehört habe, mein Sohn. Die meisten Leute sind doch in ihren Vorurteilen gefangen und werden morgen wieder auf Simon herabsehen. Aber andere empfinden echte Bewunderung für ihn – und dazu gehöre ich. Auch ich kam aus dem Nichts und habe mich emporgearbeitet.«

»Mein lieber Mann, deine Herkunft unterscheidet sich doch um einiges von der Simon Kendalls. Dein Vater war immerhin ein geachteter Pfarrer ...«

»Meine Liebe, ein Pfarrer ist einer der schlechtbezahltesten Diener der Gemeinde und kann kein Geld für die Ausbildung seiner Kinder aufbringen. Wie Kendall habe ich mir mein Wissen selbst angeeignet.«

»Dann gebührt ihm dieselbe Anerkennung wie dir«, sagte Charlotte aufrichtig, »und Max hat recht.«

»Agatha, meine Liebe, stell den Teller beiseite und begrüße deine Schwiegermutter, von der du bis jetzt noch keine Notiz genommen hast.«

»O Papa, du wirst doch nicht wieder eine deiner Tiraden loslassen!«

Aber Agatha fügte sich, küßte Emily auf beide Wangen und bewunderte ihr Kleid. »Aber habe ich dich nicht schon öfter darin gesehen?«

»In meinem Alter brauche ich nicht mehr so viele neue Kleider, meine Liebe.«

»Joseph muß dir unbedingt welche kaufen. Joseph, hast du mich gehört? Jetzt, da du so wohlhabend bist, kannst du deiner Mutter doch ein oder zwei elegante Roben kaufen. Habt ihr Josephs neues Büro in der Keramikfabrik bereits gesehen? *Ich* habe die Möbel ausgesucht und auch den eindrucksvollen Schreibtisch. Aber er hat mir nicht erlaubt, die Schubladen des alten Schreibtisches auszuräumen.«

»In Geschäftsräumen haben Frauen nichts zu suchen«, wies Joseph sie zurecht.

»Waren deshalb die Schubladen verschlossen, als ich in die Fabrik kam, um deinen neuen Schreibtisch einzuräumen?« fragte Agatha schelmisch. »Oder hüten Männer Geheimnisse immer derartig eifersüchtig?«

»Kümmere dich nicht um meine Angelegenheiten, Agatha«, sagte Joseph unwirsch.

»Das könnte ich doch erledigen«, erbot sich Max eifrig. »Ich habe den ganzen Tag kaum etwas zu tun.«

Aber Max' Angebot blieb ungehört, denn in die Menge kam plötzlich Bewegung. Sir Neville schritt auf das Podium in der entfernten Ecke des Ballsaals zu und wurde vom erwartungsvollen Stimmengewirr der Gäste begleitet. Jemand flüsterte: »Hast du es gesehen, meine Liebe? Es ist ein Modell des Kanals mit einer Brücke, auf dem ein Pferd steht – eine fabelhafte Arbeit.«

Emily stand bei Jessica und Simon Kendall, neben Amelia und Martin in der Nähe des Podiums. Simons Arm lag auf Jessicas Schulter, sie blickte voller Bewunderung zu ihm auf.

Keine Frau mit einer so schmachvollen Vergangenheit hat das Recht, derart glücklich auszusehen, dachte Phoebe und konnte nicht verstehen, wie ihre Mutter vergessen konnte, welche Schande Jessica und Simon über die Familie gebracht hatten.

Aber Emily Drayton schien sich in letzter Zeit zu verändern. Sie äußerte zwar keinerlei Kritik, aber auf eine subtile Weise gab sie Phoebe zu verstehen, daß sie sich in ihrer Gegenwart unbehaglich fühlte. Man konnte in ihrem Verhalten sogar versteckte Mißbilligung vermuten. Oder war Enttäuschung das passende Wort? Natürlich nicht. Wie könnte eine Mutter von einer Tochter enttäuscht sein, die eine so vortreffliche Ehe eingegangen war und in Kürze den Erben von Tremain Hall gebären würde? Vorausgesetzt natürlich, es wurde ein Junge.

Sir Neville brachte jetzt einen Toast auf den Mann aus, der den Armstrong-Kanal gebaut hatte, und die Gäste ließen Simon Kendall hochleben.

Mit verkniffenem Mund weigerte sich Phoebe, auf sein Wohl zu trinken, und sah mit Genugtuung, daß Joseph nicht einmal sein Glas gehoben hatte. In schweigender Verbitterung vereint, standen sie nebeneinander.

Ein paar Stimmen forderten Kendall auf, eine Ansprache zu halten, aber das lehnte er ab. Er war immer ein scheuer Mann gewesen, reserviert, wie die Leute ihn nannten. Aber sie mochten ihn. Jeder schien ihn in diesen Tagen zu mögen, und man sagte ihm eine große Zukunft voraus.

Aber der Höhepunkt des Abends stand noch bevor. Neville Armstrong schien die erwartungsvolle Atmosphäre zu genießen und machte keine Andeutung, wieder vom Podium herunterzusteigen.

Statt dessen hielt er plötzlich eine herrliche Keramikfigur, die ein aufbäumendes Pferd darstellte, in den Händen. Im Licht der tausend Kerzen schimmerte es rotgolden. Selbst Phoebe konnte vor Bewunderung ihren Blick nicht davon lösen.

Joseph wußte sofort, daß dieses Kunstwerk aus keiner der einheimischen Töpfereien stammte.

Das war also das Pferd, das jemand einmal in einem Gespräch erwähnt hatte. Aus Gründen, die niemand kannte, war ihm die Ehre zuteil geworden, anläßlich der Feier zur Eröffnung des Armstrong-Kanals einem auserwählten Publikum gezeigt zu werden. Jemand rief den Namen *Red Empress*, und mehrere Stimmen wiederholten ihn voll Bewunderung.

Jetzt rief Neville Armstrong triumphierend: »Ein weiterer Toast, meine Freunde, aber nicht für die *Red Empress*, sondern für den Künstler, der diese wunderbare Skulptur geschaffen hat – Martin Drayton, der begabteste Töpfer, den Burslem je hervorgebracht hat!«

Phoebe hörte das Splittern von Glas. Erschreckt wandte sie sich um und sah Josephs blutende Hand. Ohne sich dessen bewußt zu sein, hatte er sein Weinglas zwischen den Fingern zerdrückt. Er hörte nicht ihren entsetzten Aufschrei und merkte nicht, daß ihm Blut von der Hand tropfte. Er starrte mit einem derart schrecklichen Ausdruck des Zorns zum Podium, daß es ihr eiskalt über den Rücken lief.

27

Dies war ein wunderbarer Abend für Emily. Seit Jahren hatte sie nicht mehr an einem derartig großartigen Ereignis teilgenommen. Als Simon Kendalls Schwiegermutter schwelgte sie in dem Ruhm, der ihm zuteil geworden war; als Mutter seiner Frau barst sie beinahe vor Stolz. Aber ihre Gefühle waren frei von Eitelkeit. Es war die mütterliche Freude über das Glück ihrer Tochter. Jessicas Ehe übertraf alle ihre Hoffnungen.

Und das Fest hatte ihr einen weiteren Triumph beschert: Martins unerwartete Anerkennung als begabter Künstler. Emily nahm natürlich an, daß er die Skulptur während seiner normalen Arbeitszeit in der Drayton-Keramikfabrik hergestellt und man ihr das Geheimnis bis zur heutigen feierlichen Enthüllung in diesem großartigen Rahmen vorenthalten hatte. Und sie freute sich darüber, daß Joseph nach Ashburton gekommen war und an Martins Ruhm teilnehmen konnte. Gewiß war er ebenso stolz wie sie. Aber Emily nahm sich vor, ihn zu fragen, warum er nie das außergewöhnliche Talent ihres jüngsten Sohnes erwähnt hatte. Der liebe Joseph wollte sie wohl damit überraschen.

Sie wünschte sich, George wäre jetzt hier. Jessica hatte ihrem Vater immer besonders nahegestanden, und Emily hätte ihn gern an ihrem Glück teilhaben lassen. Alles schien sich zum Guten zu wenden. Sogar Joseph würde sich eines Tages mit Jessica versöhnen und ihr ihren »Fehltritt« verzeihen. Die Tatsache, daß er heute abend hier war, deutete seine Mutter als einlenkende Geste. Vielleicht war er auch gekommen, um Simon Kendall zu seinem Erfolg zu gratulieren. Eine Versöhnung innerhalb der Familie wäre wirklich der krönende Abschluß dieses wunderbaren Abends.

Zufrieden beboachtete Emily Amelia und Martin – die beiden schienen in letzter Zeit unzertrennlich zu sein –, und ihr entging nicht der Blick, den Jessica mit ihrem Mann austauschte. Sie standen eng beieinander, und sogar aus dieser Entfernung war die liebevolle Zuneigung zu sehen, die beide verband. Wie sehr unterschieden sie sich von Phoebe und Max ...

Emily schob den Gedanken an ihre andere Tochter beiseite, die ihr irgendwie fremd geworden war und keinerlei Ähnlichkeit mehr mit dem unbeschwerten Mädchen hatte, das Phoebe einmal gewesen war. Diese Ehe erfüllte nicht die Erwartungen ihrer Mutter. Emily fragte sich manchmal, welcher Grund Joseph dazu bewogen haben mochte, eine Heirat zwischen Phoebe und Max Freeman zu arrangieren. Vielleicht wäre es klüger gewesen, Phoebe mit ihren Träumen von einem Zauberprinzen in ihrer Obhut zu lassen.

Martin war ganz verlegen über das Lob, mit dem man ihn überhäufte. Jeder der Anwesenden bewunderte die Keramikfigur, und Sir Neville hatte alle Mühe, seine Gäste davon abzuhalten, das Pferd zu

berühren, denn er fürchtete um die Sicherheit der zerbrechlichen Skulptur.
Emily sah zu Joseph und seiner Frau hinüber. Agatha war fröhlich wie immer bei solchen Anlässen, aber Joseph wirkte verstimmt. Das überraschte sie, denn er hatte doch allen Grund, sich über Martins Erfolg zu freuen, der schließlich der Drayton-Keramikfabrik zugute kommen würde. Dann fiel ihr Blick auf Jessica, die ebenfalls zu Joseph hinübergeschaut hatte und nun etwas zu ihrem Mann sagte. Beide sahen beunruhigt und besorgt aus. Aber Emily wollte nicht wahrhaben, daß es an einem derart erfreulichen Abend irgendeinen Anlaß zur Besorgnis geben könnte.
Dann sah sie wieder ihren ältesten Sohn in der Menge auftauchen. Er führte seine Frau zum Ausgang. Vielleicht fühlte sich Agatha nicht wohl. Sie schien in letzter Zeit häufig an Magenverstimmungen zu leiden. Das überraschte Emily nicht. Daher verdrängte sie den Anflug von Besorgnis und wandte ihre Aufmerksamkeit wieder den festlich gestimmten Gästen zu. Sie genoß diesen Abend über alle Maßen.

Aber Jessica hatte das Gesicht ihres ältesten Bruders gesehen. Ein leiser Schauder überlief sie.
»Simon, wir müssen heute abend nach Medlar Croft ...«
»Ich werde deine Mutter nach Hause bringen, aber du bleibst hier in Ashburton. Bei diesem Wetter hast du draußen nichts verloren.«
»Wenn meine Mutter es ertragen kann, so kann ich es auch. Ich wünschte nur, sie hätte die Einladung, hier zu übernachten, angenommen. Auch Martin sollte hierbleiben. Aber er muß morgen früh um sechs in der Töpferei sein. Deswegen kann ich verstehen, daß er nach Hause will.«
»Deswegen bleibt ja auch deine Mutter nicht. Liebling, du siehst bedrückt aus. Worüber regst du dich auf?«
»Über Joseph. Er sah wütend aus.«
»Das hatten wir doch erwartet, nicht wahr? Aber wir können es Neville Armstrong nicht verübeln, daß seine Begeisterung ihn überwältigte. Der heutige Abend hat ihm viel Freude bereitet – so wie du mir Freude bereitest. Du siehst wunderschön aus. Du raubst mir den Atem.«

»*Wenn* ich schön bin, dann nur deinetwegen. Ich liebe dich, Simon.«

Instinktiv drängte sie sich näher an ihn. Sie schämte sich nicht, ihre Gefühle für ihn zu zeigen. In den Wochen, seitdem sie wirklich Mann und Frau geworden waren, hatten sich ihre Gefühle füreinander vertieft, und jedesmal, wenn sie sich liebten, erreichten sie einen Höhepunkt des Glücks im gegenseitigen Nehmen und Geben.

Aber Neville Armstrongs unerwartete Bekanntgabe des Namens des Künstlers, der sein Pferd modelliert hatte, machte ihr angst.

»Er hatte versprochen, Martin nicht zu erwähnen. Ich sagte ihm, wie gefährlich es für Martin sei. Joseph ist ein gnadenloser Mann, und es sind nur noch zwei Wochen bis zu Martins Geburtstag und dem Ablauf seiner Lehrzeit.«

»Aber du mußt doch zugeben, daß auch du von der Freude überwältigt warst, Martins Skulptur in diesem festlichen Rahmen zur Schau gestellt zu sehen.«

»Ganz zu schweigen von dem Modell des Kanals – *deines* Kanals.«

»Es wurde extra von einem Holzschnitzer in Stoke angefertigt. Ja, auch ich war stolz; stolz darauf, den Kanal gebaut zu haben, und stolz auf meinen jungen Schwager. Du mußt Armstrong verzeihen, daß in der Aufregung die Gefühle mit ihm durchgingen.«

»Natürlich. Aber es wäre besser gewesen, er hätte damit gewartet, bis Martin selbständig ist.«

»Du kennst seine spontane Art, und er war so begeistert von der Keramikfigur, daß er sie unbedingt seinen Gästen zeigen mußte – manche von ihnen haben eine beschwerliche und lange Reise auf sich genommen, um an diesem Empfang teilzunehmen – wie dieser Mann da, der eben auf Martin zugeht.« Simons Blicke folgte einem stämmigen, einfach gekleideten Mann. »Ich habe John Wesley nicht mehr gesehen, seit er damals auf Cobblers Green predigte«, fügte Simon nachdenklich hinzu. »Nur wenige Menschen nahmen an, er würde je wieder einen Fuß nach Burslem setzen ...«

Amelia verstand Martins Abneigung gegen die überschwenglichen Schmeicheleien, die er zu hören bekam, und versuchte ihm zu helfen. »Eines Tages wirst du dich an das Aufsehen gewöhnt haben,

das deine Werke nun einmal erwecken ... o ja, Martin, du bist ein großer Künstler. Widersprich mir nicht! Es gefällt mir zwar, daß du nicht eingebildet bist, aber ich werde nicht zulassen, daß du dein Licht unter den Scheffel stellst – wobei ich nicht weiß, was ein Scheffel ist. Dein Stern wird hell erstrahlen ...«
Ihr liebevolles Geplauder wurde vom Ausdruck des Erstaunens auf Martins Gesicht unterbrochen, und als sie seinem Blick folgte, rief sie aufgeregt: »Allmächtiger Gott, ist das nicht der Mann, den der Pöbel mit Erdklumpen beworfen hat?« Martin blieb ihr darauf die Antwort schuldig, denn er hatte ihr gar nicht zugehört.
Als Martin bewußt wurde, daß der berühmte Prediger auf ihn zukam, stand er hastig auf und errötete vor Verlegenheit. Aber der untersetzte Mann streckte ihm die Hand entgegen und sagte: »Als Sir Neville mir die Einladung schickte und mich bat, meine Reise nach Newcastle zu unterbrechen, dachte ich dabei nur an die Eröffnung des Armstrong-Kanals. Der zweite Höhepunkt dieses Empfangs erfüllte mich mit Bewunderung und Erstaunen. Bitte verzeiht einem Fremden, daß er so formlos Eure Bekanntschaft sucht, aber Ihr besitzt ein seltenes Talent, zu dem ich Euch beglückwünschen möchte.«
Die schmale, feingliedrige Hand umschloß mit festem Griff Martins Finger, die scharfen blauen Augen blickten durchdringend, aber freundlich, und das Lächeln nahm Martin jede Befangenheit.
»Sir«, stammelte er, »Ihr seid kein Fremder. Ich habe Eure Predigt gehört ...«
»Hier in Burslem? Ihr wart an diesem denkwürdigen Tag zugegen? Dann wart Ihr Zeuge meiner Niederlage und habt wenig von meiner Predigt zu hören bekommen.« Das Lächeln wurde nun wehmütig. »Ich konnte mir kein Gehör verschaffen.«
»Sir! Jeder andere Prediger wäre lange vorher geflohen. Euch mußte man zwingen, aufzugeben.«
»Aber ich gebe nie auf, Master Drayton. Noch dürft Ihr das je tun. Auch Ihr habt eine Berufung, der Ihr folgen müßt, und wenn es Rückschläge gibt, dürft Ihr nicht verzagen. Ich werde nach Burslem zurückkommen, denn ich plane, hier ein Zentrum zu gründen. Als Erweiterung zu den drei bereits bestehenden in London, Bristol und

Newcastle. Mein mißglückter Auftritt damals hat mich davon überzeugt, daß hier der richtige Ort dafür ist, denn ich räume nie wieder freiwillig ein Schlachtfeld, wie ich es einst in Georgia tat ...«
Martin kam es vor, als hinge plötzlich ein Schatten über den scharfen blauen Augen, und er sagte verwirrt: »Aber die Methodisten gewinnen in Amerika doch ständig an Einfluß, dank Eurer Überzeugungskraft, Sir. Das habe ich jedenfalls gehört. Euer Nachfolger hat das kürzlich bei einem Besuch in England erwähnt.«
»George Whitefield ist ein loyaler Freund.« Er blickte Martin offen in die Augen. »Mein Aufenthalt in Georgia hat mich manches gelehrt. Ich kann ihn nicht als vergeudete Zeit abtun, obwohl ich am Ende nur noch das Gefühl hatte, versagt zu haben. Ich habe Fehler gemacht. Ich war halsstarrig und in vieler Hinsicht fanatisch verblendet. Ich habe aus dieser Lektion mehr gelernt als die armen Seelen, denen ich Zuspruch und Hilfe bringen sollte. Aber der Methodismus ist eine harte Lehre, auch für seine Prediger.«
»Und doch tratet Ihr aus der anglikanischen Kirche aus und habt Euch ganz der neuen Lehre verschrieben.«
»Das, junger Mann, wird allgemein angenommen, entspricht aber nicht der Wahrheit. Ich habe und werde nie den Glauben aufgeben, in dem ich zum Priester geweiht wurde. Ich bleibe ein getreuer Anhänger der Kirche Englands. Die methodistische Bewegung ist eine Erneuerung des Glaubens *innerhalb* der Kirche. Sollte je eine Trennung erfolgen, wird sie nicht meine Zustimmung finden.«
»Um die Wahrheit zu sagen, Mr. Wesley, ich weiß wenig über den Methodismus.«
»Und doch verfügt Ihr über die Eigenschaften, auf denen er beruht. Selbstdisziplin, Zielstrebigkeit, Hingabe. Sonst wäre Euch die Schaffung dieses Kunstwerks nicht gelungen. Ich bin nicht der erste, der daran glaubt, daß man durch Selbstdisziplin im Leben Erfüllung im Geist findet – so erging es meinem Bruder Charles während seines zweiten Studienjahres in Oxford. Nachdem er das erste Jahr verplempert hatte, gründete er zusammen mit anderen Studenten eine Gruppe, und als ich ans Lincoln-College zurückkehrte, nachdem ich meinem Vater zwei Jahre als Hilfsgeistlicher gedient hatte, war ich beeindruckt. In Oxford verspottete man die

Gruppe als den ›Heiligen Club‹. Und ihr System, den Geist durch das Lesen von Büchern zu schärfen und ihren Charakter durch Selbstdisziplin zu bilden, wobei jede Stunde des Tages vorausgeplant war und die Einhaltung des Ziels am Abend kontrolliert wurde, erhielt bald die Bezeichnung ›Methodismus‹. Die Anhänger dieser Gruppe wurden als ›Methodisten‹ verspottet. Ich trat der Gemeinschaft bei und widmete mich bald ganz ihrer Lehre, die einfach ausgedrückt folgendermaßen lautet: ›Sei keinen Augenblick müßig. Vergeude keine Zeit mit Belanglosigkeiten. Huldige keinem Zeitvertreib.‹ Ich denke, Ihr habt diese Gesetze bereits für Euch entdeckt. Sie werden Euch auf Eurem Lebensweg und bei Eurer Karriere gut zustatten kommen.«

Freundlich streckte er Martin die Hand entgegen. »Ich bin stolz darauf, Eure Bekanntschaft gemacht zu haben. Ihr besitzt ein Talent, mit dem Ihr den Menschen Freude bereiten könnt, und Ihr habt den Willen dazu. Laßt Euch durch nichts davon abbringen.«

»Sir!« rief Martin, als John Wesley sich zum Gehen wandte. »Wann werdet Ihr das Zentrum in Burslem eröffnen?«

Mit einem anziehenden Lächeln auf dem gutaussehenden Gesicht antwortete der Prediger: »So bald wie möglich, Master Drayton.«

»Ihr werdet auf Widerstand stoßen ...«

»Natürlich. Nichts, was der Mühe wert ist, entsteht ohne Widerstand. Auch daran solltet Ihr stets denken.«

Martin sah die untersetzte Gestalt in der Menge verschwinden. Er fühlte sich angeregt, herausgefordert und, zum erstenmal in seinem Leben, völlig furchtlos. Mit leichtem Herzen machte er sich auf die Suche nach Amelia, die ihn bei dem Gespräch mit dem Prediger allein gelassen hatte.

In dem Augenblick, als Emily ihr Haus betrat und Joseph wartend vor dem Kamin stehen sah, erkannte sie an seinem Gesichtsausdruck, daß er ihre Begeisterung über die Ereignisse dieses Abends nicht teilte. Ihr Glücksgefühl verschwand sofort.

Sie war stets froh darüber gewesen, daß ihr ältester Sohn einen Schlüssel zu Medlar Croft behalten hatte, der es ihm erlaubte, jederzeit ein und aus zu gehen. Seine Fürsorge hatte ihr das Gefühl gegeben, unter seinem Schutz zu stehen, und sie war sich bewußt, daß andere Witwen sie um ihren aufmerksamen Sohn beneideten. Aber in diesen Augenblick war sie nur erleichtert, daß Jessica und Simon bei ihr waren.

Joseph vergeudete keine Zeit und kam sofort zur Sache.

»Ich habe Agatha nach Hause gebracht, damit wir die schmachvolle Angelegenheit allein besprechen können. Bitte, schick die beiden ebenfalls fort, damit wir unter vier Augen reden können. Wo ist Martin?«

»Er bringt die Pferde in den Stall«, sagte Simon und half seiner Schwiegermutter und dann seiner Frau aus den Mänteln. »Er ist neben der Kutsche hergeritten und ganz durchgefroren. Er sollte möglichst gleich zu Bett gehen.«

»Ich wollte ihn dazu überreden, mit uns in der Kutsche zu fahren«, warf Emily ein, »aber er zog es vor zu reiten.«

»Ich bin nicht daran interessiert, zu erfahren, was er bevorzugt. Noch bin ich an Kendalls Bemerkungen oder guten Ratschlägen interessiert. Ich will nur mit dir allein sprechen.«

»Du wirst auch mit uns reden«, sagte Jessica, während ihre Mutter sich fragte, auf welche schmachvolle Angelegenheit Joseph anspielte.

Jessica nahm neben ihrer Mutter Platz und umfaßte tröstend ihre Hand.

»Es gibt keinen Grund, dich aufzuregen, Mama. Ich glaube, wir alle sollten Simons Rat befolgen und zu Bett gehen. Clara wird wohl schon schlafen, aber es ist für mich kein Problem, ein Bett für uns herzurichten. Außerdem würde ein heißer Grog uns allen guttun.«

»Du wirst deiner Tochter nicht erlauben, hier zu übernachten«, protestierte Joseph.

Emily reckte ihr Kinn vor, und obwohl ihre Stimme leicht bebte, sagte sie nachdrücklich: »Doch, das werde ich tun, mein Sohn. Und auch ihr Mann ist mir willkommen. Sie waren so freundlich, mich nach Hause zu bringen, und werden die Nacht hier verbringen. Wie kannst du nach diesem für uns alle so erfreulichen und erfolgreichen Abend in diesem Ton sprechen? Noch nie zuvor war ich so stolz – auf den Mann meiner Tochter und auf meinen jüngsten Sohn.«

Die Empörung über Josephs Verhalten hatte Emilys Nervosität besiegt. Jessica hätte am liebsten applaudiert, denn die ungewohnte Auflehnung seiner Mutter machte Joseph sprachlos. Dann brach der Zorn sich wieder Bahn. Jessica sah es an seinen Augen, dem verkniffenen Zug um den Mund und dem Zittern seiner Hände. Joseph verschränkte die Arme vor der Brust und nahm seine gewohnte selbstgerechte Pose vor dem Kamin ein.
»Und falls es dir nichts ausmacht«, fuhr Emily mutig fort, »wäre ich dir dankbar, du würdest vom Kamin wegtreten, damit auch wir in den Genuß des wärmenden Feuers kommen. Jessica, meine Liebe, ein heißer Schlaftrunk wäre mir in der Tat sehr willkommen. Clara sollte von der Feier zur Eröffnung des Kanals mittlerweile zurück sein – sie fuhr in einem der großen Planwagen, die Sir Neville den Leuten zur Verfügung stellte, zur Anlegestelle. Würdest du bitte nach ihr läuten, Joseph? Hoffentlich mußtest du nicht zu lange auf uns warten? Ich sah, wie du den Empfang auf Ashburton frühzeitig verließt. Könntest du Martin, in Anbetracht der späten Stunde und als Anerkennung für den wunderbaren Erfolg, morgen früh nicht eine Stunde später in die Töpferei kommen lassen? Sicher bist du genauso stolz wie ich auf sein künstlerisches Talent.«
»Du bist außergewöhnlich geschwätzig«, wies ihr Sohn sie zurecht. »Hast du zuviel getrunken? Und der Halunke hat keine Nachsicht, sondern Strafe verdient. Und die wird er bekommen.«
»Das verstehe ich nicht. Wofür willst du ihn bestrafen? Ein Lob wäre nach dieser wunderbaren Überraschung doch wohl eher angebracht. Aber da ist Martin ja. Ich nehme an, du wirst ihm gratulieren. Mein lieber Junge, komm zum Feuer – du mußt nach dem langen Ritt ganz durchgefroren sein. Und da ist auch Clara. Liebe Clara, hattest du wie wir einen vergnüglichen Abend? Morgen mußt du mir alles darüber erzählen. Jetzt bring bitte Grog für alle.«
»Nicht für mich«, lehnte Joseph barsch ab.
»Dann nur für die anderen. Und trink selbst ein Glas, ehe du zu Bett gehst.«
Nachdem Clara die Tür hinter sich geschlossen hatte, sagte Joseph bissig: »Nachdem mein Bruder nun ebenfalls eingetroffen ist, können wir wohl zur Sache kommen. Du, Martin und ich. Niemand sonst.«

»Wenn es eine Angelegenheit ist, die die Familie betrifft, gehören wir wohl auch dazu«, widersprach Jessica. »Aber nach einem derart aufregenden Abend habe ich eigentlich keine Lust mehr, irgendwelche Probleme zu diskutieren. Kann es nicht bis morgen warten, Joseph?«

»Nein. Außerdem wünsche ich weder deine noch Simons Anwesenheit.«

»... wenn es dabei um Martins Zukunft geht – was ich vermute –, betrifft es auch meine Frau und mich«, widersprach Simon. »Martins Wohl liegt uns sehr am Herzen.«

»Martins Zukunft?« wiederholte Emily. »Aber seine Zukunft ist doch sichergestellt.«

»Wirklich?« sagte Joseph. »Wie kommst du denn zu dieser Annahme?«

»Weil er ein Drayton ist. Und Draytons haben immer im Familienunternehmen gearbeitet – und wie stolz werden sie in der Keramikfabrik sein, nach dem heutigen Erfolg.«

»Stolz? Weil er ohne Wissen der anderen elenden Schund herstellt? Weil er ohne Erlaubnis Ton der Drayton-Töpferei dafür verwendet hat? Weil er auf gewissenlose Art und Weise jeden betrogen und belogen hat? Weil er die Bedingungen seines Lehrvertrags mißachtet hat, um seinen eigenen Neigungen zu folgen? Weil einige Leute ohne Geschmack begeistert von diesem idiotischen Spielzeug waren, das er für einen senilen alten Mann gemacht hat? Anstatt gewissenhaft seiner Arbeit nachzugehen, hat er *meinen* Ton, *meine* Zeit, *mein* Geld verplempert. Glaub ja nicht, Martin, daß ich nicht etwas geahnt habe. Von dem Augenblick an, als ich die Serie Schüsseln sah, die du nicht dem Drayton-Design entsprechend geformt hast und die dann spurlos aus der Keramikfabrik verschwunden waren, hatte ich dich im Verdacht. Max Freemans Bericht über dein regelmäßiges Fernbleiben vom Arbeitsplatz hat meinen Verdacht noch verstärkt. Wo hast du deine Zeit verbracht? Dieses abscheuliche Tier wurde nicht in der Drayton-Keramikfabrik hergestellt. Wo sind die geriffelten Schüsseln geblieben? Hast du in einer anderen Töpferei, für einen anderen Töpfermeister gearbeitet? Das ist dir laut Lehrvertrag strengstens untersagt.«

»Außer für dich habe ich nur für mich gearbeitet. Im Lehrvertrag steht keine Klausel, die mir verbietet, in meiner Freizeit mein Handwerk auszuüben.«
»Dein Handwerk ist das Formen, dein Arbeitsplatz die Drehscheibe. Darüber hinaus besitzt du kein Talent.«
»Er ist ein begnadeter Künstler!« warf Jessica empört ein. »Du warst schon immer eifersüchtig darauf.«
Simons Berührung brachte sie zum Schweigen. Warte, bedeutete es.
Emily sah von einem Sohn zum anderen, nervös rang sie wieder die Hände. Ihr Selbstvertrauen, das nur kurz aufgeflackert war, hatte sie wieder verlassen. »Aber sicherlich, lieber Martin ... sicherlich hast du das wunderschöne Pferd in der Drayton-Keramikfabrik gemacht?«
»Nein, Mama.«
Joseph rief triumphierend: »Dachte ich es mir doch! Er hat woanders gearbeitet, einem anderen Töpfermeister gedient! Das macht seinen Lehrvertrag null und nichtig. Was bedeutet, daß er seines Anspruchs auf eine Teilhaberschaft im Drayton-Unternehmen verlustig geht. Solange ich der Töpfermeister bin – und ich habe vor, lange zu leben, junger Herr –, wird er keinen Fuß mehr in meine Fabrik setzen.«
Emily wandte hilflos ein: »Das meinst du nicht wirklich, Joseph! Du kannst ihn doch nicht einfach hinauswerfen! Dem Unternehmen zu dienen ist das ererbte Recht eines jeden männlichen Mitglieds der Familie ...«
»Eine überholte Tradition.«
»Eine Tradition, die vom Vater auf den Sohn oder vom Bruder auf den Bruder überging – seit den Gründertagen.«
»Dann muß er eben warten, bis er an der Reihe ist – falls das je eintrifft –, denn ich werde ohne Zweifel Söhne haben, die nach mir mein Erbe antreten.« Sein Blick streifte flüchtig Jessica. »Du, junger Herr, kannst dich ab sofort allein durchs Leben schlagen. Geh zu dem Töpfermeister, für den du hinter meinem Rücken gearbeitet hast. Dir bleibt keine andere Wahl.«
»Ich habe dir bereits gesagt, daß ich für niemanden außer für mich selbst gearbeitet habe.«

»In meiner Werkstatt?«
»In meiner eigenen.«
Ungläubig schwieg Joseph einen Augenblick. Emily warf rasch ein: »Aber du hast doch keine eigene Werkstatt, lieber Martin. Hör mir zu, Joseph, ich bitte dich – der Junge redet Unsinn. In Medlar Croft hat er keine Möglichkeit, Tonwaren herzustellen – hier hat er nicht gearbeitet. Und ich schwöre, er diente auch keinem anderen Töpfermeister, denn die einzigen Stunden, die er außer Haus verbracht hat, waren neben der Arbeitszeit die Abende und Sonntage, an denen die Töpfereien geschlossen sind ...«
Martin warf rasch ein: »Bitte, entschuldige mich, Mama, ich möchte zu Bett gehen.«
»Du gehst erst, wenn ich die Wahrheit herausgefunden habe«, befahl Joseph.
»Die Wahrheit«, sagte Simon Kendall, »ist, was Martin gesagt hat. Er hat in seiner eigenen Werkstatt gearbeitet. Und da er jetzt von deiner Tyrannei befreit ist, kann er dort jeden Tag arbeiten. Von nun an kann er endlich die Dinge verwirklichen, für die er Talent hat. Wir glauben an ihn.«
Ein abwägender Ausdruck trat in Josephs Augen. Seine Mutter befürchtete das Schlimmste. Sie kannte nur zu gut diese starre Maske, die ihr ältester Sohn jedesmal aufsetzte, wenn er mit einer Situation konfrontiert wurde, die ihm nicht gefiel. Darauf folgte unweigerlich ein Zornesausbruch, und in dieser Stimmung konnte er unberechenbar und gnadenlos sein. Schon als Kind hatte er unweigerlich einen Wutanfall bekommen, wenn er seinen Willen nicht durchsetzen konnte. Dann hatte er erbarmungslos das Spielzeug seiner Geschwister zerstört und alles zerbrochen, was ihm in die Hände fiel. George hatte vergeblich versucht, seinen Sohn zur Räson zu bringen. Er war zu willensschwach gewesen, um ihm ernsthaften Widerstand zu bieten. Und seine sanftmütige Mutter hatte Joseph leicht einschüchtern können.
Es war das erste Mal, daß sie sich den wahren Charakter ihres ältesten Sohnes vor Augen hielt. Sie hatte nie den Mut besessen, Josephs eisernem Willen zu trotzen, aber Jessica hatte sich immer gegen ihn aufgelehnt und stets den kürzeren gezogen.

Emilys Verteidigung war die Nachgiebigkeit. Sie hatte immer gewartet, bis der Sturm sich gelegt hatte. Am besten wäre es, Martin würde seinem Bruder jetzt aus dem Weg gehen, aber auch er bot seinem Bruder furchtlos die Stirn. Obwohl Martin nie ein Feigling gewesen war, hatten ihn seine Schüchternheit und Selbstzweifel zum Nachgeben verleitet. Erst in jüngster Zeit hatte Emily sein wachsendes Selbstvertrauen bemerkt. War das dem Umstand zuzuschreiben, daß er insgeheim sein eigentliches Ziel hatte verwirklichen können? Aber gerade dieses Geheimnis war ein Fehler gewesen, wofür er jetzt würde leiden müssen.

Ängstlich sagte sie: »Martin – vielleicht solltest du jetzt zu Bett gehen?«

Das hätte sie nicht sagen dürfen, denn Joseph heftete nun seinen kalten Blick auf sie und bellte: »Auch du, Mutter? Hast auch du ihm hinter meinem Rücken geholfen, wie die beiden da? Keine Ausflüchte mehr – ich will die Wahrheit wissen. Und wenn du in die Lügen verstrickt bist, wirst auch du dafür büßen.«

»Sie hatte nichts damit zu tun«, rief Martin. »Sie wußte nichts, ahnte nichts. Laß sie in Ruhe.«

»Dann hast du also auch deine Mutter hintergangen. Und diese beiden sind dafür verantwortlich – deine Schwester und dieser Emporkömmling.«

Simons Gelächter war aufrichtig. »Wenn du ein Beispiel für den Landadel bist – was glücklicherweise nicht zutrifft –, dann bietet meine Herkunft entscheidende Vorteile. Und was die Verantwortung für Martins Unabhängigkeit betrifft, gebe ich gern zu, daß wir ihm geholfen haben, obwohl der Erfolg allein ihm zuzuschreiben ist. Dein Bruder brauchte Hilfe, und Jessica und ich haben sie ihm gern gewährt. Was du jetzt tust, ist, verdammt noch mal, deine Sache. Es ist höchste Zeit, daß du begreifst, daß die Menschen ein erfolgreiches und glückliches Leben ohne die Einmischung eines arroganten Tyrannen, wie du einer bist, führen können. Du bist zwar der Herr von Drayton, aber du bist nicht Herr über das Leben dieses Jungen oder irgendeines anderen Menschen. Solltest du weiter versuchen, deine Mutter einzuschüchtern, bekommst du es mit mir zu tun. Versuche Martins Karriere zu ruinieren, und du wirst zum Scheitern verurteilt sein. Sein Talent hat bereits Anerkennung gefunden, und er wird seinen Weg gehen. Männer wie John Wesley haben heute abend seine Bekanntschaft gesucht ...«

»Wesley! Das ist keine Ehre. Der Mann ist ein Aufwiegler von der schlimmsten Sorte, eine Schande für seinen Berufsstand.«

»Das ist er nicht!« protestierte Martin. »Ich war stolz darauf, daß er Wert darauf legte, mit mir zu reden. Das Gespräch hat mich inspiriert. Wenn er sein Zentrum in Burslem eröffnet, werde ich keine seiner Predigten versäumen.«

»Mama!« Joseph wandte sich empört an seine Mutter. »Hast du das gehört? Hast du so deinen Sohn erzogen – daß er widerspenstig und gottlos wird und jene verehrt, die sich der Autorität und der Kirche widersetzen? Merkt euch eins – noch bin ich das Oberhaupt der Familie und verlange Gehorsam. Und das bedeutet, Martin, daß du deinen Fuß in kein anderes Gebäude außer Gottes Kirche setzen wirst und daß du keinem anderer Prediger außer den von mir akzeptierten zuhörst. Und was die Verschwörung mit deiner Schwester und diesem Mann betrifft ...«

»Sie haben mir geholfen! Es war keine ›Verschwörung‹.«

»Und wir haben es gern getan«, fügte Simon hinzu. »Außerdem werde ich alles daran setzen, ein Mittel gegen deine widerrechtliche Androhung, ihm seine Teilhaberschaft vorzuenthalten, zu finden.«

»Das wird dir nicht gelingen. Die Drayton-Keramikfabrik gehört mir.«

»Im Moment noch. Jetzt schlage ich vor, du verläßt Medlar Croft und gehst nach Hause.«

Joseph warf Simon nur einen verächtlichen Blick zu und sagte zu Martin: »Wo *ist* deine Werkstatt? Ich habe ein Recht darauf, es zu wissen!«

»Da ich nicht länger dein Lehrling bin, kann ich dir die Antwort verweigern.«

»Als Oberhaupt dieser Familie verlange ich Auskunft. Du wirst mir gehorchen.«

Jessica übernahm es, für Martin zu antworten: »Wir haben ihm ein Nebengebäude zur Verfügung gestellt.«

Da stellte sich Martin schützend vor seine Schwester. »Ich mache mir keine Sorgen um mich, Jessica. Aber ich kann nicht zulassen, daß dir und Simon daraus ein Nachteil entsteht. Ihr seid meine besten Freunde.«

Joseph sagte hämisch: »Dann hast du dir schlechte Freunde gewählt, Bruder. Du wirst deine Eigenmächtigkeit noch bedauern, wenn du versuchst, dir mit diesen idiotischen Keramikfiguren deinen Lebensunterhalt zu verdienen. Dafür gibt es keinen Bedarf. Nur die Produktion von nützlichen Tonwaren läßt die Töpfereien florieren.«

»Dann werde ich Töpfe und Krüge herstellen, wie unsere Vorväter es bereits taten, und damit überleben. Mit Körben sind sie von Dorf zu Dorf gezogen oder haben ihre Waren mit Karren transportiert und des Nachts darunter geschlafen, um sie am nächsten Tag auf den Märkten zu verkaufen.« Martins Wut steigerte sich. »Wer sind *wir* denn, daß wir Simon wegen seiner Herkunft verspotten? Er wird Erfolg haben, und ich werde es auch schaffen!«

»Neville Armstrongs Lob scheint dir zu Kopf gestiegen zu sein.«

»Ihm verdanke ich viel. In seiner Bibliothek habe ich mir Wissen angeeignet, so wie ich einst aus den Büchern meines Vaters lernte, bis du sie verbrennen ließest ...« Er verstummte und fügte dann mit leiser Stimme hinzu: »Ich habe auch noch andere Dinge daraus erfahren.« Martin begegnete Josephs Blick wieder mit dem wissenden, anklagenden Ausdruck in den Augen, der seinen älteren Bruder beunruhigte.

Dieser Ausdruck verfolgte Joseph noch, als er wütend aus dem Haus stapfte. Zitternd vor Angst sah seine Mutter ihm nach, denn sie wußte, wozu er in dieser zerstörerischen Wut fähig war.

28

Über Nacht hatte Tauwetter eingesetzt. Als Rose am nächsten Morgen im Schlafzimmer ihrer Herrin die Vorhänge zurückzog, blickte sie hinaus in den Park mit den tropfenden Bäumen. Am Himmel hing eine wässerige Sonne. Stellenweise war der Schnee auf der Rasenfläche geschmolzen, und braune Grasflecken unter-

brachen die matschige Schneedecke. Das Wetter war scheußlicher als am Tag zuvor.
»Es hat getaut, Mistress. Wie gut, daß das Fest auf dem zugefrorenen Kanal gestern stattfand.«
Rose schüttelte die Kissen auf und legte Agatha einen spitzenbesetzten Schal um die Schultern. Dann stellte sie das Silbertablett auf die Bettdecke und erkundigte sich nach dem Wohlbefinden ihrer Herrin. Als Antwort erhielt sie nur ein müdes Gähnen und einen mürrischen Blick. Rose kannte die Anzeichen. Der Master war letzte Nacht nicht in ihr Bett gekommen. Sonst würde sie sich heute morgen wie eine zufriedene Katze rekeln.
Rose überließ die schlechtgelaunte Agatha gern dem Genuß ihrer heißen Schokolade, von der sie mit der Zunge den Schaum abschleckte. Rose hatte einmal den Gesichtsausdruck des Masters gesehen, als er seiner Frau dabei zusah.
Aber heute morgen war auch er noch nicht aufgestanden. Die auf Hochglanz polierten Stiefel standen noch vor seiner Schlafzimmertür. Das Fest bei Sir Neville Armstrong in Ashburton hatte wohl lange gedauert, sonst wäre er schon längst in die Fabrik gefahren. Der Kutscher war bereits da und saß wartend in der Küche, bis man ihn rief. Rose hoffte nur, daß es zwischen dem Ehepaar keinen Streit gegeben hatte, denn die Herrin würde ihre schlechte Laune unweigerlich an ihr auslassen.

Heute morgen schmeckte die Schokolade besser. Es war merkwürdig, wie unterschiedlich ihr Geschmack war. Agatha hatte einmal Joseph gegenüber erwähnt, daß die Schokolade jedesmal einen merkwürdigen Beigeschmack hatte, wenn er sie ihr brachte.
»Das hast du mir schon einmal gesagt, als ich sie dir persönlich ans Bett brachte.«
»Ach, wirklich? Daran kann ich mich nicht erinnern.«
»Aber ich. Wenn meine Gegenwart dir den Geschmack daran verdirbt, dann wird sie dir in Zukunft nur noch Rose bringen.«
»Oh, mein Liebling, das habe ich damit nicht gemeint!« Der Vorschlag erschreckte sie, denn sie war immer sehr gerührt, wenn Joseph ihr die Schokolade brachte und sagte: »Trink sie sofort aus.

Schlürf sie nicht, obwohl ich weiß, daß du es genießt, die Schokolade wie eine Katze ihre Milch zu schlabbern.«
Wie sie über diesen Vergleich gelacht hatte! Lächelnd hatte er ihr zugesehen, wie sie die Zunge in das Sahnehäubchen steckte und mit einem leisen Schmatzen die Creme schlürfte. Wie sehr hatte er sich in letzter Zeit verändert! Früher hatte sie manchmal den Eindruck gehabt, daß diese Angewohnheit ihm mißfiel. Aber die Liebe verändert einen Mann eben, dachte sie selbstgefällig und gab sich ganz dem Genuß des heißen süßen Getränks hin.
Bald würde der glänzende Becher, den er ihr versprochen hatte, die Tasse ersetzen, und daraus würde die Schokolade zweifelsohne noch besser schmecken. Joseph hatte diesen Becher selbst ausgewählt und eigenhändig eine Glasur hergestellt, ähnlich der, mit der er einst das Geschirr seines Vaters glasiert hatte. Viele Leute mochten diesen Becher als wenig wertvolles Geschenk betrachten, aber für sie würde er eine Kostbarkeit sein, denn er kam von ihm.
Heute morgen fühlte sie sich müde, nicht weil sie erst spät zu Bett gegangen war – leider hatten sie das großartige Fest in Ashburton viel zu früh verlassen –, sondern weil sie noch Stunden darauf gewartet hatte, daß er zu ihr kam. Nach ihrer Rückkehr hatte er darauf bestanden, daß sie sich sofort zurückzog, und ihr versprochen, sofort nach Durchsicht der Papiere, die in seinem Arbeitszimmer auf ihn warteten, zu ihr zu kommen, um nachzusehen, ob sie noch wach war ...
Und sie hatte ihm geglaubt. Nackt und sehnsüchtig hatte sie ihn erwartet. Ehe sie zu Bett ging, hatte sie sich wohlgefällig im Spiegel betrachtet und alle mageren Frauen bedauert. Wie enttäuschend die Männer sie finden mußten und wie gern Rembrandt sie als Modell genommen hätte. (Oder war es Rubens, der alle diese üppigen Frauen gemalt hatte?)
Schließlich war sie wohl eingeschlafen. Irgendwann in der Nacht war sie aufgewacht, hatte geglaubt, das Zuschlagen von Josephs Schlafzimmertür zu hören. Erwartungsvoll hatte sie darauf gewartet, daß er in ihr Bett kam ... vergeblich. Im Morgengrauen hatte sie dann die Geräusche des erwachenden Haushalts gehört, das Krähen des Hahns und das stete Tropfen des schmelzenden Schnees

vor ihrem Fenster. Schließlich hatte sie sich damit abgefunden, daß ihr Mann müde von der Arbeit allein zu Bett gegangen war und sie nicht mehr beglücken würde. Unglücklich hatte sie ihr Nachthemd übergestreift und sich tief in die Kissen vergraben.
Und jetzt, während sie schmollend und mißmutig ihre Schokolade schlürfte, erinnerte sie sich an ein anderes Geräusch, das sie in der Nacht gehört, in ihrer Schlaftrunkenheit aber nicht beachtet hatte. Waren vor dem Zuschlagen der Tür Wagenräder über den knirschenden Kies gefahren?

Martin kam am nächsten Morgen vor allen anderen in die Töpferei, denn sein Stolz gebot es ihm, seinen Arbeitsplatz so zurückzulassen, daß Joseph ihm keine Nachlässigkeit vorwerfen konnte.
Die Aufregung und der Ärger hatten ihm den Schlaf geraubt. Josephs Reaktion hatte ihn nicht überrascht, wenigstens wußte er jetzt, woran er war. Natürlich ärgerte er sich über seine Entlassung. Und er war wütend darüber, daß Joseph die erstbeste Gelegenheit genutzt hatte, ihm den Anspruch auf die Teilhaberschaft im Drayton-Unternehmen streitig zu machen. Aber es hatte keinen Sinn, die Tatsache zu beklagen, daß er das Drayton-Erbe nicht antreten würde. Endlich war er frei, konnte sich ausschließlich auf die Arbeiten konzentrieren, die ihm wirklich am Herzen lagen. Jetzt war er sein eigener Herr, und bald würde er über seiner Werkstatt ein Schild anbringen, auf dem stand:

MARTIN DRAYTON. TÖPFERMEISTER.

Er würde so weiterarbeiten, wie er begonnen hatte – jeden Auftrag annehmen, einschließlich jener, die etablierte Töpfereien ablehnten – die Anfertigung von Einzelstücken, um zerbrochenes Geschirr zu ergänzen; die Modellierung eines geliebten Haustiers in Keramik; die Herstellung von einfachen Kochtöpfen. Letzte Nacht hatten viele Menschen ihr Interesse an seiner Arbeit bekundet, und ob das zu Aufträgen führte, blieb abzuwarten. In der Zwischenzeit konnte er seine Produktion wesentlich erhöhen, da er nun ausschließlich in Cooperfield arbeiten würde, und seine Ware auf den Märkten anbieten, wie es schon seine Vorväter schon getan hatten.

Die Reinigung der Drehscheibe war eine schmutzige Arbeit, denn er mußte nicht nur den angetrockneten Ton von der Scheibe entfernen, sondern auch die Achse und das Schwungrad säubern. Als die Arbeiter eintrafen, war Martin mit der gröbsten Arbeit fertig und schrubbte bereits seine Werkbank, auf der die halbfertigen Tonwaren standen, die Meg weiterbearbeiten würde.
Die Gründlichkeit, mit der er zu Werk ging, fiel den anderen nicht weiter auf, denn jeder Töpfer hielt seinen Arbeitsplatz sauber. Aber als er seinen Kittel an den Haken hängte, sahen sie erstaunt auf. Ungläubig hörten sie Martins Erklärung.
»Ich gehe«, sagte er, »für immer.«
Ihr Schock und ihre Enttäuschung hätten ihm schmeicheln müssen, statt dessen stimmten sie ihn traurig. Fünf Jahre lang mit ihnen zu arbeiten hatte eine gewisse Vertrautheit und gegenseitige Achtung entstehen lassen. Sie sahen ihm nach, wie er schweren Schrittes die Werkstatt verließ, und einer sagte laut: »Der Töpfermeister muß den Verstand verloren haben, einen so guten Mann gehen zu lassen! Außerdem ist es der eigene Bruder! Wie kann er das nur tun?«
Ein anderer, klügerer Arbeiter entgegnete darauf, daß es nichts Schlimmeres gebe als die Eifersucht zwischen zwei Brüdern. Wie Kain und Abel.
»Auf meiner Werkbank sind noch unfertige Töpfe«, sagte Martin zu Meg. »Kümmerst du dich darum? Ab sofort arbeite ich selbständig.«
»Heißt das, der Töpfermeister hat Euer Geheimnis herausgefunden? Das muß ja ein Spektakel gegeben haben!«
»Es war ein Riesenspektakel, Meg.«
Ein Schatten legte sich über ihr Gesicht. »Was hat er getan? Hat er Euch hinausgeworfen?«
»Ja, aber es tut mir nicht leid. Jetzt kann ich in meiner eigenen Werkstatt arbeiten, solange ich will.«
»Ich werde Euch vermissen, Master Martin. Es ist eine Schande, was er mit Euch macht. Eines Tages wird er es bereuen.« Sie zögerte, hatte Angst, zu weit zu gehen, und fügte dann hinzu, daß dem Töpfermeister eines Tages die gerechte Strafe für seine Schandtaten widerfahren würde.

»Du glaubst also an Gerechtigkeit, Meg?«
»Ja, Master Martin. Das tue ich.«
Dann bot sie ihm noch ihre Hilfe an, falls er Arbeit für sie habe, die zu erledigen sei, bevor sie Burslem verließe.
»Du gehst von hier fort, Meg?« Es gab eigentlich keinen Grund, überrascht zu sein.
»Nicht gleich. Frank Tinsley will mich heiraten und mit nach Liverpool nehmen.«
Martin freute sich darüber aufrichtig. »Er ist ein guter Mann, Meg. Und du verdienst einen guten Mann.«
Dann verabschiedete sich Martin von Jefferson. Der Glasierer war betrübt, sprach Martin aber Mut zu. »Falls Ihr ein Problem habt, kommt damit zu mir, Master Martin. Eines Tages werdet Ihr hierher zurückkommen, aber nicht als Dreher, sondern als Töpfermeister. Die Leute werden Euch vermissen.«
Als nächstes ging er zum Vorarbeiter der Brenner, der sinngemäß Jeffersons Abschiedsworte wiederholte. »Ehe Ihr geht, möchte ich Euch etwas zeigen, Master Martin. Ihr könnt es vielleicht in der eigenen Werkstatt gebrauchen.« Er ging zu einem Posten gebrannter Tonwaren und nahm ein Stück davon heraus. »Das habe ich in einer Ecke gefunden. Da ich die Paletten selbst belade, kenne ich jedes Stück, das in den Brennofen kommt. Dieses hier muß der Töpfermeister selbst dazugestellt haben, als ich nicht da war. Es ähnelt dem Geschirr, das Ihr für Euren Vater gemacht habt und das Euer Bruder mit einer speziellen Glasur überzogen hat – es hat dieselbe Farbe, nur der Glanz ist etwas matter, denn es wurde bei einer niedrigeren Temperatur gebrannt. Ich dachte, es interessiert Euch, wie der Glanz durch unterschiedliche Hitzegrade beeinflußt wird. Aber das wißt Ihr sicher bereits selbst. Dieses Stück ist ein gutes Beispiel dafür ...
Es war ein Becher aus der ganz normalen Produktion der Töpferei, hatte nur eine andere Glasur. Martin untersuchte ihn nachdenklich und fragte dann, ob er ihn behalten dürfe.
»Wenn Ihr ihn zurückbringt. Der Töpfermeister überprüft jede Partie, die aus dem Brennofen kommt, und wenn ein Stück beschädigt oder verschwunden ist, kann er sehr wütend werden. Und

dieser Becher hier muß ihm gehören, denn niemand sonst weiß etwas darüber – es gäbe gehörigen Ärger, wenn das Stück verlorenginge.«
Martin untersuchte in einer ruhigen Ecke den Becher eingehender. Warum sein Bruder ein Stück aus der normalen Produktion herausnehmen und eigenhändig glasieren sollte, verblüffte ihn.
Aber der Brenner hatte ausdrücklich betont, daß diese Glasur genau dieselbe war, wie sie für das Geschirr seines Vaters verwendet worden war. Nur der Glanz war matter, weil die Partie bei einer niedrigeren Temperatur gebrannt worden war. Doch Joseph schien wenig Wert auf den Glanz gelegt zu haben.
Warum hatte er also dieselbe Glasur benutzt?
Martin wickelte den Becher in ein Stück Stoff und ging über den Hof der Töpferei zu Josephs neuem Büro. Er hatte seinen Bruder nicht ankommen sehen, aber die Tür stand einen Spalt breit offen. Das wunderte ihn, denn Joseph hielt die Tür immer geschlossen. Martin stieß sie auf und ging hinein.
Ein Mann sah erschrocken auf, aber es war nicht Joseph. Es war Max Freeman. Er stand vor dem alten Schreibtisch, den Joseph noch nicht ausgeräumt hatte.
Max schien genau das zu tun. Eine Schublade lag auf dem Boden, die zweite war halb herausgezogen. Beide waren offensichtlich aufgebrochen worden, und Martin hatte den Eindruck, daß Max das Bündel Papiere, das er in der Hand hielt, eben gerade herausgenommen hatte.
Phoebes Mann schien eine Sekunde lang wie vor Schreck erstarrt zu sein, stopfte dann hastig die Papiere in die Innentasche seiner Jacke und sagte erleichtert: »Gottlob bist du es und nicht Joseph! Er hat sich heute morgen verspätet. Und das beweist doch, daß der Allmächtige auf meiner Seite steht, nicht wahr?« Schadenfroh zwinkerte er Martin zu und fügte hinzu: »Hilf mir, hier wieder Ordnung zu schaffen.«
»Was, um Himmels willen, hast du vor? Was hast du aus der Schublade genommen?«
»Nur mein Eigentum«, sagte Max gutgelaunt.
Er hob die Schublade auf und warf die auf dem Boden verstreut

herumliegenden Sachen wieder hinein. Da ergoß sich weißes Pulver auf den weinroten Teppich. Max fluchte laut und rieb mit dem Fuß über den Fleck, der Joseph frühzeitig verraten konnte, daß jemand sich an seinem Schreibtisch zu schaffen gemacht hatte. Max wollte nicht mehr auf dem Gelände der Töpferei sein, wenn der Diebstahl aufkam. Martin hörte ihm nicht zu. Er griff nach der kleinen Tüte, aus der das Puder herausgelaufen war, rieb eine winzige Menge davon zwischen Zeigefinger und Daumen und verschloß die Tüte wieder. Max' Gerede drang kaum zu ihm durch. »Jetzt kann dieses Schwein mir nichts mehr anhaben! Mit diesen Papieren zünde ich ein Freudenfeuer an!« Er warf einen Blick auf Martin und fügte hinzu: »Gib doch acht! Du verstreust dieses Zeug – was immer es sein mag –, über deine Kleidung.«

Geistesabwesend wischte sich Martin mit der Hand das Pulver ab, nahm kaum wahr, daß Max die Schublade wieder in den Schreibtisch geschoben hatte und eiligst aus dem Büro verschwand.

Eigentlich war es nicht nötig, Jeffersons Bestätigung einzuholen. Martin wußte instinktiv, was dieses Pulver war, und es überraschte ihn nicht, als der alte Mann nickte und sagte: »Ja, das ist Bleiweiß, Master Martin, daran besteht kein Zweifel.«

Martin kam aus der Glasiererei, als Josephs Kutsche vorfuhr. Kurz entschlossen ging er zu ihm.

»Ich möchte mit dir sprechen, Bruder.«

»Wir haben uns nichts mehr zu sagen. Da du kein Recht mehr hast, dich in der Töpferei aufzuhalten, verschwindest du wohl besser.« Ein undefinierbares Lächeln huschte über Josephs Gesicht, als er hinzufügte: »Du bist sicher ganz begierig, an die Arbeit zu gehen. Auf dich warten bestimmt eine Menge Aufträge.«

Martin hätte seinem Bruder nie gestanden, daß nur wenig Aufträge auf ihn warteten. Und ob die vielbewunderte Skulptur von der *Red Empress* Bestellungen einbringen würde, blieb abzuwarten.

Joseph würdigte Martin keines Blickes mehr und ging in sein neues Büro. Furchtlos folgte ihm Martin und blockierte mit dem Fuß die Tür, als Joseph sie ihm vor der Nase zuschlagen wollte. Joseph fauchte ihn an: »Ich sagte dir, verschwinde!«

»Sobald ich mit dir darüber geredet habe.« Martin hielt ihm die kleine Tüte mit Bleiweiß hin. »Und auch darüber«, fügte er hinzu und wickelte den frisch glasierten Becher aus. »Du fragst gar nicht, woher ich die Sachen habe.«

Joseph starrte stumm darauf, ging dann über den neuen roten Teppich zu seinem neuen Schreibtisch, den Agatha ausgewählt hatte. Dabei zog er seinen pelzgefütterten Mantel und die Handschuhe aus.

»Ich habe keine Ahnung, wovon du sprichst«, sagte er über die Schulter. »Ich habe diese Dinge nie zuvor gesehen. Und jetzt verschwinde endlich.«

Martin blieb ungerührt stehen.

»Für wen ist der Becher dieses Mal, Joseph?«

»Wie soll ich das wissen? In der Töpferei werden Hunderte davon hergestellt.«

»Aber keiner hat eine Bleiglasur.« Er stellte den Becher auf den Schreibtisch und legte die Tüte daneben. »Ich brauche dir nicht zu erklären, was das für ein Pulver ist, da du selbst den Becher damit glasiert hast und daher die Mischung kennst – so wie *ich* die Zusammensetzung der Glasur kenne, die du für Vaters Geschirr benutzt hast.« Als Joseph zu einer Antwort ansetzte, fuhr Martin fort. »Ich habe die Splitter analysieren lassen.« Dann zog er das gefaltete Stück Papier aus der Tasche, das er stets bei sich getragen hatte, öffnete es und legte es neben den Becher und die Tüte. »Bei der niedrigen Brenntemperatur wurde die Glasur matt, aber der Bleiglanz ist unverkennbar – und eine Analyse wird ergeben, daß die Mischung einen ebenso hohen Anteil an Blei enthält, wie du für die Glasur von Vaters Geschirr verwendet hast. Vater starb sehr langsam an Bleivergiftung.«

»Du redest Unsinn. Der Totenschein bestätigt eine natürliche Todesursache. Verschwinde jetzt, Martin, und nimm deine Märchengeschichten mit. Niemand wird dir glauben, denn du erfindest diese Lügen aus Haß. Du willst dich dafür rächen, daß ich dich hinausgeworfen habe. Und da du dir Dinge angeeignet hast, die dir nicht gehören, könnte ich dich wegen Diebstahl verklagen ...«

»Dann gibst du es also zu ... du gestehst, daß diese Tüte mit

Bleiweiß dir gehört. Und du weißt, woher ich sie habe – aus deinem alten Schreibtisch, dessen Schubladen aufgebrochen wurden. Der Inhalt dieser Tüte wurde aus Versehen verstreut. Sonst hätte ich nie Verdacht geschöpft. Der Fleck auf dem Teppich bestätigt meine Worte.«

»*Wie kannst du es wagen, bei mir einzubrechen!*«

»Das war nicht nötig.«

Er nannte nicht den Grund dafür. Wenn Joseph die gestohlenen Papiere vermißte, würde der wahre Übeltäter entdeckt werden. Martin wußte nicht, wovon der Diebstahl dieser Papiere Max befreite und inwiefern Joseph damit Druck auf seinen Schwager ausgeübt hatte. Es interessierte ihn auch nicht.

Als Martin die Glasursplitter wieder einwickelte, sah er, wie aschfahl das Gesicht seines Bruders geworden war. Die Blässe unterstrich noch die dunklen Ringe unter Josephs Augen – war er letzte Nacht nicht zu Bett gegangen, nachdem er Medlar Croft verlassen hatte? Gewiß hatten keine Schuldgefühle Joseph um den Schlaf gebracht, denn Schuldgefühle hatten seinen Bruder noch nie gequält und würden es auch nie tun.

Martin ließ seinen Bruder in der großartigen Pracht seines neuen Büros allein zurück. Auf dem Schreibtisch stand der Becher. Als er bereits in der Tür stand, rief ihm Joseph höhnisch nach: »Du glaubst, du hast gewonnen, aber du irrst dich. *Ich* habe dich geschlagen, kleiner Bruder.«

Jessica und Simon verließen Medlar Croft am nächsten Morgen, kurz nachdem Martin in die Töpferei geritten war, und fuhren nach Hause.

Während Simon draußen die Asche unter dem Brennofen hervorkratzte, um sie für die Beimischung zur Glasur vorzubereiten – eine Aufgabe, die er übernommen hatte –, ging Jessica nach oben und verstaute sorgfältig ihr wunderbares neues Kleid, für dessen Kauf sie zusammen mit Simon bis nach Manchester gefahren war und das mehr gekostet hatte als die fünf Guineen, die er ihr ursprünglich dafür gegeben hatte.

Während sie es sorgfältig einhüllte, dachte sie schuldbewußt, daß sie kein Recht dazu hatte, so glücklich zu sein, während Martin einen schweren Schicksalsschlag erlitten hatte. Aber war es letztlich nicht besser, daß er endlich der tyrannischen Obhut seines Bruders entronnen war und ein eigenes Leben beginnen konnte?

Jessica war froh, wieder in dem Stellmacher-Cottage zu sein. Simon sprach manchmal von dem Haus, das er eines Tages für sie bauen würde, als wäre dieses Cottage ihrer unwürdig. Aber sie liebte es und bezweifelte, ob sie woanders glücklicher sein würde. Was Neville Armstrongs Andeutung betraf, Simon wäre ein würdiger Erbe, dachte sie weder darüber nach, noch ließ sie ein Wort davon Simon gegenüber verlauten. Das Schicksal ging seinen eigenen unberechenbaren Weg, und sie besaß alles, was sie sich vom Leben ersehnt hatte.

Jessica war sich dieses Glücksgefühls ganz stark bewußt, als sie die Treppe hinunterging und Simon sah, der auf sie wartete. Sie eilte auf ihn zu, reckte sich auf die Zehenspitzen und küßte ihn. Erst da bemerkte sie seinen finsteren Gesichtsausdruck und wich erschrokken zurück.

»Es ist was passiert ...«

Sanft sagte er zu ihr: »Nicht uns, meine Liebe. Martin. Seine Werkstatt ist zertrümmert worden. Alles ist zerstört.«

Es gab keinen einzigen heilen Gegenstand mehr. Selbst die Form der *Red Empress* war in Stücke zerhackt worden. Die Töpferscheibe war zertrümmert. Der Posten geriffelter Vasen, der zusammen mit der Pferdeskulptur gebrannt worden war, lag in Scherben auf dem Boden. Fertig gemischte Glasuren waren ausgeschüttet und Tonklumpen in den Matsch des schmelzenden Schnees hinausgeworfen worden. Alle Regale, Tische, Werkbänke und Fensterscheiben waren zerschlagen worden. Nur der Brennofen aus Ziegeln hinter dem Gebäude hatte die Zerstörung überlebt. Wie eine höhnische Erinnerung an verlorene Träume und Hoffnungen ragte er empor.

Jessica erriet sofort, wer dieses Chaos angerichtet hatte. Simon wußte es ebenfalls. Auch Martin würde es wissen, sobald er die Zerstörung hier sah. Beide würden sich an ihre Kindheit in Medlar Croft erinnern, als Joseph eines Tages ihr Spielzimmer zerstört hatte. Wie hatte er damals höhnisch gelacht, als sich die beiden Geschwister zu Tode verängstigt aneinander drängten und Jessica beschützend und tröstend den Arm um Martin gelegt hatte. Phoebe war geflohen, aber Martin war nicht gewichen, obwohl Joseph jedes seiner Spielzeuge vor seinen Augen zerschmettert hatte. Auch damals war die mutwillige Zerstörung durch Martins Weigerung, Joseph zu gehorchen, ausgelöst worden.

29

»Aber er glänzt nicht!« jammerte Agatha. »Ich wollte einen Becher mit der hübschen grünen Glasur, die du für deinen Vater gemacht hast.« Widerwillig betrachtete sie den Becher. »Hast du ihn wirklich selbst glasiert, Joseph, oder hast du einen Arbeiter damit beauftragt? Wenn das der Fall sein sollte, hättest du mich zutiefst beleidigt. Du versprachst mir ein Geschenk, das du eigenhändig angefertigt hast.«

»Liebe Agatha, ich bin Töpfermeister, kein Arbeiter oder Former an der Drehscheibe. Aber diesen Becher habe ich selbst glasiert, und deswegen *ist* er ein persönliches Geschenk von mir, das du wertschätzen solltest. Und der matte Glanz ist schön! Viele Leute würden ihn hochglänzender Glasur vorziehen.«

»Nun, mir gefällt er nicht.« Achtlos stellte sie den Becher beiseite. Er war Massenware und wurde zu Hunderten in der Drayton-Keramikfabrik hergestellt.

»Deine Mutter sagte mir, Martin hätte das Geschirr für deinen Vater entworfen und geformt ...«

»Du hast es als unansehnlich bezeichnet, erinnerst du dich nicht ...«

»Jedenfalls war Martins Becher ungewöhnlich geformt und hatte eine wunderschöne Farbe. Warum kannst du nicht mehr Artikel dieser Art in der Keramikfabrik herstellen lassen? Warum beauftragst du nicht *ihn* mit dem Entwurf neuer Tonwaren?«

»Er arbeitet nicht länger für mich.«

»Das kann nicht sein! Er hat einen Lehrvertrag mit dem Drayton-Unternehmen. Außerdem ist er ein Drayton!«

»Seine Lehrzeit ist abgeschlossen.«
»Dann wird er jetzt dein Teilhaber, nicht wahr? Und nach seinem Triumph in Ashburton wird seine Arbeit eine wahre Bereicherung für die Fabrik sein! Er hat das Talent dazu, aufregendere Dinge als diesen langweiligen Becher zu schaffen.«
»Hätte er seine Lehrzeit erfolgreich beendet, wären ihm ehrgeizigere Aufgaben übertragen worden. Aber Geschmacklosigkeiten wie dieses Pferd werden in meiner Töpferei niemals hergestellt werden.«
»Ich fand die Skulptur schön.«
»Du hattest schon immer eine Vorliebe für prunkvollen Schund. Deine Auswahl an Kleidern ist dafür ein eindeutiger Beweis.«
Agatha entging nicht der verärgerte Ton in seiner Stimme. Eine derart scharfe Zurechtweisung hatte er sich nur in den Anfängen ihrer Ehe erlaubt. Aber sie beabsichtigte nicht, sich weiterhin von ihm maßregeln zu lassen.
Empört öffnete sie den Mund und setzte zu einer geharnischten Antwort an. Die Worte blieben ihr in der Kehle stecken, als Joseph barsch sagte: »Erlaube dir nie die Frechheit, meine Autorität in der Fabrik anzuzweifeln. Das geht dich nichts an. Und was die Entlassung meines Bruders betrifft, so hat er sie selbst herbeigeführt.«
»Entlassung! Ich dachte, du hättest gesagt, seine Lehrzeit sei beendet, nicht seine Anstellung.«
»Hätte er nicht die Bedingungen des Lehrvertrags verletzt, wäre er mein Teilhaber geworden. Glücklicherweise bin ich zwei Wochen vor Ende der Lehrzeit dahintergekommen.«
»Pah!« empörte sich Agatha. »Du kannst ihn doch nicht wie irgendeinen Arbeiter einfach entlassen. Er hat ein Talent, das der Familie zugute kommt. Jeder andere Töpfermeister wird froh sein, ihn aufzunehmen.«
»Die Drayton-Keramikfabrik wird ohne ihn auskommen. Und was mein Geschenk betrifft, so kannst du es wegwerfen, wenn es dir nicht gefällt. Ich fürchte, du bist maßlos verwöhnt. Das Erbe deiner Tante ist dir zu Kopf gestiegen, obwohl deine beiden Treuhänder wie zwei Geizhälse darauf achten, daß kein Penny vergeudet wird. Paß nur auf, daß du nicht ebenso knickerig wirst.«

»Papa und Onkel Joshua verwehren mir nie etwas, woran mein Herz hängt. Kleider, Schmuck, alles, was mir gefällt, kann ich mir aus dem Einkommen kaufen, das Tante Margaret mir vererbt hat.«
»Und was ist mit dem Kapital? Dem Landbesitz? Was haben sie damit vor?«
»Sie verwalten es für mich, damit ich stets ein festes Einkommen habe.«
»Zu dem niemand außer dir Zugriff hat. Und selbst du bist auf das Einverständnis deiner Treuhänder angewiesen. Ganz zu schweigen von deinem Mann, der rechtmäßigen Anspruch auf das gesamte Erbe hat.«
»Wie Mamas Vermögen ist es fest angelegt.«
»Eine Tatsache, die ihr geschickt vor mir verborgen habt.«
»Nicht absichtlich, Joseph. *Ich* hielt es einfach nicht für nötig, darüber zu sprechen.«
»Niemand hat einen Nutzen von diesem Erbe. Das Kapital könnte gewinnbringend investiert oder zum Beispiel zur Verschönerung deines Heims verwendet werden.«
»Was bereits geschehen ist. Darf ich dich daran erinnern, lieber Joseph, daß ich einen Großteil der Veränderungen hier bezahlt habe – obwohl du mir nie Belege gezeigt hast. Könntest du dir einen derartigen Luxus *ohne* mein Geld leisten, obwohl du zweifellos wohlhabend bist? Sogar dein neues Büro in der Fabrik habe ich bezahlt, mit allen Möbeln – und das Geld stammt *nicht* aus meinem Tremain-Einkommen, über das du ja jetzt verfügst. Die zusätzlichen Anschaffungen hast du Tante Margarets Erbe zu verdanken. Papa und Onkel Joshua haben mir eine stattliche Summe zur Verfügung gestellt, damit ich mir meine Wünsche erfüllen kann. Ich habe ihnen nicht gesagt, wofür das Geld ausgegeben wurde.«
Er verneigte sich spöttisch. »Wie darf ich dir für diese Gunst danken?«
Joseph war wirklich sehr gereizt. Agatha war den Tränen nahe. Er war heute später als sonst aus der Fabrik nach Hause gekommen. Während des Abendessens war er ungewöhnlich schweigsam gewesen. Später, im Salon, hatte er sich mit einer Tonpfeife in einem Sessel niedergelassen, obwohl sie den ekelhaften Geruch nicht

ausstehen konnte. Um ihr Mißfallen auszudrücken, hatte sie demonstrativ mit ihrem Fächer die Rauchwolken vertrieben, aber Joseph nahm keine Notiz davon.
Nachdem er eine Weile schweigend geraucht hatte, sagte er plötzlich: »Du weißt natürlich, daß du im Falle meines Todes gut versorgt sein wirst und daß, falls wir Söhne haben sollten, ihnen die Drayton-Keramikfabrik gehören wird?«
»Joseph, ich bitte dich ... sprich nicht vom Tod!«
»Das ist unumgänglich, denn er trifft uns alle eines Tages. Ein verheirateter Mann trägt die Verantwortung für seine Frau, und eine verheiratete Frau hat Verpflichtungen ihrem Mann gegenüber. Es ist höchste Zeit, daß wir uns gegenseitig für die Zukunft absichern.«
»Wir haben eine gemeinsame Zukunft ...«
»Bis der Tod uns scheidet. Davor dürfen wir nicht die Augen verschließen. Wir müssen beide Testamente aufsetzen und uns gegenseitig als Alleinerben einsetzen. Sobald die Straßen wieder befahrbar sind, werden wir zu meinem Rechtsanwalt nach Stoke fahren und die entsprechenden Dokumente unterzeichnen. Danach brauchen wir nie wieder darüber zu sprechen. Das wird dir ein größeres Gefühl der Sicherheit geben und dein Vertrauen zu mir stärken.«
»Ich habe größtes Vertrauen zu dir.«
»Ich bin beruhigt, das zu hören. Manchmal fürchte ich, deine Wächter könnten dich gegen mich beeinflussen. Damit meine ich deine wachsamen Treuhandverwalter.«
»Das bildest du dir ein, Joseph. Sie verwalten mein Vermögen nicht sorgsamer als vor meiner Ehe. Tante Margaret hat ihr Testament so abgefaßt, daß niemand vor meinem Tod in den Besitz des Erbes kommt – und dann erhalten es natürlich meine Erben. Das heißt, unsere Kinder, lieber Joseph – deswegen kann ich dir nicht mein gesamtes Vermögen testamentarisch vermachen.«
»Und falls wir keine Kinder haben?«
»Dann erbst du natürlich alles. Aber wir werden doch Kinder haben. Ich bin jung und gesund. Dr. Wotherspoon machte einmal vor meiner Heirat zu Mama die Bemerkung, daß er selten eine Frau

gesehen habe, die so dafür geschaffen sei, Kinder zu gebären.« Sie errötete. Agatha glaubte, dadurch anziehender zu wirken. Und es fiel ihr nicht schwer zu erröten, wenn die physische Seite ihrer Ehe angesprochen wurde, wozu natürlich Schwangerschaften gehörten. Da Joseph von Kindern gesprochen hatte, hielt sie das für einen verschleierten Hinweis darauf, daß er sie begehrte, und reagierte prompt darauf.

»Ich denke, wir sollten heute früh zu Bett gehen, lieber Joseph ...« In ihrer Stimme lag ein verführerischer Unterton.

»Tu das, meine Liebe. Ich werde dich nicht stören, außer du möchtest es.«

Agatha errötete wieder, in mädchenhafter Scheu, wie sie sich einbildete, trat hinter Josephs Stuhl, legte ihm die Arme auf die Schultern und drückte seinen Kopf an ihren üppigen Busen. Er blickte mit einem unergründlichen Gesichtsausdruck zu ihr auf, aber seine Worte vertrieben ihren Unmut.

»Ich werde die ganze Nacht bei dir bleiben, wenn du das wünscht.«

»O Joseph! Ich wünsche mir nichts sehnlicher ...«

In diesem Augenblick unterbrach Mrs. Walker die traute Atmosphäre.

»Master Martin möchte Euch sprechen, Sir.«

»Schickt ihn zum Teufel, Mrs. Walker. Sagt ihm, zu dieser späten Stunde empfangen wir keine Besucher.«

Aber Mrs. Walker zögerte.

»Verzeiht, Sir, aber ich glaube, Ihr solltet ihn empfangen. Er sieht sehr verstört aus. Ohne zwingenden Grund ist er bestimmt nicht so spät am Abend hierhergekommen.«

»In dem Fall wäre es wohl besser, er ginge nach Hause und ins Bett. Nach einem erholsamen Schlaf sieht man die Dinge unweigerlich in freundlicherem Licht.«

»Dieses Mal nicht«, sagte Martin von der Tür her. Er verneigte sich knapp vor Agatha und trat dann vor seinen Bruder. Martins Haar war zerzaust, seine Kleider mit Schmutz bedeckt, seine Hände verschmiert.

Mit einem Kopfnicken entließ Joseph die Haushälterin. Agatha rief entsetzt: »Du liebe Güte, Martin, wo hast du dich herumgetrieben?

Was hast du angestellt? Du bist ja entsetzlich schmutzig! Und deine Stiefel, sie ruinieren meinen Teppich!«

»Bitte entschuldige, Agatha. Gib nicht mir die Schuld an meinem Aussehen. Gib deinem Mann die Schuld daran.«

»Ich soll schuld daran sein?« wiederholte Joseph mit gespielter Überraschung. »Was kann ich dafür, wenn du dich im Dreck suhlst, denn das hast du scheinbar getan. Bist du etwa betrunken? Hat man dich aus dem *Red Lion* hinausgeworfen? Dann solltest du dich etwas säubern, ehe du deiner Mutter unter die Augen trittst ...«

»Du weißt verdammt genau, daß ich nicht betrunken bin. Du weißt, was ich getan habe, denn *du* bist dafür verantwortlich ...«

»Agatha, meine Liebe, verstehst du, was mein Bruder damit sagen will? Wie kann ich für seinen Zustand verantwortlich sein, da ich doch den ganzen Abend bei dir zu Hause war?«

»Wenn Martin sich etwas deutlicher ausdrücken würde«, sagte sie, »könnten wir vielleicht das Mißverständnis aufklären.«

Martin schenkte ihr keine Beachtung. Seine Augen waren starr auf Joseph geheftet, als er sagte: »Ich glaube dir gern, daß du den heutigen Abend hier verbracht hast, Bruder. Du wärst ein Narr, den Tatort noch einmal aufzusuchen. Bist du letzte Nacht von Medlar Croft aus direkt nach Cooperfield gefahren? Das nehme ich an, denn du wußtest, daß Jessica und Simon bei Mutter übernachten. Da hattest du freie Hand. Wie lange hast du gebraucht, um alles zu zerstören? Und glaubst du wirklich, du hättest damit auch meine Pläne und Hoffnungen zunichte gemacht? Oder hast du es nur zu deinem Vergnügen getan, so wie es dir immer gefallen hat, Dinge und Menschen zu zerstören? Was hast du mit Max vor, und wie gefiel es dir, als du entdecken mußtest, daß er sich deinem Zugriff entzogen hat? Gott sei Dank, konnte auch ich mich von deiner Tyrannei freimachen. Ich werde meine Töpferei Stein für Stein wiederaufbauen. Den Schutt und die zerbrochenen Tonwaren habe ich bereits weggeräumt. Wir drei waren den ganzen Tag damit beschäftigt. Und morgen beginne ich mit dem Wiederaufbau. *Du* kannst mich nicht daran hindern, der beste Töpfermeister von Staffordshire zu werden. Du hast alles zerstört, was ich besessen habe, bis auf den Brennofen – aber mich wirst du nicht zerstören.«

»Joseph! Wovon spricht er? Und Max – was sagt er über Max?«
»Ich wünschte, ich wüßte es, meine Liebe. Der Bursche ist verrückt. Ich werde ihn sofort nach Hause bringen ...«
Er versuchte Martin am Arm zu packen, der aber wich ihm aus und stieß dabei gegen einen kleinen Tisch. Verschiedene Gegenstände fielen zu Boden, darunter ein grüner Becher, der direkt vor seine Füße rollte. Martin hob ihn auf.
»Du hast ihn also mit nach Hause genommen, Joseph. Wer soll dieses Mal daraus trinken?«
»Der gehört mir!« rief Agatha. »Ich hoffe, er ist nicht beschädigt! Wie ungeschickt du doch bist, Martin! Der Becher gefällt mir zwar nicht besonders, aber er ist ein Geschenk von Joseph, und ich wäre sehr traurig, wenn er zerbrochen wäre.«
Martin sagte ruhig: »Trink nicht daraus, Agatha. In dieser Glasur ist Blei enthalten, wie in der Glasur, mit der das Geschirr meines Vaters überzogen war. Sie enthielt einen überproportionalen Anteil an Blei, und das könnte bei diesem Becher auch der Fall sein. Ich habe den Verdacht, daß mein Vater an Bleivergiftung gestorben ist. Über längere Zeit hinweg litt er unter Symptomen, die darauf hinweisen – Symptome wie Magenverstimmungen und Übelkeit mit Erbrechen. Es gibt sehr viele Anzeichen, die eine Bleivergiftung vermuten lassen, obwohl man noch nicht weiß, auf welche Art und Weise Blei in den Körper gelangen kann. Aber aus Gefäßen zu essen oder zu trinken, deren Glasur einen hohen Anteil an Blei aufweist, ist bestimmt eine Möglichkeit, dem Körper das Blei zuzuführen.«
Agatha stieß einen entsetzten Schrei aus. »Joseph, hast du gehört, was er sagt? Magenverstimmung, Übelkeit – *ich* leide unter diesen Symptomen!«
»Nur, weil du zuviel ißt, meine Liebe. Und Martins Geschwafel ist nichts weiter als dummes Zeug. Du brauchst keine Angst zu haben, denn in der Drayton-Keramikfabrik werden Bleiglasuren nicht benutzt.«
»Nicht im üblichen Sinne«, sagte Martin mit einem Blick in den Augen, der Joseph unmißverständlich an ihre Begegnung am frühen Morgen und die Tüte mit Bleiweiß erinnerte ... dieses Pulver, das man so leicht dem Essen oder einem Getränk beigeben konnte,

das so leicht zu verstecken war und nur bei Bedarf unauffällig hervorgeholt wurde und im Gegensatz zu Rotbleierz völlig farblos war.
Voller Verzweiflung und Abscheu verließ Martin Carrion-House.

Nachdem Martin gegangen war, schien sich die Atmosphäre im Raum verändert zu haben. Jetzt wirkte Agatha in sich gekehrt. Joseph bemühte sich, ihre Aufmerksamkeit zu gewinnen.
»Komm«, sagte er, »wir wollen endlich ins Bett gehen.«
»Noch nicht.« Sie wand sich aus seinem Arm, der auf ihrer Schulter lag, und entfernte sich von ihm.
»Möchtest du noch eine kleine Erfrischung, ehe wir nach oben gehen, meine Liebe? Etwas Schokolade vielleicht?«
»Nein ... nein, danke ...«
Sie hielt den Becher in der Hand. Er nahm ihn ihr weg.
»Wie ich sehe, hat mein Bruder dich ganz grundlos beunruhigt. Er hat eine Menge haarsträubenden Unsinn geredet. Bleivergiftung, in der Tat! Als ob eine Glasur etwas Derartiges bewirken könnte! Wem vertraust du – deinem Mann oder einem verstörten Jungen mit Hirngespinsten?« Als seine Frau nicht antwortete, beschloß Joseph, die Angelegenheit auf die leichte Schulter zu nehmen. »Ich werde diesen Becher wegwerfen, dann hast du keinen Anlaß mehr, deinem liebenden Gatten mörderische Absichten zu unterstellen.«
Seine scherzhafte Bemerkung prallte an ihr ab. Ungeduldig fragte er, was sie sonst noch beunruhige.
»Die Anschuldigungen, die er gegen dich erhoben hat – daß du seine Werkstatt zerstört hast ... Ich wußte nicht, daß er eine hatte ...«
»Glaubst du denn wirklich, daß ein vielbeschäftigter Mann wie ich, der ein florierendes Unternehmen leitet, Zeit dafür hätte, anderer Leute Eigentum zu zerstören?«
»Aber du bist vergangene Nacht noch einmal ausgegangen, nicht wahr? Obwohl du mir gesagt hattest, du hättest Schreibarbeiten zu erledigen.«
»Ja, ich war in Medlar Croft. Martin hat es doch erwähnt. Nachdem ich eine Weile in meinem Arbeitszimmer war, beschloß ich nachzusehen, ob Mutter gut nach Hause gekommen ist. Sonst bin ich nirgends gewesen.«

»Aber was hat er damit gemeint, als er sagte, Max hätte sich ›deinem Zugriff entzogen‹ ... und daß du etwas mit ihm vorhattest ...?«
»Das ist mir ebenfalls ein Rätsel, obwohl ich nicht viel darauf gebe, denn Martin hatte immer etwas gegen Max' Anwesenheit in der Töpferei einzuwenden. Er wollte wohl nur Unfrieden stiften. Und was meine Absichten bezüglich Max betrifft – es ging mir stets nur darum, ihn am geschäftlichen Erfolg von Drayton teilhaben zu lassen. Das dürfte doch wohl auch in deinem Interesse liegen, meine Liebe. Mehr habe ich dazu nicht zu sagen. Können wir jetzt zu Bett gehen?«
»Gleich«, sagte sie noch immer voller Unbehagen, ging zum Kamin und wärmte sich am Feuer, obwohl der Raum überhitzt war.
Voller Ungeduld begann Joseph die Kerzen auszublasen.
»Warum tust du das?« rief Agatha.
»Weil wir uns zurückziehen wollen, warum sonst?«
»Das ist Sache der Dienstboten ...«
»Und ich, meine Liebe, bin dein untergebener Diener.« Er nahm einen Armleuchter und streckte ihr die Hand hin. »Komm, meine Liebe. Ich werde ungeduldig.«
Aber Agatha zauderte noch immer, sah sich unbehaglich im Raum um. »Ich hasse Kerzenlicht«, murmelte sie. »Die flackernden Flammen werfen so gespenstische Schatten.« Dann fügte sie unvermittelt hinzu: »Aber das ist ein Haus der Schatten, nicht wahr? Ich habe Gerüchte darüber gehört ... Legenden ... unheimliche Geschichten ...« Ein Frösteln überlief sie. »Sind sie wahr, Joseph? Und stimmt es, daß die Geschichte sich immer wiederholt, wie die Leute sagen?«

30

Die Nachricht von Martin Draytons Trennung vom Familienunternehmen verbreitete sich am nächsten Tag wie ein Lauffeuer in Burslem. Auch Frank Tinsley hörte sie im *Red Lion*. Ein Händler hatte sie von einem der Arbeiter in der Töpferei erfahren, als er dort Ware abholte. Frank kannte ihn von früher, denn Zach Dobson reiste regelmäßig von Liverpool nach Burslem, holte Tonwaren, die er dann auf den Märkten der Dörfer und Städte verkaufte. Jedesmal, wenn er nach Burslem kam, kehrte Zach im *Red Lion* ein und war dort unerwartet Frank Tinsley begegnet, dessen Mutter er gut gekannt hatte – wie gut, wollte Frank nicht wissen.

Meg bestätigte das Gerücht, als Frank sie abends wie gewohnt am Fabriktor abholte. Das plötzlich einsetzende Tauwetter rückte Franks Abreise in greifbare Nähe. Wiederholt hatte er sie bedrängt, mit ihm zu kommen. »Sobald der Schnee schmilzt, hält mich nichts mehr in Burslem. Wenn du nicht mitkommst, gehe ich allein.«

Sie hatte ihn angefleht, noch eine Weile zu warten. »Es dauert nicht mehr lange. Ich weiß es!« Aber was sie in Burslem zurückhielt, verschwieg sie ihm nach wie vor.

»Auch ich kann eigensinnig sein, Meg. Entweder du kommst mit, oder ich gehe allein. Es liegt bei dir. Ich kann nicht länger auf dich warten, zumindest nicht in Burslem. Aber ich habe mir etwas überlegt. Es gibt da einen Händler namens Zach Dobson, der regelmäßig zwischen Liverpool und den Töpfereien hier hin- und herreist. Wenn du bereit bist, Burslem zu verlassen, wird er dich zur Seemanns-Mission in Liverpool bringen. Ich habe einen Preis mit ihm ausgehandelt und bezahle ihn, ehe ich gehe. Wenn ich an Land bin, wohne ich in der Mission, und dort kannst du mich dann finden. Ich gebe dir zwei Monate, keinen Tag länger. Wenn du bis dahin nicht kommst, heure ich wieder auf einem Schiff an.«

»Und diesen Zach Dobson – wo kann ich ihn finden?«

»Meine Tante wird dich mit ihm in Verbindung bringen.«

»Nicht Martha Tinsley! Sie wird *mir* keinen Gefallen erweisen.«

»Sie tut, was ich ihr sage. Für ihren geliebten Frankie tut sie alles. Sie wird dafür sorgen, daß Zach Dobson dich nach Liverpool bringt, sonst sieht sie mich nie wieder. Zach kommt jede Woche nach Burslem, meistens am Freitag oder Samstag, und reist am Montagmorgen wieder ab. Er übernachtet hier im *Red Lion*, und seine Adresse in Liverpool kenne ich, also wird er nicht wagen, mich zu hintergehen.«

»Mit einem Händler zu reisen gefällt mir nicht sehr, Frank.«

»Bei ihm bist du in guten Händen. Zach Dobson wird sich wie ein Vater um dich kümmern. Keinem anderen würde ich dich anvertrauen. Wenn es soweit ist, mußt du am Hiring Cross, nördlich von Burslem, auf ihn warten.«

»An einem Montag.«

»Ja. In Liverpool wartest du in der Mission auf mich.«

»Kann ich nicht zu den Docks kommen, Frank?«

»Nein, das ist kein Ort für Frauen. Versprich mir, daß du in der Mission bleibst, bis ich komme.«

»Ich verspreche es, Frank. Aber ich wünschte, du würdest nicht gehen ...«

»Ich muß es tun, sonst hältst du mich hier in Burslem fest. Und ich bin kein Mann, der sich dem Willen einer Frau beugt, sosehr ich dich auch liebe.«

»Ich weiß, daß du dich hier nicht wohl fühlst. Ich würde dich nie um etwas bitten, was dir nicht gefällt, Frank.«

»Dann beweise es mir. Komm jetzt mit, oder folge mir später. Entscheide dich.«

»Ich werde dir folgen, Frank. Vertrau mir. Glaube mir. Ich komme nach Liverpool. Du kannst Zach Dobson sagen, daß er mich mitnehmen soll.«

Die Nachricht über die Zerstörung von Martins Werkstatt in Cooperfield war das zweite Ereignis, über das sich die Einwohner von Burslem und insbesondere die Arbeiter der Drayton-Keramikfabrik empörten.

Meg erfuhr davon, kurz nachdem sie am Morgen zur Arbeit gekommen war. Die wildesten Spekulationen über den Übeltäter kursierten unter den Arbeitern, und die Wut über Martins Entlassung schürte noch den Zorn der Leute. Jeder wußte, daß der Töpfermeister zu allem fähig war, wenn er in Rage geriet. Er wurde gefürchtet und gehaßt, und obwohl die Arbeiter machtlos waren, konnten Ungerechtigkeit oder Grausamkeit gegen einen der ihren den Groll in bedrohliche Auflehnung umschlagen lassen.

Fünf Jahre lang war der junge Drayton ein Arbeiter wie sie gewesen, wurde von allen gemocht und respektiert. Seine Entlassung und die vorsätzliche Zerstörung seiner Werkstatt ließen keinen Zweifel an der Identität des Übeltäters. Martins triumphaler Erfolg in Ashburton war die Ursache für die Entlassung aus dem Familienunternehmen gewesen. In knapp zwei Wochen hätte er seinen rechtmäßigen Platz in der Leitung der Drayton-Keramikfabrik einnehmen sollen, und Martin war darum betrogen worden.

Viele waren der Meinung, daß der Töpfermeister Martin bewußt unterdrückt hatte, um ihm die Qualifikation zum Meister zu verwehren. Und jetzt war *das* geschehen – alles, was er besaß, war ihm zerstört worden, noch ehe er mit seiner eigenen Werkstatt ein neues Leben aufbauen konnte. Diese böswillige Zerstörung war wie ein Dolchstoß in den Rücken, und jemand sollte Vergeltung dafür üben. Aber über die verbale Empörung hinaus konnte niemand etwas unternehmen, denn es gab keine Beweise. Der einzige konkrete Hinweis kam von Martha Tinsley, die in jener Nacht auf ihrem Heimweg von einer Niederkunft am ehemaligen Stellmacher-Cottage vorbeigekommen war und Krachen und Splittern gehört hatte. »Der Lärm kam aus einem der Nebengebäude«, hatte sie später erzählt und hinzugefügt, daß sie sich gewundert hatte, daß Simon Kendall vor Morgengrauen Feuerholz machte. Das schien ihr die einzige Erklärung zu sein. Aber dann hatte sie ein Pferd gesehen, das angebunden im Schatten der Bäume stand. Soweit sie in der Dunkelheit erkennen konnte, war es ein schönes Reitpferd gewesen. Hinter den Fenstern des Gebäudes, aus dem der Lärm kam, hatte ein schwaches Licht geflackert.

Dann waren mit einem fürchterlichen Getöse Glas und andere Gegenstände zu Bruch gegangen, und sie war aus Schreck vor dem fürchterlichen Lärm davongelaufen. Später, als sie erfuhr, daß die Kendalls nicht zu Hause gewesen waren, bedauerte sie es, nicht nachgesehen zu haben, welcher Vandale in sinnloser Zerstörungswut am Werk gewesen war.

Den einzigen Hinweis auf den Täter lieferte das Reitpferd. Keinem Landstreicher gehörte ein derart edles Tier – außer er hatte es gestohlen. Einem Besucher der Kendalls konnte es auch nicht gehören, denn dann wäre es im Stall untergebracht worden. Und außerdem waren sie nicht zu Hause gewesen, denn hinter keinem Fenster brannte Licht. Ihr war nur aufgefallen, daß das Pferd einen hellen Fleck auf einem Vorderbein hatte.

Ehe der Töpfermeister dazu übergegangen war, in einer prächtigen Kutsche zur Arbeit zu fahren, hatte er ein Pferd namens »Scheckie« geritten, denn es hatte genau an der von Ma Tinsley beschriebenen Stelle einen hellen Fleck. Jeder erriet die Identität des Übeltäters, doch niemand wagte es, seinen Namen auszusprechen. Aber unterschwellig brodelte der Zorn, und manches Stoßgebet wurde zum Himmel geschickt, daß dem Missetäter die gerechte Strafe widerfahren möge. Ein Gebet, dem sich Meg aus vollem Herzen anschloß.
Als der Töpfermeister daher ein paar Wochen später Meg zu sich kommen ließ, fiel es ihr schwer, wenigstens die Höflichkeit zu wahren. Am liebsten hätte sie ihm ins Gesicht gespuckt. Aber dieser Versuchung nachzugeben war zu gefährlich und konnte ihre Pläne zunichte machen.
Meg war von Natur aus ein ungeduldiges Wesen, und einen geeigneten Zeitpunkt für ihre Rache abzuwarten ging schier über ihre Kräfte, zumal alles sie dazu drängte, Frank nach Liverpool zu folgen. Vor vier Wochen hatte sie Abschied von ihm genommen. Die Erinnerung an ihn und die Sehnsucht nach ihm quälten sie Tag und Nacht. Ohne ihn war ihr Leben leer, und die Trennung von ihm kam ihr stündlich unerträglicher vor. Entweder mußte sie eine günstige Gelegenheit für ihre Rache herbeiführen oder den Gedanken daran aufgeben. Aber Vergeltung für das Leid zu üben, das ihre Mutter hatte erdulden müssen, betrachtete sie als ihre Pflicht. Ihre persönlichen Gefühle durften sie nicht davon abhalten, der Gerechtigkeit Genüge zu tun.
Die Tür zu Joseph Draytons neuem Büro fiel hinter ihr ins Schloß. Automatisch sagte sie: »Ihr habt nach mir geschickt, Sir.«
»Ja, Meg. Ich möchte von dir hören, welcher Klatsch in den Werkstätten erzählt wird.«
»Klatsch? Ich weiß nichts von Klatsch. Außerdem gebe ich nichts darauf.«
»Du wirst mir alles erzählen, was du hörst.«
»Warum, Sir?«
»Ich spüre Auflehnung unter den Arbeitern. Ich möchte die Ursache für ihr Verhalten wissen.«
»*Mir* wird man nichts erzählen, Sir.«

»Du arbeitest mit ihnen. Du kennst jeden. Du hörst, was sie reden ...«
»Ich weiß nur, was sie über Master Martin sagen, Sir.«
Er sah sie durchdringend an.
»Und was wird erzählt?«
»Die Leute können noch immer nicht verstehen, warum er so plötzlich entlassen wurde – obwohl es eigentlich niemanden überraschte ...«
»Und warum nicht?«
Der Ausdruck in seinen Augen warnte Meg vor weiteren unbesonnenen Worten, deshalb sagte sie ausweichend: »Wegen Sir Nevilles Lob, Sir. Wie es scheint, hat Master Martins Skulptur von der *Red Empress* mächtig Eindruck gemacht, und die Leute glauben, daß er deswegen eine eigene Werkstatt haben wollte.«
Ihr war bewußt, daß er diese Lüge nur akzeptierte, weil sie ihn von aller Schuld freisprach.
»Und was hast du sonst noch gehört, Meg?«
»Nichts, Sir. Worüber könnte sonst noch geklatscht werden?«
Als er ihr nicht antwortete und nur mit finsterer Miene auf seinen neuen Schreibtisch starrte, bemerkte Meg, daß er blasser als sonst aussah. Das beeinträchtigte zwar sein gutes Aussehen in keiner Weise, aber dafür war Meg nicht empfänglich. Sie haßte seine fein geschnittenen Gesichtszüge, den vollippigen Mund, der sie allzuoft geküßt hatte, und den muskulösen Körper, der sich ihres Körpers nur zur Befriedigung bedient hatte, als wäre sie ein billiges Spielzeug, das man nach Belieben benutzen und dann wegwerfen konnte. Sie haßte seine Hände, weil sie sie berührt hatten, seinen hochmütigen Gesichtsausdruck – der seine Verachtung für die Menschen, insbesondere für Menschen wie sie, zeigte. Sie haßte alles an ihm, und bald, Gott helfe ihr, würde der Augenblick kommen, wo er ihren Haß zu spüren bekommen würde.
Bis dahin mußte sie ihr Geduldsspiel weiterspielen.
»War das alles, Meister?«
»Nein, Meg. Du wirst mir in Zukunft Bericht über alles erstatten, was in den Werkstätten vor sich geht. Du wirst mir jeden Unruhestifter namentlich nennen.«

»Danach solltet Ihr wohl besser Master Freeman fragen, meint Ihr nicht, Sir? Er hat Übung im Spionieren.«
Er zuckte leicht zusammen. Sie merkte es mit Befriedigung. Jeder Stachel, der seine eitle Selbstgefälligkeit durchdrang, war ein kleiner Triumph für sie.
»Master Freeman arbeitet nicht länger für die Draytons.«
Megs hübsches Gesicht zeigte nur Überraschung.
»Er auch nicht mehr, Sir?«
Dieses Mal war sie zu weit gegangen. Aber zu ihrem Erstaunen unterdrückte er seinen Ärger und schickte sie nicht an die Arbeit zurück. Statt dessen starrte er sie auf die gewohnte Weise an – zog sie förmlich mit seinen Blicken aus. Das schürte ihre Wut. Frank hatte sie weder auf diese Weise angesehen noch von ihr verlangt, daß sie sich ihm hingab. *Erst wenn wir verheiratet sind, denn ich liebe dich, Meg ...* Und er hatte Wort gehalten. Sogar an ihrem letzten gemeinsamen Abend hatte er sie nicht bedrängt. Er hatte sich verabschiedet, ehe sein Verlangen nach ihr ihn überwältigen konnte. Das war Liebe, das war Achtung, aber davon verstand der Töpfermeister nichts. Und wenn sie dann endlich Franks Bett teilte, würde ihre Liebe um so schöner sein.
Frank hatte noch auf eine andere Weise seine Liebe zu ihr unter Beweis gestellt. Er war um ihre Sicherheit besorgt. »Wenn ich fort bin«, hatte er gesagt, »möchte ich nicht, daß du ohne Schutz durch diese düsteren Gassen gehst. Du brauchst eine Waffe, mit der du dich verteidigen kannst, womit du einen Angreifer wenigstens erschrecken kannst ...« Suchend hatte er sich nach einer geeigneten Waffe umgesehen, die sie leicht in ihrem Rock verstecken konnte, und schließlich das polynesische Messer vom Küchentisch genommen. Sie hatte ihm schwören müssen, es stets bei sich zu tragen – trotz ihres Protestes, daß ihr in Burslem, wo sie jeden und jeder sie kannte, keine Gefahr drohte.
Um Joseph Draytons begehrlichem Blick auszuweichen, sah sich Meg in dem großartigen Raum um. Der Salon in seinem Herrenhaus sah bestimmt ähnlich aus, dachte sie und überlegte, wie viele Monatslöhne aller Arbeiter der Drayton-Keramikfabrik die Einrichtung wohl gekostet haben mochte. »Wenn die Töpferei mir gehören

würde«, hatte Master Martin ihr einmal anvertraut, als sie heimlich gemeinsam das Büro bewundert hatten, »würde ich hier einen Ausstellungsraum für die schönsten Produkte der Drayton-Töpferei einrichten.«

Eine Bewegung auf der anderen Seite des Schreibtisches riß sie in die Gegenwart zurück. Der Töpfermeister war aufgestanden und kam auf sie zu. Seine Annäherung empfand sie abscheulicher als je zuvor, aber sie mußte durchhalten. Als seine langen Finger ihr Gesicht streichelten, unterdrückte sie den spontanen Impuls zu fliehen.

Es war ihre Entscheidung gewesen, hierzubleiben, anstatt mit Frank nach Liverpool zu gehen. Sie klammerte sich an den Glauben, daß es die richtige Entscheidung gewesen war. Es galt, eine Rechnung zu begleichen, Grausamkeiten zu rächen und Vergeltung zu üben.

Joseph Draytons Stimme, heiser vor Begierde, murmelte: »Ich habe dich vermißt, Meg. Du mußt zu mir zurückkommen.«

»Wie kann ich das, Sir – jetzt – da Ihr eine Frau habt?«

»Ich werde es arrangieren. Sie wird nichts davon erfahren.« Seine Stimme wurde leidenschaftlicher, seine Hand kühner. Er ließ sie in ihren Ausschnitt gleiten und umfaßte mit den Fingern ihre Brust. Sie fühlte sein Verlangen, spürte das Zittern der Hand und das fordernde Drängen, aber in ihr war nur eiskalter Haß. Diese Hand hatte ihr nicht das Geld für die Medizin gegeben, die ihrer kranken Mutter Linderung verschafft hätte. Dieser Mann hatte ihren Tod beschleunigt. Deswegen würde sie diesen Mann ebenso leiden lassen.

»Ich sehe keinen Weg, Sir. Ich kann nicht mehr wie früher in Euer Haus kommen.«

»Ich habe im Park ein Gartenhaus errichten lassen.«

»War das Euer Einfall oder der Eurer Frau?«

Er mußte lächeln. »Kluges Mädchen – wie hast du das erraten? Natürlich war es meine Idee. Aber es ist mehr als das – es ist eine Notwendigkeit. Ich hatte Vorkehrungen für unser Zusammensein zu treffen. Das Gartenhaus ist ideal dafür. Der Pfad vom Seitengang führt direkt hin ...«

»Der ist mir ja bereits vertraut«, antwortete sie keck. Wieder lächelte er, erfreut über ihre scheinbare Gefügigkeit. Sie hatte ihm immer Vergnügen bereitet und würde es wieder tun. Er hatte es die ganze Zeit gewußt.

Sie erriet seine Gedanken, verbarg aber die eigenen.

»Und wann wollt Ihr, daß ich komme, Meister?«

»Bald. Ich habe lange genug gewartet. Zu lange. Aber das Gartenhaus mußte erst fertiggestellt werden, und ...«

»... kurz nach Eurer Hochzeit wäre es unschicklich – ist das das passende Wort? – gewesen, nicht wahr, Sir?«

In seinen Augen flackerte Argwohn auf. Es entging ihr nicht. Verspottete sie ihn etwa? War sie anmaßend? Dreist?

Sofort lächelte sie ihn sanftmütig an, und sein Argwohn verflog.

»*Sehr* bald«, wiederholte er. »Heute abend.«

»Nicht heute abend, Sir.«

Das ärgerte ihn.

»Warum nicht? Erwartet dich ein anderer Mann? Wie ich höre, treibst du dich mit dem Schankkellner vom *Red Lion* herum.«

Ihm entging, wie Meg hinter ihrem Rücken die Fäuste ballte.

»Ihr täuscht Euch, Sir. Wegen des Schankkellners, meine ich.« Es gelang ihr nicht ganz, ihre Stimme so sanft wie vorher klingen zu lassen. Mit einer geschmeidigen Bewegung schüttelte sie seine tastende Hand ab. Innerlich flehte sie Frank um Vergebung, daß sie ihn verleugnet hatte, beschwor ihn, ihr zu glauben, daß sie ihn nicht betrügen würde.

»Nicht heute abend, Sir«, sagte sie wieder.

»Du bist grausam, Meg! Ich vergehe vor Sehnsucht nach dir, und du hältst mich hin! Du kommst, wann ich es sage, und ich will nicht länger warten.«

Meg zierte sich noch eine Weile und schlug dann vor: »Wie wär's mit Sonntag – so wie früher? Da Ihr jetzt verheiratet seid, kann ich natürlich nicht während des Tages kommen. Es würde der Lady nicht gefallen, eine Dirne in ihren Garten schleichen zu sehen. Kann man den Pavillon vom Haus aus sehen?«

»Nein, aber du kommst trotzdem besser in der Dunkelheit. Wenn du eine Laterne mitbringst, lösche das Licht, ehe du den Garten betrittst, sonst kann man den Schein vielleicht sehen.«

»Seid ganz unbesorgt, Sir. Ich kann im Dunkeln sehen wie eine Katze.«
Wieder streichelte er sie gierig. Er ist ausgehungert wie ein Tier, das wochenlang keine Nahrung bekommen hat, dachte sie angeekelt, obwohl er jederzeit seine Lust an seiner Frau befriedigen konnte. Mühsam verbarg sie ihren Abscheu.
»Dann bis Sonntag abend, Meg. Komm erst gegen Mitternacht, wenn die Dienstboten schlafen.«
Er gab ihr einen verabschiedenden Klaps auf die Wange und sah sie erstaunt an, als sie keine Anstalten machte zu gehen.
»Das war's, Meg. Du kannst gehen.«
»Erst wenn alles geregelt ist, Sir. Ihr habt etwas vergessen.«
»Und was, wenn ich fragen darf?«
»Das Geld.«
»Du kriegst genauso viel wie früher.«
»Nicht dieses Mal, Sir. Oder ich komme nicht.«
Joseph hatte sich bereits wieder an den Schreibtisch gesetzt. Jetzt lehnte er sich im Sessel zurück und starrte sie mit einem Ausdruck der Überraschung und Belustigung an.
»Versuchst du mir etwa deinen Preis zu diktieren, unverschämte Dirne?«
»Meinen Preis, Meister, oder ich komme nicht.«
Er lachte laut.
»Und was ist dein Preis? Was hast du bisher bekommen? Einen Shilling, nicht wahr? Nun gut, ich gebe dir zwei.«
»Keine zwei Shillinge, Sir. Zwei Guineen, oder ich breche mein Versprechen, das ich Euch vor langer Zeit gegeben habe – daß ich meinen Mund halten würde. Ma Tinsley möchte sicher gern wissen, wer ihr das Geld versprochen und dann nicht bezahlt hat. Es wäre der Klatsch des Tages im *Red Lion*. Und ich möchte das Geld, ehe ich zu Euch komme – nur für den Fall, daß Ihr ein zweites Mal Euer Versprechen nicht haltet. Dann habt Ihr ein reines Gewissen, nicht wahr? Hat es Euch nicht sehr bedrückt, die arme Seele betrogen zu haben? Natürlich kenne ich nicht den Namen der Lady, die ›Hilfe‹ brauchte, aber ich kann Martha verraten, wer mir die zwei Goldguineen versprach.«

»Du erpresserische Schlampe!«
»Große Worte, Sir! Aber ich will das Geld nicht für mich. Es gehört der alten Frau, obwohl sie mich schändlich behandelt hat. Mir braucht Ihr keinen Penny zu geben. Das ist doch ein fairer Handel, oder? Ihr hattet immer Euren Spaß mit mir und werdet ihn wieder haben, Meister. Was wollt Ihr mehr? Ihr könnt mich umsonst haben. Ein so gutes Angebot werdet Ihr doch nicht ausschlagen, oder?«
Er tat es nicht. Er konnte es nicht. Zu lange hatte er gewartet, sich nach ihr verzehrt, während er mit Abscheu seine ehelichen Pflichten erfüllt und dabei an Meg gedacht hatte ... Sollte er sich jetzt wegen zwei Guineen die einzige Freude seines Leben verwehren?
»Wann willst du das Geld haben, Meg?«
»Jetzt, Sir.«
Sie sah ihm zu, wie er die glänzenden Goldmünzen auf den Schreibtisch legte. Mit angehaltenem Atem nahm sie sie. Noch nie zuvor in ihrem Leben hatte sie so viel Geld in den Händen gehabt, und es würde wohl nie wieder geschehen. Sie genoß den Augenblick. Und sie freute sich auf den Moment, wo sie die Münzen Martha Tinsley vor die Füße schleudern konnte. Danach würde sie die alte Hexe nie wiedersehen.
Ihre Geduld war auf eine harte Probe gestellt worden, während sie warten mußte, daß Joseph Draytons Leidenschaft zu ihr wieder aufflammte und seine Begierde ihn für ihre Forderung gefügig machen würde. Und Frank würde nie erfahren, was für ein Vermögen sie seiner Tante hatte zukommen lassen, ehe sie Burslem verließ.
»Bis Sonntag, Meg. Vergiß es nicht. Ich warte auf dich.«
»Ich werde es nicht vergessen, Sir. Ich verspreche es. Und *ich* halte meine Versprechen.«

31

Ob es der Rückschlag in Martins Karriere oder eine böse Vorahnung war, die Jessica Angst vor weiteren Schicksalsschlägen einflößte, konnte sie nicht sagen. Sie wußte nur, daß ihr Glück unlösbar mit dem Leben von zwei Menschen verbunden war – ihrem Mann und ihrem jüngeren Bruder. Und falls einem von beiden ein Unglück zustoßen sollte, würde auch ihr Glück, das sie auf so wunderbare Weise gefunden hatte, daran zerbrechen. Diese beiden Männer standen ihr näher als irgend jemand sonst auf der Welt. Für ihre Mutter empfand sie ein Gefühl warmer Zuneigung, aber sie hatte sich ihr nie so nahe gefühlt wie ihrem Vater. Und jetzt war Simon der wichtigste Mensch in ihrem Leben. Gleich danach kam Martin. Josephs brutales Verhalten dem Jungen gegenüber steigerte ihre Angst. Falls, wie der Aberglaube sagte, Unglücksfälle immer in einer Dreierserie kamen – der erste Schicksalsschlag war Martins Entlassung aus dem Familienunternehmen gewesen, der zweite die Zerstörung seiner Werkstatt, dann konnte der dritte nur Simon gelten, denn Martin war so am Boden zerstört, daß es mit ihm nur noch aufwärts gehen konnte.

Jessica neigte keineswegs zu Wahnvorstellungen, und obwohl ihre Angst, Simon könnte etwas zustoßen, völlig unbegründet schien, wurde sie von bösen Vorahnungen gequält. Das Kanalprojekt, das die Flüsse Trent, Mersey und Severn verbinden sollte, lag dem Parlament zur Begutachtung vor. Alles sprach dafür, daß die Baugenehmigung erteilt werden würde. Sir Neville Armstrong, der Anteile im Wert von 10000 Pfund gezeichnet hatte und damit ein entscheidendes Wort bei der Ernennung des Generalinspektors einlegen konnte, war fest davon überzeugt, daß dieser Posten Simon übertragen werden würde.

In der Zwischenzeit konnten sie nichts anderes tun als zu warten, und vielleicht zerrte dieses Warten an ihren Nerven. Die Ungewißheit hatte auch Simon verändert. Oft starrte er geistesabwesend vor sich hin, war weniger unterhaltsam als früher und lag nachts viele Stunden völlig reglos neben ihr, um sie nicht zu stören, wenn seine Sorgen ihn nicht schlafen ließen.

Manchmal stand er noch vor Morgengrauen auf und ging hinunter. Als sie ihm beunruhigt kurz darauf folgte, saß er bereits über Plänen und Landkarten. An einem anderen Tag wieder konnte sie ihn nirgends im Haus finden, und als sie voller Angst nach draußen gelaufen war, fand sie ihn in seiner Werkstatt am Zeichenbrett. Er steckte voller Pläne für neue Projekte – Straßenbaupläne, Transportwege oder Maßnahmen gegen die Luftverschmutzung. Er war der geborene Pionier, mit dem Ehrgeiz ausgestattet, Neuland zu erforschen.

Sie hatte ihm keine Fragen gestellt. Neben ihm lag ein Stoß Pläne, mit seiner peinlich sauberen Schrift und Zahlen bedeckt. Vielleicht waren das Entwürfe für ein völlig neues Projekt. Oder überarbeitete er die Pläne für das Kanalsystem, auf dessen Genehmigung er mit Ungeduld und sie mit Besorgnis wartete?

»Kannst du die ganze Sache nicht eine Weile ruhen lassen, bis die Entscheidung im Parlament gefallen ist?« hatte Jessica gesagt.

Seine Antwort war nur ein sanftes Lächeln gewesen. Er hatte sie geküßt, ins Bett gebracht und mit seiner Liebe ihre Sorgen vertrieben.

In dieser Zeit wachte sie auch manchmal in Angstschweiß gebadet auf, und jedesmal war ihr Roger Acland im Traum erschienen, wie er damals in Ashburton seine Drohung ausgesprochen hatte: *Seid verdammt, alle beide ... dafür werdet ihr büßen ...* Selbst wenn sie nicht von ihm träumte, verfolgten sie diese Worte, und sie sah sein haßerfülltes Gesicht vor sich.

Einmal war sie mit einem Schrei aufgewacht, da hatte Simon sie in die Arme genommen.

»Ich habe Angst ... Angst ...«

»Wovor, Liebling? Es war nur ein Alptraum. Du bist in Sicherheit, hier bei mir. Niemand kann dir etwas antun.«

»Ich habe Angst um *dich* ...«

»Beruhige dich. Wir brauchen keine Angst zu haben. Wir haben einander, und nichts kann uns geschehen.«

Sie verschwieg ihm ihre Befürchtungen und erzählte ihm auch nichts von Aclands Drohung. Der Mann war aus ihrem Leben verschwunden. Er konnte ihnen nichts mehr anhaben. Aber der

Traum verfolgte sie tagelang, und um sich zu zerstreuen, suchte sie Beschäftigung im Haushalt. Bei dieser Gelegenheit entdeckte sie die Wiege, die Simon gezimmert hatte und die er nach der Fehlgeburt in einem Schrank versteckt hatte, damit ihr Anblick nicht traurige Erinnerungen in ihr weckte.

Jessica nahm sie hervor, staubte sie ab, polierte sie und brachte es nicht übers Herz, sie wieder in ihr dunkles Versteck zurückzustellen. Sie trug sie nach oben in das Zimmer, das sie früher allein bewohnt hatte. Die Wiege schien den Raum mit Leben zu erfüllen oder dem Versprechen auf ein zukünftiges Leben. Sie beschloß, Simon nichts davon zu sagen. Er sollte die Wiege selbst entdecken und erkennen, wie groß ihr Wunsch war, endlich Gebrauch von ihr machen zu können.

Sie verdrängte die Gedanken und ging zu Martins Werkstatt hinüber. Es überraschte sie nicht, Amelia bei ihm anzutreffen, denn seit der Katastrophe war sie jeden Tag gekommen, hatte ihre feinen Kleider unter einer Schürze versteckt und auf eine Weise gearbeitet, die ihre eleganten Freundinnen wohl in maßloses Erstaunen versetzt hätte. Sie putzte, kehrte und verrichtete alle Arbeiten mit eiserner Entschlossenheit.

Amelia war sofort nach Cooperfield geritten, nachdem sie von ihrem Bruder erfahren hatte, was mit Martins Werkstatt passiert war. Sie war Max in der Halle von Tremain Hall begegnet, zu einer Stunde, wo er eigentlich in der Drayton-Keramikfabrik hätte sein sollen.

»Warum kommst du so früh nach Hause?« hatte sie gefragt.

Achselzuckend hatte er geantwortet: »Ich komme und gehe, wann es mir paßt. Der Töpfermeister hat mir ab sofort nichts mehr zu befehlen. Ich habe ihm einen Strich durch die Rechnung gemacht. Und was er sich jetzt geleistet hat, wird ihm auch keinen Nutzen bringen.« Mit unverhohlener Schadenfreude hatte Max ihr die Geschichte erzählt und ihr Entsetzen gar nicht bemerkt.

»Er glaubt wohl, niemand errät, wer der Übeltäter gewesen ist, aber sein Name ist in aller Munde. Die Leute können zwei und zwei zusammenzählen, vor allem seine Arbeiter. Ihr Haß auf ihn ist ebenso groß wie meiner. *Mir* kann der liebe Joseph nichts mehr vormachen. Ich habe seinen wahren Charakter kennengelernt.«

»Aber was ist mit Martin? Hast du denn kein Mitleid mit ihm?«

»Er wird darüber hinwegkommen. Er muß neu anfangen. Ihm bleibt keine andere Wahl.«

Verärgert über seine Gleichgültigkeit, hatte sie ihn einfach stehenlassen und war nach Cooperfield geritten. Max war unwichtig, nur Martin zählte. Vor seiner Werkstatt war sie vom Pferd gesprungen, zu ihm gelaufen und hatte ihm die Arme um den Hals geworfen. »Wage nicht, mich wegzuschicken! Wage nicht zu sagen, ich könnte dir nicht helfen. Ich kann ebenso hart wie andere arbeiten, und ich werde es dir beweisen.«

Und das hatte sie getan. Wenn Jessica die beiden in der Werkstatt beobachtete, wußte sie, daß Amelia und Martin einander näher waren als je zuvor und daß sie ein tiefes Gefühl der Freundschaft und Zuneigung verband.

Nachdem Martin den anfänglichen Schock überwunden hatte, erwähnte er den Vorfall nie wieder. Entschlossen hatte er sich an den Wiederaufbau der Werkstatt gemacht und steckte jeden Penny, den er gespart hatte, in seine kleine Töpferei.

Amelias Unterstützung bedeutete ihm viel. Jeden Morgen wartete er ungeduldig auf ihre Ankunft, und sie enttäuschte ihn nie. Vor ihren Eltern machte sie kein Geheimnis aus ihrer Tätigkeit, und obwohl ihre Mutter zunächst entsetzt ausgerufen hatte: »Mein liebes Kind, hast du bedacht, wie diese Arbeiten deine Hände ruinieren?«, hatte ihr Vater nur zustimmend genickt. »Arbeit schadet niemandem«, hatte er zu seiner Frau gesagt, »nicht einmal einer verwöhnten jungen Dame, die sie offensichtlich nicht sein will.« Also hatte Amelia ihren Willen durchgesetzt.

Amelia wollte gerade gehen, als Jessica in die Werkstatt trat. »Ich muß meine Eltern bei Laune halten«, hatte sie erklärt. »Vor allem jetzt, wo Max das Weite gesucht hat.«

Als sie Jessicas überraschten Gesichtsausdruck sah, fügte sie hinzu: »Er will eine ausgedehnte Reise ins Ausland unternehmen, hat er – nein, Phoebe gesagt. Wir haben es erst heute morgen erfahren, obwohl er bereits gestern abgereist ist. Papa war fuchsteufelswild,

aber Phoebe scheint es nichts auszumachen. Ihr ganzer Ärger bestand darin, sich über die Notiz aufzuregen, die Max auf ihrem Toilettentisch als einzigen Abschiedsgruß hinterlassen hat. Da sie finanziell gut versorgt ist, braucht sie sich keine Sorgen zu machen und wirkte sogar erleichtert.« Amelia zog ihren Arbeitskittel aus, küßte Martin auf die Wange, winkte beiden noch einmal zu und rief: »Morgen früh bin ich wieder da!«
»Davon bin ich überzeugt«, sagte Jessica, und ihr Bruder nickte lächelnd. Dann deutete sie auf die Drehscheibe.
»Noch vierundzwanzig Stunden, dann kann ich wieder mit der Arbeit beginnen.«
»Ich wünschte, Joseph würde es erfahren.«
»Man wird es ihm erzählen. Unserem Bruder entgeht doch nichts. Obwohl er im Augenblick anderes im Kopf haben sollte ...«
»Was meinst du damit?«
»Bei unserer letzten Begegnung habe ich ihm ein paar Andeutungen ins Gesicht geschleudert ...«
»Wann war das?«
»Muß ich dir das sagen?«
»Du meinst, du warst bei ihm, nachdem er ...«
»... nachdem er meine Werkstatt zerstört hatte. Natürlich. Er war völlig ungerührt. Um Drohungen kümmert er sich nicht, und Andeutungen genügen nicht.«
»Was für Andeutungen?« fragte Jessica verwirrt.
Martin wandte sich wieder seiner Arbeit zu. Er hatte schon zuviel gesagt. Für seinen Verdacht gab es keine Beweise. Selbst der Nachweis von Blei in der Glasur des Bechers, den George Drayton vor seinem Tod benutzt hatte, würde nicht als Beweis ausreichen, daß er vorsätzlich damit getötet worden war. Bisher galt nicht als sichergestellt, daß die Aufnahme von Blei über einen längeren Zeitraum hinweg möglicherweise tödliche Folgen haben konnte. Um Gefahr für die Gesundheit durch Blei in Glasuren nachzuweisen, würden noch viele Untersuchungen nötig sein.
Martin hatte absolut keine Möglichkeit, etwas gegen seinen Bruder zu unternehmen. Eine Anschuldigung, die allein auf einen Verdacht begründet war, würde ihn nur in Verruf bringen. Niemand würde

einem Mann Glauben schenken, der seinen eigenen Bruder des Mordes bezichtigte. Aber er war davon überzeugt, daß Joseph mittlerweile Agathas Becher mit der verräterischen Bleiglasur vernichtet hatte.

Also gab er Jessica nur eine beiläufige Antwort. »Andeutungen darüber, wer in jener Nacht das Chaos hier angerichtet hat ... Natürlich wies er jede Schuld weit von sich. Ich hoffe, du machst dir darüber keine Sorgen mehr. Ich werde John Wesleys Rat befolgen und meine ganze Kraft in die Arbeit legen. Er meint, dieser Weg führt zum sicheren Erfolg.«

»Du brauchst diesen Rat kaum, Bruder. Du warst immer fleißig und wirst es dein Leben lang sein.«

»Dann sag mir, was dich beunruhigt. Seit Wochen läufst du mit Schatten in den Augen herum.«

Jessica hatte nie etwas vor ihrem einfühlsamen Bruder verbergen können.

»Ich mache mir Sorgen wegen Simon«, gab sie offen zu. »Ich habe Angst, er könnte enttäuscht werden ...«

Martin unterbrach seine Arbeit.

»Wegen der neuen Stellung? Ich dachte, die wäre ihm sicher.«

»Manchmal ist zu großer Optimismus gefährlich.«

»Vielleicht siehst du einfach alles nur zu pessimistisch – was ich an dir gar nicht kenne. Zweifellos ist die Warterei die Wurzel des Übels. Das ist für euch beide bestimmt nicht leicht. Wenn die Ungewißheit vorbei ist, wirst du darüber lachen.«

»Das hoffe ich.«

Er legte einen Arm um ihre Schultern und schüttelte sie liebevoll. »Glaub mir, Schwester ... Simon wird die Stelle bekommen. Sir Neville und alle anderen, die am Projekt beteiligt sind, werden für ihn stimmen.«

»Bis auf einen.«

»Wer ist das?«

»Ich habe keine Ahnung, aber er hat von Anfang an Schwierigkeiten gemacht. Irgendein ehrgeiziger Industrieller aus dem Westen ist nicht damit einverstanden, daß einem Generalinspektor die Verantwortung für das gesamte Projekt übertragen wird.«

»Er verfolgt wohl eigene Interessen.«
»Wahrscheinlich.«
»Aber er kann doch die anderen nicht zu seinen Gunsten beeinflussen?«
»Das weiß ich nicht ... Aber auch Simon macht sich Sorgen, obwohl er es nicht zeigt. Deswegen arbeitet er Tag und Nacht an anderen Projekten.«
»Wie kannst du dir Sorgen um ihn machen? Er gibt sich nicht geschlagen.«
Aber die lange befürchtete Nachricht traf am nächsten Tag ein. Jessica sah es sofort an Sir Nevilles Gesicht, als er von seinem Pferd stieg.
Sie ging ihm zum Gartentor entgegen und sagte ohne Umschweife: »Simon ist in seiner Werkstatt ...«
»Ich gehe zu ihm.«
»Ich komme mit.«
Schweigend gingen sie hinein, und als Simon die Niedergeschlagenheit in ihren Gesichtern sah, sagte er: »Es ist also passiert. Sie haben mich nicht akzeptiert.«
Als Jessica leise aufschrie, beschwichtigte er sie: »Ruhig, meine Liebe. Reg dich nicht auf. Ich habe es erwartet.«
»Nicht alle haben gegen dich gestimmt«, erklärte Neville Armstrong hastig. »Aber leider genügt eine Minderheit ...«
»Am Anfang waren sie doch alle für Simon!« protestierte Jessica.
»Bis auf einen.«
Einer hatte Zwietracht gesät. Hatte die anderen gegen Simon aufgehetzt. Aber an Simons gutem Ruf, seinen Fähigkeiten war nichts auszusetzen.
»Ich glaube, ich kenne den Mann«, sagte Simon. »Ein Mann aus dem Westen, der vor ein paar Monaten einen gewissen Gentleman zum Partner nahm, der Gerüchte in Umlauf brachte ...«
»Das ist der Mann. Aber ich würde ihn kaum als ›Gentleman‹ bezeichnen. Nicht diesen Emporkömmling Acland. Ich bin ihm einmal begegnet. Er gefiel mir gleich nicht.«
»Und welche Lügen hat er über mich verbreitet?« Als Armstrong schwieg, sagte Simon: »Heraus mit der Sprache. Ich habe ein Recht

darauf, es zu wissen. Wie kann ich gegen Gerüchte ankämpfen, wenn ich sie nicht kenne?«
Jessica rief empört: »Über Simon kann einfach nichts Schlechtes gesagt werden!«
»Leider kennen nicht alle Beteiligten Simon persönlich. Und keiner kennt ihn so gut wie ich.«
Simon verlangte zu wissen: »Wie hat Acland mich denn beschrieben? Als Sittenstrolch? Als ungebildeten Dummkopf?«
»Man spricht tatsächlich davon, daß du weder lesen noch schreiben kannst ...«
»Das war einmal. Jetzt kann ich das Gegenteil beweisen.«
»Wie ich wohl weiß und auch erklärt habe. Ich habe auch meine Meinung über die andere Verleumdung kundgetan ...«
»Welche Verleumdung?«
Armstrong blickte verlegen zu Boden, räusperte sich und sagte dann peinlich berührt: »Könnte deine Frau uns wohl allein lassen ...«
»Das werde ich ganz bestimmt nicht«, protestierte Jessica. »Alles, was meinen Mann betrifft, geht auch mich etwas an.« Wütend stampfte sie mit dem Fuß auf. »Sir Neville, sagt uns die Wahrheit!«
»Dieser verdammte Narr wirft Simon einen unsittlichen Lebenswandel vor, weil er seine Frau vor der Heirat schwängerte.« Verzweifelt suchte Neville Armstrong nach erklärenden Worten, um das lähmende Schweigen zu durchbrechen, das plötzlich im Raum herrschte. »Unglücklicherweise sind viele der Geldgeber streng religiöse Männer – Baptisten und auch Anhänger der Methodisten, wie dieser Prediger John Wesley. Alles Moralisten. Fanatische, engstirnige Moralisten, die einen Mann, der ihrer Meinung nach gegen die guten Sitten verstoßen hat, nicht für fähig halten, eine verantwortungsvolle Position einzunehmen.«
Simon hätte beinahe zu lachen angefangen. Jessica war nahe daran, einen hysterischen Anfall zu bekommen. Nur der beruhigende Einfluß ihres Mannes hielt sie davon ab. Mit festem Griff umfaßte er ihre Hand. Dann sagte er gelassen: »Welcher Mann würde mit einer Frau wie Jessica nicht gern gegen die guten Sitten verstoßen? Es macht mich stolz, daß man mich dieser Sünde bezichtigt. Zum Teufel mit Acland. Ich werde auch ohne ihn überleben.«

Die Spannung hatte sich gelöst. Jessica wurde plötzlich ganz ruhig, und Roger Aclands bedrohlicher Schatten verschwand für immer. Nie wieder würde er sie quälen oder bedrohen.
Neville Armstrong sagte munter: »Ich habe ihnen meine Meinung gesagt, das könnt ihr mir glauben. Außerdem habe ich meine Beteiligung an dem Projekt zurückgezogen, und es freut mich, daß ein paar andere meinem Beispiel gefolgt sind. Ganz gleich, ob das Parlament die Genehmigung für den Bau erteilt, ich will nichts mehr damit zu tun haben. Das wird dem naseweisen Gentleman aus Bristol eine Lehre sein. Das nächste Mal werden wir die Interessenten genau unter die Lupe nehmen. In der Zwischenzeit könnten wir doch überlegen, ob sich eine andere Gegend besser für den Bau eines Kanals eignet.«
Ein breites Lächeln erhellte Simons Gesicht.
»Ich will Euch etwas zeigen, Sir.« Er breitete Pläne und Landkarten auf seinem Arbeitstisch aus. »Meine Frau hat nur gesehen, daß ich daran gearbeitet habe, aber es ist mir gelungen, mein Geheimnis zu wahren. Jetzt kann ich es mit Euch teilen.« Triumphierend legte er die Hand auf die Pläne. »Dreihundertundsechzig Meilen Kanal, Sir Neville, quer durch die Midlands, wie ein riesiges Netz, das alle industriellen Zentren miteinander verknüpft: Liverpool und Stoke, Birmingham und Coventry, Leicester und Nottingham und Newark, nicht zu vergessen die kleineren Städte mit wachsender Industrie. Ich glaube«, schloß er bescheiden, »wir haben hier ein weitaus wichtigeres und größeres Projekt. Ohne Gegenstimmen.«

»Der liebe Mann war überglücklich«, sagte Jessica später, als sie zu Bett gingen. »Und auch stolz, so wie ich. Lieber Simon, mein liebster Simon, ich möchte der ganzen Welt sagen, wie stolz ich auf dich bin.«
»Keine Ängste mehr? Keine bösen Vorahnungen mehr? Ich habe deine Beklemmung gespürt, konnte aber nichts dagegen tun.«
»Alle Sorgen und Ängste sind verschwunden. Verschwanden in dem Moment, als du sagtest ... über mich ... über uns ... du weißt, was ich meine.«
Sie zog sein Gesicht zu sich hinab und küßte ihn.

»Jetzt habe ich nur noch einen einzigen Kummer«, fügte sie hinzu. »Ich mache mir Sorgen um Martin.«
»Hör auf, dich um ihn zu ängstigen. Er wird mit seinen Problemen fertig. Er wird auf eigenen Füßen stehen und erfolgreich sein. Auch ohne seinen Anteil an der Drayton-Töpferei. Wer weiß, vielleicht bekommt er eines Tages auch das noch.«
»Nicht, solange Joseph dort Töpfermeister ist.«
»Denk nicht mehr darüber nach, Liebes. Hast du schon das Schild gesehen, das Martin über dem Gartentor anbringen will? Natürlich nur, wenn wir damit einverstanden sind. MARTIN DRAYTON. TÖPFERMEISTER. Hört es sich nicht gut an?«
»Wunderbar. Und wie Joseph es hassen wird, sollte er einmal zufällig hier vorbeikommen. Er wird es für einen Schandfleck halten, einen Makel auf dem angesehenen Familiennamen der Draytons. Ein Drayton, der in einem Cottage-Schuppen arbeitet und es auch noch aller Welt verkündet.«
Ihr Gelächter erfüllte den Raum. Simon liebte diesen Klang.
Im Bett nahm er sie in die Arme und sagte: »Ich möchte dich etwas fragen, Jessica ...«
»Was?« murmelte sie und schmiegte ihren Körper eng an seinen.
»Hast du nach der Wiege gesucht oder sie zufällig gefunden?«
»Ich habe sie zufällig gefunden.«
»Und du hast sie gesäubert und poliert ...«
»Natürlich. Aber das allein genügt mir nicht. Ich möchte sie gebrauchen ...«
»Das sollst du, meine Liebe. Das sollst du.«

32

Meg klopfte am Samstag abend, auf dem Nachhauseweg von der Arbeit, an die Tür von Marthas Cottage. Die Alte öffnete und starrte das Mädchen ungläubig an. Dann fragte sie bissig, wie sie zu der Ehre ihres Besuchs käme.
»Mein Frank ist nicht mehr hier«, fügte sie hinzu, »oder hast du das vergessen?«

»Ich werde Frank nie vergessen. Das ist ein Grund für mein Kommen. Der andere ist das hier.«

Meg streckte ihr die offene Hand entgegen. Auf der Handfläche lagen zwei Goldmünzen. »Nimm sie – sie gehören dir.«

Marthas Unterkiefer fiel herab. Sie griff haltsuchend nach dem Türrahmen. Schließlich fing sie an zu keifen.

»Ich wußte es, du Betrügerin! Ich habe immer gesagt, du hättest sie mir gestohlen. Das habe ich auch Frank erzählt, aber er war so in dich vernarrt, daß er es mir nicht geglaubt hat. Schade, daß er jetzt nicht hier ist, dann würde er die Wahrheit erfahren. Du Miststück hattest das Geld die ganze Zeit!«

»Denk, was du willst, Martha.«

»Stimmt es etwa nicht?«

»Das spielt keine Rolle mehr. Du hast nun dein Geld. Und jetzt mußt du mir einen Gefallen tun.«

»Was willst du? Einen Liebestrank, damit du dir einen anderen Mann angeln kannst?«

»Kein anderer Mann wird je Franks Platz einnehmen. Er sagte mir, ich sollte dir Bescheid sagen, wenn ich bereit bin, ihm zu folgen. Am Montag morgen, um fünf, stehe ich am Hiring Cross. Frank sagte, du würdest es Zach Dobson mitteilen.«

»Ja, das habe ich ihm versprochen. Und ich werde es tun. Aber glaub ja nicht, ich tue es für dich, oder weil du doch noch das Geld ausgespuckt hast. Ich tue es für Frank. Ich gebe Zach Dobson Bescheid. Darauf kannst du dich verlassen.«

»Noch eins. Ich werde Mistress Kendall vor meiner Abreise nicht mehr sehen. Sag ihr, daß ich das Cottage blitzsauber zurücklasse und kein Stück von den Möbeln fehlt, die sie uns damals gegeben hat.«

»Ich werde es ihr ausrichten.«

»Und sag ihr, daß ich nie vergessen werde, wie freundlich sie und Master Kendall zu uns waren.«

»Auch das richte ich aus. Verlaß dich darauf, Mädchen.« Das harte Gesicht wurde weich. »Sei gut zu meinem Frankie, ja? Mach ihn glücklich. Mehr verlange ich nicht.«

»Für alle Zeiten, Martha.«

Meg arbeitete noch spät am Abend in der Töpferei, beendete die Partie Schüsseln, die noch halb fertig auf ihrer Werkbank stand. Dann reinigte sie ihren Arbeitsplatz und die Drehscheibe, um alles makellos sauber zurückzulassen.

Wenn sie am Montagmorgen nicht zur Arbeit erschien, würden sich ihre Kollegen zuerst fragen, ob ihr etwas passiert sei. Und jeder Tag, den sie länger der Töpferei fernblieb, würde Anlaß zu neuen Gerüchten und Klatschgeschichten geben: Wo war sie hingegangen, wann war sie verschwunden, mit wem war sie davongelaufen? Und unweigerlich würden sie ihr ein schlimmes Ende voraussagen. Nach Frank Tinsleys Abreise hatten manche sie verspottet. »Er hat dich sitzenlassen, wie? Du hast doch nicht geglaubt, er würde dich *heiraten*, wie? Du siehst dich am besten nach einem anderen Kerl um!« Sie hatte nur die Achseln gezuckt, gelacht und ihnen zugestimmt.

Je fester sie davon überzeugt waren, daß Frank sie im Stich gelassen hatte, um so geringer war die Chance, daß sie herausfanden, wohin sie gegangen war. Und Ma Tinsley würde den Mund halten. Jeder in Burslem wußte, daß sie nie damit einverstanden gewesen war, als ihr Neffe anfing mit Meg auszugehen. Ihr konnte es nur recht sein, wenn man annahm, daß Frank dem Mädchen schließlich doch noch den Laufpaß gegeben hatte. »Er hat auf seine alte Tante gehört, wie es sich für einen vernünftigen Jungen gehört«, würde sie selbstgefällig verkünden.

Die Stunden bis zu ihrer Verabredung mit Joseph Drayton kamen ihr endlos vor. Damit man sie nicht entdeckte, hatte sie zunächst auf eine dunkle Nacht gehofft, doch als sie schließlich aufbrach, war sie doch froh, daß ein blasser Mond den Seitenweg zum Carrion-House erhellte. Der Schnee und das darauffolgende Tauwetter hatten den Weg in schlüpfrigen Matsch verwandelt.

Sie richtete ihre Gedanken ausschließlich auf den nächsten Tag – vielmehr den heutigen Morgen – denn es war bereits nach Mitternacht. Bald würde sie Burslem für immer den Rücken kehren.

Dann würde sie auch diese dunkle Sonntagnacht vergessen, für immer aus ihrer Erinnerung streichen. In dem Augenblick, da sie zu Zach Dobson auf den Karren stieg und das Knirschen der Räder

hörte, würde es keinen Blick zurück mehr geben. Kein Bedauern. Keine Angst. Nur noch den Weg in die Zukunft.
Sie fand die Seitenpforte mühelos. Die Angeln waren gut geölt, und die Tür öffnete sich geräuschlos. Im trüben Licht des Mondes sah sie die Konturen des Pavillons. Er ähnelte den japanischen Tempeln, mit denen manche Töpfer ihre Teller bemalten. Er hatte ein geschwungenes Dach mit spitzen Giebeln und war mit japanischen Figuren, Vögeln und Blumen verziert. Der Töpfermeister gab sonst nie Geld aus für Phantasiegebilde wie dieses, aber für ihn war wohl das Beste gerade gut genug. Dieser Bastard.
Die Tür zum Pavillon öffnete sich ebenfalls geräuschlos. Von außen war kein Licht zu sehen gewesen, denn Vorhänge verdeckten die Fenster. Der Schein einer Öllampe, die neben dem Sofa stand, warf flackernde Schatten auf den dicken Samtstoff, der wie Gold schimmerte. Der Lack der chinesischen Möbel mit den vielfarbigen Ornamenten funkelte wie das Schmuckkästchen, das Frank ihr gezeigt hatte und das er aus Asien mitgebracht hatte. Das elegant geschwungene Sofa war mit einem kostbaren Stoff in lebhaften Farben überzogen, und darauf lagen Kissen, jede Menge Kissen. Dort wartete er, lässig zurückgelehnt. Er trug einen seidenen chinesischen Morgenmantel.
Sorgfältig wischte sich Meg die schmutzigen Füße mit ihrem Schal ab. Dann sah sie sich bewundernd in dem prachtvollen Raum um und ignorierte Joseph völlig. Laß das Schwein warten. Sie würde nichts übereilen. Er konnte sehr unangenehm werden, wenn er merkte, daß sie die Sache möglichst rasch hinter sich bringen wollte.
Sie wußte, daß er sie beobachtete. Ungerührt ging sie durch das Zimmer, berührte einzelne Gegenstände, gab vor, in ehrfürchtiger Bewunderung versunken zu sein.
»Komm her, verdammt noch mal. Ich warte schon eine halbe Stunde.«
»Ihr sagtet Mitternacht, Sir.«
»Es ist später.«
»Von der Larch Lane bis hierher ist ein weiter Weg, Sir. Vor allem in der Dunkelheit.«
Da kam er auf sie zu, und Übelkeit stieg in ihr auf. Gleich würde er

sie berühren. Sie würde seine feuchten Hände auf ihrer Haut, an ihrem Hals, an ihren Brüsten spüren – nur manchmal, wenn er zu ungeduldig gewesen war, hatte er sie sofort genommen. Heute nacht, das spürte sie, war er ungeduldig. Also blieb ihr nicht viel Zeit.

Er zerrte an ihrem Schal, riß ihr das Mieder von den Schultern. Mit einer geschickten Bewegung entzog sie sich seinem Griff, und als er fluchte, lachte sie ihm ins Gesicht.

»Habt Ihr es eilig, Sir? Ich nicht. Ich bin über eine Meile gegangen, und meine Füße sind schmutzig. Ich möchte sie mir erst waschen. Ihr wißt doch, wie reinlich ich bin.«

Ihre Stimme war einschmeichelnd, klang verführerisch. Er zog sie an sich. »Ich nehme dich, wie du bist, Meg.«

Er preßte seine Lippen auf ihren Mund, und seine Zunge forderte, drängte. Er hatte zu lange auf diesen Augenblick gewartet und würde keine Zeit vergeuden. Sie spürte, wie er an ihrem Rock zerrte, und der Schreck fuhr ihr in die Glieder. Sie mußte ihn selbst ausziehen, sonst entdeckte er vielleicht, was sie in der Tasche hatte. Sie wand sich aus dem Kleidungsstück und warf es vor die Couch. Er riß ihr die Bluse vom Leib.

»Bitte, Sir ... zerreißt sie nicht. Es ist die einzige, die ich habe.«

Das verschaffte ihr eine Atempause. Er sagte ungeduldig: »Ich kaufe dir eine schönere, Meg. So viele du willst ...«

»Nicht zu viele, Sir. Sonst fangen die Leute an zu reden.«

Das amüsierte ihn. »Nicht über mich, Meg. Niemand vermutet, daß ein Mann wie ich mit einer Dirne wie dir verkehrt.«

Das traf sie zutiefst, aber sie schluckte die Beleidigung hinunter und sagte keck: »Ich glaube, Euer Bruder weiß es, Sir. Master Martin hat zwar nie etwas gesagt, aber er sah mich einmal an einem Sonntag aus dem Seiteneingang schlüpfen.«

»Verdammt. Aber das macht nichts. Er hat jetzt andere Sorgen.«

(Die er dir zu verdanken hat, du Schwein.)

Sie ließ die Bluse neben den Rock vor der Couch fallen.

»Zieh alles aus«, befahl er. »Ich will dich nackt.«

»Gleich, Sir.«

Sie schmiegte sich an ihn. Wieder erfüllten sie Abscheu und Ekel.

Und Angst. Wie eine Woge der Übelkeit stieg sie in ihr auf. Meg schluckte krampfhaft. Aber sie hielt tapfer an ihrem Entschluß fest. Sie wußte nicht, was oder wie sie es tun würde. Sie vertraute auf ihre Intuition, wenn der geeignete Augenblick gekommen sein würde.

»Wollt Ihr mich küssen, Sir?« Sie hob ihm ihr hübsches Gesicht entgegen. Sie wappnete sich innerlich gegen diesen Kuß, als er sie plötzlich auf die Couch warf. Er lag auf dem Rücken und zog sie auf sich. Passiv ertrug sie seine Berührungen. Jeden Moment war es soweit. Doch vorher mußte sie ihm etwas sagen.

»Ich möchte, daß Ihr wißt, warum ich heute gekommen bin, Meister.«

»Nenn mich nicht so, Meg. Wir sind hier nicht in der Töpferei. Und ich weiß, warum du gekommen bist – weil du eine vernünftige junge Frau bist und weil du mir Vergnügen bereiten willst. Also tu es, verdammt noch mal! Sofort!«

Ein rascher Blick auf den Boden. Die Rocktasche war in Reichweite. Ihr war plötzlich schwindlig, übel, und sie hatte schreckliche Angst. Aber gleichzeitig war sie von einer eiskalten Entschlossenheit.

Sie betonte jedes Wort, als sie sagte: »Ich bin gekommen, weil Ihr meine Mutter getötet habt, Töpfermeister.«

Er lag plötzlich reglos unter ihr und starrte ihr ins Gesicht.

»Wovon, zum Teufel, sprichst du?«

»Euretwegen ist sie früher gestorben.«

Er setzte sich abrupt auf, und sie ließ sich geschickt auf den Boden fallen. Dann sprang sie auf die Füße und preßte sich ihren Rock vor die Brust.

Er sagte wütend: »Diesen ganzen Unsinn hast du mir schon einmal erzählt. Ich will nichts mehr davon hören. Wie kannst du es wagen, hierherzukommen und mir deine schmutzigen Anschuldigungen ...«

Sie stammelte schuldbewußt: »Es tut mir leid, Sir. Wirklich leid. Verzeiht mir bitte, Sir.«

Er griff wieder nach ihr, zog sie neben sich auf das Sofa und preßte seinen Mund auf ihre Brust. Abscheu verschleierte ihren Blick, aber sie sah seinen Nacken vor sich. Sie ließ den Rock fallen, die Tasche war jetzt leer. In ihr stiegen der rasende Zorn und der blinde Haß eines gequälten Tiers auf, und die wilde Lust zuzuschlagen, zu verletzen, ihn für den Rest seines Lebens mit dem Mal ihrer Rache zu kennzeichnen, überwältigte sie. Eine Narbe im Gesicht war auffallender als ein paar Kratzer, und er würde Schwierigkeiten haben, sie seiner Frau zu erklären.

Jetzt mußte sie nur noch warten, bis er den Kopf hob und ihr sein Gesicht zuwandte . . . in ihrer Hand über ihm hielt sie das polynesische Messer. Da biß er sie plötzlich brutal in die Brust. Mit einem Schrei wich sie zurück. Ihre Hand stieß herab, und das Messer bohrte sich ihm in den Nacken. Es hinterließ ein winzig kleines Loch, wie von einem Stilett. Da es leicht herauszuziehen war, konnte es nicht tief eingedrungen sein. Meg sah einen kleinen runden Fleck und hörte ein keuchendes Geräusch, als sein Kopf zurückfiel. Es traf sie noch ein erstaunter Blick aus seinen Augen, dann schlossen sich die Lider.

Meg war enttäuscht. Im Nacken hatte sie ihn nicht treffen wollen. Und daß er so leicht das Bewußtsein verloren hatte, verblüffte sie. Sein Gesicht war jetzt aschfahl. Noch nie zuvor hatte sie einen Mann in Ohnmacht fallen sehen.

Nun, sie hatte ihn wenigstens leiden lassen. Und obwohl diese winzige Narbe ihn nicht kennzeichnen würde und leicht unter dem Haar verborgen werden konnte, würde er nie vergessen, was geschehen war und wer es ihm angetan hatte. Die Tat war Ausdruck ihres Hasses gewesen. Das Entsetzen darüber würde ihm eine Weile in den Gliedern stecken. Nie würde er Meg Gibson vergessen, und wie sie den Tod ihrer Mutter gerächt hatte.

Sie bemühte sich nicht, ihn wieder zu Bewußtsein zu bringen. Ohne ihn eines weiteren Blickes zu würdigen, zog sie ihren Rock und ihre Bluse an, warf sich den Schal über die Schultern, nahm das polynesische Messer und steckte es wieder in ihre Rocktasche. Ihre Bewegungen waren ruhig und ohne Hast, und ebenso ruhig trat sie aus dem Pavillon, schloß die Tür hinter sich, verließ den Park durch die Seitenpforte und ging den Hügel hinab, an Medlar Croft vorbei und quer durch das schlafende Dorf. Die Nacht war still, die Gassen leer. Sie begegnete keiner Seele. Meg lenkte ihre Schritte zur Kiesgrube hinunter.

Der Grund der Grube war ein einziger Morast, in dem die Leute alle unerwünschten Dinge versenkten, die nie wieder an die Oberfläche kommen sollten. Bis zu den Schienbeinen watete sie hinein und warf dann das Messer mit aller Kraft, so weit sie konnte. Es war besser, sich der Waffe zu entledigen, nur für den Fall, daß dieser Bastard dort oben im Carrion-House es gesehen hatte und beschloß, danach zu suchen, um sie für den Rest ihres Lebens damit zu erpressen und zu bedrohen. Aber er würde weder das Messer noch sie finden.
Sie würde Frank sagen müssen, daß sie es verloren hatte, und das würde die erste und letzte Lüge sein, die sie ihm erzählte.
Als sie zu Hause ankam, zog sie sich aus und wusch sich von Kopf bis Fuß. Dann trug sie das schmutzige Wasser hinaus und goß es in den Garten. Dabei hörte sie die Glocke vom Kirchturm schlagen. Es war halb drei. Sie verschnürte ihre wenigen Habseligkeiten zu einem Bündel, ging nach oben und legte sich auf das Bett ihrer Mutter. Sie lauschte auf das Schlagen der Kirchenglocke, und als sie viermal schlug, stand sie auf, glättete die Bettdecke, küßte das Kissen, auf dem der Kopf ihrer Mutter geruht hatte, ging hinunter und nahm ihr Bündel auf. Sie hatte eine Stunde Zeit, um zum Hiring Cross zu kommen. Sie würde rechtzeitig dort sein.

Die Bewohner von Burslem überraschte es nicht, von Martha Tinsley zu erfahren, daß Meg Gibson mit einem Mann fortgegangen sei, den sie kürzlich kennengelernt hatte.
»Es war Samstag nacht, das habe ich selbst gesehen. Er fuhr mit der Kutsche bis vor ihre Haustür. Es war eine dieser eleganten Kutschen aus London. Ich kann mir gut vorstellen, wohin sie gefahren sind. Jetzt hat sie sich endlich einen Mann mit Geld geangelt, dieses Miststück!«
Die Leute im *Red Lion* nickten verständig. Hatte man Meg Gibson nicht immer ein schlimmes Ende vorausgesagt? Der Londoner Gentleman würde ihrer sicher bald überdrüssig werden. Dann würde sie dort landen, wo diese Sorte Mädchen eben landete – in der Gosse. Freundlichere Leute wünschten ihr ein besseres Schicksal, sahen sie als die Mätresse eines Edelmannes, die ein lockeres Leben

in London führte. Diese Menschen erinnerten sich daran, wie hingebungsvoll Meg ihre Mutter gepflegt hatte. Hätte das Leben ihr eine Chance gegeben, hätte sie vielleicht sogar einen netten jungen Mann heiraten können.

»Nun, ich bin froh, daß es nicht mein Frank war«, brummte Martha und steckte ihre spitze Nase in den Bierkrug. Niemand sah den Blick, den sie Zach Dobson zuwarf, der wieder einmal in Burslem war. Mit ausdruckslosem Gesicht saß er in einer Ecke und hörte dem Geschwätz zu.

Megs Kollegen in der Drayton-Keramikfabrik regten sich eine Weile darüber auf, daß sie kein Wort über ihre Pläne hatte verlauten lassen. Die meisten würden sie vermissen – und als eine der besten Formerinnen war sie für die Töpferei beinahe unersetzlich.

Aber die Aufregung über Megs Verschwinden wurde noch von dem übertroffen, was geschehen war, nachdem sie Burslem verlassen hatte. Viele Menschen bedauerten, daß sie es nie erfahren würde, denn sie kannten ihren Haß auf den Töpfermeister. Sie hatte nie ein Geheimnis daraus gemacht, obwohl sie wegen ihrer guten Arbeit in seiner Gunst gestanden hatte. Und damit wandten sich die Gedanken aller dem Carrion-House und der Tragödie zu, die sich dort ereignet hatte.

Natürlich war dieses Haus immer unheimlich gewesen. Also überraschte es niemanden, daß Joseph Draytons Witwe es aufgab und wieder in Tremain Hall lebte. Die Legende schien sich in einer anderen Form wiederholt zu haben – wie es hieß, war früher einmal die Hausherrin auf mysteriöse Weise aus dem Haus verschwunden. Und jetzt hatte man den Hausherrn tot im Gartenhaus aufgefunden. Drei Tage hatte die ganze Nachbarschaft nach ihm gesucht – aber wer war schon auf die Idee gekommen, mitten im Winter im Gartenhaus nachzusehen?

Was für ein schrecklicher Schock es für seine Frau gewesen sein mußte! Vor allem, nachdem sie den ganzen Sonntag zusammen verbracht hatten. »Er hat sich ausschließlich um mich gekümmert«, hatte Agatha ausgesagt. Und die Leute, die sie bei der Morgenmesse und in der Abendandacht gesehen hatten, konnten das bezeugen. Am Nachmittag waren sie zu Besuch in Tremain Hall gewesen, und am Abend hatten sie Gäste empfangen. Da Agatha erste Anzeichen einer Erkältung zeigte, hatte Joseph darauf bestanden, daß sie früh zu Bett ging. Fürsorglich wie er war, hatte er ihr selbst noch eine heiße Schokolade gebracht.

Und, wie seine Witwe später aussagte, sei nichts Ungewöhnliches daran gewesen, daß er danach noch einmal das Haus verließ. Denn er pflegte oft vor dem Schlafengehen noch einen Rundgang durch den Park zu machen. Die frische Luft ließe ihn besser schlafen, hatte er wiederholt erklärt. Da das Gartenhaus mitten im Winter natürlich nicht benutzt wurde, war auch niemand auf die Idee gekommen, dort nach ihm zu suchen. Wahrscheinlich war Joseph hineingegangen, um nachzusehen, ob alles in Ordnung sei, und hatte dabei einen Landstreicher überrascht, der dort Unterschlupf gesucht hatte. Aber da man keine Anzeichen für einen Kampf fand, keine Möbel verrückt und nichts zerstört war, kam Dr. Wotherspoon zu der weisen Erkenntnis, daß er wahrscheinlich einen Schlag auf den Hinterkopf bekommen hatte und auf dem Sofa zusammengebrochen war.

Dort hatte man den Töpfermeister gefunden, mit einem winzigen Loch im Nacken, das durch angetrocknetes Blut verklebt war. Doch niemand konnte sich erklären, wie er sich diese Verletzung zugezogen hatte.

Natürlich lautete der Totenschein auf Tod durch Unfall. Und falls der alte Dr. Wotherspoon sich wunderte, daß der Mann nackt unter seinem seidenen Morgenmantel war, verlor er darüber kein Wort. Vor allem nicht gegenüber der tapferen jungen Witwe, die weit über die übliche Trauerzeit hinaus Schwarz trug, als Ausdruck ihres Grams – obwohl ihre Schwägerin Phoebe boshaft bemerkte, dies sei nur dem Umstand zuzuschreiben, daß Agatha die dramatische Rolle gefiel und sie entdeckt hatte, wie gut Schwarz ihr stand.

Aber Agatha tat bei der Beerdigung etwas sehr Merkwürdiges. Nachdem der Sarg ihres Gemahls ins Grab gesenkt worden war und jeder darauf wartete, daß sie vortrat und Blumen hinunterwarf – ließ sie statt dessen einen Becher hineinfallen. Nur zwei Trauergäste wußten, daß sie sich an jenem Sonntag abend geweigert hatte, aus diesem Becher ihre heiße Schokolade zu trinken.

Viele erinnerten sich noch lange Zeit danach an Agathas geheimnisvolles Lächeln, als sie den Becher in das Grab fallen ließ. Mit einem dumpfen Ton war er auf den Sarg geprallt. Er klang wie ein Klopfen, um Joseph Drayton anzuzeigen, daß der Becher nun dort bei ihm war. Und bei diesem dumpfen Geräusch hatte Agatha gelächelt. Natürlich behaupteten die Leute anschließend, Agatha Drayton sei schon immer eine seltsame Person gewesen, der man es nicht zugetraut hatte, daß ein so gutaussehender Mann wie Joseph Drayton sie heiraten würde. Man war davon überzeugt, daß sie ihr Glück nicht zu schätzen gewußt hatte.

Mit der Todesursache, die Dr. Wotherspoon angegeben hatte, waren die Bewohner von Burslem nicht einverstanden. Sie wollten keine plausible Erklärung für die Tragödie, die in dem von Geheimnissen umwitterten Carrion-House geschehen war. Joseph Draytons Tod war nur eine weitere Legende, über die man im *Red Lion* oder an Winterabenden vor dem Kamin schwadronieren konnte. Carrion-House war schon immer ein verwunschenes Haus gewesen. Das sollte es auch bleiben.

Anmerkung der Autorin

Die Person des Simon Kendall wurde durch James Brindley (1716 bis 1772) inspiriert, einen Genius ohne Schulbildung, der viele Bauprojekte ohne Zeichnungen oder Berechnungen realisierte. Zu ihnen gehörten der Bridgewater-Kanal und ein Netzwerk von Wasserstraßen von über 360 Meilen Länge und die Planung einer Kanalverbindung zwischen den Flüssen Trent, Mersey und Severn. Nach langjährigen Widerständen wurde die »Grand Trunk Bill« im Jahre 1766 vom Parlament verabschiedet und Brindley als Generalinspektor mit einem Jahresgehalt von £ 200 eingesetzt, was zur damaligen Zeit eine sehr große Summe war.
Brindley war ebenfalls seiner Zeit voraus, indem er die Gefahren der Luftverschmutzung erkannte. Er baute eine Windmühle, die das benötigte Kieselgestein für die Töpfereien in Wasser mahlte. Für diese und andere Ideen wurde er viel belächelt. Außerdem verachtete man ihn wegen seiner bescheidenen Herkunft und seiner geringen Bildung. Doch in Adelskreisen schätzte und bewunderte man ihn. Dort wurde er als »Brindley der Große« bekannt.
In jeder anderen Hinsicht ist Simon Kendall eine rein imaginäre Person – wie alle anderen in diesem Buch.